ISLA NEGRA
suivi de
L'HOMME QUI MARCHE

Né en 1964, Jean-Paul Delfino est écrivain et scénariste. Auteur d'une vingtaine d'ouvrages, il a notamment publié une série de romans consacrés à l'histoire du Brésil, intitulée *Suite brésilienne*. *Assassins !*, primé par l'Étoile 2019 du meilleur roman français décernée par le *Parisien-Aujourd'hui en France*, et *Guyanes*, lauréat du Prix du Livre de plage 2023, ont paru aux Éditions Héloïse d'Ormesson.

Paru au Livre de Poche :

Assassins

JEAN-PAUL DELFINO

Isla Negra

suivi de

L'Homme qui marche

ROMANS

ÉDITIONS HÉLOÏSE D'ORMESSON

ISBN : 978-2-253-93758-6 – 1re publication LGF

ISLA NEGRA

« Nous avons compris depuis longtemps
qu'il n'était plus possible de renverser ce monde,
ni de le remodeler, ni d'arrêter sa malheureuse course en avant.
Il n'y avait qu'une seule résistance possible :
ne pas le prendre au sérieux. »

La Fête de l'insignifiance, Milan KUNDERA

1

Ce fut un matin de septembre que les ennuis de Jonas Jonas, plus connu dans la Province sous le surnom du Vieux, débutèrent. Toutefois, il serait inexact – ou du moins incomplet – de limiter les effets de l'épisode qui va suivre à la seule personne dudit Jonas Jonas. À la façon d'une tache d'huile, cet événement ne fut en fait que la première goutte. D'elle découleraient toutes les conséquences, heureuses ou malheureuses, qui adviendraient.

Ce matin-là, donc, deux huissiers représentant le très honorable cabinet Whale & Whales garèrent leur véhicule devant le jardinet qui bordait la demeure du Vieux. Avant d'ouvrir leurs portières, ils vérifièrent par acquit de conscience la présence du dossier justifiant leur intervention. Puis, à tour de rôle, dans le miroir du rétroviseur, ils s'assurèrent du parfait ordonnancement de leur coiffure. Après s'être jaugés l'un l'autre du regard, toujours sans prononcer la moindre parole, ils sortirent de leur SUV. D'un pas décidé, ils empruntèrent alors le petit chemin mangé d'herbes folles qui conduisait à la porte de la maison. Malgré son siècle et demi d'existence, la demeure avait encore une fière allure. Juché sur le sommet d'une dune surplombant la plage, ouvrant directement sur la mer, ce faux manoir néogothique plantait ses trois niveaux de pierre de taille dans le sable, en terrain conquis, avec orgueil et un rien de provocation. Il se disait à son sujet, dans la Province, que c'était un hobereau sans particule, originaire des landes anglaises, qui l'avait bâti. Un excentrique, un illuminé. Un qui avait fait venir du nord, et à grands frais encore, des pierres que l'on ne trouvait pas ici. Il l'avait construit, puis il était mort. Ses descendants ne l'avaient plus habité que pour les vacances. Et encore, de loin en loin. Le dernier en date, sans doute un peu moins fêlé que les autres, avait fini par le vendre. Il en avait tiré un bon prix. Affaire faite, il avait regagné ses vallées grasses, ses tourbes et ses brouillards, pour ne plus jamais remettre les pieds dans ce coin. Le manoir, lui, était resté en l'état. D'un gris profond, percée de deux fenêtres encadrées par des volets d'un violent bleu de Crète au premier étage et d'un minuscule œil-de-bœuf se nichant sous le faîtage de tuiles, la maison jurait avec les douceurs rondes qui composaient le paysage et semblait un poignard de pierre sans éclat fiché dans le blanc du sable, hors du temps, solitaire.

Parvenus devant la porte d'entrée, les deux huissiers du très respecté cabinet Whale & Whales s'immobilisèrent avec un bel ensemble. Vêtus de costumes anthracite, les cols de leurs chemises blanches pris dans l'étranglement réglementaire de leurs cravates, ils se jaugèrent du regard, une dernière fois. Ils savaient par expérience que, dès que les trois coups seraient donnés contre le vantail de bois, la pièce pourrait débuter. Ils étaient des officiers qui allaient exécuter une mission d'ordre légal. Ils représentaient la Justice, *urbi et orbi*. Dans leurs dossiers et leurs sous-dossiers, tous parfaitement étiquetés, se hérissait un arsenal de sommations à payer, de commandements, de procès-verbaux et de significations de jugement. À chaque nouvelle affaire, ils se sentaient investis de pouvoirs divins, surnaturels. Ils étaient la force. Ils étaient la loi.

Honoré Whale, en sa qualité d'aîné, frappa à la porte. Pour toute réponse, il ne reçut que le couinement douloureux d'une girouette qui, fixée sur le conduit de la cheminée, semblait agoniser dans une mèche de vent. La lèvre frémissante, les oreilles aux aguets, il laissa s'écouler quelques secondes. Comme rien ne venait, il toqua de nouveau, de manière plus impérieuse. Là encore, comme par un fait exprès, seul le coq rouillé grinça sur son axe. Alors que Dylan Whales, son jeune associé, s'apprêtait à tirer de sa serviette un avis de passage encore vierge qu'il remplirait de son officielle écriture, Honoré l'interrompit d'un seul regard. Ils étaient des huissiers, certes. Mais ils n'en étaient pas moins hommes. Une troisième tentative produirait peut-être un effet différent.

Plein de mansuétude, l'officier réarmait son index lorsqu'une voix monta de derrière le vantail. Sèche, rocailleuse, elle interrogea : « Qu'est-ce que c'est ? »

Devançant son collègue, Dylan Whales répliqua : « Huissiers Whale & Whales.

— Et alors ?

— C'est pour une notification.

— Une notification de quoi ?

— Une notification d'ordonnance.

— D'ordonnance de quoi ? »

D'autorité, ce fut de nouveau la main de l'aîné qui imposa le silence à son cadet. Rompu à ce type d'échanges qui, bien souvent, se déroulaient à travers des portes closes, il savait que la curiosité du particulier poursuivi par la justice, toujours, finissait par l'emporter. Aussi ne fut-il pas surpris le moins du monde lorsque le timbre grave s'impatienta : « Alors ? C'est une ordonnance de quoi ?

— D'expropriation, monsieur. »

Whale & Whales avaient répliqué d'une seule voix, dans la même tonalité. Effaçant au coin de ses lèvres une amorce de sourire qui aurait pu passer pour de la satisfaction, Honoré reprit : « C'est une ordonnance d'expropriation, que nous venons vous signifier. Nous sommes mandatés par monsieur le juge d'expropriation du tribunal de grande instance et nous devons vous remettre en main propre ce document qui…

— Bougez pas », coupa la voix.

Dans le cliquètement des clés qui s'activaient dans la serrure, le bougonnement reprit, tout à la fois assourdi et irrité : « Bougez pas. Enfin, bougez pas… Vous êtes venus jusqu'ici. Ce n'est pas pour déguerpir au moment où j'ouvre. »

Comme le coq rongé par le sel reprenait une ritournelle de son chant triste, la porte pivota enfin sur ses gonds. À la pleine lumière de septembre, la silhouette de Jonas Jonas apparut. Vêtu d'un jeans rapiécé, de ces vieilles frusques dont on ne se décide jamais à se défaire tant elles vous caressent à la façon d'une seconde peau, d'un tee-shirt blanc et de baskets jaune vif, il cala ses poings sur ses hanches et jaugea les nouveaux venus. Sans hâte, Honoré Whale tira de sa pochette une épaisse liasse de feuillets agrafés entre eux et couverts de tampons officiels du plus bel effet.

La voix faussement engageante, il tenta de plaisanter : « Je suppose que vous savez pourquoi nous sommes ici. Vous êtes bien monsieur Jonas, n'est-ce pas ? Monsieur Jonas Jonas ? D'ailleurs, ce n'est pas banal comme nom, ça : Jonas Jonas.

— C'est comme Whale & Whales. L'un vaut bien l'autre, non ?

— Pas vraiment, ne put s'empêcher d'intervenir Dylan, d'une petite voix de fausset. Nous, nous sommes deux personnes distinctes. De plus, l'un des deux noms se finit par un « e » et l'autre par un « s ».

— Et alors ? Ça change quoi ? Vous êtes huissiers tous les deux. Whale & Whales ou Jonas Jonas, c'est bonnet blanc et blanc bonnet.

— Oui mais, nous, nous sommes deux. Et nous sommes différents, tout de même !

— Différents ? La belle affaire. À force de toujours vouloir être différent des autres, on finit par tous se ressembler. C'est fatal, non ? »

Du temps que les deux huissiers échangeaient un regard interloqué, le Vieux les considéra d'un air morne. Cela faisait déjà plus de deux ans que cette comédie durait et l'on en était donc là. Toutes ces lettres, tous ces courriers, ces accusés de réception, tous ces coups de téléphone pour aboutir à ça. Deux promeneurs de linge, interchangeables jusque dans leur patronyme, qui venaient gratter à sa porte pour lui signifier un avis d'expropriation. Honoré Whale lui tendit la mise en demeure à parapher, accompagnée du pli qui avait motivé leur visite. Jonas avança sa main mais, au dernier moment, il la retira.

D'un air de deux airs, il toisa l'aîné avec méfiance. Puis, il l'interrogea : « Et si je ne la prends pas, votre lettre ?

— Comment ça ?

— Si je refuse de la prendre ? Qu'est-ce qu'il se passe ? »

Dylan, le cadet, se récria soudain : « Mais vous devez la prendre, monsieur Jonas ! Car c'est très exactement pour cela que nous nous sommes déplacés et...

— Et si je ne la prends pas, qu'est-ce que vous allez me faire ? »

Sur un ton empreint de fatalisme, Honoré récita, bien plus qu'il ne répondit : « Monsieur Jonas Jonas, je suis mandaté par l'administration judiciaire pour porter à votre connaissance les éléments suivants. Votre affaire a atteint un nouveau palier puisqu'il s'agit par la présente de vous signifier le début du transfert de votre propriété nommée d'Isla Negra. Comme vous ne vous êtes pas manifesté durant la phase administrative préparatoire, nous vous informons que nous sommes à dater de ce jour entrés de plain-pied dans la phase judiciaire.

— Ce qui veut dire ?

— Ce qui veut dire que ce courrier marque très officiellement le début dudit transfert de ladite propriété, dudit propriétaire – à savoir vous-même – en direction de ladite personne publique – à savoir l'État. »

Le pli toujours tendu à bout de bras, Honoré se voulut plus accommodant : « Monsieur Jonas, soyez raisonnable. Prenez donc cette lettre et signez le reçu de remise en main propre. Vous vous doutez bien que, lorsque la phase judiciaire est enclenchée, il n'y a plus rien à faire. La mairie a saisi le juge d'expropriation du TGI. Vous n'avez pas signé la réception de l'ordonnance. Ce que je vous apporte là, c'est une offre d'indemnisation. Étudiez-la avec soin. Prenez tout votre temps. Quoique le temps commence à presser. Mais la porte des négociations est encore ouverte. Avec l'argent que l'État est prêt à vous verser, vous pourrez aisément refaire votre vie. »

Sans quitter des yeux le document qui s'était mis à trembler de façon imperceptible entre les doigts de l'huissier, Jonas marmonna pour lui-même : « Refaire ma vie... Mais je n'ai pas envie de refaire ma vie, moi.

— Que dites-vous ?

— Déjà que j'ai eu du mal à m'en faire une, je ne tiens pas à tout recommencer. Pas à mon âge. Ce ne serait pas raisonnable, pas humain.

— Allez… Un bon geste, monsieur Jonas. Un geste d'homme sensé !

— J'ai combien de temps ? Je veux dire : pour répondre ? »

Le torse enflé d'importance, le jeune Dylan Whales toussota afin d'éclaircir sa voix. Puis, il énonça, avec un plaisir évident : « Vous avez un mois pour prendre votre décision et la signifier aux autorités. Selon les principes de la loi du 8 mars 1810 qui régissent toujours la procédure d'expropriation, vous êtes en droit de…

— Un mois ?

— Un mois. Oui, monsieur. Un mois. Autant dire à peu près trente jours.

— Un mois pour savoir si je vais refaire ma vie ? »

Avec un sentiment de gêne, Honoré Whale déposa d'autorité le pli entre les mains de Jonas. Puis, il crut bon d'ajouter : « Vous savez ce que l'on dit, n'est-ce pas ? Les mauvaises nouvelles, nous ne faisons que les apporter. Ce n'est pas nous qui les écrivons. »

Les yeux fixés sur l'enveloppe réglementaire, le Vieux grinça : « Mais vous les apportez quand même. Et celle-là, c'est une belle saloperie de mauvaise nouvelle. Vous n'avez pas idée. Non, messieurs. Vous n'avez pas idée. C'est un drôle de métier que vous faites… »

La voiture des huissiers de justice Whale & Whales n'émit pas le moindre crissement de pneus lorsqu'elle repartit sur le chemin sablonneux qui desservait le faux manoir néogothique. Elle disparut sans un bruit, avalée par les dunes, et finit par se diluer dans le paysage. Le courrier officiel, lui, alla terminer sa course parmi d'autres enveloppes non décachetées qui s'entassaient sur un secrétaire de pin, disposé près de la porte d'entrée. Le soleil de septembre, poussé par des mois de juillet et d'août caniculaires, prenait un malin plaisir à confire chaque être et chaque chose dans sa chaleur. Plus rien ne bougeait, ni même ne frémissait. Seule, la girouette en forme de coq rouillé émit un ultime grincement. Puis, le silence se referma sur le tableau.

Et ce fut tout.

*

Dans le véhicule qui roulait au pas, à l'étroit dans une sente où deux voitures n'auraient pas réussi à se croiser sans se froisser les ailes, Whale & Whales demeurèrent tout d'abord silencieux. Au milieu de ce paysage composé uniquement de dunes, de tamaris et de touffes de roseaux, jetées çà et là sans ordre apparent, ils se félicitèrent en leurs fors intérieurs du cours qu'avait suivi leur intervention. Jonas Jonas, dans la Province, était connu comme le loup blanc. À tort ou à raison. En bien ou en mal. Cela importait peu.

Les mauvaises langues le disaient volontiers fou, dérangé, toqué. Dangereux, même. Il était de notoriété publique qu'il possédait un Baikal, un fusil de chasse semi-automatique flambant neuf de calibre douze, accroché au râtelier de l'entrée. Cet homme, murmurait-on du bout des lèvres, avait un grain. Il vivait en solitaire dans cette baraque du bout du monde, perdue au milieu de nulle part. Personne n'y passait jamais. Pas plus les habitants de la petite ville que les curieux, pas plus les rares touristes égarés que les chasseurs. Même les ornithologues les plus intrépides ou les très légaux représentants du MTES[1] effectuaient un détour prudent, au risque de se faire avaler par un trou d'eau ou de sable, dès que se dressait devant eux la masse lourde et granitique du manoir. Quant au Vieux, s'il ne se montrait ni ne quittait jamais Isla Negra, ce devait être pour de bonnes raisons. De ces raisons qui ne se disent pas, même à voix basse, mais qui font travailler les esprits et lâcher la bride aux imaginations les plus folles.

Honoré réduisit encore la vitesse de son SUV et entreprit, le bout de la langue passé entre les lèvres, d'éviter une ornière profonde que le vent avait sculptée dans le sable.

Jonas Jonas était cinglé, affirmaient les uns. C'était une bête malfaisante. À cela, d'autres, moins nombreux, répliquaient qu'il n'était qu'un solitaire, un original qui n'emmerdait personne. D'ailleurs, les plus anciens se souvenaient de lui, du temps de son arrivée dans la Province, lorsqu'il fréquentait le Barbotine, midi et soir. À cette époque, c'était un fameux, le Jonas ! Un fameux quoi, ils n'auraient pu le dire avec précision. Mais un de ceux qui tenaient leur place au

1. Ministère de la Transition écologique et solidaire.

comptoir et ne lâchaient le crachoir que fin saouls. Il avait le gosier en pente et la bouche toujours fleurie d'histoires épatantes, de celles dont on se fout qu'elles soient vraies ou pas, pourvu qu'elles fassent rire. Trente pastis, c'était sa dose. Pas quinze et quinze. Mais bien trente et trente. Trente à midi et trente le soir. Un bon compagnon, quoi. Aimable, toujours gentil. Et qui aimait la compagnie des femmes. Il n'y touchait pas, pas même du bout des doigts. Mais il avait pour elles des regards entendus qui les faisaient rougir de gêne ou de plaisir.

Une fois l'ornière évitée, Honoré Whale se redressa et appuya avec une infinie douceur sur la pédale de l'accélérateur. Au loin, la promesse d'une route départementale le fit sourire. Ça ne s'était pas si mal passé que cela, vraiment. Avec son air de jeune conscrit rentrant tout juste de ses classes, son associé avait bien failli faire tourner la sauce au vinaigre, mais la mission avait été menée à bien. La remise en main propre avait été effectuée dans les règles de l'art. Ledit Jonas Jonas n'avait pas tant rechigné que cela, au moment de la signature, et le Baikal était resté bien sagement accroché à son râtelier. Pour un peu, il aurait même trouvé l'homme sympathique. Mal fagoté, mal rasé, mal aimable, certes. Mais sympathique. Lui qui passait son temps à courir de porte en porte pour signifier des décisions de justice et recevoir, au moins une fois sur deux, des rebuffades ou des engueulades désespérées, il l'aurait même envié, ledit Jonas Jonas. Il vivait seul. Bien à l'abri dans sa baraque. Du sommet de sa dune, il embrassait le monde entier. Lorsqu'il partirait, on se souviendrait un temps de sa gueule burinée de marin retiré des affaires. De sa silhouette de boiteux courbé vers le sol. Puis il disparaîtrait tout à fait des mémoires.

Assis à la place du passager, Dylan Whales renifla par trois fois. C'était largement suffisant pour que le conducteur se souvienne, enfin, que son associé ne supportait pas la climatisation. Malgré sa jeunesse dans le métier, lui aussi était satisfait de leur intervention. Ledit Jonas Jonas n'avait opposé aucune résistance ni proféré le moindre juron. Et il était demeuré calme, aussi calme que possible en tout cas. L'animal s'était montré débraillé et renfrogné, sournois, embrouilleur, menteur et de mauvaise foi, certes. Mais calme. Quoique... Il pressentait que cet homme-là n'était pas franc du collier. Il avait beau être un huissier encore vert, on ne la lui faisait pas. D'ailleurs, pouvait-il en être autrement d'un administré qui ne répondait pas aux lettres avec accusé de réception émanant de l'autorité publique ? Et que dire de ses baskets, jaune canari ? Ce Jonas Jonas était un drôle d'oiseau. Débarqué d'on ne savait où. Et encore moins pourquoi. Lui, Dylan Whales, huissier de son état, n'irait pas jusqu'à colporter des bruits, cela allait sans dire. Il était officier de justice. Mais ce quidam avait une façon de vous regarder qui en disait long sur le bonhomme. Et d'abord, comment avait-il fait pour se payer la maison de l'Anglais ? Et pourquoi refusait-il avec une telle obstination d'en partir ? Qu'est-ce qu'il pouvait bien cacher derrière ces murs bâtis avec des pierres qui n'étaient même pas d'ici ? Il y avait certainement de sales raisons qui expliquaient tout ça. Et il n'aurait pas été étonné le moins du monde s'il avait appris que cette baraque possédait une cave. Et que, dans cette cave, il y avait quelque chose de pas bien propre enterré…

Dylan Whales avait tout de même tapé de ses propres mains la proposition de conciliation. Huit cent mille euros que l'État lui offrait pour qu'il déguerpisse ! Huit cent mille euros pour ce va-nu-pieds, cet ermite sans la moindre racine dans la Province ! C'était une honte. Une gabegie. Huit cent mille euros, tout de même, ça ne se trouvait pas sous le sabot d'un cheval ! Sans compter que monsieur Dutilleux, le promoteur, lui avait proposé jusqu'à cinq fois cette somme. Quatre millions d'euros. Quatre millions ! Lui, il aurait bien su quoi faire de cette manne, allez ! Mais ce Jonas avait laissé passer sa chance. Il avait refusé le geste généreux de ce bon monsieur Dutilleux. Maintenant, il n'aurait plus que huit cent mille. Et, même ça, il n'en voulait pas. Le sale cochon de fils de garce. Si ça n'avait tenu qu'à lui, il…

« Prenez à droite. Continuez sur deux virgule sept kilomètres. Puis prenez la deuxième sortie. »

La voix sans relief du GPS avait coupé Dylan Whales dans ses pensées. En écho, celle d'Honoré marmonna : « Alors, mon cher Whales ? Nous sommes prêts ? Sortez-moi le dossier suivant, celui des fruits et légumes. Nous y serons dans dix minutes.

2

« Les cons… »

Avec une profonde lassitude, Jonas considéra la pile de lettres qui s'empoussiérait sur le plateau du secrétaire de l'entrée. Cela faisait deux ans que l'Administration avait commencé à s'ébrouer. Au début, cette masse spongieuse, sans queue ni tête, n'avait fait que vagir, inoffensive et lointaine. S'il avait eu le fond mauvais, Jonas en aurait même souri tant elle lui paraissait pataude et lente. Un courrier par-ci, une lettre recommandée par-là, parfois avec un accusé de réception. Puis la Bête, constatant qu'il ne réagissait pas, se rendormait pour quelques semaines. Trois mois plus tôt, elle avait tout de même commencé à gronder. Ça n'était pas encore le grand jeu. Cela viendrait. Mais le rythme des intimidations s'était accéléré. Ces deux huissiers, Jonas le savait, n'étaient que les éclaireurs de colossaux ennuis qui allaient bientôt s'abattre sur lui. Le plus vieux des deux clampins le lui avait d'ailleurs glissé, avec l'air de ne pas y toucher. Lorsque la phase judiciaire était enclenchée, il n'y avait plus rien à faire. Après les lettres, les accusés de réception et les officiers de justice, le gros de la troupe viendrait s'en mêler. Il avait suffisamment vécu pour savoir qu'il serait alors balayé comme un fétu de paille, une simple plume. Mais Jonas avait encore un peu de temps.

Les mains dans les poches, le Vieux abandonna l'entrée, chacun de ses pas claudicants faisant chanter le plancher de chêne aux lames disjointes. Il s'arrêta dans l'encadrement de la porte donnant sur la cuisine. Face au contre-jour de la fenêtre qui donnait sur l'est, il sentit une amorce de sourire se dessiner sur son visage. Bien sûr qu'il serait réduit en miettes. Dans sa situation, que pouvait-il espérer d'autre face à la puissance aveugle de l'Administration ? En attendant, la vie continuait. Et, à cet instant précis, celle-ci se résumait à une seule chose : un ventre de terre cuite vernissée, dont l'orangé tirait sur l'ocre, et qui mijotait depuis quarante-huit heures sur le gigantesque piano aux chromes étincelants. Lentement, il s'approcha du toupin et prit le temps de l'admirer, empli d'un amour infini. Il ne s'agissait pas d'une casserole, d'une mijoteuse en inox, et encore moins d'une vulgaire cocotte-minute, non. Ces instruments-là, pour Jonas, ne possédaient pas d'âme. C'était bon pour les gens pressés, ceux qui cuisinaient pour manger. Si l'on voulait mitonner un plat au long cours, il fallait du sérieux, du faitout qui a fait ses preuves et qui ne s'achète pas dans les rayons des supermarchés.

À deux mètres du piano, il s'immobilisa, les yeux plissés par la gourmandise. Sur la minuscule couronne de flammes bleutées, si faible que le moindre souffle aurait suffi à l'éteindre, le toupin respirait. Il l'entendit. Cette conque au grain épais, ronde, semblable à un potimarron, sifflait une mélopée tranquille et battait à la façon d'un cœur régulier. Depuis deux jours, elle était là, ne nécessitant aucune intervention humaine. Tout se déroulait selon les lois immuables du feu et de la terre. Le seul geste qu'il s'autorisait, toutes les quatre heures, c'était de verser, dans le couvercle prévu à cet effet, une rasade d'eau pure. Tétée par la chaleur de l'argile, cette eau prévenait toute mauvaise surprise. Grâce à elle, à l'intérieur de cette marmite, rien ne se gâterait. Le fond attacherait, deviendrait compact, brunirait sans jamais brûler. Plus l'on remonterait vers la surface, plus les bulles circuleraient en pleine liberté, drainant les sucs, les malaxant, les mariant entre eux, les magnifiant, enfin. Cette alchimie, seuls le feu et la vieille terre cuite la permettaient. Le reste ne comptait pas. Cette cuisson ne se faisait pas au goût ni à la vue. Elle se faisait à l'oreille. Ceux qui jugeaient d'un plat à son bouquet ou à son fumet n'étaient que des amateurs, des ignorants, des bas-bleus du piano. Seule l'ouïe était capable de donner la température idéale, celle qui se traduisait par une note parfaite, tout juste murmurée. Une note qui possédait l'éclat de l'évidence.

La bouche humide, Jonas avança d'un demi-pas vers le chef-d'œuvre à naître. Le chef-d'œuvre, et non son chef-d'œuvre. Lui, il n'avait été que le mitron, le marmiton, la petite main, l'exécutant, le sans-grade. Bien entendu, il avait longuement fouetté le poulpe sur le banc de roche qui s'ennuyait dans le jardin, tout encroûté de sel. Dans des éclaboussures de mer montant au soleil, il avait fait claquer la bête jusqu'à en avoir mal à l'épaule. Il l'avait ensuite nettoyée, massée à pleines mains dans de l'eau glacée. Puis, il l'avait ciselée, nettoyée, avant de la mettre à mariner une nuit entière dans un vin rouge du Minervois. Avec patience, il avait compté les éclats de fleur de sel blanc et les grains de poivre noir, choisi thym et laurier. Au moment idoine, il avait musclé sa marinade d'un verre de blanche des Cévennes qu'un vieux bouilleur de cru clandestin, à chaque automne, venait lui fourguer. Ce grand-père ne lui rendait visite qu'à la nuit tombée, sans jamais prévenir, avec des mines de conspirateur. Une fois l'affaire conclue, sans qu'un seul mot inutile ait été échangé, il repartait d'où il était venu. Alors, même si l'on avait payé la marchandise rubis sur l'ongle, l'on ne pouvait s'empêcher de se sentir malgré tout le débiteur de cet étrange bonhomme.

Saisi par la passion d'un Cagliostro, le front humide de sueur, Jonas avait ensuite parfait le bain mystérieux avec d'autres ingrédients, selon une recette qu'il s'était juré de ne pas partager avec qui que ce soit. Les néophytes à la bouche fleurie pourraient toujours crâner en disant qu'ils reconnaissaient le lard fumé, l'ail, la tomate, voire la pointe de safran. Ces crétins infatués, toujours, passeraient à côté de l'essentiel, qui n'était pas, qui n'était jamais la simple liste des éléments nécessaires à l'élaboration de la daube de poulpe. Le cœur de la chose se situait ailleurs. Dans les épices et le temps de cuisson, l'intensité du feu, l'envie de donner. À côté de cela, toutes les lettres recommandées avec accusé de réception, même remises en main propre par une armée d'huissiers encostumés, ne valaient rien. Strictement rien. Pas même un pet de lapin.

« Les cons... »

Oui. Ceux qui croyaient que ledit Jonas Jonas allait abdiquer aux injonctions étaient des naïfs. À soixante et onze ans, il avait passé l'âge d'obéir. Malgré sa tête chenue, les faisceaux de rides qui étoilaient son visage, son dos qui avait pris la détestable manie de s'arrondir sous le poids des années, ou ses yeux qui n'étaient plus aussi perçants qu'avant, il était encore en vie. Sale gosse, têtu, libre penseur. Il avait gagné – et de haute lutte – le droit de faire ce qui lui chantait. Sa maison était à lui, qu'on se le dise ! Ce n'était pas pour rien qu'il avait acheté un semi-automatique Baikal. Le jour où la Bête changerait de braquet et sortirait les griffes, il aurait son calibre douze sous la main et il n'hésiterait pas à s'en servir. À bon entendeur, salut !

Avec un soupir de fatigue, le Vieux tourna le dos au toupin et quitta la cuisine. Il en manquait. Pas grand-chose, certes. Mais il en manquait. Une heure et quart. Peut-être, une heure et demie. Juste ce qui séparait le délice de l'excellence.

Isla Negra était à lui. Elle était sienne, cette bicoque. Voilà plus de trente ans, il l'avait achetée, sans même en discuter le prix. C'était un drôle de pékin qui la lui avait vendue. Un Anglais. Un numéro. Du genre lord, mais uniquement des chevilles jusqu'à la base du cou. Aux pieds, il portait des boots Nevermind à quatorze trous, avec des lacets à têtes de mort. Au nez et aux oreilles, c'était toute une collection de boucles et de piercings dont la majorité représentait des doigts tendus. Sur la gorge, un tatouage figurait un sablier d'inspiration gothique, orné d'un crâne terrifiant. Entre ces deux zones mollissait un petit corps grassouillet, vêtu d'un costume trois pièces taillé dans la meilleure laine mérinos qui soit. C'était un Perkins de chez Hockerty. Peut-être trop ajusté, mais d'une élégance toute britannique.

Les deux hommes s'étaient donné rendez-vous dans l'arrière-salle du Barbotine, le nouveau bar qui venait d'ouvrir. Cinq minutes plus tard, le prix était entendu et la signature de l'acte, programmée chez maître Dutilleux. Dès que Jonas avait pénétré entre les murs, grâce au trousseau de clés que l'Anglais avait tenu à lui confier avant même d'avoir reçu le règlement, il avait arraché la plaque émaillée qui ornait le portail. Le manoir, connu jusqu'alors sous le nom de Once Upon a Time, prit in petto celui d'Isla Negra. Et c'était cela que les Whale & Whales voulaient lui enlever, avec tout leur charabia ?

« Les cons… »

Le vieil homme alla s'asseoir dans son fauteuil club, l'un des derniers vestiges datant de la période où le manoir appartenait à un sujet de Sa Gracieuse Majesté. Face à lui, la mer s'étendait, à perte de vue. À travers la baie vitrée, entre les zones que les cristaux de sel plaqués au fil des jours par les rafales d'embruns n'avaient pas encore colonisées, Jonas pouvait embrasser l'immensité. Comme le manoir de granit se situait sur une pointe de sable, une étrave qui filait droit vers le large, il n'avait aucun voisin. Depuis le salon, à droite comme à gauche, il ne voyait que les flots, une masse étale ou bordée d'écume. Qu'il pleuve ou qu'il vente, que le soleil tape tel un étameur ou qu'il fasse jour blanc, Isla Negra se dressait. Un rocher de Gibraltar. Si les hommes en noir lui prenaient son voilier de pierre, son phare bâti sur le sable, où irait-il ? Même si la proposition de conciliation contenait tout l'or du monde, qu'en ferait-il ? Habiter dans une banlieue chic ? Pourrir dans un lotissement cossu ? Finir ses jours dans une résidence pour seniors fortunés ? Hors de question ! Il ne parviendrait jamais à se couler dans ce genre de rêves qui étreignait la majorité des gens. Il ne le pourrait pas. C'était au-dessus de ses forces. Il n'existait sans doute qu'un seul lieu au monde comme Isla Negra. Ce lieu était à lui et il n'en bougerait pas.

La cigarette aux lèvres, Jonas quitta le fauteuil club et adressa un sourire amoureux à Frida Kahlo, dont un immense autoportrait tapissait le mur séparant le salon de la cuisine. Du même pas, douloureux et obstiné, il gravit les marches qui menaient à la chambre du premier. Après avoir repris son souffle, il monta jusqu'à la minuscule pièce à œil-de-bœuf qui se cachait sous le toit. Bien qu'il habitât seul dans le manoir, celle-ci était toujours fermée à clé. Pas par crainte des voleurs, non. Il avait fait le nécessaire pour que la Province entière soit au courant de son achat d'un calibre douze. Comme les gens l'imaginaient volontiers fou, même les plus téméraires n'auraient jamais osé s'introduire chez un timbré possédant un Baikal flambant neuf. Jonas fermait la porte de ce grenier par habitude. Une manie de vieux garçon, peut-être.

Lorsque le verrou baigné d'huile libéra le pêne dans sa gâche, il actionna la poignée, mais le vantail refusa de pivoter sur ses gonds. Avec une grimace, il tenta à nouveau d'ouvrir la porte, mais celle-ci résista. Cela faisait plusieurs semaines que le panneau ne voulait rien savoir. Le bois n'y était pour rien. Cela venait d'ailleurs. Après un coup d'épaule sec, la porte finit par céder le passage dans un grincement de douleur. Il devrait tout de même la raboter, enlever ou ajouter quelques écrous sur les gonds.

Pendant qu'il se massait le triceps, Jonas observa son nid d'aigle. Du nord, l'œil-de-bœuf laissait couler une lumière ténue au creux de la pièce à soupente, bâtie de chêne. Dans ce rai de lumière, comme pour lui faire la fête, des poussières se mirent à danser et il attendit que leur sarabande cessât avant de rejoindre son bureau. Pour qui pénétrait pour la première fois dans ce réduit, il fallait patienter quelques minutes avant de comprendre la logique qui présidait à l'agencement de ce chaos invraisemblable. Il y avait de tout. Il y en avait partout. Sur les étagères de tous styles, sur le petit divan de velours râpé, pendu aux poutres, punaisé aux murs, jonchant le sol parqueté de lamelles grossières et désunies. L'œil ne savait où se poser. Ici, c'était une pompe à essence des années 1950 en parfait état de fonctionnement. Là, une cloche de bronze vert tachée d'auréoles de guano. Tout à côté s'empilaient des azulejos lisboètes, fendus, dépareillés. Un peu plus loin, une poêle à châtaignes trouée et rouillée, la silhouette élégante d'une figurine Johnnie Walker, une pipe à opium, une lampe de mineur, une ancienne affiche à la gloire de la Pan American, une Vierge Marie de bois bleu et blanc, au sourire extatique. Puis venaient des masques africains, une miniature reproduite à l'identique d'une statue de l'île de Pâques, un carton à chaussures débordant de montres arrêtées, un étui à guitare délavé par le temps, un archet de violoncelle mal coiffé, des lettres enrubannées avec soin, un fac-similé paraphé par Dubout découvrant sans pudeur la Justine de Sade, des piles de vinyles passés de mode, des cendriers aux teintes oubliées, commémoratifs ou publicitaires.

Avec précaution, Jonas avança dans cette marée dont chaque objet lui murmurait à l'oreille un souvenir, heureux ou malheureux. Du bout du pied, il déplaça un camion de pompiers à l'échelle tordue et le colla contre une paire de chaussures de football aux crampons encore incrustés de boue. Puis, il alla s'asseoir à son petit secrétaire de teck. Entre les pots de terre, où des stylos assoiffés montaient la garde en attendant de pouvoir repartir au combat, il récupéra un Zippo tout éraflé sur lequel était gravée la devise : *In a constantly changing world, I don't.* Avec le plaisir du gourmet, il ouvrit le capuchon qui avait été autrefois plaqué d'argent et activa la molette. Aussitôt, une forte odeur d'essence vint se mêler à celle de l'iode et du bois humide. Bientôt, ce fut celle du tabac blond brûlé qui emporta tout sur son passage, impérieuse.

C'était donc tout cela que ces margoulins voulaient lui faire abandonner, avec la seule force de leurs papiers timbrés et la promesse d'un chèque ? Cette absurdité arracha un sourire amer sur les lèvres du Vieux.

D'une voix grave et grumeleuse, tout en recrachant une épaisse volute de fumée, il gronda encore : « Pauvres cons… »

Jonas savait ce que l'on disait de lui, en ville. Le cadavre de sa femme, enterré à la cave. Et pourquoi pas de ses femmes, tant que l'on y était ? Toute sa cave devait en être remplie puisque l'on se répétait ce secret à voix basse, de l'éboueur au maire et du pharmacien au boulanger. D'ailleurs, en poussant le raisonnement un peu plus avant, il pouvait tout aussi bien, faute de place, en avoir entreposé quelques-unes ici, dans ce grenier. Là, par exemple. Dans cette malle de soldat de la guerre de 1914. Solidement sanglée, portant sur ses flancs comme autant de cicatrices des dizaines d'étiquettes qui témoignaient de ses voyages autour du monde, cette cantine de fer et de bois pouvait parfaitement contenir le corps d'une femme. En plusieurs morceaux. Une Tonkinoise des rives du fleuve Rouge ou une Tatare de Kazan, une demi-pute de Buenos Aires ou une duchesse du Kent. Tout pouvait faire ventre pour l'imagination de ces imbéciles, pas même heureux. Mais ils ne l'auraient pas aussi facilement. Un papier et deux huissiers ? Une paille ! Lui, il savait bien pourquoi, un jour, il avait décidé de ne plus aller en ville. Mais ça ne regardait que lui. Il était à Isla Negra et le monde, tout autour, pouvait bien s'étriper et s'écharper, se gonfler d'importance comme un vieux crapaud. Cela ne le regardait pas. Ce n'était plus son affaire. Et il saurait bien se défendre. Toutes ces vieilles commères, hommes et femmes réunis, pouvaient baver sur son compte, il s'en moquait. Lui, il savait pourquoi il aurait préféré mourir ici plutôt que de risquer un seul pied en dehors de son manoir. Et les autres pouvaient bien inventer ce qu'ils voulaient.

Quant à se défendre contre la Bête, il n'aurait peut-être même pas besoin de le faire. À chaque jour qui passait, Isla Negra le lui répétait, toujours plus insistante. Par ses murs, ses planchers, ses portes, ses fenêtres et jusqu'avec son toit, elle le lui murmurait à l'oreille. Il n'aurait pas à lutter contre les officiers de justice, la police, les juges, les excavatrices, les pelleteuses et les bulldozers. La solution viendrait d'elle-même. Et il serait aux premières loges, prêt à l'accueillir à bras ouverts ou à la prendre en pleine gueule, cela importait peu.

Après avoir écrasé sa cigarette, tétée jusqu'à l'extrême limite du filtre afin de bien sentir que la mort délicieuse pénétrait en lui, Jonas se releva, satisfait.

Avec les gestes précis que garantissent les rituels mille fois répétés, il entrebâilla le volet intérieur de la minuscule fenêtre qui, derrière le bureau, donnait plein sud. Les yeux un instant brûlés par le flot de lumière crue qui se déversait dans la pièce, il ouvrit à tâtons le tiroir du meuble et en tira avec précaution une longue-vue de cuivre qu'il déplia. D'un pan de son tee-shirt blanc, il nettoya les deux lentilles. Puis, une fois l'instrument collé à son œil, il le braqua en direction du grand large. Grâce à des ajustements minutieux, il finit par réussir la mise au point. Durant de longues minutes, il demeura alors ainsi, campé parmi ses souvenirs, à scruter la mer. Depuis la veille, rien n'avait changé. Çà et là, il repéra les mêmes rares barques de pêcheurs. Beaucoup plus loin, il vit un vraquier tout aplati qui transportait dans son ventre d'acier du blé du Maroc, des carcasses de moutons d'Australie ou de l'huile de palme d'Angola. Avec un sourire de dégoût et d'amusement mêlés, il s'aperçut aussi que le promène-couillons avait remis ça – un bateau à fond plat payé par la municipalité qui cabotait, chargé de touristes apathiques et cramoisis. Sans crainte de s'ensabler, il venait flairer les plages comme un mendiant faisant les terrasses des cafés.

Rien n'avait changé, non. Et la longue-vue n'y était pour rien. Il l'avait acquise lors d'un vide-grenier, du temps où il sortait encore et prenait un malin plaisir à voir ses congénères, au vu et au su de la multitude, brader leurs biens. Cela lui semblait d'une impudeur crasse, mais il avait jeté son dévolu sur cette pièce. Celle qui la vendait était une vieille, assise sur un pliant, la canne entre les cuisses et des lunettes à verres fumés sur les yeux. D'un air mystérieux et cependant amical, elle lui avait confié que cet instrument était une longue-vue de marine et qu'elle ne lui serait donc d'aucune utilité si l'envie lui prenait d'observer les étoiles ou les paysages. Cette grand-mère l'avait ému. Il avait acheté l'objet et, tout l'après-midi, il avait braqué le tube coulissant sur les voiliers qui, au large, faisaient fleurir sur leurs ponts des femmes nues, de tous les âges et de toutes les proportions. Lorsque la nuit était tombée et qu'un petit vent frais s'était levé du noroît, il avait tenté d'observer la Grande Ourse, Cassiopée, Andromède ou la Girafe. Malgré tous ses efforts, rien n'y avait fait. La vieille ne lui avait pas menti. Cette longue-vue était bien de marine et, comme son nom l'indiquait, elle se révélait incapable de capturer dans ses lentilles de gros verre la moindre lueur d'étoile.

En repliant les tubes de cuivre, Jonas dut se rendre à l'évidence : rien ne viendrait du large, du moins ce jour-là. Cela n'était pas grave. Si ce n'était pas pour ce jour-là, ce serait pour le lendemain. Ou les jours d'après. Il avait un peu de temps. Dans la cave, son grand œuvre avançait. Pas aussi vite qu'il l'aurait voulu, certes. Mais ça avançait tout de même. Avant de refermer le volet, il eut le plaisir de voir les premiers nuages de murmuration se former dans l'indigo du ciel. Nuages de murmuration. Il était rare que trois mots seulement parviennent à dire toute la magie céleste de ces oiseaux, des étourneaux sûrement, qui se rassemblaient avant d'accomplir leur migration vers le sud. Ils étaient plusieurs milliers à voler ensemble, en un nuage mouvant, changeant de direction d'un seul battement d'ailes. Ils ondulaient en vagues sombres ou plus claires, jouant avec les brises, testant leurs forces, leur résistance. Ils n'allaient pas tarder à larguer les amarres, à tout abandonner derrière eux.

« Les cons… »

Jonas, lui, ne partirait pas.

3

Au même instant, à quelques kilomètres d'Isla Negra, bien après les marais salants et la longue plage de sable laiteux qui faisait la fierté et la fortune de la ville, une scène bien différente se déroulait. Électrique, hérissée de bruits et d'éclats de voix, elle était menée bille en tête par Charles Dutilleux, l'homme le plus riche de toute la Province. Le journal du jour tendu à bout de bras, transpirant à grosses gouttes dans son costume du dernier chic et sa chemise saumonée, il faisait les cent pas. Les talons de ses John Lobb Sennen claquaient sur le marbre noir de la salle à manger et scandaient sa fièvre. Charles Dutilleux était un homme de petite taille, à la poitrine bombée par l'orgueil et à l'estomac replet sur lequel toutes les cures s'étaient cassé les dents. Roulant carrosse, le verbe haut, la flatterie facile avec les puissants, d'un habile mépris avec les faibles, il était devenu au fil des années une caricature de l'homme que, étant enfant, il rêvait d'être. Il avait réussi dans la vie, au-delà de toute espérance. Et, désormais septuagénaire, il tenait à ce que cela se voie, à ce que cela se sache.

Derrière les fines montures en titane de ses lunettes posées en équilibre sur l'arête de son nez, il tonna à nouveau : « C'est une question de mois, de semaines ou peut-être même de jours, je te dis ! La mascarade et le carnaval, c'est bientôt fini ! Aussi vrai que je m'appelle Charles Dutilleux, c'est la fin ! Terminé, tu m'entends ? Emballé, c'est pesé ! Rideau ! C'était son dernier tour de piste, à l'autre clown ! Tu as lu ça, Mémé ? Nom de Dieu, tu l'as lu ou pas ? »

Les yeux égarés dans le vide, totalement étrangère à la fureur qui avait saisi son mari, une femme de vingt-six ans tout juste cessa de souffler sur le vernis frais des ongles de sa main gauche. D'un ton absent, elle répondit :

« Tu sais bien que je ne lis pas la presse, Chichou… »

À ce dernier mot, Charles se figea sur le marbre froid. Aussitôt, il opéra une volte-face et aboya : « Je t'ai déjà dit de ne pas m'appeler Chichou ! C'est ridicule ! »

Avec le même flegme, la jeune femme lâcha : « Chichou, c'est mignon. Puis, ça vaut bien Mémé, non ?

— Tais-toi ! Comme d'habitude, tu dis n'importe quoi !

— Mais je…

— Stop ! Par pitié ! D'abord, Mémé, c'est le diminutif de Mérope, un prénom parfaitement ridicule et sorti de nulle part.

— C'est ma mère qui…

— Mérope ! A-t-on seulement idée ? Mérope !

— Elle l'a lu sur une boîte de biscuits et elle m'a dit que c'était le nom de…

— Ça suffit ! »

Sèche, sans appel, la voix venait de cingler sous les plafonds hauts, lustrés de laque blanche. Comme si elle avait reçu un uppercut au menton, la jeune femme se rencogna dans le cuir pleine fleur immaculé de son canapé Hug. Puis, boudeuse et le menton rentré, elle s'entêta à protester, d'un timbre ténu : « C'est ma mère qui l'a choisi…

— Ce qu'a pu faire ta mère ou rien du tout, c'est du pareil au même, ma pauvre fille. Mérope… Et pourquoi pas merlu, merlan ou mérou, tant qu'elle y était ? »

Afin de ne pas répliquer, l'épouse, vêtue d'un bustier noir décolleté jusqu'à l'outrance, se mordit la lèvre inférieure. Comme elle s'apprêtait à se lever pour quitter la pièce, Charles Dutilleux se planta devant elle. Avec une grimace autoritaire, il poursuivit :

« Écoute un peu ce que le journaliste a écrit. Écoute bien : “Il y a donc fort à parier que le manoir, connu de tous dans la Province sous le nom étrange d'Isla Negra, vit aujourd'hui ses derniers instants.” »

Dans un geste de mépris, il jeta le quotidien sur la table basse et répéta :

« Ses derniers instants. Tu entends ça, Mémé ? Ses derniers instants… C'est beau comme l'Antique ! »

Alors que son épouse demeurait amorphe, toujours sous le coup de la vexation, il la houspilla : « Mais regarde donc le journal, bécasse ! Intéresse-toi un peu ! Ou, au moins, fais semblant ! »

La main molle, prenant garde à ne pas gâter son vernis qui finissait de sécher, la jeune femme s'exécuta. Pendant qu'elle faisait de son mieux pour se plonger dans la lecture de l'article, Charles Dutilleux croisa ses mains dans son dos, enfla encore un peu plus son torse de vieux coq et se remit à arpenter le marbre froid de l'immense salle à manger. Ainsi, il avait réussi. D'ailleurs, dans son existence, il avait tout réussi, en dépit d'études courtes et sans clinquant. Une fois son baccalauréat général obtenu, tout s'était subitement accéléré. Il avait la bosse des affaires. Vendre, acheter, spéculer, acheter, vendre. Il ne créait rien, non. Il faisait de l'argent. Beaucoup d'argent. Au fil des années, il s'était taillé la part du lion dans l'univers impitoyable des transactions immobilières. Les mauvaises langues le disaient cruel, dénué du moindre scrupule. Mais qu'y pouvait-il s'il transformait la pierre en or ? C'était un don de Dieu, voilà tout !

Parvenu face à la baie vitrée qui s'ouvrait sans pudeur sur la plage en contrebas, encore noire de monde, il maugréa : « L'autre fêlé a fini de nous emmerder, crois-moi… »

Charles Dutilleux, entrepreneur immobilier prospère, avait amassé l'essentiel de sa fortune à Paris, au début des années 1970. À l'époque, la légende disait qu'il ne possédait rien, hormis une obsession qui le dévorait à chaque heure du jour et de la nuit. Réussir dans la vie. Et peu lui importait par où il devait passer pour atteindre son rêve. Engranger des millions de francs. Brasser des capitaux colossaux. Cela seul peuplait la totalité de ses pensées.

Sa maigreur maladive et son teint hâve trahissaient ses nuits mauvaises enfiévrées, sacrifiant l'essentiel de ses revenus squelettiques à paraître en société dès que l'occasion se présentait. Dans le petit deux-pièces humide du treizième arrondissement où il vivait alors, il passait chaque matin un temps infini devant le miroir de sa salle de bains, coincé entre une baignoire sabot et des toilettes à la turque. Là, il frottait le gant contre sa peau avec rage, comme si, ce faisant, il pouvait en arracher ses habitudes de gêne. Il se haïssait.

« Eh bien, Mémé ? Tu as lu ? »

Sans lever les yeux du journal, la jeune femme répondit avec un ennui qu'elle ne tenta pas même de masquer : « Je suis en train, Chichou. Je suis en train… »

Les escaliers qui mènent à la richesse, Charles Dutilleux ne les avait pas gravis un à un, non. Il les avait avalés, dévorés. Il se l'était juré, sitôt débarqué à Paris. Lorsqu'il reviendrait dans la Province, ce serait en vainqueur. Il ne serait plus le fils adoptif de l'obscur notaire Jean-Gustave Dutilleux, pour lequel il n'éprouvait qu'un mépris abyssal. C'était un sagouin qui ne s'était jamais intéressé à sa charge, un jouisseur qui avait toute sa vie durant préféré tremper le fil dans l'eau, boire en ivrogne et parier aux courses plutôt que de générer du chiffre et se battre sur des dossiers juteux. L'étude, au fil des ans, était tombée en misère. Le père était mort jeune. Quant à la mère, il préférait ne pas en parler… Mais lui, le nouveau Dutilleux, Charles, il ne serait plus le bâtard. Il ne serait plus l'enfant trouvé, le fils du saoulard, le rejeton de l'ivrogne et de sa moitié. Il serait un homme respecté.

« Dis-moi, Chichou ? »

D'ailleurs, il avait réalisé la majorité de ses rêves de jeunesse. Et de quelle manière ! Il habitait la plus grande propriété de la Province, avec une vue imprenable sur la mer. Il avait fait bâtir ce bunker d'acier et de béton sur la seule colline de roche qui bordait les flots. Les fondations en étaient profondes et il ne manquait rien à cette forteresse. Des voitures ? Il en possédait une douzaine, toutes de collection, toutes acquises de haute lutte lors de ventes aux enchères dont certaines avaient défrayé la chronique. Il avait installé ses petites merveilles dans un garage climatisé au taux d'hygrométrie constant, attenant à la propriété, truffé d'alarmes et surveillé étroitement par son homme à tout faire qu'il nommait l'Africain. Chaque jour, comme s'il rendait visite à ses enfants, Charles allait leur parler, s'arrêtant devant chacune d'entre elles, les appelant à mi-voix par leurs noms. Rolls-Royce Ghost ou Phantom, Lamborghini Huracán, Porsche, Maserati, coupé Mercedes – sans oublier sa perle, son Graal, son joyau : une Mosler MT900 GTR. Avec elle, comme un sultan énamouré d'une favorite, il prenait plus de temps, la peau de chamois toujours à portée de la main, un sourire béat sur les lèvres.

Dans le silence, la voix crissante de Mérope se fit entendre : « Tu as lu tout l'article, Chichou ?

— Évidemment. Pour qui tu me prends ?
— Tu es sûr que tu as bien lu ?
— Je viens de te dire que oui ! »
Afin que le tableau soit complet, il avait aussi dû se résoudre à prendre femme. Pas vraiment par goût, non. Mais parce que c'étaient des choses qui se faisaient. Dans leur ensemble, les femmes n'inspiraient à Charles Dutilleux que méfiance et suspicion. Il ne les connaissait pas mais, de ce qu'il en savait, elles étaient souvent futiles et dépensières. Ou, au contraire, intéressées, âpres au gain, revêches et envieuses. Dans un cas comme dans l'autre, elles ne lui inspiraient que du dédain et un scepticisme de tous les instants. Aussi, afin de ne pas être trop dérangé par ce mal nécessaire, il en avait choisi une beaucoup plus jeune que lui, encore malléable. De retour dans la Province au sommet de sa carrière, il avait opté pour une gamine du cru de quarante-quatre ans sa cadette. Une brave fille, sur laquelle personne ne se retournait dans la rue. Soucieux de se faire une réputation d'homme généreux, voire de bon Samaritain, il l'avait achetée à sa mère – une pécore qui avait pondu ses enfants telle une poule ses œufs. Comme il aimait à le dire en toute occasion, exagérant le trait, il l'avait tirée du ruisseau. Très vite, il l'avait couverte de bijoux et de fourrures et confiée à un ami chirurgien esthétique qui n'avait mégoté ni sur le silicone ni sur l'acide hyaluronique afin de repulper des lèvres qui n'en avaient pourtant aucun besoin. Aux yeux de cette pauvre gosse, il avait été à la fois le Père Noël et le ticket gagnant du

Loto. Dans toute cette opération, elle était sortie de sa condition, et lui possédait à ce jour une épouse dont il pouvait être fier. L'affaire était bouclée.

Dans son dos, désagréable à l'oreille car trop haut perchée, la voix de Mérope s'entêta une nouvelle fois : « Dans le journal, ils disent que c'est l'étude des huissiers Whale & Whales qui a apporté à Jonas Jonas l'ordonnance d'expro…

— J'ai lu tout ça.

— Et qu'il a un mois pour faire connaître sa…

— Je sais.

— Et ils écrivent aussi que, s'il ne répond pas, c'est… »

Excédé par la lenteur et le timbre avec lesquels son épouse déchiffrait l'article, Charles Dutilleux pesta : « Je sais tout ça, je t'ai dit ! C'est mon métier, les affaires. Lâche ce journal et écoute-moi bien à présent. Je vais tout t'expliquer.

— Oui.

— Aujourd'hui, ce vieux fêlé a reçu une offre du juge d'expropriation, tu me suis ?

— Oui, Chichou.

— Cette offre correspond au prix du marché. Bercy l'a calculée sur le Patrim usagers. Il y a assez longtemps que je les tanne pour qu'ils passent aux actes, ces fainéants. Mais admettons, c'est fait.

— Et le Patrim usagers, qu'est-ce que c'est ?

— Un service en ligne disponible depuis le 6 novembre 2013, appuyé par l'article 545 du Code civil. Il prévoit, pour le particulier, une “juste et préalable indemnité". Pour t'expliquer simplement les choses : ou il accepte le chèque et il s'en va gentiment, ou il refuse et il est viré. Quoi qu'il décide, son tas de boue sera rayé de la carte. Il n'a pas le choix.

— Il n'a pas le choix. Mais il a le temps. »

Comme la jeune femme se levait du canapé, déjà étrangère à la discussion, le promoteur aboya : « Qu'est-ce que tu racontes ? Pourquoi aurait-il le temps ? Il y a des lois, et les lois, c'est fait pour être respecté ! »

Du haut de ses escarpins griffés d'un noir profond et rivetés au niveau du tendon, Mérope laissa tomber : « Ce n'est pas ce que dit l'article. Ils disent que ça peut mettre très longtemps pour que la loi soit appliquée.

— Foutaises ! La loi, c'est la loi ! Et je connais assez de monde au TGI pour te promettre que cette saloperie d'affaire va être menée à la baguette ! Ça fait des années que j'y travaille ! Des années !

— Si tu le dis… »

À pas comptés, comme une funambule avançant sur son fil tendu, Mérope se dirigea à son tour vers la baie vitrée. Dans son dos, la voix cassante de Dutilleux crachota encore, au comble de l'agacement : « Si je le dis, c'est que je le sais. Je ne parle jamais sans savoir, moi.

— Mais oui, Chichou… »

Comme elle l'avait vu mille fois sur la chaîne Fashion TV, la jeune femme s'immobilisa face à la mer, la tête exagérément penchée sur le côté, le bassin en avant, une main sur la hanche et les lèvres entrouvertes. Après quelques secondes de silence, elle reprit : « Pourquoi tu lui en veux tant, à ce Jonas Jonas ? Il a des terrains qu'il ne veut pas te vendre ?

— Des terrains ? Il est assis sur un tas de sable, oui ! Et qu'est-ce que tu voudrais que je fasse d'un tas de sable qui ne vaut pas tripette ?

— Il est bien placé.

— Ça, oui. Mais il est soumis à la loi littoral. Ce qui veut dire qu'il n'est pas constructible. Un tas de sable où l'on ne peut rien bâtir, ça ne sert à rien. À part à emmerder les honnêtes citoyens ! »

Toujours appliquée à singer les mimiques des gamines qui défilaient sur les podiums, Mérope changea de posture et murmura : « Alors, pourquoi tu te mets dans ces états ? S'il veut y rester, sur son tas de sable, comme tu dis, en quoi ça peut te… »

Plutôt que de terminer sa phrase, la jeune femme effectua avec lenteur un demi-tour et s'aperçut alors que son époux avait quitté la pièce. Elle s'abîma à nouveau dans la contemplation du paysage. En bas, dans les rues et les entrelacs des allées et des venelles, les touristes s'agglutinaient, ne constituant plus qu'une masse uniforme uniquement préoccupée par la quête du soleil. Au bout de l'anse, tout au fond, les propriétés luxueuses marquaient la frontière avec la réserve naturelle protégée. Mérope se projeta en pensée par-dessus les marais salants, ces trous d'eau où plus d'un s'était noyé. Elle convoqua dans ses souvenirs les repaires des échassiers et ceux des bêtes d'eau. Elle frémit avec délice en songeant à ces créatures que l'on sentait par tous les pores de sa peau, mais qui ne se montraient jamais. Elle entendit les vents qui faisaient frissonner les roseaux en bouquets serrés. Elle se rappela les feux follets des nuits d'été, les plaques de sel qui cassaient sous les pieds comme autant de débris de vitraux abandonnés par le soleil. Encore plus loin, le plus loin où étant enfant elle fût jamais allée, elle revit les petites dunes de sable blanc. La végétation disparaissait de manière insensible, au fur et à mesure de son avancée. La marche se faisait plus pénible, mais elle s'entêtait, le souffle court. Là où aucune route goudronnée n'avait jamais été tracée se dressait la grande dune, la montagne de sable blanc. À son sommet, une étrange bicoque. Une espèce de manoir aux pierres grises, qui n'avait rien à faire dans ce paysage.

Lorsqu'elle était gamine, elle y allait parfois. En cachette. Elle s'approchait de la maison et s'asseyait dans un trou de sable qui lui brûlait les fesses, les mains et les pieds, mais elle ne bougeait pas. Elle restait là, peut-être des heures, à observer le petit volet bleu qui donnait sur la mer. De ce trou sombre sortait parfois une longue-vue dont le cuivre accrochait des éclats de soleil. En ville, on affirmait que ce manoir était habité par un illuminé répondant au nom et au prénom de Jonas. Alors, elle rêvait. Elle se demandait qui pouvait bien être ce mystérieux bonhomme qui se terrait dans ce repaire. Et, surtout, elle échafaudait mille hypothèses afin de savoir pourquoi il passait son temps à scruter le large, cet espace infini que rien, jamais, ne venait troubler.

4

Cinq semaines plus tard, Jonas fut tiré de son sommeil alors que le jour n'était pas encore levé. Sans préambule, une brève détonation le réveilla en sursaut, faisant aussitôt perler sur son corps une vague de sueur. Dans ce coup de feu, parti il n'aurait su dire d'où, il eut l'impression que tous ses os, d'un seul et même accord, venaient de claquer entre eux. Le temps pour lui de reprendre ses esprits et de sauter dans un pantalon pour aller décrocher le Baikal de son râtelier, la raison lui revint. Ce ne pouvait pas être le fracas d'un tir. D'abord, aucun cambrioleur digne de ce nom ne se serait risqué jusque-là. Quant aux forces de l'ordre, même si leur arrivée était imminente, elles se devaient de respecter un protocole où les balles et la poudre n'avaient pas voix au chapitre. Elles viendraient, peut-être. Mais pas avant les sommations d'usage.

Les tempes bourdonnantes, la conscience encore engluée par les rêves, il se rassit sur son lit. Face à lui, malgré la faible lumière que dispensait la lune, il embrassa dans un regard le long rectangle de sa chambre à coucher. Dénuée de meubles, hormis le sommier et le matelas, sans tapis et sans tableau, sans même un livre, elle était telle qu'il l'avait désirée. Monacale. C'était un désert. Son royaume. Posée à même le sol, contre le mur du fond, il devina sa tablette qu'il avait mise à charger. C'était elle qui avait décidé de l'agencement de cette pièce. Un jour, il avait entrepris de numériser les disques classés dans les rayonnages. Il l'avait fait pour passer le temps. Il voulait savoir combien de vinyles cette petite ardoise pouvait contenir. Vingt ? Cinquante ? Cent ? Il s'était pris au jeu. Il y avait passé des jours entiers. Puis, une partie de ses nuits. La bataille avait duré longtemps et n'avait cessé que faute de combattants. Lorsque le dernier microsillon avait cessé de tourner sur son plateau, il avait poussé un soupir de soulagement. À deux reprises, il avait ensuite compté les disques qu'il avait transformés en signaux numériques. La tablette, ainsi que la petite clé qu'il y avait ajoutée, ne pouvait pas dire vrai. Et pourtant. Il y en avait bel et bien mille deux cent neuf. Pas un de plus, pas un de moins. Et la clé, à elle seule, pouvait en avaler encore, insatiable. Comme Jonas n'avait pas pour projet de sortir de chez lui afin de courir les magasins, il s'était fait livrer une enceinte minuscule qu'il avait raccordée à la tablette. Ainsi équipé, il possédait sur quelques centimètres carrés tous les morceaux qui avaient scandé sa vie. Tant de bonheurs, de malheurs et de frissons contenus dans un objet d'apparence si modeste lui avaient mis un coup au moral. Aussi sec, il avait pris la décision de déménager tous les disques dans son repaire, sa tanière à œil-de-bœuf. Le bureau, l'ordinateur et la platine, la lampe, la table de nuit, un tapis de Sfax, un miroir ébréché, trois vases brésiliens de Teresina ainsi que mille babioles glanées çà et là, autour du monde, avaient suivi. Un coup de blanc sur les murs et le plancher. Et il ne sut pas dire s'il se sentit plus léger, aérien, ou dépouillé d'une partie de son existence.

Au moment où Jonas hésitait entre se recoucher et se lever tout de bon, il se sentit pris de vertiges. Ce fut une impression qu'il n'avait jamais éprouvée jusqu'alors. Si, à force de trop d'alcool, il avait pu, par le passé, perdre l'équilibre, ce qu'il vécut à cet instant fut bien différent. Ce n'était pas lui qui tremblait, qui tanguait et gondolait, c'était le reste du monde. Peu à peu, les vibrations se précisèrent. Elles semblaient émaner du rez-de-chaussée, mais ces pulsations pouvaient aussi provenir du toit ou de la cave. Les sens en éveil, il commença à entendre des bruits sourds. Il s'agissait maintenant de craquements infimes qui couraient sans discontinuer le long des veines du bois de chêne qui parquetait le manoir et l'étayait. Parfois, des éclatements graves naissaient dans le cœur des pierres de granit et se répercutaient comme en écho dans l'ensemble de la demeure. Au plus fort de ces vagissements, il sentait parfois rouler la dune sur laquelle était bâtie sa bicoque. Elle se tordait, se redressait, s'affaissait et semblait supplier que l'on laissât le vent la disperser aux quatre coins du monde.

Le vent…

Le vieil homme se leva et tituba jusqu'à la fenêtre, qu'il ouvrit en grand. Il ne s'était pas trompé. Faisant appel à toutes ses forces, il parvint à accrocher les deux volets aux taquets de fer scellés dans la façade. Puis, les bras le long du corps, la bouche entrouverte par la surprise, il admira. Jonas connaissait les noms de tous les vents qui jouaient aux jeunes chiens fous sur les mers. Il savait le petit aguiéloun et le garbin venu du couchant. Il respectait le levant blanc, dont les coups d'échine et de cul pouvaient se révéler fatals aux plaisanciers mal amarinés. Il les aimait également tous, car ils étaient vivants, imprévisibles. Souvent, le soir, il se récitait leurs patronymes, pour son seul plaisir. Les syllabes coulaient alors sur sa langue, empreintes d'un goût violent fait de sel et de soleil. Orsure, marin, ponant, vent sombre, autan, grec, tramontane, seguin. Ceux-là étaient des voisins. Par la force du temps qui passe et de l'habitude, ils étaient devenus pour ainsi dire des amis qui lui rendaient visite de façon régulière. Puis, il y avait les autres. Ceux dont les appellations sonnaient comme autant d'invitations au voyage. Harmattan, levêche, chlouc, williwaw, chinook, pampero, zonda, loo, Helm, libeccio, foehn, badisad obistroz.

Vents d'ici ou vents d'ailleurs, le vent demeurait le vent, et il n'y avait que l'homme, bête et prétentieux, pour vouloir changer son nom en fonction des régions qu'il traversait. Quoi qu'il en soit, tous les vents de Jonas semblaient s'être donné rendez-vous sur la mer, là, face au manoir. À grandes gifles et en bourrasques plus sauvages encore, ces mille rafales dansaient une sarabande endiablée que rien ne semblait pouvoir jamais arrêter. Ça sautait tous azimuts, soulevant des paquets de mer et des brassées de sable, faisant gicler celui-ci dans le néant tandis que, au large, des pur-sang d'écume blanche caracolaient sous la lune.

Les paupières plissées et humides, Jonas murmura pour lui-même : « Putain que c'est beau… »

Maintenant, le vieil homme comprenait la danse de Saint-Guy qui avait saisi le manoir. Malgré ses centaines de tonnes de poutres et de pierres, la bâtisse n'était pas plus imposante qu'un bouchon de liège balancé dans les déferlantes d'une tempête. Si cela continuait, les fondations seraient arrachées. L'on pourrait tirer le rideau sur la longue histoire d'Isla Negra et de son propriétaire : « Merde de merde, que c'est beau… »

Agrippé à la rambarde, le visage fouetté par les piqûres douloureuses des grains de sable, Jonas ne pria pas. D'abord, parce qu'il ne savait pas. Pas même le commencement d'un Pater ou d'un Ave. Ensuite, parce que tout cela avait quand même une sacrée gueule. Alors, oui, il préférait crever maintenant, tout de suite, emporté par les vents, plutôt que de pourrir sur un lit comme les plantes anémiées pourrissent sur leur pied. Si l'heure devait sonner, il était prêt. De toute façon, il n'avait pas le choix. La nature décidait. Il n'était qu'un capitaine de frégate aux voiles en lambeaux, au cœur de la tempête. Son bâtiment allait et venait, bousculé, ballotté. Bientôt, de la coque au pont et jusqu'au grand mât, tout volerait en éclats. Alors, les yeux dans les étoiles et les mains en porte-voix, le Vieux gueula à gorge déployée, avec un rire tonitruant : « Souffle ! Souffle ! Fais tout péter ! Si c'est le moment, vas-y ! Ne te gêne pas ! Je n'ai plus rien à perdre, moi ! »

*

Quelques heures plus tard, le soleil déjà déclinant de l'automne se posa sur un bien étrange équipage qui se dirigeait vers Isla Negra par le chemin de mules, indifférent aux ornières et aux nids-de-poule. Orange pétard, une roue de rechange fixée sur le capot avant, débarrassée de son toit et couverte d'autocollants délavés par la lumière, une Méhari vingt-six chevaux de la fin des années 1970 avançait à son rythme, sinuant avec mollesse de dune en dune. Cette voiture était connue dans toute la Province pour appartenir à un certain Georges – que certains s'amusaient parfois à désigner sous le patronyme de Jorge, faisant rouler par plaisanterie les deux çonsonnes jusqu'à s'en brûler la glotte.

Pour ceux de la ville, Georges était aussi l'Argentin de Carcassonne. Ou le Pouilleux. Pas besoin de discours ni d'explication, il ne servait à rien de dépenser de la salive pour un miséreux comme lui. Pourtant, le Pouilleux portait beau avec ses cheveux corbeau ayant viré au blanc d'argent, ses yeux charbonneux, sa profonde fossette en plein milieu du menton, ses bras interminables et ses mains fines d'étrangleur. Derrière sa lèvre inférieure charnue, il dissimulait un rire de gorge qu'il ne s'autorisait que dans des circonstances tout à fait exceptionnelles. Peut-être avait-il quarante ou cinquante ans ? Certains avançaient le chiffre de soixante. Peu importait. Georges promenait sans hâte son cuir tanné par le soleil. Pour qui aurait eu un peu de culture dans la Province, il se serait aperçu que ce Pouilleux-là ressemblait trait pour trait à un García Lorca à qui l'on aurait laissé le temps de vieillir.

La Méhari gravit la pente du mamelon de sable sans se plaindre, faisant s'élever sous ses roues lisses des fumerolles crayeuses. Devant la clôture du jardinet, toutefois, elle sembla rendre son dernier soupir. Lorsque Georges coupa le moteur, les pétarades et les explosions bien réglées furent aussitôt remplacées par les cliquetis d'acier du moteur en surchauffe. La cigarette aux lèvres, le conducteur prit le temps de s'étirer longuement. Dans sa face de cuivre et d'os, ses yeux demeurèrent immobiles, fixés sur la masse d'Isla Negra. Durant quelques secondes, il l'observa en connaisseur, en homme dont les mains d'or lui avaient permis autrefois de dériver de chantier en chantier afin de gagner sa croûte.

Après avoir achevé son examen, il ralluma son mégot. Puis, se tournant vers le passager, il rassembla sur sa langue quelques mots : « Cette maison est malade, petit. Mais ce vieux *cabrón* ne veut rien entendre.

— C'est grave, ce qu'elle a ?

— Est-ce qu'on sait jamais ce qui est grave ou ce qui ne l'est pas ? »

Jugeant qu'il en avait assez dit, le Pouilleux finit par descendre de voiture et, une nouvelle fois, s'étira dans la lumière gorgée d'orange. Pendant qu'il faisait le chat, le passager parvint à s'extraire à son tour du véhicule. Même si Georges avait pris l'habitude de l'appeler « petit », le garçon en question possédait une carrure de lutteur de foire. Du haut de ses deux mètres dix et de ses cent soixante kilos, il aurait pu sans effort jouer au matamore. En réalité, il donnait l'impression gênante de subir son physique. Les épaules tombantes, les yeux éteints, sa démarche lente rappelait celle de l'ours. De plus, chacun de ses gestes était pétri d'indolence et s'engluait dans une langueur qu'il n'avait lui-même jamais tenté de s'expliquer. Dans la Province, les gens le désignaient sous le nom de l'Africain. Ni plus, ni moins. Il était l'Africain et, pour eux, cela signifiait tout. Qu'il était noir, qu'il était fainéant et, sans doute, voleur. Qu'il ne posséderait jamais guère qu'un pois chiche en guise de cerveau. Qu'il était bête à manger du foin et que, lorsqu'il apparaissait, il valait mieux garder un œil sur tout ce qui portait jupons. Quant aux scarifications qui tailladaient son visage, chacun se faisait son explication et l'on n'en parlait pas.

« Dis-moi, petit ? Tu viens me donner la main ? »

Le garçon était arrivé un jour, personne n'aurait su dire d'où. Pas par la terre, assurément. Par la mer, sans doute. Certains disaient qu'il était un migrant.

D'autres, un réfugié. Les plus audacieux allaient jusqu'à supposer qu'il avait été balancé par-dessus le bord d'un navire pour des raisons dont il ne servait à rien de parler. Mais des raisons sérieuses, de ces raisons qui ont à voir avec la pègre, la police, le trafic de drogue ou celui des femmes. Allez savoir, avec les Noirs. Quoi qu'il en fût, il avait posé le pied là, dans la Province. Et il y avait planté ses racines.

« Alors ? »

Georges s'était pris de tendresse pour ce garçon. D'amitié aussi, peut-être. L'amitié mettait toujours plus de temps que la tendresse à s'installer. Il verrait à l'usage. Le Pouilleux aimait bien l'Africain. Tout comme lui, celui-ci ne parlait jamais pour ne rien dire. Et même lorsqu'il s'avérait nécessaire qu'il se prononce sur une chose ou une autre, il préférait rester muet. Georges ne lui avait jamais posé de questions sur son passé. Il avait déjà largement assez à faire avec le sien. Le colosse pouvait bien venir de Zanzibar, du paradis du bon Dieu ou des poubelles du diable, il l'aimait bien tel qu'il était. Taciturne, serviable. Secret.

« À quoi tu rêves, l'ami ? »

Parfois, cette montagne de douceur partait soudain dans des crises de fureur ou de rire. Impossible de savoir quand cela se produirait et pourquoi. Ça le prenait tout d'un coup et, durant ces parenthèses violentes, mieux valait garer ses abattis. Bien sûr, Georges y avait réfléchi. Il avait soupçonné un paludisme mal soigné. Ou une maladie venue d'ailleurs.

Un traumatisme, peut-être. Qui pouvait savoir ? De toute façon, cela n'intéressait personne.

Avec indolence, l'Africain s'étira. Comme au sortir d'un rêve agréable, il considéra la Méhari, l'Argentin de Carcassonne, le manoir. Alors, il s'ouvrit d'un sourire hilare et ses dents parfaitement alignées prirent tout ce qu'il restait comme lumière au soleil. De son pas lent, il se dirigea vers l'arrière du véhicule. Puis, sans plus d'efforts que s'il s'était agi de simples plumes, il empoigna les cabas des courses, les packs d'eau, les trois cubitainers de dix litres de vin rouge chacun. Sans même plier sous le poids, il poussa du pied le portail du jardinet et avança vers la porte. Georges, chargé de son seul mégot, le suivit en sifflotant un air connu de lui seul.

Sur le toit, la girouette pivota dans une caresse de vent sans émettre le moindre couinement.

« Comment ça : il n'y a jamais eu de tempête ?

— Non.

— Tu es monté jusqu'ici pour me dire froidement, les yeux dans les yeux, qu'il n'y a pas eu de tempête, cette nuit ?

— Non. Je suis monté jusqu'ici pour t'apporter tes courses de la semaine.

— Et la tempête ? Vers les quatre heures du matin ?

— Pas plus vers les quatre heures qu'à trois ou qu'à cinq. Il a fait un temps de curé toute la nuit.

— Tu te fous de moi... »

Se retournant vers la cuisine, où l'Africain s'affairait au-dessus d'un plein saladier de pois chiches aux oignons blancs, au poivre de Madagascar et au cumin, Jonas lui cria : « Il a fait du vent cette nuit, ou pas ? »

Comme seul le silence lui répondit, le vieil homme haussa les épaules et se laissa aller contre le dossier du canapé. Face à lui, dans le crépuscule de la baie vitrée ouverte en grand, Georges se balançait sur un hamac de Belém. En fond sonore, *La Resurrección del Ángel*. Les notes d'Astor Piazzolla montaient dans le silence, telles des bulles de champagne, avant de se diluer dans le néant.

À plusieurs reprises, Jonas grommela de nouveau pour lui-même : « Pas de tempête… Pas de tempête… Et puis quoi, encore ?

— Qu'est-ce que tu dis, *viejo* ?

— Et le coup de feu de cette nuit ? Et les tremblements dans toute la baraque ? Je l'ai rêvé, tout ça ? Dis-moi tout de suite que je suis fou, alors ! »

Les yeux collés à une toile d'araignée qui luisait entre deux poutres, Georges finit par répondre : « Qui serait assez fou pour dire que tu es fou ?

— Toi !

— Non, *cabrón*. J'ai juste dit qu'il n'y avait pas eu de vent, cette nuit.

— Et tous les craquements ?

— Isla Negra est comme toi. Comme moi. Elle se fait vieille. Bien vieille, même. Alors, elle craque. C'est dans l'ordre des choses. »

De sa longue main osseuse, il désigna le tableau de Frida Kahlo : « Regarde-la, cette madone. Elle n'est même plus droite. On dirait qu'elle va tomber ou qu'elle va se mettre à pleurer… »

Au mur, l'autoportrait de la peintre estropiée était en effet de guingois. Personne n'y avait touché et, pourtant, la toile penchait. Les papillons versicolores, les fleurs en forme de libellule, l'once noire hérissée, le collier d'épines, le singe songeur et jusqu'au colibri mort, que l'artiste portait en sautoir autour de son cou gracile, tout semblait tordu. En portant un peu d'attention à l'ensemble de la pièce, l'on s'apercevait aussi que la grande table de jacaranda, les trois chaises dépareillées, le canapé ainsi que mille autres choses, sur le parquet déjointé, tout cela s'inclinait en pente douce.

Avec un haussement d'épaules agacé, Jonas grogna : « Elle a bien assez pleuré comme ça, quand elle était en vie. Fous-lui un peu la paix, à la madone.

— En tout cas, elle penche.

— C'est ta cervelle qui penche.

— C'est possible. Mais si ma cervelle penche, c'est parce que c'est Isla Negra qui…

— Isla Negra va très bien, Pouilleux ! tempêta le vieil homme. Est-ce qu'on n'a pas idée de venir m'emmerder avec une histoire de tableau qui penche… »

Surpris par l'agressivité avec laquelle Jonas avait répliqué, Georges préféra se taire. Il connaissait la bête. Le meilleur des hommes, peut-être. Mais soupe au lait. Un fêlé. Un agité du bocal, comme disaient les autres, ceux d'en bas. Bercé par la musique de Piazzolla, l'Argentin de Carcassonne se mit à rouler une cigarette. Depuis que l'Administration avait dépêché ses deux émissaires, les Whale & Whales, les choses s'étaient envenimées. Les courriers s'étaient multipliés, le téléphone sonnait maintenant en parfait furet, toujours aux aguets, sans horaire précis. Le Vieux avait fini par débrancher l'appareil et s'était replié plus que jamais dans son antre. Personne ne le ferait bouger d'Isla Negra. Il était chez lui. La veille encore, il avait vérifié le bon fonctionnement de son semi-automatique. La mélodie bien huilée des mécanismes l'avait pour un temps apaisé. Jusqu'à ce jour, il n'avait jamais fait de mal à personne, mais l'indignation et la colère le gagnaient par petites vagues successives. C'était un mal pernicieux, une douleur qui enflait sans qu'il y puisse rien. Il était chez lui.

Lorsque Georges eut fini de rouler sa cigarette, Jonas se leva, sans cesser de pester à cause de sa jambe qui, disait-il, lui faisait souffrir le martyre. Puis, saisissant d'autorité la cigarette filiforme d'entre les doigts malingres de son ami, il se moqua : « C'est bien la peine de fumer autant pour toujours rouler aussi mal… » Alors, il disparut en boitant plus bas qu'à l'ordinaire, traînant sa carcasse d'ermite aux cheveux d'argent en direction de l'escalier.

Un instant plus tard, la voix de basse de l'Africain monta : « Monsieur Georges ? Qu'est-ce qu'il a, monsieur Jonas ? »

Sans un regard pour la silhouette herculéenne qui se détachait maintenant dans l'embrasure de la porte de la cuisine, le Pouilleux rétorqua : « Arrête un peu de nous donner du monsieur, petit. Je te l'ai dit. Entre nous, ça n'a pas de sens. C'est même malpoli.

— Je sais. Mais c'est plus fort que moi. »

Après s'être dandiné sur place et avoir essuyé d'un revers de manche l'huile d'olive qui maculait ses lèvres, le colosse se risqua de nouveau : « Alors, qu'est-ce qu'il a ? Il est fâché ?

— Si on veut.

— À cause de quoi ?

— Le Vieux n'est pas content de la façon dont la Terre tourne. C'est comme les manèges, pendant l'été. Quand ils ont fini de faire la toupie, les enfants se mettent à râler. Surtout s'ils n'ont pas réussi à décrocher la queue du Mickey. Tu comprends ça, *Africano* ?

— Je crois, oui.

— Le *cabrón*, c'est tout comme. Il aimerait bien que son manège à lui continue de tourner dans le sens qu'il veut. Mais il y a un temps pour tout, vois-tu ? Un temps pour tourner, et un autre pour s'arrêter. »

Dissimulé dans l'angle mort situé au bas de la montée de l'escalier, Jonas soupira. Puis, il marmonna pour lui-même : « Con d'Espagnol… »

Après avoir soufflé sa lassitude, il entreprit de gravir les premières marches, remontant derrière lui sa patte folle en tirant sur le tissu de son pantalon. Le soleil n'allait plus tarder à se coucher pour de bon. C'était l'heure. La meilleure heure de la journée – avec celle de la petite aube – pour aller surveiller le large. La veille, avant que tous ces vents sauvages n'entament leur sabbat, il avait eu l'impression que quelque chose s'était montré. Là-bas. Tout au bout de sa lunette marine. Cela avait été fugace, mais il avait cru apercevoir une forme. Une forme de quoi ? Il aurait été bien incapable de donner une réponse à cette question. Mais il aurait mis sa main au feu qu'une silhouette s'était dessinée. Sur le coup, il en avait été ravi. Même lorsqu'elle avait disparu, ensevelie par les draps de lilas noir de la nuit. Quelque chose l'attendait depuis toujours, quelque chose se préparait pour lui, là-bas. Au large. Loin de tout. Et il serait là pour l'accueillir. Personne ne pourrait l'en empêcher.

5

« Vous êtes absolument sûr de ce que vous avancez ?

— Pour la troisième fois : oui, monsieur.

— Vous ne reviendrez pas sur ces conclusions, même si le dossier n'en est qu'au stade de la première approche ?

— Monsieur Chancel, nous ne sommes pas au café du Commerce. Je suis sachant. Expert et sachant. Nommé par le TGI pour statuer sur cette affaire. Je vous ai donc rendu mes premières conclusions en parfaite objectivité et il y a peu de chances que celles-ci changent du tout au tout. Maintenant, si les susdites conclusions ne vous conviennent pas, je n'y peux rien ! »

Excédé, les moustaches frémissantes d'indignation, Grégoire Latour referma son dossier et s'apprêta à quitter la table. Dans la salle de réunion du conseil municipal, Pascal Chancel, le directeur général des services techniques, posa une main amicale sur l'avant-bras de son interlocuteur. L'affaire était mal engagée. L'homme était honnête.

Avec une mimique malicieuse, il tenta de désamorcer la situation : « Monsieur Latour, voyons ! Nous sommes ici entre personnes raisonnables !

— On ne le dirait pas.

— Mais si, voyons. Mais si… D'ailleurs, nous allons balayer ces petits malentendus d'un simple revers de main !

— Même avec la meilleure volonté du monde, cela me semble bien mal engagé. Pour ma part, j'en viens à me demander pourquoi vous m'avez fait venir jusqu'ici.

— Mais pour vos conclusions, bien évidemment ! Je les ai parcourues. Que dis-je, je les ai parcourues ? Je les ai lues. Et avec le plus grand intérêt qui soit. C'est un travail remarquable. En tout point remarquable. »

Sentant que sa dernière phrase avait trouvé une faille dans l'armure sèche de l'expert, Pascal Chancel enfonça aussitôt le clou : « D'ailleurs, je ne me suis pas contenté de ne lire que cela, non. J'ai lu votre rapport en entier. *In extenso.* De la première à la dernière ligne. »

Ce disant, il tapota l'épais document en question, posé face à lui sur le plateau de verre de la table ovale. De trois quarts sur sa droite, l'expert se rengorgeait en silence, ravi de constater que son interlocuteur, finalement, ne le prenait pas à la légère.

Sentant Grégoire Latour dans de meilleures dispositions, Chancel renchérit : « Vous avez abattu un travail de Romain, monsieur Latour.

— Je n'ai fait que remplir ma mission.

— Non, non ! J'insiste ! En prenant connaissance de votre rapport, j'ai plus appris sur cette partie de la commune que depuis que je suis en poste. C'est bien simple : rien ne manque. Des relevés topographiques par drones jusqu'aux parcelles du cadastre et leur évolution historique, tout y est. C'est clair, c'est net, c'est limpide. »

Plus habitué au silence studieux et empesé de son bureau de la Dreal[1] qu'aux mousquetades oratoires, le sachant finit par se rasseoir sur sa chaise de cuir tendu. Ainsi, cet homme replet, aux bajoues tombantes et au costume bleu marine peluchant au niveau des manchettes, saluait le fruit de ses efforts. Pascal Chancel n'était pas n'importe qui. La pastille cramoisie d'une Légion d'honneur perlant à sa boutonnière donnait du corps au discours. Cet élu ne pouvait être complètement mauvais, tout compte fait.

Après avoir lissé ses moustaches d'un bref mouvement de la main, Grégoire Latour précisa, la voix moins irritée : « J'ai été mandaté et j'ai répondu à cette mission le plus honnêtement du monde, monsieur. Mais il est vrai aussi que je n'y ai pas regardé au temps passé. Lorsque l'on rend des conclusions, même préliminaires et surtout dans un cas tel que celui-ci, l'on se doit d'être irréprochable. Inattaquable, n'est-ce pas ? Comprenez-moi bien, il s'agit d'une affaire de conscience professionnelle.

1. Direction régionale de l'environnement, de l'aménagement et du logement.

— J'entends bien, j'entends bien. Et vous êtes allé au-delà de ce que l'on pouvait raisonnablement attendre de vous. Toutefois... »

Alors qu'il allait en revenir au point crucial des conclusions, le directeur général des services techniques changea aussitôt son fusil d'épaule. L'affaire était délicate. Surtout, ne pas confondre vitesse et précipitation. Il était encore trop tôt pour ramener le poisson sur la berge. S'il insistait, le fil finirait par casser. L'homme se braquerait. Et tout serait à recommencer. Pour l'instant, il fallait donc travailler au corps l'animal, le fatiguer. Lui donner l'impression que c'était lui qui menait la danse.

Doucereux et madré, caressant à nouveau la couverture bleu pâle du rapport avec la paume de la main, Pascal Chancel hasarda, une pointe de malice glissée dans chacun de ses mots: « Toutefois... pourriez-vous éclairer à nouveau ma pauvre lanterne sur cette question, passionnante au demeurant, de la faune et de la flore ? Je ne pense pas avoir saisi la totalité de votre argumentation. J'espère que vous voudrez bien m'en excuser.

— Vous voulez sans doute parler du volet "Faune, flore, milieux naturels : étude d'impact environnemental" ?

— C'est cela, oui. Vous insistiez sur la méthodologie et l'étude des biotopes, je crois. Pour vous, les choses sont claires. Vous êtes un homme de l'art. Moi, hélas, je ne suis qu'un béotien... »

Gonflé d'importance, Grégoire Latour enveloppa l'élu d'un regard tout à la fois magnanime et condescendant. Après s'être raclé la gorge en guise de précaution oratoire, il reprit, sur un ton docte et sentencieux de maître d'école : « C'est très simple, vous allez voir. Afin de mieux cerner les enjeux écologiques, je me suis borné à une prospection sur le terrain de trois jours seulement. En effet, si l'on veut bien comprendre la complexité et les interactions qui régissent les biotopes, ce protocole de la flore et des habitats a pour mission de répondre aux objectifs d'un état initial. Jusque-là, vous l'avouerez, rien que de très classique. Là où j'ai un peu corsé la chose, c'est que je me suis penché également sur la description des différentes communautés végétales ainsi que sur la recherche des espèces végétales patrimoniales et/ou protégées. Vous me suivez ?

— Je vous précède…

— Mon expertise s'est donc essentiellement concentrée sur les recherches des odonates – ou libellules –, mais aussi des rhopalocères ou papillons de jour, si vous préférez. Ces deux espèces ne sont pas protégées, mais elles sont indicatrices de la qualité des milieux et… »

En parfait animal politique, Pascal Chancel agrafa sur son visage une expression faite d'une profonde concentration et d'une admiration sans bornes. Lorsqu'il fut certain que le scientifique, pris dans ses démonstrations, n'y voyait plus que du feu, il laissa son esprit battre la campagne. La dune où était bâtie Isla Negra, ainsi que toute la parcelle attenante, allait être débarrassée du vieux fêlé. L'affaire avait été rondement menée. Charles Dutilleux avait le bras long. Il n'avait fait qu'une bouchée du maire. Même chose avec les élus de la Province. On le craignait. Son pouvoir s'étendait jusqu'à Paris où, disait-on, il jouissait d'oreilles bienveillantes au sein même de l'Élysée.

«... ainsi qu'en droit international, les conventions de Bonn, de Berne, de Washington et de Paris, sans parler du Code de l'environnement et de son article L 411-1, ces prescriptions générales sont précisées pour chaque groupe par un arrêté ministériel fixant la...»

La dune et la parcelle. Dans quelques semaines, tout au plus, elles appartiendraient à l'État. Donc, au maire. Donc, à Dutilleux. Encore quelques mois de grenouillages – pratique que l'on désigne communément aujourd'hui sous le nom de «lobbying» – et, d'ici au printemps, l'impétueux homme d'affaires aurait fait sortir cette étendue de sable et de marigots de la loi littoral. Comment s'y prendrait-il ? Chancel l'ignorait et ne voulait pas le savoir. Tout cela empestait bien trop le soufre pour lui. Quand Dutilleux lui avait mis le marché en main – pas Charles Dutilleux en personne, la guêpe n'était pas si folle, mais l'une de ses multiples connaissances –, il avait tout d'abord refusé de se compromettre. Il avait traîné la jambe au nom de la loi, de la morale, du bien. Puis, de petites gentillesses en promesses d'avancement, il avait cédé. Peu à peu. Il s'était laissé convaincre. La Légion d'honneur, sortie du chapeau, n'y avait pas été pour rien. Il avait fini par mettre les mains dans le pot de confiture. Sans s'y tacher les doigts. Du moins, pas encore. Pas jusqu'à ce que cet expert, ce Grégoire Latour de malheur, cette face de carême, ne fasse son apparition. Une mouche dans le lait. Une saloperie.

« Monsieur ? Monsieur Chancel ?

— Oui ?

— Est-ce que mes précisions vous permettent maintenant d'y voir plus clair ? »

En un tournemain, le directeur général des services techniques redessina sur son visage les traits d'un homme tout à la fois rassuré et affable.

« Mais oui, mon ami ! Votre exposé était limpide. »

Avec la moue trop sérieuse du fort en thème qui ne s'émeut plus de son énième vingt sur vingt, l'expert referma son document. Il avait accompli sa mission. C'est alors que la porte de la salle de réunion, ouverte quelques secondes plus tôt sans le moindre bruit, se referma avec un claquement désagréable à l'oreille. Aussitôt, les deux hommes sursautèrent. Le premier à se retourner fut Pascal Chancel. Sous la lumière acide des néons, allumés en plein jour, son visage se renfrogna. Sa lippe se mit à pendre un peu plus. Madame Gaïa venait de faire son entrée, accrochée à sa canne, le visage noyé dans un boa vaporeux venu d'un autre temps. Ses yeux globuleux se contentèrent de jeter un regard circonspect sur la salle. À sa mine butée, où le dégoût commençait à poindre, l'on comprenait immédiatement que tout, ici, ne lui inspirait que du mépris. Elle avait fait l'effort de paraître, de quitter sa zone de confort. Elle attendait, en retour, d'être accueillie comme elle pensait le mériter. Voyant que les deux hommes présents ne réagissaient pas, elle claudiqua jusqu'à contourner la large table de réunion, puis alla se planter devant eux, les deux mains bien appuyées sur le pommeau. Là, frémissante, ulcérée, faisant de son mieux afin de ne pas laisser déborder une colère qui menaçait de la submerger, elle attendit.

Avec un sourire d'avril, le directeur général des services techniques se décida à grimacer les présentations : « Monsieur Latour, expert près le TGI. Madame Tournel… »

Comme le scientifique se levait, Pascal Chancel se crut obligé d'ajouter : « Madame Gaïa Tournel est l'une de nos administrées les plus actives. D'ailleurs, elle est un peu en mairie comme chez elle, ainsi que vous pouvez le voir. Elle sait tout de notre ville. »

Alors que l'expert tendait sa main, Gaïa ne sembla pas même voir celle-ci et gratifia en retour les deux hommes d'un regard assassin. Délaissant le salut suspendu dans l'air, elle grinça : « Je ne sais pas si je sais tout de la ville, mais je sais tout de ses habitants. Une belle bande de crapules. Et je dis “crapules” pour ne pas dire “faux-culs”. Voilà ce que c'est, cette ville. Tu pourras le marquer dans ton rapport. »

Une main sur le cœur, Pascal Chancel se défendit : « Madame Gaïa ! Ce monsieur est un expert, tout de même !

— Je m'en fous.

— Mais… Mais il est mandaté par le tribunal de grande instance !

— Je t'ai dit que je m'en foutais, du tiers comme du quart. Il pourrait être mandaté par les breloques du pape que ça ne changerait rien à l'affaire. Je suis fatiguée. Donne-moi une chaise. »

Comme l'édile demeurait immobile, Gaïa cahota encore sur quelques mètres et se laissa choir dans l'un des fauteuils. Grégoire Latour, horriblement vexé d'avoir vu sa main refusée par la nouvelle venue, piquait un fard au fond de sa serviette.

Pascal Chancel déglutit avec difficulté, puis il osa : « Ma chère Gaïa. Je ne sais pas ce qui nous vaut le plaisir de votre venue, mais nous sommes en pleine…

— Tu vas le savoir, beau masque. Je ne me déplace jamais pour rien. Laisse-moi juste reprendre mon souffle.

— Mais notre réunion est d'une…

— C'est quoi, cette réunion ? Et c'est qui, cet expert ? Il expertise quoi ?

— C'est un monsieur de la Dreal, de la direction de l'Environnement. C'est le protocole administratif que nous devons suivre, rien de plus.

— Protocole, mes fesses. D'ailleurs, j'emmerde le protocole. Puis, ce n'est pas pour ce pantin que je suis venue. C'est pour toi. »

Se tournant de nouveau vers le scientifique, l'élu tenta, avec une nervosité grandissante, de faire bonne figure : « Ne vous inquiétez pas, mon ami ! Madame Tournel est… Comment dire ? Une originale. Rien de bien méchant. D'ailleurs, elle va partir. N'est-ce pas, Gaïa ?

— Minute. Je vais partir, mais pas avant de t'avoir dit quelque chose. J'ai essayé de t'appeler, mais tes secrétaires font barrage. Maintenant que je suis là, tu vas m'écouter. Que ça te plaise ou non, c'est comme ça que ça va se passer. »

Vaincu, Pascal Chancel se rassit. Il connaissait le numéro. Et c'en était un fameux, encore. Si elle avouait quatre-vingt-dix ans, elle les avait enterrés depuis bien longtemps. Elle était la doyenne de la Province. Mais il ne fallait pas compter sur elle pour s'abîmer sans protester dans la sénescence. Celui qui, par le plus grand des hasards, croisait sa route pour la première fois, ne savait dire ce qui était le plus frappant chez cette femme. Sa voix, grasseyante, éraillée, crayeuse, laminée par les fêtes et l'alcool ? Ses tenues toujours invraisemblables où les robes à la Pompadour disparaissaient pour laisser place, l'heure d'après, à des fourreaux de strass ou des treillis de soldate en campagne ? Ses talons aiguilles insensés qui, à chacun de ses pas, menaçaient de briser ses chevilles comme du cristal ? Ou encore sa grande gueule, son bagou, sa parlotte, son boniment sans fin avec lequel elle s'était arrogé le droit de tutoyer tout le monde mais refusait avec horreur de l'être en retour ?

Comme elle fichait une cigarette sans filtre entre ses lèvres débordantes de rouge à lèvres, Pascal Chancel tenta de l'en dissuader : « Madame Tournel, on ne fume pas ici. C'est la loi.

— Elle aussi, je l'emmerde.

— Mais c'est interdit !

— Et avoir une gueule comme la tienne ? Ça aussi, ça devrait être interdit. Et pourtant, tu existes. Alors ?

— Monsieur Chancel ! Comment pouvez-vous supporter cela ? s'indigna le sachant.

— Il ne peut rien, justement ! coupa la vieille dame. Et quand je dis qu'il ne peut rien, je me comprends… »

Toujours soucieux de ne pas jeter d'huile sur le feu, l'élu baragouina dans son menton humide quelques excuses. La vieille savait trop de choses sur lui, sur le maire, sur tous les notables de la ville et de la Province. Quant au respect de la fonction, c'était une valeur qui lui était totalement étrangère. Si elle se mettait à ouvrir les vannes de ses souvenirs, ce serait un flot continu de fange et de boue qui envahirait la salle de réunion et qui les noircirait tous les trois : Latour, lui, mais aussi la rosette de sa Légion d'honneur.

Après avoir essuyé du dos de la main quelques gouttes de sueur qui suintaient à son front, Pascal Chancel bredouilla : « Puisque vous êtes là, je vais donc vous recevoir, madame Gaïa. Justement, nous en avions presque fini. Je serai d'ailleurs bref.

— Eh bien, ne le dis pas. Sois-le.

— Je le serai. D'ailleurs, monsieur Latour va lui-même vous donner les conclusions de son étude. »

Après un regard entendu entre les deux hommes, le scientifique résuma le contenu du dossier à l'intention de la nouvelle venue : « On m'a demandé en haut lieu de réaliser une étude préliminaire d'impact portant sur la parcelle 77 *ter*, parcelle sise sur le cadastre de la…

— Accélère. De quelle parcelle tu parles ?

— Il s'agit de la falaise dunaire sur laquelle est construit le manoir connu sous le nom d'Isla Negra. La situation est on ne peut plus claire : celle-ci ne peut absolument pas être déclassée ni quitter, de ce fait, la zone d'environnement protégé. Selon l'article R 131-11 modifié par le décret 86-984 du 19 août 1986 et l'article 5 du… »

Avec un claquement sec de canne sur le sol, Gaïa s'emporta à nouveau : « Qu'est-ce que tu viens me jargonner ? Tu commences à me fatiguer, avec tes décrets et tes articles. Je t'ai déjà dit d'accélérer !

— Madame !

— Je suis bien une dame, mais je ne suis pas la tienne. Alors ? Qu'est-ce que ça veut dire, tout ça ? »

Les mains tendues en avant en signe d'apaisement, Pascal Chancel grommela : « Ça veut dire que, en l'état actuel des choses, rien ne pourra être construit sur Isla Negra. Le périmètre est protégé. Mais ce ne sont que les premières conclusions et…

— Ça, je m'en contrefous. Ce qui m'intéresse, c'est Jonas. Et tu le sais !

— Pour ce qui est de monsieur Jonas Jonas, l'affaire est plus délicate. Il y a tout de même un arrêté de péril imminent. Et quand la procédure judiciaire est en route, vous savez bien que l'on ne peut plus faire marche arrière…

— Garde ça pour les crétins et les ramollis qui ont

voté pour toi. Ce que l'homme a fait, l'homme peut le défaire. Et la femme aussi. Dis-toi bien, une bonne fois pour toutes, que ce n'est pas de l'eau ni de la sauce blanche que j'ai entre les deux oreilles.

— Ma chère amie ! Ce n'est pas moi qui fais les lois, tout de même ! Je ne fais que les appliquer !

— Alors, tes lois sont aussi mal foutues que ta figure, crapaud de malheur !

— C'est possible. Mais Jonas, votre petit protégé, va devoir quitter les lieux dans les plus brefs délais, sans quoi nous serons dans l'obligation de… »

À ces mots, les yeux globuleux de la vieille se mirent à étinceler. L'index tendu en l'air, elle s'emporta soudain : « Que Dieu m'en soit témoin ! D'abord, Jonas n'est pas mon petit protégé ! Jonas, c'est Jonas ! Et, lui comme moi, on se fout de votre arrêté de péril imminent ! De toute façon, j'en ai assez entendu. Je sais ce que j'ai à faire.

— Que voulez-vous dire ? Qu'avez-vous assez entendu ?

— Des conneries ! À force d'écouter des cons, le risque de devenir soi-même un con grandit à chaque seconde qui passe. »

Avec une grimace, Gaïa se remit sur pied. Dans le silence, elle posa ses yeux chargés de trop de rimmel et de fard bleu électrique sur les deux hommes.

Puis, d'une voix sombre, elle énonça : « Ce que je suis venue te dire, Pascal, c'est très simple. Si la mairie fait quoi que ce soit contre Jonas, je balance tout.

— Tout ? Mais tout quoi ?

— Ne t'inquiète pas. Je ne pars jamais à la guerre sans munitions. Entre ce que je sais et ce que les journalistes vont broder, la Province aura une telle réputation que tu ne trouveras plus un pékin à la ronde pour venir faire bronzer ses fesses sur ta plage.

— Madame Gaïa, je...

— Tais-toi. Isla Negra, j'en fais une affaire personnelle.

— Mais Jonas doit partir ! Je vous ai déjà dit qu'un arrêté de péril imminent était en cours ! C'est pour son bien que nous faisons tout ça !

— C'est ça... Mais le jour où les salauds joueront du violon, c'est toi qui tiendras le premier archet. Tu n'es qu'une punaise, Chancel. Même pas, d'ailleurs. Tu n'es rien. Rien du tout. Mais n'oublie pas de le dire à ton patron, celui qui se prend pour le maire. Et à Dutilleux, aussi, l'autre roquet qui roule carrosse pour impressionner son monde. Dis-leur bien de qui ça vient. Ils comprendront. »

Raidie de toute sa fierté et de son arthrose mêlées, la vieille quitta alors la table. Avant de disparaître, elle lâcha encore, sans se retourner : « Avertis-les. Avertis-les tous. »

6

Le soir même, Georges et l'Africain étaient convenus de se retrouver devant la maison du premier, pour un concert.

À dire toute la vérité, cette phrase n'exprimait les choses que d'une manière imparfaite, bancale. À l'image du portrait de Frida Kahlo. En effet, la maison du Pouilleux, même s'il y vivait du premier jusqu'au dernier jour de l'année, n'était pas une maison. C'était un fourgon. Un reste de fourgon, si l'on voulait être rigoureusement exact. Un Type H de 1964, qui avait dû être gris. Ou vert. C'était l'une de ces boîtes de conserve de chez Citroën, avec le museau aplati, les flancs striés par de la carrosserie ondulée et des phares proéminents. Un véhicule qui, à sa grande époque, sillonnait toutes les routes de France. En jaune pour les PTT, en noir pour la police, en marron foncé pour les corbillards, en mauve et vert pour les routards du *Flower Power.* Ces fourgonnettes sentaient l'Administration, le cadavre, l'herbe. Mais aussi, selon les professions de leurs propriétaires respectifs, le livarot, la macreuse et l'andouillette, le gros rouge qui éclabousse les lèvres, le pain chaud, la truie et l'agneau terrorisés.

Celui de Georges, lui, avait bien dû sentir quelque chose aussi. Mais c'était il y avait longtemps. Il ne s'en souvenait plus. Toujours était-il que l'Argentin de Carcassonne avait réussi – l'on se demandait encore par quel miracle – à faire arriver ce tas de tôle dans l'un des renfoncements de la plage que surplombait Isla Negra. Les roues avaient été revendues ou volées. Les vitres, elles, avaient été remplacées par des plaques d'aggloméré. Parfaitement stable sur ses quatre parpaings, le cabanon s'encroûtait ainsi dans le sable et le sel, la carcasse calamistrée mangée de rouille, les phares et les feux arrière tous également crevés.

Quant au concert, là encore, il convenait de rectifier les choses. Même les plus miséreux de tous les mendiants qui martyrisaient leurs guitares auraient refusé de jouer là. Alentour, hormis la silhouette sombre du manoir planté au-dessus de leurs têtes, il n'y avait rien ni personne. Seuls les bouquets de joncs, les fientes acides des oiseaux de mer ou le sourire de la lune blafarde assistaient à ces concerts. Car Georges était musicien. Pas un simple amateur, non. Un véritable musicien. L'un de ceux qui, d'oreille, en savaient plus sur les phrasés, les silences, la scordatura, la monodie ou la carrée que tous les plus savants professeurs de tous les conservatoires réunis. Lorsque l'Africain apporta la lourde masse de son corps et encastra ses fesses dans un petit monticule de sable, il trouva son ami déjà à son affaire. Assis sur une glacière bleue au couvercle blanc, le dos voûté, le Pouilleux tirait de son bandonéon des sons qui n'appartenaient qu'à lui. L'instrument n'y était pour rien, ou presque. De plus, il ne s'agissait que d'un vieux double A, un *doble A*, des initiales du facteur Alfred Arnold. C'était un boudin de cent cinquante-deux voix, avec une caisse en poirier noirci plaqué de palissandre. Les vrais *tangueros*, ceux d'Argentine comme d'Uruguay, n'avaient que du mépris pour ce modèle. Georges, lui, s'en était fait son meilleur ami. Ses doigts secs sautaient sur les petits boutons de nacre et tiraient de ce mélange de maillechort, de galalithe, de cuir, de laiton, d'acier, de zinc, de duralumin ou de simple carton des mélodies venues de loin, toutes patinées de drames et de tragédies. Parfois, sur les six octaves de l'instrument, les mains faisaient naître des bulles teintées d'une gaieté inattendue. Elles se faufilaient entre les grandes orgues du désespoir, fugaces. Elles lançaient leurs cris, esquissaient une rapide grimace et disparaissaient aussitôt. L'on se retrouvait alors plus triste et désemparé qu'à l'instant d'avant.

L'Africain se délectait de ces parenthèses durant lesquelles plus rien ne comptait pour le musicien. Celui-ci, avec sa face de hachoir penchée vers le bas, les paupières mi-closes, les lèvres brûlées par un mégot toujours mal éteint, tanguait sans jamais s'interrompre. Les notes emportaient tout sur leur passage. La plage déserte mangée de nuit et d'étoiles prenait alors de faux airs de la plaza del Fuerte de Buenos Aires. Les ombres tutélaires d'Eduardo Arolas, le Tigre du Bandonéon, et celles d'Ortiz, de Laurenz ou de Maffia flottaient par-dessus le ressac qui gigotait plus bas, en pente douce, et qui conduisait jusqu'au centre de la mer. Dans la courbe crème d'une dune, les reins, les croupes et les seins énormes des danseuses de tango envahissaient l'espace, asphyxiaient le paysage. Jorge jouait, les dents serrées, entièrement absorbé par le pont léger qu'il tissait, note après note, et qui le transportait à l'extrême sud de l'Amérique latine.

Une fois seulement, le musicien s'était confié à l'Africain. Un soir où l'alcool avait fait sauter une à une toutes ses pudeurs, comme autant de dents cariées. Il avait posé l'instrument dans son étui de carton bouilli et avait dit au colosse – ou peut-être qu'il ne s'était parlé qu'à lui-même ? – : « Je suis le petit-fils d'António Lopes de Amorim Diniz. Tu savais ça, l'Africain ? El Duque. Et les gens m'appellent le Pouilleux. Quelle misère que de nous, tout de même… Mais, moi, je suis de la même veine que le Duque. C'est toute son âme qui coule en moi. Le Duc. Il a conquis Paris. Il avait pour seule fortune le tango, dans sa malle. Pas l'argentin, non. Le brésilien. Le tango brésilien. Il était venu à Paris pour faire le dentiste. Et il a fait fleurir le tango. C'est de lui que je viens. Enfin, je crois… »

Puis, de la même voix monocorde et lointaine, il avait raconté, ne s'interrompant que pour boire de la mauvaise cachaça à même le goulot de la bouteille, à courtes gorgées. Il lui avait dit le petit Bahianais sans un sou en poche. Les Apaches de Paris. L'école de danse miteuse qu'il ouvre au numéro 5 de la rue

Pigalle. Les élégantes bourgeoises qui commencent à s'y presser. C'est si bon de s'encanailler chez les sauvages des lointaines Amériques. Les premiers succès au Trocadéro, au Café de Paris, au théâtre des Capucines. Les règlements de comptes dans les arrière-cours, entre Argentins et Brésiliens. La galette est bonne. Il faut défendre son territoire, par le sang. Mais le Duque, lui, vole déjà au-dessus des toits de la Ville Lumière. Il étoile jusqu'à Londres, Berlin. La danseuse et mannequin Gaby lui sert de partenaire. Un duo se forme. Le jeune dentiste de Bahia et sa demi-mondaine dansent et craquellent le plafond étouffant du siècle qui débute. Leurs pas et leurs postures sont d'une belle couleur de drame. Ils ne dansent déjà plus le tango, non. Ils sont le tango. Et leurs figures, sur les pistes de danse, s'enchaînent à l'infini de leur mélancolie.

Enlazado, *bicicleta*, *ocho cortado*, *punteo*, *abanico*.

« Plus tard, Clemenceau dira que le tango est une danse où les figures s'ennuient, mais où les derrières s'amusent. Clemenceau était français, que veux-tu… »

Gancho, *enrosque*, *sentada*, *transpie*, *finta*, *aguja*, *lápiz*.

Le Duque ne laisse pas sa part aux chiens. Avec la belle Gaby aux yeux d'or, il se produit devant Poincaré et George V. À Rome, Pie X les bénit en public. L'Europe entière devient *tanguera*. L'Europe est un bal, une fête, un bordel à ciel ouvert, l'antichambre de Buenos Aires, la buanderie de Rio de Janeiro. Pur tango argentin. Tango abâtardi de maxixe brésilienne. Le Duque, petit dentiste bahianais, a mis le feu à la Ville Lumière. Son brasier illumine la terre. Puis, il crève. D'un coup. Le fracas de la Grande Guerre détruit tout sur son passage.

« C'est de là que je viens, *meu filho.* De Buenos Aires ou de Bahia. Du Brésil ou d'Argentine. Je confonds les deux. Quand j'étais petit, j'ai vécu ici et j'ai vécu là. J'ai vécu ailleurs, aussi. Mais quelle importance, après tout ? Et sait-on jamais d'où l'on vient ? Je veux dire : d'où l'on vient vraiment ? Y a les papiers, tu me diras. C'est vrai. Mais les papiers, ça s'envole, ça se perd ou ça se brûle. On n'est sûr de rien. Et toi, *Negrito* ? T'en penses quoi ? »

L'Africain, cette nuit-là, ne pensait plus. Il rêvait. Les lèvres entrouvertes. Le tango n'était pas parisien, brésilien, ni même argentin. Le tango était africain. Il le savait. Mieux que quiconque. « Tango », c'était le nom du lieu où les négriers enfermaient les esclaves, avant l'embarquement. À l'arrivée, « tango » était aussi le terme pour dire l'enclos où les pièces de Guinée étaient vendues. « Tango », fils du maître mot, en langue kongo : *tambo.* L'endroit sacré où résonnaient les tambours.

Sous les étoiles, l'Africain dormait et souriait.

« Tu rêves, *hombre* ? Rêve… Rêve bien, rêve loin. Moi aussi, j'ai un rêve. Un jour, je te le dirai. Un jour. Bientôt. Tu sauras. »

*

Peut-être que Mérope entendit, depuis sa terrasse, les mélopées du Pouilleux. Peut-être même qu'elle perçut le souffle, lent et régulier, de l'Africain endormi. Toujours est-il qu'elle se mit à frissonner, au creux de cette nuit trop chaude pour une fin d'octobre. Une atmosphère moite et sucrée, jusqu'à l'écœurement, plaquait les tissus sur les peaux. Un orage devait se préparer, là-bas, au loin. Au large. Là où tant de choses naissent dans le secret des immensités, dont l'on ne perçoit que, bien plus tard, la partie émergée.

D'un geste agacé, la jeune femme reposa son verre. Le cocktail qu'elle buvait était si doux qu'il lui brûlait la langue. Mais c'était ce que dégustaient à ce moment les femmes qui savaient se tenir en société, avait décrété Charles. Dans le reflet de la baie vitrée, Mérope croisa son image. Comme chaque fois que cela se produisait, cette apparition la fit sursauter. Ce n'était pas elle. Ça ne pouvait pas être elle. Un instant, la grosseur et la symétrie irréprochable de ses seins lui firent horreur. Le chirurgien ne s'était pas moqué du monde. Chichou en avait eu pour son argent. Avec une curiosité que le temps n'avait pas réussi à gommer, elle toucha ces deux dômes du bout de l'index, l'un après l'autre. Puis, elle soupesa chacun des deux globes. À raison de cinq cents grammes par bonnet, chaque sein devait peser ses deux kilos. Deux mille grammes de silicone et de fantasmes masculins qui lui étaient étrangers. Avant de connaître son mari, elle ne portait pas de soutien-gorge. Sa poitrine n'existait pas. Depuis, elle continuait à ne pas en mettre, mais c'était parce que sa gorge, ce corps que l'on avait importé dans sa chair, était si ferme qu'il tenait tout seul, au garde-à-vous.

Mérope fouilla dans ce reflet qui semblait la défier. Décidément, non : elle ne se reconnaissait pas. Vêtue d'une nuisette de satin vert assortie à un boxer, elle passa l'ensemble de sa physionomie en revue, tout comme elle l'aurait fait d'une inconnue. La nature avait été généreuse. Ses jambes étaient longues, interminables même. Avec des chevilles fines et des muscles fuselés. Son ventre, plat et dessiné à force de séances de pilates, mettait en valeur une taille faite au tour et des épaules étroites, aux proportions parfaites. En myope accomplie qui refuse avec obstination de porter des lunettes, elle plissa les paupières et tenta de mieux discerner encore la forme immobilisée face à elle. En veine de belle ouvrage, le chirurgien avait joué du scalpel sans retenue, lâchant la bride à ses inspirations. Le nez avait été raboté et retroussé, l'amorce des premières pattes-d'oie, tout comme la ride du lion, s'était évanouie sous la lame. Il avait recollé les oreilles de quelques millimètres. Les lèvres semblaient deux cerises d'été prêtes à éclater. Les cheveux, naturellement d'un noir bleuté de corbeau, brillaient à présent d'une teinte de blond vénitien où, çà et là, venaient se mêler des mèches plus claires. Quant à ses chaussures, dont la hauteur des talons n'était jamais inférieure à douze centimètres, elles la laissaient perplexe. Parfois, elle se disait avec un sourire que cela la rapprochait des étoiles. À d'autres moments, elle se sentait des allures vaguement grotesques.

Surmontant la nausée, Mérope porta à nouveau son verre à ses lèvres. Le Malibu Splash, augmenté d'une cuillerée de crème de cranberry et d'une rasade de lait concentré sucré, lui arracha un nouveau frisson, mauvais celui-là. Elle avait beau tourner et retourner dans son esprit les raisons qui lui avaient fait accepter de se marier avec Charles Dutilleux, elle ne trouvait aucune réponse recevable. En animal sauvage qui courait les sentiers de sable entre les roselières, les pieds nus et éclaboussée de soleil, elle ne l'avait pas remarqué lorsqu'il avait fait son retour triomphal en ville. Lui, en revanche, n'avait eu d'yeux que pour elle. Il l'avait suivie jusqu'à sa baraque. Là, il l'avait achetée à sa mère, une pocharde que le vin en bouteille plastique avait envoyée par le fond, peu de temps après. Fidèle à lui-même, l'homme d'affaires n'avait pas été chiche. Il l'avait acquise contre un chèque confortable, le remplacement de l'électroménager dans la cuisine, mais aussi une vingtaine de BIB[1] d'une vinasse acceptable qu'une fourgonnette avait déchargée devant l'entrée. Pour la première fois de toute son existence, Mérope avait vu dans les yeux de sa mère le sourire d'une enfant comblée. Alors, elle avait suivi le monsieur. Son père n'avait rien eu à redire. Il n'était pas là. Il n'y avait même jamais été. C'était, paraît-il, un émigré. Un sagneur[2] de passage qui faisait la saison. Sa mère avait déjà le coude et la croupe lestes, à l'époque. L'homme

1. Bag-in-Box. Cubitainers de trois, cinq ou dix litres.
2. Ouvrier chargé de récolter les roseaux.

l'avait saoulée avec un mélange de vin et de limonade dans lequel flottaient des quartiers de fruits trop verts. Puis, sa petite affaire expédiée, il s'était volatilisé, les brailles tout juste remontées. C'était peut-être aussi pour ça, pour fuir ce fantôme, qu'elle avait quitté la HLM sordide qui puait le chou, la crasse et le tabac froid. Elle avait emboîté le pas à ce petit homme que tout le monde, dans la rue, saluait avec le respect que l'on doit à un monsieur qui a des sous.

La jeune femme esquissa une grimace dans la vitre, mais sa myopie ne la lui rendit pas. Elle haussa les épaules et, tanguant sur ses talons aiguilles, alla se pencher par-dessus la rambarde. Dans la rivière blanche des éclairages publics, les dernières voitures disparaissaient une à une. L'on enlevait les ultimes tables à la terrasse du Barbotine. Seule une femme y était encore, plantée en solitaire devant son verre. Ce devait être madame Gaïa. Depuis des années, elle faisait l'ouverture et la fermeture de l'établissement. Elle ne lâchait jamais des yeux le bunker d'acier et de béton qui dominait la baie. Mérope ignorait les raisons de ces rendez-vous quotidiens. Elle les mettait sur le compte de l'habitude ou d'une obsession. Peu importait. Sans la connaître, elle estimait madame Gaïa. Elle lui trouvait du chien, n'était-ce que pour ses habits extravagants et sa grande gueule. Mais aussi parce que tous les hommes la craignaient. La vieille en savait assez sur suffisamment de monde pour que chacun d'eux baissât les yeux devant elle. Sans y faire attention, Mérope adressa à la silhouette lointaine un sourire complice qui se perdit dans la nuit. Puis, elle effectua un demi-tour et décida de se réfugier dans son dressing. Elle était saoule comme une grive. Il lui fallait sa lingerie. Cette vaste pièce contiguë à la chambre était son île, son oasis. Son royaume de liberté. Charles n'y mettait jamais les pieds.

*

Il est des nuits qui vous poussent à boire. Il en est d'autres qui vous assomment par leurs questionnements. Il n'est pas rare, d'ailleurs, qu'une nuit commence par le second cas de figure pour s'achever par le premier. Quoi qu'il en fût, Jonas assista en lointain spectateur au concert de Georges. Les vents montant du large lui en offraient une portée par-ci, un silence par-là. Pour n'importe qui d'autre, cela n'aurait été que des bruits disparates, des notes qui se télescopaient dans les bourrasques. Mais Jonas savait son Pouilleux. Il sentait que le musicien, à cet instant précis, avait touché la grâce. Il avait repris terre dans les paysages de son enfance. L'Argentine ou le Brésil. Il était retourné au pays. Il en était heureux pour lui.

Tout comme Mérope, le Vieux claudiqua jusqu'au garde-corps de bois qui dominait la plage et s'y accouda. Les yeux mi-clos, il se laissa envelopper par la brise caressante. Parfois, sans crier gare, elle tentait de le bousculer comme un jeune chien l'aurait fait avec un enfant. Là-bas, de l'autre côté du néant, quelque chose se préparait. Cela finirait bien par apparaître. Il le savait. C'était écrit. Il ne pouvait pas en être autrement. Et c'était aussi la raison pour laquelle, depuis des années, il ne quittait plus Isla Negra. Fidèle au poste. Pour être le premier à voir. De quoi aurait-il eu l'air si, au moment crucial, il avait été absent ? Autant de milliers d'heures passées à scruter l'immensité muette pour, justement, manquer le grand jour, l'heure de son rendez-vous ? C'était tout bonnement inconcevable.

Alors, oui. En ville et dans la Province entière, l'on disait de Jonas Jonas qu'il était fou. Taré. Ce dont il se fichait éperdument. D'abord, son tête-à-tête avec le large lui prenait un temps infini. Puis, la dernière fois où il avait traîné ses guêtres dans un lieu habité par quelqu'un d'autre que lui, il avait reçu un signe. L'un de ceux que l'on hésite à interpréter tant sa clarté et son évidence nous aveuglent. Il était à la terrasse du Barbotine et jouait en solitaire avec le flot de pastis qui battait dans son ventre. Il en était à cette exacte minute où l'estomac se demande s'il doit remonter dans la gorge ou si, au contraire, il doit se dilater afin de faire de la place pour la tournée suivante.

C'est là qu'elle était passée devant lui. Ça n'était qu'une gamine de quinze à vingt ans. Il était incapable de donner un âge à ces pécores qui sentaient encore le lait pour bébé tout en promenant leur sensualité en sautoir, avec l'air de ne pas y toucher. Mais cette fausse candeur masquait mal leur besoin vital de séduire. Toujours était-il qu'il n'avait vu qu'elle. En un éclat, un flot de souvenirs avait afflué dans sa mémoire. Cette marche souple, cette élégance spontanée le paralysèrent. Le dédain provocant de ce corps qui longeait la mer. Cette masse de cheveux qui luisaient dans la lumière. Ce grain de beauté juste au-dessus de la lèvre supérieure. Tout y était. Il avait déjà étreint tout cela entre ses bras, et cette apparition, sur le front de mer, fut un bain de jouvence, un voyage en amnésie parfumé de mots tendres et de serments d'amour.

Saisi par l'émotion, Jonas avait adressé un petit signe de la main à l'apparition. Elle allait le reconnaître. Arrêter de marcher. Rougir peut-être, en se remémorant leur histoire. Elle s'approcherait dans un sourire, lui donnerait des nouvelles de tout et de rien. Du temps qui passe. Au lieu de cela, la jeune fille amorça en un réflexe un rictus d'insondable mépris sur ses lèvres. Qui était ce vieillard ? Un pervers, sans le moindre doute. Un cas d'Alzheimer, à tout le moins. Pourtant, de manière très étrange, il lui paraissait familier. Pas à la façon d'un ami, non. Plutôt comme quelqu'un qu'elle aurait pu croiser, dans une autre vie. Après avoir hésité un instant, la sylphide avait pressé le pas et relevé le menton afin de bien afficher son dédain. Avec cruauté, sans se retourner, elle avait disparu à l'angle de la première rue. Jonas, lui, avait été tiré de sa nostalgie moelleuse par le tintement acide que venait de produire sur le guéridon d'aluminium un nouveau verre de pastis, apporté par un garçon couvert de transpiration.

« Quel con… Non, mais quel con… », avait bredouillé le Vieux, flottant en solitaire au milieu de la terrasse.

Subitement, la raison froide avait repris le dessus. Cette gamine ne pouvait pas être l'une de ses premières amours. C'était impossible, voyons ! Elle était bien trop jeune. Et l'on ne faisait pas des poitrines de cet acabit, à son époque. Il l'avait reconnue, c'était un fait. Mais comment s'appelait-elle, déjà ? Émilie peut-être. Ou autre chose. Cela n'avait pas d'importance. Cela ne pouvait pas être elle. Alors qui ? Sa fille, peut-être ? Oui. La fille de celle qu'il avait aimée, au moins quelques nuits. Le monde était minuscule. Ce genre de coïncidences pouvait bien s'y produire, de temps en temps. Il se disait même que tous les êtres, sur cette terre, étaient reliés entre eux par six poignées de main. Peut-être même encore moins, depuis que les réseaux sociaux avaient soulevé le couvercle de la boîte de Pandore. Ce ne pouvait être que la fille de l'autre. Celle dont il avait oublié le prénom. Émilie, sans doute.

« Con ? Non. Connard, oui. Connard… »

Le temps que le garçon emplisse le verre et que l'alcool se trouble au contact de l'eau, et Jonas s'était retrouvé le souffle coupé. Mais non, enfin ! Elle ne pouvait pas non plus être la fille de l'autre. C'était impossible. Trop de temps avait passé. Donc, si ce n'était pas la fille, c'était… C'était impossible ! Tout de même ! Pas la petite-fille ? Et, tant qu'il y était, pourquoi pas la… Non ! Il n'était pas si vieux que ça, tout de même ! Pas déjà !

Face à l'évidence, Jonas avait éprouvé toutes les peines du monde à reprendre pied dans la réalité.

À cette heure, il n'était donc même plus un homme. Un homme était capable de séduire, de troubler, d'envoûter. Or, pour lui, cette route était condamnée. Il était devenu, sans même s'en apercevoir, un croulant. Un grand-père. Un troisième âge qui lorgnait sur le quatrième. En quelques pas, cette gamine venait de le pousser au seuil de la tombe.

Alors, sans même écluser son pastis, le Vieux s'était levé. Il avait jeté sur le guéridon quelques billets froissés en boule. Puis, traînant sa patte folle derrière lui, il avait déserté le territoire des femmes et des hommes qui ne vous considèrent plus, sinon comme un meuble abandonné dont le destin prochain est de terminer sa course dans les containers anonymes d'une déchèterie en bord de route. Pour la énième fois, dans cette nuit trop sucrée de la fin d'octobre, Jonas Jonas se rappela pourquoi, un jour pareil à des milliers d'autres jours, il était rentré chez lui et avait décidé de ne plus jamais en ressortir. Il avait croisé sa jeunesse enfuie. Il avait touché du doigt sa vieillesse en cours. Et il était bien trop orgueilleux pour offrir aux autres, à tous ces cons qui formaient l'humanité, le plaisir du spectacle de sa décrépitude.

7

Charles Dutilleux était un bienfaiteur. Du moins, c'était ainsi qu'il aimait à se considérer lui-même. Eh quoi ? Les quarante années qu'il avait passées à Paris avaient porté de beaux fruits. Sa fortune ne se comptait pas en milliards, mais il avait réussi à accumuler sur ses comptes bancaires, à force de travail, plusieurs dizaines de millions. Durant le siècle précédent, l'immobilier payait bien. À condition de ne pas être étouffé par les scrupules. Le mètre carré, habitable ou en passe de l'être, avait été son unique obsession. Ne reculant devant rien, il avait saisi sans mollir les opportunités qui se présentaient à lui. Toutes n'avaient pas été juteuses, loin s'en était fallu. Au final, il était néanmoins fier de lui.

Lorsqu'il avait jugé avoir amassé suffisamment de richesses, l'homme d'affaires avait songé à rentrer au pays. Ce retour aux sources, dans son cas, avait nécessité plusieurs années. Au début, il avait rallié la Province en curieux, presque à reculons. Sans avoir l'air d'y toucher. Au volant de sa Mercedes dernier modèle, il avait parcouru le territoire de ses jeunes années, en cercles concentriques, se rapprochant à chaque tour de roues de l'étude paternelle. Celle-ci avait fermé depuis bien longtemps. Sa mère adoptive n'était plus de ce monde. Le pavillon, lui, était dans le même état que le reste de la ville. À l'abandon et mangé d'herbes folles. Mais il allait balayer tout cela. Pour donner du lustre à ce port endormi, sans la moindre ambition, il serait l'homme providentiel. S'il demeurait à Paris, il serait un nanti parmi d'autres nantis. Là, au bord de cette mer qui avait rythmé son enfance, il serait le seul. Les gens seraient bien obligés de l'aimer, lui et uniquement lui.

Sitôt sa décision prise, Charles Dutilleux avait commencé à multiplier les voyages dans la bourgade, logeant dans la seule chambre d'hôtes du pays. Amical et hâbleur, lorsque ses intérêts le réclamaient, il avait passé chaque instant à retisser les fils distendus qui, un jour, l'avaient attaché à cette ville. Avec patience, il avait ravivé les souvenirs chez les plus vieux, sans oublier de prendre ses habitudes au Barbotine. Toujours prompt à mettre la main à la poche pour rincer la dalle aux piliers du comptoir, il avait appris à rire de leurs plaisanteries – mais aussi à opiner du chef avec gravité lorsque les sacs à vin articulaient avec peine des vérités premières. Par leur fréquentation, il avait pénétré les secrets de la ville endormie. En quelques semaines, il savait tout, ou presque. Qui couchait avec qui. Qui grugeait les impôts. Qui rêvait de prendre la mairie. Qui avait quelque chose à se reprocher. Qui souffrait de déviances plus ou moins avouables. En silence, il retenait tout et, l'air de rien, peu à peu, il avait fini par prendre la mesure de la cité.

Lorsqu'il s'était senti suffisamment armé, il était passé à la vitesse supérieure. Cette fois, c'était le chéquier qui avait été sorti. Il devait montrer patte blanche, et les discours d'ivrognes n'avaient qu'un temps. Il avait d'abord subventionné le club omnisport, dont le toit des vestiaires s'était effondré, un jour de grand vent. Peu après, il s'était fait le champion des dotations pour les lotos de fin d'année – ceux de l'Amicale bouliste, du Cercle des chasseurs ou d'une survivance de la Goutte de lait. Puis était venu le tour des épouses de notable – du moins, celles qui tartinaient des toiles à coups de pinceau malhabiles et qui désiraient organiser un festival. Sans piper mot, mais en s'arrangeant tout de même pour que chacun fût au courant, il concrétisa dans la foulée le remplacement d'un retable de la petite église. Partout où l'on avait besoin d'aide, le nom de Charles Dutilleux s'était mis à fleurir sur les lèvres. Comme celui-ci n'avait fait aucun mystère du succès de ses affaires et de ses nombreux contacts sur Paris, l'on s'adressait à lui avant d'avoir essayé de réaliser les choses par soi-même. Le groupe scolaire risquait de fermer par manque d'élèves ? Le dernier médecin généraliste allait prendre sa retraite sans avoir trouvé de remplaçant ? La banque menaçait de condamner l'unique distributeur automatique de billets dans un quartier de la ville ? Dutilleux arrangerait la chose en trois coups de cuillère à pot ! Cet homme était la bonté même, la Providence incarnée. Même le maire et son équipe avaient plongé comme un seul homme. Le Riche, comme ils l'appelaient entre eux, à mots couverts, était un gars du pays, non ? Du moins, il l'avait été, et c'était bien cela qui comptait. Et puis, il ne possédait aucune ambition électorale. Lors des dernières échéances, n'était-ce pas lui qui avait financé le coût de l'impression des affiches ainsi que les milliers de tracts détaillant la profession de foi du candidat ? Et son nom n'était pas mentionné, pas même entre parenthèses, pas même en tout petits caractères. C'était un signe d'honnêteté et de désintéressement flagrant, non ?

Lorsque Charles Dutilleux voulut acquérir le plus beau terrain situé sur les hauteurs de la ville, il alla de soi que personne ne s'y opposerait. L'on n'allait pas scier la branche sur laquelle toute une population s'était assise ! D'ailleurs, depuis son mariage avec la petite Mémé – une fille de rien qu'il avait ramassée dans le caniveau où, sans lui, elle aurait certainement pourri jusqu'au dernier jour de son insignifiante vie –, les rares et ultimes sceptiques s'étaient rangés derrière la majorité. Un homme de son âge qui s'offrait une jeunette, cela n'était pas bien joli, certes. Mais il ne fallait pas oublier que cette jeunette-là n'était que le fruit malsain d'une pocharde confite par l'alcool. Cette mère indigne avait descendu ses culottes pour des rouliers, des étrangers besogneux et muets. Et une petite sans père, cela n'était pas bien correct non plus. En acceptant de la mettre dans son lit, le Riche avait donc, au final, ravi une innocente au diable en personne. Sans lui, Mémé aurait certainement dégringolé jusqu'au bas de l'échelle. Elle aurait fini par partir, ou bien d'une sale maladie, ou bien dans les faubourgs crasseux de la grande ville voisine, où elle n'aurait pas manqué de grossir le troupeau infecté des prostituées de chantiers.

Charles Dutilleux avait donc réussi un retour gagnant. Cela ne lui avait pas suffi. Une nuit, pourtant semblable à toutes les autres nuits, une étrange lubie s'était emparée de son esprit. Montant du large, de pleines bouffées d'air iodé pénétraient dans la chambre. En sueur, les nerfs à fleur de peau, l'homme d'affaires s'était assis dans son lit, où Mérope soupirait en dormant. Il lui manquait quelque chose. Mais quoi ? Il avait tourné le dos à l'étude notariale paternelle et était sorti de sa condition. Il s'était battu comme un forcené pour faire son trou dans le Paris des affaires. Il était revenu s'installer ici en maître absolu. À ce jour, il ne plastronnait pas, mais tirait toutes les ficelles dans l'ombre. En dix ans, l'ancien petit port bien tranquille avait entamé sa mue. Des touristes fortunés y avaient acquis des résidences cossues et la plage, réaménagée, ne désemplissait pas. Mais non. Cela ne lui avait pas suffi.

Le ventre noué par un sentiment de colère qu'il ne parvenait pas à s'expliquer, Dutilleux s'était levé dans cette nuit silencieuse. Que pouvait-il bien désirer de plus ? Il était fortuné et puissant. Admiré et craint, sinon envié, par tous. Ou presque. Il y avait

Gaïa, cette vieille morue qui lui avait battu froid, dès le premier regard. Chaque fois qu'il la croisait, celle-ci détournait ses yeux globuleux tartinés de fard ou, au contraire, l'écrasait de tout son mépris. Il n'avait jamais pu échanger plus de deux mots avec elle. Dès qu'il avait tenté d'en savoir plus sur cet animal, chacun avait feint de ne rien savoir. De toute façon, sur ce sujet, la discussion était enterrée avant même d'avoir débuté. Les ivrognes du Barbotine eux-mêmes préféraient plonger leurs trognes dans leurs demis ou leurs momies de pastis plutôt que d'avoir à lâcher la moindre information. Tout au plus, à force de tancer les uns et les autres, Dutilleux avait-il fini par apprendre qu'elle savait des choses. Des choses du passé. Et qu'il était préférable qu'elles y restassent définitivement. Quelles choses ? Des pas bien propres, en tout cas. Mais, de cela, il ne fallait pas parler. À chacun son métier, les vaches seraient bien gardées. Etc.

C'était un fait. La vieille folle ne l'aimait pas. Tout comme le piqué, au sommet de sa falaise dunaire. Ce Jonas Jonas qui ne montrait plus le bout de son nez depuis des lustres. À dire vrai, il ne l'avait jamais rencontré. C'était tout juste si, à l'occasion d'une virée dans l'une de ses voitures de luxe, il avait cru distinguer sa silhouette derrière l'une des fenêtres d'Isla Negra. Dutilleux aurait très bien pu ne jamais entendre parler de ce personnage qui vivait en marge de tout si, au fil des semaines, des mois, des années, une poignée d'habitants ne s'étaient pas confiés à lui. Certains pour le plaisir de parler et de brasser du vent. D'autres pour lui vanter la situation exceptionnelle dont jouissait cette parcelle de terrain. D'autres encore pour tenter de l'amuser en lui racontant les frasques du Fêlé, au temps où il venait faire la noce. Tous lui avaient donné leur version de ce Jonas Jonas. C'était un simple d'esprit, un raté. Peut-être même un assassin qui enterrait ses épouses dans la cave. Un pauvre bougre. Sauf que ce quidam, énigmatique et ronchon, du haut de son manoir, dominait toute la Province.

Alors, cette nuit-là, à son corps défendant, Charles Dutilleux s'était définitivement laissé envahir par la jalousie. Son bunker à lui, arrimé à de la roche bien dure, surplombait la plage. Mais Isla Negra, elle, embrassait l'horizon. Il lui fallait cette propriété. Pas pour y vivre, non. Il en ferait du petit bois. Il devait l'acquérir, coûte que coûte, c'était aussi simple que ça. Et il n'allait pas lésiner sur les moyens. En ville, tous lui devaient quelque chose. Tous, sauf ce Jonas Jonas de malheur qui s'était mis en retrait de la vie publique. Par la voie officielle, puis par des biais plus divers, le Riche avait déjà fait parvenir à l'hurluberlu anachorète des offres d'achat. Mais toutes, y compris celle où il proposait jusqu'à cinq fois la valeur marchande de ce bien, lui étaient revenues en pleine face, à la façon d'un camouflet cinglant. En guise de réponse pour l'ultime proposition, son poisson-pilote mandaté pour négocier l'affaire avait même récolté un lapidaire – mais très explicite – : « Que Dutilleux et tout son pognon aillent se faire foutre. Je n'ai besoin de rien. »

L'investisseur avait passé sa tête sous le robinet de la cuisine. L'eau, trop longtemps tiédie dans les tuyaux, n'avait pas produit l'effet calmant escompté et avait, bien au contraire, énervé d'autant le bonhomme. Sans même sécher son crâne dégarni, il s'était mis à arpenter pieds nus le marbre du salon, les mains nouées dans le dos. À Paris, cent fois, mille fois, des propriétaires récalcitrants les avaient renvoyés, ses offres d'achat et lui, dans leurs cases. Et en des termes encore plus fleuris. Mais c'était du business. On traitait entre gens du même bord. Avec l'argent, on finissait toujours par s'entendre. Mais Jonas Jonas ? Pour qui se prenait-il ? Comment son esprit était-il conçu pour qu'il refuse quatre millions ?

Le respectable Charles Dutilleux s'était trouvé un os à ronger. Puisque le Vieux ne voulait rien savoir, et que l'argent ne semblait pas avoir de prise sur lui, le promoteur avait résolu d'installer des chausse-trappes dans lesquelles l'ermite ne pourrait que tomber et finir broyé. Avec l'appui du maire, du préfet, des conseillers régionaux, du TGI et même du ministère, il avait fait décréter qu'Isla Negra représentait un danger pour son occupant et la population alentour. Certes, le premier voisin ne se trouvait qu'à plusieurs kilomètres de là, mais il avait estimé que la notion de péril imminent ferait bon effet auprès des juges. L'Administration lui avait obéi, au doigt et à l'œil. Il n'avait pas eu à attendre bien longtemps pour que la machine se lance. Jonas Jonas finirait par déguerpir, c'était entendu. Mais Charles Dutilleux savait aussi que toutes ces procédures prendraient du temps, des mois, voire des années.

Pendant que les rouages de l'Administration se mettaient en place, que la Bête commençait à sortir de sa léthargie, Dutilleux avait pris l'initiative d'une autre solution, contre laquelle personne ne pourrait s'élever. S'il manœuvrait avec finesse, si chacun de ses coups était gagnant, toute cette entreprise ferait au surplus de lui un héros. Depuis toujours, les lents va-et-vient de la mer dévoraient les côtes, repoussaient leurs limites vers l'intérieur des terres pour, soudain, faire marche arrière. Les plages vivaient leurs vies propres. Elles créaient des étangs éphémères, allant jusqu'à menacer les habitations. Puis, sans raison apparente, elles repartaient et s'étalaient, blanc et jaune, à leur place initiale. Ces dernières décennies, cependant, cette respiration naturelle avait pris un tour nouveau. L'avancée des eaux suivait la même régularité, mais leur retrait n'était plus aussi implacable. Les scientifiques y perdaient leur latin. Les politiciens, eux, se gardaient bien de crier au loup. Du bout des lèvres, avec le sourire entendu de ceux à qui on ne la fait pas, ces élites concédaient que oui, effectivement, le réchauffement climatique pouvait y être pour quelque chose. Quoique tout cela restât à prouver. Et plus de glaçons auraient fondu dans les verres de pastis et de rosé avant qu'un quelconque iceberg ne fasse monter le niveau des eaux.

Hélas, le phénomène avait pris du corps plus rapidement que prévu. Charles Dutilleux, du haut de son bunker, avait assisté à son aggravation. À chaque changement de lune, les vagues se faisaient plus grosses, grignotaient le rivage. À l'heure où le tourisme donnait les premières satisfactions, où la Province s'enorgueillissait de devenir bientôt un lieu de villégiature de premier plan, ce caprice de la nature leur tombait dessus.

Un matin, Charles Dutilleux avait donc fait irruption en plein conseil municipal. La mine grave, les traits tirés d'un homme que l'angoisse lamine de l'intérieur, la voix tremblante d'émotion, il avait tenu un discours qui avait ému jusqu'aux cœurs les plus secs. S'il était revenu sur la terre de ses origines, c'était pour goûter à un repos bien mérité. Toute la Province l'avait accueilli à bras ouverts. Il était le fils prodigue. C'était une chose entendue. Mais voilà que la mer déclarait la guerre à cette petite commune qu'il chérissait entre toutes. Et, ce faisant, elle le défiait, lui ! C'était très bien. Il n'était pas homme à se défiler. Puisque le temps était venu de se battre, il serait là. Il ne se cacherait pas. Il monterait au front. Il dépenserait toute sa fortune, si cela s'avérait nécessaire, pour que la nature comprenne qui était le maître. Parfaitement ! Tout ce bel argent, acquis à la sueur de son front, il allait le déposer aux pieds de la population ! La mer ne gagnerait pas, il en faisait le serment solennel ! Non seulement il préserverait le rivage, mais, de plus, il gagnerait sur les flots pour y faire pousser une ville nouvelle !

Tous les membres du conseil s'étaient levés et avaient applaudi comme un seul homme.

Charles Dutilleux tint parole. Le lendemain, il s'envola pour Paris. En quelques jours et après d'âpres négociations, il vendit au meilleur prix deux magnifiques appartements situés en plein cœur du Marais. Trois semaines plus tard, l'on vit arriver sur les bords de la plage une cohorte d'une vingtaine de camions surchargés d'enrochements et de matériels les plus divers : excavatrices, bulldozers, tractopelles, chargeurs sur pneus ou encore camions-citernes à béton et bitume. Sous les ordres d'un Dutilleux énergique, les poids lourds se délestèrent de leurs frets et de leurs engins, et reprirent illico leur noria incessante. Durant plusieurs mois, toute la bourgade vécut sur le pied de guerre. D'un côté, la mer poursuivait son lent travail de sape. De l'autre, le Riche et ses camions installaient des brise-lames et consolidaient la jetée de la ville à coups de milliers de tonnes de roches.

Une fois. Dix fois. Vingt fois, l'homme d'affaires refit le trajet jusqu'à Paris. C'était une bataille qu'il ne pouvait se permettre de perdre. À chacun de ses voyages, il se séparait de biens pour réapprovisionner ses comptes et ne revenait dans la Province que pour clamer, sur tous les tons, qu'il était né pour « sauver un bout de France » ! Les manches relevées, les yeux furetant dans tous les sens, il houspillait les grutiers et les chauffeurs, traquait sans relâche les ingénieurs. La nuit, il se plongeait avec fièvre dans les études les plus pointues, pondues par des techniciens qui avaient fait de la lutte contre la montée des eaux leur raison de vivre et de mourir.

Pourtant, toute cette débauche d'énergie, tous ces millions engloutis – au sens propre comme au figuré – dans des travaux pharaoniques ne portèrent pas les fruits escomptés. À chaque tempête, la houle et les vagues se jetaient sur les rochers. Elles semblaient jouer avec eux comme un chat s'amuse de la mort lente d'un insecte entre ses griffes. De manière invariable, les pierres et le ciment finissaient par lâcher prise. Lorsque la mer redevenait d'huile, il fallait alors se rendre à l'évidence : le littoral avait cessé de se recroqueviller, mais tout ce qui avait été gagné sur la mer était perdu.

Le Riche ne se décourageait pourtant pas. Entre les éléments et lui, l'affaire était devenue personnelle. De plus, comme un camouflet à la face du monde entier, se détachait invariablement dans le lointain la masse trapue d'Isla Negra. Du haut de ses cent mètres d'altitude, insolente de stabilité, rien ne semblait pouvoir l'atteindre. À son pied, la ville était menacée de disparition. Sans les efforts insensés de Dutilleux qui s'accrochait à son « bout de France », la bourgade serait devenue un marais. Mais la falaise dunaire, surprenante de vigueur et de force tranquille, elle, ne bronchait pas. Chaque jour, le promoteur sentait dans son dos le regard de ce Jonas Jonas. Il se disait que le Fêlé devait bien rire à le voir dépenser ainsi et tenter d'emplir un tonneau percé. Oui, c'était bien cela. Le vieux fou se moquait de lui. Il n'y avait pas l'ombre d'un doute là-dessus.

Un matin, après avoir passé la totalité de la nuit à se brûler les yeux sur l'écran de son ordinateur, Charles Dutilleux finit néanmoins par s'ouvrir d'un large sourire. Il avait résolu la quadrature du cercle, le mystère de l'œuf de Christophe Colomb. Il avait mis la main sur le moyen qui lui permettrait d'épargner la plus belle plage de la Province – mais aussi de faire s'effondrer Isla Negra tel un vulgaire château de cartes. Cela lui coûterait de l'argent. Beaucoup d'argent, certes. Mais il n'était plus à ça près. Il possédait un petit immeuble dans le sixième arrondissement parisien dont le produit de la vente couvrirait largement tous les frais occasionnés par l'opération. Sans hésiter une seconde, il prit une douche et s'engouffra dans son coupé Audi S5 afin de rallier l'aéroport, situé à une centaine de kilomètres.

Il ne croisa personne sur sa route, la ville dormait encore et lui, Charles Dutilleux, avait enfin trouvé la solution ! Cela ne se ferait pas sans mal. Des dents allaient grincer et tous les experts de la Dreal, Grégoire Latour en tête, allaient ruer dans les brancards. Mais il avait trouvé ! Et il parviendrait à avoir toutes les autorisations nécessaires à la réalisation de son vaste projet ! Quant à Jonas Jonas, il serait aux premières loges pour assister à l'écroulement d'Isla Negra. Cette bicoque pourrait même lui servir de tombeau, il s'en moquait !

Appuyée contre le montant d'une sucette publicitaire, attendant que le Barbotine veuille bien ouvrir sa gueule, la vieille Gaïa vit passer en trombe le coupé de l'homme d'affaires. Elle rassembla soigneusement dans sa bouche toute la salive qu'elle put y trouver. Puis, sans perdre de vue le bolide qui fonçait en direction de la bretelle menant à la voie rapide, elle cracha sur le sol.

8

« Bonjour, madame.

— Tiens… Qu'est-ce que tu me veux, toi ?

— J'ai dit : bonjour, madame.

— Et moi, je te demande ce que tu me veux. Ma question vaut bien la tienne, non ? »

En quittant les toilettes du Barbotine, Mérope avait avisé, assise sur l'unique banquette de l'arrière-salle, la vieille Gaïa. Comme chaque jour, celle-ci venait se retrouver en tête à tête avec son indien, un mélange d'Orangina et de grenadine auquel elle ne touchait pas, mais dont la robe changeante ne cessait de la charmer. Un stylo à la main et une grille de sudoku ouverte sur le plateau de la table, la doyenne de la Province prit le temps d'observer par-dessus ses lunettes la nouvelle venue. Sculptée par sa robe courte de lin blanc, les cuisses bronzées, la jeune femme se dandinait d'un pied sur l'autre, mal à l'aise. Dans son sillage, elle avait apporté, depuis les lieux d'aisances, des relents d'urine et de déodorant bon marché.

En maquignonne madrée, la vieille enveloppa la poupée du regard. Elle devait bien s'avouer qu'il n'y avait rien à jeter dans cette plante. Toutes les pièces n'étaient pas d'origine, mais le résultat était bluffant.

De sa voix au désagréable timbre de racloir, Gaïa répéta : « Alors ? Qu'est-ce que tu me veux ? Tu as perdu ta langue ?

— Non, madame.

— Eh bien ? Qu'est-ce qu'il y a ?

— Je... Je ne sais pas.

— Tu ne sais pas ?

— Non.

— Alors, débarrasse le plancher. J'ai à faire. Et reviens quand tu auras quelque chose à me dire. »

Sans se retourner, toute à sa crainte, Mérope s'éloigna de la table en reculant, accompagnée par le regard mauvais de la vieille. Au moment où elle allait s'enfuir, Gaïa la rappela, d'un ton sec : « Finalement, reste. Les gens qui n'ont rien à me dire sont toujours plus intéressants que ceux qui croient avoir des choses à me raconter... Allez ! Remue ton pétard, je n'ai pas que ça à faire.

— Oui, madame.

— Et assieds-toi. De te voir en bas, ça me donne le tournis. Et déballe-moi un peu ce que tu as à me dire. Comme il n'y a rien, ça ne devrait pas prendre trop de temps. »

Quelques minutes plus tard, lassées d'être espionnées par le garçon et les piliers du comptoir qui s'étaient tus, toutes oreilles ouvertes, les deux femmes avaient quitté le Barbotine. Côte à côte, l'une s'appuyant sur sa canne et l'autre toujours juchée sur ses talons aiguilles, elles cheminaient en silence. Au bout de la jetée, des ouvriers mettaient la dernière main à une nouvelle tentative d'enrochement et les pétarades des engins de terrassement, sous le vent, ne leur parvenaient qu'assourdies. À cette période de l'année, les touristes se faisaient rares, mais le peu qu'elles croisèrent ne se gêna pas pour dévisager leur drôle d'équipage. D'un côté, il y avait une centenaire déplumée, trop maquillée, enfouie dans une combinaison jaune safran et surmontée d'un fichu fuchsia, qui fumait une brune fichée dans un porte-cigarettes argenté. De l'autre, c'était une grande bringue aux yeux tristes qui oscillait dangereusement sur son axe et semblait désolée d'habiter un corps qui n'était pas le sien. Derrière elles, à une dizaine de mètres environ, un Africain obèse donnait l'impression de dormir en marchant.

Gaïa marmonna : « Ton ours de la savane va nous suivre longtemps, comme ça ?

— Pardon ?

— Le gros tas, derrière ? Il ne va pas nous foutre un peu la paix, à la fin ?

— Oh ! C'est Chichou qui… Enfin, c'est Charles qui insiste pour qu'il soit toujours avec moi quand lui est en voyage. Comme il est parti ce matin pour Paris, je…

— Je sais. Je l'ai vu filer comme un lapin. Mais il a peur de quoi, ton homme ? Qu'on t'enlève ? »

N'ayant de toute évidence jamais envisagé cette éventualité, Mérope écarquilla des yeux grands comme des soucoupes pour toute réponse, tandis que la vieille embrayait : « Les hommes sont tous des cons, ma petite. Et il n'y a pas d'exception à cette règle, ou presque. Tu veux une preuve ?

— Si vous voulez.

— Ils confondent toujours le verbe "avoir" avec le verbe "aimer". Ce qu'ils veulent, par-dessus tout, c'est nous avoir. Pas nous aimer. S'ils nous aimaient, ils passeraient un peu plus de temps à nous foutre la paix et un peu moins à nous surveiller, crois-moi.

— Si vous le dites… »

Un instant, la doyenne interrompit sa marche pour reprendre son souffle. Puis, les sourcils froncés par un agacement qui ne faisait que croître, elle haussa les épaules à plusieurs reprises et finit par ajouter : « Écoute, ton singe commence à m'emmerder à nous suivre comme ça. Si tu veux qu'on parle, dis-lui de foutre le camp.

— Mais il est très…

— Ce n'est pas qu'il ait l'air mauvais. Les saloperies, je les détecte. Lui, c'est un gentil, ça se voit tout de suite. Mais il est trop noir pour moi. Et ça me déprime qu'on puisse être noir comme ça.

— Bien, madame.

— Arrête de me donner du "madame" à tout bout de champ et passe-moi plutôt ton bras. Comme ça, tu serviras à quelque chose. »

Comme Mérope indiquait d'un geste à l'Africain qu'il pouvait disposer, Gaïa expliqua, sur le ton de l'excuse bourrue : « Il y a des jours où la canne ne suffit plus. Tu comprendras ça plus tard, quand ton tour sera venu. Parce qu'il viendra, ne te fais pas d'illusion. »

Aussitôt, la jeune femme ôta ses talons aiguilles, perdit douze centimètres et se retrouva pieds nus sur les pavés dont les dessins s'inspiraient des vagues noires et blanches de Burle Marx. Rassurée d'avoir retrouvé sa stabilité, elle tendit alors son bras à la vieille et la gratifia d'un sourire.

Celle-ci s'y agrippa. Avec une grimace, elle grogna : « Les hommes sont tous des sales bêtes. Et je sais de quoi je parle. Mieux que personne. Quant aux femmes, elles ne valent pas mieux. Allez… avance, carogne ! On n'est pas loin de chez moi. On y sera tranquilles pour parler. »

*

Sans posséder le luxe tapageur du bunker, la petite maison dans laquelle vivait Gaïa était cossue. Bâtie sur trois niveaux, se terminant par un toit-terrasse protégé du soleil par des joncs tressés, elle était semblable aux dizaines d'autres qui composaient le centre ancien. Comme elle était accolée à la petite église, ses murs tremblaient des vibrations des cloches qui scandaient chaque heure envolée. Cela faisait quelques années que la doyenne ne grimpait plus dans les étages supérieurs. Ses hanches, ses articulations et jusqu'à ses os, selon les périodes, lui faisaient souffrir mille morts. Plusieurs fois, des voisins plus ou moins bien intentionnés lui avaient soufflé de faire appel aux bons soins des infirmières ou des auxiliaires de vie. D'un geste théâtral de la main, les sourcils hérissés d'indignation, l'irréductible harpie avait balayé ces éventualités. De toute son existence, elle n'avait jamais demandé l'aide de qui que ce fût. Ça n'était pas aujourd'hui, même à son âge, qu'elle allait commencer.

À bout de souffle, la vieille se laissa aller dans un fauteuil de velours installé sous la fenêtre aux volets entrebâillés. Dans la pénombre, à trois pas derrière, Mérope plissa les paupières afin de ne rien perdre de sa chance. Personne, jamais, ne mettait les pieds ici. Cela se voyait au premier coup d'œil. D'ordinaire, les pièces où l'on recevait de la visite étaient rangées, propres, accueillantes. Le salon de Gaïa, lui, se moquait du tiers comme du quart de l'impression qu'il pouvait produire sur les visiteurs – puisque des visiteurs, justement, il n'en venait jamais. Il s'étalait donc, tout à son aise, en capharnaüm lascif. Sous des poutres supportant des plafonds bas patiemment constellés de chiures de mouches, une odeur de moisi et de vieux fruits flottait, doucereuse. Débordant des armoires aux portes ouvertes, surchargeant la table principale et un secrétaire des années 1950, s'empilant éhontément sur les chaises, une bonne partie du canapé ou à même le sol, tout un fatras d'objets hétéroclites saturait l'espace jusqu'à la nausée. Aux pieds d'un christ crucifié sur un mur lépreux, l'on trouvait ainsi des amoncellements de journaux, des courriers administratifs, des médicaments, des cendriers de toutes les tailles et de toutes les formes, des dépliants vantant les mérites de compagnies aériennes qui n'existaient plus depuis des décennies. Sur une desserte de bois noir, exposée sans vergogne dans un coffret vitré, une collection d'une dizaine d'olisbos de marbre et d'ivoire prenait la poussière, surveillée avec sévérité par des masques de cuir, des loups ouvragés à la mode vénitienne. Au sol, une bible à la tranche dorée voisinait avec des poires de caoutchouc, des matriochkas dépareillées, une laisse de chien enroulée près d'une gamelle vide.

Après avoir fait craquer une allumette, la maîtresse des lieux prit le temps d'observer sa visiteuse. Cette gamine-là ne manquait pas d'air. Mariée à l'homme se disant le plus respectable de toute la Province, elle n'avait pas hésité à accompagner Gaïa, Gaïa la folle, Gaïa l'explosive, Gaïa la tempétueuse, à lui donner le bras dans les rues de la bourgade, au vu et au su de tout le monde. Pire, elle était entrée dans son repaire, devant lequel le curé et ses ouailles ne passaient jamais sans esquisser un signe de croix ni murmurer quelques bribes de prières.

La doyenne, dont le souffle revenait peu à peu, par lentes vagues sifflantes, se racla la gorge et lança : « Alors ? Tu vas me dire pourquoi tu voulais me parler ? »

Entre les longs doigts graciles de Mérope, une carte postale d'un autre temps, qu'elle avait ramassée au milieu des papiers, semblait la fasciner. D'un côté, des Chinoises vêtues de pagnes saluaient de la main sur un fond de mer délavée. De l'autre, une écriture d'une élégance surannée racontait qu'ils étaient bien arrivés, que le temps était superbe et qu'ils espéraient que…

« Il faut que je crie pour que tu me répondes ? »

La voix grasseyante de Gaïa avait soudain fait trembler le silence. Après avoir reposé la carte postale sur un livre ouvert, la jeune femme se retourna vers le fauteuil et balbutia : « Pardon, madame. C'est tellement joli, chez vous…

— Joli ? Ce n'est pas le premier mot qui me serait venu à l'esprit, mais passons. Qu'est-ce que tu me veux ? »

La tête baissée telle une écolière face à une maîtresse sévère, Mérope nota mentalement que ses pieds nus avaient laissé des empreintes de sueur sur les tomettes du carrelage. Puis, elle s'entendit répondre : « Rien, madame. Je voulais juste parler.

— La belle affaire… Ton Nègre[1] ne te suffit pas ? Ton mari non plus ?

— Le premier, je n'en sais rien. Je ne le connais pas. Il ne m'a même jamais adressé la parole. Quant à l'autre, c'est une autre histoire. Puis, c'est à vous que je voulais parler.

---

1. Le terme « Nègre » est ici utilisé dans son acception la plus noble, celle qui, par la suite, a donné naissance au concept de négritude : le résultat d'une culture à part entière, contrairement au terme « Noir » qui, lui, ne désigne qu'une couleur. René Maran, premier Nègre guyanais à avoir remporté le prix Goncourt en 1921, avec son roman *Batouala*, était d'ailleurs considéré par Aimé Césaire comme le père de la négritude. Et c'est à René Maran que l'on doit cette déclaration, extraite de son roman *Un homme pareil aux autres* : « D'abord, je ne suis pas noir, ce qu'on appelle noir. […] Je suis nègre. »

— Pourquoi ?

— Je ne sais pas. Pour vous connaître.

— Toi ? Tu veux me connaître, moi ?

— Pourquoi pas ? »

Avec un rire de basse qui fit s'écraser la cendre de sa cigarette sur le plastron safran de sa combinaison, la vieille grommela : « Quand il saura que tu es venue ici, ton mari va te faire la danse. Les gifles vont même peut-être voler bas. Tu n'as pas peur ?

— Non. Chichou ne m'a jamais… Enfin, Charles ne m'a jamais touchée. Je veux dire : frappée.

— Ce que peut te faire ou ne pas te faire ton Chichou, comme tu le dis, je le sais. Je le sais même mieux que quiconque.

— Comment ça ?

— Ça ne te regarde pas. Pas pour l'instant, en tout cas. Ton mari, tu crois le connaître. Tout le monde croit le connaître. Mais personne ne sait rien. De toute façon, personne ne sait jamais rien sur rien. Et c'est d'ailleurs sûrement pour ça que tout le monde raconte tout sur tout. On marche sur la tête. »

Après avoir laissé le silence se reposer un instant dans la pièce, Gaïa reprit, un rictus de gourmandise sur ses lèvres passées au rouge : « Un jour, tout ça finira bien par éclater.

— Tout ça, quoi ?

— Tout. Et c'est pour ça que les gens ont peur de moi, dans cette ville. Ils me saluent tous, tu peux y aller. Mais dans chacun de leurs bonjours, il y a de la trouille.

— Ils ont peur de quoi ? »

La vieille écarquilla un peu plus ses yeux globuleux dans la pénombre. Puis, après avoir tété une nouvelle bouffée de tabac, elle expliqua : « C'est la trouille qui tient tout, ma fille. C'est elle qui fait que cette ville n'éclate pas comme un pétard de 14 Juillet. Pourtant, il n'en faudrait pas beaucoup pour que je repeigne tous les murs avec ce que je sais. Mais ça viendra, fais-moi confiance. Je les tiens. Ils ont beau jouer les crapauds qui se prennent pour des bœufs, je les tiens, là, dans ma main. »

Toujours debout, ses talons aiguilles pendant au bout de ses doigts, Mérope osa : « Vous les tenez ?

— Oui, ma belle. Tous. Ou presque tous. Ils tremblent comme des pucelles qui vont passer à la casserole. Même le maire ou son gros porc de Pascal Chancel mouillent leurs liquettes quand ils me voient débarquer dans leurs bureaux. Et toi aussi, tu aurais peur, si tu me voyais comme je suis vraiment !

— Vous ne me faites pas peur. Je sais que ce ne sont pas les chiens qui aboient le plus fort qui mordent le plus.

— Foutaises ! Mais c'est vrai que ce n'est pas ma grande gueule qui va t'effrayer. Tu es vaccinée. J'ai bien connu ta mère. Celle-là, comme gueularde, elle se posait là. Mais moi, je te parle d'autre chose.

— De quoi ? »

Avec agacement, la vieille finit par écraser son mégot dans un cendrier. Puis, tout en revissant une nouvelle cigarette à son tuyau d'argent, elle baragouina, bien plus qu'elle n'argumenta : « Les gens, c'est comme les oignons. Ça se découvre par couches. Ma première couche à moi, ce sont mes tenues. C'est falbalas, danse des sept voiles et compagnie. Mais c'est un trompe-l'œil. C'est pour amuser les gogos. Ça fait parler.

— Et les autres couches ?

— Après ? Il y a ma grande gueule, tu t'en doutes. Celle-là, elle les cloue sur place.

— Et ensuite ?

— Ensuite ? C'est plutôt comme les mangues. Plus on s'approche du cœur, et plus le parfum est fort. Ça commence par du sucre et du miel et ça finit par empester la térébenthine. Je sais l'âge que j'ai. J'en ai encore plus au compteur que ce que les gens veulent bien me donner. Et j'en ai vu, des choses. Tu peux me croire sur parole. Mais je n'en parle jamais, de mon âge. Ce n'est pas de la coquetterie, non. C'est juste que je ne veux pas donner à des ramasse-miettes des envies d'éternité. Ils n'ont pas la caisse pour ça. Puis, ils n'ont pas à savoir.

— À savoir quoi ? »

Afin de mieux apprécier la plastique de sa visiteuse, Gaïa chaussa ses lunettes. Après un lent examen qui fit rougir les joues de Mérope, la vieille rangea ses bésicles et finit par lâcher : « La vieillesse, ma fille. La vieillesse. Mais ne t'inquiète pas. Tu n'es pas sortie de la cuisse de Jupiter. Tu es faite de sang, de sueur et de larmes. Et elle te touchera, toi aussi. Que tu le veuilles ou non, il faudra bien que tu y passes.

— Souvent, je me demande même à quoi je ressemblerai quand je serai vieille.

— Ne sois pas pressée. Les vieux, ça ne sert à rien. Et ça pue.

— Ce n'est pas vrai !

— Si. On se met à forcer de plus en plus sur le parfum. Mais ça ne sert pas à grand-chose. Quand on pue le vieux, on pue le vieux. C'est pire qu'un tatouage. Quand ça vous a saisi, ça ne s'enlève plus. Puis, on tombe en morceaux. Pour remplacer les dents, on chausse des dentiers ou des implants. On met des perruques à la place des cheveux. On se fait renforcer les artères avec des ressorts, on se fait greffer des os en titane. Mais les couches continuent à se faire la malle. C'est pour ça que je m'habille comme ça. Un emballage tape-à-l'œil pour dissimuler un corps qui ne ressemble plus à rien. De toute façon, il y a beau temps que mon cul n'intéresse plus personne. Pas même moi. J'ai perdu la guerre. Alors, je cache les dégâts.

— Et vous n'avez jamais pensé à la chirurgie esthétique ? »

Cette fois, le soupir de Gaïa se fit réellement mauvais. Sans quitter la silhouette de Mérope du regard, elle cligna à plusieurs reprises ses paupières flasques sur ses yeux en billes de loto. Puis, elle répliqua : « C'est pour les faibles. Et les connes, aussi. Il en faut pour tout le monde, remarque. J'ai eu une copine comme ça. Elle passait son temps sur le billard. Elle avait misé toutes ses chances sur son minois de petite poule. Elle se disait que le scalpel pouvait tout arranger. Et ça a marché. Elle s'est mise à ressembler à une voiture volée. Et tu trouves toujours des cons pour racheter des voitures volées. Mais tout ça, ça n'a qu'un temps. »

Après avoir exhalé un nouveau nuage de fumée, elle ajouta : « Une nuit, ne me demande pas pourquoi, toutes les coutures ont lâché. Au matin, tout avait dégringolé. Alors, elle s'est tiré une balle dans la bouche. Elle a bien fait. Il y a des extrémités contre lesquelles on ne peut rien. Moi, ça ne m'arrivera pas. Pas si folle. Ma vieille viande, je l'emballe dans des sacs. Quant à ma gueule, je la replâtre chaque jour. Et celui qui n'est pas content, comme disait ma grand-mère, il n'a qu'à tourner son cul au vent. Maintenant, laisse-moi. Je suis fatiguée. »

Sans un mot, la jeune femme recula jusqu'à la porte d'entrée. Les yeux dans le vague, la vieille Gaïa murmura encore : « Ton Dutilleux, c'est un con. Un con magistral. Un con majuscule. Mais toi, je t'aime bien. Tu pourras revenir quand tu voudras. Je te dirai des choses.

— Merci, madame.

— Je te dirai tout, un jour. Pourquoi les gens ont peur de moi. Pourquoi il ne faut pas toucher à un seul cheveu de la tête de Jonas. Et pourquoi, même quand on voyage tout autour de la terre, on éprouve toujours le besoin de revenir chez soi. Ça ne manque jamais. Les hommes sont aussi cons que les saumons, ma fille. N'oublie surtout pas ça. Aussi cons et aussi prévisibles que des saumons. »

9

Sur cette affaire, il n'y avait rien eu à dire ni à redire. Dès que les radios s'étaient mises à hurler à l'unisson que la catastrophe était imminente, Georges et l'Africain n'avaient pas plus économisé leur temps que leur sueur. Jonas, lui aussi, avait mis la main à la pâte. Mais il l'avait fait comme un vieux, par petites touches, traînant derrière lui sa jambe blessée. Il avait apporté une boîte de clous ou de vis à têtes plates ici, un verre d'eau là. De ne pas pouvoir être de la fête l'avait rendu d'une humeur massacrante. L'Argentin de Carcassonne, sous les nuages bas qui roulaient dans un ciel torturé, avait réfléchi à deux fois avant de faire appel à lui. Pour les travaux de consolidation à réaliser, il n'avait pas besoin de son aide. Mais il la lui avait demandée tout de même, afin de ne pas laisser le Vieux ruminer sa colère de se sentir inutile. Un mètre-ruban ou un crayon à marquer ici, une canette de bière là. Jonas n'avait pas été dupe, mais il avait fait comme si de rien n'était.

Cependant, chaque fois que Georges lui avait demandé quelque chose, la voix excédée de Jonas l'avait enguirlandé à la cantonade : « Quand on n'a pas de tête, on a des jambes ! Quelle feignasse tu fais, quand même. Pour jouer du piano à bretelles et parler des Amériques, y a du monde ! Alors là, oui ! Mais dès qu'il s'agit de travailler… Tiens, le voilà ton tournevis. Et ta binouze aussi, ivrogne. À croire que t'as que du jus de houblon dans ta foutue caboche… »

Une fois sa mission accomplie, le Vieux repartait. Tête basse, les épaules un peu plus voûtées qu'à l'ordinaire, il bougonnait dans ses joues mal rasées mille imprécations auxquelles lui-même n'accordait pas la moindre importance. Quant à l'Africain, il ne demandait rien. Pas si bête. Le front en sueur, le tee-shirt plaqué sur son ventre gros et gras, il soulevait sans mot dire les planches et les panneaux, les caisses à outils et les étais comme autant de ballots de paille sèche. Il faisait avec la mauvaise humeur de l'hôte, ses grosses lèvres toujours entrouvertes et son front plissé par la concentration. Il n'entendait même pas ce que le Vieux marmottait, chaque fois qu'il passait près de lui : « Plus c'est grand, plus c'est con. C'est connu. Guimauve nègre de malheur. Si je veux que ce soit bien fait, je vais encore devoir passer derrière. Amateur, va. Amateur et dépendeur d'andouilles. Ni fait, ni à faire. Encore moi qui vais me taper les finitions, comme d'habitude… »

Mais Jonas, à dire vrai, ne se tapa rien. Il était de l'intendance, tout au plus. Pour se venger du sort, il avait passé sa rage sur la confection de sandwiches hors norme. Une baguette par tête de pipe. Avec la bonne dose de beurre salé, de jambon cru fumé de la Forêt-Noire, de cheddar vieux et de feuilles craquantes de sucrine et de rougette mêlées. Les radios l'avaient proclamé sur l'air des lampions. La fin du monde était programmée pour les heures suivantes. Il était hors de question de s'envoler pour l'au-delà avec le ventre vide ou, pire, lesté de mauvaise nourriture.

Il était vrai aussi que, pour cette alerte au tsunami, les autorités avaient sorti le grand jeu. Dès que le premier indice était apparu sur les écrans de contrôle, le Cenalt[1] avait aussitôt déclenché l'alerte maximale. Excités par l'imminence d'une catastrophe possible, les scientifiques s'étaient précipités sur la procédure. L'avis de vague géante avait filé en droite ligne jusqu'au ministère de l'Intérieur. Le Cogic[2], place Beauvau, en avait rugi de plaisir. Sans coup férir, un plan circonstancié avait été transmis aux préfets concernés et aux représentants de la Sécurité civile – sans oublier les radios et les télévisions qui, avec des voix d'outre-tombe et de brusques accès de fièvre, s'étaient chargées de relayer l'information. Dans un galimatias historico-scientifique où se télescopaient, pêle-mêle, les plaques africaines et eurasiatiques, le volcan de Santorin qui avait causé l'extinction de la civilisation minoenne vers 1650 avant J.-C., le tremblement de terre de Lisbonne en 1755, le séisme

1. Centre national d'alerte aux tsunamis.
2. Centre opérationnel de gestion interministérielle des crises.

en mer Ligure de février 1887, ceux du détroit de Messine ou encore de l'algérienne Boumerdès, les journalistes avaient fait les poubelles de l'histoire sans rechigner. Les rédactions étaient sur les dents. Les écrans se couvraient d'inquiétants logos annonçant la fin d'une partie du monde. Jonas, lui, n'en aurait sans doute jamais rien su si Georges n'avait pas garé sa Méhari orange acidulé devant Isla Negra. Avec l'Africain, sans un mot superflu, ils avaient déchargé tout le matériel nécessaire à la protection du manoir et s'étaient mis au travail.

Durant trois bonnes heures, dans des rafales de vents de plus en plus mauvais, les deux compères avaient condamné avec méthode toutes les ouvertures, hormis la porte d'entrée. Chaque fois que le Pouilleux était passé devant Frida Kahlo, il lui avait trouvé une sale gueule et s'était signé, de façon instinctive. Il ne fréquentait pas les églises. En parfait agnostique des tropiques et de la Terre de Feu, il avait choisi depuis bien longtemps de prier en sauvage, en pleine nature, dans les plus belles cathédrales que celle-ci avait créées. Il n'avait peur ni de Dieu, ni du diable. Mais là, en constatant à chacun de ses passages que l'énorme toile se mettait à frissonner du châssis et à geindre de toutes les baguettes qui composaient sa caisse américaine, il avait été pris d'une crainte sourde. De plus, Frida penchait d'une manière de plus en plus inquiétante. Les papillons versicolores semblaient s'être mis à vibrer. Et il aurait été prêt à jurer que l'once noire, postée sur l'épaule de la Mexicaine de Coyoacán, n'observait plus le colibri mort, porté en sautoir. Ce ne furent, bien entendu, que des impressions fugaces, des sensations qu'il mit sur le compte de la semi-obscurité qui baignait le séjour, aveuglé maintenant par les plaques de bois aggloméré. Mais l'Argentin de Carcassonne s'était tout de même signé. Cela ne mangeait pas de pain. Puis, ce petit geste ne pourrait que plaider en sa faveur au moment où il devrait rejoindre Astor Piazzolla à la droite de Dieu – ou des dieux, car le musicien n'avait jamais réussi à trancher sur le bien-fondé du monothéisme bêlant.

À dix-sept heures, alors que la lumière peinait de plus en plus à se frayer un chemin dans les nuées qui plombaient le ciel, le travail était achevé. Les fenêtres et la baie vitrée, sans oublier la lucarne et l'œil-de-bœuf, étaient claquemurées. Isla Negra était aveugle. De la voir ainsi mutilée, l'Africain en ressentit aussitôt au cœur une lourde peine. Celle-ci ne dura pas, et il dévora d'une traite son sandwich, immédiatement suivi par celui de Jonas, que ce dernier n'avait pas touché. Alors que le Vieux allait se remettre à vitupérer contre les médias – qui, disait-il en substance, dramatisaient toujours bien trop les événements et prenaient le bon peuple pour des enfants en bas âge –, le vent cassa net. À la façon d'une branche sèche qui craque sous la pression de la main. Aucun oiseau ne se fit plus entendre. La mer redevint d'huile. Les nuages se figèrent sur place. Les récriminations de

Jonas se coincèrent dans sa gorge. Cela dura un instant seulement, étrange et suspendu. Les bourrasques capricieuses, le vacarme sifflant du vent dans les joncs et les roseaux, les volets claquant contre les façades, les vrombissements entêtants de la scie circulaire, tout cela s'éteignit. Plus rien. Le silence. Et la peur.

L'Africain ouvrit ses narines et huma l'air. Puis, avec une agilité que personne ne lui aurait soupçonnée, il saisit entre ses grosses pattes le Pouilleux et le Vieux, et les colla chacun sous l'un de ses bras. Avant qu'ils ne puissent esquisser la moindre forme de protestation, il les emporta et les rentra entre les murs de granit d'Isla Negra.

Après avoir donné deux tours de clé dans la serrure, le colosse les dévisagea, l'un après l'autre. Puis, sur un ton d'excuse bourrue, il lâcha : « Là, ça va secouer. Accrochez-vous où vous pourrez, monsieur Jonas. Et vous aussi, monsieur Georges. C'est maintenant que ça va commencer… »

Il ne se produisit, ce jour-là, aucun tsunami. L'on ne vit monter du grand large aucune vague géante, il ne se dressa aucun doigt de Dieu vengeur désireux de submerger les terres et de noyer les femmes, les enfants, les hommes et les vieillards. En revanche, il se déchaîna sur cette partie de la falaise dunaire l'une des plus homériques tempêtes que l'on puisse imaginer. L'Africain avait dit vrai. Lorsque l'instant suspendu avait éclaté, ça avait secoué. Et le mot avait été faible. Les vents, alourdis par l'haleine salée du grand large, s'étaient abattus sur Isla Negra avec une violence inédite des quatre points cardinaux en même temps, et, peut-être aussi, des cieux et de la terre elle-même. Sur le rivage, l'écume torturée, frappée, battue, fouettée était montée en émulsion, grise et sale. Elle avait quitté la surface de la mer pour s'envoler et recouvrir d'une neige saumâtre les plages et jusqu'aux roselières. En boules floconneuses, sans taille ni épaisseur définies, ce grésil tiède avait tournoyé dans une ronde folle et avait tapissé le paysage. Afin de ne pas être en reste, le sable s'était dressé, lui aussi, mais en colonnes tourbillonnantes qui arrachaient tout sur leur passage et polissaient les roches les plus dures qui affleuraient parfois. Le ventre noir du ciel s'était mis à hurler, des cris désespérés qui vous glaçaient les sangs, qui claquaient comme des coups de feu et qui agonisaient en plaintes graves sous vos pieds, faisant trembler chaque chose avec une égale cruauté.

Bientôt, Isla Negra commença à glapir, à pousser des gémissements de douleur. Vrillée sur son axe, giflée, tordue par les rafales, étouffée par le cyclone, la bâtisse de granit sembla implorer la pitié. Sur les panneaux d'aggloméré, les vis se mirent à sauter, une à une. La poutre faîtière couina et pleurnicha à fendre l'âme. Sous les yeux des trois hommes, les murs entamèrent une danse du ventre, se gondolant, se creusant, se bombant et, dans la cuisine, toutes les étagères se détachèrent des cloisons. Sur le carrelage, les pots et les bouteilles, les assiettes, les plats et les saladiers, les verres et les bocaux, tout explosa en un feu d'artifice de porcelaine et de verre brisés tandis que, d'un bloc, le réfrigérateur se coucha sur le ventre, au centre de la pièce.

N'écoutant que son courage, l'Africain se dressa alors, au plus fort de l'ouragan, et progressa au milieu des décombres afin d'atteindre la grande baie vitrée du séjour. Si les panneaux de bois sautaient, ce serait tout le manoir qui se retrouverait ouvert aux mille vents et qui ne tarderait pas à être éparpillé sur des centaines de mètres à la ronde. Lorsque le colosse atteignit enfin les agglomérés, ceux-ci se gonflaient et se dégonflaient de façon anarchique sous les coups de boutoir de la tempête. Aussitôt, les bras grands ouverts, ce titan se plaqua contre ce cœur désordonné qui battait la chamade et menaçait d'exploser. Là, au plus près de la douleur vive d'Isla Negra, l'Africain ressentit le besoin impérieux de s'adresser au manoir comme il l'aurait fait avec un mourant. Sans cesser de peser de tout son poids d'Hercule pour répondre aux gifles qui s'abattaient de toutes parts, il lui parla. Ce qu'il lui dit resta à jamais entre eux. Lui murmura-t-il des mots d'amour et de tendresse ? Pleura-t-il pour tenter d'apaiser sa douleur ? Se hasarda-t-il dans des formules rassurantes, bienveillantes, alors que la mort rôdait et semblait sur le point de remporter la victoire ? Personne ne le sut ni ne le saura jamais.

Voyant l'Africain ne plus faire qu'un avec le manoir, Georges fut lui aussi saisi par un besoin impérieux qu'il ne s'expliqua pas. Avançant à quatre pattes dans le séjour, il se glissa de son mieux entre les meubles renversés. Au milieu du vacarme, il parvint au pied du monumental portrait de Frida Kahlo, où il réussit au prix de mille efforts à se dresser sur ses genoux. Alors, les bras ouverts lui aussi, il plaqua ses mains d'étrangleur sur la toile qui prenait des airs de possédée, emportée dans une sarabande de Saint-Guy. Elle claquait sur le mur, le griffait, tentait d'arracher les cimaises. C'était à croire que le tableau s'était mis à vivre de sa vie propre, et le Pouilleux sut que, si la gravure s'envolait, si elle abandonnait Isla Negra, le manoir n'aurait plus de raison suffisante pour continuer à exister.

Saisi tout à la fois par l'indignation et une sainte colère, l'Argentin de Carcassonne se mit à hurler à pleins poumons, les yeux rivés sur ceux de la Mexicaine, qui semblait prendre un malin plaisir à traverser cet épisode : « Putain de saloperie ! Tu restes ici ! Tu bouges pas ! Si tu t'envoles, ce sera avec moi ! Et si tu meurs, je te tue ! »

Combien de temps les deux hommes demeurèrent-ils ainsi, crucifiés ? Après cet épisode, bien sûr, les médias et la préfecture donnèrent des chiffres. Des heures, des minutes, des secondes. Dans la bataille que l'Africain et Georges menèrent, cela fut trop. Ou trop peu. Ils n'y trouvèrent jamais leur compte. Quant à Jonas, il attendit que les vents décidassent de repartir vers le large. Lorsque le sable revint se poser sur la falaise dunaire, il observa longuement les silhouettes de ses amis agrippées à la baie vitrée et au tableau.

Il y avait dans leurs postures, à la fois magnifiques et grotesques, toute la tragédie qui palpitait dans les motifs du Christ de la douleur tels que les peignaient Goya, Vélasquez ou Zurbarán. Avec mille difficultés, il se mit à son tour debout. Après avoir jeté un regard circulaire sur le séjour sens dessus dessous, il posa ses poings sur ses hanches. Puis, d'un ton où perlaient tout à la fois la gratitude et l'agacement, il grogna : « Eh alors ? Qu'est-ce que vous croyez ? Que c'est moi qui vais tout ranger ? »

*

La ville fut totalement épargnée par la tempête qui s'abattit sur Isla Negra. Bien sûr, les vents soufflèrent avec plus de vigueur qu'à l'ordinaire. Les serveurs du Barbotine durent replier en toute hâte les parasols qui menaçaient de s'envoler. Les rues se vidèrent, elles aussi, en moins de temps qu'il n'en fallut pour le dire. Au creux du petit port, les marins resserrèrent les drisses des barques et des voiliers. Ils doublèrent et triplèrent les défenses de caoutchouc qui bardaient les flancs des bateaux à moteur. Puis, ils attendirent avec une patience mâtinée de fatalisme que la nature jouât sa partition. Ici, l'on avait l'habitude des coups de tabac.

Charles Dutilleux, pour sa part, vécut l'épisode avec une rage que rien ne parvint à calmer. Son petit bout de France allait voir se déconstruire en quelques instants ce que des dizaines d'ouvriers et d'engins de chantier avaient mis des jours à créer. Il faudrait, encore et encore, rebâtir, s'entêter à vouloir gagner sur la mer. Toutefois, dès qu'il comprit que, en guise de tsunami, il ne s'agissait que d'une tornade – et que cette tornade avait choisi de se concentrer sur le manoir, à quelques kilomètres de son bunker –, il soupira d'aise. Afin de profiter du spectacle qui se déroulait dans le lointain, il s'installa le plus commodément du monde dans l'un des transats situés sur sa terrasse et s'offrit même le luxe d'un Cohiba Behike 56. Il détestait fumer le cigare, mais il en aimait le rituel. Sous le ciel perclus d'éclairs et boursouflé de nuages, il ne bouda pas son plaisir.

Le dernier voyage qu'il avait effectué à Paris avait été couronné de succès. La vente de son petit immeuble dans le sixième arrondissement lui avait rapporté plus d'argent que prévu. Sitôt la promesse de vente signée, il avait loué une berline et roulé jusque dans les faubourgs de Lille. Là, les négociations avec des directeurs commerciaux avaient été plus âpres. Il avait dû marchander pied à pied afin que les unités dont il avait besoin pour réaliser son plan soient disponibles au plus vite. En maquignons avisés, les responsables avaient fait monter les enchères, et Charles Dutilleux n'avait pu qu'accepter les conditions imposées par les fournisseurs. En d'autres temps, il aurait claqué la porte et les aurait laissés mariner avant de revenir à la charge. Mais il était pressé. Là-bas, au bout du cap, Isla Negra et son Jonas de tous les diables le regardaient de haut. Il avait donc payé, rubis sur l'ongle, et il était rentré au plus vite afin de parachever son grand œuvre. Il l'avait promis devant le conseil municipal. Il tiendrait sa promesse. Dieu lui-même confortait l'homme d'affaires dans ses certitudes en choisissant cette falaise dunaire pour déchaîner ses éléments. Oui, il était du bon côté. Le Fêlé n'en avait plus pour longtemps.

Après avoir aspiré une bouffée de son Cohiba qui le porta à la lisière de la nausée, Charles Dutilleux se rengorgea. Le lendemain, les unités seraient là. Les travaux qu'il projetait – qui s'avéreraient bien plus efficaces que tous ceux entrepris jusqu'alors – mettraient à bas ce manoir qu'il détestait avec passion. Cela prendrait plusieurs semaines, mais cette attente, il en était persuadé, n'en serait que plus jouissive. Bientôt, ce serait son bunker à lui qui dominerait la Province. La falaise haïe ne serait plus qu'un simple tas de sable. Jonas en mourrait. Ça n'était pas son problème. Quant aux frais exorbitants engagés dans cette opération, ils seraient amplement remboursés. Dès que la préfecture aurait fait sortir Isla Negra de la zone de protection régentée par la loi littoral, il ferait fleurir un programme immobilier de haut standing. Les investisseurs accourraient. Le tour serait joué.

« Chichou, viens voir un peu comme c'est beau, ce cyclone ! Par l'autre fenêtre, on voit mieux ! Chichou ? Où es-tu ? Chichou ? »

Face à la fenêtre qui dominait un centre-ville déserté, Mérope haussa les épaules. Chichou ne viendrait pas. Lasse, elle décida d'abandonner son poste et de se retirer dans son dressing. Dès qu'elle le pouvait, elle s'y rendait comme en retraite. Là, dans la solitude la plus absolue, elle se sentait enfin chez elle. Les rares visiteurs qui avaient eu l'honneur d'y pénétrer avaient été unanimes : il ne s'agissait ni d'un dressing ni d'un vulgaire vestiaire. Sur une surface d'environ quarante mètres carrés, la pièce donnait l'impression d'être un magasin de luxe, un hall d'exposition qui regorgeait d'articles. Aux quatre murs, des étagères en bois précieux sur mesure alignaient avec une régularité implacable des niches conçues pour accueillir des paires de chaussures. Il y en avait des centaines – Mérope n'avait jamais réussi à tenir le compte. Bottes, cuissardes, ballerines légères, escarpins, mocassins, sages salomés, vernis plats, talons aiguilles menaçants, baskets ornées à sa demande, *huaraches* mexicaines, demi-pointes pour danse contemporaine, bottines, tongs, *avarcas* des îles Baléares, tropéziennes dorées et serties de pierres clinquantes. Au garde-à-vous dans leurs carrés de bois, toutes ces chaussures semblaient vous guetter, prêtes à vous sauter à la gorge.

Au creux de l'une des multiples penderies – que l'architecte avait cru bon d'équiper d'un manège électrique –, mille tenues attendaient le bon vouloir de Mérope. Cuir, soie, coton, laine, cachemire, chanvre, lin, synthétique, corde ou même métal, certaines partiellement usées, d'autres vierges de tout essayage, ces pièces faisaient la joie enfantine de la jeune femme.

Lorsqu'elle était seule, elle passait des heures à se vêtir et à se dévêtir, à faire des mines dans le grand miroir rétroéclairé qu'elle avait fait poser sur l'une des cloisons. Là, toute à sa rêverie, elle pouvait quitter son personnage, oublier ses seins, ses lèvres, ses rides effacées. Elle se travestissait en Gitane de la ceinture rouge de Paris, en fée, en Shéhérazade d'opérette ou en putain des bas quartiers de la rade, le visage entièrement recouvert d'un maquillage outrancier et racoleur. Elle n'était plus Mérope, la fille de la pocharde devenue l'épouse du très respectable Charles Dutilleux. Elle était une gamine ingénue ou une femme d'affaires qui chaussait de sévères lunettes d'écaille, une héroïne de la grande Histoire, une résistante portant le béret, une combattante de l'ombre qui avait dessiné au crayon gras les coutures de bas imaginaires sur ses mollets. Elle incarnait une religieuse oubliée par Dieu, une exploratrice perdue, une actrice acclamée par le Tout-Hollywood. Elle s'inventait et se réinventait sans cesse, se saoulait au contact de tous ces vêtements, montait en amazone sur une étoile, et peu lui importait de savoir quels étaient les buts de ces voyages immobiles. Ils suffisaient à son bonheur. L'espace de quelques heures, elle était une autre.

Charles Dutilleux savait tout de ces séances. À plusieurs reprises, il avait collé son oreille contre le bois de la porte. Par bribes, il avait saisi quelques mots, quelques exclamations, quelques rires. Quelques pleurs aussi. Il en avait souri de plaisir. Mémé était une bonne fille. Pas très futée, certes. Mais c'était un bon cheval. Elle ne se plaignait jamais. Parlait peu. N'entretenait pas le moindre avis ou le gardait pour elle seule. Et elle savait battre des mains pour exprimer sa reconnaissance lorsqu'il lui rapportait des cadeaux que, du reste, elle n'utilisait pour la plupart jamais. Elle était polie et respectueuse. Cela excusait largement cette petite lubie qu'elle avait prise de jouer dans son dressing.

En revanche, ce que l'entrepreneur ignorait, c'était que Mérope possédait, dans le fin fond de l'une de ses penderies, une cachette secrète. Dans le double-fond du caisson à manège électrique, elle avait aménagé un petit renfoncement de la taille d'une boîte à chaussures, connu d'elle seule. Là, elle serrait des objets, des lettres, des papiers. Lorsque la tristesse, sans prévenir, l'accablait, elle allait retrouver son trésor. Avec des gestes empreints de gravité, elle ouvrait le double-fond et en retirait, un à un, ces éléments dénués pour tout un chacun de valeur. Pour Mérope, au contraire, ceux-ci étaient uniques. Ce jour-là, pendant que le cyclone s'abattait sur Isla Negra, elle y déposa avec un soin cérémonieux la carte postale délavée de Tahiti qu'elle avait subtilisée chez Gaïa. Elle n'avait eu aucune raison pour commettre ce larcin. Mais les Chinoises de Tahiti, sur la photo, étaient jeunes et belles, rayonnantes de bonheur dans ce décor paradisiaque. Aujourd'hui, elles devaient être mortes ou affreusement vieilles. Plus personne ne devait se souvenir d'elles. Et cette seule pensée avait suffi à l'inciter à voler cette gravure. Si elle les oubliait, elle aussi, ces femmes seraient mortes pour tout le monde. Cela, elle ne pouvait l'accepter.

« Mémé ? Bon Dieu ! La baraque du Fêlé va s'envoler ! Viens ! Tu vas manquer le plus beau ! C'est d'ici qu'on voit le mieux ! »

Sur la terrasse, le Cohiba venait de geler sa braise éteinte dans le cendrier de cristal. La température avait subitement fraîchi de plusieurs degrés. Charles Dutilleux frissonna alors de la plus désagréable des façons. Comme il allait crier à nouveau pour faire venir à lui son épouse, il avisa tout en bas la silhouette toujours digne de Gaïa qui, appuyée sur sa canne, rejoignait le Barbotine. Dans les bourrasques, la vieille s'était immobilisée. Puis, elle s'était retournée avec lenteur en direction du bunker. Juste à temps pour apercevoir Charles Dutilleux qui tentait de se dissimuler à sa vue.

10

« Et ta cabane à roulettes ? Elle est toujours là ?

— Quoi ? Mon château sur le sable ?

— Ton trou à rats, si tu préfères.

— Les vents n'en ont pas voulu.

— Ça veut dire qu'ils ont bon goût.

— Peut-être. Je suis allé y faire un tour avec l'Africain. Tout est en place, ou presque. En revanche, Isla Negra… »

Sans vouloir en dire plus, Georges avait ôté et éteint la lampe qu'il portait au front. Puis, il avait tiré de sa poche sa blague à tabac et commencé à se rouler un tortillon de papier avec quelques pincées de blond, tout en se demandant comment il allait apprendre la nouvelle à Jonas. Dès que les vents s'étaient calmés, il était sorti et avait effectué une rapide tournée d'inspection du manoir. Celui-ci était dans un sale état. Si les bourrasques n'avaient dispersé que quelques rangées de tuiles dans les dunes environnantes, elles s'étaient en revanche acharnées sur la base de la maison. Jusque-là bien plantée dans le sable, bordée par la dune, Isla Negra avait par le passé résisté à tout. Avec cette tempête, elle avait dû rendre les armes. Désormais, le manoir donnait la sensation douloureuse de n'être plus qu'une dent déchaussée sur le point d'être arrachée à la brise suivante. Sans grande difficulté, l'Argentin de Carcassonne avait glissé la moitié de son corps maigre sous la dalle de la cave. Le faisceau jaune de sa lampe avait balayé les fondations. Elles étaient massives et solides. Le cube de granit, conçu pour durer, tenait bon. Hélas, à cette heure, le vent pouvait jouer aux quatre coins entre les murs maîtres. Il rebondissait en sifflant de l'un à l'autre, emportant chaque fois une poignée de sable ici, un plein seau là.

Pendant que Georges mettait le feu à sa cigarette, Jonas le relança de son habituelle voix bourrue et mal embouchée : « Quoi, Isla Negra ? Qu'est-ce que tu veux me dire ? Que ta carriole sans roues n'a rien et que ma maison, elle, elle va foutre le camp ?

— C'est une possibilité.

— Ton boui-boui est à cent mètres d'ici et tu prétends que, lui, il n'aurait rien eu et que mon manoir, en revanche, serait sur le point de partir en sucette ? T'as trop bu.

— Pas la moindre goutte.

— T'as trop bu, je te dis. Isla Negra sera encore là que, nous, on mangera depuis longtemps les pissenlits par la racine.

— Les pissenlits ou les roseaux, c'est comme tu veux. Mais je sais ce que j'ai vu.

— Tu n'as rien vu du tout et t'as trop bu, ivrogne !

— Non. Mais maintenant que t'en parles, je boirais bien quelque chose. »

Quelques minutes plus tard, les deux hommes sirotaient un verre de pineau des Charentes tiède, tiré de l'une des rares bouteilles que la tempête n'avait pas transformées en charpie. Si Jonas avait retrouvé sa place dans le canapé, jonché d'éclats et de débris divers, Georges s'était calé de son mieux contre l'un des panneaux en aggloméré de la baie qui avaient résisté au cyclone. Le premier verre fut pour la soif. Le deuxième pour dire merci au sort qui les avait épargnés. À partir du troisième nectar concocté par la vieille maison Landreau, la paix revint se poser sur Isla Negra. Les yeux baissés, l'Argentin de Carcassonne évitait de regarder autour de lui. Dans la nuit que n'éclairait qu'une chandelle qui émettait en brûlant de petits bruits de succion, le séjour semblait être passé au laminoir. Plus rien ne tenait, tout partait en quenouille. Une chatte n'y aurait pas retrouvé ses petits. Beaucoup de meubles et de bibelots finiraient à la benne. Remplacés par d'autres. Ou pas. Mais avec l'Africain, ils auraient tôt fait de remettre les choses en l'état.

Ce qui contrariait vraiment le Pouilleux se résumait à deux raisons précises. La première tenait dans le tableau de Frida Kahlo. Les efforts que Georges avait déployés n'avaient pas été vains puisqu'il était toujours en place. Constellé de taches et râpé par endroits à cause des gifles de sable, certes. Mais il était là. Sauf que les yeux de la Mexicaine semblaient s'être encore obscurcis. Dans la flamme tremblotante de la bougie, il n'était plus question de chercher à deviner l'once noire, le colibri mort, les papillons versicolores. Même le singe songeur ne s'épouillait plus, sans doute terrorisé par le vacarme qui s'était abattu sur Isla Negra. De la toile, il ne restait plus que les deux yeux tristes de l'artiste qui vous fouillaient l'âme et le cœur, à la recherche de réconfort. Quant à l'autre raison, elle n'avait rien à voir avec le paysage de désolation qui entourait Georges. Tel un animal, il sentait les choses. Et tous les pores de sa peau l'avertissaient qu'il était assis sur une illusion, un plancher qui ne tenait à l'équerre que par un miracle connu de lui seul. Le manoir vivait, selon toute vraisemblance, ses derniers jours. Au mieux, ses dernières semaines. Mais le bâtiment, que la folie d'un Anglais avait fait ériger sur la plus haute dune de sable de la Province, était mourant. Le lendemain, il devrait annoncer à son propriétaire que la maison avait commencé à glisser vers la plage et que rien, sinon un miracle, ne s'opposerait à cette dégringolade lente et irrémédiable.

De son côté, le Vieux semblait étranger à toute cette affaire. Près de lui, deux autres bouteilles de pineau avaient compris qu'elles ne passeraient pas la nuit. L'étiquette de l'une d'elles, décollée, lâchait parfois dans la brise quelques frissons funèbres. Puis, elle se taisait aussitôt, résignée. Sous son masque de rides, Jonas savait lui aussi qu'il était assis sur une bête agonisante. Mais il ne voulait pas y penser. Encore moins en parler. La réalité viendrait assez tôt s'imposer d'elle-même. En attendant, la baraque tenait. Et le vin était bon. Pas assez frais, mais bon.

De sa voix ébréchée, que l'alcool rendait plus grave qu'à l'accoutumée, il questionna : « Et en ville ? Y a des dégâts ?

— Si j'en crois la radio, a priori, il n'y a rien.

— Tant pis. »

Dans le séjour, les deux mots avaient mis un temps fou avant de s'évaporer complètement. Ils ne s'étaient effacés qu'à regret dans cette poche que seul troublait le ressac montant par bouffées nerveuses de la mer.

Comme cela ne lui suffisait pas, le Vieux répéta : « Tant pis…

— Pourquoi tu dis ça ?

— Pourquoi je ne le dirais pas ? Je ne suis peut-être qu'une vieille bête, mais j'ai le droit de dire tant pis. Je sais bien ce qu'ils disent de nous, en bas.

— En ville ? Qu'est-ce que ça peut te faire ? Ça les promène un peu.

— Ils disent que je suis fêlé. Que tu n'es qu'un pouilleux. Quant à l'Africain, ces peigne-culs l'appellent Bamboula.

— Et alors ?

— Alors, ça ne m'aurait pas déplu que tous ces abrutis aient les pieds dans l'eau. Ça leur aurait peut-être un peu fermé le claque-merde qui leur sert de bouche. »

Avec un soupir, Jonas emplit à nouveau les deux verres. Avant de porter le sien à ses lèvres, il poursuivit : « Ça aurait quand même eu de la gueule, non ?

— Quoi donc ?

— Qu'une grande et belle vague monte du large. Mais attention, *compadre*, je ne te parle pas d'une vaguelette. Moi, ce que je te dis, c'est la grande, l'immense. Haute comme… Tiens ! Haute comme les murailles de ton château de Carcassonne ! Un mur d'eau où les vagues se donneraient la main, de l'est à l'ouest, et qui hurlerait comme mille chevaux ! Comme un milliard de chevaux, même !

— Tu déparles… »

Tout à sa vision d'apocalypse, le Vieux essuya avec fébrilité un peu de vin sur ses lèvres. Puis, il embraya, les yeux fixés dans le vide : « Tu vois ça, dis ? Tu le vois ? Une muraille qui se serait mise en marche, toute bouillonnante de colère et d'indignation ? Elle se serait abattue là, juste ici. Dans un fracas de bombe atomique ! Elle aurait éclaté sur la plage, sur la ville et jusque loin dans les terres ! En quelques minutes, elle aurait balayé toute la saloperie humaine. Elle aurait nettoyé de la surface du globe tous les mesquins, les pisse-froid, les têtes de nœud, les rêve-petit ! Zac !

— Et après ?

— Quoi, après ? Après, il y aurait eu le ressac, la belle affaire ! La vague aurait emporté avec elle tous ces médiocres, ces empêcheurs de rêver en rond. Fini, les besogneux de l'inutile, les petits escrocs du quotidien. Et terminé aussi, leurs victimes, leurs souffre-douleur. Ceux-là, ce sont les pires. Ils n'ont pas d'excuse. Ils se laissent tondre l'humanité sur le dos, sans broncher. Et, comme si ça ne leur suffisait pas, ils disent merci. »

L'Argentin de Carcassonne, rompu aux monologues du Vieux, catapulta avec élégance son mégot au pied du tableau de Frida. Tout en recrachant un ultime nuage de fumée, il osa : « C'est donc ça que tu regardes avec ta longue-vue, depuis ton pigeonnier ? »

Avec un haussement d'épaules nerveux signifiant son mépris le plus profond, Jonas bougonna : « Qu'est-ce que ça peut te foutre, méchant macaque ? Ça ou autre chose, j'ai quand même bien le droit de regarder ce que je veux, non ?

— Tu as tous les droits, jeune homme. Même celui d'imaginer que la fin du monde est pour demain.

— Je n'imagine rien, monsieur. Je devine, j'entrevois, je suppose. À la limite, je désire. Nuance. »

Comme l'ankylose commençait à lui scier les jambes, le Vieux se décala sur le bord du canapé en cuir. Tout en grattant le creux de l'une de ses joues avec les ongles de sa main, il ajouta : « Mais ne te méprends pas. Je n'ai rien contre l'humanité.

— C'est pourtant bien imité.

— C'est juste que j'en ai assez de ce gâchis. J'en ai soupé. Jusqu'à la nausée. Si je regarde de l'autre côté de la ligne d'horizon, ce n'est pas pour savoir ce qu'il y a, là-bas. C'est surtout pour ne plus voir ce qu'il y a encore ici. »

Sur ces mots, Jonas réussit à se déplier. Les bras croisés sur sa poitrine, il considéra son ami avec un sourire. Puis, il lui lança :

« Pour ce qui est de la ligne d'horizon, je te dirai un

jour ce que j'attends. Mais, d'ici là, ne va pas t'imaginer des folies, comme les autres.

— Je n'imagine rien.

— Mais si ! Je vois bien que ça te travaille.

— Je te jure que je...

— Tu te demandes ce que j'attends et je ne te le dirai pas. Pas ce soir. Mais je suis comme les autres, ni plus ni moins. On attend tous quelque chose. On espère tous que quelque chose va se produire qui va remuer notre existence, qui va nous désennuyer un peu. Qui va nous dire enfin pourquoi on est sur cette terre. La cause. La raison, merde ! Tu vois, je n'ai rien de rare, *compadre*. J'attends. Comme toi. Comme l'Africain. Comme tous les cons de la ville qui attendent peut-être encore plus que nous. Mais, eux, ils ne savent pas encore qu'ils attendent. »

Après un profond bâillement, Jonas lâcha : « Ce soir, tu dors ici. Sur la plage, tu ne seras pas bien. Et tu irais encore te plaindre partout que je t'ai laissé dehors, espèce de Gitan à la manque.

— Le Gitan t'emmerde. Il t'emmerde voluptueusement, certes. Mais il t'emmerde. Et sache que le Gitan te remercie également pour ton hospitalité, vieux fou.

— Je te remercie et je t'emmerde aussi, ne t'inquiète pas. »

Pendant qu'il s'éloignait en tirant derrière lui sa patte morte, Georges s'amusa, dans un sourire : « Et demain, n'oublie pas de compter tes poules ! Vieux *palhaço*[1] !

1. Clown.

— Je le ferai ! Gentil n'a qu'un œil ! Bonne nuit à toi aussi, escroc ! »

Avant de disparaître dans l'escalier, le Vieux conclut : « Ne t'en fais pas : si aucune vague ne veut de nous, c'est nous qui irons à sa rencontre. Et je sais ce que je dis, n'oublie pas ça. Ce jour-là, je te promets une cuite ininterrompue avec les meilleurs vins du monde. On se saoulera à en crever de joie. Et on fumera des Montecristo longs comme le bras. C'est vrai que t'as le bec en zinc et que ce sera comme de la confiture de rose donnée aux cochons. Mais je n'ai pas envie de boire ni de partir seul. Allez, sale bête. La bonne nuit, quand même… »

*

Le lendemain, le Pouilleux usa de mille stratagèmes afin de convaincre Jonas de sortir d'Isla Negra. Cela faisait des années qu'il n'avait pas franchi la porte de son jardinet, aussi les deux amis avancèrent à pas lents. Partout où ils posèrent les yeux, tout n'était que désolation. Les pierres plates figurant le chemin avaient été descellées et se chevauchaient maintenant dans des postures grotesques. Des quelques plantes halophiles qui avaient élu domicile dans le sable, il ne restait plus rien. Côté nord, les volets avaient sauté et volé à plusieurs dizaines de mètres de la bâtisse. Seul le vieux coq rouillé, planté sur le toit, avait tenu bon. Il ne tournait plus, son axe avait été tordu. Mais il restait là, stoïque, solitaire, inutile.

Dans le jour cru, le dos tourné à la mer, les deux compères se figèrent pendant de longues minutes, debout et silencieux, les mains jointes sur le ventre. Face à eux, Isla Negra ne se dressait plus que par miracle et ses fondations semblaient par endroits étrangères à la dune. Durant la nuit, le vent avait poursuivi son travail de sape. L'orifice par lequel l'Argentin de Carcassonne s'était glissé bâillait à présent et, sans trop se baisser, un homme pouvait pénétrer entre les fondations du bâtiment. Bien que de granit, de poutres de fer, de mortier et de chaux aérienne, la maison semblait frappée de maladie. À cause des ombres portées qui se mêlaient à celles, plus douces, des mamelons de sable, l'on pensait immédiatement de ce cube qu'il n'était ni plus ni moins qu'un morceau de bois flotté, un dé qui aurait traversé les mers, patiemment érodé et limé par le sel. Puis, fatigué de courir le monde, il se serait échoué là.

Alors que Georges essayait, toujours sans succès, de trouver quelques mots, une formule de réconfort qui s'entêtait à se dérober à son esprit, une voix monta soudain :

« Monsieur Jonas ? Monsieur Jonas Jonas ? »

Le Vieux s'ébroua. Avec sa gueule des mauvais jours, il planta son Pouilleux et, du plus vite qu'il le put, remonta en direction du jardinet. Sous ses pas, le sable giclait tandis que l'appel se répétait :

« Monsieur Jonas Jonas ? Vous êtes là ? Monsieur Jonas ? »

Moins d'une minute plus tard, lorsque Georges

remonta à son tour, il ne put réprimer un sourire. Dans des costumes anthracite parfaitement semblables, également étranglés par des cravates sombres, les mains levées au-dessus de leurs visages incrédules, se tenaient deux hommes, dont l'un portait un dossier volumineux retenu à grand-peine par un élastique. Face à eux, le Baikal semi-automatique serré à la hanche, le Vieux les tenait en joue. À cet instant, comme un pied de nez tragique et cocasse à la fois, le coq trouva le moyen de grincer sur ce qu'il lui restait d'axe, émettant un miaulement lugubre qui ajouta encore à la tension.

L'un des deux visiteurs, en voyant approcher le Pouilleux, s'étrangla alors :

« Monsieur, vous tombez bien ! Pourriez-vous dire à votre ami de baisser son arme, s'il vous plaît ? Ce n'est pas prudent, tout de même !

— Surtout qu'elle est limée...

— Pardon ? »

Après avoir rallumé sa cigarette, Georges prit le temps d'expliquer :

« Je dis que c'est d'autant moins prudent que le Vieux a limé la gâchette. Pour qu'elle soit plus sensible. Ça peut partir comme un rien. »

Honoré Whale, l'aîné, déglutit avec difficulté. Puis il reprit, s'adressant cette fois au propriétaire des lieux :

« Monsieur, soyez raisonnable. Nous nous connaissons, voyons ! Et nous ne sommes là que pour une notification. Il n'y a pas mort d'homme ! »

Sans quitter sa cible des yeux, Jonas répliqua :

« Pas encore.

— Pardon ?

— Il n'y a pas encore eu mort d'homme. Mais mon ami a raison. J'ai limé la gâchette. Et, avec l'âge, je ne sens plus aussi bien mes doigts qu'avant…

— Monsieur Jonas !

— Si j'étais vous, je reprendrais ma voiture et je filerais d'ici… »

Le Vieux n'aurait pas fait de mal à une mouche. Georges le savait. Cependant, avec une jouissance sourde, il laissa les deux pantins mijoter dans leur trouille. Lorsqu'il s'aperçut que le plus jeune des deux était sur le point de tourner de l'œil, il reprit sa marche lente en direction de la porte d'entrée.

Quand il passa près de Jonas, il lui glissa, à voix basse :

« Tu aurais pu le charger. Ça aurait fait plus sérieux. »

Sur le même ton de la confidence étouffée, celui-ci répondit :

« Je sais. Mais je n'ai jamais acheté les cartouches… »

Quelques instants plus tard, les quatre hommes sirotaient un verre de rosé tiré d'un BIB rescapé de la nuit de cauchemar. Debout près de la porte, ayant recouvré tout l'aplomb qu'imposait sa charge, Honoré Whale prit le temps nécessaire à faire rouler sur sa langue le liquide tiédasse.

Puis, en visiteur parfaitement courtois, il ponctua son examen œnologique par :

« Il n'est pas merveilleux-merveilleux. Mais il se laisse boire. »

Le fusil maintenant passé à l'épaule, Jonas haussa un sourcil et objecta :

« Vous êtes un huissier bien éduqué. Mais sans glaçons, c'est quand même de la pisse d'âne.

— Vous exagérez !

— Pas le moins du monde. De la pisse d'âne… Mais je suppose que vous n'êtes pas montés jusqu'ici pour boire un verre. Alors ? »

Subitement rappelé à son devoir, Honoré Whale effaça dans l'instant son sourire de son visage glabre. Sur le ton de l'excuse, il expliqua alors, d'une voix pateline et pourtant sincère :

« Vous savez bien ce que c'est, monsieur Jonas. Les mauvaises nouvelles, nous ne faisons que les apporter et…

— Et ce n'est pas vous qui les écrivez, le coupa aussitôt le Vieux. Vous voyez que j'ai bien retenu ma leçon. Alors ? »

Après avoir échangé un coup d'œil craintif avec son associé, l'officier de justice se lança et bredouilla :

« C'est une notification. Une notification de plus, vous allez me dire. Mais non.

— Non, quoi ?

— Celle-ci, c'est la dernière avant que…

— Avant que quoi ?

— Vous savez bien… La prochaine fois, on ne viendra pas seuls.

— Et vous viendrez avec qui ? »

Honoré Whale glissa son index entre son col de chemise et son cou. Puis, il lâcha à voix basse :

« La prochaine fois, il y aura la police.

— Et alors ?

— La police nationale, monsieur Jonas. Ils vous forceront à partir. Manu militari, comme précisé dans l'article…

— Non.

— Pardon ? »

Toujours de la même voix étale, Jonas reprit en main son Baikal et répéta :

« J'ai dit non.

— Mais c'est la loi, monsieur Jonas !

— Quelle loi ?

— L'administration judiciaire vous a fait une proposition de conciliation à laquelle vous n'avez pas…

— Merde.

— Monsieur Jonas ! »

Fatigué par la tournure qu'avait prise la discussion, le Vieux posa son verre de vin sur le rebord de la fenêtre de la cuisine. Puis, il mit à nouveau en joue les huissiers et s'obstina :

« Moi vivant, personne ne me prendra Isla Negra. Vous m'avez bien compris ? »

Décollant une fesse du banc de pierre renversé où il avait pris place, Dylan Whales tenta d'intervenir. De sa voix fluette et haut perchée, il confirma les dires de son associé :

« Monsieur Jonas, la loi, c'est la loi… Et après la tempête de cette nuit, ne serait-il pas prudent que vous… »

Aussitôt, le Vieux plaqua le canon de son semi-automatique sur le front de l'huissier et grinça :

« Toi aussi, tu la fermes. Ou plutôt : toi d'abord, tu la fermes. Je suis chez moi, vous m'entendez ? Chez moi. Et au premier képi qui se promène dans le paysage, je fais un carton.

— Monsieur Jo...

— Mais nom de Dieu de nom de Dieu de pute vierge ! Vous ne pourriez pas me foutre un peu la paix, non ? »

Les mains levées au ciel, renversant au passage une bonne partie de son rosé sur l'une de ses épaules, Dylan Whales couina :

« Mais nous, on est venus vous avertir, c'est notre travail ! Je dirais même mieux : nous sommes venus vous rendre service !

— Me rendre service ? Mais quel service ? Me foutre dehors ? C'est ça que vous appelez un service ?

— La police nationale, monsieur Jonas... Ils ne sont pas d'ici, quoi. Tandis que vous, oui.

— Eh bien ?

— Quand la police nationale viendra... Il ne faudrait pas qu'elle trouve...

— Qu'elle trouve quoi ? »

L'officier de justice désigna d'un mouvement tremblant du menton le sol sur lequel reposait Isla Negra. Puis, il murmura :

« Vous savez bien... À la cave. Ce n'est un secret pour personne, dans la Province. »

Pendant qu'Honoré Whale blêmissait de la bêtise

de son cadet, et que Georges s'ouvrait d'un large sourire, Jonas marqua un temps d'arrêt. Puis, les yeux écarquillés par la stupéfaction, il finit par s'exclamer :

« La cave ? Vous voulez dire… Le cadavre de ma femme ? C'est ça ?

— Oui, votre femme. Ou vos femmes. Enfin, ça dépend de ce qu'il y a là-dessous.

— Parce que vous croyez vraiment que… Vous pensez sérieusement que j'ai tué ma femme et que je l'ai enterrée là ?

— Tuée, je ne l'ai certainement pas dit. Un homme reste innocent tant que la preuve de sa culpabilité n'a pas été produite, n'est-ce pas ? Mais enterrée… Notez bien que ce que j'en dis, c'est ce que toute la Province en dit, monsieur Jonas. Moi, je n'invente rien. Je n'oserais pas.

— Et qu'est-ce qu'elle dit d'autre, la Province ? »

Malgré les regards suppliants que s'entêtait à lui lancer son aîné, Dylan Whales poursuivit, heureux d'être au centre de la discussion :

« Ma foi… Il se raconte que votre dame y est. Mais aussi toutes celles qui ont suivi. Je ne sais pas combien exactement, mais c'est ce qui se dit…

— Et si ça se dit, c'est que ça doit être vrai, c'est ça ?

— Dame… Vous savez, il n'y a pas de fumée sans feu. Dans notre métier, on en voit de toutes les couleurs. Des vertes et des pas mûres. C'est la profession qui veut ça. On voit de tout, je vous dis.

— Justement.

— Justement, quoi ?

— Vous êtes venus pour voir ? Alors, vous allez voir !

— Mais que… »

Lui coupant la parole d'autorité, le Vieux fit pivoter l'huissier à la voix de crécelle d'un demi-tour sur lui-même. Puis, il cala le canon de son calibre entre ses deux omoplates et brailla :

« Puisque vous voulez absolument la voir, je vais vous la présenter !

— De qui parlez-vous ?

— Mais de ma femme ! De qui d'autre ?

— Monsieur Jonas…

— Avance ! Après la tempête de cette nuit, je pense qu'on risque d'avoir des surprises. Il se pourrait même qu'on ne la retrouve que petit bout par petit bout. Mais ce sera déjà ça…

— Monsieur Jonas !

— Avance, je te dis ! Tu voulais la voir ? Tu vas être servi ! »

11

Le jour dit, conformément aux engagements de ses fournisseurs lillois, les unités tant attendues par Charles Dutilleux arrivèrent en vue du petit port de la ville. Dès qu'il fut prévenu, l'homme d'affaires abandonna séance tenante le dossier de défiscalisation immobilière sur lequel il travaillait sans entrain depuis les premières heures du matin. Il enfila sa gabardine coton et cuir, avala les escaliers, pesta contre l'Africain qui ne lui ouvrit pas assez vite les portes du garage. Afin de faire une entrée remarquée sur le port, il choisit sa Lamborghini Huracán couleur argent. Ce pur-sang de puissance et de technologie posait son homme. Il fallait bien cela pour faire honneur aux trois bateaux qui allaient transformer son cauchemar en délivrance. Charles en avait la certitude : l'opération ne mettrait pas plus de quatre à six semaines avant de porter ses fruits. Peut-être même moins, si le beau temps était de la partie et la cadence soutenue. Il faudrait compter aussi avec les courants sous-marins. Mais cela avancerait vite.

Après avoir garé son bolide en double file devant

la terrasse du Barbotine, il traversa la route qui longeait le front de mer et retrouva Pascal Chancel sur la jetée, emmitouflé dans un ciré bleu marine. Sans un salut, il le dépassa, prit pied sur le pont du petit chalutier hauturier qui l'attendait et croisa les bras sur sa poitrine.

Lui emboîtant le pas et avisant la tenue élégante et soignée du promoteur, le directeur général des services techniques ne put s'empêcher de s'inquiéter : « Monsieur Dutilleux ? C'est un Burberry que vous portez là ? En cachemire ? »

Sans même le regarder, les yeux déjà fixés sur le large, Charles haussa les épaules et répliqua, avec irritation : « Qu'est-ce que ça peut vous faire ?

— Rien, monsieur Dutilleux. C'est juste qu'il ne faudrait pas que les embruns abîment votre…

— Aucune espèce d'importance, Chancel. Cap au large !

— Vous ne voulez pas que je vous trouve d'abord un caban ou une…

— Cap au large ! Vous êtes sourd ? »

Pendant que l'élu municipal rejoignait dans le cockpit le marin-pêcheur et lui donnait l'ordre de cingler vers la haute mer, Charles Dutilleux se rengorgea. Dans l'odeur du mazout et de l'huile brûlés, il ne parvenait déjà plus à détacher ses yeux des trois silhouettes qui, à chaque tour d'hélice, se rapprochaient de lui. Elles étaient là, à quelques encablures à peine, ces trois unités qu'il avait louées une petite fortune. À gauche et à droite, montant la garde, deux embarcations de taille plus modeste ballottaient avec souplesse dans le bleu du ciel lavé de nuages. À leur bord, comme le lui avaient expliqué les spécialistes lillois, s'entassaient des kilomètres de tuyaux aux diamètres différents, des barges, des pieux de rechange, des pompes qui ne tarderaient pas à vrombir, des outils ainsi qu'une liste infinie d'accessoires nécessaires au bon déroulement de l'opération. La belle fête que cela allait être…

Dans le dos de Charles, la voix de Chancel finit par crier pour s'imposer dans le vacarme du diesel : « Nous allons bientôt y être, monsieur Dutilleux ! »

Agacé, celui-ci hurla en retour : « Je ne suis pas aveugle, Chancel ! Dites au capitaine d'accélérer ! Je n'ai pas toute la journée devant moi ! »

La joie de l'homme d'affaires frôlait l'extase. Évidemment, il aurait préféré avoir le *D'Artagnan*. D'abord, parce que le nom était, à lui seul, tout un programme. Le *D'Artagnan*. Ça claquait comme un coup d'épée, et annonçait des victoires et des triomphes acquis avec panache aux forces du poignet et du jarret. Mais le *D'Artagnan* était trop cher – une notion difficile à comprendre pour un homme tel que lui. Les chiffres, en revanche, avaient parlé. Et Dutilleux entendait les chiffres mieux que toute autre chose, en ce monde. Face aux prétentions exorbitantes du groupe franco-belge, il avait donc dû abandonner son rêve de héros gascon. À sa place, la *Danaïs* mettait maintenant à l'ancre, en mouillage forain, avec fierté. Il s'agissait d'une drague à disque désagrégateur, un *rock cutter* d'une puissance totale de trente mille chevaux. De la taille d'un honnête hauturier, surmonté vers la poupe d'un cockpit vitré à trois cent soixante degrés, le bâtiment présentait à sa proue, en lieu et place de la traditionnelle étrave, une fraise d'acier aux dimensions colossales. Hérissée de dents acérées, ronde et pourtant inquiétante, cette fraise avait pour principale fonction de broyer les fonds sous-marins et de transformer les roches en graviers. Ancrée sur un pieu, cette boule vrombissante désagrégeait avec autant d'efficacité que celle d'un dentiste tous les obstacles. Elle mâchait les pierres, les détruisait, les faisait exploser quelles que soient leurs résistances. Dès que la bouillie était prête, tout un système de pompes et de tuyaux recueillait celle-ci et allait la recracher ailleurs, dans un geyser tonitruant.

« Vous êtes sûr que vous ne voulez pas mon ciré, monsieur Dutilleux ? »

Ses quelques cheveux en toupet balayés par les bourrasques de mer, Charles ne lâchait plus des yeux la *Danaïs*. Avec elle, l'on ne parlerait plus de cette Isla Negra ni de ce Jonas Jonas qu'au passé. À la façon d'une motte de beurre abandonnée au plein soleil, la falaise dunaire fondrait de manière irrémédiable. Ne survivrait plus alors, dans l'inconscient collectif des populations, que le souvenir lointain d'un vieux fou qui avait rêvé de terminer ses jours dans un manoir néogothique qu'un Anglais, pour tromper l'ennui, avait eu la fantaisie de faire bâtir sur une montagne de sable.

*

« Alors, messieurs ? Lequel de vous deux va se décider à prendre la barre à mine, la pelle et la pioche ?

— Monsieur Jonas ! Vous n'y pensez pas !

— Mais je ne pense qu'à ça, bien au contraire !

— Je vous donne ma parole d'honneur qu'il s'agit d'un regrettable malentendu. Les mots ont dépassé la pensée de mon jeune associé et ami !

— C'est possible. Mais laissez-moi vous dire que vous choisissez bien mal, et l'un et l'autre. L'associé ne vaut pas tripette. Quant à l'ami, je vous laisse seul juge.

— J'ai fait ce que j'ai pu, monsieur Jonas. Dans la profession, on ne se bouscule pas au portillon. C'est rarement un rêve de gosse de devenir huissier. On choisit ça plutôt par défaut, vous savez... »

Le Vieux jeta un regard empli de mépris sur le petit Dylan Whales. Avec sa veste baptisée au rosé tiède et ses mains tremblantes toujours dressées au-dessus de sa tête, il avait descendu les marches qui menaient à la cave à la façon d'un condamné se rendant à l'échafaud. Dans le boyau humide, la tempête de la veille n'avait occasionné aucun dégât et la lumière avait tenu bon. En revanche, lorsque Jonas avait actionné à plusieurs reprises le commutateur de la pièce en sous-sol, rien ne s'était produit. Les plombs avaient vraisemblablement sauté et Georges avait dû remonter illico afin de mettre la main sur une lampe torche.

Pendant que, au rez-de-chaussée, l'Argentin de Carcassonne farfouillait dans le capharnaüm provoqué par le cyclone, le Vieux baissa son fusil et soupira à l'intention du plus âgé des deux huissiers : « Franchement… Votre associé est jeune. Quand on est jeune, on croit tout savoir, toujours. Ça se pardonne parfois, la bêtise. Mais vous ? Est-ce que vous me croyez capable d'avoir assassiné ma femme et de l'avoir enterrée là ? »

Dans la lumière avare de l'escalier, Honoré admit : « Bien sûr que non, monsieur Jonas. Mais, comme vous le disiez à l'instant, mon confrère a le sang chaud de la jeunesse et des idées qui galopent plus vite que sa raison. C'est de son âge de prêter foi à ce genre de fables. »

Toujours de dos, persuadé d'être encore tenu en joue, Dylan Whales bredouilla pour sa défense : « Mais c'est vous-même qui m'avez raconté cette histoire et je…

— Taisez-vous, pour l'amour de Dieu ! »

La voix exaspérée d'Honoré avait résonné entre les pierres de granit. Puis, elle reprit, partagée entre la mansuétude et la moquerie, à l'intention cette fois du propriétaire des lieux : « Il ne faut pas lui en vouloir. Il a cru à toutes ces bêtises sans penser à mal.

— Lui, je veux bien le croire. Mais vous ? Ça vous amuse de raconter des conneries pareilles ? s'étonna le Vieux.

— Dame… La vie est au final une chose bien ennuyeuse, n'est-ce pas ? Il s'y passe rarement des choses intéressantes. Alors, on parle. On invente. On extrapole et on brode. On exagère, en d'autres termes.

— Donc, vous trouvez ça normal de me faire passer pour un assassin ?

— Là n'est pas la question. D'ailleurs, qui est le plus coupable ? Celui qui raconte ou celui qui gobe ces bêtises ? Réfléchissez. Vous verrez que la réponse à cette question n'est pas aussi simple ni définitive que ce qu'il peut paraître. Les gens s'ennuient tellement qu'ils sont prêts à tout avaler, pourvu qu'ils aient à leur tour quelque chose à dire qui sorte de l'ordinaire. »

Après avoir enfoui ses mains dans les poches de son pantalon, Honoré ajouta, avec un brin de fatalisme : « Votre femme n'est pas là, monsieur Jonas. Je le sais bien. Et vous n'êtes pas plus meurtrier que moi. En plus, d'après le registre de l'état civil, vous n'avez même jamais été marié. »

Aussitôt, Jonas se raidit et répliqua : « Si vous me permettez, c'est une question de point de vue. Une nuance juridique. Je n'ai peut-être jamais été marié, mais j'ai vécu maritalement. Ça n'a pas duré bien longtemps, je vous l'accorde… »

Pendant que l'Argentin de Carcassonne annonçait son retour avec le faisceau blanc de la lampe torche qui le précédait, le Vieux replongea un instant dans ses souvenirs. Bien sûr qu'il aurait pu se marier s'il s'y était pris avec un peu plus de malice avec son amoureuse d'alors. Avec elle, il aurait pu. Entre ses bras laiteux, il avait connu le grand frisson de la passion. Mais le mot de « mariage » n'avait jamais franchi la barrière de ses lèvres. C'était sans doute pour cela qu'elle l'avait quitté.

Pas même pour un autre, non. Seulement à cause de lui. Il s'était alors senti partir en poussière. Bien sûr, il en avait connu d'autres, des femmes. Des conquêtes sans gloire d'une nuit, de quelques jours. D'autant de coups de reins. Mais aussi des oies blanches et des épouses adultères, plus tristes, plus désespérées que lui. Il n'avait pu consommer ces chairs qu'avec un goût amer dans la bouche. Il fallait bien que le corps exultât. Celui-ci y avait trouvé son compte, parfois. Jonas, lui, avait vite compris que, en amour, la foudre ne s'abattait jamais deux fois au même endroit. Il avait eu sa chance. Il n'avait pas su la saisir.

De son côté, Honoré Whale profita lui aussi de ce laps de temps pour revenir sur sa propre existence. Il était marié. Peut-être même n'existait-il pas, dans toute la Province, d'homme aussi marié que lui. Il cirait encore les bancs de la faculté de droit lorsque le hasard avait déposé sur sa route une jeune femme qu'il avait eu la faiblesse de trouver jolie. Elle n'avait rien d'une déesse, c'était entendu. Mais c'était la première. Il aurait bien le temps d'en changer, plus tard. Puis, elle portait un beau prénom. Un prénom de musique. Barbara. Alors, pour les fiançailles, il avait dit oui. Pour le mariage, il n'avait pas pu dire non. Les enfants avaient suivi, coup sur coup. Puis, ils s'étaient envolés. Coup sur coup, là encore. Vingt-cinq ans avaient passé. Et il n'avait rien vu filer de sa propre existence. Aujourd'hui, Barbara ne l'enchantait plus. Elle n'avait jamais voulu travailler. Elle avait dépensé tout son amour à s'occuper des petits. Lorsqu'ils étaient partis, elle avait limité son territoire à leur pavillon. Elle s'était mise à le briquer, à l'astiquer du matin au soir. C'était devenu une obsession. Chaque jour, deux ou trois rouleaux d'essuie-tout disparaissaient dans une traque effrénée à la poussière inexistante. Barbara s'était muée en une Pénélope vieillissante. Lui n'avait jamais appareillé pour Ithaque. Lorsqu'il rentrait dans son pavillon, le soir, Honoré Whale avait l'impression de visiter un appartement témoin. Face à cette femme à qui il n'avait rien à dire, il se sentait parfois pris de pulsions. Partir. Ou rester. S'il partait, il passait aussitôt pour l'empereur des salauds aux yeux du brave monde. Comment pouvait-on abandonner une telle fée du logis, si méticuleuse, si fidèle, qui avait sacrifié toute son existence au bonheur d'un seul homme et de leurs enfants ? Quelle ingratitude ! Quel égoïsme ! En choisissant de rester, en revanche, il ne pouvait s'empêcher de s'imaginer en train d'assassiner sa femme, son grillon du foyer qui ne chantait plus depuis belle lurette. Puis, de l'enfouir dans le sol meuble de la cave.

« Monsieur Jonas ? Si ça ne vous dérange pas…

— Quoi ?

— Ça fait un moment que j'ai les bras en l'air. Je peux les baisser, maintenant ? »

Un bref instant, le Vieux et Honoré échangèrent un regard amusé, complice. Ce dernier répondit :

« Baissez les bras, Dylan. Baissez les bras… »

Comme en écho, la voix de Jonas confirma : « C'est ça. Baissez-les. De toute façon, on finit toujours par les baisser, non ? »

Après s'être frictionné les épaules endolories par la pose trop longtemps tenue, le petit officier de justice s'inquiéta : « On peut remonter ?

— Non.

— Pardon ?

— J'ai dit non. Vous vouliez voir ce qu'il y a dans ma cave ? Je vais vous le montrer. Comme ça, vous ne serez pas venus pour rien... »

*

Une fois monté à bord de la *Danaïs*, Charles Dutilleux ne tint pas en place. Avec un anglais de marchand de tapis, il ne lâcha pas les basques du capitaine, un Hollandais au crâne rasé et à la barbe de trois mois collée par mèches. Il voulut tout savoir, tout comprendre. Comment fonctionnait la fraise, quel était le débit des pompes, comment s'abouchaient les tuyaux les uns aux autres, la raison d'être des barges, les besoins en matériel et en hommes pour traiter la bouillie que recracheraient les conduites sur le rivage. Une question en appelait une autre. L'impatience le faisait bouillir. Le capitaine, lui, fumait sans discontinuer de longues cigarettes blondes. Il répondait par des chiffres, des monosyllabes et, parfois, une phrase complète. Le client était roi. Son équipage et lui n'étaient que les exécutants de cette mission pour laquelle ils seraient grassement payés. Sous les yeux de ses matelots, amorphes et étrangers à tout ce chambard, la discussion s'étira sur deux longues heures. À quelques encablures de là, Isla Negra se tenait toujours au sommet de sa falaise. Par un effet de contre-plongée, la dune masquait entièrement les dégâts occasionnés par la tempête. Le manoir, sombre sur le blanc du sable, illuminé de soleil, rayonnait même davantage qu'à son habitude.

Lorsque Dutilleux et Chancel rejoignirent la terre ferme, ils constatèrent que des groupes de badauds s'étaient formés sur la promenade. Par grappes de trois ou quatre, certains ayant vissé à leurs yeux une paire de jumelles, ils tentaient de savoir pourquoi un tel bateau avait décidé d'opérer un mouillage forain devant leur ville. Quelques-uns, reconnaissant Charles, le saluèrent avec déférence et osèrent l'interroger. Un sourire énigmatique sur les lèvres, le promoteur, gonflé d'importance, se fendit seulement de quelques paroles mystérieuses.

« Vous allez voir, mes amis ! La mer aura bientôt fini de nous ennuyer. Vous allez voir ce que vous allez voir ! »

Alors qu'il allait prendre place dans sa Lamborghini, et que Chancel jubilait à l'idée de poser ses fesses dans ce bolide, Charles Dutilleux s'interrompit brusquement, la main sur la poignée de la portière. Devant le capot d'argent, vêtue à la façon d'un sergent Pepper au féminin avec tout ce qu'il fallait d'épaulettes, de glands dorés, de cordes tressées – sans oublier d'imposantes chaussures jaunes à hauts talons compensés –, Gaïa venait d'apparaître, le foudroyant du regard. Aussitôt, l'homme d'affaires baissa la tête.

Lui, que rien ni personne ne semblait pouvoir jamais effrayer, il piqua du nez. Ce fut plus fort que lui. Son front s'empourpra, il se couvrit d'une sueur poisseuse et ses mains se mirent à trembler. Avant que la portière ne se referme sur lui dans un souffle moelleux, il eut le temps d'entendre la voix cassée de la vieille qui grommelait : « Il ne faut pas toucher à Jonas… »

Quelques instants plus tard, la voiture de sport vrombissait de ses six cents chevaux sur la voie rapide menant à la grande ville. Dans l'habitacle qui sentait le cuir neuf, les deux hommes n'avaient pas échangé une seule parole. Charles Dutilleux, maxillaires serrés, conduisait avec nervosité. À ses côtés, sanglé dans son siège, Pascal Chancel savait qu'il était préférable de se taire. Pourtant, il ne put s'empêcher de demander : « Monsieur Dutilleux ? Tout est réglé, avec la préfecture ?

— Comment ça : tout ? »

Après avoir avalé sa salive avec difficulté, le directeur général des services techniques trouva le courage de répondre : « Pour les autorisations, je veux dire. Vous n'avez pas peur que…

— Peur de quoi ?

— Que les… Enfin, vous n'êtes pas inquiet pour les…

— C'est agaçant, tout de même, cette manie que vous avez de ne jamais terminer vos phrases !

— C'est que… un bateau comme ça…, on n'en a encore jamais vu de pareil, par chez nous… Les gens s'inquiètent.

— Et alors ? C'est pour leur bien que je fais ça, non ? Quand ils sauront, ils comprendront. Cessez de vous inquiéter pour tout et pour rien.

— Mais ça va faire beaucoup de dégâts, non ? Vous ne croyez pas que les associations de défense de l'environnement vont… »

À ces mots, Charles Dutilleux stoppa dans un crissement de pneus et un nuage de gomme brûlée son véhicule sur la bande d'arrêt d'urgence. Se tournant vers Chancel, il gronda : « Écoutez-moi bien. Je me fous des associations, des Verts, des écolos et compagnie. On ne joue pas dans les mêmes bacs à sable, c'est bien clair ?

— Cela va sans dire, monsieur. Mais…

— Ici, j'ai les pleins pouvoirs. Je fais ce que je veux. Vous m'avez bien compris ?

— Oui, monsieur Dutilleux. »

Le conducteur réenclencha la première avec rage. Pourtant, l'élu municipal insista. Les yeux collés à ses chaussures encore humides de la traversée, il bougonna bien plus qu'il n'objecta : « Tout de même… Décider tout ça sans l'EIE[1], c'est… »

À nouveau, Dutilleux planta dans un grand coup de freins sa Lamborghini sur le bas-côté et s'emporta : « Vous parlez sans savoir, Chancel ! Comme d'habitude ! Est-ce que vous me croyez vraiment assez bête pour m'embarquer dans une opération pareille sans biscuit ? Vous me prenez pour un enfant de chœur ? C'est ça ?

1. Étude d'impact sur l'environnement.

— Non, monsieur Dutilleux…

— Je l'ai, cette foutue autorisation ! Ou c'est tout comme. Et c'est la Dreal qui l'a rédigée !

— La Dreal ?

— C'est Latour qui s'y est collé.

— Latour ? Grégoire Latour ?

— Pourquoi ? Vous en connaissez un autre ?

— Mais c'est un enragé de la cause écologique ! Il n'a pas pu rédiger cette…

— Si vous ne me croyez pas, regardez sur la banquette arrière. Le dossier orange. Tout y est. Écrit, paraphé et tamponné.

— Mais je vous crois, monsieur !

— On est dans la légalité, Chancel. Dans la légalité jusqu'au cou. Et même encore un peu plus, si cela est possible. Et dites-vous bien que, contre la légalité, toutes vos associations ne peuvent rien. »

Jusqu'à la préfecture, pas un mot supplémentaire ne fut prononcé dans l'habitacle. C'était pour cela que Chancel admirait Charles Dutilleux. Si Latour avait accepté de donner un avis favorable à l'intervention de la *Danaïs*, cela n'avait pas dû être sans mal. Le promoteur l'avait certainement acheté. Ou pire. Depuis son retour en ville, Dutilleux avait patiemment monté des dossiers sur chaque habitant. Il avait le chic pour appuyer à l'endroit exact où ça faisait mal. Il connaissait les travers de chacune et de chacun. Les fantômes que l'on entasse dans les placards. La poussière que l'on glisse sous le tapis. L'expert n'échappait sans doute pas à la règle. Son talon d'Achille existait, et l'homme d'affaires l'avait trouvé et torturé à souhait.

*

Lorsque Georges, muni d'une lampe torche, réenclencha le disjoncteur et que la lumière, soudain, s'alluma dans la cave d'Isla Negra, les deux huissiers en restèrent tout d'abord comme deux ronds de flan. Dans l'atmosphère âcre due à l'humidité et à son cortège de pourritures, Honoré Whale dut d'ailleurs se frotter les yeux afin de se persuader qu'il ne rêvait pas. Occupant la quasi-totalité de l'espace, posé sur des tréteaux d'acier et retenu au plafond par des cordes et des sangles, prisonnier de tout un jeu méticuleux de courroies et de liens, un squelette se trouvait face à lui, écartelé, raide.

Fasciné, l'officier de justice ne put tout d'abord murmurer que trois mots : « Ben merde, alors… »

Sans se soucier le moins du monde de ce que pourraient lui dire Jonas et son semi-automatique, il s'approcha à pas lents. Durant de longues secondes, ses mains touchèrent et caressèrent cette ossature, appréciant sa texture, l'incroyable précision des jointures. Peu à peu, un sourire admiratif se dessina sur les lèvres de l'huissier, qui balbutia : « Monsieur Jonas, vous ne l'avez pas loupé. C'est de la belle ouvrage. Et je peux me flatter de dire que je m'y connais !

— Vous savez… Pour arriver à ce résultat, c'est surtout de temps qu'on a besoin.

— Ne soyez pas si modeste ! Vous êtes un artiste !

— Vous me gênez…

— Un artiste. Et je pèse mes mots ! »

Avec un soupçon d'orgueil, le Vieux traîna sa jambe invalide vers les deux projecteurs qu'il avait installés sur des trépieds de chantier. Dès qu'ils furent allumés, ces deux yeux électriques sublimèrent le spectacle. Afin de se donner une contenance, le propriétaire des lieux cueillit un mégot éteint sur les lèvres de l'Argentin de Carcassonne. Puis, pendant qu'il le rallumait, il expliqua, entre deux bouffées : « Vous voyez que vous n'êtes pas venus pour rien. Ils ont raison, en ville. Il y a bien un cadavre, dans la cave d'Isla Negra. Au risque de vous décevoir, c'est hélas le seul que j'aie à vous proposer.

— Mais nous n'en demandions pas tant, mon cher monsieur ! Il est dans un état de conservation exceptionnel !

— Il n'est pas aussi ancien qu'il en a l'air. Faut dire qu'on n'a pas compté notre huile de coude, avec Georges et l'Africain, pour arriver à ce résultat. Mais ça valait la peine. Enfin, c'est mon avis. »

Arrimé sur les tréteaux, dans toute l'impudeur de sa blondeur et de sa nudité, le squelette d'un bateau de bois reposait. D'une longueur de huit mètres, encore sans pont ni étrave, laissant voir dans la lumière crue ses lignes effilées et le trou béant qui devrait, plus tard, accueillir son mât unique, le bâtiment écorché ravissait l'amoureux de la navigation qui se cachait derrière le digne huissier Honoré Whale.

Pendant que celui-ci le caressait et le caressait encore du plat de la main, comme il l'aurait fait d'un étalon ou d'un chien de race, Jonas raconta : « Figurez-vous que je l'ai trouvé sur Internet, cet oiseau-là. Une association s'était mis en tête de le restaurer, mais ils ont eu des ennuis d'argent ou je ne sais quoi. Bref. Il m'a plu, je leur ai acheté, et ils me l'ont livré. En plusieurs morceaux. Mais tout y est. Y a plus qu'à, comme on dit.

— C'est un cotre, non ?

— Vous brûlez. C'est un cotre à hunier, pour être tout à fait précis.

— Au-dessus de la grand-voile, vous allez mettre une voile carrée ou deux ?

— Deux. Quand on aime, on ne compte pas.

— Alors, un hunier et un perroquet ?

— Tout juste.

— Ça fait longtemps que vous travaillez dessus ?

— Je veux, oui ! On passe notre temps à ça. Enfin, surtout moi. Parce que, si je devais compter sur ce Gitan voleur de poules et sur l'autre Nègre qui est fainéant comme une couleuvre, le *Phœnix* serait encore sur Internet. »

Sortant de son mutisme, Dylan Whales fit entendre sa petite voix haut perchée : « C'est bien joli, votre barque. Mais il y a comme un problème, non ? »

Agacé, son associé le rabroua aussitôt : « Taisez-vous. Vous n'y connaissez rien. Une barque ? Et puis quoi, encore ? C'est une pièce de collection que vous avez devant vous, espèce de béotien. C'est une pièce historique. Ce valeureux bâtiment a au moins un siècle, si je ne me trompe pas. »

Avec un sourire indulgent, Jonas rectifia : « Presque. Je veux dire qu'il a presque un siècle. Mais vous pouvez y aller, c'est du solide. C'est tenons, mortaises et compagnie. C'est du ni clou ni vis.

— Vous entendez, Dylan ? Presque un siècle. Ni clou ni vis. Tenons, mortaises et compagnie...

— C'est bien possible. Mais votre barque, vous ne m'enlèverez pas de la tête qu'elle a quand même un problème. Et de taille !

— De quoi parlez-vous ? »

Le jeune homme désigna alors d'un geste amusé la porte de la cave. Puis, sur le ton de l'évidence absolue, il lâcha : « Ça ne passera jamais.

— Quoi donc ?

— Votre canot. On vous l'a livré en pièces détachées. Ça, ça va. Mais, une fois qu'il sera remonté, comment est-ce que vous allez faire pour le sortir ? Même avec la meilleure volonté du monde, ça ne passera jamais, je vous le dis. »

Alors que le Vieux et Honoré échangeaient entre eux des œillades embarrassées, le Gitan de Carcassonne leur vint en aide. Appuyé contre un mur où des dizaines et des dizaines d'outils se tenaient en faction dans leurs gabarits respectifs dessinés à la craie, il grommela : « Ne vous en faites pas pour ça. Tout est prévu.

— Tout est prévu ?

— Dans les moindres détails. »

Alors qu'il s'apprêtait à expliquer par quel miracle le cotre à hunier reconstitué allait se retrouver en plein soleil, la silhouette massive de l'Africain se planta soudain au bas des marches. Prudent, Dylan Whales se recula aussitôt de quelques pas pendant que le géant, hors d'haleine et en sueur, se mettait à gronder de sa voix de basse : « En ville… En ville, ils sont devenus fous. Monsieur Jonas… Monsieur Georges… Il faut absolument que vous voyiez ça. C'est grave… »

Reprenant son calibre douze à pleines mains, le Vieux s'inquiéta : « Qu'est-ce qu'il t'arrive, bourrique ? On dirait que tu as vu le diable.

— Peut-être, monsieur Jonas. Peut-être bien. Mais il ne faut pas rire avec ces choses-là. C'est *haram*…

— Qu'est-ce que tu me racontes ? »

Les yeux exorbités, le colosse indiqua dans un mouvement ample la direction du large qui s'étendait derrière les murs de la cave.

« Mon patron… Il a fait venir un bateau du diable. C'est un bateau… Un bateau qui mange la mer.

— Quoi ?

— C'est comme je vous le dis. Un bateau qui mange la mer, qui mange le sable et qui mange les rochers. Je le jure sur tout ce que j'ai de plus cher au monde. Si le diable a un bateau, alors c'est bien celui-là… »

12

« Tu es revenue, toi ? Qu'est-ce que tu fais là ?
— Rien, madame. Je m'inquiétais.
— Ce n'est pas de ton âge.
— Il n'y a pas d'âge pour s'inquiéter.
— Débarrasse le plancher. Et va plutôt balancer ton pétard ailleurs que sous mon nez. Ça me donne la nostalgie du passé. Et ce n'est pas bon pour ce que j'ai. D'ailleurs, pourquoi tu t'inquiètes ?
— Ça fait une semaine qu'on ne vous a plus vue, au Barbotine.
— La belle affaire ! C'est pour ça que tu viens me déranger ?
— Je m'inquiétais, je vous dis.
— Tu m'ennuies. Du balai. »

Ce matin-là, une fine pluie, poisseuse et collante, s'était mise à tomber sur la Province. Dans la maison de Gaïa, les murs sentaient fort le salpêtre. Il flottait dans l'air un parfum de solitude et la poussière humide formait un film qui se plaquait sur chaque chose, étouffant les bruits et les pas. Mérope n'écouta pas la vieille et franchit le seuil, juchée sur des talons toujours plus déraisonnables. Dans le contre-jour blafard de la porte, il lui fallut un certain temps pour que ses yeux s'habituassent à la pénombre. Dans cette pièce du rez-de-chaussée, rien n'avait bougé depuis sa dernière visite. Les odeurs de fruits pourris et de médicaments avaient, peut-être, pris plus d'ampleur. Mais c'était tout. Dans son fauteuil de velours râpé, la vieille ne bougeait pas. Posée ainsi, elle faisait songer à ces poupées anciennes que le temps a rendues ivoirines et dont les teintes vives des costumes se sont fanées à force de lumière.

Vêtue d'une djellaba de lin grossier, une toque de fourrure en équilibre sur le crâne, Gaïa aboya : « Tu ne veux pas me foutre la paix ? C'est plus fort que toi. Tu n'as rien de mieux à faire que venir ici ?

— Non.

— Non ? Alors, je te plains.

— Vous pouvez me plaindre, si vous voulez. Mais je ne partirai pas sans être sûre que vous allez bien. »

La voix de la vieille, partagée entre l'irritation et une profonde lassitude, trouva pourtant la force de rebondir dans la pièce :

« Comment veux-tu que je sois bien ? À mon âge, tout part en miettes. Le corps, l'esprit. Les souvenirs, non. C'est peut-être ça le plus terrible, remarque.

— Pourquoi ?

— Je me souviens mieux de la robe d'organdi qu'on m'a offerte pour mes douze ans que de ce que j'ai bien pu faire ce matin. Ça encore, c'est un bon souvenir. De la mousseline légère, des rubans, des faveurs. Je l'aimais bien, cette robe. C'était voilà quatre-vingt-huit ou quatre-vingt-dix-huit ans. Mais te dire ce que j'ai fait, ce matin, j'en serais bien incapable… »

Après avoir laissé échapper un gémissement en tentant de se redresser, Gaïa ajouta, sur un ton où se mêlaient la nostalgie et l'amertume : « Les souvenirs… Quand ils sont bons, on fait avec. Quand ils sont mauvais, ils ne vous quittent plus. Ils sont pires que des morpions. Et tu peux me croire quand je te dis que j'en ai à revendre. Je parle des mauvais souvenirs, bien entendu. »

Avisant la longue silhouette de Mérope, cintrée dans un loden noir que les gouttelettes de pluie faisaient briller, la vieille reprit : « Ça m'ennuie que tu sois là. Mais bon. Puisque tu y es, finis d'entrer. Et ferme-moi cette porte. Il fait un froid à attraper la mort.

— Vous êtes sûre ?

— Entre, avant que je ne change d'avis. Grande asperge… »

Quelques minutes plus tard, Gaïa et Mérope sirotaient un café que la jeune femme avait préparé. Lorsqu'elle avait pénétré dans la cuisine attenante au séjour, elle avait failli faire demi-tour. Sa propre mère l'avait pourtant habituée à la crasse. Mais celle qui maculait la cuisine de la vieille dépassait l'entendement. Dans l'évier, des casseroles et des assiettes, des verres et des plats avaient été abandonnés depuis Dieu seul savait combien de temps. À la surface de certains d'entre eux, une mousse blanchâtre débordait en grappes floconneuses. Partout, des auréoles et des taches tatouaient l'émail. Quant au sol, l'on y trouvait des miettes et des bouteilles vides, des pelures recroquevillées, des cadavres de cafard, des papiers froissés et des moutons, des peluches, des poussières volatiles ou incrustées en bandes noires dans les joints.

Le café de Mérope, pourtant trop clair, eut cependant le don de faire réapparaître quelques couleurs sur les joues parcheminées de Gaïa. Après avoir allumé une cigarette, celle-ci finit par grogner, dans le silence que découpait la marche entêtante d'une trotteuse dans une pendule bon marché plaquée au mur : « C'est vrai que tu n'es pas une mauvaise fille. Ton café est infect. Mais ça ne fait pas de toi une mauvaise fille, non.

— Merci, madame.

— Je t'ai déjà dit de ne pas m'appeler madame. Ça me vieillit. Donne-moi du Gaïa tout court, ça vaudra mieux. »

Sans se soucier le moins du monde de la cendre qui venait de s'écraser sur le devant de sa djellaba, elle poursuivit : « Alors ? Pourquoi t'inquiètes-tu ?

— Au bar, ils disent que ça fait une semaine que vous n'êtes pas venue.

— Qu'est-ce que ça peut bien leur foutre ? Puis, ça ne fait pas une semaine. Ça fera neuf jours demain. Exactement neuf jours.

— Que ça fasse une semaine ou neuf jours, ils parlent.

— Laisse-les parler et fais-moi confiance : quand on parle, on parle toujours trop. »

Se rencognant dans son fauteuil, la vieille expliqua alors, d'un ton mauvais : « Je les vois de là, toute cette bande de… cette bande de…

— De cons ?

— Non. Ce serait leur faire trop d'honneur. Un con, ça bouge. Ça fait des choses. Ça s'agite, quoi. Ça fait du vent. Eux, ce sont des sacs d'enclumes. Ils ne font rien de leurs dix doigts. Ils passent leur vie à descendre des apéritifs et à parler des autres. Dans mon cas, je sais bien ce qu'ils bavent. »

Pendant que Mérope reposait avec un rictus de dégoût sa tasse près du coffret contenant la collection d'olisbos, Gaïa marmonna : « Oh que oui, je le sais. Ils se demandent si je suis crevée ou pas. C'est tout ce qui les intéresse, ces corniauds. Être le premier à savoir si la vieille a cassé sa pipe. Tout ça pour pouvoir aller apporter la bonne nouvelle à la ville et à la Province entière. Je les vois déjà, avec des fleurs plein la bouche et des sourires mauvais, à n'en plus finir.

— La bonne nouvelle ?

— Bien sûr. Qu'est-ce que tu crois ? Quand je serai dans le sac, j'en connais plus d'un qui va se mettre à respirer. Mais, moi, il me reste encore quatre bouffées d'air. Et je ne compte pas casser ma pipe de sitôt. Ça ne tardera plus, bien sûr. Mais ils n'ont pas fini de trembler, cette bande de pisse-vinaigre !

— Madame Gaïa !

— Quoi ? Tu ne vas pas me jouer les mères la pudeur, quand même ? Pas à ton âge. Et n'oublie pas que j'en sais aussi beaucoup sur toi. »

Avec un sourire las, Mérope remonta sur son front une mèche égarée. Les yeux dans le vague, elle répliqua : « Peut-être que vous faites peur aux autres. Mais pas à moi.

— Tiens donc !

— Pour avoir peur, il faut avoir fait quelque chose de mal. Moi, j'ai beau chercher, je ne trouve rien à me reprocher.

— La belle affaire. On a tous quelque chose à se reprocher. Toi comme les autres, ma fille. Je sais ce que je dis. »

Dans la scansion de l'aiguille que rien ne semblait pouvoir jamais interrompre, la jeune femme enveloppa son hôtesse de son regard ingénu et murmura : « Qu'est-ce que vous pourriez dire sur moi que personne ne connaît encore ?

— Des choses.

— Lesquelles ? Que ma mère buvait ? Que, sur la fin, elle acceptait de faire tout ce que ces salauds du Barbotine voulaient d'elle, contre une bière ou un rhum ? Que mon père était un salaud qui nous a abandonnés ?

— C'est un début.

— C'est un mauvais début. Tout le monde le sait. Alors, quoi ? Que j'ai épousé une fortune plutôt qu'un homme ? Que je me suis vendue comme une fille de rien contre de l'argent, des voitures et une belle maison ? Et alors ? J'ai fait les choses au grand jour. J'ai choisi, moi. Je ne me suis pas couchée dans la boue comme ma mère. Je n'ai pas non plus joué la comédie de l'amour à mon mari. Certaines le font. Presque toutes. Pas moi. Dès le début, il a su pourquoi j'allais l'épouser.

— Ce n'est pas à ça que je pense… »

Allumant une autre cigarette, Gaïa prit le temps de détailler sa visiteuse. Assise sur une chaise face à elle, ses jambes interminables et bronzées croisées l'une sur l'autre, les yeux grands ouverts dans la pénombre, elle lui trouva des airs de madone. Dans l'esprit sévère et retors de la vieille, Mérope était une sainte. Un peu voyante, certes. Mais une sainte. Et elle dut se mordre les lèvres pour ne pas tout déballer dans cette poche d'ombre froide. Ne rien lui dire de ce que la femme de ménage des Dutilleux s'était empressée de venir lui répéter. Que le couple ne se touchait plus depuis des années – à supposer qu'il se soit jamais étreint. Que Mérope, d'après la pipelette, avait les yeux de Chimène pour l'Africain – lequel perdait son peu de moyens et devenait même complètement abruti dès qu'elle lui adressait la parole. Que peut-être, tous les deux, dans le dressing… Car elle passait un temps fou dans cette pièce ! Et que pouvait-elle donc y faire ? Quant au passé de Dutilleux – de Chichou, comme cette grande bringue s'entêtait à l'appeler –, elle n'en dirait rien non plus. Il était encore trop tôt.

D'une voix ténue, la visiteuse reprit : « Vous voyez, madame Gaïa ? Vous n'avez rien sur moi. Je suis aussi blanche que la robe que je porte.

— Ou aussi noire que l'imperméable qui la recouvre, ma fille. »

La tension monta d'un cran. Ratatinée dans son fauteuil, la vieille fit de son mieux pour demeurer impassible. De quel droit pouvait-elle se permettre de démolir l'équilibre fragile dans lequel Mérope s'était réfugiée ? La gamine avait gâché sa vie, c'était un fait. Une plante comme elle, c'était fait pour vivre de soleil et d'amour. C'était fait pour marcher les pieds nus dans le sable, pour embrasser à pleine bouche, pour rugir comme une lionne comblée au moment de la jouissance – rugissements rapidement remplacés par des phrases bêtes, des niaiseries d'enfant. C'était fait pour éclater de rire à la gueule du monde, sans jamais se soucier de la médiocrité des autres. Mérope était un animal sauvage. Afin d'échapper à la misère, elle avait accepté sans hésiter que Dutilleux lui passe le licou. Elle avait posé un mouchoir de plomb sur ses désirs d'aimer et d'être aimée en retour. Elle avait enterré sa vie d'adolescente, sa vie de femme. De plus, elle ne serait sans doute jamais mère. Au final, elle était plus à plaindre qu'à blâmer.

« Pourquoi les gens ont peur de vous ? »

À plaindre, oui. Dans ce pays, l'argent avait plus de valeur que l'amour. La petite s'était imaginé des choses. Que Dutilleux la sortirait de la crasse pour le plaisir de l'acte noble avec, quand même dans un coin de son esprit, l'espoir qu'elle l'aimerait en retour. Mais l'homme d'affaires n'avait rien fait d'autre que de la façonner à sa main. Il avait payé. Il possédait sur Mérope tous les droits. Si seulement elle, Gaïa, ne s'était pas aveuglée d'illusions, elle aurait fait interdire cette comédie, ce drame d'une banalité affligeante. Elle en avait eu les moyens. Elle les avait toujours.

Alors que la pluie – cette fois, il s'agissait de véritables gouttes, lourdes, épaisses, qui claquaient contre le bitume empoussiéré de la rue – se mettait à tomber, la voix acidulée de la visiteuse insista : « Pourquoi ont-ils peur ? »

La vieille aurait dû empêcher ce mariage. Elle n'avait rien fait. Elle dirait toute la vérité à la petite, plus tard. Peut-être, oui. Peut-être que, plus tard, elle trouverait la force de le faire. De lui expliquer pourquoi, dans un réflexe imbécile, elle ne s'était pas élevée contre cette union absurde. Il était encore trop tôt, mais le temps viendrait où elle devrait avouer sa lâcheté. La sienne, et celle de tous les mâles du pays. Celle des mâles, et aussi des femelles. Qui ne dit mot consent. Leur silence avait été étourdissant. Coupables. Ils étaient tous coupables. Elle aussi. Pourtant, contrairement aux autres, ça n'était pas le pouvoir de l'argent qui avait éteint sur ses lèvres son envie de hurler. Il s'agissait d'autre chose.

« Puisque vous ne parlez plus, je vais vous laisser… »

En guise de réponse, la vieille dessina de son mieux un sourire d'amertume gênée sur son visage. Elle ferma les yeux et se mit à respirer plus fort, comme quelqu'un qui est sur le point de s'endormir. Mérope se leva sans bruit. Avec douceur, elle retira le mégot qui, entre l'index et le majeur de Gaïa, s'était éteint. Après l'avoir abandonné dans un cendrier, elle prit sur l'accoudoir du fauteuil un plaid qu'elle étendit sur son hôtesse. Lorsqu'elle voulut redresser un peu la toque de fourrure sur la tête de la dormeuse, elle s'aperçut dans le mouvement que le crâne de la vieille était lisse comme un œuf, sans le moindre cheveu. Elle en éprouva de la tristesse. Elle devait être la seule à connaître le secret de cette virago qui, à cet instant précis, s'était abandonnée, inoffensive. Alors, sur la pointe des pieds, elle éteignit le plafonnier et quitta la pièce.

Dès que Mérope ferma la porte derrière elle, avec un luxe infini de précautions, Gaïa écarquilla ses yeux aux paupières incendiées de fard. Immédiatement, elle récupéra son mégot dans le cendrier et le ralluma. Décidément, non. Elle ne pouvait pas tout dire à cette gamine trop vite montée en graine. Pas tout. Pas tout d'un coup. Pourquoi les gens avaient-ils peur d'elle ? La raison en était pourtant excellente. La meilleure qui soit.

Bien avant que la petite ne vînt au monde, elle avait tenu le Colibri. La seule maison de plaisir de toute la Province. Et chacun avait défilé chez elle. Les grands bourgeois comme les ouvriers, les incultes comme les forts en thème, les timides comme les fanfarons de bazar. Ils avaient tous, sans exception, fini par se risquer entre les flancs de son claque. Ils y avaient laissé pour certains, outre leur vertu, des fortunes considérables. Il fallait dire que Gaïa avait le chic pour dénicher des filles venues des horizons les plus divers. Chez elle, l'on trouvait toutes les couleurs de peau, toutes les mensurations, toutes les spécialités. La vieille, qui avait à l'époque la cuisse légère et désirable, ne chômait pas. Elle faisait l'accueil, veillait sur ses ouailles, possédait la seule clé de la caisse enregistreuse, se procurait les meilleures bouteilles. Lorsqu'il y avait foule et que tous ces mâles s'impatientaient, le front bas pour certains et le verbe haut pour d'autres, elle donnait aussi de sa personne. À défaut de ventre plat et de seins fermes, son expérience faisait merveille. Pour ajouter encore du piment à ce lieu de débauche et d'interdits, chaque chambre s'ouvrait sur des univers que la morale réprouvait sous le soleil, mais que les corps et les esprits des clients réclamaient avec avidité dans le murmure discret des bougies.

Après s'être abîmée dans une quinte de toux sèche et sifflante qui la fit ahaner, Gaïa renifla et s'essuya les narines d'un revers de manche de sa djellaba. Dans son esprit repassaient les vieilles images des riches heures du Colibri. Aujourd'hui, chacun faisait comme si rien, jamais, n'avait existé. Personne n'en soufflait mot. Chaque dimanche matin, femmes et hommes se rendaient à la messe. Ils processionnaient pour s'agenouiller là, juste là, dans la petite église située de l'autre côté du mur mitoyen de la maison de Gaïa. S'ils avaient dû payer en prières tous les péchés de chair qu'ils avaient commis, l'eau de la Sourde, la rivière qui partageait la ville en deux, n'aurait pas suffi à étancher leur soif. Avec leurs costumes sombres et leurs mines graves toutes flétries de componction, ils pouvaient bien feindre d'avoir oublié. Elle, Gaïa, se souvenait avec exactitude des vices de chacun d'eux. D'ailleurs, pressentant sans doute que le vent finirait bien un jour par tourner, elle avait noté, consigné, daté les habitudes de tous ses clients. Il ne manquait aucun détail. C'était dans un grand carnet de comptabilité, comme on en faisait à l'époque, avec des colonnes pour noter la nature des opérations, les débits et les crédits, que la vieille s'était confectionné un pense-bête. Nom, prénom, date de la visite, somme payée. Et en rouge, dans la colonne de droite, le nom de la fille et la spécialité. Pour certains clients, cela n'offrait qu'un intérêt limité. Il n'y avait même rien de répréhensible. Sauf que tous ces affreux étaient mariés. Pour d'autres, en revanche, le bouillon était bien gras. Longtemps avant qu'il ne soit interdit d'interdire, le Colibri avait été ce creuset du stupre où chacun avait laissé libre cours à ses fantasmes. Même les plus inconcevables.

Une nouvelle quinte de toux plia cette fois la centenaire en deux. En tremblant, elle tira un mouchoir qu'elle avait glissé dans l'une des manches de sa tunique. Puis, elle y déposa avec dégoût une glaire que du sang avait teintée de filaments vermillon.

Les avocats, les magistrats, les huissiers, les commerçants, les fonctionnaires, les policiers, les professeurs et tous les autres. Sans oublier les politiciens. Tous étaient venus assouvir leurs vices au Colibri. Leur affaire faite, ils quittaient les lieux l'esprit et le corps plus légers. Des pratiques sadomasochistes à l'homosexualité, des fontaines dorées aux jeux de rôle les plus inattendus, elle avait tout pointé. Elle avait même fait mieux. Beaucoup mieux. Sachant que son carnet de comptabilité ne valait pas grand-chose, que ses gribouillis ne constituaient pas une preuve, elle avait très vite imaginé un autre moyen de tenir tous ces faux-culs en laisse. Elle n'avait pas eu à chercher bien longtemps. En femme avisée, elle avait fait installer dans chacune des chambres de son établissement des œilletons indécelables, même par les filles. Plusieurs fois dans la soirée, la patronne s'absentait quelques minutes du grand salon, où jouait sans discontinuer une chaîne stéréo, le temps de faire quelques photos. En noir et blanc, d'abord. Puis, en couleurs. Aujourd'hui, le Colibri avait fermé ses portes. Mais elle possédait une collection de plusieurs centaines de clichés où l'on pouvait reconnaître tout un chacun, sans que le doute pût trouver le moindre interstice où se faufiler.

À tâtons, la vieille chercha sur le sol sa bouteille de whisky. Dès qu'elle la trouva, plus froide encore que ses doigts glacés, elle l'ouvrit et en avala une rasade à même le goulot. Après quoi son esprit alla se poser de lui-même sur le coffret contenant les olisbos. Supportant ces verges d'ivoire, d'os ou d'ambre, la desserte de bois noir s'empoussiérait. Sous le plateau, deux vastes tiroirs fermés à clé. Ils n'avaient pas été ouverts depuis des années. Ils contenaient entre leurs planches des boîtes de carton bourrées jusqu'à la gueule de clichés dûment classés par ordre alphabétique. Le jour où elle déciderait d'envoyer des copies de ces photos dans la nature, toute la Province s'enflammerait. Les plus anciens pourraient s'y reconnaître. Les fils identifieraient leurs pères ou leurs grands-pères. Ce serait un torrent de péchés qui submergerait tout.

Le gosier réchauffé par l'alcool, Gaïa se fendit d'un sourire inquiétant dans la nuit qui tombait. Puis, elle maugréa : « Et la petite me demande pourquoi je fais peur à tous ces chiens galeux. Si elle savait… »

Mérope, elle, avançait dans les rues d'un pas mal assuré. Ses talons aiguilles, sur le bitume mouillé ou les pavés, menaçaient de déraper à chacune de ses enjambées. Afin de ne pas marcher les bras en croix, à la façon d'un somnambule, elle avait emprisonné ses mains dans les poches de son loden. Elle interrompit sa claudication pour allumer une cigarette. Lorsque le briquet s'éteignit, elle tenta d'apercevoir le but de son voyage et tourna la tête vers le ciel. Là-haut, tout là-haut, se tenait la masse sombre du bunker. Bien qu'éclairé a giorno, il avait été submergé par les brouillards marins, et elle eut beau écarquiller les yeux dans la nuit, elle ne vit rien du bloc de béton et d'acier planté au sommet de la deuxième plus haute colline de la Province. Au mieux, un halo moins sombre dans la brume que martyrisait un vent mauvais. Mais c'était tout.

En empruntant la sente qui s'élevait vers cette poche de nuages, Mérope sentit sa poitrine se serrer. Comme chaque fois, elle éprouva l'envie de fuir, de prendre ses jambes à son cou, de tout abandonner derrière elle. Comme chaque fois, pourtant, elle baissa la tête et entama l'ascension. Dans la poche droite de son loden, elle reconnut la caresse tiède que procure le papier épais et non pelliculé. Elle plaqua un peu plus ses doigts sur le document. Il s'agissait d'une nouvelle carte postale qu'elle venait de dérober chez Gaïa. Toute maculée de graisse, elle traînait sous la table de la cuisine. Pendant que le café passait, la jeune femme avait patiemment nettoyé la photo. Elle avait alors découvert une incroyable enfilade d'arbres tropicaux qui aboutissait devant ce qui semblait être un hôtel ou une demeure coloniale bourgeoise. En légende, l'imprimeur avait fait graver ces mots : *Allée des palmiers royaux. Jardin botanique. Rio de Janeiro. Brésil.* Mérope n'avait pas pu résister. Elle avait fait disparaître la carte postale dans sa poche.

Maintenant, il lui tardait de pousser la lourde porte blindée du bunker. Chichou n'était pas encore rentré. Ses affaires de drague marine et d'autorisations qu'il lui restait encore à obtenir lui prenaient tout son temps et allumaient dans ses yeux, lorsqu'il en parlait, des éclairs de folie. Elle s'en moquait. Après le séjour, il y avait la chambre. Après la chambre, c'était le dressing. Là, elle aurait bien le temps de déchiffrer les pattes de mouche que l'expéditeur avait griffonnées au dos de la carte postale. Ensuite, l'allée des palmiers royaux rejoindrait les Chinoises de Tahiti. Et tous ses trésors.

Un jour peut-être, un jour sans doute, elle dirait son secret à la vieille. Elle lui parlerait de l'Africain, aussi. Le temps viendrait. Ou il ne viendrait pas. La seule urgence était de mettre à l'abri sa nouvelle carte postale.

13

Durant les semaines qui suivirent, la ville et bientôt la Province tout entière ne vécut plus qu'au rythme des travaux entamés par Charles Dutilleux. Avant que le chantier ne débute, une séance extraordinaire du conseil municipal fut convoquée, et l'homme d'affaires, avec son énergie habituelle, fit flèche de tout bois. L'on était avec lui ou contre lui. Il fallait choisir son camp. D'un côté, une falaise dunaire, surmontée par un manoir dont la silhouette néogothique, affirmait-il avec dégoût, faisait tache dans le paysage. Dans cette baraque, un vieux fou, un aliéné qui était armé jusqu'aux dents et qui ne répondait pas même aux injonctions que lui adressait la République. De l'autre, un investisseur avisé et porteur d'un véritable projet. Mieux : un homme d'affaires, riche d'une vision. Mieux encore : un enfant du pays animé par une mission sacrée, celle de rendre sa terre natale prospère, en dépit des hommes, de la nature et de ses éléments.

Les tempes en feu, le front bouillant, Charles Dutilleux n'y était pas allé de main morte, finissant son plaidoyer la cravate desserrée et en bras de chemise. Dardant son regard inflexible sur chacun des membres composant le conseil, il n'avait pas lésiné sur les effets de manche et les bons mots, alternant avec maestria le solennel et la plaisanterie, la hâblerie et le tragique. En orateur de talent, il s'était lancé dans l'arène tel un taureau de Camargue. À chacune de ses phrases, ses auditeurs avaient approuvé avec gravité. L'homme avait les gros sous. Il connaissait du beau monde, jusque dans la capitale. Il parlait bien.

Lorsque Dutilleux sentit que son assistance avait succombé à son charme, il martela les derniers clous de sa démonstration : « Cette colline de sable est là. Mais rien ne nous prouve que, au gré des accidents climatiques qui nous frappent de plus en plus souvent, elle sera encore là demain. »

Comme l'un des conseillers municipaux dodelinait de la tête et s'apprêtait à objecter que cette butte avait toujours existé, le tribun embraya aussitôt : « Non, messieurs ! Rien ne peut nous le prouver, aujourd'hui. D'ailleurs, Grégoire Latour, un homme de l'art et un expert qui travaille au bien des populations comme à celui de l'environnement au sein de la Dreal, me l'a encore confié, ce matin. Rien ne dit que, ce soir ou demain, le mois prochain ou dans les années à venir, cette colline sera encore là. Voilà très exactement la teneur de ses propos.

— Cette falaise dunaire ne nous gêne en rien, ne put s'empêcher d'intervenir Alain Chébec, à l'autre bout de la table. Et je ne comprends pas votre empressement à vouloir l'éliminer à tout prix du paysage…

— Tiens donc ! Et que faudrait-il faire, alors ?? Répondez-moi, monsieur Chébec ! Rester immobiles et espérer que les éléments feront preuve de mansuétude avec notre commune ? Ou bien prendre notre destin en main et agir pour le bien de tous ? Je vous pose la question. »

Avant que l'élu, embarrassé, ne puisse répliquer, Dutilleux martela avec une fougue renouvelée : « Je vais vous le dire. Vous me connaissez tous, ici. Vous savez que je ne suis pas homme à me laisser dicter ma conduite par qui que ce soit. Lorsque je rencontre un problème, je l'analyse et je le résous. D'une façon ou d'une autre, je le résous.

— Mais je…

— Ce tas de sable, messieurs, est un danger pour l'avenir de notre ville. Et je dis qu'il est inacceptable de vivre ainsi, avec une épée de Damoclès suspendue au-dessus de nos têtes, alors que nous pouvons – alors que nous devons ! – prévenir cette catastrophe !

— Mais de quelle catastrophe parlez-vous, à la fin ? Et comment, en toute honnêteté, pouvez-vous affirmer que… »

Sans pitié, l'homme d'affaires coupa Alain Chébec derechef : « Notre mission est limpide, messieurs. Évidente. La colline d'Isla Negra, à cause des courants marins, ensable le port de notre ville. En faisant grossir ce manteau chaque jour un peu plus, les vagues grignotent notre front de mer. Bientôt, nous ne pourrons plus nous déplacer qu'en barque dans notre cité. Certains trouveront charmant ce petit côté Venise, je n'en doute pas. Mais je suis français, moi. Tout comme vous, messieurs. Et il nous appartient de défendre ce qui est à nous. Nous devons sauver un bout de France, un bout de la France. Un bout de notre France. »

Profitant du murmure approbateur qui venait de saluer cette dernière phrase, il poursuivit : « Depuis des années, j'ai dépensé sans compter, à mon humble niveau, pour être digne de cette mission. J'ai vendu mes biens, j'ai vidé mes comptes. Et tout cela pour quoi ? Pour empêcher la mer de dévorer notre belle côte et notre port. Voilà pourquoi j'ai accompli tout cela. Pour que notre cité ne soit pas bientôt, tout simplement, rayée de la carte. Et non pour me livrer à je ne sais quels enrichissements personnels dont me soupçonnent certains, ici présents… »

Aussitôt, dans la grande salle du conseil municipal, les murmures s'éteignirent. Chacun se borna à fixer les papiers qu'il avait sous les yeux. Dans le silence, l'homme d'affaires insista, sur le ton de la fausse ironie : « Ma maison à moi ? Je ne suis pas inquiet. Elle est bâtie sur du dur, sur du roc, sur du solide. Je pourrais tout à fait me contenter de ce que j'ai et regarder notre belle cité se faire avaler, jour après jour, par les vagues. Mais je n'ai pas été élevé ainsi. Mon père m'a transmis des valeurs, dont la solidarité et le respect de mes concitoyens, dans les bons comme dans les mauvais moments. Ma ville, la ville de mon enfance, est-elle en danger ? Je réponds oui. Est-ce que je peux faire quelque chose pour l'aider ? Je réponds oui. Est-ce que j'ai déjà prouvé, par le passé, que j'étais un homme d'action ? Je réponds, encore et toujours, oui. Mille fois oui ! »

De façon très solennelle, Charles Dutilleux tira alors de sa serviette de cuir une pochette au carton orange vif, marquée au sceau de la Dreal. Après l'avoir montrée à l'assistance, il la déposa avec cérémonie devant lui et enchaîna : « Pour ceux qui douteraient de ma probité, tous les papiers sont en règle. En compagnie de Pascal Chancel, un enfant du pays lui aussi, j'ai multiplié les démarches auprès des collectivités locales et territoriales, et jusqu'au plus haut sommet de l'État. Le projet que je caresse pour notre cité a été accepté, validé, officialisé. Il est là. Approuvez-le par votre vote, et notre bonne ville sortira de sa léthargie. Elle opposera de véritables murailles aux flots qui nous menacent, et elle deviendra aussi, enfin, un paradis pour tous les amoureux de la nature domestiquée. Grâce à ce projet, le sable sera dompté et la richesse ne tardera pas à affluer. Nous n'aurons qu'à nous baisser pour en profiter et en faire profiter nos enfants. En revanche, si vous refusez de voter ce projet, je vous jure sur tout ce que j'ai de plus sacré en ce monde que je quitterai la ville sur-le-champ. »

Comme les plus fervents de ses partisans menaçaient déjà de se lancer dans des jérémiades sans fin, l'homme d'affaires conclut, le regard lourd de sous-entendus et les deux poings fermés sur le plateau de la table : « Oui, messieurs. Sur-le-champ. Vous n'entendrez plus parler de moi, pas plus que de ce projet que je vous présente ce soir. Mais lorsque la colline de sable s'effondrera sur elle-même, ne venez pas vous plaindre. Vous aurez laissé passer votre chance. Je ne pourrai plus rien pour vous, car c'est maintenant qu'il nous faut agir. Maintenant ! »

Sur ce dernier mot, il se rassit en soufflant pendant que, déjà, sa garde rapprochée faisait crépiter des applaudissements enthousiastes. Alors, le conseil municipal se leva comme un seul homme. Chacun voulut être le premier à féliciter l'orateur, à l'assurer de son soutien – mais aussi à promettre de parapher le document permettant l'entame légale des travaux. Dans le même temps, le traiteur donna le départ à la valse de ses quatre serveuses. Le champagne se mit à couler à flots, les plateaux chargés de petits-fours et autres mignardises circulèrent dans l'assistance, et seul Pascal Chancel demeura à l'écart de cette euphorie. Il se sentait empli d'une admiration sans bornes pour Charles Dutilleux. Certes, celui-ci pouvait se montrer dur, arrogant, sans pitié, autoritaire. À plusieurs reprises, le directeur général des services techniques qu'il était l'avait accompagné à Paris. Là, à l'occasion des multiples rendez-vous qu'ils avaient enchaînés, il avait saisi des bouts de phrases, des allusions. Le passé de l'homme d'affaires n'était sans doute pas aussi propre que ce qu'il voulait bien laisser croire. Mais quoi ? Tout le monde possédait sa collection de fantômes dans ses armoires, non ? Et l'on ne pouvait pas atteindre une telle réussite, ni gérer une fortune aussi coquette, sans écraser quelques têtes. Où était le mal ?

Pendant que les poignées de main et les accolades se multipliaient à l'envi, que les flûtes à champagne lançaient leurs premiers carillons dans l'air surchauffé, Pascal Chancel croisa les bras sur sa poitrine et se réjouit du spectacle. Charles Dutilleux venait de remporter une bataille essentielle. Le vote, qui interviendrait plus tard dans la soirée, ne serait qu'une formalité. Isla Negra allait dégringoler. La *Danaïs*, la drague à disque désagrégateur, remplirait son office. Jonas Jonas, ce fêlé sans Dieu ni maître, serait expulsé. La vieille Gaïa pourrait bien faire ce qu'elle voudrait. La vox populi l'avait emporté. Et haut la main, encore ! Les prétendues photos que possédait l'ancienne mère maquerelle n'existaient d'ailleurs peut-être même pas. Et, le cas échéant, si elles apparaissaient, que pourrait-il bien se produire de si terrible, après tout ? Une information chassait l'autre. Des affaires datant de plusieurs décennies, cela n'amuserait que les imbéciles. Et l'on passerait rapidement à autre chose.

Quant à lui, Pascal Chancel, il n'aurait qu'à suivre Dutilleux. Le patron. Le boss. Pour services rendus au promoteur immobilier, il encaisserait une somme rondelette, dès que les premiers immeubles sortiraient du sol. D'autres enveloppes suivraient. Son avenir était tout tracé. Sa fortune était faite.

Les bras maintenant grands ouverts, le directeur général des services techniques de la ville fendit la foule et s'approcha du promoteur. Ce faisant, il bouscula sans le faire exprès le maire, un petit pot à tabac qui ne disait jamais un mot et se contentait de sourire en toutes circonstances. Il ne briguerait pas un nouveau mandat, c'était couru. La place serait bientôt libre. La place serait bonne. La place ne demanderait qu'à être occupée par un homme, fidèle parmi les fidèles au promoteur.

Faisant fi des convenances, Pascal Chancel serra contre lui le promoteur que l'on fêtait comme un héros et s'exclama : « Monsieur ! Vous êtes un visionnaire. Un visionnaire et un patriote. Grâce à vous, je le sais désormais avec certitude, nous sauverons notre bout de France… »

Le lendemain de cette soirée – où le vote entérina à l'unanimité, moins une voix, la décision de faire démarrer au plus vite les travaux –, Charles Dutilleux recouvra l'énergie de ses vingt ans. Sur terre, il expédiait les affaires courantes et s'occupait lui-même de toute la paperasse administrative. Il n'était pas un perdreau de l'année. Il savait, par expérience, que même les affaires les plus sûres en apparence pouvaient capoter sur des détails, de simples fautes d'inattention. Il vérifiait donc chacun des courriers, la bonne conformité des polices d'assurance produites par les prestataires de services, appelait ses banques plusieurs fois par jour et passait un temps infini sur Internet, toujours en lien avec la préfecture, les maires des communes avoisinantes, la presse locale et nationale, sans oublier la gestion de ses propres affaires. Dans son bunker, ce fut alors un temps frénétique durant lequel les rendez-vous semblaient ne jamais devoir s'arrêter. Le séjour devint une salle d'attente. À toute heure, des conciliabules aux voix étouffées se tenaient dans le bureau du premier étage. Architectes, promoteurs associés, courtiers, agences de communication, professionnels du BTP, élus à l'urbanisme, au cadre de vie et à la voirie, chefs de services du cadastre, secrétaires ou commerciaux mandatés par des sociétés de mobilier urbain : Charles Dutilleux était sur tous les fronts, mangeant à peine, enregistrant des courriers sur son dictaphone, ne prenant même plus le temps de se doucher lorsqu'il changeait de chemise.

Sur mer, toute cette agitation cédait soudain le pas à l'attente. Dès qu'il le pouvait, l'homme d'affaires abandonnait son costume sombre et quittait le bunker. Au volant de l'une de ses voitures, il gagnait le port et, seul ou accompagné par Pascal Chancel, rejoignait la *Danaïs*. À peine avait-il posé les pieds sur le pont du *rock cutter* que son hyperactivité s'évanouissait comme par enchantement. Était-ce dû aux trépidations du moteur à gasoil qui vrombissait sous ses pieds ? Aux parfums conjugués des embruns et de l'huile carbonisée qui lui montaient à la tête ? Au fait de savoir que, bientôt, la colline où trônait Isla Negra s'affaisserait ? Toujours était-il que Charles Dutilleux éprouvait alors une jouissance sourde à constater que son plan se déroulait comme prévu. Qu'il pleuve ou qu'il vente, il savait que sa place était là. Aux premières loges. Il ne manquerait rien du spectacle. Son obsession de voir la falaise dunaire s'effacer de la carte allait être exaucée.

Penché sur le bastingage, le corps à moitié dans le vide, sourd aux mises en garde du capitaine et des matelots, le promoteur passait là des heures à tenter de repérer, dans les eaux troubles, la présence de la fraise. Masquée qu'elle était par les matériaux que son activité soulevait, il ne pouvait la voir mais il la sentait, de façon presque charnelle. Elle était là, tout au fond, qui travaillait à la réalisation de son grand œuvre. Avec méthode, obéissant aux ordres que lui fournissait l'ordinateur de bord couplé à un sonar, cette tête d'acier faisait sauter les croûtes de roche, les broyait, les réduisait à l'état de granulats informes, les aspirait et les refoulait par un réseau de tuyaux de plastique d'un éclatant jaune vif. Là-bas, sur le rivage, à quelques kilomètres à peine de la base d'Isla Negra, une dizaine d'ouvriers s'activaient sans relâche. À l'aide de pelleteuses et de bulldozers, de camions, de bennes et de trémies, ils récupéraient cette bouillie marine sur laquelle les mouettes et les goélands s'abattaient par vagues, trop heureux de l'aubaine. Avec la patience de fourmis, ces travailleurs casqués et équipés de lourdes bottes mettaient cette pâtée à sécher en monticules. Lorsque le temps des travaux de viabilisation viendrait, ces granulats fourniraient une matière première abondante et gratuite.

Un soir, alors que le soleil s'éteignait à bâbord et que ses derniers rayons s'accrochaient aux lignes coupantes du manoir, le capitaine de la *Danaïs* vint trouver Charles Dutilleux. Celui-ci enjambait le bastingage pour descendre dans la navette qui le ramènerait au port lorsqu'il fut retenu à la manche par la poigne du Hollandais au crâne rasé. Dans un anglais approximatif, lui indiquant le promontoire d'une main tatouée d'une rose des sables, le pacha batave souffla : « *House. On the mountain. Danger. Big danger…* »

Comme l'homme d'affaires faisait mine de ne pas comprendre et tentait d'échapper à la prise, le capitaine insista : « *Too much! Work, too much. Not enough sand. The house…* Badaboum ! »

Continuant à feindre de ne pas entendre l'avertissement, Charles Dutilleux s'ouvrit de son plus grand sourire et répliqua : « *Yes ! Good night ! Good work !* »

Il parvint enfin à se libérer de la poigne du marin et commença à descendre l'échelle qui menait à la navette. Au-dessus de lui, le Hollandais, circonspect, fourrageait de ses doigts dans sa barbe drue et sale. Puis, il regagna son cockpit dans un haussement d'épaules. Après tout, il n'était responsable de rien. Il ne faisait qu'obéir aux ordres de ce petit homme, ce commanditaire électrique qui n'entendait rien aux choses de la mer. La journée, comme les précédentes et celles à venir, avait apporté son lot de fatigue. L'équipage avait roulé des cigarettes et fumait comme un seul homme, qui du tabac, qui de l'herbe. Au final, le capitaine se foutait du tiers comme du quart que ce bizarre manoir, juché au sommet de sa dune, fasse la culbute ou pas. Ce n'était pas son histoire. Il avait d'autres chats à fouetter.

Dans le Zodiac à coque rigide qu'il avait appris à barrer de son mieux, Charles Dutilleux reprit le chemin de la côte. Ce grand échalas de Hollandais connaissait son affaire. Tout le limon et toute la roche que la *Danaïs* soustrayait aux fonds marins seraient très vite remplacés par le sable qui soutenait Isla Negra. Il n'était pas nécessaire d'avoir fait l'École des mines pour deviner les conséquences de ce travail de sape. Dans les bureaux de la Dreal, Grégoire Latour s'était bien fait un peu tirer l'oreille. Il s'était même emballé, avait prononcé les mots de « crime écologique », de « destruction des écosystèmes », de « viol manifeste de la loi littoral ». Grégoire Latour n'était pas un homme qui se laissait facilement corrompre ni acheter. Lui, non. Mais ses supérieurs n'avaient pas eu autant de scrupules. Dutilleux avait trouvé pour eux les mots justes, les arguments qui font mouche. Ces ronds-de-cuir lui avaient, au final, coûté cent fois moins cher que la seule location de la *Danaïs* et de son équipage. Ils avaient paraphé le dossier. Le chantier était en cours. Rien, désormais, ne pourrait l'arrêter.

À l'instant où l'homme d'affaires s'apprêtait à pénétrer dans son roadster, le visage piqueté d'éclats de sel et ses derniers cheveux en bataille, Gaïa sortit d'une poche d'ombre et l'apostropha soudain. En boitant encore plus bas que d'habitude, elle vint s'appuyer contre un réverbère du front de mer. Là, dans la flaque de lumière falote, elle tendit sa canne vers lui. La perruque prise dans un béret des années 1940, vêtue d'une longue robe de coton noir et épais, elle le vrilla de son regard charbonneux, brandissant son bout de bois devant elle comme un Don Quichotte dérisoire et pourtant menaçant.

Malgré le vent qui s'était mis à battre les branches des micocouliers frigorifiés, sa voix parvint aux oreilles de Dutilleux, inflexible, cassante : « Charles, il faut que je te parle. Tu ne pourras pas toujours m'éviter. Charles… »

Aussitôt, le promoteur sursauta. Puis, avant de refermer de façon précipitée la porte sur lui, il eut encore le temps d'entendre cette phrase : « Tu ne pourras pas toujours m'éviter, Charles. »

Quelques secondes plus tard, la silhouette de la vieille disparaissait dans le rétroviseur, grotesque, se dissolvant dans la nuit. À la place de ce corps flagellé par les vents, il n'y eut plus que le ruban noir et luisant de la route qui se déroulait sans heurt.

Dans l'esprit de Charles Dutilleux, pourtant, les derniers mots de la vieille résonnaient encore, douloureux : « Tu ne pourras pas toujours m'éviter… »

14

Au cours des quelques semaines de travaux de la *Danaïs*, Jonas Jonas ne demeura pas inactif. Bien au contraire. À compter du jour où il dévoila aux huissiers Whale & Whales ses rêves de bateau, le Vieux fut lui aussi saisi par une frénésie qui le ramena aux plus beaux moments de sa jeunesse. Loin des réunions et des discussions sans fin qui se tenaient en ville et entre les murs du bunker, à mille lieues des vapeurs crasseuses et mortifères de la drague marine, chaque journée s'écoulait dans une bonne odeur de bois fraîchement raboté, de colle et de mastic, de vernis ambré que venaient, parfois, illuminer de brefs éclats de rire. Après l'arrivée théâtrale de l'Africain et de ses grosses lèvres toutes pleines de « bateau du diable », Jonas avait raccompagné les deux huissiers à leur voiture. Pendant que le jeune Dylan, déjà assis à la place du mort, ne voyait plus le moment où il pourrait enfin quitter cette maison de fous, Honoré avait échangé quelques mots avec le Vieux.

Sa pochette de mises en demeure fermée et plaquée sur sa poitrine, il avait tenté, avec un sourire vaincu d'avance : « Je suppose qu'il ne sert à rien que je vous remette le document en main propre ?

— Vos mains ne sont pas plus propres ni plus sales que les miennes. C'est juste votre métier que je ne trouve pas bien beau. Mais ça, vous le savez déjà.

— Donc, je ne vous le remets pas.

— Non. Mais vous pouvez me dire pourquoi vous êtes venu. C'est la dernière notification. Ça, je l'avais compris. Mais après ? C'est sérieux toute cette histoire de police ? »

Les yeux au sol, l'officier de justice hésita un bref instant. Puis, sans conviction, il expliqua : « Très sérieux. Concernant les mesures d'expulsion, la police ne fait qu'obéir aux ordres du juge.

— Et mon Baikal, c'est à moi qu'il obéit et à moi seul. Je les attends de pied ferme, vos guignols à képi.

— Ne plaisantez pas, monsieur Jonas. C'est sérieux. Il n'y a plus aucun recours. D'après ce que je sais, ils viendront la semaine prochaine. Dans dix jours, tout au plus. Dutilleux a le bras long. Il est pressé d'en finir.

— Dutilleux ? Je l'emmerde. Mais vous ? Vous ne pouvez rien faire ?

— Non.

— Alors, ce n'est pas la peine d'avoir un costume de ministre et de rouler dans une voiture qui doit coûter deux fois ma pension de retraite pour l'année. Mais puisque c'est la loi et que les dés sont jetés… Prévenez quand même la police que mon Baikal est chargé avec de la chevrotine. Je n'ai encore jamais tiré sur personne, remarquez. Mais j'ai l'intuition que j'apprendrai vite.

— Vous plaisantez, j'espère ! Vous ne feriez pas ça ? »

Face au regard inquiet d'Honoré Whale, le Vieux bomba le torse avec fierté. Puis, à l'instant de fanfaronner une nouvelle fois, il finit par baisser la tête et avoua, dans un bougonnement tout juste compréhensible : « Ma foi… Deux ou trois coups de fusil en l'air, peut-être. Et encore. Je serais bien capable de me démettre une épaule ou de me casser un bras. Dans cette affaire, les flics n'auront pas grand-chose à craindre, allez… »

Avisant la longue silhouette de Georges qui, adossé à la face lézardée du manoir, fumait l'une de ses cigarettes filiformes, il ajouta : « Moi, je ne risque rien. Je m'en fous, même. À mon âge, ils ne vont pas me tirer comme un lapin de garenne, non ?

— Je ne pense pas, mais…

— Pour vous dire toute la vérité, c'est à cause de ce Gitan qui est là-bas que je m'inquiète. À cause de lui, mais aussi de ce grand benêt d'Africain.

— Pourquoi ?

— Ils sont aujourd'hui ma seule famille. Et j'y tiens. Le voleur de poules, c'est comme qui dirait mon frère. Quant à l'Hercule qui voit le diable partout, il pourrait être mon fils. Ou mon petit-fils.

— Et alors ?

— Et alors, il m'est avis qu'ils n'ont guère de papiers en bonne et due forme. À dire vrai, je ne pourrais même pas vous préciser quel est le plus migrant ou le plus immigré des deux. Quoi qu'il en soit, ils n'ont pas de papiers. Et la police… »

Comme les derniers mots restaient en suspens, lourds de menaces, l'huissier murmura d'une voix amicale : « Il suffirait que ces deux-là ne soient pas chez vous quand la police arrivera. Dites-leur de partir avant que les gyrophares ne viennent se promener par chez vous et tout se passera bien. »

Aussitôt, le visage tanné de Jonas se rembrunit un peu plus. Avec un rire forcé, il répliqua : « Elle est bien bonne, celle-là ! Vous êtes sérieux ?

— Oui, pourquoi ?

— Je viens de vous dire que c'était comme ma famille, ces deux paumés. Si la police vient allumer ses lanternes et ses pin-pon dans le coin, ils seront avec moi. Ils ne me quitteront pas d'une semelle.

— Mais il ne faut pas ! Je viens de vous dire que c'était la…

— Que voulez-vous ? C'est ça, la famille. La vraie, celle qu'on se choisit. Je ne parle bien sûr pas de celle qui vous met au monde. Et ce ne sont pas que des mots, ce que je viens de vous dire. Avec tous vos papiers et malgré toutes vos lois, vous devriez savoir ça, quand même… »

Honoré Whale, qui n'avait de nouvelles de ses enfants que pour le 1er Janvier et son anniversaire, toujours par téléphone, encaissa le coup du mieux qu'il le put. Il réfléchit un instant et lança : « Si je trouve un moyen de repousser la date de l'expulsion, ça vous arrange ?

— D'après vous ? Je prendrai chaque seconde de rab avec un plaisir que vous n'imaginez pas. Ça ne me sauvera pas la vie, nous sommes bien d'accord sur ce point. Mais ça me donnera un peu plus de temps pour me retourner.

— Et ce délai vous permettrait-il de préparer vos amis et vous-même à l'inéluctable ?

— C'est possible.

— Alors, j'ai peut-être la solution… »

Cet Honoré Whale n'était décidément pas un huissier comme les autres. Après avoir ouvert la chemise contenant la notification d'expulsion, il l'avait rapidement consultée en fronçant les sourcils d'un air docte. Enfin, il avait annoncé la bonne nouvelle. Tout d'abord, ce serait bien le diable s'il ne parvenait pas à différer d'une semaine à dix jours le signalement du refus d'obtempérer du Vieux à la préfecture. De plus, il jurerait mordicus que l'état d'urgence qui motivait toute cette procédure était largement exagéré. La maison était fragile, certes. Mais contrairement à ce qui se colportait en ville, elle n'était pas à l'article de la mort. C'était de la pierre lourde. Ça ne risquait pas de s'effondrer du jour au lendemain. Les responsables préfectoraux le croiraient sur parole. L'on était mi-février. La trêve hivernale prendrait fin le 30 mars. Honoré Whale alléguerait qu'un peu de patience éviterait une levée de boucliers. Ainsi, les associations pour la défense des mal-logés seraient tenues à l'écart. La presse ne pourrait pas faire son miel d'un pauvre vieillard, expulsé de chez lui par la force publique. Bref, le coup était jouable.

Jonas avait alors demandé: « Vous diriez ça?

— Oui.

— Et pourquoi?

— Pour la même raison, je suppose, qui fait que vous avez eu, un jour, l'idée d'acheter un cotre à hunier pour le rénover dans votre cave. »

Sur cette réponse apparemment sibylline, l'officier de justice serra avec vigueur la main du Vieux et s'installa au volant. Alors que le véhicule accomplissait ses premiers tours de roues, il se pencha à la fenêtre et ajouta: « Vous avez jusqu'au 30 mars, monsieur Jonas. Pas un jour de plus. C'est tout ce que je peux faire.

— Merci.

— Avec plaisir. Ce ne sont que quarante jours. Mais on peut en faire, des choses, en quarante jours et quarante nuits. Le tout, c'est de faire les bonnes. »

Le jour même de la visite d'Honoré et de son associé, une fièvre inaccoutumée s'empara donc de la carcasse d'Isla Negra. Sans même se concerter, Jonas, Georges et l'Africain s'unirent dans un même effort afin de restaurer au plus vite le cotre à hunier dans le ventre froid de la cave du manoir. S'ils désiraient se mettre à trois pour redonner vie à cette embarcation, il fallait faire de la place. Les bras chargés de cartons, se donnant la main l'un l'autre pour déplacer les pièces les plus lourdes, ils se mirent à extraire le résultat de tout ce qu'une vie d'homme avait pu entasser, avec patience, dans le sous-sol d'une maison. Le Vieux accomplit sa part du travail sans une once de tristesse. Au contraire, il fut même le plus actif et, à chacune de ses remontées à l'air libre, il semblait rajeunir.

Lorsque la place fut nette, quand tous les objets qui avaient accompagné Jonas au fil de son existence se retrouvèrent dans le carré de jardin, leur propriétaire éprouva l'envie irrépressible de transformer ce monticule en un feu de joie crépitant. Georges, avec sa sagesse fataliste, interrompit le propriétaire des lieux à l'instant où celui-ci allumait son Zippo. Ça n'était pas la nostalgie qui l'étouffait, non. De façon plus prosaïque, un vent chafouin venait de se lever. Sur sa cheminée tordue, le coq rouillé couinait douloureusement, écartelé dans son impossibilité de désigner les quatre points cardinaux de manière simultanée.

Après un discret haussement d'épaules, l'Argentin de Carcassonne gronda : « C'est du mauvais vent. C'est le vent des fous. Ou le vent qui rend fou, c'est selon. Une étincelle, et tu jettes le feu dans toute la Province. »

À regret, le Vieux rengaina donc son Zippo.

« Alors, mes souvenirs vont pourrir dans le jardin. Les cadavres n'ont pas de poches, comme on dit. Quand on passe de l'autre côté du miroir, riche ou pauvre, on n'emporte jamais rien avec soi. »

À présent que la cave respirait à nouveau librement, Jonas distribua les rôles que chacun tiendrait dans cette aventure de quarante jours. Georges possédait des mains d'or, des mains d'artiste. Il veillerait au bon avancement des travaux et réaliserait les tâches nécessitant le plus de savoir-faire et de minutie. L'Africain, lui, était jeune et fort comme un troupeau de bœufs. Il serait l'homme de peine, le tâcheron. Sur les conseils du Gitan, il apprendrait le métier et, en retour, pourrait boire et manger tout son saoul. Quant au Vieux, il se contenterait de la place du grouillot boiteux, celui qui passe les outils, prépare les vernis, rince les pinceaux et, surtout, fait à manger. Après le passage de la tempête, la cuisine avait rendu les armes. Le piano s'était renversé, le réfrigérateur avait poussé son dernier soupir, le sol lézardé était jonché d'éclats de verre. Cela ne suffit pourtant pas à doucher l'enthousiasme de Jonas. Sans trop se plaindre, il réapprit à maîtriser le feu dans un barbecue extérieur qu'il protégea des rafales du mieux qu'il le put.

Le soir, Georges et l'Africain partirent au ravitaillement dans le supermarché d'entrée de ville. Ils ne rallièrent Isla Negra que deux heures plus tard, la Méhari débordant de victuailles et d'outils, de sacs de charbon de bois, de cubitainers de rouge et de rosé, de tabac à rouler, de papier gommé, de produits choisis avec soin dans un magasin spécialisé dans les articles de marine. Après un solide apéritif, ils dînèrent d'un poulet en crapaudine et, dans un silence religieux, sucèrent et rongèrent jusqu'aux os les plus fins. Puis, pendant que l'Africain s'éloignait sur le sentier d'un pas lourd retrouver sa resserre dans le parking de Dutilleux, Georges finit de rouler deux cigarettes. Il tendit au Vieux celle qui lui revenait et se mit à tirer sur la sienne à petites bouffées, chaque aspiration faisant sortir de l'obscurité les traits de son visage taillé à la serpe.

Lorsque le mégot s'éteignit de lui-même entre ses lèvres minces, il tira le bandonéon de l'étui qui se trouvait à ses pieds. Avant de plaquer le premier accord, il souffla : « Dis-moi, pourquoi tu ne m'as jamais parlé de toi ? »

Dans la nuit qui se chargeait d'une humidité salée, Jonas se crispa sur son pliant.

« Parce que ce n'est pas tes affaires. Et d'abord, tu as sorti ton crincrin. Je ne parle pas de moi en musique, espèce de romanichel d'opérette. »

L'Argentin de Carcassonne connaissait son *compadre* sur le bout des doigts. Aussi, il ne répliqua pas et se contenta de broder des variations aériennes sur *Tucumán*, un antique tango imaginé par Juan d'Arienzo. Jonas, de son côté, continua à marmonner des bouts de phrases inintelligibles. Peu à peu, ce grommellement céda le pas à un silence rythmé par le vent, les gémissements du coq rouillé et les notes fragiles du bandonéon. Buenos Aires se transporta sur la falaise dunaire, avec son tango et ses putains maquillées à outrance, ses maquereaux aux chaussures bicolores, ses touristes inquiets et l'odeur, entêtante, de la viande qui se désespère de brûler sur la braise.

Après avoir porté son verre de vin rouge à ses lèvres, en avoir avalé une gorgée et fait claquer de satisfaction sa langue contre son palais, le Vieux finit par grogner : « Et qu'est-ce que tu voudrais que je te dise de moi, voleur de poules ? Je ne sais pas qui est mon père. Je ne sais pas non plus qui est ma mère. Je suis orphelin, je suis de l'Assistance. Et j'emmerde le monde entier. Avec ça, tu en sais déjà mille fois trop sur moi et sur mon arbre généalogique. »

En réponse, un trille plaintif dessina dans l'espace un point d'interrogation sonore. Alors, Jonas poursuivit de sa voix monocorde : « Tu es curieux comme une vieille chatte. Tu n'en as pas assez de tout ce qu'ils racontent sur moi, en bas ? Il t'en faut encore ? »

D'autres notes, plus douces, encouragèrent le vieil homme à lâcher la bride à son monologue. Après s'être raclé la gorge, il s'exécuta : « C'est quoi qui te défrise ? C'est de ne pas savoir pourquoi je traîne ma guibole derrière moi ? C'est ça ? »

Seule une pause prolongée accueillit la question. Jonas prit cela pour un acquiescement et il plaisanta, avec une pointe de tristesse : « En ville, ils ont tout imaginé. Une maladie, un défaut de naissance, un accident, une bagarre. Et pourquoi pas une baleine qui m'aurait mâchonné, tant qu'on y est ? Mâchonné et recraché, parce que je ne suis pas très comestible, sans doute. Ce n'est pas idiot, vu sous cet angle. Un bout de fanon qui m'aurait sectionné le tendon. Pourquoi pas ? Mais la vérité, c'est plus simple et moins exotique que ça, tu peux me croire… »

Cette fois, ce fut le chant du coq rouillé qui, du sommet du toit, poussa le Vieux à continuer à se raconter. Après avoir rallumé son mégot, il grimaça :

« Un accident de baleine, ça pose son homme. On

fait ce qu'on veut de son passé, tant que les autres ne viennent pas fourrer leurs gros nez dedans. C'est comme Isla Negra. Quand je l'ai achetée – et au comptant, cette fois, tu peux me croire –, ils ont tous cru que j'étais un sac cousu d'or. Mais non. Fanon de baleine ou pas, je n'ai jamais été riche. Ça m'aurait peut-être plu, mais je n'ai jamais été doué avec les sous, en fait. Ça ne m'intéresse pas. Si j'ai acheté cette baraque, c'est parce qu'elle me plaisait et qu'elle n'était pas chère. J'avais un peu d'argent de côté. Alors, je me la suis payée. C'est aussi bête que ça, tu vois ? Il n'y a pas de sac d'or, à Isla Negra. Pas de cadavre non plus. Il y a juste un débris, un fêlé, comme ils disent. Et ce fêlé, il veut y finir ses jours. Avec toi et l'Africain, ça va de soi. Je ne veux plus rien avoir à faire avec tous les affreux, les nains du jour le jour. »

Ces derniers mots déclenchèrent dans le bandonéon une brusque succession de notes fraîches et acidulées, une quinte de rire en majeur et en septième. Amusé par cette saillie musicale, Jonas expliqua : « Toi, tu me connais, Gitan. Je suis un bon papa. Je n'ai pas d'histoire. En fait, j'en ai certainement une, mais comment savoir ? Avant d'arrêter de valser avec les pantins d'en bas et de me retirer ici, j'ai fait comme toi. J'ai vécu mille vies. Au moins mille. Mais comment savoir laquelle était la bonne ? J'ai voyagé, j'ai bu, je me suis battu sans toujours savoir contre qui ni contre quoi. Et sans jamais être sûr que ça en valait la peine. J'ai aimé, aussi. Beaucoup aimé. Trop. Ou pas assez. Mal. Ou bien. Qui le saura jamais ? J'ai fait tous les métiers du monde. Et je n'en ai jamais trouvé un seul qui vaille la peine qu'on sacrifie sa liberté pour lui. Travailler ? C'est la plus grande escroquerie qui soit. Et quand tu vois le nombre de gens qui se lèvent, tous les matins, pour faire un métier dont ils se foutent comme de leur première chemise, tu te dis que c'est peut-être eux qui ont raison. Va savoir… Se crever la paillasse, faire des enfants, les élever. Et mourir. Sans jamais rien avoir connu de la vie. Sans jamais avoir osé prendre le large, avoir mis le cap sur autre chose. Crois-moi : l'humanité est une bien belle friponnerie. »

Dans un synchronisme parfait, une grappe de notes s'accrocha à quelques étincelles que le vent venait d'arracher au barbecue agonisant. Durant une poignée de secondes, lumière et musique s'enlacèrent pour un tango dans la nuit. Puis, elles s'éteignirent, pour l'éternité des siècles.

« C'est pour ça que je ne sors plus d'Isla Negra. Pour ça et pour d'autres choses, aussi. Mais je les garderai pour moi. Comme disait Brassens : "Mettre en plein soleil son cœur ou son cul, c'est pareil." Tu n'en sauras pas plus, crapule. »

Le tango tirait sur sa fin. Le lendemain, les trois hommes se lèveraient, mais, pour eux, le voyage en vaudrait la peine. Quarante jours. L'on pouvait en bâtir, des choses, en quarante jours. Et l'on pouvait en faire, des rêves, en quarante nuits.

Avant de quitter son pliant, Jonas maugréa : « Quant à ce que je guette avec ma longue-vue marine, tous les matins et tous les après-midi, je sais que ça te tracasse toujours. Mais je vais te laisser là, avec tes questions. L'essentiel, crois-moi, ne se trouve pas dans la réponse que je pourrais te donner. Ce que l'on attend ou ce que l'on espère n'est que secondaire. Que ce soit l'amour, le loto gagnant, la place du calife ou le jour du grand départ. Tout ça, c'est des prétextes. L'essentiel, c'est d'attendre. Hélas, il n'y a plus grand monde qui attende de nos jours. Ils veulent tout, tout de suite. C'est idiot. C'est comme faire l'amour à la plus belle femme du monde sans avoir pris le soin de lui faire la cour. Ça soulage, mais ça ne comble rien. Alors, dis-toi bien que si je guette, c'est pour le plaisir de guetter et de garder l'espoir. L'espoir de quoi ? C'est à toi de trouver la réponse. »

Soudain, le craquement d'une branchette sèche mit un point final à la mélopée du bandonéon. Le Vieux saisit son Baikal et, d'un coup de pouce, fit sauter le cran de sûreté.

S'adressant à l'immensité de la nuit, maintenant toute propre de nuages, il lança d'une voix forte : « Qui est là ? »

Dans le silence qui accueillit son cri, il gueula à nouveau : « Je vous préviens ! Mon fusil est chargé à la chevrotine. Avec ça, j'arrose large ! Alors, montrez-vous ou je tire ! Et ma gâchette…

— Votre gâchette est limée, monsieur Jonas. Vous me l'avez déjà fait remarquer. »

Apparaissant dans la lumière bleue de la lampe à gaz, Honoré Whale s'avança face aux deux hommes, les paumes des mains ouvertes et un sourire amical sur le visage. Cette fois, il avait abandonné le costume noir et la cravate pour un jeans, un polo d'un autre âge et des baskets. Sans se départir de son calme ni de sa bonhomie, il reprit : « Votre histoire de cotre à hunier m'a poursuivi toute la journée. Je ne sais pas pourquoi. Je ne suis pas homme à me laisser aller à ce genre d'enfantillages, vous savez ? Ce soir, j'ai essayé d'en parler à ma femme, et elle m'a traité de fou. Je suppose que je ne lui ai pas bien expliqué la chose. Ce doit être ça, peut-être. »

Sans avoir l'air d'y toucher, l'officier de justice progressa de quelques pas de plus.

« Bref, elle et moi, on a eu des mots. Comme avec mon associé. Du coup, je les ai quittés. Tous les deux. Et je me suis dit que vous ne seriez peut-être pas contre un petit coup de main. Je ne suis pas de la première jeunesse, mais j'ai deux bons bras qui sont encore, ma foi, assez vigoureux. Quarante jours passent vite. À quatre, on abattra plus d'ouvrage. Qu'est-ce que vous en dites ? »

Après un bref regard échangé entre Georges et Jonas, celui-ci finit par réenclencher le cran de sûreté et par abaisser le canon de son semi-automatique. Sans quitter l'huissier des yeux, il lâcha : « *Compadre* ! Sers donc un verre de rouge à la justice en marche. Et arrête un peu, avec tes mélodies de suicidé. Joue-nous plutôt une milonga ou la habanera de *Carmen*. Fais-nous danser les étoiles. Il en restera toujours quelque chose… »

15

Sur le chemin du retour, Honoré Whale n'avait pas jugé bon de parler du cotre à hunier avec son associé. Il n'aurait pas compris. Il aurait confondu la construction de ce rêve avec une poussée délirante de son homonyme sans « s ». Honoré avait donc gardé pour lui sa passion d'enfant, celle qui, tous les matins durant des années, l'avait jeté sur le port afin d'assister au départ des bateaux qui cinglaient vers le grand large. Pourquoi courait-il chaque jour, dératé en culottes courtes, le cartable battant sur le dos, à ce rendez-vous ? Il n'en savait rien lui-même. Mais il était toujours à l'heure. Planté sur un rocher, essoufflé, il se gavait du spectacle qu'offraient ces coquilles de noix ballottées par la houle. Mains dans les poches, il plissait les paupières et attendait comme un chiot, le nez au vent. Lorsque les barques et les chalutiers disparaissaient, engloutis par l'horizon de cette mer toute-puissante, il remontait le col de son caban, reniflait à deux ou trois reprises, puis reprenait le chemin de l'école avec, au cœur, un vide immense. Une plaie vive enrubannée de varech et d'écume.

Tout cela, Dylan Whales ne l'aurait pas compris.

En quelques mots, Honoré lui avait donc mis le marché en main. Il avait enrobé le tout de lassitude, de retraite à prendre. Il avait fait son temps, n'est-ce pas ? Place aux jeunes, au jeunisme fringant, même ! Alors si son associé obtenait l'ajournement de quarante jours qu'il désirait, il lui abandonnait ses parts dans la société. À un bon prix. Les parts, mais aussi le carnet d'adresses, les locaux de l'étude et le mobilier. Sans une once de scrupule ni la moindre curiosité, Dylan Whales s'était empressé d'accepter l'offre. Honoré, lui, s'était senti aussitôt plus libre qu'il ne l'avait jamais été.

Quant à sa femme, il n'avait pas été surpris par sa réaction. Elle ne lui avait parlé que de détails pratiques, de points retraite manquants, de trimestres échus, d'assurance-vie en cours. Jamais des raisons pour lesquelles, sur un coup de tête, il décidait de tout abandonner. Pire encore. Elle n'avait pas crié quand il lui avait dit qu'il allait passer plus d'un mois à aider Jonas à rénover son cotre à hunier. Elle lui avait seulement interdit de dépenser l'argent du ménage à cette fin. Elle s'était ensuite réfugiée dans la contemplation de l'écran de la télévision, étrangère à tout. Elle, elle avait mené sa propre barque à bon port. Elle avait vécu une vie raisonnable, avec des joies raisonnables et des peines du même tonneau. Elle avait fait sa part et attendait, maintenant que les enfants étaient partis, de vieillir et de mourir de façon raisonnable. Entre deux langues de chat, un doigt de porto et des souffrances raisonnables. Tel était son chemin de vie. Et elle n'en bougerait pas.

En refermant derrière lui la porte du pavillon, Honoré Whale s'était de nouveau senti empli d'une liberté que seuls les bateaux en partance vers l'ailleurs avaient réussi à faire naître chez lui. Une bouffée de son passé vint le fouetter en pleine face. L'espace de quelques secondes, il se retrouva, souffle coupé, projeté dans son enfance. Il se revit à cette époque, quand son nez coulait, quand ses mollets malingres frissonnaient sous les coups de fouet d'un vent venu de l'autre côté du monde, là où le sable est d'or et où les singes, paraît-il, sont verts.

Durant les trente-neuf jours suivants grignotés sur la machine judiciaire, les quatre compères ne ménagèrent pas leurs efforts. Sitôt le café avalé, tous se remettaient à la tâche. De coups de maillet en vibrations de perceuse, du bourdonnement entêtant de la ponceuse aux parfums violents du vernis, chacun rabota, porta, assembla, fit, défit et refit, emboîta, déboîta, râla, pesta, jura, éclata de rire ou de fureur. Peu à peu, le *Phœnix* prit forme. Dans l'atmosphère appliquée de la cave, des mots s'envolaient parfois, papillons multicolores et exotiques. Bôme. Grand-voile à corne. Foc. Trinquette. Voile aurique. Bout-dehors. Ici, l'on redonnait la vie à un cotre à hunier, pas à un cat-boat, à un bateau à livarde, ni à une voile latine. Avec son mât de flèche, ça n'était pas un vulgaire tapecul qui renaissait. Au fil des jours, ça n'était d'ailleurs même plus une embarcation. C'était autre chose. Autre chose de plus beau et de plus grand. De plus essentiel, aussi.

Parfois, le ballet de ces mains poisseuses de colle ou de vernis s'interrompait soudain. Une détonation sourde venait de monter du ventre de la dune. Les quatre hommes évitaient de se regarder. Ils ne savaient que trop bien de quoi il retournait. Le travail de sape de la drague marine de Dutilleux portait ses fruits. Ils n'avaient qu'à s'aventurer sur le balcon du séjour pour la voir, là-bas, au large. Toute d'acier et d'obstination, elle grignotait à la façon d'un cancer sous-marin cette falaise que la nature avait mis des millénaires à bâtir.

Sur la *Danaïs* et sur la rive, les hommes du promoteur, eux aussi, mettaient les bouchées doubles. Le sable et les granulats dessinaient des buttes dégoulinantes à même la plage, toujours survolées et piquetées par les charognards des mers. Ces terrils d'un nouveau genre pointaient leurs seins vers le ciel, sans la moindre pudeur. Alignés côte à côte, ils figuraient des dents brunâtres, malsaines. À chaque détonation, Isla Negra glissait un peu plus bas dans la pente. Le temps filait à une allure folle. Alors, en réponse, les quatre hommes n'économisaient pas leurs efforts.

La seule pause dans cette lutte à distance intervenait lorsque les douze coups sonnaient au clocheton de la ville. Assis dans un coin depuis le matin, où il taillait sur mesure et cousait de son mieux hunier, grand-voile et perroquet, Jonas abandonnait son poste, repliait ses lunettes de myope et s'étirait. Puis, tout en claudiquant et en étouffant ses éternels jurons dans sa gorge, il remontait à l'air libre préparer le repas.

Un jour, alors qu'un temps de curé étamait une mer d'huile, il surprit une discussion entre Georges et l'Africain. Celui-ci, accroupi sur le sol face à l'immense portrait de Frida Kahlo – que tous les soins du Gitan n'avaient pas réussi à redresser –, se dandinait avec timidité d'une cuisse sur l'autre. Puis, il osa : « Monsieur Georges ? Pourquoi vous l'aimez tant, ce tableau ? »

Fidèle à ses habitudes, l'Argentin de Carcassonne prit le temps de la réflexion avant de répondre.

« Est-ce qu'on sait jamais pourquoi on aime une chose ?

— Moi, je sais.

— Qu'est-ce que tu sais ?

— Je sais pourquoi j'aime. Prenez la salade aux pois chiches de monsieur Jonas. Il sait que j'aime le poivre de Madagascar et les petits oignons blancs. Alors, il en met beaucoup. Et c'est pour ça que j'aime sa salade. »

Sans se départir de son sourire, le Gitan reprit : « Tu as raison. Pour les choses simples, en tout cas, tu as raison. Mais si je te demande pourquoi, toi, tu aimes Mérope ? Tu peux me répondre ? »

L'Africain frissonna, de la tête aux pieds. Il n'avait jamais avoué à qui que ce soit la nature des sentiments qu'il éprouvait pour la femme de son patron. Ces battements de cœur qui emplissaient sa large poitrine dès qu'il l'apercevait n'appartenaient qu'à lui. Quant aux raisons qui pouvaient expliquer cet amour, il en avait des tas. Des centaines. Peut-être même des milliers. Mais c'étaient des choses qui ne se disaient pas. Pas même à monsieur Georges, qu'il tenait pourtant, avec monsieur Jonas, pour son seul ami.

Tout à son embarras, il fit mine de se lever, mais l'Argentin de Carcassonne le retint et expliqua : « Reste là, mon garçon. Ce n'était pas de la mauvaise curiosité. C'était juste pour te dire qu'il y a des questions qu'il vaut mieux ne pas poser. Soit parce qu'on a peur de la réponse, soit parce que ça touche des choses qui ne se disent pas avec des mots. Pour Frida et moi, c'est la seconde raison. »

À cet instant, une nouvelle détonation fit frémir et sursauter chaque objet dans le séjour, que le soleil tapissait de lumière. Le tableau se tordit un peu plus sur son axe. Georges posa alors sa longue main sèche sur l'avant-bras du géant. Puis, sans le regarder, il souffla : « On vit tous des rêves. Le tien se nomme Mérope. Il est beau comme le jour et mystérieux comme la nuit. Il te fait baisser les yeux, comme un enfant. Parce qu'il a le goût du péché et de la liberté. Et ça, ça te paraît inaccessible. Il a le parfum de l'interdit. Mon rêve à moi, je t'ai dit plusieurs fois que j'allais te le confier. D'ailleurs, je vais le faire maintenant, si tu en as toujours envie.

— D'accord, monsieur Georges.

— Il n'est pas bien gros, ça ne vaut pas la peine de

se monter l'imagination pour ça. Il n'est pas méchant, non plus. Mais il est à moi. C'est juste un rêve de promeneur. De promeneur de l'inutile ou de voleur de poules, comme dirait ce satané croûton de Jonas… » Dans l'encoignure de l'entrée, où il se tenait coi, le Vieux marmonna pour lui-même quelques imprécations et tendit un peu plus l'oreille. La voix râpeuse comme une langue de chat du musicien reprit : « Mon rêve, ce serait…

— Ce serait quoi, monsieur Georges ?

— Mon rêve, ce serait de jouer du bandonéon dans un orchestre.

— Pourquoi vous ne le faites pas ? Vous êtes rudement fort, monsieur Georges. Les orchestres se battraient pour vous avoir. »

Après avoir tapoté affectueusement l'avant-bras de l'Africain, en guise de remerciement, le Gitan précisa : « Je ne te parle pas de l'orphéon ni de la fanfare municipale. Ni même de ceux qu'on voit au 14 Juillet ou au 15 Août.

— De quel orchestre vous parlez, alors ? »

Le regard maintenant plaqué sur le visage jaune et triste de *Frida la coja*[1], Georges raconta : « Je parle des grands orchestres. Ceux où les musiciens portent des costumes, des fracs, des queues-de-pie, des nœuds papillons.

— Ça fait jouer mieux, les nœuds papillons ? »

---

1. « Frida la boiteuse », conséquence d'une poliomyélite dont la peintre a été frappée à l'âge de six ans.

Ignorant la question, Georges insista : « Je parle des orchestres symphoniques, ceux que l'on ne va jamais écouter sans s'être habillé comme pour une fête. Dans ces orchestres-là, tu peux fouiller. Jamais tu ne trouveras de bandonéon. Tu trouveras des gros tambours qui n'ont pas d'histoire, des tambours de Blancs qui ne sont là que pour battre la mesure. Tu y croiseras aussi des triangles qui ne jouent que trois notes dans tout un concert. Tu y verras des cymbales, des grelots, des maracas et même des castagnettes. Mais des bandonéons, tu n'en trouveras jamais.

— C'est ça votre rêve, monsieur Georges ?

— Oui, mon garçon. Mon rêve, ce n'est que ça. Mon rêve, c'est tout ça. »

*

« Entre donc, grande asperge ! Entre, et ferme-moi cette porte. Il fait un froid de gueux. »

Comme Mérope, embarrassée par un cabas et un panier d'osier emplis jusqu'à la gueule, ne s'exécutait pas assez vite à son goût, Gaïa martela le sol avec sa canne.

« Tu en as mis un temps, aujourd'hui ! Si ça t'ennuie de venir me voir, tu peux rester dans ton nid de corbeau. Même mal foutue, je suis aussi bien toute seule que mal accompagnée… »

Sourde à la remarque, la jeune femme tira le vantail derrière elle et, sans un regard pour la vieille, elle passa en cuisine. Cela faisait un mois que, tous les jours, elle lui rendait visite. Outre la corvée de courses, elle s'était aussi résolue à nettoyer le capharnaüm dans lequel vivait la centenaire. À grands coups de brosse et de balai, de javel et d'eau savonneuse, elle s'était battue pied à pied contre la crasse qui enkystait chaque pièce. La lutte avait été âpre, mais, aujourd'hui, elle pouvait être fière. La cuisine sentait le propre. La cafetière, détartrée, offrait désormais un jus acceptable. Les casseroles de cuivre avaient retrouvé leur lustre, les meubles et les poutres embaumaient la cire d'abeille ou quelque chose d'approchant.

Après avoir rangé les victuailles et les bouteilles dans les placards et le réfrigérateur, Mérope revint au salon. Avec le sérieux d'une enfant, elle portait un plateau chargé d'une carafe de vin blanc qui décantait, de deux verres à pied et d'une assiette couverte de tranches de saumon fumé, disposées sur des portions de pain de mie beurré d'abondance.

Lorsque la visiteuse déposa le tout sur la table basse, la vieille rajusta sur son crâne un chapeau cloche mauve des années 1920, légèrement trop petit pour elle et qui lui tenait lieu de perruque. Elle se mit à ricaner : « Du poisson de riches sur du pain d'Américains et de l'eau de boudin blanc. Tu me prends pour Crésus ou quoi ?

— C'est du saumon, madame Gaïa. Je l'ai acheté avec mes sous.

— Et ton jus de citerne ? Je parierais la retraite que je ne touche pas que c'est du picrate pour curés. Eux, ils s'y entendent pour s'arsouiller proprement.

— C'est du lions-de-la-louvière. Je l'ai pris dans la cave personnelle de Chichou. Il dit que c'est un bordeaux rare qui ne se récolte que…

— Stop. C'est de l'amuse-gueule de rupin et de la bibine pour snob. C'est tout. Mais je vais me forcer quand même, puisqu'il n'y a que ça. »

Vingt minutes plus tard, l'estomac lesté et la carafe de cristal à moitié vidée, des miettes constellant le tour de ses lèvres et décorant sa poitrine, Gaïa se laissa aller en arrière dans son fauteuil. Pendant que Mérope lui tendait une cigarette allumée, elle l'interrogea : « Alors, ma fille ? Qu'est-ce qu'il se dit, en ville ? »

Avant de répondre, la jeune femme tira à plusieurs reprises sur le bas de sa jupe qui s'entêtait à remonter sur le haut de ses cuisses.

« Rien de plus que d'habitude.

— Et Isla Negra ? Ça en est où ?

— Ça continue.

— Qu'est-ce qui continue ? Tu t'es lavé les dents avec du chloroforme ou quoi ? Dis-moi un peu les choses ! »

Sous l'œil inquisiteur de la vieille, Mérope prit le temps d'avaler une bouffée de fumée et de la recracher avec lenteur dans le clair-obscur de la pièce. Deux jours auparavant, elle avait croisé Dylan Whales qui, poussé par la curiosité, était allé fouiner sur la falaise dunaire. Il avait été accueilli par un Jonas plus en forme que jamais qui, aussitôt, avait brandi son fusil dans sa direction, ne lui laissant d'autre option que la fuite. Mais l'huissier avait eu le temps de voir. Il était revenu en ville, surexcité, la bouche pleine de racontars, se répandant à discrétion dans les oreilles de toutes et de tous.

Trépignant sur son coussin, la vieille insista : « Eh bien ? Tu es devenue muette ?

— Isla Negra est toujours là. Mais elle descend.

— Comment ça, elle descend ?

— Elle n'est plus aussi haute qu'avant.

— C'est le vin qui te monte à la tête ?

— Non. C'est la drague de Chichou. Enfin, de mon mari. À force de creuser sous l'eau, le sable glisse. Alors, la maison descend.

— Qu'est-ce que tu me chantes là ?

— Rien. Juste la vérité.

— Et jusqu'où va-t-il la faire descendre, cet animal ?

— Ça, je ne sais pas. Jusqu'en bas, je suppose. »

Durant quelques secondes, l'on n'entendit plus que les gammes étouffées de l'orgue de l'église mitoyenne. À nouveau ratatinée dans son fauteuil, Gaïa s'essuya la bouche d'un revers de manche agacé. Puis, elle cracha : « Mais il n'en a jamais assez, ce cochon-là ? Faire descendre les maisons des autres… Et la police est au courant ?

— Il m'a dit que c'était légal et…

— Mais on s'en fout que ce soit légal ou pas, ma pauvre fille ! Ce n'est pas la question ! La déportation des Juifs, à l'époque, c'était légal ! La traite des

Nègres, c'était légal aussi ! Et c'était même encouragé par le pape et son armée de calottes ! Mais ce n'est pas parce que c'est légal que c'est bien et que c'est juste ! »

Appuyée maintenant sur sa canne, le buste brusquement redressé dans son fauteuil, elle vitupéra encore : « Ma fille, ton Dutilleux n'est qu'un salopard ! Mieux : c'est un fils de pute. Exactement : un fils de pute... »

Comme Mérope la dévisageait avec des yeux ronds de surprise, elle se reprit et grogna, tout en enfonçant un peu plus son chapeau cloche sur sa tête : « Bon... Pas un fils de pute à proprement parler, non. Il est pire que tout, ce crapaud malfaisant. Mais ça ne va pas se passer comme ça, tu peux me croire. Moi vivante, il ne touchera pas à Isla Negra. Pas plus à Isla Negra qu'à Jonas ! »

Sur ce, la vieille se pencha en avant afin de se mettre debout. Hélas, à peine avait-elle soulevé son bassin qu'elle retomba de tout son poids sur le fauteuil. Un instant, elle sembla manquer d'air, roulant des yeux de noyée dans son masque blafard de maquillage. Comme la jeune femme se levait pour venir à son secours, elle l'en empêcha d'un geste autoritaire de sa canne.

Suffoquant, elle bredouilla :

« Je lui avais dit... Je lui avais dit, pourtant... Ne touche pas à Jonas...

— À qui avez-vous dit ça, madame Gaïa ? À Chichou ? Vous l'avez vu ? Mais pourquoi ? »

Alors qu'elle allait acquiescer, la centenaire se sentit

partir dans une mauvaise quinte de toux qui la plia en deux durant de longues secondes. Lorsqu'elle put rouvrir les yeux, dissimulant dans son mouchoir des glaires rouges, ce fut pour voir Mérope qui composait sur son portable le numéro des urgences.

S'adressant au visage chaviré de la jeune femme, la vieille réussit à supplier : « Pose ça, ma fille. Pose ça tout de suite. C'est moi qui te le demande… »

Comme Mérope hésitait, elle ajouta : « Pas les docteurs. Ils vont vouloir me mettre à l'hôpital. Et c'est ici que je veux mourir. Chez moi. Je suis bien assez vieille pour mourir toute seule. Sans l'aide des médecins. Coupe-moi ton mouchard. Et apporte-moi plutôt la Ventoline, là, sur la commode. J'ai des choses à te dire… »

Dans la petite chambre qui jouxtait le salon, Gaïa reposait maintenant dans son lit, le corps recouvert jusqu'à la taille par un épais édredon couleur sang-de-bœuf. Le dos appuyé contre un oreiller, elle tenait entre ses doigts glacés et tordus par l'âge les longues mains blanches de Mérope. Débarrassée de son chapeau cloche, les rides de son visage accentuées par la lumière d'une veilleuse avare, elle racontait sans détour à sa visiteuse ce qu'elle savait de Charles Dutilleux, du grand et puissant Dutilleux.

Sa voix cassée s'accrochait sur certains mots, cependant le ton était pétri de rage et ne souffrait aucune faiblesse : « C'est une saloperie que tu as épousée, ma fille. Rien de plus, rien de moins. Une saloperie. Et je ne suis même pas désolée de te dire ça puisque c'est la vérité, nue et crue. Certains hommes sont des braves types. D'autres sont plus vicieux que des vipères, mais on peut s'en accommoder. Le tien, à toi, il est méchant et mauvais.

— Pourquoi dites-vous ça ?

— Parce que je le sais. Je sais beaucoup de choses sur lui. Quand il est revenu dans la Province, il a dit à tout le monde qu'il avait fait fortune dans l'immobilier. Et tout le monde l'a applaudi des deux mains. Les gens sont bêtes, que veux-tu ? Bêtes à manger du foin.

— C'était un mensonge ?

— Non. Ça, c'était vrai. Ce qu'il n'a pas dit, c'est la manière dont il avait fait fortune.

— En faisant des affaires, non ?

— Ça, oui. Il en a fait, des affaires. Mais pas de celles qu'on t'apprend au catéchisme… »

D'une voix monocorde, la vieille Gaïa se laissa alors aller. Sous le regard extatique du christ accroché au mur, elle dit de Charles Dutilleux ce qu'elle en savait. Sur son enfance, il n'avait pas menti. Jean-Gustave Dutilleux – notaire de son état – et Maryse Dutilleux – née Resse –, désespérés de ne pas réussir à avoir un enfant issu de leurs amours, l'avaient adopté, en bonne et due forme. Quant à son éducation, ils avaient fait de leur mieux. Hélas, malgré tous leurs bons soins, le garçon s'était très tôt révélé difficile. Capricieux, retors, colérique, il avait fait passer le carcan à ses parents. Dès qu'il avait obtenu son baccalauréat, comme si tout le diable et son train s'étaient lancés à ses trousses, il avait quitté la Province, direction Paris. En partant, il leur avait à peine adressé un regard. La fortune l'attendait.

« Tout cela, je le sais, madame Gaïa. Il me l'a raconté.

— Je m'en doute, ma fille. Jusque-là, il n'y a rien à cacher. Le provincial qui cherche à faire fortune à la capitale, c'est un classique. Mais attends la suite. Elle vaut son pesant de cacahuètes, tu vas voir… »

Incapable de se payer un studio dans les beaux quartiers, Charles Dutilleux avait fini par dégotter, dans le treizième arrondissement, une adresse borgne qu'une connaissance de passage lui avait indiquée. Rue Auguste-Blanqui, dans un immeuble qui ne tenait que par l'opération du Saint-Esprit – et grâce à tout un réseau complexe d'étais supposés renforcer la structure –, le propriétaire louait à la demande des chambres dont la crasse et la vétusté vous soulevaient le cœur. Là, à toute heure du jour ou de la nuit, des prostituées défilaient. Le verbe haut, souvent ravagées par l'alcool et la poudre, elles croisaient dans les escaliers des grappes d'immigrés, pour la plupart des Arabes fraîchement débarqués, qui faisaient les trois-huit dans les usines voisines, alors en pleine activité. Dans ce cloaque privé de ventilation, où les branchements électriques sauvages provoquaient régulièrement des départs d'incendie, la loi du plus fort régnait. Au-dessus, plus impérieuse et redoutée encore, prévalait celle du propriétaire. Lui, il régulait. Il jugeait et tranchait les litiges. Selon son bon vouloir.

Appliquant ou pas le droit de cuissage et autres dîmes des temps passés. Dans le quartier, tout le monde l'appelait avec mépris et dégoût le Marchand de sable. Tout le monde savait. Tout le monde déplorait. Mais tout le monde laissait faire.

« Une belle crevure, sans le moindre doute… »

Charles avait très vite compris l'intérêt qu'offrait cette exploitation de la misère et du désespoir humains. S'il lui fallait passer par là pour réussir, s'il devait lui aussi devenir un marchand de sable, il ne se gênerait pas. Son diplôme en poche, Charles Dutilleux s'était donc lancé dans l'aventure. Il avait repéré, rue de la Glacière, un bouge semblable à celui qu'il habitait. Le propriétaire, vieillissant et nostalgique de la terre de son enfance, voulait se débarrasser de ses deux caves. Le prix qu'il en demandait était ridiculement bas. Aussi, le jeune homme passa son seul costume et sa plus belle cravate et alla voir son conseiller clientèle. À l'époque, les banques prêtaient facilement des capitaux modestes. Il n'était pas inquiet.

Une semaine plus tard, les fonds étaient débloqués. Dans les dix jours qui suivirent, il devint le propriétaire légal de ces deux trous. Il passa lui-même un peu de chaux vive sur les murs et les mit en location. Malgré les prix prohibitifs qu'il exigeait, il n'eut aucun mal à trouver preneurs. Il n'était pas regardant sur les papiers. La pauvreté ne possédait pas de nation. Il acceptait tout le monde. En revanche, dès que les nouveaux venus ne pouvaient plus régler leur nuit, il les expulsait sans ménagement. D'autres attendaient leur tour. La France était à reconstruire. L'industrie tournait à plein. Chaque jour, des immigrants arrivaient à Paris et dans la France entière, par milliers. Pourquoi se gêner ? Si ça n'était pas lui qui en croquait, ce serait un autre.

« Il a été marchand de sommeil ? grimaça Mérope.

— Et pas qu'un peu, ma fille… »

Sou après sou, sans jamais rien dépenser qui ne fût vital, s'interdisant tout plaisir, Charles Dutilleux économisa l'argent des loyers. Un an plus tard, il acquit les deux autres caves de l'immeuble. Encore deux ans et il acheta un lot de trois pièces aveugles, sises rue de Croulebarbe. Son premier studio, éclairé par un vasistas, il le signa au bout de sa cinquième année à Paris. Sa revente, deux ans plus tard, lui permit de s'offrir un trois-pièces, rue des Tanneries, qui n'obéissait à aucune des règles de sécurité en vigueur dans le secteur immobilier. Au bout de dix ans, le bâtard adopté paraphait enfin l'acte d'achat de son premier immeuble, boulevard Arago. L'encre du contrat était à peine sèche que la mairie décida de requalifier l'ensemble du quartier. Pour Dutilleux, ce fut Byzance. Sans autorisation, il morcela ses appartements en studios. Dans cette vente à la découpe, il fit la culbute.

L'appétit du jeune homme devint insatiable. S'acoquinant avec des chefs de service employés par la mairie du quartier, fréquentant tous les vins d'honneur et apéritifs offerts par les élus de son arrondissement, il se bâtit un carnet d'adresses solide. Chaque fois qu'un immeuble était en vente, il en était le premier averti.

Aussitôt, il le visitait, le jaugeait en commercial avisé. Si l'affaire lui semblait prometteuse, il l'achetait. À moindres frais, il le maquillait d'une couche de peinture, le divisait en plusieurs lots et, une fois sa mise remboursée, il le revendait, accroissant à chaque opération ses bénéfices dans des proportions qu'il n'aurait jamais imaginées.

« Voilà comment ton mari a fait fortune, ma fille. Dans l'immobilier, certes. Dit comme ça, c'est flatteur. Mais la réalité est un peu différente. Et si tu peux péter dans la soie, n'oublie jamais d'où elle vient.

— Comment savez-vous tout ça ? C'est grâce au Colibri ?

— Charles ? Au Colibri ? Tu n'y penses pas ! Il n'aime pas assez le sexe pour ça. Ou il aime trop l'argent pour le dépenser en galipettes. Ça lui couperait tout le plaisir. Puis, il était trop jeune pour avoir connu le Colibri. Mon cloaque, je l'ai fermé dans les années 1960, quand les féministes ont commencé à montrer les dents.

— Alors ? Qui est-ce qui vous a raconté tout ça ?

— Personne. Je le sais, c'est tout. Et j'ai mes raisons pour que tout ça, ça remonte à la surface. »

Avec une grimace, la vieille se coula un peu plus sous l'édredon. Avant de fermer les yeux, elle ajouta : « Maintenant, il faut que je dorme. L'asthme, ça fatigue. Mais il ne faut pas que Charles touche à Jonas. Ce serait terrible, s'il faisait ça. Il ne faut pas. Demain, je ferai arrêter le bateau du diable qui détruit Isla Negra. Et j'aurai besoin de toi, ma fille… »

16

Cette année-là, le 1er avril tomba un dimanche. Selon l'expression de Jonas, il faisait sur la Province un temps de cadavre ou de déterré, c'était selon. Toute la nuit, le ciel s'était chargé d'épais nuages d'étoupe, lourds de pluie, imbriqués les uns dans les autres au point de ne plus pouvoir bouger, malgré un vent qui caracolait du nord. Cette fois, les quatre hommes dormirent sur place, dans le séjour, veillés par le regard impénétrable de Frida Kahlo. Quarante jours et trente-neuf nuits s'étaient écoulés, à la vitesse de la lumière. Ils n'avaient pas lésiné sur leurs efforts. Leur travail avait porté ses fruits. Dans la cave, le *Phœnix* était revenu à la vie. Est-ce qu'il flotterait ? Tout portait à croire que oui. Le crâne bouillant à force de compulser des ouvrages dédiés à l'architecture navale, Georges avait vérifié à de multiples reprises chacun des calculs savants et complexes qu'ils avaient été obligés de faire. Selon toute probabilité, le *Phœnix* pourrait flotter. Mais remonter au vent ? Et tirer des bords ? Tiendrait-il le grand largue ? Ne gîterait-il pas trop ? Comment se comporterait-il en cas de pétole[1] ? Glisserait-il en gardant le bon cap ? Resterait-il cloué à la surface de la mer, comme un scarabée épinglé dans le cadre d'un naturaliste ? Pourrait-il mettre à la cape, en cas de gros temps, sans risquer de chavirer ?

Chaque fois qu'une question montait dans la cave, sur un ton amical mais toujours empreint d'inquiétude, le Gitan répondait de façon invariable par un seul mot, arabe : «*Mektoub*[2]» – ce qui, en l'occurrence, ne signifiait rien de précis mais suffisait à calmer les craintes du Vieux et d'Honoré. Quant à l'Africain, il ne posait jamais de question. Il se contentait d'obéir aux ordres sans se plaindre de son sort. Lorsque les pièces les plus lourdes du *Phœnix* avaient fini par trouver leur place, Jonas l'avait réquisitionné pour une autre mission. Isla Negra glissait de plus en plus vite de son piédestal à chaque jour qui s'écoulait. La cave, dans son coffre de béton, tenait bon. En revanche, à cause des détonations, le premier étage se fissurait toujours un peu plus et geignait à fendre l'âme. Selon les caprices de la dune, torturée par les assauts de la drague marine, le manoir se tordait sur lui-même. Depuis longtemps, les crépitements des plâtres avaient cessé. Désormais, c'était la structure tout entière qui se lamentait, pleurait, sanglotait ou hurlait de douleur, en fonction des supplices que la falaise mouvante lui infligeait. Un

1. Absence totale de vent.
2. «Destin» ou «fatalité».

casque intégral d'un autre âge enfoncé sur le crâne, Jonas, suivi de près par l'Africain, était allé se rendre compte par lui-même de l'étendue des dégâts. Au second étage, la porte du bureau, qui ne s'ouvrait et ne se fermait jusqu'alors qu'au prix de patients efforts et de coups d'épaule répétés, s'était dégondée. Pliée par la pression, elle avait été éjectée de son encadrement et s'était fendue en deux, dans le sens de la hauteur.

« Commence par nous débarrasser de ça, avait grogné le propriétaire des lieux. Descends-la dans le jardin. Ça nous fera toujours du bois pour le barbecue. »

Lorsque l'Africain était remonté, ruisselant de sueur, le Vieux avait réussi à ouvrir le volet bleu et jetait par la fenêtre toutes les choses qu'il avait précédemment conservées afin d'alléger le manoir qui menaçait de s'effondrer sur lui-même. Sous les yeux interloqués du géant, il envoya voler des rangées entières de livres, transforma des trente-trois tours en disques de ball-trap, fit naître des scintillements dans les azulejos, qui connurent ainsi leur dernier voyage. Comme cela semblait lui faire du bien, l'Africain laissa Jonas s'amputer de sa vie passée. Il intervint seulement quand le Vieux s'apprêtait à faire valser la Vierge Marie en bois bleu et blanc et la figurine du *Striding Man* signé Johnnie Walker. Sans un mot, il les retira des mains de leur propriétaire et les serra contre sa poitrine. Puis il alla s'asseoir sur la grosse malle de soldat datant de la guerre de 1914 et attendit.

Avec un haussement d'épaules, Jonas l'apostropha :

« Eh bien ? Qu'est-ce que tu fais, assis là comme une bûche ? Il faut qu'on se débarrasse de tout ce qu'il y a à l'étage. Après, on fera pareil avec la cuisine et le salon. Tu es déjà fatigué ?

— Non, monsieur Jonas. Je me pose des questions, c'est tout.

— Des questions ? La belle affaire ! Je m'en pose tous les jours, moi aussi. Mais dis-moi un peu, pour voir, ce qui te tracasse…

— Vous voulez vraiment savoir ?

— Puisque je te le demande, bourrique ! »

Le regard par-dessous, le géant prit le temps de bien aligner dans le bon ordre tous les mots qui tournaient dans sa tête. Lorsqu'il jugea que ses phrases étaient prêtes, il finit par chuchoter : « Pour commencer, je vois que votre maison n'en a plus pour longtemps. Et je me rends compte que je ne sais même pas pourquoi elle s'appelle Isla Negra. »

Tout en remplissant son Zippo avec une fiole d'essence qu'il venait de retrouver dans un tiroir, le Vieux sourit : « Tu es le premier à me demander ça. Tu n'es pas banal comme Nègre, toi. C'est le moins qu'on puisse dire. Ça t'intéresse vraiment ?

— Oui, monsieur Jonas.

— Alors, je vais éclairer ta lanterne. Ça n'est pas bien compliqué, d'ailleurs. Figure-toi que, dans une vie un peu lointaine, j'ai été amoureux. »

Aussitôt, les yeux de l'Africain s'écarquillèrent un peu plus. Dans sa poitrine de fort des Halles battait un cœur de midinette. Berçant toujours dans ses bras ses deux statues, il demanda : « De qui, monsieur Jonas ?

— Pas de qui, mais de quoi. Nuance. Et nuance d'importance, comme tu vas le voir. À cette époque, j'étais jeune. Plus jeune que toi. Et j'ai eu un coup d'amour pour une fille. Un vrai. Un de ceux qui te secouent tout entier et qui t'abandonnent, finalement, idiot. Elle s'appelait Marina. Elle ne jurait que par la poésie. Et elle n'avait qu'un seul nom à la bouche : Neruda. Quand elle avait dit ça, elle avait tout dit. Neruda. Et Marina, comme par un fait exprès, c'était le prénom de la fille de Neruda. Ça, je ne l'ai su qu'après. Mais, avant toute chose, je vais un peu t'expliquer qui était ce Neru...

— Le poète ? Le Chilien qui a été assassiné par Pinochet ? »

Cette fois, Jonas se figea, la bouche entrouverte par la surprise. De son côté, l'Africain fronça les sourcils et maugréa : « Monsieur Jonas, si je ne parle pas souvent, ce n'est pas parce que je ne sais rien. Ni parce que ma couleur de peau me rend plus bête que les autres. Ni parce que je n'ai rien à dire. C'est juste que j'ai compris une chose, il y a longtemps. Dans le monde des Blancs, le Nègre qui ne parle pas évite les ennuis un peu mieux que celui qui parle... Alors ? Isla Negra ? »

Désarçonné, le Vieux ne trouva rien à redire, se contentant de tirer de courtes bouffées sur sa cigarette. Les yeux toujours rivés sur son briquet, il grimaça et finit par répondre à la question : « Isla Negra, c'était le nom de la maison de Neruda, monsieur Je-sais-tout. C'est là qu'il est enterré, avec sa dernière femme. Je le sais à cause de cette fille, cette Marina de tous les malheurs. C'était une passionnée du Chilien de Parral, que veux-tu ? J'ai lu tout Neruda. De *Crepusculario* à *Valparaíso*. J'ai tout lu, je te dis. Ou presque. Mais ça n'a pas suffi pour qu'elle m'aime. Elle m'a bien aimé, mais elle ne m'a pas aimé tout court, si tu vois ce que je veux dire. »

Il fit danser avec lenteur sous son nez le Zippo qui débordait d'essence. Puis, les narines tout excitées par les vapeurs, il ajouta, avec une note de nostalgie qu'il ne parvenait pas à masquer : « Alors, je me suis retrouvé seul. Tout seul, avec Neruda. Ses poèmes étaient beaux. Simples et beaux. Ils avaient le goût ou le parfum de l'évidence. Elle, j'ai fini par l'oublier. Je pensais que non, que ce ne serait pas possible, mais c'est pourtant bien ce qu'il s'est passé. Il faut dire que, à l'époque, je ne savais pas.

— Vous ne saviez pas quoi ?

— Que l'amour, pour vivre, il a besoin d'être nourri. Pas par un seul, mais bien par les deux. Sinon, il se recroqueville et il finit par mourir. Bref. C'est à cause de cet amour crevé, de ma solitude et de tous ces poèmes que j'avais lus que je me suis mis en tête d'écrire.

— Vous avez été écrivain ?

— Tout doux, l'ami ! J'ai surtout compris que je n'étais pas et que je ne serais jamais un écrivain.

— Pourquoi ? »

Le Vieux alluma son briquet et observa la mèche. Enfin, il lâcha sa réponse, un peu comme on fait basculer du tranchant de la main quelques miettes de pain, depuis le plateau de la table sur le sol : « Parce que je n'avais pas la source, mon garçon. Pour écrire, il faut avoir la source. Il faut écrire avec son ventre, pas avec sa tête. Et mon ventre à moi, il était sec comme une pierre des montagnes. Une pierre qui avait trempé dans les torrents de Neruda, bien sûr. Mais si la surface de la pierre était mouillée, le cœur en était sec. Et il l'est resté, malgré tous mes efforts. »

L'Africain serra un peu plus contre sa large poitrine la frêle statue de la Vierge Marie.

Puis, il se désola :

« Vous n'avez jamais rien écrit alors, monsieur Jonas ?

— Détrompe-toi, canaille. En tout, j'ai bien dû écrire deux ou trois cents poèmes. Tous plus mauvais les uns que les autres. Mais j'avais une excuse. J'avais été amoureux, j'avais aimé comme un fou et je me prenais pour Pablo Neruda. Si, à quinze ans, on ne rêve pas d'être un poète chilien assassiné ou l'héritier de Rimbaud, ça ne rime à rien d'avoir quinze ans, crois-moi. C'est un début de vie qui ne vaut pas plus qu'un pet de lapin.

— Qu'est-ce que vous avez fait de vos poésies ? Vous les avez rangées où ?

— À leur place. Sous tes fesses. »

Comme piqué par une guêpe, le géant se redressa d'un bond. Puis, tout en désignant la cantine avec la statuette de Johnnie Walker, il s'inquiéta : « Vous allez aussi jeter ça, avec tout le reste ?

— Quoi : ça ?

— Ça. Votre œuvre.

— Laisse donc les grands mots à ceux qui ont une grande gueule et qui ne savent rien faire d'autre que l'ouvrir. Et descends-moi plutôt ce bazar dans le jardin. Ce soir, on va enfin savoir si les vocations ratées sont inflammables… »

*

« Chancel ? Vous avez tout vérifié ? Le dispositif est en place ?

— Oui, monsieur Dutilleux. La police et la gendarmerie sont prêtes à intervenir et à faire usage de la force, si nécessaire. L'intervention est prévue à quinze heures précises et…

— Je le sais. Ça fait assez longtemps que j'attends ce moment. Et j'espère que vos hommes ne molliront pas. S'ils doivent tirer, qu'ils tirent. Le préfet est un ami.

— Ce ne sont pas mes hommes, monsieur. Et je ne pense pas qu'il sera nécessaire pour eux de…

— Vous n'êtes pas là pour penser, mais pour agir.

— Bien, monsieur Dutilleux.

— Il y aura donc des hommes en armes, des bulldozers et des pelleteuses sur terre. La *Danaïs* au large. Et, entre les deux, sur sa falaise en ruine, ce fêlé de Jonas. Lui et deux ou trois traîne-savates, si mes sources sont bonnes. Tout est bien, Chancel. Tout est pour le mieux…

— Oui, monsieur Dutilleux… »

Sur la terrasse de son bunker, l'homme d'affaires jubilait. Encore deux heures. Dans cent vingt minutes exactement, il exaucerait son rêve. Il récupérerait le terrain où trônait Isla Negra. À force de gratter, de concasser, d'aspirer, la drague marine avait créé une dépression sous les fondations du manoir. Dénudée, la bâtisse évoquait une araignée d'eau qui, arc-boutée sur ses pattes, ne faisait que frôler la surface du sable.

Dans les cartons de l'entrepreneur, tout était prêt. Plans, autorisations, certifications, permis, appels d'offres. À quinze heures, le manoir ne serait plus qu'un tas de ruines. Dans la foulée, son vaste programme immobilier pourrait débuter. La presse serait là pour rendre compte de la destruction totale d'Isla Negra et, surtout, pour annoncer à tous qu'un nouveau quartier allait sortir de terre. Un bout de France, volé à l'immensité salée, allait émerger.

Une paire de jumelles plaquée sur les yeux, Charles Dutilleux se sentait pousser des ailes. Toutefois, cela ne l'empêcha pas de pester, une nouvelle fois : « Il n'y a que le temps qui ne soit pas de la partie. On ne voit pas grand-chose. Que des nuages. Ce ne sera pas bon pour les photos. Pas plus que pour les caméras. Satané temps de chien. Quoique… Le vent semble un peu forcir. Qu'en dites-vous, Chancel ?

— Je ne sais pas, monsieur Dutilleux.

— Vous êtes un enfant du pays, non ?

— Tout comme vous, monsieur. »

Avec une mimique méprisante, l'entrepreneur s'approcha de la rambarde. Fidèle à ses habitudes, il pencha le haut de son corps dans le vide. Aussitôt, le directeur général des services techniques ne put s'empêcher d'accourir auprès de son mentor pour le retenir. Sous les deux hommes, un à-pic vertigineux de plus de cinquante mètres s'ouvrait.

« Faites attention, monsieur ! Pour l'amour de Dieu ! »

Dutilleux se retourna, les poings faits et l'œil noir.

« Lâchez-moi ! Lâchez-moi tout de suite !

— Mais monsieur, vous pourriez...

— Je vous ai dit de me lâcher ! Je ne suis pas suicidaire que je sache ! Ni sénile !

— Mais je...

— Si vous souffrez de vertige, c'est votre problème. Pas le mien !

— Je suis désolé, monsieur. J'ai cru que... »

Pendant que Charles Dutilleux rajustait sa veste de costume, Pascal Chancel risqua un œil par-dessus la rambarde. La falaise calcaire plongeait en abîme sur un petit îlot d'habitations. Son flanc, hérissé de rochers acérés, émettait de brefs sifflements à chaque rafale de vent. L'élu, flageolant, effectua deux pas prudents en arrière et déglutit avec difficulté.

Devant lui, le promoteur reprit d'une voix doucereuse : « C'est oublié, allez. Venez boire le verre de l'amitié avec moi. C'est un grand jour aujourd'hui, n'est-ce pas ? »

Immédiatement, l'élu retrouva son allant et acquiesça : « Oui, monsieur. Et votre épouse ? Nous fera-t-elle le plaisir de se joindre à nous ?

— Certainement pas. C'est une affaire d'hommes. Ma femme n'a rien à voir là-dedans. Et ça l'ennuierait au-delà du raisonnable, elle ne comprend rien à ces affaires. »

Tout en emplissant deux verres à gros culot d'une bonne dose de whisky, il reconnut : « Depuis l'arrivée de la *Danaïs*, je l'ai un peu délaissée. Mais que voulez-vous ? Le travail avant tout. J'arrangerai ça avec des cadeaux. C'est une enfant. Elle se satisfait de peu.

— Une bien délicieuse enfant, si je peux me permettre.

— Vous pouvez, Chancel. Vous pouvez l'admirer à votre guise. J'y ai mis le prix. Mais l'on n'a rien sans rien. Et j'aime quand ça se voit. Aussi, comme disent nos amis italiens : *Guardare ma non toccare*[1]. Nous nous sommes bien compris ? »

Comme Dutilleux, tout sourire, déposait des cubes de glace dans le liquide ambré, à l'aide d'une pince en acier nickelé, l'élu demanda : « Et votre employé, dites-moi ? Pas de nouvelles ?

— Qui ça ? Le Nègre ?

— Oui, monsieur, l'Africain ?

— Nègre, Africain, Bamboula : ça ne lui changera pas la couleur de sa peau, à ce pauvre garçon. Mais la réponse est non. Plus de son, plus d'image. Il a dis-

1. On regarde, mais on ne touche pas.

paru des radars. Ça doit bien faire un peu plus d'un mois. Et avec tout ce que j'ai eu à faire, ces derniers temps, vous vous doutez bien que je ne me suis pas occupé de cette histoire.

— Le petit Whales, Dylan Whales, de chez Whale & Whales, m'a dit qu'il avait élu domicile à Isla Negra.

— Grand bien lui fasse ! Un bamboula chez un vieux fou, le tableau est complet.

— Il n'a même pas réclamé son salaire avant de partir ? »

Un instant, Dutilleux demeura pensif. Cela faisait trois ans maintenant que cet Africain était sous ses ordres. Il l'avait rencontré un soir d'hiver, alors qu'il s'apprêtait à franchir le portail d'entrée de son bunker au volant de son coupé Mercedes. Le colosse était là, assis par terre, un simple tee-shirt sur le dos. Le promoteur avait immédiatement su à qui il avait affaire, il pouvait renifler à des kilomètres ces femmes et ces hommes déracinés, dépenaillés, qui avaient quitté leurs terres en espérant une existence meilleure loin de chez eux, au petit bonheur la chance. Ils avaient tous les mêmes yeux battus, le même regard vide, la même peur d'être refoulés aux frontières. Ces pauvres bougres sans feu ni lieu étaient prêts à tout et ils avaient toujours quelques sous bien cachés dans leurs nippes malodorantes. Ce soir-là, en veine d'humanité, Dutilleux avait donc quitté son bolide et entamé la conversation avec cet esseulé. Très vite, il lui avait mis en main un marché que le colosse ne pouvait pas refuser. S'il acceptait de travailler pour lui, il dormirait le soir même, au chaud, dans la petite pièce attenante au garage où il entreposait ses voitures de collection. Dès le lendemain, il serait son homme à tout faire et devrait s'occuper du jardin et des menus travaux manuels. Un mois à l'essai. Si le maître des lieux était satisfait, il lui glisserait un billet ou deux. En sous-main. Le géant avait accepté. Le mois était passé. L'on n'avait plus parlé de salaire. Le temporaire était devenu la règle.

Comme au sortir d'un rêve, Dutilleux se força à sourire et tendit son verre à Chancel. Au moment de trinquer, il lui demanda : « Et vous, en mairie ? Vous n'avez jamais rien su sur lui ? D'où il venait, s'il avait de la famille, ce genre de choses ?

— C'est le mystère le plus absolu. Mais monsieur Duchemin, le doyen de la faculté, m'a dit qu'il venait sans doute de la côte ouest de l'Afrique, d'Angola. Ou, plus probablement, du Cameroun ou du Gabon, car il parle notre langue. Mal, d'après ce que l'on m'a rapporté, car, pour ma part, je n'ai jamais croisé cet individu.

— Cameroun ou Gabon ? Il a deviné ça comme ça ?

— Il a dit que ça pouvait être l'un de ces deux pays à cause des petites scarifications qu'il porte sur ses pommettes et sur ses joues. Mais, de vous à moi, je pense que monsieur Duchemin n'a émis cette hypothèse que pour dire quelque chose. Les gens de la faculté ne savent pas se taire, même lorsqu'ils n'ont aucune réponse à apporter. »

Dans la lumière sale de la mi-journée, les deux verres de cristal tintèrent l'un contre l'autre dans un bel ensemble. Avant d'avaler la première gorgée, Charles Dutilleux poussa un profond soupir et concéda : « Ça n'est pas que ça m'ennuie d'avoir perdu cette grande bête. Mais vous savez ce que c'est, on s'attache. Je lui ai tendu la main comme tout bon chrétien l'aurait fait. Je n'ai rien à me reprocher.

— Parfaitement, monsieur.

— Finalement, qu'il ne soit plus là me soulage. Peut-être que c'était un migrant, un clandestin ou un repris de justice. Allez savoir. En plus, je trouve que, ces derniers temps, il regardait ma femme avec un peu trop d'insistance. C'en devenait gênant.

— Vous pensez qu'il avait des idées derrière la tête ?

— Derrière la tête, je ne sais pas. Mais dans le caleçon…

— Oh ! Comme vous y allez, monsieur !

— Vous savez comment sont ces gens-là. Vous leur donnez ça et ils vous avalent le bras entier. Croyez-moi, Chancel. C'est une bonne chose qu'il ait débarrassé le plancher. Il est parti sans dire au revoir, mais il ne faut jamais attendre d'un homme ce qu'il est incapable de vous donner. »

À ce moment-là, Charles Dutilleux entendit dans son dos le bruit des talons de Mérope claquant sur le marbre noir de la salle à manger. Il glissa à Chancel : « Surtout, pas un mot à mon épouse sur Bamboula. Ma femme est une petite nature. Et je crois qu'elle avait fini par apprécier l'animal. Vous savez comment sont les femmes, n'est-ce pas ? »

D'un regard entendu, l'élu assura le promoteur de son entière discrétion. Tous deux se tournèrent alors vers la baie vitrée qui s'ouvrait sur l'intérieur. Aussitôt, le visage de Charles Dutilleux blêmit. Face à lui se tenait Mérope, pieds écartés et mains sur les hanches. À son côté, plus voûtée encore qu'à l'ordinaire, entortillée dans une improbable tunique d'inspiration persane, appuyée sur sa canne, Gaïa le dévisageait, avec gravité.

Avant qu'il ne puisse prononcer le moindre mot, celle-ci grommela : « J'ai à te parler, Charles. Comme tu ne veux pas m'écouter, je suis venu chez toi.

— Mémé, qu'est-ce que tu fais avec cette...

— La petite n'y est pour rien, coupa la nouvelle venue, avec autorité.

— Madame ! Je vous prie de...

— Tais-toi ! C'est moi qui dois te parler. Pas l'inverse. Et je ne partirai pas d'ici avant de t'avoir dit ce que j'ai à te dire. Ensuite, tu pourras bien faire ce que tu voudras... »

17

En ce 1er avril, pas la moindre goutte d'eau ne tomba sur la Province. Les nuages, plus gonflés et douloureux que jamais, forcirent, mais ils gardèrent pour eux leur pluie, patiemment puisée à la surface des mers et des océans. Au-dessus d'Isla Negra, une lumière sépia plaquait un filtre sur le paysage. C'était comme si les stratus et les cumulonimbus, figés dans leur course, avaient décidé d'attendre, aux premières loges, que se dénoue l'histoire. En quarante jours, la dune s'était affaissée et avait perdu une bonne partie de sa masse. Le manoir, lui, avait glissé tout au long de la pente, concédant chaque jour quelques mètres d'altitude. Dans son sillage crevassé disparaissaient déjà les souvenirs que Jonas avait jetés par les fenêtres. Ils flottaient sur le sable, dérisoires et inutiles.

Isla Negra avait vécu. Depuis dix jours, et pour des raisons de sécurité, les quatre hommes avaient balancé par-dessus bord tout ce qui menaçait de fragiliser davantage les fondations de la maison, et donc d'écraser la cave. À coups de masse, ils avaient fait sauter les tuiles et les solives, les poutres et les pièces de charpente, les cloisons et les portes. Plus l'édifice s'allégeait, plus il descendait, aérien, sur l'échine de la dune. Quant à eux, ils s'étaient réfugiés, chaque nuit, dans le château misérable et sans roues de l'Argentin de Carcassonne. Là, pressés comme des sardines, réchauffés par un brasero, ils avaient passé leurs nuits à boire, à fumer, à faire de la musique, à convoquer des souvenirs graves ou badins, selon l'humeur et les dessins que formaient les étoiles au-dessus de leurs têtes.

En surplomb d'Isla Negra, la maréchaussée venait de s'installer. Quelques gyrophares allumés et muets transperçaient l'atmosphère bistre d'éclairs bleu électrique. En rang d'oignons, trois bulldozers et deux pelleteuses, moteurs éteints, attendaient les ordres afin de passer à l'action. Il était quatorze heures trente. La mise à mort ne tarderait plus.

Assis dans son fauteuil pliant, un sourire satisfait sur les lèvres, Jonas semblait se délecter de la tournure que les événements avaient prise. Près de lui, sur le sable, adossé à la cantine rescapée de la guerre de 1914, Georges fumait en silence. Au cours de son existence, le Gitan avait traversé des tempêtes et croupi sur des mers d'huile. Plus rien, ou presque, ne parvenait à le surprendre. Cependant, de voir Isla Negra réduite à un simple coffre de béton perché sur les poteaux de ses fondations l'emplissait d'une nostalgie qu'il avait du mal à s'expliquer. Quinze jours plus tôt, il avait joué une ultime fois de la perceuse, du tournevis et du marteau. Avec l'aide de l'Africain et d'Honoré, il avait fini d'arrimer le *Phœnix* dans la cave, le suspendant aux plafonds et aux murs, avec mille précautions. Protégé par les deux dalles et les quatre murs maîtres, flottant dans l'espace, l'embarcation ne risquait rien. La cave pouvait même rouler jusque sur la grève, le cotre à hunier serait sauf.

De sa voix grave mâtinée de corbières, de tabac blond, de mélancolie et de soleil du Sud-Ouest, Georges lâcha : « Dis-moi, *compadre* ? Ils en ont encore pour longtemps ?

— Qui ça ? Les flics ou nos deux bras cassés ?

— La police ne bougera pas tant que Dutilleux ne sera pas là.

— Alors, si tu parles de l'Africain et de l'huissier repenti, pas d'inquiétude. Avec la peine qu'ils se donnent, Isla Negra ne devrait plus tarder à accoucher. »

Du caisson de pierre et de béton que constituait la cave montait en effet le bruit sourd et cadencé que produisait la masse d'acier s'abattant sur le mur qui embrassait la mer. Sans doute torse nu, en nage, le colosse s'échinait. Avec méthode, dans les nuages âcres du granit écrasé, il faisait sauter les pierres, une à une. Près de lui, armé d'une barre à mine, Honoré Whale s'attaquait au mortier mélangé de béton qui jointait les pavés. Sans précipitation inutile, il lui préparait le terrain. S'ils voulaient libérer le *Phœnix*, il leur faudrait crever le ventre du manoir. Pour cette césarienne d'un nouveau genre, la puissance du géant faisait merveille. À l'extérieur, des gravats s'amoncelaient sur le sable, expulsés par les efforts conjoints des deux hommes. À certains moments, le Vieux pouvait apercevoir les étincelles entre l'acier et la pierre. L'instant où il faudrait trancher les courroies et les liens patiemment noués par l'Argentin de Carcassonne ne tarderait pas. La mer était là, toute proche. Ils n'auraient plus qu'à pousser le cotre, à positionner le mât et à hisser les trois voiles.

Enfin, le voyage pourrait commencer.

Toujours immobile, Georges demanda : « Et ce bateau ? Il va servir à quoi ?

— À flotter, beau masque.

— Je m'en doute. Je l'espère, en tout cas. Mais il va nous emmener où ?

— Je te l'ai dit. C'est une surprise.

— Tu sais naviguer ?

— Non. Et toi non plus. Mais ce n'est pas grave puisque l'Africain et Honoré viendront flotter avec nous. L'huissier m'a dit qu'il savait barrer. On va bien voir.

— Mais pour aller où ? »

Un sourire en coin, Jonas considéra l'Argentin de Carcassonne avec tendresse.

« Tu le verras quand tu y seras, vieil emmerdeur. »

Puis, se frappant le front du bout de l'index, il crut bon d'ajouter : « N'oublie pas qu'il y en a, là-dedans. Il y en a. Et du meilleur. »

Avant même que le Gitan puisse répliquer, il fit dévier la discussion sur une autre voie : « Je ne l'aurais jamais cru, mais ça sert d'avoir un huissier dans ses relations. Pour Isla Negra, Honoré a bien réfléchi. Il a fait les choses dans les règles. Il m'a écrit les lettres qu'il fallait et j'ai récupéré les huit cent mille euros de la conciliation.

— Eh beh ! Et je peux savoir ce que tu en as fait ?

— Tu le sauras vite, ne t'inquiète pas. Ils ont été bien employés. Et je dirais même, sans me vanter, qu'on n'aurait pas pu mieux les employer que je l'ai fait.

— Alors je m'attends au pire.

— Tais-toi et va plutôt les aider un peu, feignasse. Moi, je vous surveille… »

*

Sur la terrasse du bunker, le whisky avait déposé sur la langue de Charles Dutilleux un goût saumâtre. Mérope et Chancel s'étaient éclipsés à l'intérieur. Indifférente aux rafales du vent d'orage, Gaïa avait pris ses aises dans un vaste fauteuil de rotin qui lui donnait de faux airs d'Emmanuelle. Recouvrant de bleu indigo les accoudoirs et le dossier, sa tunique persane dépassait, mais, son *ushanka*[1] de mouton noir bien calée sur le crâne, les mains jointes sur le pommeau de sa canne plantée entre ses pieds, la vieille ne bronchait pas, sévère, comme échappée d'un roman de Remy de Gourmont. Face à elle, debout, tête baissée et bras croisés sur la poitrine, Charles Dutilleux

1. Chapeau traditionnel russe, connu aussi sous le nom de « chapka ».

réfléchissait sur la meilleure attitude à adopter. Il était chez lui, tout de même ! L'idée que Mérope ait ouvert la porte à cette furie lui était insupportable. Si seulement ce grand corniaud d'Africain avait été là, il l'aurait jetée à la rue, mais le…

« Eh bien ? Qu'est-ce que tu fais ? Tu comptes tes pieds ou tu n'as pas le courage de me regarder dans les yeux ? »

Le promoteur caressa un instant la possibilité de faire appel à la police. Mais de quoi aurait-il eu l'air ? Et sous quel motif ? Parce qu'une centenaire aliénée avait franchi le pas de sa porte ?

« Puisque tu veux jouer au muet, à ta guise. Mais, moi, j'ai à te parler. »

Excédé, Dutilleux redressa enfin la tête et commença ses sempiternels allers-retours sous la boue du ciel.

« Puisque vous êtes venue ici pour ça, allez-y. Mais faites vite. J'ai des affaires autrement plus urgentes à régler.

— Tiens donc ?

— Parfaitement. À l'heure où je vous parle, Isla Negra est sur le point d'être détruite. Je sais que vous faites des pieds et des mains pour que cela ne se produise pas. Mais il est trop tard. Les officiels et la presse sont en route et il ne…

— Ils attendront.

— Pardon ?

— Tes pantins en cravate et tes journaleux attendront. Voilà ce que j'ai dit. »

Se figeant soudain, une mimique incrédule sur le visage, le promoteur tenta de s'insurger : « Mais vous semblez ignorer que, au-delà d'Isla Negra, il s'agit du lancement d'un ambitieux programme de…

— Je n'ignore rien de ce qui se passe dans cette ville ! »

En même temps que la voix avait cinglé, impérieuse, le bout ferré de la canne avait claqué sur le carrelage. Alors que Dutilleux reprenait sa marche, le même timbre inflexible reprit.

« Comme tu vas t'en rendre compte, je sais tout de cette ville. Et toi, malgré tes sous et tes grosses voitures, tu n'es qu'un ignorant.

— Je ne vous permets pas !

— Et dis-toi bien que tu n'es rien pour m'interdire ou me permettre quoi que ce soit ! Cette ville, j'en connais tous les recoins, tous les trous les plus crasseux et les secrets les plus minables. Tu veux en faire un nid à touristes ? Une station balnéaire, comme tu dis ? Sache que ton programme immobilier restera dans ses cartons. Et, si tu le construis quand même, ce sera sur du sable, et du sable pas bien propre, encore. »

Charles Dutilleux, à cet instant, s'assit dans une chaise disposée face au fauteuil de rotin. Après avoir croisé ses courtes jambes l'une sur l'autre, il tenta de se montrer plus conciliant : « Finissons-en. Je vous accorde cinq minutes, pas une de plus.

— Il y aura au moins trois minutes de trop, crois-moi.

— Et je vous demanderai de ne pas me tutoyer.

— Pourquoi ?

— Parce que nous ne nous connaissons pas.

— Moi, je te connais. Je te connais bien, même. Et il me semble tout à fait naturel que je te tutoie puisque je t'ai vu naître, non ? »

Après avoir laissé s'écouler quelques secondes de silence, elle crut bon de préciser : « Je t'ai vu naître, Charles. Tu es un fils du Colibri… »

Dans le crâne de Charles Dutilleux, cette ultime phrase provoqua une déflagration qui fut à deux doigts de lui faire perdre connaissance. Durant un temps qui lui parut infini, il demeura pétrifié sur sa chaise. Le mobilier, la terrasse, le bunker, le ciel en souffrance et jusqu'à la mer qui ourlait ses vagues aveuglantes d'écume, tout cela lui sembla irréel et lointain.

Après avoir allumé une cigarette, la vieille poursuivit, sur ce même ton détaché et empreint de sarcasme : « Je savais que ça te ferait un choc. Mais je devais te le dire avant de mourir. Tu es né le 3 mai 1949 et tu es bien un fils du Colibri. Ta mère se prénommait Amanda. Son nom, elle ne l'a jamais donné. Pas même à moi. Quand on fait le métier de putain, on ne s'embarrasse pas avec l'état civil.

— Amanda ?

— Parfaitement. Quant à ton père, ne me demande ni qui c'est ni où il est. C'était un client de passage. »

À son corps défendant, l'homme d'affaires sentit ses lèvres qui articulaient : « Un client ?

— Oui. Au Colibri, ta mère était très demandée. C'était une bonne gagneuse. Jamais d'embrouille, jamais malade. »

Prise d'un doute subit, elle l'interrogea : « Tu connais le Colibri, n'est-ce pas ? Tu en as entendu parler ?

— Non. Enfin, oui…

— Ta mère était une prostituée. Moi-même, j'étais une pute. Une péripatéticienne, un tapin, une poufiasse, une tapineuse de salon, une fille de joie. Appelle ça comme tu voudras, mais c'est bien ce que nous étions. Des putes. Et des fameuses, encore.

— Mais quel rapport avec… Ça ne me… Et pourquoi vous venez me dire ça ?

— Parce que c'est nécessaire. Parce que c'est ça qui te fera arrêter ton projet de détruire Isla Negra. »

Les yeux dans le vide, Dutilleux balbutia : « Mais pourquoi ? Quel rapport y a-t-il entre… Je ne comprends pas.

— Tu vas comprendre. C'est très simple. Si tu détruis Isla Negra, Jonas ne va pas se laisser faire. Il est têtu comme une vieille mule. Il préférera se faire tuer sur place plutôt que de déguerpir.

— Jonas ?

— Oui, Jonas.

— Mais… quel rapport ? »

Gaïa tira une profonde bouffée sur sa cigarette. Puis, elle se résolut à lâcher le morceau : « Le rapport n'est pas compliqué. En 1948, ta mère Amanda est tombée grosse. Ce sont les risques du métier. Elle était prête à te garder, remarque. Je peux le jurer sur tout ce que j'ai de plus sacré. Elle voulait te garder.

— Ne jurez pas, je vous prie.

— Comme tu voudras. Bref. Quand le terme est venu, le docteur est arrivé pour la faire accoucher. Elle souffrait comme une damnée. Moi, je me disais que c'était normal, que tu étais le premier. En un sens, j'avais raison. Tu étais bien le premier.

— Pardon ?

— Oui. Parce que, après toi, il en est venu un autre. Tu poussais à peine ton premier cri que l'autre, déjà, sortait. Mais il ne sortait pas du ventre de ta mère. La pauvre, elle en avait bien assez comme ça. L'autre, il ne venait pas de ses entrailles.

— L'autre ?

— L'autre enfant, oui. Toi. Elle t'a appelé Charles. Comme Trenet qui venait de lancer *La Mer*. Les filles en étaient folles.

— Et l'autre ? »

Profitant d'écraser sa cigarette dans le cendrier posé sur la table basse, Gaïa inclina la tête pour la première fois. Puis, tout en s'acharnant à éteindre les derniers feux de la braise, elle lâcha dans un soupir : « L'autre, c'est Jonas. Et c'est moi qui ai choisi de le baptiser comme ça. Parce qu'il ne sortait pas du ventre d'Amanda, celui-là. Il sortait du mien.

— Jonas ?

— Oui. J'ai accouché en même temps que ta mère. Il n'y a pas de lien de sang entre vous deux, bien sûr. Mais Jonas, tu peux le considérer comme ton frère.

Ton frère jumeau. Et c'est pour ça qu'il ne faut pas détruire Isla Negra. C'est pour ça qu'il ne faut pas non plus faire de mal à ton frère. »

*

À partir de cet instant précis, le temps accéléra sa course sur l'ensemble de la Province. Alors que trois heures n'allaient plus tarder à sonner au clocher de l'église, Jonas se leva de son fauteuil pliant. Là-haut, sur la crête, les bulldozers et les pelleteuses avaient mis leurs moteurs à ronfler. Les gyrophares semblaient plus nombreux à lacérer le ciel. Quant à Isla Negra, dans un formidable et dernier coup de massue, elle avait cédé et s'était ouverte en deux, sans pudeur, à la façon d'un fruit trop mûr. L'Africain et Honoré, couverts de poussière de la tête aux pieds, avaient rempli leur mission sans mollir. Désormais, la paroi qui donnait sur le grand large, ce mur qui interdisait jusqu'alors au bateau de rêver, ce rempart que l'on aurait pu penser infranchissable avait été complètement pulvérisé par les coups de fonte rageurs de l'Hercule.

À pas lents, le Vieux alla rejoindre les trois hommes. Puis, s'adressant au Gitan, il grommela : « C'est l'heure, *compadre*.

— On le sort maintenant ?

— Pourquoi ? Tu veux attendre la police ? Tu crois qu'ils vont nous donner la main ?

— Non, mais je…

— Qu'il soit bon ou mauvais, quand le vin est tiré, il faut le boire. Il est plus que temps de foutre le camp de ce pays, crois-moi. »

Joignant le geste à la parole, il tira de l'étui de cuir qu'il portait à la hanche une machette. Dans la clarté métallique, celle-ci accrocha sur son fil quelques éclats de lumière. Jonas, sans un mot superflu, pénétra alors dans la plaie ouverte et, d'un coup sec, il trancha la première courroie, la première amarre.

Un quart d'heure plus tard, les quatre hommes ne boudaient pas leur bonheur. Là-haut, près du sentier, les forces de l'ordre s'étaient montrées compréhensives. Préférant éviter l'affrontement, elles avaient laissé les quatre contrevenants tirer l'embarcation jusque dans les premières vagues. Non seulement le *Phœnix* flottait, mais il offrait de plus une fière allure. Les paquets de mer venaient battre contre ses flancs sans occasionner la moindre voie d'eau, ses voiles se gonflaient et, à chaque seconde, il traçait un peu plus sa route vers le grand large. À la barre, en tee-shirt sale et dans un jeans plus crasseux encore, Honoré Whale maintenait le cap, plus fier que s'il avait été le fils d'un roi ou d'un empereur. Au pied du mât, les mains pleines de drisses qui commandaient à la grand-voile, au perroquet et au hunier, l'Africain affichait un sourire paisible. Les embruns avaient creusé dans la poussière qui maculait son visage des rigoles profondes qui remplaçaient ses scarifications. Il ignorait tout de l'art d'étarquer ou d'affaler les voiles, mais, à cet instant précis, cela n'avait pas la moindre espèce d'importance. Il naviguait. Il obéissait aux ordres lancés par Honoré. Le reste ne comptait pas.

Sans le regarder, l'huissier défroqué l'interpella : « Eh bien, jeune homme ? Ça te fait quoi de voguer sur un bateau que tu as construit de tes propres mains ? C'est grisant, n'est-ce pas ? »

Comme le colosse se contentait d'estimer entre ses battoirs la bonne tension des bouts, l'autre reprit, sur le même air enthousiaste : « Je ne sais pas où nous allons, mais nous y allons bien ! Si nous continuons à cette allure, nous serons bientôt en vue des côtes de l'Afrique ! »

Le géant ne réagit pas. L'Afrique ? Qu'est-ce que c'était que l'Afrique ? Il ne l'avait jamais vue, jamais approchée. Il était né vingt-deux ans plus tôt, dans les faubourgs ouvriers de Paris, dans le 93. D'un père sénégalais qui turbinait à l'usine et d'une mère gabonaise qui faisait des ménages. Quant à lui, il n'avait sur son compte aucune histoire à raconter. Les autres s'en étaient chargés. En ville et dans toute la Province, l'on avait fait de lui un réfugié tombé d'un bateau. Un déraciné climatique ou politique, peu importait. Lui, il n'avait jamais démenti. Pas par goût du mystère ni de la fanfaronnade, non. S'il n'avait rien dit, c'était simplement parce qu'il ne voyait pas l'intérêt de détromper cette population si prompte à s'enflammer à bon compte sur le dos des autres. Ils le voulaient migrant et miséreux ? Il le serait. Il l'avait été. Et il le serait encore, si cela s'avérait nécessaire.

Dans son dos, la voix bienveillante d'Honoré claqua une nouvelle fois : « L'Afrique, mon ami ! L'Afrique ! »

Lorsqu'il avait échoué en ville, trois ans plus tôt, le géant taciturne avait décidé de faire table rase de son passé. Il avait brûlé sa carte d'identité. Puis le bout de ses dix doigts, un à un. Plus d'empreinte digitale, plus d'histoire. Il avait choisi d'émigrer des barres du 93 afin de voir si, loin de la zone et du béton, l'humanité était plus accueillante. Il avait désormais sa réponse. Et c'était tout.

Assis à tribord, près du Vieux, le Gitan flatta une nouvelle fois le bastingage du plat de sa main calleuse. Il pouvait être fier de lui. Le *Phœnix* ne gîtait pas et embrassait les vagues bien plus qu'il ne les fendait. Il avait bien travaillé. Comme l'avait dit Jonas, il était temps de foutre le camp. Tout allait donc pour le mieux et, pourtant, à la façon d'un caillou dans la chaussure, un détail le gênait qui l'empêchait d'apprécier pleinement son bonheur. Durant de longues minutes, il réfléchit au meilleur moyen de se débarrasser de ce gravier. Son *compadre* comprendrait, c'était couru. Il ne lui en tiendrait pas rigueur. Mais comment lui dire ? Comment trouver les bons mots, ceux qui ne trahissaient pas la pensée ? Comment lui avouer qu'il n'avait jamais mis les pieds en Argentine, au Brésil, ni même à Carcassonne ? Que son grand-père n'était pas le Duque ? Qu'il n'avait appris à jouer du bandonéon que parce qu'un après-midi, dans le foyer où il avait été admis, le cours de guitare était complet ? Ce jour-là, il ne restait plus qu'un ancêtre, un monsieur vêtu avec une élégance surannée et qui, lui, peut-être, avait vu Buenos Aires de ses yeux. Le vieillard en gilet, costume et chaussures bicolores avait apporté son bandonéon. Il avait pianoté quelques notes. Et Georges avait plongé dans le grand bain du tango. Sans comprendre ni pourquoi, ni comment. Cette musique possédait pour lui le parfum de la passion immédiate contre laquelle l'on ne peut rien.

Raconter tout ça à son *compadre* n'aurait eu aucun sens. Et aucun intérêt.

Sur sa gauche, Jonas décolla sa longue-vue de son œil. La vendeuse aveugle ne lui avait décidément pas menti. L'instrument était bien fait pour observer de l'autre côté de la mer. Et pas les étoiles, ni la terre. Et encore moins une falaise dunaire en voie de disparition. Ou alors, peut-être que l'instrument avait toujours été déréglé ? Qui pouvait savoir ?

Après avoir replié la longue-vue, le Vieux se fia à ses propres yeux pour scruter la côte. Puis, satisfait par son examen, il décréta, péremptoire : « La rousse est partie. Il n'y a plus de gyrophare. Ils ont plié les gaules.

— Et les engins de chantier ?

— Eux aussi. De toute façon, qu'est-ce que tu voulais qu'ils fassent ? Il n'y a plus rien à détruire. »

Alors, il murmura, à l'intention de Georges : « Quant au fait que tu sois d'Amérique latine, de Carcassonne, d'ici ou d'ailleurs, sache que je m'en fous.

— Pardon ?

— Je t'ai dit que je m'en fous. Tu deviens sourd ou quoi ?

— Non, mais…

— Dans la vie, chacun fait ce qu'il peut. Pas ce qu'il veut. Et il se trouve que je t'aime bien en Argentin de Carcassonne. En Brésilien aussi. Donc, tout est pour le mieux.

— Et Isla Negra ?

— Quoi : Isla Negra ?

— Ça ne te fait rien de la quitter ? »

Le Vieux tira une cigarette tordue de son paquet de blondes.

« Isla Negra ? On s'est connus. On s'est aimés. On s'est quittés. Fin de l'histoire.

— C'est tout ?

— On n'est que de passage, espèce de romanichel. Tu devrais savoir ça, non ? On naît, on vit, on meurt. On aime aussi, pour les plus chanceux. Et on passe à autre chose. »

Avant de faire sauter d'un coup de pouce le clapet de son Zippo, il ajouta, l'œil à nouveau brillant : « Et ouvre-moi un peu cette cantine, qu'on voie ce qu'elle a dans le ventre. »

Obéissant à l'injonction, le Gitan s'exécuta. À l'instant où il souleva le couvercle de la malle vert-de-gris, un timide rayon de soleil se glissa entre les nuages et vint frapper le contenu du coffre. Côte à côte, parfaitement protégées des effets du roulis par une couverture, trois bouteilles de grotte-di-sole 2004 et trois de vega-sicilia se mirent à luire. Près d'elles, emmitouflé dans un chandail, le coq de fer rouillé, lui aussi, était du voyage.

Sur un ton subitement guilleret, Jonas s'exclama : « Avec ça, on est parés ! On peut aller jusqu'au bout du monde ! »

À la barre, Honoré interpella d'une voix forte les deux amis :

« Monsieur Jonas, où allons-nous exactement ?

— Encore une question d'huissier ! Aucune importance ! Droit devant ! L'essentiel n'est jamais le but du voyage, mais bien le voyage lui-même, toujours. Partir ? Voilà le secret. Il n'y a que ça qui vaille la peine. Tout le reste n'est que littérature ! »

Épilogue

Comme cela se produisait parfois dans la Province en cette période de l'année, la pluie avait choisi son camp. Ce n'étaient encore que quelques gouttes, çà et là, inoffensives. Sur la ville et dans l'intérieur des terres, chacun pouvait sentir que le déluge ne tarderait pas. Une électricité douloureuse courait à fleur de peau. Sous peu, les éclairs embraseraient l'espace et l'eau dégringolerait comme au jour du Jugement dernier. Au large, en revanche, le soleil s'était mis à briller de tous ses rayons. La mer avait passé sa robe de vif-argent et on l'eût crue faite de mercure.

Appuyée sur sa canne, Gaïa descendait à pas prudents la sente qui menait du bunker au centre-ville. Elle avait dit à Charles Dutilleux ce qu'elle avait à lui apprendre. Elle avait rempli sa mission. Bien sûr, elle aurait aimé que le fils d'Amanda, les larmes aux yeux et les mains ouvertes, se jetât dans ses bras pour une étreinte de retrouvailles. Elle l'avait tout de même élevé, avec son Jonas, pendant plus de dix mois. Comme la mère de Charles n'avait pas de lait, elle lui avait donné le sien. Les deux nouveau-nés s'étaient partagé les mêmes seins. Puis, la vie avait repris ses droits. Amanda, un beau matin, avait déserté le Colibri. Sans avertir quiconque, elle s'était volatilisée et n'avait jamais plus donné de nouvelles. Quant à elle, avec deux bébés sur les bras et un claque sur le dos, elle ne s'était pas senti la force de les élever. Deux enfants dans un lupanar, ça n'avait aucun sens. Cela, elle l'avait compris, un jour de relâche. Les deux petits s'amusaient à babiller sur le tapis de sa chambre. Près d'eux traînaient des sous-vêtements en soie et en satin, des cendriers pleins et des bouteilles vidées, des olisbos, un tube de crème lubrifiante, des étuis de préservatifs. Dans les reliefs de l'orgie qui avait eu lieu, la nuit précédente, les deux bambins faisaient songer à deux lys blancs qui auraient poussé sur l'échine crasseuse d'un tas de fumier. Elle s'était mise à pleurer à chaudes larmes. Le soir même, lorsque le Colibri ouvrit ses portes, Charles et Jonas n'étaient plus là. Après les avoir emmaillotés dans des linges, elle les avait abandonnés aux bons soins de l'Assistance publique.

Sous ses airs de louve décatie, la vieille possédait le cœur ingénu d'une grisette. En revanche, le promoteur, lui, n'était qu'un homme d'affaires. Une fois le coup encaissé, il était monté sur ses grands chevaux. Il ne l'avait pas insultée, non. Pas avec des mots, en tout cas. Le bras tremblant d'indignation et de colère, il s'était contenté de lui indiquer la porte. Il ne voulait pas d'Amanda et encore moins de Gaïa pour mère. Il ne voulait pas de Jonas pour frère, pas même de lait. Il ne désirait rien ni personne. Son seul objectif était de jeter à bas Isla Negra et rien ne pourrait l'arrêter.

Immobile dans son fauteuil, la vieille avait – sans grande illusion – sorti son arsenal de menaces. Si Charles n'interrompait pas la procédure d'expulsion de Jonas, elle enverrait le soir même à toutes les rédactions des fac-similés de son carnet de comptabilité et des photos. Aussitôt, le petit coq s'était dressé sur ses ergots et avait éclaté d'un rire sardonique. Qu'elle le fasse ! Lui, il n'avait rien à se reprocher ! Il n'avait jamais fréquenté le Colibri, lui ! Quant aux notables qui s'étaient essayés à tous les jeux interdits de l'amour, il s'en moquait comme de sa première chemise. Et la presse aussi. Bien sûr, les réseaux sociaux feraient leurs choux gras de cette affaire malodorante. Mais une information chassait l'autre. À cette affaire de mœurs au demeurant bien banale succéderaient dans l'heure un massacre au Sahel, des détournements de fonds à Washington, la photo d'un ours polaire crevant de faim sur son glaçon arctique, le cul d'une quelconque bimbo ou l'annonce d'une météorite se dirigeant vers la Terre. Tout était ramené au même niveau. Plus rien n'avait d'importance.

Dans sa marche de héron blessé, Gaïa sentit monter sur ses lèvres quelques paroles d'une chanson qui lui serrèrent le cœur :

«Les hommes avaient perdu le goût
De vivre et se foutaient de tout
Leurs mères, leurs frangins, leurs nanas

Pour eux, c'était du cinéma
Le ciel redevenait sauvage… »

Charles l'avait mise à la porte. Et alors ? Qu'espérait-elle en venant lui rendre visite ? Des embrassades et des sanglots sans fin ? Elle n'avait été qu'une putain, une tenancière de bordel. La longue silhouette de Mérope apparut soudain dans le clair-obscur. Soutenue par sa canne, Gaïa la considéra en silence de longues secondes. Puis, elle finit par gronder : « Qu'est-ce que tu fais là, toi ? Tu es venue me dire au revoir ? »

Comme la jeune femme ne répondait pas, encore tout essoufflée d'avoir couru, Gaïa persifla : « Comment tu t'es attifée ? Regarde-toi, un peu : tu ressembles à une cloche !

— C'est possible. Mais ça me plaît. Comme ça, je suis moi.

— Et qui es-tu ? »

Une nouvelle fois, la vieille observa Mérope d'un air circonspect. Celle-ci ne portait plus ni robe courte, ni talons hauts. En jeans délavé, sa poitrine dissimulée au mieux sous un chandail trop large, les pieds chaussés de baskets d'un jaune criard, elle souriait sous la pluie qui commençait à s'abattre avec vigueur.

Après avoir ouvert un parapluie au-dessus de leurs têtes, la jeune femme répondit par une question : « Vous n'êtes pas trop déçue ?

— Déçue de quoi ? De la météo ?

— Ne faites pas votre sale bête. Vous savez très bien de quoi je parle.

— Et tu me traites de sale bête ? Mais pour qui tu te…

— Taisez-vous. Ça vaudra mieux. »

Pour la première fois depuis des décennies, quelqu'un venait de couper la chique à la terrible harpie. Sur le coup, celle-ci se contenta de froncer les sourcils et de grommeler, tandis que Mérope reprenait : « Je ne veux pas vous manquer de respect, madame. Mais j'ai entendu la fin de votre conversation avec Chichou.

— Ah… Et tu en penses quoi ?

— J'en pense qu'il était temps pour moi de quitter cette maison.

— Tu en es sûre ?

— Je ne suis sûre de rien. Sauf qu'il vous a mal parlé. Et qu'il n'est pas votre enfant. »

À ces mots, la vieille se mit derechef à bougonner pour elle-même un sabir incompréhensible. Elle s'en voulait. Comment avait-elle pu être aussi bête ? Comment avait-elle pu imaginer que, avec toutes ces vieilles photos, elle aurait pu infléchir la décision de Charles ? Le promoteur avait le cœur sec. Il n'avait jamais aimé et n'aimerait jamais personne. Toute son existence, il la passerait comme ces renards qui, une patte prise dans les mâchoires d'un piège, rongent leur propre chair afin de recouvrer leur liberté. Malgré sa révélation, malgré tout le lait qu'elle lui avait donné, malgré les dix mois d'amour qu'elle lui avait prodigués, elle avait échoué. Et de la plus lamentable des façons. Il était écrit qu'elle demeurerait une vieille pute asthmatique. Que Charles perdrait sa vie à la gagner. Quant à Jonas, elle lui parlerait peut-être, un jour. S'il n'avait pas, d'ici là, mis les voiles en direction d'une terre où l'humanité est moins cruelle.

Tête baissée vers la rigole où l'eau emportait une poussière lourde qui se transformait en boue, la vieille expliqua :

« Je ne peux même pas lui en vouloir. Apprendre qu'on a une pute pour mère, ça peut passer. Si tu regardes bien, il y en a une par famille. Mais devoir sa vie au lait d'une mère maquerelle ? C'est pire qu'une malédiction. C'est la fin du monde. »

Comme Mérope se gardait bien de répondre, elle poursuivit, inquiète : « Mais toi, ma fille ? Tu pars comme ça ? Sans rien ?

— Comment voulez-vous que je parte ? Je suis arrivée sans rien, je repars sans rien. C'est honnête. Il y a juste ces deux énormes seins qui ne sont pas à moi, mais je n'y peux rien.

— Et tu n'as même pas une valise ?

— Vous avez la vue qui baisse, madame Gaïa. Ou c'est à cause des nuages ? »

D'un geste, elle tendit devant elle un carton à chaussures qu'elle avait pris soin de fermer à l'aide d'un ruban adhésif.

« C'est tout ? s'étonna la vieille.

— Je n'ai pris que ce qui était à moi.

— Qu'est-ce que tu as mis, là-dedans ?

— Des souvenirs.

— Des souvenirs ? Ou des souvenirs à toi ?

— Un peu des deux.

— Je vois. Beaucoup de Chinoises de Tahiti et de palmiers royaux du Brésil. Et pas grand-chose d'autre, sans doute. Mais rassure-toi, ma fille. Tu as le temps. Des souvenirs, tu vas t'en construire. Et des beaux, des qui seront à toi. Fais confiance à la vieille bête que je suis. Quand on a ton châssis et ta caboche, on n'a pas le droit de s'inquiéter pour l'avenir. Elle va être belle, ta vie. Et, si elle n'est pas belle, elle sera au moins différente de celle des autres.

— Vous le pensez vraiment ? »

Avec un sourire, Gaïa prit le bras de Mérope et le serra contre ses vieilles côtes. Pendant qu'elles dérivaient lentement vers la ville, déjà éclairée par les lumières des lampadaires, la vieille demanda :

« Mais dis-moi un peu, où vas-tu habiter ?

— Chez vous.

— Mais qui t'a dit que je…

— Taisez-vous un peu, et avancez. On sera bien, vous et moi. Vous verrez, on sera bien… »

*

En moins de deux heures, les six bouteilles de vin étaient passées de vie à trépas. Allongé de tout son long, l'Africain dormait d'un sommeil d'enfant, la bouche ouverte sur les étoiles naissantes. Honoré, lui, ne lâchait pas la barre, cabotant de son mieux le long des côtes sablonneuses. À l'horizon, le soleil avait tiré son ultime révérence dans des camaïeux de rouges, de jaunes et de bleus. Le Gitan, toujours posté à tribord, fumait et pianotait en sourdine un tango lent de Piazzolla.

Profitant d'une pause entre deux mouvements, l'Argentin de Carcassonne s'amusa, taquin : « Vieux fou… Tu n'es vraiment qu'un vieux fou. »

Les lèvres encore frémissantes des baisers donnés par le vin, Jonas grogna dans sa lippe : « C'est moi que tu traites de vieux fou ?

— Et qui d'autre ? »

Pendant que le Gitan taquinait de nouveau les touches de nacre, Jonas grogna pour lui-même : « Se faire entendre dire ça par un rempailleur de chaises… On va bien voir la tête qu'il fera, dans deux jours. C'est un Grand Large qui nous attend au port. Un navire, oui monsieur ! Et un fameux ! Quinze mètres. Et tout le confort… Vieux fou ? Avec ça, on va pouvoir en faire, des voyages. On va en voir, du pays…

— Qu'est-ce que tu baragouines ?

— Rien !

— Et où il nous emmène, notre *Phœnix* ?

— Vers un autre bateau, macaque. Et celui qui nous attend, il nous conduira où on voudra. L'Africain en Afrique. Honoré où ça lui chantera. Et toi, ce sera l'Argentine et le Brésil.

— Et toi ? »

Dans la mélodie qui se mariait à la perfection avec le rythme de la mer et la course immobile des étoiles dans le ciel, le Vieux alluma une blonde. Mais plutôt que de la fumer, il se ravisa et la ficha entre les lèvres du Gitan.

« Moi ? Ça n'a aucune importance, pirate. Je n'ai plus qu'un seul rêve, aujourd'hui. Et ce rêve, je vais le réaliser.

— Qu'est-ce que c'est ?

— Vivre ! Vivre libre et mourir debout, flibustier ! »

L'HOMME QUI MARCHE

Je dédie avec amitié ce roman
à deux marcheurs qui jamais
n'ont renoncé à passer de l'autre côté du miroir,
Pierre Défendini et Gilles Cohen-Solal.

Si tu n'arrives pas à penser : marche.
Si tu penses trop : marche.
Si tu penses mal : marche encore.

Jean GIONO

1

Quant à vous dire comment tout cela a commencé, c'est une autre paire de manches. D'ailleurs, sait-on jamais quand une chose commence ou bien finit ? Quoi qu'il en soit, dans le cas de Théophraste Sentiero, il semble que tout se déclencha lors du repas du 25 décembre de cette année-là. Comme à l'accoutumée, l'on fêtait dans le même temps la Noël et, par un hasard malicieux du calendrier, l'anniversaire dudit Théo. Repu de foie gras, gavé par l'ingestion trop rapide d'un morceau de dinde à la chair mollassonne, assommé de marrons nageant dans la graisse, tombé sous la mitraille d'œufs de lump et abreuvé de champagne bon marché, Théo présidait. Il était chez lui. Ce jour était son jour. Pour l'une des seules fois de l'année, il était mis à l'honneur. Même ses enfants, d'ordinaire prompts à le houspiller par des traits plus ou moins cruels, lui consentaient une paix royale. Les cadeaux avaient été ouverts. Comme il se devait, et bien que ce fût son anniversaire, il n'avait reçu qu'un seul présent par convive, mais il ne se formalisait plus d'être floué. La concomitance des deux dates l'avait habitué depuis longtemps à cette entourloupe, cette arnaque du destin. Dès son plus jeune âge, en effet, ses parents puis ses proches avaient su le persuader que le fait d'être né le même jour que le Seigneur ne lui conférait aucun avantage particulier. Il s'y était fait. De toute façon, il avait toujours vécu avec ce sentiment désagréable que la vie le filoutait à loisir. Pour un peu, il éprouvait même un plaisir pervers à être privé de ce qui, pourtant, lui revenait de droit. Chaque 25 décembre, les participants au repas lui tendaient leur paquet tout enrubanné de la sempiternelle phrase éculée, et qui se résumait par un : « Ce cadeau, c'est pour ton Noël et ton anniversaire » – le tout agrémenté de considérations plus ou moins heureuses auxquelles il ne répondait jamais, sinon par un sourire las. Les choses étaient ainsi. Les enfants nés le 25 décembre étaient blousés, floués, forcés de s'asseoir sur l'une des deux fêtes auxquelles tous les autres avaient droit.

Peu porté sur la rancœur, s'étant fait depuis longtemps à cette escroquerie calendaire, Théo Sentiero jeta sur la carcasse de la dinde un regard empli de compassion, mais aussi d'inquiétude. Les cuisses, les blancs et les pilons avaient disparu dans la gloutonnerie des convives, certes. Mais il restait encore dans le plat de porcelaine les ailes, le croupion, les deux suprêmes, un bout de filet mignon. Et le squelette. Face à l'énormité de la bête, les estomacs des mangeurs avaient calé. Les ceintures défaites et le trou normand n'avaient produit aucun effet : il restait de la dinde. En parfaite cuisinière qui sait qu'un sou est un sou, Cécile n'en aurait terminé avec le volatile que lorsque celui-ci aurait été transformé, au choix, en terrine, en hachis, en accompagnement de pâtes ou de salade – quant aux os, ils finiraient dans une soupe de légumes que tous les membres de la famille verraient réapparaître dans leurs assiettes durant au moins trois jours. Rien ne se perdait, chez les Sentiero. Tout devait faire ventre.

D'une voix agacée, l'épouse de Théo lança à la cantonade : « Alors, c'est sûr ? Vous n'en voulez plus ? »

Comme personne ne jugea bon de lui répondre, les lèvres encore empâtées par trop de nourriture, son nez se pinça pour marquer sa déception, puis elle se leva. Sans un mot, avec le même soin qu'aurait mis un prêtre ou un mystagogue au moment de transporter un reliquaire, elle disparut en cuisine pour y serrer dans le réfrigérateur les reliefs de la dinde. La grande bataille ne débuterait que le lendemain.

Ce déjeuner de Noël-anniversaire, comme tous ceux qui l'avaient précédé jusqu'alors, dériva ainsi tout au long de l'après-midi, sans fous rires, sans éclats de voix, chacun se contentant de lâcher de temps à autre des considérations d'une platitude consternante. De façon indistincte, tout y passa. Les impôts trop hauts, les retraites que l'on ne toucherait jamais, les collègues de bureau, la vie chère et tout le saint-frusquin. Dans la rue parisienne de l'Estrapade, le soleil avait entamé sa descente vers le crépuscule et Théophraste

Sentiero, coincé en bout de table, malaxait entre ses doigts une boulette de mie de pain, faisant de son mieux pour masquer sur son visage l'ennui qui le dévorait. C'était Noël, tout de même. Et son anniversaire. La famille était réunie. Certes, Bénédicte et Joël, depuis longtemps, avaient déserté la table des agapes. La première, âgée de quatorze ans, usait ses pouces sur le clavier de son portable, envoyait des messages à l'univers entier et se sentait, de fait, enflée d'une importance que les adultes ne comprenaient pas et ne comprendraient jamais. Joël, lui, de deux ans son cadet, se contentait de sourire, affalé sur le canapé croûte de cuir. Son visage reflétait un mélange subtil de béatitude et de bêtise. La télévision, qu'on lui avait donné le droit de regarder à la condition expresse que le son fût coupé, bavait une quelconque émission calquée sur les *reality shows* nord-américains. Il touchait au paradis. D'un regard, Théo enveloppa sa progéniture de son affection toute paternelle. Ils étaient à lui, ils étaient ses enfants. À dire vrai, ils étaient surtout ceux de Cécile. Sauf lorsqu'ils avaient besoin d'un supplément d'argent de poche ou d'une autorisation délicate à obtenir. À cet instant précis, ils redevenaient aussitôt les siens.

À table, Robert et Ginette Wendling continuaient à faire ce qu'ils savaient le mieux faire : du Robert et Ginette Wendling. Ils avaient tout vu, ils savaient tout mieux que quiconque. Du mystère de la virginité préservée de la sainte Marie à la meilleure façon de se déplacer dans Paris, les jours de grève, ils avaient un avis sur tout. Si Robert, frère de Cécile, possédait la superbe du chef de service entamant sa quatrième décennie dans l'administration française – le ton cassant, le verbe haut, l'œil volontiers méprisant et le coup de fourchette ravageur –, Ginette n'avait pu se débarrasser, malgré les années, de sa propension à critiquer chaque chose à la moindre occasion. La bouche fleurie de ronces, elle complimentait ainsi sa belle-sœur sur la qualité de chacun de ses plats mais, de façon invariable, une critique vitriolée venait clore l'amorce du dithyrambe. Entre les deux femmes, la haine était devenue, au fil du temps, une relation acceptée, voire consentie. Elles se détestaient, mais avec politesse, presque cordialement. Aucune des deux n'aurait assassiné l'autre sans lui avoir demandé la permission de le faire ni, une fois le forfait commis, s'être abîmée dans un flot lacrymal tempétueux au moment de la mise en terre.

Restait Léonide, la mère de Cécile et Robert. Elle avait vu le jour Dieu seul savait quand et personne ne se serait risqué à lui demander son âge. Léonide n'était pas de ces petites vieilles bienveillantes, toujours parfumées, aux cheveux bleutés à force d'être blancs. Elle ne serrait dans ses poches ni bonbons ni pièces de monnaie. Lorsqu'elle s'exprimait, chose rarissime, ce n'était que par des grognements incompréhensibles, des borborygmes incohérents car formulés dans une langue qui n'appartenait qu'à elle. Théo ne l'avait jamais vue embrasser ses petits-enfants et, lui-même, après dix-sept années rythmées par les repas de famille, lui donnait encore du « vous ». Léonide n'embêtait personne. Elle était là où on la posait, les yeux toujours fixés droit devant elle. Semblables à des griffes de cristal, ses mains demeuraient crispées sur ses genoux lorsque sa fille lui donnait la becquée. Bien qu'on ne l'eût jamais entendue hausser le ton, on la sentait cependant capable de colères terribles, de ces coups de grisou susceptibles de vous crucifier sur place. Trop fière pour intégrer une maison médicalisée, elle occupait depuis quelques années la plus grande chambre de l'appartement, dans laquelle personne, hormis Cécile, ne pénétrait jamais. La seule fois où Théo avait émis l'idée que leur couple gagnerait à vivre dans plus d'intimité, moyennant un placement en Ehpad de l'ancêtre, la réponse de son épouse avait été cinglante. Si toute la famille pouvait loger dans cette coquette rue du cinquième arrondissement parisien, cela n'était pas grâce au salaire du père de famille qu'il était, mais bien parce que l'appartement était loué au nom de Léonide. C'était un loyer de 1948. Dans l'immeuble, pour des raisons jamais totalement élucidées, ils étaient les seuls à jouir d'un tel logement pour un tarif aussi bas, à savoir une poignée de queues de cerises. Théo, dès lors, n'avait plus posé la moindre question. La vieille était chez elle. Ils étaient les locataires de la locataire. La cause était entendue. Il n'y avait rien à redire à cela.

Sous l'œil réprobateur de Cécile, Théo avala une nouvelle gorgée d'un domaine-des-nymphes, un rasteau qui avait eu l'excellente idée de voir le jour en

2012. Ce fut alors qu'il l'avalait et que le plateau de fromages atterrissait sur la table, sous le regard chafouin de Ginette, que la chose se passa. Au début, bien entendu, il n'y prêta pas la moindre attention. Ce fut à peine s'il sentit, sous la table, ses pieds se mettre en mouvement. Lentement, tout d'abord, puis de façon de plus en plus soutenue, ils commencèrent à battre de concert une mesure imaginaire et calme. Dans un bel ensemble, ces pieds hissés sur leurs vingt-huit phalanges d'orteil se mirent à monter, à descendre, à monter encore, pour redescendre aussitôt. Absorbé par sa dégustation œnologique, Théo plissa les paupières et laissa échapper un soupir satisfait. Ce domaine-des-nymphes, produit non loin de Sablet, dans une terre où les galets se tordent sous le soleil, était un nectar. Il enveloppait la langue et l'intérieur de la bouche d'une couverture qui ravissait les sens du buveur. Lorsqu'il éclatait entre les joues, dès qu'il crépitait dans la gorge, le plaisir se démultipliait. Une chaleur intense envahissait alors la poitrine, l'estomac. Cédant à la perspective de l'ivresse, Théo en cueillit en voleur une nouvelle gorgée. Puis, ignorant de façon ostensible l'injonction muette mais furibarde de Cécile, il prit le temps de mâcher ce vin avant de reposer le verre en baccarat sur la nappe. Il ne buvait jamais, hormis pour ce jour du 25 décembre. C'était un cadeau qu'il se faisait à lui-même, une petite folie sans conséquence.

Sous la table, ses pieds, n'écoutant que leur volonté propre, accélérèrent la cadence de façon insensible.

Sans vraiment y réfléchir, Théo posa ses mains sur ses cuisses. Peu à peu, les trépidations se calmèrent. Tout sembla rentrer dans l'ordre. Nullement inquiet, il se laissa assommer par les doctes divagations de Robert qui dissertait avec fougue sur un quelconque navet qui passerait le soir même sur la TNT. Pendant que son beau-frère étalait ses goûts cinématographiques avec la faconde d'un charcutier, Théo porta son choix sur un morceau de morbier et une pointe de brie qui accrochait sa crème au plat de service. Lorsqu'il parvint à le décoller, la voix sèche de son beau-frère fut illico remplacée par celle, agressive et acide, de Ginette, qui raconta par le menu la meilleure façon de passer un mont-d'or au four.

En fait, ce fut au moment où l'omelette norvégienne, épaisse et rutilante de sucre, fit son apparition, plantée de quarante et une bougies, que les battements pédestres prirent réellement leur pleine mesure. Sous les « Oh ! » et les « Ah ! » des enfants revenus à table, Théo se rendit compte que ses pieds imitaient à la perfection le mouvement de pistons sans qu'il l'eût décidé. La chose ne lui parut pas grave. Elle se déroulait sous la table, après tout. Cela ne gênait personne. À part lui. Tiré de ses lénifiantes gorgées de vin rouge qui faisaient ressortir les parfums des fromages, il fit de son mieux pour réprimer les battements. Il concentra tous ses efforts sur ses cuisses, ses mollets, ses chevilles. Le mouvement s'estompa. Il se crut sauvé. Hélas, lorsque d'autorité Robert craqua une allumette pour flamber l'omelette, quand des flammes paresseuses et douceâtres se mirent à lécher le rondin de glace, de génoise et de meringue, à l'instant où il allait joindre ses applaudissements à ceux des convives, ses pieds se rebellèrent soudain. Échappant à la volonté de leur propriétaire, ils recommencèrent à gigoter sur place, n'obéissant qu'à leur seul désir, comme trop heureux de pouvoir vivre enfin de leur vie propre. Ce faisant, emportés par la fougue de cette liberté toute neuve, ils firent cogner les genoux de Théo contre le plateau de la table. Une rafale courte, sèche. Tout le monde s'immobilisa, les oreilles aux aguets. Même la vieille Léonide haussa de quelques millimètres son menton barbu. Cécile, une part d'omelette encore grésillante figée sur la spatule qu'elle tenait à la main, sermonna sur-le-champ son époux : « Théophraste, qu'est-ce qu'il te prend ? Cesse de faire l'imbécile, je te prie.

— Mais je n'y suis pour rien !

— Arrête de jouer avec tes pieds. »

Alors qu'il allait à nouveau protester de sa bonne foi, Ginette rajusta une mèche indisciplinée sur son front bombé et crut nécessaire d'intervenir : « Vous avez raison, Cécile. On ne joue pas avec ses pieds. Les pieds ne doivent servir qu'à marcher, voilà tout. »

La moustache frémissante, son chef de service de mari renchérit, d'un air mesquin : « À marcher et à porter des chaussures. Mais leur rôle s'arrête là, je vous le confirme ! Sinon, où irions-nous ?

— Ça sert aussi à mettre des coups de pied au cul », s'esclaffa le petit Joël.

Aussitôt, Cécile enfourcha ses grands chevaux :

« On ne dit pas de gros mots à table, jeune homme. Et Tonton Robert et Tatie Ginette ont raison : on ne joue pas avec ses pieds ! »

Pendant que le petit, vexé, plongeait le nez dans son assiette, Théo voulut répliquer, mais son épouse lui coupa la parole sur un ton qui ne souffrait pas le moindre commentaire : « Jouer avec ses pieds, comme les enfants ? Et un jour comme aujourd'hui, en plus ? Mon pauvre ! Il faut toujours que tu essaies de faire ton intéressant ! »

Était-ce le timbre glacial de son épouse ? Étaient-ce les regards méprisants et sarcastiques de son beau-frère et de sa belle-sœur ? L'injonction matrimoniale avait-elle effrayé ces pieds ou étaient-ils tout bonnement fatigués de jouer aux pistons ? Quoi qu'il en soit, ceux-ci se reposèrent sur le parquet de manière instantanée. L'on n'entendit plus, à partir de cet instant, que le bruit de la spatule d'acier déposant dans les assiettes à dessert les portions d'omelette – musique brève vite remplacée par celle, plus méthodique et obstinée, des mandibules des mangeurs.

Quelques nouvelles gorgées de vin, sifflées dès que sa femme tournait le dos, permirent bientôt à Théo de ranger cet incident au rayon des anecdotes insignifiantes. Le repas s'acheva donc ainsi, semblable à tous ceux qui avaient précédé et, certainement, à tous ceux qui suivraient. L'on avait enterré Noël et une année de plus dans la vie de Théophraste Sentiero. Demain serait un autre jour.

2

Noël avait tiré sa révérence avec le départ de Robert et Ginette Wendling. Dès qu'ils avaient franchi le pas de la porte, les joues humides des baisers échangés et les oreilles encore bourdonnantes des traditionnels « À l'année prochaine ! », Cécile était redevenue ce qu'elle était durant tous les autres jours de l'année. Après avoir ôté ses habits de fête et s'être entortillée dans son éternelle robe de laine usée jusqu'à la corde, elle s'était plantée au beau milieu du salon. Les mains sur les hanches, le front plissé, elle avait observé chaque détail de la salle à manger. Le repas gras de Noël avait vécu. L'heure du rangement avait sonné. Mus par un instinct animal, Bénédicte et Joël avaient fui dans leurs chambres bien plus qu'ils ne les avaient regagnées. Léonide, elle, semblait s'être tassée sur son fauteuil et dormait maintenant, à moins qu'elle ne fît semblant. Théo, lui, avait dû se plier aux ordres de la générale. Oublieux de son début d'ivresse, appuyé au chambranle de la porte de la cuisine, il attendait son affectation. Noël crèverait ce soir, tout comme avaient rendu l'âme la dinde, le foie du canard et l'omelette norvégienne. Rien ne devrait rester. Le sapin se verrait dépouillé de ses boules multicolores et de ses guirlandes. Les papiers cadeaux étoufferaient la poubelle écologique pour les plus abîmés d'entre eux. Les autres seraient soigneusement pliés, repassés au besoin et remisés dans l'attente des étrennes de l'année suivante. Les gants de caoutchouc et les éponges abrasives arracheraient à la porcelaine jusqu'à la plus infime trace de sauce. Le rideau, alors, serait tiré de manière définitive.

Quelques secondes avant que Cécile ne se lançât dans son grand ménage, Théo huma une dernière fois l'odeur verte et épicée du sapin. Celle, doucereuse et lourde, du rhum brûlé mêlé au sucre de la glace à la vanille. Les accents ronds abandonnés par le vin rouge de Rasteau et les notes, exotiques et déjà mourantes, de l'anis du pastis servi au début de ces agapes. Il apprécia aussi à sa juste mesure le silence, cet instant si particulier qui précède de façon immuable les plus grandes tempêtes. Son regard accrocha un dernier éclat désespéré lancé par l'étoile de Bethléem qu'il avait eu tant de mal à accrocher à la plus haute branche de l'arbre. Et ce fut tout. Bientôt, au numéro 12 de la rue de l'Estrapade, ne régnèrent plus qu'une débauche de hurlements d'aspirateur, un maelström d'eau répandu sur les parquets, une gerbe de crachotements émis par des aérosols vengeurs et entêtés. Après quatre heures d'efforts ininterrompus, la messe était dite. Cécile Wendling, épouse Sentiero, avait tiré sa révérence aux festivités chrétiennes de la naissance de Jésus.

Le lendemain, Théo se leva avant même la pointe du jour. Pas par goût, non. Le 26 décembre tombant, cette année-là, un vendredi, le maire de l'arrondissement avait, dans sa grande magnanimité, accordé le pont qui permettrait aux salariés de son administration de reprendre le travail en douceur, le lundi suivant. Si cela n'avait tenu qu'à lui, Théo serait resté au lit, les doigts de pied en éventail et les paupières closes de façon hermétique. Son épouse aurait fait semblant de le croire endormi. Et elle aurait même, selon toute vraisemblance, béni le Seigneur de lui laisser la pleine jouissance de la cuisine et de la salle à manger afin que ses talents ancillaires pussent s'exercer à nouveau.

Hélas, si Théo se leva aux aurores, ce fut pour une tout autre raison. En effet, au cours de la nuit, son tic survenu durant le repas n'avait pas mis longtemps à se rappeler au bon souvenir des deux époux. Sous la couette molletonnée, dans les draps de flanelle, les deux pieds de Théo avaient, sur le coup de trois heures du matin, repris leurs convulsions. Comme la veille, il ne s'était pas agi de ruades ni de brusques emballements, non. Ces mouvements métronomiques tenaient plus de la crampe, d'une succession de battements certes réguliers, mais qui ne répondaient à aucune nécessité. Couché sur le dos, les talons plantés dans le matelas, le corps de Théo était pourtant resté d'une fixité de marbre. Il était irréprochable. Ses pieds, en revanche, s'étaient mis à s'agiter d'avant en arrière, mimant l'action de la marche. Leur propriétaire lui-même, tout engourdi par un sommeil réparateur, n'en aurait rien su si Cécile, soudain, n'avait pas mis le holà. Dans leurs déplacements, les orteils arrachaient à la flanelle des murmures de tissu froissé. Et la maîtresse de maison avait l'ouïe fine. Elle avait grogné. Puis grondé. D'une voix encore barbouillée de sommeil, elle avait balbutié quelques imprécations valant menace. Théo, enseveli dans son repos de juste, n'avait rien entendu. Un coup de hanches excédé l'avait enfin forcé à se repositionner, cette fois sur le ventre. Le silence était revenu. Mais, bientôt, les battements avaient repris. Les pieds avaient entamé une nouvelle marche immobile, les frissons de la flanelle avaient agacé derechef les oreilles de Cécile. Moins amène, elle avait marmonné des injures inaudibles, joué du bassin, de droite et de gauche. Comme cela n'avait pas suffi, elle avait ouvert un œil. Lorsque la façade noire du radioréveil lui avait appris, de tous ses cristaux liquides bleutés, l'heure exacte, elle avait soufflé d'abondance, au bord de l'exaspération. Puis, d'un mouvement sec, elle s'était retournée sur le côté gauche, tout en veillant à emporter, dans cette gymnastique subite, la plus grande partie de la couette. Une stratégie bien étudiée. Sous couvert d'économies, il faisait en effet toujours un froid de gueux dans la chambre des époux. Elle savait que son mari, frileux comme une chatte, ne supporterait pas longtemps d'être ainsi découvert. De fait, saisi par ce changement de température, Théo s'était tout à fait réveillé.

Dans l'atmosphère glaciale, il n'avait eu d'autre choix que celui d'abdiquer. Récupérer son content de couette, même en prenant mille précautions ? Inenvisageable. Cécile se serait alors réveillée et, avant même que la lumière du jour ne baignât Paris, il se serait retrouvé sous le feu de mille reproches. Demeurer stoïque et oublier le froid ? Impossible. D'abord, il faisait moins de quinze degrés. Puis, Théo ne se connaissait pas ce genre de courage. S'il lui arrivait comme tout un chacun de mentir à ses proches et d'arranger la vérité afin d'embellir son personnage, il demeurait d'une honnêteté absolue vis-à-vis de lui-même. Il était lâche, c'était un fait. Pas d'une lâcheté grossière. Juste un lâche du quotidien. Mais il ne se mortifiait pas de cet état pour si peu. Il s'y était habitué. Il faisait avec sa lâcheté comme d'autres avec un strabisme, une claudication, une sale manie. Cette nuit-là, il ne lui resta donc qu'une solution. Abandonner la couche.

Alors qu'il se résolvait à se lever, Cécile grinça dans les ténèbres : « Arrête de faire ton intéressant. Si tes pieds veulent bouger, qu'ils bougent. Mais pas dans mon lit… »

Après une douche brûlante, Théo s'était habillé d'un pantalon cargo beige – qui faisait en réalité songer à une multitude de poches à soufflet cousues ensemble – et d'un vieux chandail pelucheux. Pendant que, dans la cuisine, la cafetière crachotait un jus tiédasse – que tous, dans l'appartement, s'étaient entendus pour baptiser du nom de « café » –, il était allé se planter devant la fenêtre donnant sur la rue de l'Estrapade. À cette heure indue, la nuit régnait encore sans partage. Au loin, les camions poubelles et les services de nettoiement de la voirie faisaient vrombir leurs moteurs et leurs lances à eau. Tout au fond, la place Emmanuel-Levinas n'offrait encore que ses deux bancs déserts et sa fontaine Wallace. Il était trop tôt pour les baigneurs de la piscine Jean-Taris, et le froid demeurait trop vif pour les cloches, les mendiants, les migrants, les SDF de la République. Quant aux vieux, ils ne montreraient leurs truffes humides et leurs yeux luisants de larmes immobiles que lorsque les magasins ouvriraient leurs rideaux avec des grondements métalliques.

Dans son dos, la cafetière émit une rafale caractéristique, suivie par toute une série d'éternuements poudrés. Le café, bon ou mauvais, était prêt. Sans bruit, Théo se saisit d'un quignon de pain et entrouvrit la fenêtre qui donnait sur la petite rue. Après avoir vérifié d'un bref coup d'œil que la concierge, madame Chevillard – qu'il avait rebaptisée, en son for intérieur, la Mère Tapedur –, ne rôdait pas encore dans les parages, il émietta le quignon et referma aussitôt le vantail. Par expérience, il savait que ses protégés ne tarderaient pas. Pas les pigeons, non. Il abandonnait cette engeance à la Mère Tapedur. Ceux qu'il choyait, lui, c'étaient les boules de plumes, les passereaux oubliés, les délaissés des grands nuages de murmuration, tous ces piafs dont il ignorait les noms latins et qui, à cette heure, devaient se faire rôtir le croupion sous des cieux plus cléments, loin, de l'autre côté de la Méditerranée. Hirondelles ou moineaux, étourneaux sansonnets ou mésanges bleues, ces orphelins des grandes tribus migratoires avaient conquis son amour. Il leur vouait une affection sans tache. À l'inverse, il ne ressentait qu'un profond mépris pour les pigeons, ces sacs de mauvaise graisse à pattes rouges et à l'œil vide. Ces volatiles semblaient ne réellement jouir de la vie qu'en conchiant Paris. Tout gonflés d'importance, le jabot en avant, roucoulant une musique sans âme et se dandinant sans la moindre grâce, ils révulsaient Théo jusqu'à la nausée – a fortiori lorsqu'il avait compris l'étrange relation qu'ils avaient nouée avec la Mère Tapedur.

Assis maintenant à la table de la cuisine, son bol d'eau calaminée fumant sous ses narines, Théophraste Sentiero laissa sa poitrine expulser un profond soupir de fatigue et d'ennui. Dans le couvercle ouvert de la boîte à sucre, il venait de deviner son reflet. Ça n'était pas brillant. Il avait une sale gueule, une gueule d'homme des villes, une gueule d'homme seul. Pourtant, il se plaisait bien ainsi puisque cette face émaciée, pâlotte, fatiguée par une nuit trop courte, cette binette grisâtre était la seule dont il disposait. En un mot, elle lui allait, tout comme elle pouvait aller à des millions d'autres hommes, tout juste quadragénaires. L'univers regorgeait de Théophraste Sentiero. Il n'était que l'un de ces anonymes dont fourmillait la multitude, un soldat sans étendard à brandir, sans idéal à défendre. La vie l'avait choisi pour venir sur terre et il ne s'expliquait pas pourquoi. Mis à part, peut-être, une collection de timbres qu'il avait commencée étant enfant et qui devait dormir, à cette heure, dans l'un des cartons serrés à la cave, il ne s'était jamais passionné pour quoi que ce fût. Aucun hobby ni feu sacré, pas la moindre révolte, pas la plus petite indignation n'était à porter à son compte de pékin moyen. Petit garçon, il s'était rêvé une vie bien différente de la tannée quotidienne qu'il subissait aujourd'hui. Il s'était imaginé astronaute. Et pâtissier, aussi. Spécialité chocolat. Si aucune de ces deux formidables carrières ne lui souriait, il se rabattrait sur celles d'explorateur ou de marin au long cours, bien qu'il ne sache pas précisément, aujourd'hui encore, à quoi correspond cette dénomination de « long cours ». Du temps avait passé. La réalité s'était révélée tout autre. Il avait été un fils moyen, un élève moyen, un amant moyen. À ce jour, il n'était qu'un père moyen. Sans doute plus que moyen puisque ses enfants, à bien y réfléchir, lui adressaient la parole comme à un étranger, voire à une vague connaissance dans les meilleurs jours et selon leurs besoins. Employé depuis quelques mois au repêchage des vélos et des trottinettes électriques dans les méandres de la Seine ou de l'Yonne, il avait pourtant tâté de mille métiers, mais sans jamais éprouver à cela de plaisir ni de peine. Durant ses quatre décennies d'existence, au gré des offres, il avait ainsi été assistant pour pianiste sans réellement connaître la musique, sexeur de poussins, castreur de maïs durant les étés de plomb, vérificateur de préservatifs, trieur de chips en usine, claqueur dans les théâtres, caissier de péages ou monsieur pipi, à la gare Montparnasse. Il avait tâté de l'apiculture sur les toits de Paris, avait dépoussiéré les dinosaures au Muséum national d'histoire naturelle. Puis, il avait été vendeur de téléphones portables, de pierres tombales, préparateur de colis, client mystère pour les cinémas, livreur, chauffeur, distributeur pedibus de prospectus. Théophraste Sentiero avait sans doute des défauts, mais personne n'aurait pu le qualifier de fainéant puisqu'il avait toujours trouvé l'énergie pour se lever chaque matin et gagner sa croûte.

Alors qu'il allait se résoudre à porter à ses lèvres son bol d'eau sombre, l'expression employée la veille et le matin même par Cécile lui revint subitement en tête. Cela n'avait été que trois mots prononcés sans réelle méchanceté, de ces piques que l'on lâchait parfois sans même y penser. *Faire son intéressant.* C'était très exactement ce qu'elle avait dit, provoquant ainsi des rictus sur les faces de carême de Robert et de Ginette. *Faire son intéressant.* Lui, Théophraste Sentiero, ferait donc son intéressant ? Mais il n'aurait pas demandé mieux ! *Faire son intéressant.* Mais comment et pour qui ? Pour quoi ? Pour aller où ? Durant toute son existence, il n'avait jamais fait que là où la nécessité lui avait commandé de faire. Sans jamais créer d'histoires. Il était la bonne pomme, celui dont on ne se plaignait jamais, dont on ne parlait jamais. Il n'avait ainsi intéressé personne, ou presque. Pas même lui, à bien y réfléchir.

Sous la table, le tic revint. Cette fois, plus impérieux. À la façon de chevaux dans leur stalle, ses pieds reprirent leurs battements, comme piaffant d'impatience. Ils étaient prêts, avides de se dégourdir, de marcher droit devant eux. Avec plus d'énergie que la veille, Théo essaya de les immobiliser. Obéissant à leur propriétaire, ces deux pieds, de taille bien évidemment tout à fait moyenne, cessèrent alors peu à peu leur manège. Bientôt, ils retrouvèrent leur fixité, ne se contractant plus que lors de spasmes subits. *Faire son intéressant ?* Avec lassitude, il haussa les épaules. Après avoir avalé la dernière gorgée de café, il frissonna. Puis, lorsqu'il entendit la porte de la chambre grincer, il se leva. Cécile ne tarderait pas à rejoindre la cuisine. Selon toute vraisemblance, elle serait d'une humeur massacrante. Elle passerait même, peut-être, l'essentiel de cette journée gagnée sur le travail à lui reprocher de vouloir *faire son intéressant.* Alors, sans bruit, il saisit sa parka et son cache-col. Puis, dans la pénombre que s'empressèrent aussitôt de trahir les ampoules de la minuterie, il descendit l'escalier de la cage commune.

*

« Eh bien, monsieur Sentiero ? La fête est finie ? Toute la petite famille est bien repartie, à cette heure ? »

Jaillie de l'encoignure de la porte d'entrée de l'immeuble, la Mère Tapedur s'était plantée devant Théo, dans une odeur de javel à vous arracher des larmes. Profitant de l'heure matinale qui lui garantissait un pas de porte débarrassé des gêneurs éventuels, madame Chevillard achevait de brosser le trottoir. Agrippant son balai comme un garde moyenâgeux sa hallebarde, elle s'exclama encore : « La famille, c'est bien quand elle arrive. Mais on porte pas plainte quand elle s'en va, pas vrai ? »

Tête baissée afin de ne pas avoir à croiser le regard de cette harpie emmitouflée dans une robe de chambre d'un blanc passé, Théo grommela un oui agacé et fit de son mieux pour la contourner. Les poings bien collés au fond de ses poches, il tenta de se faufiler par la droite, mais l'arrière-train imposant de la pipelette suivit le même mouvement. Plus haut, sous un nez en forme d'aubergine que le froid avait rendu plus violacé encore que de coutume, deux lèvres dessinant un fil de couteau crachotèrent avec une fausse bienveillance : « Vous allez travailler ? À cette heure ? Vous avez donc pas le pont, monsieur Sentiero ? C'est pas Dieu possible, tout de même… »

Comme Théo s'entêtait à ne pas répondre, guettant déjà l'instant exact où il pourrait se glisser cette fois sur la gauche du cerbère, celui-ci enchaîna, de la même voix râpeuse et désagréable à l'oreille : « Alors, ce repas de Noël ? Notez bien que ça me regarde pas. Mais quand même. Tous ces frais, ces cadeaux, ces chichis et ces tralalas, ça a ni rime ni raison, pas vrai ?

Ça coûte un argent fou et on est jamais vraiment payé en retour, vous êtes pas d'accord avec moi ? »

Face au mutisme de son locataire, qu'elle continua à prendre pour un acquiescement, madame Chevillard marmonna : « De mon temps, une belle orange et le tour était joué. Mais que voulez-vous ? Aujourd'hui, tout le monde veut se prendre pour ce qu'il est pas. Si je vous disais ce que je trouve dans les poubelles, pour les fêtes de fin d'année, vous me croiriez pas. C'est pas pour dire du mal, bien sûr. Mais si vous saviez – et c'est qu'un exemple, attention ! – ce que la famille Lévy s'est envoyé derrière la cravate, hier, vous en croiriez pas vos oreilles… »

La feinte par la gauche, cette fois, faillit être couronnée de succès. Mais la pipelette était rompue à parer aux évasions. Elle tenait sa proie. Elle ne la lâcherait pas aussi facilement. D'un nouveau coup de l'arrière-train, anticipant la contorsion dans laquelle Théo venait de se lancer, elle éteignit toute velléité de fuite. Et, son balai toujours bien en main, elle marmotta, cette fois à voix plus basse : « J'ai pas fouillé dans leur poubelle, attention. Pas le genre de la maison. Le sac est arrivé ouvert, devant ma porte. Moi, j'ai fait que regarder. Et ça débordait, vous pouvez me croire. De partout que ça débordait, même… »

Se rapprochant de Théo, elle s'enquit, sur le ton de la confidence : « Mais les juifs, monsieur Sentiero ? Ça fête la Noël ? C'est pas pour dire du mal, mais la Noël ? C'est une fête catholique, non ? Alors pourquoi les Lévy, ils se sont mis en frais ? Vous le savez, vous ?

— Non, madame Chevillard. Je ne sais pas, mais je suis un peu en...

— En plus, ça a dû coûter un argent fou. Et dépenser tout cet argent pour des personnes comme ça... »

Théo haïssait la Mère Tapedur. Lui qui n'était jamais saisi par la moindre colère ni le plus petit ressentiment, il sentait bouillir et monter en lui des désirs de crime dès qu'il voyait la gorgone promener son écoupe urbaine et ses cent trente kilos dans la minuscule cour intérieure. C'était plus fort que lui. Avec son regard toujours suspicieux, son allure invariablement négligée, sa démarche traînante de basset obèse et ses cheveux huileux, elle suscitait chez lui des envies de meurtre irrépressibles. Si la peur du gendarme ne l'avait pas retenu, il l'aurait volontiers trucidée. Et il aurait pris son temps. Avec un couteau à beurre ou une petite cuillère. Une pince à sucre, peut-être. Surtout, ne rien hâter. Jouir de chaque seconde de cette mise à mort dont la perspective, souvent, accompagnait ses premiers rêves et dessinait sur son visage un sourire ravi.

« Parce qu'on dit les juifs, grognassa encore l'acariâtre... Mais c'est pas tout, les juifs ! Et les Arabes, alors ? Y en a aussi qui fêtent la Noël, faut pas croire ! Grâce à Dieu, nous en avons pas chez nous. Notez bien que je suis pas raciste, attention. Mais les Arabes ? On dira tout ce qu'on voudra, n'empêche qu'ils sont pas comme nous. Et j'en démordrai pas, vous m'entendez, monsieur Sentiero ? J'en démordrai pas ! »

La découper en fines lamelles, la donner à manger à une colonie de fourmis rouges, la faire frire dans un bain d'huile, l'étouffer peu à peu avec un sac plastique, la lapider avec de toutes petites pierres, l'épingler à la façon d'un gros cafard sur sa porte vitrée. À chacune de ces éventualités, l'irréprochable Théophraste Sentiero sentait son corps se couvrir de frissons de délice qui, s'il poursuivait ces rêveries, ne tardaient jamais à le porter aux confins de l'extase. Mais il était un homme sans histoires. S'il endossait le costume de meurtrier dans ses fantasmes, il n'en demeurait pas moins conscient que ses épaules étaient, au propre comme au figuré, trop étroites pour celui-ci. Jamais il ne passerait à l'acte. Ce courage ou cette folie lui étaient étrangers.

La tête toujours baissée, il risqua: «Excusez-moi, madame Chevillard, mais j'ai à faire et…

— Vous êtes pas d'accord avec moi, monsieur Sentiero? Dites-moi la vérité. Ça reste entre nous. Pour les Arabes, vous êtes d'accord avec moi ou pas?

— Sans doute, madame Chevillard. Je ne sais pas, mais…

— Vous aimeriez, vous, avoir des voisins qui égorgent des moutons dans leurs baignoires et qui prient à genoux sur des tapis?

— Je ne crois pas que…

— Ça vous ferait plaisir, à vous, que votre petite Bénédicte puisse sortir qu'avec le voile? Ça lui ferait tout drôle, non? Déjà qu'elle s'habille pas toujours avec grand-chose… Sauf votre respect, monsieur

Sentiero, bien entendu ! Votre fille est une honnête fille, c'est pas le problème. Mais quand même ! On s'habillait pas comme ça, de notre temps. Moi, je me souviens que, quand on était jeunes, il nous serait jamais venu à l'idée de… »

De notre temps… Cette vieille rombière de basse-cour avait au moins quinze ans de plus que lui, si ce n'étaient pas vingt ! À nouveau, le désir de meurtre s'empara du doux Théophraste qui, pour le conjurer, serra un peu plus fort encore ses poings dans ses poches. Un jour. Un jour, oui… Il aurait le courage. Non pas de l'assassiner, car la seule vue d'une goutte de sang suffisait à le faire tourner de l'œil. Mais il trouverait au moins le courage de lui survivre. Ne serait-ce que pour voir, enfin, à quoi ressemblerait un monde débarrassé de madame Chevillard. Et, pourquoi pas, de toutes les madame Chevillard de l'univers ? La belle fête que ce serait, ce jour-là ! On tirerait suffisamment de feux d'artifice et de chandelles romaines pour faire sauter tout Paris !

La Mère Tapedur, qui n'en avait pas fini avec son locataire, l'écrasa d'un regard où sourdaient la méchanceté et l'aigreur. Après avoir reniflé à plusieurs reprises, elle tordit son cou pour coller sa face amarante à celle de Théo. Puis, elle finit par lâcher : « Pour les étrennes, on fait comme chaque année, monsieur Sentiero ? Je veux dire… Enfin, c'est à madame qu'il faut que je m'adresse ?

— Je ne sais pas. Je crois que…

— Allez, entre vous et moi, c'est madame qui tient

les cordons de la bourse. Sauf votre respect, bien sûr ! Comme on dit : à chacun son métier et les vaches et les moutons seront bien gardés… »

Fière de son trait tout poisseux de mépris, elle grimaça un sourire satisfait. À cet instant, les lances à eau – jusqu'alors cantonnées à la rue Blainville – vinrent frapper le bas de la porte de l'immeuble. Aussitôt, la bignole s'empourpra d'un ton supplémentaire. Entre les cantonniers et elle, la guerre était déclarée depuis des décennies. Son pas de porte lui appartenait. Il était à elle, et à personne d'autre. Elle seule possédait le droit de le briquer. Chaque matin, elle se plantait donc sur le trottoir, bras croisés, et fustigeait de ses œillades assassines les gilets fluorescents qui, flegmatiques, la contournaient en prenant bien soin de ne pas éclabousser ses pantoufles aux fleurs fanées.

Profitant de son inattention, Théo trouva enfin l'espace nécessaire pour se glisser entre le cerbère et la paroi du porche. Avant qu'elle ne pût réagir, il fut dans la rue, libéré. Déjà, dans son dos, la Mère Tapedur tentait de le retenir, mais lui, Théophraste, avait pris le large. Il marchait sur le trottoir luisant de l'humidité de la nuit. Le soleil se levait. Encore aucun pigeon à l'horizon. Là-bas, la petite descente de la rue Royer-Collard l'attendait. Sifflotant un air de Nino Rota, brusquement ragaillardi par sa solitude retrouvée, Théo se laissa dériver dans la rue de l'Estrapade, sourire aux lèvres.

3

« Moi, je dis que ça se fait pas. Voilà c'que j'dis. Quand on est atteint par la limite d'âge, on a le droit de plier les gaules et de se ranger des voitures. Là-dessus, madame Jouve, vous avez ma compréhension et même ma bénédiction. Mais passer à l'ennemi ? Et nous l'apprendre comme ça, entre le p'tit crème, le croissant et la goutte ? Vous m'excuserez, mais ça m'troue l'cul. Venant de vous, ça m'troue l'cul. Et faites excuse, mais j'ai rien d'autre qui m'vient.

— Et avec un nouveau coup de calva ? Peut-être que la dragée passerait mieux, non ?

— Sincèrement, j'sais pas. Cette nouvelle, elle m'a éteint la soif.

— Alors, ce sera peut-être un double calva ? Histoire de refaire les niveaux ? Ça se boit sans soif et ça vous séchera le chagrin, faites-moi confiance. Surtout que, celui-là, il est payé par la maison, je précise !

— Un double ? Vous savez parler aux hommes, madame Jouve. Je le boirai, c'est entendu. Pour pas vous faire offense et pour noyer ma surprise. Mais si on m'avait dit… »

Accoudé au comptoir depuis l'ouverture du Gay-Lu, Félix Passetemps – plus connu dans le quartier sous le surnom de la Guigne – observa en connaisseur gourmand la première rasade de liquide ambré qui tapissa le fond de son verre. Le second flot lui arracha un semblant de sourire. Mais ce fut malgré lui. Dans le bistro qui se faisait pompeusement appeler Brasserie Gay-Lussac – établissement qui ouvrait sa gueule lumineuse à l'angle de la rue éponyme et de celle de Royer-Collard –, la rincelette matutinale était à la grimace. Madame Jouve, la matrone et reine du lieu, venait de donner corps à la rumeur qui flottait déjà depuis plusieurs semaines entre les guéridons de faux marbre et de fonte véritable. Elle débrayait. Elle enterrait un demi-siècle de bons et loyaux services. Elle tirait le rideau et, elle l'avait juré et craché à profusion, elle ne le rouvrirait pas. Les papiers avaient été signés en début de semaine. Le notaire avait tamponné les formulaires. La vente était actée. Quelques jours ou quelques mois plus tard, les nouveaux propriétaires pourraient entamer les travaux qui effaceraient de la carte le Gay-Lu – l'un des derniers radeaux branlants de Paris, un rade, un troquet, un estaminet comme l'on n'en ferait jamais plus et qui avait accueilli à son bord non pas les enfants du capitaine Grant, mais ceux de Blondin, Audiard, Prévert ou Jeanson.

La Guigne, que personne dans le quartier n'avait vu autrement que fin saoul, huma avec suspicion le calva. Puis, composant un air faussement complice sur son visage de rongeur à la moustache maigre, brûlée de nicotine, il reprit son antienne : « Passer à l'ennemi ? Pas vous, tout de même… Allez ! Vous me faites marcher, madame Jouve ! C'est ça, non ? »

Les deux mains solidement appuyées sur son comptoir, protégée du monde extérieur par six robinets à bière aux becs de cuivre étincelants, le torchon passé à l'épaule, la bistrotière se fendit d'un regard peiné. Puis, elle répondit, avec un grommellement qui fit trembler ses lèvres luisantes de rouge : « Quand c'est l'heure, c'est l'heure, comme disait l'adjudant de Titin, mon feu mari. Et on peut pas être et avoir été. C'est bien triste, je vous comprends. Mais c'est quand même pas la mort du petit cheval, quoi… »

Pendant que la Guigne se signait d'une main hésitante et pourtant pétrie de componction, elle soliloqua de sa voix rauque, résultat implacable de quarante-huit années passées à fumer de la brune sans filtre : « Il avait bien raison, l'adjudant de mon Titin. Puis, vous savez… je suis pas éternelle, monsieur la Guigne. J'ai atteint la date de péremption, c'est tout. Il y a un temps pour tout et le mien, dans ce troquet où j'ai fait mes premiers pas, est fini. Terminé. Je suis trop vieille pour continuer.

— Mais vous êtes fraîche comme une fleur !

— Alors, il y a longtemps que vous avez pas vu de fleur. »

Pour toute réponse, l'ivrogne avala coup sur coup deux belles gorgées d'alcool. Puis, les yeux comme réchauffés par une poignée d'escarbilles, il considéra l'inox mille fois rayé du comptoir, avant de chevroter : « Tout de même… Que vous vendiez, ça peut bien se comprendre. Y a des chèques et des séries de zéros contre quoi on peut rien, n'est-ce pas ? Puis, faut bien passer la main un jour. Mais franchement, donner les clés de notre Gay-Lu à des Américains ? Quelle misère… »

Près de lui, épaule contre épaule, le masque tout aussi contrit et les cheveux impeccables plaqués par de la gomina sur son crâne oblong, Petit Pois soupira. Connu par les registres de l'état civil sous le patronyme respectable de Jean-Baptiste Dutreuil, Petit Pois, donc, secoua la tête en signe de désespoir et d'accablement. Soucieux d'élever le niveau du débat, ou du moins d'y apporter sa pierre, il toussota avant de commenter avec philosophie : « Que ce soit de l'argent français, américain ou même de l'Arabie saoudite, ça change pas les rayures du zèbre. Le Gay-Lu va fermer. Et, avec lui, tous nos souvenirs. Les tristes comme les gais, peu importe. Mais que voulez-vous ? C'est la vie. Et la vie, c'est plus fort que vous et moi réunis. »

Dans le silence recueilli qui suivit ses propos, il ajouta, la lippe molle : « On va perdre tout ça. Le petit noir du matin, le blanc du midi, le rouge taquin d'après la sieste et le jaune du soir. Quelle misère… »

Madame Jouve, Parigote pur jus née en Alsace mais accueillie par la capitale dès le lendemain de sa naissance, promena un regard désolé sur sa maigre clientèle du matin, celle des fidèles, des amis, des piliers.

Outre la Guigne et Petit Pois, Cothurne et Gégène étaient là, eux aussi. Installés sous la verrière, les yeux collés aux colonnes de chiffres de *Paris-Turf*, le cœur déjà sautillant à l'idée de toucher le quinté dans l'ordre, au moins une fois dans leur vie, ils avaient la tristesse pudique. L'inéluctable était aux portes. Le billet vert serait le fossoyeur de leurs années de jeunesse. Ils le savaient. Le jour fatidique de la fermeture du rideau n'avait pas encore été arrêté. Mais il viendrait. En attendant, ils ruminaient leur malheur en solitaire. Ils préféraient désapprouver en silence plutôt que de rajouter du mal au mal.

La matrone, elle, aimait bien ses poivrots, ses ivrognes, ses bâtisseurs de merveilleux châteaux qui naissaient et demeuraient ad vitam aeternam au fond de leurs verres. Entre tous, la Guigne, peut-être, possédait ses faveurs. Pas l'homme, non. Le personnage. Son surnom ne devait rien au hasard. Il était de l'Assistance. Toute sa vie, il avait accumulé les désillusions et les mauvais choix. Peu porté sur l'école, encore moins sur le travail, il s'était fait voleur. Il avait opté pour cette voie poussé par la nécessité. Par dépit aussi, avaient persiflé les mauvaises langues. Quoi qu'il en soit, son premier casse avait été un modèle du genre. Sa pince-monseigneur et ses rossignols avaient accompli des merveilles. Tout s'était passé sans heurt. Hélas, le pavillon qu'il avait choisi de visiter, sans grand discernement d'ailleurs, était en réalité une maison témoin, parfaitement surveillée par un réseau d'alarmes. À part un séjour au ballon, le jeune homme qu'il était alors n'avait rien gagné dans cette aventure. Cette thurne de faussaire n'était emplie que de leurres. Fausses télévisions, faux électroménager, faux livres, mais policiers véritables. À peine sorti de Fresnes, il s'était décidé à braquer une pizzeria. Comment aurait-il pu deviner que les quatre seuls dîneurs de cette soirée de malchance étaient des gâchettes, des tireurs d'élite en goguette ? Cette fois, il avait d'abord été passé à tabac puis, une fois laminé, il avait à nouveau été jeté en prison. Après ? L'alcool s'en était mêlé. Il avait tenté le vol à l'arraché. De femmes obèses en personnes âgées, il avait écumé sans mal toutes les ruelles du quartier. Il avait même commencé à se prendre pour un caïd du ruisseau. Sa carrière aurait pu continuer longtemps s'il ne s'en était pas pris, un autre jour de déveine, à ce jeune homme longiligne et maigrichon, a priori inoffensif. Mais qui, par malheur, s'entraînait avenue du Tremblay au Pôle Espoir de taekwondo, et était considéré comme l'une des pépites en devenir du sport français. La Guigne n'avait pas fait plus de vingt mètres. Bastonnade. Arrestation. Le trou pour récidive. Des histoires comme celles-ci, il en avait collectionné quelques dizaines. Et il y avait gagné ce sobriquet peu glorieux. Aujourd'hui, il ne survivait plus que grâce aux minima sociaux, ce qui ne l'empêchait pas de cracher avec une saine furie sur les gouvernements successifs, la république, la démocratie et les politiciens de tous bords.

Petit Pois, lui non plus, n'était pas passé entre les gouttes. Ce grutier en retraite, qui portait son foie en sautoir comme d'autres la Légion d'honneur à la boutonnière, était le cocu, le cornard magnifique. Cocu par sa femme dont il avait fini par divorcer, cocu par ses chefs de chantier, cocu par la vie. Mais, surtout, cocu par son meilleur ami. Il s'agissait d'un perroquet qui, un matin d'infortune, s'était fait la belle par la fenêtre. Durant deux ans, Petit Pois l'avait cherché dans tout Paris, les yeux au ciel, les larmes aux paupières. Puis, il s'était résolu. Ce perroquet – un superbe psittaciforme d'Amazonie à nuque jaune –, à qui il racontait tous ses grands malheurs et ses petits bonheurs, ne reviendrait pas. Petit Pois s'était donc mis à parler tout seul, pour tuer l'ennui et le silence. Jusqu'au jour où le volatile, par un miracle qu'il ne s'expliquait toujours pas, avait réintégré ses pénates. Hélas, la vie pouvait parfois être taquine. Après deux ans d'absence, l'oiseau ne parlait plus un seul mot de français. Recueilli sans doute par une famille charitable, mais qui vivait sur l'autre versant des Pyrénées, le perroquet ne s'exprimait plus désormais que dans la langue de Cervantès. Que sa femme ait éprouvé l'envie de le tromper, Petit Pois avait pu le concevoir. Mais que son volatile ait osé oublier jusqu'au b.a-ba de l'idiome français qu'il lui avait enseigné avec une patience et un amour infinis, le coup avait failli lui être fatal. Depuis lors, dans leur studio étroit de célibataires, l'homme et l'animal ne s'adressaient plus la parole, chacun épiant l'autre avec un mélange de haine et de tristesse.

Quant à Cothurne et Gégène, les histoires qui couraient sur leurs comptes ne manquaient pas, elles non plus, de pittoresque. Du premier, l'on disait volontiers qu'il avait été bouquiniste sur les bords de Seine et qu'il s'était usé les yeux en lisant, ce qui lui avait valu une mise en retraite anticipée assortie d'une pension famélique qui lui permettait tout juste de ne pas mourir de faim et, encore plus grave, de soif. D'autres rétorquaient qu'il était riche comme Crésus, qu'il ne savait pas lire mais qu'il savait compter, puisqu'il était toujours le dernier à régler sa tournée. Pour ce petit homme falot, taiseux, voire mutique, son monde – celui des livres – se séparait en deux parties. Il y avait ceux qui apportaient des réponses et ceux qui posaient des questions. Tous, sans exception, entraient dans ce schéma simpliste et le monde pouvait tourner rond. Tous, sauf la Bible. Pour Cothurne, ce livre saint ne faisait ni l'un ni l'autre, ou bien les deux à la fois. Il en avait conclu que la Bible était mal écrite et il avait fait le serment que ce serait lui qui, lorsque le temps serait venu, réécrirait les Évangiles. À ce jour, personne ne savait s'il avait commencé sa vaste entreprise et chacun, d'ailleurs, s'en foutait royalement, du tiers comme du quart.

Gégène, lui, incarnait à la perfection le joueur de rugby qui avait déchaussé les crampons depuis des lustres. Bon camarade, plus large que haut, grand animateur des troisièmes voire des quatrièmes mi-temps, il avait été longtemps le boute-en-train de service, celui qui faisait tourner les serviettes et ne lâchait jamais les bouteilles avant d'en avoir vu le cul. Rondouillard, jovial, cet avant de métier reconverti dans la représentation de commerce aurait dû mener une existence rythmée par les rires tonitruants et les fêtes endiablées. Hélas, la fortune, malicieuse et cruelle, avait glissé des bâtons dans les roues de Gégène qui, du jour au lendemain, s'était étalé de tout son long. Père de huit enfants, mari aimé, il s'était laissé tenter par un collègue de travail qui lui avait proposé, sous la forme d'un défi imbécile, d'effectuer des recherches sur ses aïeux, le tout à l'aide de quelques gouttes de salive. Trois semaines plus tard, les résultats étaient tombés. En une seule lettre, il avait tout appris de ses ancêtres. Certes. Comme il avait profité de cette occasion pour soumettre sa femme et ses enfants au test ADN, il avait aussi été informé du fait que, sur ses huit rejetons, aucun n'était de lui. Son monde s'était écroulé dans la seconde. Gavé de neuroleptiques, il avait été interné à Sainte-Anne quelques mois. Puis, lassé de tous ces cachets qui l'avaient transformé, affirmait-il encore aujourd'hui avec force et indignation, en mou de veau, il avait claqué les portes de l'institution. Vivant désormais seul dans un petit studio de la rue Lhomond, il avait remplacé toute cette médication par l'absorption quotidienne et assidue d'alcools forts. Il en mourrait. C'était écrit. Il le savait. Mais, quitte à mourir, autant qu'il le fît avec plaisir, légèreté et la délectation de savoir qu'il était son propre bourreau.

*

« Et pour vous, monsieur Théo ? Qu'est-ce que ce sera ? Un petit crème, comme d'habitude ? »

Sans même attendre de réponse, madame Jouve avait déjà tourné le dos au nouveau venu. Dans l'atmosphère surchauffée du Gay-Lu, ses bras de matrone s'activaient avec des gestes précis à la gueule du percolateur, faisant naître autour d'elle des nuages de vapeur bleue et des feulements de bête fauve. Un instant plus tard, l'infâme jus avalé à contrecœur dans la rue de l'Estrapade ne serait plus qu'un souvenir. Théo, assis en solitaire à l'une des trois tables hautes installées dans le fond, les pieds ballants et le nez glacé, en souriait déjà d'aise. Dire qu'il aimait ce troquet, cette ultime poche de résistance qui survivait malgré la rapacité des franchises ayant colonisé Saint-Michel et le Quartier latin, cela aurait été en dessous de la vérité. Il s'y sentait chez lui. Entre les banquettes de moleskine, l'ardoise sur laquelle madame Jouve étalait quotidiennement ses talents de calligraphe et ses hésitations orthographiques, ses nuages d'alcool changeant selon les heures, ses habitués aux trognes couperosées et ses touristes égarés, il était enfin quelqu'un. Pas de quoi décrocher la lune ni faire le fier-à-bras, non. Mais il était dans son jus. Il faisait partie d'une tribu, même s'il avait fallu un long temps à toute la faune du cru pour accepter que Théo ne boive pas.

Avec une élégance précautionneuse qui n'appartenait qu'à certaines femmes de plus de deux cents livres, madame Jouve se retourna, un sourire plein sur sa face de lune. Après s'être extraite de son fortin, elle navigua dans la salle, évitant avec grâce les chaises en bois et les tables aux angles aigus. Puis, elle déposa la tasse de café fumant sous le nez de son client perché sur son tabouret.

Alors qu'elle allait retrouver sa tranchée, où une armée de bouteilles versicolores montaient un garde-à-vous impeccable dans des tenues maculées de sucre séché, Théo ne put s'empêcher de lui demander : « C'est définitif, madame Jouve ? Pour le Gay-Lu, je veux dire. Je vous ai entendue en toucher un mot à la Guigne. Alors ? La messe est dite ? »

Le regard dans le vague, la bistrotière s'arrima à la table et finit par souffler : « La messe est dite, oui. Avec le baptême, la confirmation et même l'absolution. Après le réveillon du jour de l'An, les nouveaux propriétaires vont venir avec un architecte. Puis, ce sera le début des travaux. C'était écrit, comme je dis toujours. Et ce qui est écrit est écrit. Y a rien à ajouter à ça.

— Et vous ?

— Comment ça, moi ?

— Qu'est-ce que vous allez faire ? »

Après avoir gratté du bout de l'ongle une imperfection du vernis qui griffait la table, madame Jouve bougonna dans son double menton où brillaient quelques gouttes de sueur : « Ma foi, je suis pas encore bien sûre. Je sais pas. Pour vous dire toute la vérité, j'ai pas encore pris ma décision.

— Vraiment ?

— Des idées, j'en ai tout un stock, bien sûr. Mais que voulez-vous ? Je suis plus un perdreau de l'année et… »

Avant d'être interrompue par des dénégations flatteuses qui, déjà, s'apprêtaient à fleurir sur les lèvres de Théo, elle poursuivit : « … et j'ai mon avenir derrière moi. Alors, pour le temps qu'il me reste, je crois bien que je vais quitter Paris.

— Quoi ?

— Parfaitement.

— Vous, madame Jouve, vous allez quitter le quartier ?

— Pas le quartier : Paris. Et bien contente, encore. »

Subitement intéressés par la conversation, Petit Pois et la Guigne mirent en suspens leur discussion plaintive. Entre les mains de Cothurne et celles de Gégène, *Paris-Turf* n'émit plus le moindre froissement. Avec respect et la plus grande discrétion dont ils étaient capables, tous dressèrent l'oreille. Madame Jouve, autant dire leur mère ou leur frangine à tous, leur maîtresse impassible, la gardienne de leur raison lorsque celle-ci se mettait à battre la campagne, madame Jouve, donc, allait mettre les voiles. Dans le fond de la salle, la voix âpre et rêche de la tenancière expliqua : « Ça doit être l'appel des racines, monsieur Théo. La Lorraine me manque. Et encore, j'y suis allée que deux fois dans toute ma vie. J'y ai même plus de famille, mais je sens que c'est chez moi. Ou plutôt, je sens bien que Paris, c'est plus chez moi. Alors, je préfère m'en aller. Paris m'a bien gâtée, allez. Mais il veut plus de moi. Alors, je largue les amarres, et au petit bonheur la chance…

— Mais Paris ! C'est… Paris ! Ce n'est pas rien, quand même !

— *C'était* pas rien, nuance. Mais comptez pas sur moi pour vous jouer le crincrin de la mélancolie. Avant, c'était avant. Et ça me convenait. Aujourd'hui, c'est aujourd'hui. Et ça me convient pas. Je m'y reconnais plus. À chaque jour qui passe, j'ai l'impression que ma ville part en biberine. C'est comme si elle perdait de son charme. Je sais pas si c'est à cause de l'époque, du temps qui file plus vite, de ces saletés de travaux de voirie qu'en finissent plus de nous pourrir la vie ou de moi, tout simplement, mais Paris me flanque dehors. Je préfère m'en aller de moi-même. On a sa fierté.

— Mais vous allez vous y faire, à la Lorraine ?

— On se fait à tout, monsieur Théo. Même quand on s'en croit pas capable. Je vous l'ai dit, c'est le retour aux racines.

— Et vos clients ? »

Après un haussement d'épaules désabusé, madame Jouve murmura, l'œil rond, humide de mélancolie : « Ils trouveront un autre endroit, allez… Moins dans le centre, bien sûr, rapport aux loyers qui tuent le petit commerce. Mais les bistros comme le Gay-Lu, y en a encore quelques-uns. Et mes clients, ce sont de bons clients. Jamais une histoire et aucune ardoise. Vous les verrez jamais au Flore ni à la Closerie, c'est sûr. Mais qu'est-ce qu'ils iraient y faire ? C'est deux mondes qui se savent, mais qui se fréquentent jamais. Ils sont pas compatibles.

— Mais vous ne les verrez plus, si vous partez dans l'Est. On est un peu vos amis, que je sache. »

L'espace de quelques instants, la maîtresse des lieux demeura songeuse, le regard dans le vide. Puis, après un long et douloureux soupir qui marqua la fin de sa réflexion, elle déclara, d'une voix à peine audible : « M'en veuillez pas, mais j'en ai trop vu pour marcher dans ce genre de boniments. Dans un bar, l'amitié existe pas. Et je parle d'expérience, vous pouvez me croire. On y trouve des copains à la pelle, c'est vrai. Vous aurez toujours l'embarras du choix pour des compagnons de cuite, des frères de cirrhose, des complices de l'apéro, des frangins de la bouteille, et plus que nécessaire. Mais, s'ils se donnent rendez-vous tous les jours ici, c'est pas plus pour venir me voir que pour prendre des nouvelles des uns et des autres. S'ils poussent ma porte, c'est juste pour plus être seuls. On dit qu'ils refont le monde à chaque verre, mais vous y trompez pas. Ils se foutent du monde tout comme ils se foutent du sens dans lequel celui-ci peut bien tourner. Tenez-le-vous pour dit : y a rien de plus égoïste et de plus seul qu'un pilier de bar… »

Un peu décontenancé par la gravité de la tenancière, d'ordinaire toujours prompte à lâcher quelques gauloiseries à la volée, Théo osa encore : « Mais là-haut, en Lorraine ? Qu'est-ce que vous allez faire ?

— Rien.

— Comment ça, rien ?

— Rien, je vous dis. Ou le moins possible, en tout cas. Ça me changera. Et, pour commencer, je vais oublier Paris.

— C'est impossible, voyons !

— Je vais oublier que Paris n'est plus une ville à ma main, que c'est devenu un promenoir à touristes, un ghetto pour bobos qui croient toujours tout savoir sur tout. Je vais oublier que Paris s'appartient plus, qu'il vit sur les vapeurs d'essence, sur ce qu'il a été et qu'il sera jamais plus. Rien que pour oublier tout ça, ça va me prendre du temps, vous pouvez me croire. Et à vous je peux bien le dire, je me suis découvert, comme qui dirait, une passion. »

Alors que Théo, piqué dans sa curiosité, l'encourageait du regard, elle hésita un instant avant de se lancer : « Il s'agit pas d'un homme, rassurez-vous. Avant de mourir, mon grand voyou de mari m'a pris tout ce qu'il y avait à prendre. La devanture peut encore plaire, si on est pas trop regardant et qu'on a bon appétit. Mais la cave est vide. Enfin, vous voyez ce que je veux dire…

— J'imagine, en tout cas.

— Alors voilà : ma passion à moi, c'est les puzzles.

— Pardon ?

— Les puzzles. Je sais que ça a rien d'exceptionnel, mais ça me plaît. Reconstituer des paysages, des animaux, des gens célèbres. Il faut avoir l'œil, la patience. Et il y a toujours une pièce qui manque, ce qui fait qu'on est jamais parfaitement content. Comme dans la vie, quoi… »

À cet instant, madame Jouve remarqua les battements de pieds de Théo qui, sous la table, avaient repris. Avec un sourire qui signifiait que l'heure des épanchements et des confidences était terminée, elle tenta de plaisanter : « Vous avez attrapé la danse de Saint-Guy ? Si c'est pour les toilettes, elles ont pas encore changé de place. Faut pas vous gêner pour moi ! »

Pris sur le fait, Théophraste Sentiero plaqua aussitôt ses mains sur ses cuisses et figea son tic en plein mouvement. En guise d'excuse, il bredouilla : « Vous avez remarqué, vous aussi ?

— Dame ! On dirait que vos pieds s'échauffent pour piquer un cent mètres ! Qu'est-ce qu'il vous arrive ? »

Après avoir vérifié que les indécrottables du Gay-Lu ne les écoutaient plus, repartis pour les uns dans des rêves de Grand Prix de l'Arc de triomphe, et pour les autres dans des jérémiades dont ils étaient les seuls à connaître les tenants et les aboutissants, il avança une explication maladroite : « Je ne sais pas vraiment. Ça m'a pris hier, en plein repas. Puis cette nuit, aussi. Et encore ce matin, au réveil. Mais ce n'est pas grave. Ça doit être nerveux. Vous savez ce que c'est. Quand on s'écoute, on s'écoute toujours trop.

— Sur ce point, nous sommes bien d'accord. »

Après avoir collé ses seins sur la table et avoir approché son visage de celui de Théo, à le frôler, elle lui glissa avec des airs de conspiration : « Mais, dites-moi… Vous rentreriez pas de l'Afrique subsaharienne, par hasard ?

— Pas que je sache, non.

— Vous y étiez y a quelque temps, alors ?

— Vous faites fausse route. Je n'y ai même jamais mis les pieds.

— Ça, c'est embêtant.

— Pourquoi ?

— Parce que ça met en l'air toute ma théorie. Si vous étiez allé là-bas, vous auriez pu attraper le palu.

— Et le paludisme fait bouger les pieds ? »

Demeurée un instant silencieuse, madame Jouve finit par soulever ses seins du plateau verni. Après avoir froncé les sourcils, visiblement dépassée par la question, elle répliqua : « C'est un client de passage, un ancien de la Légion, qui m'a dit ça. Le palu, ça rend fou. Voilà ce qu'il m'a dit. Alors, si ça peut rendre fou, ça doit bien pouvoir faire battre des pieds, non ? »

Avant de repartir vers son comptoir, où l'attendaient des affaires qu'elle jugeait autrement plus urgentes, elle conclut, péremptoire : « Je serais vous, monsieur Théo, je surveillerais ça. Notez bien que c'est peut-être rien du tout, un manque de magnésium ou Dieu sait quoi. Il paraît qu'on en manque tous, de magnésium. Mais, si c'est pas ça, c'est que c'est autre chose. Et autre chose, quand on sait pas ce que c'est, ça peut être grave… »

4

Dans le froid piquant de ce petit matin du 26 décembre, Théophraste Sentiero descendit sans hâte le boulevard Saint-Michel, en direction de la Seine. Jusqu'alors, il n'avait pas voulu prendre au sérieux la fermeture du Gay-Lu. Chaque fois que l'un des fidèles du lieu avait abordé la question, il avait fait la sourde oreille ou avait rangé avec soin cette éventualité dans la case de ces événements dont on parle, mais qui ne se produisent jamais. Le Gay-Lu fermé et madame Jouve en Alsace, toute cernée de cigognes, de choucroute et de chalets de Noël ? L'affaire ne pouvait pas être sérieuse. Ce n'était qu'une divagation. Jamais elle ne passerait à l'acte. Elle était Paris, tout comme Paris était le résultat de l'agglomération de madame Jouve, de la Guigne et de Petit Pois, de Gégène et de Cothurne. Lui-même, Théophraste Sentiero, était l'un de ces points minuscules qui, posés les uns à côté des autres, participaient de ce portrait impressionniste. Le lendemain, la semaine et le mois suivants et pour nombre d'années à venir, le Gay-Lu demeurerait là, fidèle au poste, indéboulonnable. Il ne pouvait pas en être autrement. Certes, la bistrotière n'avait pas eu l'air de plaisanter. En vérité, l'affaire semblait sérieuse. Mais quoi ? Tout cela n'avait guère de sens. Il y avait fort à parier que, dans la cascade des milliers de jours à naître, lorsqu'il pousserait la porte vitrée du Gay-Lu pour s'adonner à sa partie hebdomadaire de belote, il retrouverait chaque fois tout son monde. Peut-être que cette histoire n'était qu'une plaisanterie ? Hilares, les manieurs de cartons lui avoueraient sans doute – ce soir-là ou trois jours après, cela importait peu – que cette rumeur n'était qu'une farce. Madame Jouve, pour le prouver, sortirait les oursins de ses poches et paierait sa tournée. Selon toute vraisemblance, ce serait donc cela. C'était, en tout cas, le seul scénario auquel il s'autorisait à croire.

Soudain ragaillardi, la jambe souple et le pied léger, Théophraste Sentiero se surprit à sourire. C'était dit. Le Gay-Lu ne fermerait pas. Au-dessus des nuages qui s'amoncelaient dans le ciel, le soleil devait briller. Paris serait toujours Paris. Quant à Dieu, s'il existait, il avait rudement bien fait de prévoir que le 26 décembre, cette année-là, tomberait un vendredi. Les vélos et les trottinettes n'auraient qu'à se repêcher tout seuls, s'ils le désiraient. Lui, il faisait le pont.

À l'angle du Boul'Mich' et de la rue Soufflot, Théo croisa un groupe de touristes emmenés au pas de course par un guide qui passait en revue, dans un micro-cravate, toutes les merveilles de la Ville lumière. Bibliothèque Sainte-Geneviève, université Paris-

Sorbonne, musée de Cluny. À coup sûr, ces missionnaires d'un nouveau genre, bardés de bananes antivol, de casques audio et de portables, finiraient leur course sur le parvis de Notre-Dame, dont la pâle nef moyenâgeuse se parait désormais de cicatrices noires abandonnées par les flammes. Ils prendraient des selfies, achèteraient à prix d'or des babioles fabriquées à des milliers de kilomètres de là par des esclaves chinois ou taïwanais. Ils s'enverraient de mauvais sandwiches en étant persuadés qu'ils goûtaient au fleuron de la gastronomie française. À leur retour, ils plastronneraient, preuves photographiques à l'appui. Ils auraient fait Paris en deux jours et seraient alors, pour quelques mois au moins, le temps que des voisins s'envolassent vers d'autres bouts du monde, auréolés de leur gloire d'être partis ailleurs. D'avoir osé.

Théo les croisa sans leur accorder l'aumône d'un sourire. Ce fut à peine s'il ressentit une pointe de pitié pour les plus vieux qui se traînaient à l'arrière de ce troupeau marqué, non pas au fer, mais avec des autocollants aux couleurs du voyagiste. Lui, Théophraste Sentiero, il ne faisait pas et ne ferait jamais partie de ce fretin. Il était gaulois, français et parisien. Et jamais, sans doute, ne lui viendrait l'idée saugrenue de partir avec Cécile et les enfants à la pointe de la Terre de Feu pour aller tirer les fanons des baleines – ou même dans les quartiers interdits de Nankin, juste pour voir si les vieux Chinois aux peaux ivoirines fumaient encore d'interminables pipes toutes grésillantes d'opium. Il vivait à Paris et Paris, c'était connu, était la plus belle ville du monde. Alors, oui. Pour se désennuyer un peu, il rêvassait devant les vitrines des librairies Delamain ou Chandeigne. Il faisait ses voyages en douce, par petits bouts, sans avoir l'air d'y toucher. Mais partir ? Certainement pas. Sa vie était ici, même s'il avait l'âme vagabonde.

Rasséréné par cette ultime pensée, le promeneur s'arrêta un instant. Avec une délectation non feinte, il alluma une cigarette. À la maison, Cécile l'avait astreint à la cigarette électronique – et encore, il n'avait obtenu cette concession qu'après de longues heures de palabres et de hauts cris. Afin d'avoir la paix, il avait promis de renoncer au plaisir du tabac que la vox populi rendait chaque jour plus coupable. Finies les cigarettes. Dans l'appartement comme ailleurs, il l'avait juré. Mais là, dans le silence relatif d'une ville débarrassée pour ce long week-end des embouteillages et des tempêtes de klaxons ulcérés, il eut envie d'une vraie clope, une tige, une cibiche. Une sucette à cancer, comme les appelait avec des grimaces horrifiques sa fille, Bénédicte. Ce à quoi le petit Joël, du haut de ses douze ans, ajoutait que l'on pouvait aussi les nommer des Nuit-Grave. Bref. Joignant le geste à la parole, et après avoir tout de même vérifié d'un coup d'œil circulaire que personne ne pourrait le voir, Théo tira de l'une des multiples poches de son pantalon cargo un paquet de cigarettes tout juste entamé. Le crépitement du briquet, la texture souple du filtre entre ses lèvres, l'odeur inimitable de la combustion, la première goulée. Tout cela le fit ronronner de plaisir et il n'accorda aucune importance à l'air réprobateur d'une jeune passante, outrée de constater que des gens pouvaient continuer à se suicider ainsi, en pleine rue. Théophraste Sentiero se fichait éperdument de cette pisse-froid pétrie de bonne conscience. Sa clope était bonne, bonne à damner un saint. Pour rien au monde il ne l'aurait écrasée. Et ce fut donc la cigarette au bec qu'il poursuivit sa route. Décidément, non. Madame Jouve ne partirait pas au paradis des baeckeoffes et des flammekueches. Le Gay-Lu ne fermerait pas ses portes. Dieu était l'ami des travailleurs et des classes populaires, l'empereur des ponts et le roi tout-puissant des aqueducs. Les touristes ne comprendraient jamais rien à leurs propres voyages. Et le picotement de la fumée dans sa gorge le prit par la main pour l'emmener dans l'antichambre du nirvana ou du Valhalla.

« Pourquoi fais-tu cette tête ?

— Quelle tête ?

— Ta tête à toi, pardi !

— Qu'est-ce que tu lui reproches ?

— C'est une tête de dégoûté, voilà ce que je lui reproche. Mais on verra bien celle que tu feras, tout à l'heure.

— On verra quoi ?

— Quand ce sera sur la table, je suis sûre que tu feras une tête bien différente… »

La veille, le promeneur avait vu juste. La dinde n'avait pas dit son dernier mot. Durant l'heure et demie qu'avait duré l'absence de Théo, Cécile et le volatile avaient eu le temps d'en découdre. Dès son petit déjeuner expédié, la maîtresse de maison avait pris les choses très au sérieux. Planche à découper, hachoir, couteau d'office pour le tout-venant, couteau à trancher, à désosser ou à effiler : la lutte avait bien eu lieu. Lorsque, à son retour, Théo avait poussé la porte de la cuisine, il n'avait pu que constater le résultat. Sur la table, dans des éclaboussures de graisse marron et figée, Cécile avait trié les restes en trois tas distincts. À gauche, les os. Au milieu, tous les morceaux et jusqu'aux filaments de la viande qu'elle avait réussi à prélever sur la carcasse. À droite, un tas de restes informes où la peau, les tendons, le gras et d'autres parties maintenant non identifiables de la volaille se réunissaient. Têtue, obstinée, sûre de son fait, la cuisinière avait vaincu. Et elle savait déjà ce qu'il adviendrait de ces monticules.

Le front humide de sueur, les cheveux en bataille et la fourchette à deux dents encore à la main, Cécile confirma aussitôt les craintes de son mari : « Je ne sais pas ce que tu as fait ce matin, mais moi, je n'ai pas chômé. Ce midi, je vais vous préparer un petit plat dont tu me diras des nouvelles : un suprême de volaille dans son envolée de cheveux d'ange.

— Tu ne peux pas dire une soupe de pâtes avec des os pour donner du goût ? »

Ignorant la remarque avec un mépris superbe, elle pointa alors son arme sur les tas de viande et poursuivit : « Ce soir, ce sera sauté de la ferme avec son écrasé façon grand-mère…

— … des restes de dinde à la purée.

— Demain midi, une fricassée chaud-froid, corail et cumin…

— … une salade de dinde aux lentilles.

— Et, demain soir, une tourte d'hiver façon Noël…

— … une quiche à la dinde. »

À ces derniers mots, Cécile se crispa. Le front plissé, elle darda sur son mari des yeux roulants. D'instinct, Théo baissa la tête. Il savait qu'il n'aurait pas dû jouer à ce jeu-là avec sa femme. Mais cela avait été plus fort que lui. Il ne comprenait pas le plaisir que Cécile pouvait éprouver à enjoliver les choses ainsi. Pendant qu'elle entamait une litanie qu'il ne connaissait que trop bien sur la nécessité de savoir tenir les cordons de la bourse dans un ménage, il parvint à dénicher, dans un coin de son esprit, une poche de silence. Quelques notes de Nino Rota rythmant son échappée, il se vit rejoindre la rue de l'Estrapade en empruntant le chemin des écoliers. Devant la vitrine de la librairie Chandeigne, rue des Fossés-Saint-Jacques, il s'était arrêté un instant. Gégène et Cothurne rêvaient de bourrins, de canassons et de quintés flamboyants qu'ils ne toucheraient jamais. Lui, c'étaient les voyages et les horizons lusophones. Portugal ou Brésil, îles du Cap-Vert ou de Sao Tomé-et-Principe. Toutes ces belles gravures qui s'étalaient en couvertures de livres qu'il ne lirait jamais, elles avaient été volées dans des pays vers lesquels il ne voguerait sans doute pas. Mais cela n'empêchait pas le rêve. Et leur simple vue, même sous un ciel de plomb et au travers d'une vitre, suffisait à éteindre ses petites contrariétés.

«Je te signale que j'ai mis un terme à ma carrière pour élever nos enfants, poursuivit dans le lointain la voix de Cécile. Mais ça, bien sûr, ça ne compte pas. Pas plus pour toi que pour le calcul de ma retraite, soit dit en passant. Mais je te…»

De temps en temps, des reproches parvenaient à s'infiltrer dans le for intérieur de Théo. Ces pointes, le plus souvent fielleuses, ne lui arrivaient que de façon émoussée et ne représentaient aucune menace réelle. En revanche, la perspective de la fermeture du Gay-Lu vint se rappeler à lui. Cette fois, il se risqua à envisager cette éventualité. Le bistro, son bistro, appartiendrait bientôt à une grande chaîne hôtelière… Mais non. C'était impossible. Si, d'aventure, cela devait se produire, il était hors de question pour Théophraste Sentiero comme pour les autres habitués qu'ils continuassent à fréquenter un lieu qui, selon toute probabilité, tirerait bientôt plus de l'abreuvoir à gogos que du troquet parigot. Il n'avait rien contre cette population qui, de façon insidieuse tout d'abord, puis toute honte bue, avait poussé les habitants historiques loin de leur quartier. Les affaires, c'étaient les affaires. Par endroits, les loyers avaient doublé, triplé, voire quadruplé. Les anciens finissaient toujours par plier armes et bagages. Un matin, ils se retrouvaient dans des clapiers, des barres d'immeubles de la grande couronne. Très vite, ils abandonnaient l'idée de faire fortune aux jeux de hasard et de revenir un jour, plus tard, en vainqueurs. Ils avaient quitté le Boul'Mich'. Ils avaient quitté leur passé. La plupart ne remettraient jamais les pieds, même le temps d'une visite, sur les lieux de leurs beaux jours. Cela aurait été trop douloureux. Et qu'y auraient-ils fait ? Rien. Sinon, peut-être, pleurer.

« Mais si toi, au moins, tu avais un travail stable, un travail digne de ce nom ! C'est à croire que tu ne te sens bien que dans les petits boulots dont personne ne veut. Repêcher les vélos et les trottinettes ? Mais je… »

Quant à madame Jouve, Théo n'avait, à cette heure, pas encore tranché. Depuis qu'il était en âge de marcher, il ne l'avait jamais vue que derrière son comptoir. Frêle jeune fille, tout d'abord. Puis opulente épouse de son grand voyou de mari, Titin, qu'un accident de voiture avait enlevé à l'affection de tous. Épaisse bistrotière enfin, maîtresse femme ou pétulante dondon, selon les avis. La croupe anesthésiée et figée dans le deuil, mais le coude leste, le verbe haut, le pistolet d'ordonnance chargé dans la caisse enregistreuse, madame Jouve ne pouvait pas partir. Cela aurait été de la désertion, une trahison caractérisée doublée d'une lâcheté sans bornes, et…

« Et arrête, avec tes pieds ! Je ne sais pas si ça t'amuse de battre la mesure comme ça mais, moi, je n'en peux plus. Tu m'entends ? Je n'en peux plus ! Déjà, cette nuit, tu m'as fait passer le calvaire. Alors, arrête immédiatement ! »

La dernière phrase venait de faire voler en éclats les

considérations silencieuses sur la patronne du Gay-Lu qui flottaient dans l'esprit de Théo. Comme au sortir d'un rêve, il écarquilla les yeux. Regarda de droite et de gauche, se sentant soudain égaré dans cet univers qui lui était pourtant familier. Aussitôt, il reçut en pleine face la suite des reproches égrenés par son épouse :

« Si c'est pour me mettre les nerfs en pelote, c'est réussi ! Et, si c'est nerveux, ça se soigne. Tu m'entends ? J'ai vu une émission, à la télé. Ils n'appellent plus ça des tics ni même des tocs. Il y a un autre mot, un mot plus moderne. Mais ça se soigne. Alors, soit tu arrêtes tout de suite, soit tu files chez le docteur Kiefer ! »

D'une petite voix, Théo tenta de protester : « Mais c'est un généraliste et il...

— Les généralistes savent toutes les maladies, en général. Et c'est quand ils ne savent pas qu'ils t'envoient chez les spécialistes.

— Et qu'est-ce qu'il y fera, le docteur Kiefer ?

— Il fera ce qu'il y a à faire. D'ailleurs, je te rappelle que tu dois aller le voir depuis au moins trois mois. La Sécurité sociale t'a déjà envoyé deux rappels pour ta prostate.

— Elle va bien, ma prostate.

— Ça, tu n'en sais rien. Puis, je te rappelle que c'est gratuit.

— Et alors ?

— T'y as droit, t'y as droit. Et d'ailleurs, puisque tu ne travailles pas cet après-midi, tu vas me faire le plaisir d'aller consulter ! »

La fourchette à deux dents brandie par la main droite de Cécile ne fut pour rien dans l'abattement subit de Théo. Sa femme était soupe au lait, vindicative, de mauvaise foi, toujours la première à tempêter, toujours à aller au bout de ses idées, quitte à menacer. En revanche, elle n'aurait jamais fait de mal à une mouche. Même avec une fourchette à deux dents. Cela, Théo en était sûr. Elle ignorait sans doute ce qu'était une prostate – et encore plus dans quel endroit précis du corps celle-ci pouvait bien se loger –, mais elle venait de décider que Théophraste Sentiero ne ferait pas l'économie, ce jour-là, d'une visite chez le docteur Kiefer, a fortiori d'une visite gratuite.

Sans grand espoir, Théo tenta tout de même : « Ton docteur ne pourra pas me faire l'examen de la prostate. Ce n'est pas à lui de faire ça.

— Il fera ce que nous a écrit la Sécurité sociale. Il t'auscultera et il te fera une ordonnance pour un spécialiste. Et il s'occupera aussi de tes pieds.

— Mais je…

— Ce qui est dit est dit.

— Cécile, je…

— Nous sommes d'accord ?

— Je t'assure que…

— Tu ne voudrais pas qu'on se dispute, tout de même ? »

Comme elle avait reposé la fourchette sur le plateau de la table et troqué sa mauvaise humeur contre une amorce de sourire, Théo s'entendit acquiescer :

« Très bien. J'irai chez ton docteur Kiefer. Mais je te rappelle que c'est le pont. Et je ne suis pas sûr qu'il soit ouvert.

— Il est toujours ouvert, tu le sais aussi bien que moi. Même le dimanche et les jours fériés. Celui-là, il ne vit que pour son travail. Puis, un jour comme aujourd'hui, tu n'auras pas beaucoup à attendre et il sera ravi de ta visite. En y allant, tu lui rends donc un peu service, tu vois ? »

*

Ainsi fut dit, ainsi fut fait. À quatorze heures tapantes, Théophraste Sentiero quitta l'appartement, l'estomac lesté d'un bol de suprême de volaille dans son envolée de cheveux d'ange. À tout bien considérer, il pouvait s'estimer heureux de cette visite au docteur Kiefer. La table à peine débarrassée, Cécile s'était installée en reine de Saba sur le canapé pour visionner son programme, son soap opera, disait-elle avec un sérieux imperturbable – comme si ce seul vocable d'« opera » suffisait à rehausser le niveau consternant de la bouillie qui giclait par flashes de l'écran du téléviseur. Durant trois fois vingt-quatre minutes, le silence devenait la loi. Le moindre contrevenant encourait des foudres homériques. Mieux valait s'y soumettre. Et, en vérité, le docteur Kiefer n'était pas un méchant homme. C'était même le bon papa, à l'ancienne. Pas du genre à inquiéter son patient, pour peu que celui-ci acceptât de l'écouter discourir sans fin sur sa passion, sa marotte, son péché mignon : les lettres autographes. Il en possédait des centaines. Toutes rédigées par des mains de célébrités issues de tous les milieux et de tous les arts. Adam Kiefer n'était pas bégueule. Il prenait tout, classait chaque feuillet avec un soin méticuleux et pouvait broder sur ceux-ci durant des heures, intarissable et admiratif, la larme perlant parfois à la paupière et les mains moites, rendues fébriles par l'émotion et le plaisir sans mélange de partager ces éclats du passé.

Au numéro 4 de la rue Laromiguière, Théophraste Sentiero appuya sur le bouton de la sonnette. Comme aucune réponse ne se fit entendre, il renouvela l'opération une vingtaine de secondes plus tard. Là encore, seul le silence lui répondit. Ne voulant pas tenter le diable avec une troisième tentative, il décida d'abandonner. Si le docteur Kiefer était en congé, il n'y était pour rien. Cécile ne pourrait que s'incliner et il gagnerait ainsi, au bas mot, trois semaines de répit.

Au moment où il opérait une volte-face, le timbre métallique de l'ouvre-porte finit par bourdonner sous le ciel épais. Résigné, Théo poussa le lourd vantail. Dans sa poche, sa main se referma sur l'enveloppe de la Sécurité sociale que Cécile avait pris soin de glisser. Les jambes molles, les fesses plus serrées que de coutume à la seule idée de devoir subir quelque jour une coloscopie, il s'engagea alors dans un vaste escalier sentant fort l'encaustique, la javel et les vapeurs d'alcool à désinfecter.

Ridicule. Ridicule et humilié. Après quinze minutes d'attente dans la salle prévue à cet effet, après s'être usé les yeux sur des magazines féminins dont il ne soupçonnait pas même l'existence, après avoir répondu à un questionnaire de santé qui tenait plus de l'interrogatoire que de la visite médicale, après s'être soumis, à demi nu, à toute une batterie d'examens, Théophraste Sentiero ne voyait plus le moment où il quitterait enfin ce cabinet où l'opiniâtreté maritale de Cécile l'avait précipité. Car voilà, ça n'était pas le bon papa Kiefer qui l'avait reçu. Cette vieille lune, au triste instar de madame Jouve, avait posé sa retraite. À l'accueil, la secrétaire l'avait informé de cet état de fait sur un ton laconique. Le docteur n'avait plus de goût pour soigner, avait-elle affirmé. Il avait donc tiré sa révérence, sans tambour ni trompette – mais sans doute avec une profonde lassitude et un tout aussi profond soulagement. À la place de ce médecin de famille capable de se pâmer sans fin sur des pleins et des déliés, illisibles pour tous sauf pour lui, Théo avait eu affaire à un jeune praticien, un de ces juvéniles coqs blafards, sans doute encore carabin, un je-sais-tout squelettique, osseux, à la peau blême et aux manières de directeur d'école. À l'instant où il était entré dans la salle d'examen, il avait compris que rien ne se passerait comme prévu. Il avait bien songé à faire demi-tour, mais l'animal, trop heureux d'avoir pris une potentielle proie dans ses filets, avait été plus prompt que lui, refermant, d'autorité, la porte dans son dos. Alors, le supplice avait pu débuter.

Derrière ses minuscules lunettes de myope sur un nez proéminent, bien trop fort pour un visage concave, le nommé Jonathan Cadirac s'était tout d'abord plongé dans la lecture du courrier que la main fébrile de Théo lui avait tendu. Le front plissé, deux rides d'amertume inquiète posées aux coins des lèvres, il avait parcouru la missive administrative avec de petits grognements qui avaient alarmé son visiteur. Coupant court à toute question d'un mouvement agacé de la main gauche, il avait longuement soupiré. Puis, d'une voix d'outre-tombe, il avait fini par lâcher : « Nous verrons bien… » Interdisant, cette fois du regard, toute velléité d'interrogation, il s'était ensuite levé. Avec des gestes lents, il avait accroché son stéthoscope autour de son cou de poulet. Poursuivant sur le même ton lugubre, et pendant qu'il nettoyait avec ostentation ses mains à l'aide d'une solution hydroalcoolique, il avait ajouté : « Déshabillez-vous. Nous allons voir ça… »

Température, taille, poids, rythme cardiaque, pression sanguine, examen des conduits auditifs et de la langue, marteau de caoutchouc pour vérifier les réflexes des genoux, palpations diverses et variées, tapotements au niveau de la cage thoracique et du dos : Jonathan Cadirac ne laissa rien au hasard. Sans jamais daigner croiser le regard de son patient, il écouta ou entendit les réponses que Théo lui adressa d'une voix mal assurée.

Quelques instants plus tard, face à son sujet qui se rembraillait de son mieux et se sentait dans la peau d'un conscrit ayant satisfait aux examens militaires d'incorporation, le généraliste retourna s'installer derrière son bureau, méticuleusement ordonné. Il saisit un Montblanc flambant neuf entre ses doigts maigres et commença à griffonner, dans le plus parfait silence. Outre la feuille de soins qu'il prit la peine de remplir lui-même, il ajouta une ordonnance pour la coloscopie, toute une batterie d'analyses sanguines, ainsi qu'une liste infinie de médicaments.

Les yeux toujours baissés sur ses pattes de mouche, il consentit tout de même à expliquer : « Pour votre prostate, ce n'est pas de mon ressort.

— C'est ce que j'ai dit à ma…

— Pour cet examen, je vous fais une ordonnance en bonne et due forme. Et je vous demanderai de vous rendre au plus vite à l'adresse indiquée. Ne traînez pas, je compte sur vous.

— Pourquoi au plus vite ? »

Après un nouveau soupir, cette fois agacé et désagréable à entendre, il grommela : « Je vous ai dit au plus vite, rien de plus. Quant à vos pieds, je vous ai préparé une ordonnance à l'attention de mon confrère, le docteur Salvay. C'est un excellent neurologue. Et dans votre état…

— Comment ça, mon état ? C'est grave, docteur ?

— … je vous prescris aussi des anxiolytiques. Les symptômes persisteront, mais cela les atténuera. Respectez la posologie. Et revenez me voir, disons la semaine prochaine.

— Mais… qu'est-ce que j'ai ? »

Cette simple question eut pour effet immédiat de figer la course de la plume sur l'ordonnancier. Après avoir pris le temps de la réflexion, le généraliste expira à nouveau de manière bruyante. Puis, comme s'il s'adressait à un demeuré, il énonça avec une morgue détestable : « Monsieur, si je vous envoie chez un neurologue, c'est parce que lui, précisément, pourra vous dire ce que vous avez. Moi, je ne peux que supposer.

— Et vous supposez quoi ?

— Vous voulez vraiment que je vous dise ce que je pense de vos battements de pieds ?

— Je suis là pour ça, non ?

— Non. Vous êtes là pour être examiné, pas pour être soigné. Si vous n'aviez qu'un rhume ou une brûlure superficielle, je ne dis pas. Une entorse bénigne, à la limite. Mais là… c'est neurologique.

— Et alors ?

— Mon confrère vous dira. J'ai constaté des symptômes, mais c'est à lui qu'il appartient de rendre un diagnostic. En ce qui me concerne… »

Alors que Théo commençait à ressentir, au niveau du ventre, de désagréables bouffées d'angoisse, Jonathan Cadirac reprit, les yeux plissés par un effort de concentration : « Pour ma part, donc, je ne prendrai aucun risque. Si les spécialistes existent, c'est qu'il y a une raison.

— Vous ouvrez le parachute, je veux bien. Mais quel est votre sentiment à vous ? »

Le regard lourd de mépris du docteur suffit à faire

comprendre au visiteur qu'il ne goûtait pas cette image aéronautique. Tout en revissant le bouchon de son Meisterstück, il répondit tout de même : « Pour ma part, disais-je, je pencherais pour un cas somme toute très banal de…

— De quoi ?

— De tremblement essentiel.

— Pardon ? »

Pour la première fois depuis le début de l'entrevue, le docteur Cadirac se laissa aller en arrière dans son fauteuil de cuir noir. Un sourire de suffisance sur son visage diaphane, il expliqua en connaisseur : « C'est une affaire plutôt bénigne. Elle touche, de mémoire, une personne sur deux cents, en France. Soit trois cent mille personnes.

— Et ?

— Et seul le néophyte peut se laisser abuser et prendre ce dysfonctionnement pour une maladie de Parkinson. La bonne nouvelle, en l'état, c'est que vous n'êtes pas parkinsonien. La mauvaise, c'est que vous êtes, selon toute vraisemblance, frappé par le tremblement essentiel. »

Dans le ventre de Théo, les mouvements de flux et de reflux de l'angoisse reprirent de la vigueur. Avant qu'il ne pût demander le moindre éclaircissement, le praticien enchaîna, avec une voix où, cette fois, une gourmandise malsaine semblait poindre et l'emporter :

« Le tremblement essentiel. Le T.E. Quel joli nom, n'est-ce pas ? C'est aussi une affection que l'on nomme le tremblement familial ou tremblement bénin, ou tremblement idiopathique. Pour éclairer votre lanterne, c'est un gène qui apparaît sur le chromosome 3. Il crée un récepteur membranaire hypersensible à la dopamine, ce qui fait passer celui-ci en récepteur D3. Je vous épargne les détails. Retenez simplement que c'est cette action qui explique que vous ne contrôliez plus parfaitement les muscles de votre corps, en l'occurrence ceux de vos jambes. Mon confrère vous examinera, vous interrogera sur votre hérédité, sur votre thyroïde, votre consommation d'alcool, de café, ou votre dépendance aux substances stupéfiantes. Il cherchera également du côté de Parkinson, bien entendu. On ne sait jamais. »

Profitant d'une pause dans ce monologue auquel il n'entendait à peu près rien, Théo osa : « Et ça se guérit ? Je veux dire : ça va partir ce T.E., comme vous l'appelez ? »

Vexé d'avoir été interrompu dans l'étalage de sa science fraîchement puisée aux sources de la faculté, Jonathan Cadirac rétracta son cou décharné entre ses épaules malingres. Puis, avec un dédain qu'il ne tenta pas même de dissimuler, il cingla : « Le T.E. ne part pas, monsieur. Ou alors, au prix d'importants sacrifices. Je vous ai prescrit des anxiolytiques en attendant la consultation chez mon confrère qui, lui, vous donnera des bêtabloquants, des antiépileptiques ou des anticonvulsivants. Voire des injections de toxine botulinique. Si votre état venait à s'aggraver, vous devriez passer, j'en ai peur, à l'électrostimulation cérébrale profonde. Trois fois rien, en fait. Enfin, si l'on veut.

On vous implantera deux électrodes, à la suite d'une stéréotaxie[1], dans les zones thalamiques. Il faut compter huit à dix heures de bloc, certes. Mais ces opérations se déroulent sans trop de déchets, aujourd'hui. Vous n'avez pas de tic intragénique. S'ils sont pathologiques – et donc, non intragéniques –, ces troubles peuvent être la manifestation d'une affection liée à l'hyperthyroïdie ou au phéochromocytome, voire à la chorée de Huntington ou à la maladie de Wilson. Mais rien qui soit mortel. C'est handicapant, soyons honnêtes. Mais ça n'est pas mortel… »

Avant que le généraliste ne repartît dans ces élucubrations dont la moindre syllabe arrachait désormais à la peau de Théo des frissons d'effroi, ce dernier se leva. Sans un mot, il ramassa la pile d'ordonnances et, après un grognement signifiant au revoir, il quitta la pièce, le cœur battant la chamade.

Mains dans les poches, tête baissée, Théophraste Sentiero remonta la rue Laromiguière et obliqua sur sa gauche pour récupérer celle de l'Estrapade. Dans son esprit, les termes techniques employés par le successeur du bon papa Kiefer se télescopaient, tous plus terrifiants les uns que les autres. Mais quoi ? À bien y regarder, son état n'avait rien de si terrible. Il avait les pieds qui bougeaient tout seuls. Et alors ? Les pieds étaient faits pour cela, non ? Pas à table ni dans le lit, certes. Mais pas de là à se faire charcuter

1. Repérage radiologique des structures du cerveau.

dix heures sur un billard ! Tremblement essentiel ou tremblement familial ? Si ses pieds voulaient bouger, qu'ils bougent ! Aucune loi ne l'interdisait, du moins à sa connaissance.

Sans y prendre garde, il parvint à l'embouchure de la rue Férou par les rues de Médicis et de Vaugirard. Plus loin, l'église Saint-Sulpice dressait dans le ciel bas sa masse de roches grises. Encore cent cinquante mètres et il serait sur le parvis. Théophraste Sentiero avait la foi. Mais il ne croyait pas plus en un Dieu blond et blanc qu'en l'humanité. Le premier était toujours absent. La seconde le désespérait chaque jour un peu plus. En revanche, il appréciait parfois, dans les moments graves comme celui qu'il était en train de traverser, de se retrouver au creux des églises, dans leur ventre froid qui embaumait l'encens. Aussi, il pressa le pas, animé par la seule envie de s'asseoir en pleine solitude sur un banc de prière pour ramener un semblant de calme dans son esprit troublé.

5

Ce ne fut que lorsqu'il se posa dans un coin retiré de la nef de l'église Saint-Sulpice que Théophraste Sentiero put à nouveau souffler. Depuis qu'il avait quitté le cabinet du docteur Cadirac, ses pieds semblaient se tenir tranquilles, se contentant de marcher. En revanche, son esprit battait la campagne. Même là, sous l'œil bienveillant de la Vierge à l'enfant dans sa chapelle, entouré par les peintures de Delacroix, protégé par la chaire dorée à l'or fin et le buffet d'orgue – un mur de tuyaux de couleur gris perle qui s'envolait sous les arches –, il se sentit vulnérable. Cependant, il n'était pas à plaindre, c'était entendu. Dans la rue Férou, il avait croisé un homme qui avait à peu près le même âge que lui et qui se déplaçait en s'appuyant sur un déambulateur à trois roues. Lorsque les deux marcheurs étaient parvenus à hauteur, leurs regards avaient tenté de s'éviter, mais, dans la venelle déserte, ils avaient fini par s'accrocher un instant l'un à l'autre. L'individu, les deux mains arrimées aux poignées de plastique de son engin, progressait à petits pas. Sur ses épaules voûtées, il semblait supporter toute la misère du monde, et cela n'avait été qu'au prix d'efforts douloureux qu'il était parvenu à dessiner sur son visage fermé à double tour une grimace de politesse. En réponse, Théo l'avait gratifié d'un sourire dont il avait aussitôt senti qu'il sonnait faux. Un mélange indigeste de pitié, d'empathie, de bienveillance, voire l'amorce d'une solidarité muette. L'un n'avançait qu'avec peine. L'autre, par intermittence, ne tenait plus ses pieds. Ce monde était décidément bien injuste. Le quidam au déambulateur ne s'en était pas offusqué, sûrement rompu depuis longtemps à ces simagrées. Il portait sa croix. Tous les sourires du monde n'y changeraient rien. Clopin-clopant, il avait poursuivi son chemin, abandonnant dans son sillage toutes les promesses de paradis artificiels qui florissaient aux colonnes d'inspiration grecque de la façade de Saint-Sulpice.

Les mains toujours dans les poches, et le nez transi par un vent coulis qui soufflait des quatre coins de l'horizon à la fois, Théophraste Sentiero était parvenu devant le bâtiment. Sur les marches, il avait avisé un cul-de-jatte qui, sébile en main, faisait de la retape avec une voix à fendre les pierres. C'était un métis amputé des deux jambes, posé comme un paquet sur l'escalier. Émergeant d'un improbable empilement de pulls et de cache-cols, son visage apparaissait avec peine dans la lumière laiteuse. Sa peau, tatouée de grandes plaques blanches sans doute abandonnées par des brûlures, lui donnait un air effrayant. Lorsqu'il était passé près de lui, Théo n'avait pu s'empêcher de l'observer à la dérobée. Le mendiant n'était que cela : un tas de vêtements gémissant, une main suppliant la charité, deux yeux affolés d'un poisson jeté sur la berge. Et ces taches, d'un blanc livide, dans la houille d'un visage que l'on eût dit rongé par des angoisses intérieures irrépressibles. Avec un sentiment de honte qu'il n'était pas parvenu à réprimer, Théo s'était félicité en silence. Il possédait encore ses deux jambes et avait un toit au-dessus de la tête. Il avait aussi une famille et un travail. Des copains de bistro. En cherchant bien, il devait pouvoir nommer quelques cousines et cousins éloignés. De la parentèle de pacotille, certes, mais elle existait. Tout le monde ne pouvait pas en dire autant. Tout en bénissant sa chance d'être vivant et debout, et se félicitant d'avoir eu au déjeuner de la dinde de la veille transformée en suprême de volaille dans son envolée de cheveux d'ange, il avait laissé derrière lui la misère de cette moitié d'homme brûlé.

« Bonjour, mon fils. Y a-t-il quelque chose que je puisse faire pour vous ? »

Malgré le murmure très doux de la voix qui venait de le tirer de sa torpeur, il sembla soudain à Théophraste Sentiero que l'on venait de hurler à ses oreilles. Il sursauta, comme pris sur le fait d'une mauvaise action. Debout devant lui, le dominant dans sa soutane d'un noir profond, un homme de Dieu – un curé ou un prêtre, il n'avait jamais bien su faire la différence – le considérait avec bonhomie. Théo le connaissait pour l'avoir aperçu à quelques reprises, entre les flancs de l'église ou dans les rues du quartier.

C'était un catholique rondouillard, la cinquantaine passée, râblé, ventru comme une barrique de bordeaux, la peau luisante, l'œil vif. Les mains jointes, ou dessinant parfois dans les airs des signes de croix, il officiait à Saint-Sulpice, toujours d'humeur égale.

La voix engageante du prélat, mâtinée d'une pointe de soleil venu du Sud-Ouest, reprit, avec la même gentillesse : « Peut-être que vous êtes venu prier ou méditer ? Auquel cas, je ne vous dérange pas plus. »

Aussitôt, Théo se récria : « Non, monsieur. Enfin, mon père. Vous ne me dérangez pas. »

Jugeant que cette réponse pouvait aussi faire office d'invitation, l'ecclésiastique s'installa alors à la place voisine. Puis il murmura, peut-être pour lui-même : « Ces festivités de Noël m'ont épuisé. Tant de fidèles à la messe du 25. Et le désert revient dès le 26. Ce phénomène se vérifie chaque année. Seuls les vrais paroissiens savent que c'est le lendemain de la naissance de Notre-Seigneur Jésus-Christ, quand l'église sonne creux, que l'on peut en toute quiétude sentir la présence du divin… »

S'apercevant qu'il avait exprimé le fond de sa pensée à mi-voix, il esquissa une moue de repentir et, se tournant vers son voisin, il demanda : « Qu'en pensez-vous, mon fils ? »

Théo faillit répliquer que, pour l'heure, il ne sentait que le froid humide qui courait entre les bancs, mais, rattrapé par sa politesse coutumière, il se fendit d'un simple : « C'est sans doute vrai. »

Durant quelques instants, les deux hommes ne

s'adressèrent plus la parole. Dans le lointain montaient parfois les supplications du mendiant cul-de-jatte au visage mangé par le feu. Avec des plaintes à fendre l'âme, il tentait de harponner les rares passants qui croisaient à proximité puis, aussitôt, il s'abîmait à nouveau dans le mutisme, laissant le vent siffler sa mélodie mélancolique. Le silence revenait se poser, par plaques cotonneuses, jusqu'à ce que de nouveaux gémissements le remplacent.

Les bras courts croisés sur sa bedaine, le prélat se sentit en veine de discussion et finit par s'enquérir : « Si je ne suis pas trop indiscret, est-ce que je peux savoir ce que vous êtes venu chercher ici, en ce lendemain de fête ? »

Alors que Théo allait bredouiller une réponse quelconque, le curé le devança : « C'est frappant, vous ne trouvez pas ? Pour Pâques, les Rameaux et la Noël, les gens se pressent en masse à l'église. Pour la Toussaint et les grands enterrements aussi, il faut bien l'avouer. Pour les mariages, c'est selon. Le reste du temps, j'ai l'impression désagréable d'administrer une coquille vide. D'ailleurs, comme vous pouvez le constater, nous sommes seuls. »

Approchant un peu plus sa face bonhomme de celle de Théo, il afficha un nouveau sourire et insista : « Alors ? Que faites-vous dans la maison de Dieu à l'heure où chacun ne pense qu'à digérer les agapes ?

— Pour vous dire la vérité, je ne sais pas très bien pourquoi je suis là. Il faut croire que ce sont mes pieds qui m'ont conduit chez vous.

— Vos pieds ? Voilà une idée qui est amusante !

— Vous trouvez ?

— Disons que... Dame ! Ce sont vos pieds qui ont décidé pour vous de l'endroit où vous vouliez aller. Eux, et non votre cerveau. Ce n'est pas commun. »

Avec un sourire de connivence, Théo acquiesça : « On peut voir les choses comme ça, c'est vrai. »

Emporté par son idée, le père débonnaire enchaîna : « Imaginez-vous seulement cela, mon fils. Si c'étaient nos pieds qui décidaient de tout, nous n'aurions plus à réfléchir. Finis les doutes, les questions de choix et les atermoiements. Nous nous contenterions de vivre, sans jamais nous interroger sur notre destinée. »

Malgré lui, surmontant sa timidité, une question s'invita sur les lèvres de Théo : « C'est vraiment des choses auxquelles vous pensez, vous ?

— Et pourquoi pas ?

— Je ne sais pas. Je croyais que les curés étaient sûrs de tout.

— Les plus jeunes, ceux qui viennent de prononcer leurs vœux, certainement. Mais je suis déjà un vétéran, un grognard. Aussi, j'ai appris à me méfier tout autant des certitudes que des gens qui en sont pétris. »

Enhardi par la gentillesse du ratichon, Théo se risqua : « Mais vous, vous avez une idée de l'endroit où vous emmèneraient vos pieds ? »

Dans la pénombre, les yeux du curé – fixés sur la statue de la Vierge Marie – luisirent de malice. Du tac au tac, il répliqua : « Si j'étais Savinien de Cyrano – ou Cyrano de Bergerac, si vous préférez –, je vous répondrais sans l'ombre d'une hésitation : sur la Lune[1]. Mais, comme je ne suis qu'un homme d'Église, je crois qu'ils iraient plutôt se promener du côté du paradis.

— Et si vous ne le trouviez pas ? »

Après s'être donné le temps de la réflexion, et sans se départir de son sourire, le curé caressa sa joue glabre d'un lent revers de main. Puis, il murmura : « Si mes pieds ne le trouvaient pas, j'espère que ma foi, au moins, saurait m'y conduire. Et, si ma foi n'y parvenait pas non plus, je crois que je reviendrais ici, à mon point de départ. Mais peut-être que je certifierais tout de même à mes ouailles avoir trouvé le paradis et m'être entretenu avec le grand saint Pierre. Ce serait un péché de vantardise, et peut-être un mensonge, c'est vrai. Ou une bonne action. Je laisse cela à votre jugement.

— Et si vos ouailles vous demandaient des preuves ? »

L'homme de Dieu étouffa un petit rire et s'exclama : « Des preuves ?

— Oui. Si vous me disiez, comme ça, que vous êtes allé au paradis, j'aurais besoin de preuves pour vous croire.

— Il est vrai que l'incrédulité et le scepticisme sont souvent invoqués de nos jours. Disons alors que,

1. *Histoire comique des États et empires de la Lune*, nouvelle écrite par Cyrano de Bergerac, 1657.

à défaut de preuves, je vous raconterais mon voyage en vous donnant le plus de précisions et de détails possible – détails dûment tirés de la Bible, cela va de soi.

— Là, ce serait un mensonge…

— Oui. Et non. Pour que ce soit un mensonge, il faudrait pouvoir apporter la preuve que j'ai menti. Donc, il faudrait m'opposer quelqu'un qui soit lui-même allé au paradis, ou prétende y être allé, et qui en ait eu une vision différente. Si vous connaissez cette personne qui a suivi ses pieds jusqu'à rencontrer le Prince des apôtres, amenez-la-moi le plus vite possible. C'est vrai qu'à Saint-Pierre de Rome, les miracles ne manquent pas. Mais ici, nous sommes un peu chiches en la matière. »

Après s'être relevé et incliné devant Théo, il conclut alors, de manière toujours aussi amicale : « Quoi qu'il en soit, nous avons tous notre route à suivre. Qu'elle mène au paradis ou pas est une autre question. Chaque route est personnelle.

— Vous voulez dire que tout est déjà écrit ?

— Pas exactement, mon fils. La destination du voyage de chacun est inscrite dans le grand livre, c'est pour moi une certitude. En revanche, nous avons tous le choix de la façon dont nous voulons l'accomplir. Pour aller de Paris à Marseille, la plupart des gens passent par Lyon. D'autres, infiniment plus rares, choisissent de flâner, de faire des détours, de rallier Brasilia, Sydney ou New York avant de toucher à Marseille. Certains font même escale par la pointe extrême de la Terre de Feu. Ou par Nankin, pour visiter les fumeries d'opium, qui sait ? »

Tout en s'éloignant dans la travée sous le regard à la fois ébahi et effrayé de Théo, il ajouta : « Suivre sa propre route. C'est certainement ce qu'il y a de plus difficile à faire en ce bas monde. Mais ça en vaut la peine, croyez-moi. Ça en vaut vraiment la peine… »

*

Pourquoi Théophraste Sentiero se rendit-il, par cette fin d'après-midi maussade, sur le Pont-Neuf ? Nul ne le sut vraiment – et certainement pas l'intéressé lui-même. En quittant Saint-Sulpice, au lieu de reprendre la rue Férou et de rentrer docilement chez lui, il obliqua sur la droite. Dans un crachin que l'on ressentait à peine, il emprunta la rue Mazarine et poursuivit en badaudant par celle de Dauphine. Lorsqu'il s'aperçut qu'il avait atteint la première pile du monument qui enjambait la Seine, il s'immobilisa. Derrière lui, près du Champ-de-Mars, la tour Eiffel ne tarderait pas à scintiller. Aussitôt, les téléphones portables des touristes crépiteraient afin de saisir l'instant exact où le phallus de Paris illuminerait la capitale des Droits de l'Homme. Dans un bel ensemble, ils voleraient ces éclats de lumière et les emporteraient de par le vaste monde.

Accoudé à la rambarde du Pont-Neuf, Théo s'autorisa le luxe d'une nouvelle cigarette. Cette fois, il ne se trouverait personne pour l'en blâmer, pas même du regard. Du moins, il n'en saurait rien puisque, penché sur la Seine, il éprouvait la sensation enivrante de tourner le dos à l'humanité. En expirant la première goulée, que le vent se chargea de disperser, il se mit à penser à son travail. Cécile n'avait pas tort. Repêcher des trottinettes et des vélos, même électriques, cela n'offrait rien de bien glorieux. D'ailleurs, à chaque rencontre, Robert et Ginette ne manquaient jamais de remettre le sujet sur la table. C'était un boulot sans lustre, sans avenir. Pas de quoi bomber le torse ni faire le matamore. Dès lundi, pourtant, il devrait reprendre son poste. Il jetterait son grappin dans les flots boueux du fleuve. Neuf fois sur dix, au moins, il ne remontait rien. Rien, sinon des gerbes d'eau, des bouquets de plantes aquatiques filiformes dont il ignorait les noms, des branchages, des sacs de plastique. Parfois aussi, des pneus ou des pièces d'électroménager allant de la simple cafetière au réfrigérateur américain. Les gens étaient des porcs. C'était à croire qu'ils n'avaient pas évolué depuis le Moyen Âge. Pour cette engeance immonde, le cours d'eau tenait toujours lieu de poubelle à ciel ouvert. Tous s'y défaisaient de l'inutile, du cassé, du gênant. L'esprit en paix, ils s'étaient convaincus une bonne fois pour toutes que la Seine pouvait tout digérer. Pourquoi se seraient-ils gênés ? Des pourceaux. Il le savait, il était payé pour le savoir. Son travail était donc celui d'un tâcheron au service d'une communauté ordurière. Il ne nécessitait aucune compétence particulière. Il faisait passer le temps, remplissait la marmite et pouvait même s'apparenter à une espèce de planque qui aurait dû ne laisser aucun espace aux doutes, pas plus qu'aux angoisses.

Pourtant, chaque fois qu'il balançait son filin dans la Seine, Théo ne pouvait s'empêcher de frémir. Et si, au bout du trident d'acier, il ramenait un cadavre ? Un vrai. Un macchabée, une charogne, les restes d'un défunt ? Cela ne lui était jamais arrivé et ne se produirait sans doute jamais. Cependant, depuis quelques mois, il en rêvait la nuit. Au matin, il se réveillait en sueur et devait passer de longues minutes à effacer de son esprit ces images macabres, celles de corps verdâtres, enflés d'eau et de limon à éclater. Un matin, l'un des collègues avait repêché un chien. Son état de putréfaction était déjà bien avancé. Les globes oculaires étaient sortis de leurs orbites et tous les gars de l'équipe, probablement pour conjurer leur effroi, avaient ri à gorges déployées. Tous, sauf lui. Il s'était penché sur le petit corps inerte. Il avait surmonté son dégoût et passé le bout de ses doigts gantés sur l'échine du chien. Les copains lui avaient demandé s'il comptait l'adopter, s'esclaffant de nouveau. Théophraste Sentiero, lui, n'avait pas prononcé un seul mot. Il était retourné à son travail. À dater de ce jour, il n'avait plus jamais envoyé son grappin dans la Seine sans prier, à chaque lancer, pour ne pas avoir à tirer hors de l'eau un suicidé, une cloche trop saoule pour marcher droit ou la victime d'un règlement de comptes.

Après avoir fait tomber dans le fleuve la braise rougeoyante de son mégot, et remisé celui-ci dans sa poche afin de le jeter dans la première poubelle qu'il croiserait, il remonta le col de sa parka. À l'instant de se remettre en route, il se fit une promesse, l'une de ces résolutions dont on ignore si l'on sera capable de les tenir mais que l'on fait tout de même, avec l'espoir que les forces ne nous manqueront pas au moment de passer à l'acte. Il en avait assez. Il ne retournerait plus draguer la Seine. Il était arrivé à saturation. Ce n'était pas le travail en lui-même qui était déplaisant, non. Les jours de soleil, c'était même agréable de parcourir les berges piquetées de Parisiennes. Entre deux rendez-vous, elles venaient s'installer sur les rives, lascives, les bras nus et les yeux fermés par le plaisir. Au-delà de ce spectacle innocent dont il ne perdait pas une miette, il pouvait aussi s'enorgueillir de faire œuvre utile. L'équipe dont il faisait partie n'était pas composée de mauvais bougres, quoiqu'ils ne fussent pas très futés – c'était un doux euphémisme. Pour eux, les taquineries et les mots graveleux faisaient office de bonjour et d'au revoir. Mais c'étaient de bons gars et il n'avait pas à se plaindre. En revanche, il en avait plus qu'assez de ramener certaines nuits, dans son lit, des cadavres à moitié dévorés par des poissons. Ce n'était pas une vie, tout de même ! Dès lundi, il flanquerait sa démission à Vermillon, le chef du service. Il ne mettrait plus ses chaussures de sécurité, n'endosserait plus sa chasuble jaune fluorescente, n'aurait plus à supporter les regards emplis de mépris des riverains ou des touristes qui ne voyaient en lui qu'un collecteur de déchets, une broque. C'était décidé.

Théophraste Sentiero ne serait plus un charognard, un fossoyeur des fonds fluviaux, un croque-mort des eaux douces, un alpagueur des suicidés, un dragueur de dépouilles abandonnées. Il faudrait annoncer cela à Cécile, bien entendu. Mais quoi ? Il avait encore bien le temps. Tout un week-end. D'ici à lundi matin, il possédait l'éternité devant lui.

Ragaillardi par cette résolution qui, à cet instant précis, lui semblait indiscutable, il fourra les mains dans ses poches et se décida à repartir. À l'intention de ses pieds, il lâcha seulement : « Cette fois, pas de blague. Direction la maison… »

Obéissant à l'injonction, les deux pieds se mirent en mouvement, dociles, rassurants.

Ce fut alors qu'il la vit. Elle. Peut-être y avait-il d'autres personnes avec elle, peut-être qu'elle était seule. Il n'en sut jamais rien car il ne vit qu'elle. Plutôt petite, chaussée de tennis blanches, vêtue d'un jeans délavé et d'une épaisse doudoune, elle avait peut-être la trentaine. Peut-être dix ans de moins. Ou de plus. Il n'en savait rien. Il s'en foutait éperdument. Sur le trottoir opposé du Pont-Neuf, protégée du froid par une large écharpe de laine écrue, elle marchait droit devant elle, en direction de la rue de Rivoli. D'ailleurs – et Théo se reprit immédiatement –, elle ne marchait pas, non. Elle flottait. Elle volait sur l'asphalte mouillé. Il n'aurait su dire si elle était maigre ou bien en chair, belle ou quelconque. Elle était, et c'était déjà beaucoup. Dans le vacarme du trafic qui avait grossi, elle passa sans distinguer dans la nuit qui s'assoupissait sur Paris Théophraste Sentiero, repêcheur de trottinettes, de vélos et, accessoirement, de cadavres. L'air parfaitement idiot, la bouche entrouverte, il la suivit du regard. À chacun des pas de la jeune femme, il eut alors la sensation très nette que l'on marchait sur son cœur. Que la vie, cette chienne de vie, lui offrait un cadeau, mais qu'elle allait le lui reprendre aussitôt. L'espace d'une fraction de seconde, il se dit même qu'il devait suivre cette ombre fluide. Que ce serait un gâchis infini que de laisser s'évanouir cette apparition. Sur le sol trempé, d'ailleurs, ses pieds étaient prêts. Ils piaffaient d'impatience. Cette fille ne pouvait pas être en train de passer là, par hasard. Et lui-même ? Que foutait-il ici alors qu'il aurait dû être chez lui, bien au chaud, entouré par sa femme et ses enfants ? Oui. Il devait la suivre. C'était écrit.

Il la suivit. Mais du regard. Du regard, seulement.

Voyons ! Mais pour qui se prenait-il ? Il n'était que Théophraste Sentiero, après tout. Et Théophraste Sentiero ne suivait pas, n'avait jamais suivi et ne suivrait jamais une inconnue dans la rue. Cela ne se faisait pas. Ça n'était pas convenable. Puis, avec sa gueule usée, sa parka de pauvre et sa timidité maladive, il n'aurait eu aucune chance. Un gabarit comme ça, ça n'était pas pour lui. Ils ne fréquentaient pas les mêmes cours d'école. Ces rencontres dignes d'un film, c'était pour les hommes beaux, sûrs d'eux, célibataires. Et riches. Comme un autobus s'immobilisait dans le flux des voitures, masquant la jeune femme, il grommela : « Connard… Embraye. Embraye et dégage ! »

Alors que la silhouette réapparaissait enfin mais s'éloignait toujours un peu plus de lui, il ne la lâcha plus des yeux. Il ne voulut rien en manquer. Il désirait plus que tout se gaver de l'image de cette inconnue qui passait, si proche de lui et pourtant inaccessible. Un mot, soudain, lui revint en tête. « Sylphide ». C'était un mot que lui avait appris sa professeure de français, madame Alainmat, du temps où il traînait ses fonds de culotte en classe de quatrième. Ses copains d'école, eux, n'avaient pas voulu retenir ce petit vocable. Ils l'avaient trouvé trop compliqué et avaient préféré celui de « fantasme », confondant les Vénus callipyges des magazines qui ne se lisaient que d'une main avec la part de rêve qu'offre le désir amoureux. Mais lui, il avait adoré ces trois syllabes qui scandaient ce terme de « sylphide ». Avant d'être cueilli par Cécile et de passer devant monsieur le maire, Théo avait eu la chance d'approcher quelques-unes de ces beautés. Avec sa gueule ravagée par l'acné et ses manières gauches, il s'en était même fait une spécialité. C'était de l'amour muet et en douce, en contrebande, des sentiments qu'il ne partageait avec personne sinon avec lui-même. À tort ou à raison, il jugeait ces filles trop belles pour lui. Dans la cour de récréation, de très loin, il ne les quittait pas du regard, observant chacun de leurs gestes dans la plus grande discrétion. Sans rien savoir d'elles – sinon la forme de leurs yeux, une pause, un rire, une mèche de cheveux décoiffée par le vent –, il les parait de toutes les qualités. Des adolescentes aussi émouvantes ne pouvaient qu'être exceptionnelles, ce qui le condamnait donc, lui, à se morfondre dans un coin.

Voilà, très exactement, qui était cette inconnue du Pont-Neuf. Une sylphide. Un gravier dans sa chaussure. Un miracle fait femme. Un accident de parcours qui, il le sentait déjà, allait secouer le cocotier sur lequel il s'était installé et d'où il observait le monde sans enthousiasme, en simple curieux. En amateur.

À pas lents, indifférent à la foule qui, maintenant, se pressait afin de fêter l'arrivée du week-end comme il se devait, Théophraste Sentiero remonta le boulevard Saint-Michel. Malgré la débauche de lumières crues, les rires des touristes surexcités ou les pétarades des scooters, il se sentait pétri de solitude, engoncé dans une mélancolie qu'il n'avait plus ressentie depuis son adolescence. Cette inconnue ressemblait à la Suzanne de Leonard Cohen, à la Lady d'Arbanville de Cat Stevens. À la Môme de Jean Ferrat, aussi. Durant la trop courte minute où ses yeux l'avaient suivie, il avait senti du feu bouillonner dans ses veines. Avant qu'elle ne s'évanouît, il était redevenu un homme capable d'aimer. Des bouffées de sa jeunesse avaient manqué de l'étouffer. Maintenant, alors qu'il longeait la devanture d'un vendeur de bordilles chinoises ou la vitrine d'un chausseur chic où il ne mettrait jamais les pieds, il n'avait plus de goût à rien sinon à graver de toutes ses forces la silhouette de cette femme dans sa mémoire. Pour après. Pour tout à l'heure. Pour quand viendrait le moment d'avaler sa portion de restes de dinde à la purée, sous l'œil sévère de Léonide. Pour le dîner, pour tous les fichus dîners durant lesquels Cécile régentait son monde, la pupille maternelle et militaire toujours aux aguets. Au fil des années, ces repas étaient devenus une corvée, un pensum, et, si les enfants s'y soumettaient dans le plus grand silence, cela n'était dû qu'à leurs portables dont ils ne lâchaient jamais l'écran des yeux, quoi qu'il se passât.

« Alors, m'sieur Théo ? Tu promènes tes jambes ? »

À cent mètres du Gay-Lu, la grande Gisèle venait de lui barrer la route, un sourire toujours las sur ses deux lèvres repeintes d'un rouge criard. Avec sa gouaille coutumière, que rien ne semblait jamais pouvoir mettre sous l'éteignoir, elle reprit : « Tu rentres à la casbah ? Y a ta mousmé qui t'attend ? »

Après ce trait à consonance orientale, elle prit le temps de dévisager Théo, sous le halo d'un lampadaire. Alors, son sourire disparut aussitôt, remplacé par une moue dubitative. Dans un nuage de parfum bon marché, dont elle s'aspergeait copieusement et avec la régularité d'un métronome, elle s'approcha un peu plus et demanda : « Ça a pas l'air d'aller bien fort, toi. T'as des soucis ? Je peux t'aider ? »

Gisèle était la bonne fille par excellence. Âgée de plus de quatre-vingts ans, elle trimballait sa carcasse de grande bringue à la maigreur maladive sans jamais se départir de sa bonne humeur. Admise depuis toujours dans le cercle pourtant très macho des becs en cuivre du Gay-Lu, l'on disait d'elle qu'elle avait beaucoup voyagé. Non seulement en France, mais aussi en Afrique et en Amérique du Sud. Lorsque les affreux du comptoir abordaient le sujet hors sa présence – et selon le taux d'alcool qui coulait dans leurs veines –, Gisèle avait été une artiste de cabaret de deuxième, voire de troisième zone. Ou une pute. Une radasse. Une gagneuse victime pêle-mêle de l'amour, de la traite des Blanches et de la fermeture des bordels jusqu'alors institutionnalisés. Parvenue à l'âge de raccrocher, elle aurait pu sombrer dans l'alcool et se finir comme pierreuse. Mais elle avait su rebondir. N'était-ce que pour cela, elle imposait le respect à tous.

Avec un sourire forcé, Théo répondit : « Vous êtes gentille, madame Gisèle. Mais tout va bien.

— T'en es sûr ?

— Si je vous le dis, c'est bien que ça doit être vrai, non ? »

Sous leurs paupières gonflées et plâtrées de fard indigo, les yeux de la vieille prostituée se rembrunirent soudain. Théo n'était pas au mieux, c'était une évidence. Pourtant, elle n'insista pas et mit un mouchoir sur sa curiosité, au nom de l'amitié. Et d'un soupçon d'instinct maternel, aussi. Elle se comporta comme elle l'avait déjà fait des milliers de fois, du temps de la retape, lorsqu'elle attirait entre ses bras autrement plus charnus et lisses qu'aujourd'hui des gamins, des hésitants, des pudiques, des honteux de tout poil. Côte à côte, ils accomplirent ensemble ce qu'il leur restait de chemin pour atteindre le Gay-Lu. Tout en marchant, elle alluma une blonde qu'elle tendit à Théo. Puis, après avoir expiré sa bouffée, elle lança sur un ton faussement bourru : « Fume, allez. Je sais pas ce que t'as, mais c'est sûrement bon pour ça. La clope, c'est bon pour tout, tu remarqueras bien. Sauf pour la santé, paraît. C'est en tout cas ce que disent les toubibs. S'ils ont raison, c'est dommage. »

Plutôt que de se récrier qu'il avait arrêté la cigarette, il la prit entre ses doigts engourdis de froid. Le filtre de teinte amadou avait gardé sur sa rotondité ouatée quelques traces de la pâte grasse et luisante du rouge à lèvres de l'ancienne gagneuse. Sans y croire vraiment lui-même, il répliqua, tout en haussant les épaules dans la nuit : « Mais je n'ai rien, je vous assure.

— Tiens donc ?

— C'est juste… C'est juste qu'il caille, rien de plus.

— Et moi, je suis danseuse étoile. Et à l'opéra Garnier… »

Théo éprouvait de l'affection pour la grande Gisèle, qu'elle fût tapin dans des temps lointains ou actrice de music-hall. Toujours de bonne composition, elle faisait régulièrement les frais des plaisanteries sous cape que s'échangeaient les galapiats du troquet. Elle disait qu'elle n'avait jamais eu de parents, qu'elle venait de l'Assistance. Mais tous lui prêtaient des géniteurs indignes, sans parler des marmots qu'elle aurait semés, çà et là, au gré de ses amours bancales. Comme les prostituées accueillaient le monde entier entre leurs cuisses, mais n'étaient en dehors de cela reconnues par personne et surtout pas par les organismes sociaux, elle ne jouissait d'aucune retraite, se contentant d'un minimum aussi squelettique que sa carcasse. Mais cela lui suffisait à assurer la location d'une chambre de bonne, un cagibi plus humide qu'un bocal pour poissons qu'elle payait les yeux de la tête. Parfois, cette vieille décrépite améliorait l'ordinaire en replongeant avec un nostalgique. Les coups de reins ne possédaient plus l'allant des jeunes années, c'était vrai. Mais ils lui offraient au moins un viatique pour les temps sépia, ceux où elle était jolie, où les clients se disputaient ses charmes, de Pigalle à Dakar, de Tanger à Buenos Aires.

Près de la vitrine en biais éclairée a giorno du Gay-Lu, le couple improbable interrompit sa marche. À l'intérieur, la Guigne et Cothurne défiaient à la contrée Petit Pois et Gégène avec des rires mauvais et des exclamations inopinées de triomphe ou de désespoir.

Le temps de finir leurs cigarettes, Théo demanda : « Où allez-vous manger ce soir, madame Gisèle ?

— Pourquoi ? Tu veux m'inviter à la Tour d'Argent ?

— Si ce n'était que de moi…

— T'es gentil. T'es même sans doute le plus gentil de tous ces grands sauvages qui se prennent pour ce qu'ils seront jamais. Les tournées d'apéritifs, ça donne de l'ambition, mais ça reste que des paroles en l'air. Quant à mon frichti, t'inquiète pas pour moi. Ça ira. Et, si ça va pas, on fera quand même aller. »

Après avoir pris le temps de repositionner avec précaution la grosse croix dorée qu'elle portait en sautoir sur sa poitrine absente, elle tira de son sac râpé par l'usure une page de journal. D'un air très sérieux, avec la moue de celle qui, le soir même, n'aura que l'embarras du choix pour retendre la peau de son estomac, elle chaussa ses lunettes. Une fois la feuille dépliée avec soin, elle parcourut en affranchie les petites annonces. Puis, elle énuméra : « Place Larue… À l'Arbalète, aussi. Et même rue de l'Épée-de-Bois. Tu vois ? C'est pas les endroits qui manquent. Mais c'est normal. Les fêtes de fin d'année, c'est comme les pleines lunes : c'est toujours une bonne période pour moi. »

Afin de résoudre de manière définitive la délicate question des repas, Gisèle avait mis au point un truc, une combine formidable de culot et de simplicité qui fonctionnait à peu près chaque fois. Vêtue de noir de la tête aux pieds, l'air digne, son crucifix autour du cou, elle choisissait avec soin les enterrements auxquels elle ne se rendait pas – mais elle honorait en revanche de sa présence les collations qui suivaient ces funèbres cérémonies. Selon son inspiration, le nom du mort ou le quartier, elle pouvait deviner à coup sûr la meilleure adresse où elle pourrait se goberger. Arborant la mine imperturbable d'une institutrice du début du siècle dernier, l'œil toujours vif derrière ses lunettes, elle souffla : « C'est à la qualité du buffet qu'on connaît l'amour porté au mort par ceux qui restent. C'est infaillible. C'est comme la loi de la gravité ou l'œuf de Christophe Colomb. »

Soucieuse de ne taper que dans le portefeuille des gens aisés, elle ne se rendait jamais, même quand son ventre grinçait de faim, dans les quartiers populaires. Elle ne profitait que des morts embourgeoisés, là où les visiteurs ne se déplaçaient souvent que pour se faire voir, pour pouvoir dire qu'ils y étaient. Dès l'entrée, elle affichait son visage de composition, une belle gueule de vieille éplorée, mais digne. Si l'on venait lui poser des questions, elle foudroyait l'imprudent d'un seul regard et, de toutes ses rides, rappelait sans prononcer le moindre mot qu'on devait le respect. Au macchabée, comme à la douleur de tous ceux qui le pleuraient. Sans oublier celui dû à son grand âge, cela allait de soi.

« Lui, il m'a l'air bien, chipota la vieille. C'est rue Scipion. Je peux même y aller à pied… »

Gisèle ne s'attardait jamais dans ce type de réunion. Elle y entrait à pas lents, feignait parfois un début de malaise si la menace d'un flot de questions se présentait soudain. L'air chaviré, mais toujours solennel, elle posait sur chacun et sur chaque chose des regards alourdis par l'affliction. Lorsque le buffet était ouvert, elle était parmi les derniers à s'y rendre. La guêpe n'était pas folle. Par expérience, elle savait que le mieux était d'attendre que la maîtresse des lieux la conviât à se sustenter. Alors, en rechignant pour la forme, elle se résignait et rejoignait la table dressée par le traiteur. Aux yeux de tous, elle picorait de la main gauche et cela semblait lui coûter des efforts surhumains. De la droite, en revanche, elle fourrait dans son sac des tranches de saumon fumé, des mignardises, des petits-fours, de la charcuterie, parfois une bouteille de vin. Les bons jours, elle pouvait rapporter dans sa tanière de quoi manger trois ou quatre jours. Puis elle se remettait en chasse.

Tout en repliant sa feuille de journal, elle annonça sa décision :

« Finalement, non. Tant pis pour la rue Scipion. Si ça se représente, aux beaux jours, je dis pas. Mais, pour ce soir, ce sera rue Clotaire.

— Pourquoi la rue Clotaire ?

— À cause de la distance. Mais pas que. Je connais bien le quartier et je vois où est l'immeuble. À deux pas ou presque, y a la jolie pâtisserie Dégardin. Avec un peu de chance, c'est lui qui aura été choisi pour faire le traiteur. Il a une cave à défroquer un régiment de saints et il fait les meilleurs *maronis*[1] de tout Paris.

— C'est une raison qui en vaut une autre. Mais dites-moi, vous n'avez jamais peur de vous faire attraper ?

— Pourquoi j'aurais peur ?

— Je ne sais pas. Mais, si ça arrivait, vous seriez dans de beaux draps, non ?

— Absolument pas. Crois-en ma vieille expérience : les héritiers sont toujours ravis. D'abord, parce qu'ils vont hériter. Puis, parce que plus il y a de monde, mieux ils se portent. Ça flatte leur orgueil,

1. Petits biscuits moelleux et croquants, à base d'amandes et garnis de crème.

ils se sentent importants. En plus, on commande toujours trop à manger, dans ce genre de pince-fesses. Je vole donc rien à personne. Et je risque pas d'être dans de beaux draps, puisque je donne dans le linceul. Les draps, c'était bon pour mon travail d'avant. Aujourd'hui, c'est le linceul. C'est plus propre. »

Après avoir consulté son bracelet-montre, Gisèle soupira : « C'est pas tout ça, mais il faut que j'y aille. Ce serait pas très correct de faire attendre le macchabée. Il risque pas de s'enfuir, nous sommes bien d'accord sur ce point. Mais je peux pas arriver après le buffet. Ce serait pas chrétien. »

Deux baisers claquèrent sur les joues de Théo. Puis, alors qu'elle balançait déjà son pétard sec en direction de la rue Clotaire, la grande Gisèle se retourna et lança : « Fais attention à toi. Et oublie pas que la chance frappe pas au hasard. Si tu la vois passer devant toi, attrape-la. T'y as droit. Et n'hésite pas. Elle est comme la foudre. Elle tombe jamais deux fois au même endroit.

— Attraper qui ? Et pourquoi vous me dites ça ? »

L'artiste de la rapine nécrologique ne jugea pas bon de répondre à ces ultimes questions. Maintenant lancée dans sa marche, elle se contenta de gestes vagues dont Théo ne saisit pas la signification. Puis, elle disparut dans le petit raidillon de la rue Gay-Lussac.

6

Pour Théophraste Sentiero, la nuit qui suivit s'avéra plus délicate encore que la précédente. Durant tout le dîner, il fut pourtant irréprochable. Avec sa docilité coutumière, il mastiqua sa part de sauté de la ferme, accompagné de son écrasé façon grand-mère, et se fendit même d'un mot gentil. Puis, il lâcha quelques informations sur sa visite rue Laromiguière. Pour ce qui était du bon docteur Kiefer et de son départ en retraite, Cécile se contenta de hausser les épaules avec fatalisme lorsqu'elle apprit la nouvelle. C'était dommage, mais que voulez-vous ? Il avait fait son temps. Et, elle vivante, cette désertion n'empêcherait pas son mari de se conformer aux exigences épistolaires de la Sécurité sociale. Il y avait droit, il y avait droit. Et s'ils n'étaient pas pauvres, ils n'étaient pas riches au point de laisser filer sous leur nez pareille aubaine. Une coloscopie gratuite, tout de même, cela ne se refusait pas.

Quant aux pieds indisciplinés de Théo, celui-ci était parvenu à les garder sous contrôle. Dès qu'ils avaient tenté de se mettre en branle, il les avait calés l'un sur l'autre et avait maintenu la prise grâce à son avant-bras gauche plaqué sur ses genoux. Ils avaient bien continué à bouger un peu, mais, la scène se déroulant sous la table, Cécile n'y avait vu que du feu, trop occupée à donner la becquée à sa mère. Toutefois, lorsque les époux s'étaient retrouvés au lit, la musique avait été bien différente. Afin d'avoir la maîtrise de ses arpions, Théo avait eu l'idée de les lier l'un à l'autre au niveau des chevilles. Le résultat, satisfaisant car le poids de l'un interdisait à l'autre de bouger, l'avait autorisé à pousser la porte du sommeil sans la moindre difficulté. Pendant que Cécile se plongeait dans la lecture de l'un de ses magazines féminins qui s'empilaient sur sa table de nuit, il avait nagé avec un délicieux sentiment de culpabilité vers le souvenir de l'inconnue. Près de sa femme légitime, séparé par deux minces cloisons de sa progéniture légitime et de sa belle-mère tout aussi légitime qu'il était possible de l'être, il s'était retrouvé en moins de deux sur le Pont-Neuf. Dans les premiers limbes des rêves en chemin, le pont ne fut bientôt plus un pont, mais une succession d'arches majestueuse qui reliait Paris au reste du monde. Les touristes avaient disparu. Plus une voiture ne circulait et il n'y trouva aucune trace de l'autobus importun. Sous les arches, les flots limoneux ne charriaient pas le moindre vélo, pas la plus petite trottinette, mais, à bien observer le fleuve, il vit une, deux et bientôt trois Mères Tapedur. Théo ne jeta pas plus d'un regard à ces rombières qui se débattaient, électrisées par la terreur, avant de couler comme des plombs. Cela ne l'intéressa même pas. Il n'avait d'yeux, à cet instant, que pour une silhouette, une apparition, un miracle – on pouvait appeler cela comme on le voulait.

Sur le trottoir opposé, elle était là. Jeans délavé, baskets blanches, doudoune, écharpe de laine. Rien ne manquait. L'inconnue passait, étrangère à tout et, même s'il ne parvenait pas à voir son visage, il la savait qui lui souriait. Aussitôt, dans le crâne de Théo, ce fut toute la ville qui s'illumina. Une fanfare aux mille cuivres se mit à retentir. La crasse, la pollution, le vacarme et jusqu'à la connerie humaine qui cimentait ce tableau, tout cela s'évanouit dans l'instant. Il n'y avait plus de place pour le médiocre, pour les cloportes, pas plus que pour les bouffeurs de rêves. Elle était là, halo de lumière indicible dans l'obscurité mesquine du quotidien. La capitale prit alors, en un tournemain, des airs de bourg de province, de ces cités où l'on sait encore ralentir sa marche lorsque rien ne presse, où l'on n'a pas peur de saluer ses amis, ses voisins et même les inconnus. Une fois, cent fois, mille fois, Théo s'efforça de percer le mystère du visage de l'apparition qui s'était maintenant arrêtée et le regardait. Hélas, rien n'y fit. Il eut beau plisser les paupières, tenter de resituer par la force du raisonnement les morceaux du visage qui manquaient, il n'obtint aucun résultat. L'inconnue était bien là, pourtant. Mais ses traits refusaient de s'offrir à lui.

Alors, entre les draps de flanelle, Théo fut soudain assailli par l'angoisse. Et si elle n'existait pas, cette mystérieuse jeune femme ? Si elle n'avait été que le fruit de son imagination ? Si c'était seulement l'idée de son existence qui l'avait séduit ?

Mais non, voyons. Elle était bien réelle puisqu'il l'avait vue ! Il en doutait encore ? Il en voulait une preuve indiscutable ? Rien n'était plus simple. Il lui suffisait de traverser la rue. Voilà. C'était ce qu'il devait faire. Partir à sa rencontre. Et pas plus tard que tout de suite. Obéissant à cette décision, Théo descendit du trottoir. Une cigarette aux lèvres, subitement aussi beau et désinvolte que Brad Pitt s'apprêtant à séduire Cate Blanchett dans *L'Étrange Histoire de Benjamin Button*, les mains dans les poches d'un costume sobre et élégant, sûr de son fait, il avança. Il avança encore. Plus il avançait, plus son cœur battait à tout rompre. Quelques mètres à peine. Ce ne serait plus long. La distance devenait ridicule. Il pressa le pas. Sous ses pieds, l'asphalte rendait bien, comme disaient les commentateurs du Tour de France. L'instant où il découvrirait le visage de l'inconnue ne tarderait pas.

Hélas, soudain, tout s'embrouilla. Dans le lointain, la tour Eiffel s'éteignit sans prévenir. Puis, ce fut au tour des lampadaires de souffler leurs lumières. Des voitures vrombissantes, de plusieurs mètres de hauteur, s'embouteillèrent sur la chaussée, menaçant de le renverser et masquant sa vision. Les klaxons se mirent à hurler de colère – bientôt rejoints par des mugissements de vaches blessées. Les Mères Tapedur, jusque-là inertes dans la Seine, le ventre en l'air, semblaient s'être multipliées et tentaient de se rebeller. Elles ne voulaient pas crever, ces vieilles toupies. Elles battaient des bras et des jambes, lançaient des imprécations crasseuses. Certaines, déjà, commençaient à grimper aux piles du pont, arapèdes dégoulinants de laideur, de méchanceté et de bêtise accumulées.

En une fraction de seconde, Théo n'eut d'autre choix que de hâter les choses. Il voulut se mettre à courir pour rejoindre enfin celle qui lui était promise. Dès ses premiers pas, il sentit que cela serait impossible. Il baissa les yeux. À ses pieds, des chaussures de sécurité avaient poussé. Chacune pesait au moins dix tonnes. Pire encore, en lieu et place du costume raffiné, une vieille chasuble au jaune fluorescent taché de boue s'était imposée. Et, comme si cela ne suffisait pas, la jeune femme s'était remise à marcher en direction de la rue de Rivoli. Théo voulut l'appeler, l'implorer de l'attendre. Comme il ignorait jusqu'à son prénom, ce cri qu'il espérait de délivrance demeura coincé dans sa gorge, à l'étouffer. Mais Théophraste Sentiero n'était pas homme à se laisser abattre ainsi. Pas dans ses rêves, en tout cas. Avec une vigueur qu'il ne se connaissait pas, il lança sa jambe droite sur la chaussée. Puis, la gauche. Il recommença. Une jambe après l'autre, il avançait enfin. Bientôt, il serait…

« Tu ne pourras pas dire que je ne t'avais pas prévenu. »

De loin en loin, il lui sembla entendre le timbre, toujours autoritaire et acide, de Cécile. Sans y prêter attention, il se concentra sur ce qu'il avait à faire. C'était, à ce moment-là, la chose la plus importante du monde. Il devait marcher, absolument, pour ne pas laisser s'enfuir cette…

« Théo… Arrête de remuer les pieds. Je t'aurai averti. »

Dans la nuit, et malgré le crachin qui avait repris, le trempant jusqu'aux os, il tenta à nouveau d'appeler l'inconnue. Hélas, là encore, rien ne franchit ses lèvres. Les mots s'entortillèrent et se coincèrent au fond de sa…

« Ça suffit ! »

Trois minutes plus tard, montre en main, Théophraste Sentiero se dit avec fatalisme qu'il n'était après tout qu'un rapatrié ou un migrant du front matrimonial – statut dépendant du côté de la frontière où l'on se situait. Chaque nuit, la France devait en compter des milliers comme lui. Rien de dramatique. Voilà ce qu'il était. Un réfugié, un exilé au sein de sa propre maison. Volontiers soupe au lait durant la journée, Cécile devenait une véritable harpie si on la tirait de son sommeil. Afin de négocier un armistice, Théo s'était donc tout d'abord excusé. Attitude qui n'avait fait qu'enflammer un peu plus la colère de son épouse. Pour ne pas entendre les récriminations qui allaient s'ensuivre, il n'avait eu d'autre choix que de battre en retraite. En caleçon et en tee-shirt, il avait quitté la chambre, abandonnant son coussin dans cette fuite peu glorieuse.

Maintenant, il gisait sur l'un des deux canapés d'angle, recouvert par un simple plaid de l'épaisseur d'une feuille morte. À cette heure de la nuit, tout le quartier dormait et ignorait que, au numéro 12 de la rue de l'Estrapade, un pêcheur de bicyclettes, de trottinettes et de cadavres souriait aux étoiles. Il avait croisé la silhouette d'une inconnue qui avait mis le feu à son âme, à sa petite vie étriquée. Et elle existait, cette femme. Elle existait pour de vrai, comme disaient les enfants, puisqu'il l'avait vue ! C'était sur le Pont-Neuf, un pont qui, pour une fois, avait servi à autre chose qu'à relier la ville de Paris à l'île de la Cité. L'espace d'une minute, Théo avait marché au-dessus de l'eau. Il savait, bien entendu, que cette histoire qui n'en était pas une finirait dans les égouts de ses souvenirs, empoussiérée par le temps qui passe. Mais il s'en moquait. À cet instant, s'il n'avait pas craint de raviver les foudres de Cécile, il en aurait même ri. Ri, oui. Et à gorge déployée, encore ! À coup sûr, sa femme en serait devenue hystérique. Elle en aurait même déclenché une jaunisse. Mais il s'en fichait bien. Pour les heures à venir, bras croisés derrière la tête et doigts de pied en éventail sur les accoudoirs du canapé, il pouvait librement penser à son inconnue.

Cela, personne ne pourrait le lui enlever. Jamais.

*

Comme Dieu devait être de belle humeur, il fit rayonner sur Paris, en ce samedi 27 décembre, un soleil de printemps. De nouveau, Théophraste Sentiero ne s'éternisa pas dans son appartement. Toutefois, les raisons de sa fuite n'eurent rien à voir avec les beuglements de l'aspirateur, pas plus qu'avec l'énumération interminable que Cécile aurait pu dérouler quant aux mille et une façons d'accommoder les restes de dinde. Si Théo prit la poudre d'escampette dès les premières lueurs de l'aube, ce ne fut que pour échapper à la discussion qui, immanquablement, atterrirait sur la table de la cuisine, entre le beurre trop dur, le café trop clair, les miettes de biscottes trop nombreuses. Son épouse ne laisserait pas filer cette occasion de débarquer à la façon d'un destroyer, chargée jusqu'à la gueule de reproches, de critiques acerbes, de récriminations – bref, d'engueulades bien senties. Elle ne le ferait pas par méchanceté, c'était entendu. Mais elle le ferait tout de même, pour la seule raison qu'elle était incapable de résister à cette tentation. Toutes ces jérémiades ne serviraient à rien. Cependant, ils en auraient conscience, avant même le premier mot échangé. Théo savait que ce serait le prix à payer. Les pensées encore toutes parfumées par l'apparition de la veille, il avait donc préféré la fuite. Il n'en était pas fier. C'était reculer pour mieux sauter. À son retour, Cécile serait là, les poings sur les hanches, remontée à la façon d'une petite voiture mécanique. Il en prendrait pour son grade. Mais cela n'avait pas d'importance. Pour l'instant, il était libre. Libre et heureux. Ravi, même, de savoir qu'il possédait devant lui trois bonnes heures durant lesquelles il n'aurait aucun compte à rendre à qui que ce fût.

Place Edmond-Rostand, il se surprit à sourire. Cette fois, il était passé entre les mailles du filet de la Mère Tapedur. Ce tas de saindoux fait femme ne s'était pas même montré. L'espace d'un instant, il avait caressé l'espoir fou que la pipelette était crevée dans la nuit. Mais attention, pas une mort de curé ni de notaire. Pas une mort où l'on s'en va en un clin d'œil, à la façon d'une ampoule qui claque. Sa souffrance aurait été infinie, emplie d'angoisses et de désespoir. On l'aurait retrouvée, sur le coup de midi, allongée dans une mare d'excréments, les yeux révulsés, de la bave verte coulant dans les replis de ses multiples mentons. Il n'aurait pas versé une larme. Tout comme la geôlière n'en avait lâché aucune lorsque, sur les pavés disjoints de la cour intérieure, elle avait trouvé un matin l'un des protégés de Théo raide mort, pattes en l'air, le plumage éteint. Elle l'avait balayé comme elle aurait pu le faire d'une simple ordure, cette sorcière. Oui, si la Mère Tapedur avait avalé dans la nuit son extrait de naissance, l'univers entier ne s'en serait que mieux porté. Hélas, à l'instant où la porte de l'immeuble s'était ouverte, il l'avait entendue gratter dans son terrier, cette bignole de tous les malheurs. Il avait déguerpi sur-le-champ. La mégère était encore de ce monde. Mais elle y passerait. Tôt ou tard. Pour l'heure, il marchait d'un pas alerte. Au comptoir du Gay-Lu, madame Jouve lui servirait un double crème et il s'accorderait même le luxe d'un croissant. Ou deux.

La matinée pouvait débuter.

Comme très souvent, chaque fois qu'il parvenait à grappiller une parenthèse de solitude dans le train-train de son existence qui ne connaissait ni côte ni descente, Théophraste Sentiero pénétra dans le jardin du Luxembourg. Sans hésiter, il se laissa emporter, dès les grilles de la porte Saint-Michel franchies, par une allée d'arbres rectiligne. Lorsqu'il se retrouva face au bassin principal, ses pieds le conduisirent d'eux-mêmes sur sa droite, en direction de la fontaine Médicis. À cette heure-ci, alors que le soleil ne teintait encore les plans d'eau que d'une goutte de grenadine, il était seul. Bien entendu, il ne put s'empêcher de remarquer que quelques sportifs suaient déjà sang et eau dans les promenades, les yeux rendus extatiques par l'effort, le bracelet électronique bien accroché au poignet. Ils couraient droit devant eux, comme s'ils étaient poursuivis par des bataillons de mille diables, et Théo, avec un nouveau sourire, se dit que toute cette affaire n'avait aucun sens. De façon invariable, ces sportifs revenaient toujours à leur point de départ. De fait, la question se posait. À quoi bon courir si ce n'était pour se rendre quelque part ?

Ombreuse et amicale, la fontaine Médicis se dressa enfin devant lui. Fidèle à son habitude, Théo alla s'asseoir sur l'une de ces chaises inconfortables qui portaient sur l'arrière de leur dossier les couleurs du Sénat. Après avoir croisé ses jambes l'une sur l'autre, il se laissa alors aller à la contemplation de ce monument. Pourquoi Théo aimait-il à s'installer là, sur ces assises de fer à la teinte peu ragoûtante de vert tirant sur le gris ? Pourquoi y demeurait-il jusqu'à ce que sonnât l'heure désolante du retour à la maison ? Pourquoi y supportait-il les hurlements des gamins mal éduqués, ces enfants rois devant lesquels les parents, toujours, se mettaient à quatre pattes ? Il l'ignorait. La fontaine Médicis, c'était sa fontaine. Et c'était tout. Qu'on le voulût ou non, il s'y sentait en territoire ami. Sous les feuilles des platanes centenaires, il ne se lassait jamais d'observer ce bassin que l'architecte avait conçu afin qu'il donnât la sensation, non d'être plan et horizontal, mais bien penché vers l'ouest. Il en aimait les vasques regorgeant de verdure qui, sur leurs poteaux, semblaient monter la garde. Quant à l'édifice dix-neuvième, cet ancien portique italianisant qui ornait l'extrémité de la pièce, il l'aimait aussi, certes, mais d'un sentiment moins marqué. La symétrie du jardin à la française, l'ombre bleutée des platanes, le silence relatif du lieu, tout cela le ravissait et le consolait un peu de la bêtise du monde qui, à tombeau ouvert de l'autre côté de l'enceinte, dévalait les voies du Boul'Mich' pour courir à sa perte. Seule l'allégorie d'Auguste Ottin le laissait perplexe. N'ayant aucune connaissance solide en matière de sculpture, il n'y voyait qu'un couple de jeunes gens, à demi nus, emmêlés l'un à l'autre sur un tapis d'herbe dans la plus parfaite langueur. Tout aurait été pour le mieux si, au-dessus d'eux, un genou posé sur une pointe de roche, un géant admirablement conchié par les collabos de la Mère Tapedur ne les menaçait par sa seule présence. En parcourant un prospectus, il avait un jour appris que ces deux tourtereaux se nommaient Acis et Galatée. Quant au titan, il portait le nom d'un médicament ou d'une maladie, c'était égal : Polyphème.

Polyphème surprenait Acis et Galatée au moment du baiser. Voilà tout ce que Théo aurait pu en dire si quelqu'un, d'aventure, lui avait posé une question. Cela, mais aussi que les pigeons, contrairement aux perruches à collier qui s'ébattaient en toute discrétion dans les arbres, étaient de sacrés petits voyeurs. En bande roucoulante, ils se tenaient sur le bord de la margelle et ne quittaient jamais des yeux le trio, semblant éprouver à sa contemplation le plaisir le plus vif.

Alors qu'il s'apprêtait à replonger dans le souvenir de son inconnue, dépiautant en pensée chacun des détails entrevus lors des quelques secondes de la veille, image par image, un homme s'approcha de Théo. Pour être exact, l'individu, précédé d'une canne blanche d'aveugle, marchait droit devant lui et, sur son passage, il finirait fatalement par rencontrer Théophraste Sentiero. Au premier coup d'œil, celui-ci se dit que ce drôle de pèlerin avait tout de la marmotte. Petit, voûté, les hanches plus basses qu'il n'était permis de les porter, il arborait un couvre-chef peu commun, une calotte en imitation d'astrakan qui le faisait ressembler à Voltaire dans son lit d'agonie. Sa chevelure blanche et immaculée dépassait par toupets de sa toque anthracite, frisottée comme au fer. Tout en marmonnant dans sa vieille face parcheminée des grognements incompréhensibles, il avançait ainsi, balayant le sol de sa badine.

Lorsqu'il ne fut plus qu'à quelques mètres de lui, Théo se leva et demanda : « Bonjour, monsieur. Voulez-vous que je vous aide ? »

À ces mots, l'ancêtre se figea. La canne frémissante au bout de sa main qui dépassait tout juste de la manche d'un paletot aux couleurs incertaines, il hésita. Puis, il finit par répondre : « Pourquoi pas, après tout ?

— Vous êtes perdu, peut-être ?

— Qui ne l'est pas ? Si vous voyez une chaise qui traîne, je suis preneur. Normalement, c'est là que les employés les mettent. Juste là. En rang d'oignons. Et elles n'y sont pas. Ou bien je ne peux pas les voir, c'est tout comme. Tout part à vau-l'eau dans ce pays, je vous le dis. Tout ! »

Pendant que Théo lui prenait le poignet et le guidait jusqu'au siège voisin du sien, le vieil homme rabougri maugréa : « Des foutriquets... Des foutriquets et des jean-foutre. Incapables de mettre les chaises à leur place. Pauvres de nous... »

Durant l'heure qui s'écoula, les deux hommes demeurèrent silencieux. Chacun se rencogna dans son carcan de fer, l'un à marmotter avec une voix inintelligible des imprécations contre l'incurie des employés du jardin du Luxembourg, l'autre à rêver de son apparition. Hormis un gamin qui s'amusa à jeter des graviers dans l'eau, puis à viser les pigeons indiscrets, ils ne virent personne. Sauf, bien entendu, l'Anglaise. Théo ne la connaissait pas. Pas personnellement, du moins. Au fil des années, ils s'étaient croisés plusieurs fois et avaient pris l'habitude de se saluer d'un sourire ou d'un hochement de tête. Mais c'était tout. S'il l'avait baptisée ainsi, c'était parce que cette habituée de la fontaine Médicis, toujours vêtue de tenues aux teintes les plus criardes qui soient, avait une peau d'une blancheur proche du diaphane, et des cheveux ivoirins, ni blancs ni blonds, qui ne tenaient jamais en place sur une tête en forme de point d'interrogation. Elle se piquait de peinture. Chaque fois qu'il venait se retirer dans cette poche d'ombre et de paix aux reflets céruléens, elle débarquait à dix heures du matin précises, repartait à midi, pour revenir à seize heures, sans jamais une minute d'avance ni de retard, tirant toujours derrière elle un cabas à roulettes aux motifs écossais. Avec des gestes précautionneux, elle extrayait de celui-ci son chevalet, dont elle dépliait les trois pieds, puis une mallette de bois fauve contenant les couleurs et les pinceaux. Les sourcils froncés et le front plissé par la concentration, elle se mettait alors à barbouiller. Quoi ? Il l'ignorait. Comme elle s'installait toujours dans le même renfoncement formé par deux vasques et un bouquet d'arbres, dos à la palissade, personne d'autre qu'elle ne pouvait savoir ce qu'elle s'acharnait à mettre en scène sur sa toile.

À un moment, le barbon aveugle fit mine de se lever pour repartir. Théo proposa, le plus poliment du monde : « Si je peux vous aider, n'hésitez pas. »

Interloqué, le géronte grimaça : « Si j'ai trouvé ma route pour venir jusqu'ici, je devrais pouvoir me débrouiller tout seul pour retourner chez moi.

— Comme vous voulez. Mais ça ne me dérange pas et je...

— Je n'ai pas besoin de votre pitié. Ma vie est assez compliquée telle qu'elle est.

— Excusez-moi. Je pensais que…

— Je la supporte, ma vie, voyez-vous ? Du moins, je fais de mon mieux. Mais je n'ai pas les épaules assez larges pour y trimballer en plus la pitié des autres. Ça fait trop. Trop pour un seul homme. Il y a surcharge, si vous préférez… »

Remis à sa place à la façon d'un simple morveux, Théo se tut. En quelques phrases, son voisin venait de lui gâcher tout son plaisir. Jusque-là, il s'était senti heureux, du Pont-Neuf plein la tête. Il était même sur le point d'allumer une sèche qui aurait marqué le firmament de sa béatitude. Mais il se ravisa. Le cylindre de tabac blond demeura au fond de l'une des poches de son pantalon cargo. Le cou rentré dans les épaules, les bras croisés sur la poitrine, il se mura alors dans le mutisme le plus absolu, se promettant en aparté de ne plus jouer au Bon Samaritain. Quand ce vieil emmerdeur foutrait son camp, alors oui. Il procéderait au cérémonial de la cigarette du matin. Mais là, maintenant ? Même la fumée aurait eu le goût du margouillis.

Feignant à nouveau de se lever, l'aveugle se rassit pourtant, juste au moment où une trentenaire, le portable collé à l'oreille, passait devant eux. En tailleur strict, une poitrine opulente retenue à grand-peine par un chemisier trop ajusté, juchée sur des escarpins de marque, une bouteille d'eau minérale dépassant du sac à main, elle fit cliqueter ses talons en rafale sur les graviers, puis elle disparut dans l'allée.

D'un ton où pointait une once de déception, le vieux maugréa : « Si ce n'est pas malheureux, tout de même...

— Pardon ? C'est à moi que vous parlez ? réagit Théo.

— Et à qui d'autre ? Cette femme qui vient de passer, c'est dommage, vous ne trouvez pas ?

— Je ne vois pas ce qui vous...

— C'est moi qui ne vois pas. Pas vous.

— Pardon. »

Alors que Théo recommençait à maudire en son for intérieur ce Voltaire mal embouché, celui-ci poursuivit : « Elle portait sa poitrine comme on porte une infirmité, avec l'air de ne pas avoir l'air. Elle avait honte, si vous préférez.

— Comment pouvez-vous savoir que...

— Encore une qui se trouve trop grosse. C'est la seule explication. Pour s'habiller tout en noir et se promener au parc, sans doute avec une bouteille d'eau minérale, c'est la seule explication. Elle se trouve grosse. C'est curieux, non ? Nous vivons dans un monde d'obèses qui ne rêvent que d'une chose : devenir anorexiques. Si nous étions maigres comme des limandes, nous nous promènerions avec des boîtes de cassoulet dans nos sacs à main. Pas de l'eau minérale. Jamais content. L'homme, je veux dire. Jamais content. Et quand je dis l'homme, je parle aussi de la femme. Parfois même, c'est pire... »

Depuis toujours, Paris regorgeait d'arnaqueurs à la petite semaine, d'escrocs de la mendicité, de

Rembrandt de la retape. Le Gay-Lu lui-même en offrait une collection de choix qui aurait mérité d'être exposée au Bureau international des poids et mesures de Sèvres. Théo rangea donc son voisin de circonstance dans la catégorie des carotteurs de l'obole, des aigrefins de la canne blanche. Pourtant, lorsque la promeneuse était passée, il aurait juré que le vieux tenait sa tête baissée.

De nouveau, celui-ci reprit sa rengaine, teintée de mélancolie et de méchanceté : « Que voulez-vous ? Nous vivons dans un monde de phalènes. Des paumés, quoi. Jamais contents. C'est comme la gribouilleuse, là-bas, avec sa toile. C'est de la foutaise, et rien de plus. Je ne sais pas ce qu'elle peinturlure, mais ça ne vaut pas tripette. »

N'y tenant plus, Théo l'interrompit d'autorité : « Vous êtes aveugle ou pas, à la fin ? »

Pour la première fois, une amorce de sourire apparut sur le visage décrépit de l'ancêtre. Des dents d'une blancheur parfaite accrochèrent sur leur émail un bout de soleil qu'il avala aussitôt, sans masquer sa gourmandise. Puis, il répliqua : « Enfin quelqu'un qui appelle un chat un chat !

— Pardon ?

— Vous avez dit "aveugle", et pas "non-voyant". Vous avez dit ça comme vous auriez dit "nain", et pas "personne de petite taille". "Femme de ménage", et pas "technicienne de surface". "Vieille bique", et pas "personne âgée". La façon dont on désigne quelqu'un ne modifie pas la nature de celui-ci, n'est-ce pas ? Un nain ne prendra pas vingt centimètres d'un seul coup si on l'appelle "personne de petite taille", voyez-vous ?

— Je vois parfaitement. Mais vous ? »

De moqueur, le sourire du barbon se fit plus bienveillant. Et la réponse ne tarda pas : « Moi ? Je ne vois rien, ou presque. Chaque jour un peu moins, si vous préférez. Et comme je comprends ce monde de moins en moins, j'en suis arrivé à la conclusion que la nature était plutôt bien faite.

— Alors ? Vous êtes aveugle ou pas ? »

Cette fois avec lassitude, l'ancêtre soupira : « Vous en êtes encore là ? Toujours à limiter votre connaissance des autres à leur seule écorce ? Quelle misère, tout de même. Je n'aurais pas cru. Pourtant, quand je me suis assis là, près de vous, je me suis dit que la pioche était bonne. Je me suis dit que vous étiez différent du *vulgus pecum*[1]. Il faut croire que je me suis trompé. Si, pour vous, le monde se sépare entre ceux qui voient et ceux qui ne voient pas, vous êtes plus à plaindre que moi.

— Vous trouvez ?

— Mes yeux, ils font ce qu'ils peuvent. Mais ils ne sont pas les seuls à pouvoir saisir le monde, croyez-moi sur parole. Pour cette femme qui est passée tout à l'heure, je vous jure que je n'en ai vu qu'une ombre. C'est son parfum qui m'a dit qui elle était. Un parfum riche, musqué, avec des notes de vanille et de pain d'épices. Une pointe de bergamote. Et un soupçon de fruits rouges et de chocolat. Pour se tartiner avec tout

1. Foule servile.

ça, il faut avoir faim. Et, quand on a faim, on mange. Sauf si on se trouve gros. Auquel cas, on se parfume et on boit de l'eau. Le parfum vous apprend beaucoup d'un individu. Vous devriez essayer. »

Comme Théo ne répondait pas, se demandant si le vieux grigou se payait sa tête ou était tout simplement fêlé du bocal, celui-ci reprit : « Quant à la femme qui peint là-bas…

— C'est aussi le parfum ? Je veux dire : c'est son parfum et celui de sa peinture qui vous ont appris que c'était une femme et qu'elle peignait ?

— Ne soyez pas ridicule. C'est le bruit.

— Quel bruit ?

— Les bruits, si vous préférez. Les claquements de son trépied à l'ouverture. Celui du couvercle de son nécessaire à barbouiller. En tendant bien l'oreille, j'ai même pu entendre les poils du pinceau glisser sur la toile. C'était léger, aérien. C'était donc une femme. Hésitant, aussi. Donc, une femme d'un certain âge qui ne part pas bille en tête, mais qui pèse chaque touche. Tout cela n'est pas très compliqué à saisir. C'est un coup à prendre, si vous préférez. »

Après ce laïus, l'opinion de Théo était faite. Cette tête chenue et mal lunée le prenait pour un gogo, un innocent. Peut-être même l'imaginait-il touriste ? Soudain de fort mauvaise humeur, il enferma sa cigarette du matin dans le cagibi des occasions ratées et se leva. L'heure tournait. Cécile devait déjà s'impatienter dans sa cuisine, la bouche fleurie d'imprécations et de remontrances.

Sous la toque d'astrakan, la voix poursuivit : « Méfiez-vous des apparences, monsieur. Comme de la peste. Et dites-vous bien que ce que l'on voit n'est pas forcément ce qui est.

— C'est ça, oui...

— Oui. C'est très exactement cela. Tenez, c'est comme une femme que l'on croiserait dans la rue, disons un soir entre chien et loup, apparemment par le plus grand des hasards. On en croise des milliers chaque jour, me direz-vous. Mais, parce que vous l'avez regardée autrement, cette femme croisée ne sera plus jamais, pour vous, une simple passante. Elle sera devenue autre chose. Elle sera devenue importante, à vos yeux. »

La coïncidence de l'exemple interpella Théo, qui eut l'envie de questionner l'étrange bonhomme. Mais son opinion était faite et il n'allait pas revenir dessus. Ce type était un allumé, un siphonné, un maboul, un toqué. Un loqueteux du bulbe qui ne tarderait pas à lui demander l'aumône en pleurnichant.

D'un ton sec, il se borna donc à répondre : « C'est ça, monsieur. Bonjour. »

Pendant que les pieds de Théo l'emportaient vers la furie pétaradante du Boul'Mich', le Voltaire à toupets blancs murmura encore : « Mais nous nous reverrons. Je le sais. Je le sais, puisque c'est écrit... »

7

Trois semaines s'étaient écoulées depuis la rencontre de Théophraste Sentiero avec l'aveugle. Vingt et une longues, interminables journées durant lesquelles la pluie et le froid n'avaient pas cessé. À chaque instant du jour et de la nuit, l'on n'entendait plus que cela, la litanie toujours recommencée des gouttes qui tombaient du ciel sur les toits, des toits dans les gouttières, des gouttières dans les caniveaux. Au hasard des rues, les gens étaient moroses. Frigorifiés, le front baissé afin d'éviter de patauger dans les flaques qui se formaient au bon vouloir des nids-de-poule, ils aboyaient des bonjours, crachotaient des mercis, maudissaient ce temps de suicidés qui ne vous laissait pas un seul poil de sec.

Même au Gay-Lu, l'ambiance avait changé. D'abord, parce que madame Jouve, en boutiquière avisée, avait résolu de vider son fonds de commerce avant de donner les clés aux nouveaux propriétaires. Il fallait épuiser les réserves, assécher les barriques. En fonction de ses allers et retours à la cave, les verres se remplissaient ainsi de bonnes surprises, mais, le plus souvent, de liquides improbables parfumés de bouchon. Au fronton du comptoir, les litres ne montaient plus la garde en rangs serrés. Lorsqu'une bouteille rendait l'âme, elle n'était pas remplacée. Son absence, aussitôt, tatouait le bel ensemble à l'ordonnancement militaire d'un trou béant, semblable à celui qu'abandonne, derrière elle, une dent arrachée. Le pastis, la bière, le vin rouge et le whisky ne manqueraient pas. Madame Jouve en avait fait le serment, une main sur la poitrine, l'œil grave. En revanche, pour ce qui était du curaçao bleuté, du Picon d'antan, de l'anisette Cristal, du Cointreau et de la Marie Brizard pour les gosiers délicats, elle demeurait plus évasive. La rupture de stock planait sous les plafonniers en tubes de néon. Les Cothurne, la Guigne, Petit Pois et Gégène s'étaient faits à cette fonte programmée de leur nid. Ils s'étaient découvert l'alcool sinon triste, du moins amputé de sa part de rêve. Ils buvaient toujours, bien entendu. Ils plaisantaient, même. Ils jouaient aussi aux cartes et s'engueulaient en faisant claquer les mots les uns contre les autres. Mais le cœur n'y était plus. Ils éclusaient, l'air de rien, tout en sachant pourtant que chacune de leurs gorgées les rapprochait du rideau qui se tirerait, d'un coup sec, à la façon d'une guillotine, sur leurs années de jeunesse.

Lorsque Théo était revenu du jardin du Luxembourg, l'esprit encore agacé par cet aveugle qui ne voyait que ce qu'il voulait bien voir, il avait été déçu par l'accueil que Cécile lui avait réservé. Il n'y avait eu aucun cri d'orfraie. Pas le moindre reproche. Nulle question insidieuse, de ces remarques longtemps ruminées et trempées dans le fiel. Elle lui avait seulement indiqué, d'une voix étale, que dormir sur le canapé était sans doute la meilleure solution. Du moins, tant qu'il ne serait pas allé à son rendez-vous chez le neurologue, le docteur Salvay. Puis, jugeant l'affaire classée, la maîtresse de maison avait servi à chacun sa ration de fricassée chaud-froid corail et cumin, aimable et pratique recette qui permettait de sonner enfin le glas de la dinde natale. Profitant de l'humeur a priori placide de son épouse, Théo avait avancé l'idée que, peut-être, s'il trouvait autre chose, il ne se gênerait pas pour changer d'emploi. Comme seul le silence lui répondait, il était monté sur ses grands chevaux. Repêcher des vélos et des bordilles, ça n'était pas un métier déshonorant, non. D'ailleurs, il n'y avait pas de sots métiers, mais que de sottes gens. Et puis quoi, tout de même ? Il était flexible, puisque ce mot était à la mode. Il avait changé de métier toute sa vie. Et il n'était pas bête. Il avait décroché le certificat d'études, lorsque celui-ci signifiait encore quelque chose ! Pour le baccalauréat, il l'avait raté, c'était exact. Mais de trois petits points seulement, au rattrapage. Il avait le niveau. En toute décence, il pouvait légitimement prétendre à un autre emploi. Dès qu'une offre passerait à sa portée, pour peu qu'elle fût correctement payée et qu'on ne l'obligeât pas à porter des chaussures de sécurité et une chasuble fluorescente, il sauterait dessus. Parfaitement ! Comme la vérole sur le bas clergé. Il ne laisserait pas sa part aux chiens, aucun risque ! Les enfants, toujours rivés à leurs écrans, n'avaient pas levé le nez. Cécile, elle, avait hoché la tête en signe d'acquiescement. Puis, elle était allée s'affaler sur le canapé du salon, l'esprit pas plus troublé que cela par la nouvelle. Sa série débutait. Le monde entier pouvait bien s'écrouler autour d'elle.

Le lundi 29 décembre, jour de reprise, Théo avait donc présenté sa démission à Vermillon. Celui-ci avait écarquillé des yeux comme des soucoupes. Alors que, chaque jour, il jetait au panier des dizaines de CV envoyés par de pauvres bougres désespérés ne rêvant que d'intégrer l'administration, quelle qu'elle fût, Théophraste Sentiero, lui, quittait le bateau. C'était pourtant un bon élément. Sérieux, jamais en retard, toujours d'humeur égale. Son supérieur avait bien tenté de le retenir, mais le séditieux n'avait rien voulu entendre, arguant, pour faire passer la pilule, que l'humidité avait déclenché chez lui des crises de rhumatisme aigu. Vermillon avait fait semblant de le croire. Les deux hommes s'étaient entendus pour une séparation à l'amiable. Théo accomplirait seulement deux semaines de préavis. Il toucherait ses indemnités et, une fois le solde de tous comptes réglé, la page pourrait se tourner. Sans cri et sans heurt.

Chaque soir désormais, après le repas et le passage rituel devant la télévision, Cécile allait se coucher dans la chambre conjugale. Théo, lui, avait fini par s'accommoder du canapé. Il y trouvait même certains avantages, comme celui de grignoter du chocolat amer, vautré de tout son long, en regardant de vieux films en noir et blanc, les seuls à trouver grâce à ses yeux. De même, il pouvait tirer tout son saoul sur sa cigarette électronique et, la vapeur aidant, se croire alors dans les bas-fonds d'Alger avec Gabin dit Pépé le Moko, ou aux côtés de Raimu dans *L'Étrange Monsieur Victor*. Une fois la télévision éteinte, dans la solitude la plus parfaite, une autre existence pouvait alors débuter. Les yeux rivés au plafond, la bouche encore sucrée de chocolat, il revenait tout d'abord sur sa tristesse quotidienne. Trois semaines. Trois semaines, déjà, qu'il n'avait plus croisé l'inconnue. Et ça n'était pas faute d'avoir essayé. Chaque jour, et quel que fût le lieu où son travail de maraude l'envoyait, il se débrouillait toujours pour passer par le Pont-Neuf. À l'aller comme au retour. Au moment d'enjamber la Seine, il ralentissait le pas. Les mains dans les poches, l'air faussement décontracté de celui qui marche sous la pluie mais se soucie en fait comme d'une guigne des caprices de la météo, il avançait en dévisageant tout ce qui, de près ou de loin, pouvait lui rappeler l'apparition de ce début de soirée du 26 décembre.

Hélas, le miracle ne s'était pas reproduit. Il avait croisé des femmes de tous âges, de toutes tailles, aux origines les plus diverses, des Vénus grecques ou des maritornes sans la moindre grâce. Mais d'inconnue, point. Elle semblait s'être dissoute et, cela demeurait une possibilité, n'avoir jamais existé ailleurs que dans son esprit. Pourtant, Théo y pensait. Parallèlement à cette quête, l'état de ses pieds – et, maintenant, de la totalité de ses jambes – s'était aggravé. Désormais, le mouvement montait depuis la pointe des orteils jusqu'à l'aine. Ce phénomène ne le saisissait pas n'importe où, fort heureusement. Il ne comprenait pas le pourquoi de la chose, mais, de manière confuse, il sentait que ces crises ne se déclenchaient pas au hasard. Cela le prenait après une station assise ou allongée. Il ressentait alors dans ses membres inférieurs une irrépressible envie de bouger, de s'agiter. Sa chair fourmillait, picotait, démangeait tout à la fois. Par moments, il ressentait de véritables décharges électriques qui, selon leur intensité et leur durée, pouvaient le faire sourire ou grimacer. En journée, il lui suffisait de marcher pour dompter ce trouble. Ces sensations malignes s'évanouissaient en quelques minutes. La nuit, en revanche, l'affaire se corsait. Dans le silence seulement troublé par le chant de la pluie, il entrait peu à peu en lutte avec son corps. En pensée, il lui parlait, tentait de négocier une trêve. Il s'était même surpris à l'implorer, mais ses jambes et ses pieds se moquaient de ses supplications. Lorsque les fourmillements atteignaient le seuil de la douleur, Théo ne pouvait alors faire autrement que de se lever. Il effectuait quelques flexions, les bras tendus devant lui. Puis, il entamait une marche lente autour de la table de la salle à manger. Il tournait en rond, certes. Mais cela suffisait à le soulager et à calmer ces picotements aux causes mystérieuses pour au moins deux pleines heures.

«Je tourne en rond..., maugréait-il avec rage pour lui-même. J'ai l'air fin. Si la Mère Tapedur me voyait, elle se foutrait sûrement de ma bobine, cette vieille truie...»

Mais la Mère Tapedur, sans le moindre doute, devait à cet instant précis ronfler de toutes ses bronches encrassées par la méchanceté. Elle comptait les moutons, pesait les figues, cassait le sommier, à mille lieues des angoisses de Théophraste Sentiero et de ses jambes qui ne lui répondaient que de plus en plus mal. Lorsque celui-ci se recouchait enfin, toujours attentif aux symptômes de ses membres inférieurs, il se répétait, comme en prière : « Tout ça, ce sera bientôt fini. Le rendez-vous avec le docteur approche. Il paraît que c'est une épée. Il va me débarrasser de ça comme qui rigole. Pas besoin d'avoir peur. Encore un peu de patience. Le rendez-vous approche… »

À force d'approcher – et parce que cet éminent neurologue avait fait ses études avec le docteur Cadirac, le délai d'attente pour le patient ne fut que de trois semaines –, le jour tant espéré finit par arriver. Ce serait le lendemain. Le docteur Salvay ne consultait pas dans le quartier. Cet oiseau-là nichait porte de Versailles. Si Théo poussait jusqu'à Solférino, il attraperait la ligne 12 du métro et l'affaire serait dans le sac. Se déplacer, même dans la ceinture ouest de Paris, ne l'effrayait pas. En revanche, il savait qu'il devrait à nouveau subir un interrogatoire serré, se prêter en simple caleçon à des palpations qu'il jugeait humiliantes. Qu'importe, il saurait à quoi s'en tenir.

Ce soir-là, il ferma donc les yeux, l'esprit apaisé, et tenta de trouver le sommeil. Ses dernières pensées allèrent à ses amis à plumes qui, depuis que le déluge avait commencé, ne se déplaçaient même plus pour picorer les croûtons de pain qui, de toute façon, se transformaient instantanément en une espèce de bouillie blanchâtre. Il songea aussi à ses collègues de travail. Sans oublier ses comparses de comptoir et sa partie de contrée, qu'il avait gagnée ou perdue, cela n'avait strictement aucune importance. Il assassina pour une énième fois la Mère Tapedur. Puis, sans qu'il le voulût vraiment, son esprit vagabonda vers le Pont-Neuf. Elle était là, son inconnue, qui l'attendait dans sa grande écharpe de laine écrue. Il s'approcha d'elle. Sans un mot, il la prit par la main. Comme c'était lui qui rêvait, elle ne lui dit pas non et lui emboîta le pas, éclat de bonheur dans la grisaille parisienne. Alors, Théo put s'endormir tout à fait. Il put rêver, du moins jusqu'à ce que les picotements revinssent le tirer à la surface et l'arrimassent à la dure réalité d'un canapé inconfortable. Lorsque ces démangeaisons furent trop insupportables, il se leva. Dans le parfum de l'inconnue – une fragrance qu'il ne faisait qu'imaginer –, les yeux mi-clos, il se mit à marcher autour de la table de la salle à manger. Chacun de ses pas possédait le goût délicieux de l'interdit, la joie du péché. Et il n'aurait échangé son errance contre aucun billet, fût-ce un billet pour la Lune ou l'étoile du Berger.

*

« Et tu sais ce qu'il m'a dit, cet imbécile ? Il a osé me dire que tous les juifs n'étaient pas riches. Oui, monsieur ! Il m'a balancé ça comme ça, sans blaguer. Tu te rends compte du culot de ce type ? Il y aurait comme qui dirait des juifs pauvres. Et puis quoi, encore ? »

Tout à sa fureur, Flingot – dit aussi le Prudent – étouffa entre ses lèvres fines une bordée d'injures qu'il brûlait pourtant de laisser jaillir dans l'habitacle de la voiture. Sur sa gauche, le conducteur d'une Smart lui grilla la politesse, mais fit comme si de rien n'était. C'en fut trop pour le conducteur. Cette fois, les insultes fusèrent, éclatantes, définitives. Malgré ce torrent d'invectives bien senties qui fit trembler jusqu'au rétroviseur intérieur du SUV flambant neuf, le véhicule indélicat continua à faufiler sa silhouette de pot de yaourt entre les voitures qui roulaient au pas.

À la place du mort, Théo osa, du bout des lèvres : « Mais toi ? Tu crois vraiment que tous les juifs sont riches ?

— Tous les juifs, j'en sais rien. Il y a aussi ceux qui font semblant d'être pauvres. Et démêler le tien du mien, chez ces gars-là, c'est pas possible. Mais lui, j'ai mon avis sur la question.

— J'ai bossé avec un juif, une fois. Et il n'était pas plus riche que moi. C'était le bon garçon, discret, jamais une embrouille.

— Ça, ça veut rien dire.

— En tout cas, il me semble qu'il doit y avoir autant de riches et de pauvres chez les juifs que chez les catholiques ou les musulmans. Mais il peut y avoir aussi des exceptions qui confirment la règle.

— Alors, lui, c'est l'exception qui confirme l'exception. En plus, c'est un juif honteux, du genre à se cacher, pas franc de la papillote.

— Qu'est-ce que t'en sais ?

— Il m'a dit qu'il les aimait pas. Et que les juifs étaient pas solidaires entre eux, qu'ils se tenaient pas les coudes.

— Et alors ? C'est peut-être vrai ? »

Avec un regard lourd de sens, sur l'air de celui qui en sait beaucoup sur la question mais qui, magnanime, préférera ne rien dire, Flingot répliqua : « Tu parles, Charles. Il a bien essayé de m'embrouiller, mais pas de ça avec moi. Il m'a dit que les juifs, c'était comme des spaghetti numéro cinq.

— Des quoi ?

— Des spaghetti de chez Barilla, les numéro cinq. C'est très exactement ce qu'il m'a dit. Avec sa tête de faux-cul professionnel, il m'a expliqué que, si tous les spaghetti se retrouvaient dans la même boîte, au supermarché, c'était pas parce qu'ils étaient solidaires. C'était parce que d'autres, ou la vie, les avaient regroupés entre eux. Ou une connerie de ce genre. Mais ça tient pas. J'y ai bien réfléchi : ça tient pas. Comme quoi, on peut être juif et con.

— Tu ne serais pas un peu antisémite, toi ? »

Après avoir pris le temps de la réflexion, le Prudent finit par répondre : « Moi ? Certainement pas. Les juifs, pour te dire toute la vérité, je m'en fous complètement. Mais lui, même si on boit des coups ensemble, je m'en méfie. Il est pas franc du collier. En plus, il fait toujours une tête de chien battu. Je suis sûr que, si tu lui donnes un doigt, il t'arrache le bras entier. »

Sachant depuis longtemps qu'il ne servait à rien de s'épuiser en joutes verbales avec des racistes et des antisémites – dont la majorité triomphante ignorait de surcroît qu'elle possédait un QI oscillant de façon dangereuse entre celui de la moule et celui de l'oursin –, Théo se rencogna dans son fauteuil de cuir. Flingot était un type bien. À sa façon. Et selon les circonstances. D'ordinaire posé et silencieux, il lui arrivait parfois de souffler sur les braises de sa propre colère jusqu'à les enflammer. Puis, comme si de rien n'était, il redevenait doux et tranquille – patelin, pour tout dire.

Après avoir remâché un reste de haine entre ses dents courtes et carrées, le conducteur grommela encore : « De toute façon, c'est pas pour rien qu'il s'appelle Séfanaze.

— C'est au Gay-Lu qu'on lui donne ce nom, rectifia Théo dans un souci d'exactitude. En vrai, il s'appelle David Martin.

— Peut-être. Mais lui, il laisse faire. Qui ne dit mot consent. Séfanaze. Tu sais pourquoi on l'appelle comme ça, pas vrai ? Parce qu'il est moitié séfarade, moitié ashkénaze. Il sait même pas de quelle tribu il est, cet oiseau-là. En plus, c'est un juif qu'a honte d'être juif. Madame Jouve m'a dit qu'il faisait tout pour que personne le sache.

— Avec un surnom pareil, pourtant… Et puis, il a peut-être ses raisons, non ? »

Ignorant la remarque, emporté par son mépris abyssal qui ne souffrait aucune contradiction, Flingot enfonça le clou : « C'est un trouillard. Peur de tout. Même de son ombre. C'est pour ça que le Séfanaze, il porte une kippa en cheveux.

— Quoi ?

— En cheveux, je te dis. Et je tiens ça en toute confidence de madame Jouve. Il se colle ça sur la citrouille et, ni vu ni connu, je t'embrouille. Comment tu veux qu'on les reconnaisse s'ils font tous ça ? »

Sur le boulevard des Maréchaux, direction rue de Vaugirard, les deux hommes demeurèrent silencieux durant de longues minutes. En cette fin de matinée, au niveau du parc des expositions, la porte de Versailles bouchonnait. Frappés d'inertie, esclaves des feux, les véhicules faisaient du surplace. Sous un soleil timide qui tentait de crever la voûte couleur mine de plomb, les conducteurs grimaçaient, désespérés de ne pas pouvoir écraser leur champignon. Théo, maintenant, se reprochait avec amertume d'avoir croisé la route de Flingot. Ce dernier, chauffeur Uber, l'avait ramassé à l'angle de la rue Léon-Delagrange et du boulevard Victor. Il l'avait fait par gentillesse. Ils savaient tous deux que cette course serait gratuite ou ne coûterait pas plus cher que le prix d'un Pernod. Théo avait accepté, ravi d'éviter un retour par la ligne 12. Pourtant, dès qu'il avait posé ses fesses dans le SUV, il avait compris que l'homme était, ce matin-là, mal embouché. Comme il lui était impossible de lui fausser compagnie sans le vexer, il avait résolu de se taire. D'abord, parce qu'il était bien élevé. Ensuite parce que, malgré tout, il aimait bien Flingot ou, du moins, il ne parvenait jamais à le détester totalement.

Il fallait dire que le conducteur avait traversé, au cours de son existence, des épreuves qui marquaient son homme. Sans qu'il ait jamais confirmé ni démenti la chose, l'on disait volontiers en son absence qu'il était originaire de Bourg-en-Bresse. Qu'il y était chasseur, dans ses jeunes années. Et qu'il avait passé le plus clair de son temps à traquer un oiseau dans la région de Villars-les-Dombes, une espèce rarissime nommée calao papou[1]. Pourquoi cette espèce introuvable et pas une autre ? Sur ce point, les avis restaient partagés. Toujours était-il que, dans cette poursuite, il avait laissé toute son énergie et n'avait pas non plus chipoté sur les moyens pour atteindre son but. Lorsqu'il avait enfin trouvé cette espèce de gros toucan, dont les vocalises faisaient plutôt penser à des rires vulgaires ou à des grognements criards, il l'avait abattu sur-le-champ. Sa quête était terminée. Comme pour *Le Vieil Homme et la mer*, ce Santiago cynégétique avait vendu son fusil, liquidé les affaires courantes et quitté son département de l'Ain pour venir se réduire en esclavage à Paris, suçant l'asphalte quatorze heures par jour.

Deux ans auparavant, Théo ne se souvenait plus pour quelle raison, Flingot était venu prendre

1. *Rhyticeros plicatus*, grand oiseau de la famille des Bucerotidae.

l'apéritif à la maison. Cécile, pour une fois, avait rivalisé d'attentions et de gentillesses. Le chasseur, mis en confiance par la voix aimable de son hôtesse et les pastis qui se succédaient à une cadence régulière, avait soulevé un coin de la couverture sous laquelle il avait préféré enterrer son passé. Les yeux au sol, afin de ne croiser aucun regard, il avait évoqué son enfance dans les barres des quartiers ouvriers, sans grande joie. Son mariage avorté. Sa femme qui l'avait quitté, en emportant leur fille sous son bras. Vingt ans qu'il n'avait plus eu de nouvelles.

Comme souvent, avec ce genre de gaillards pouvant être forts en gueule, les bras cassés du Gay-Lu lui avaient prêté avec générosité mille passés, tous plus sulfureux les uns que les autres. Notamment le soir où ils avaient aperçu la crosse d'un pistolet dépasser de sa ceinture. Sur le coup, personne n'avait soufflé mot. Dès qu'il avait tourné le dos, les langues s'étaient déliées. Cothurne avait aussitôt juré mordicus que Flingot lui avait acheté, du temps où il tenait sa caisse à livres sur les bords de Seine, un précis de chimie permettant de fabriquer des bombes artisanales. Du pistolet à la bombe, et de la bombe au pistolet, il n'y avait qu'un pas. Comprendrait qui voudrait. Pour lui, le Patient travaillait donc dans l'ombre à des attentats ou à des braquages, mais pour des causes ou des idéologies qui restaient encore à déterminer. Petit Pois, pour sa part, avait parié sur l'existence de quelque mari jaloux. Flingot était plutôt bel homme, et le compagnon du perroquet fugueur devenu hispanique lui avait inventé dans la foulée une bonne demi-douzaine d'amantes énamourées. Avec les femmes, avait-il énoncé d'un air docte, tout était possible. Surtout si le bellâtre trimballait dans son sillage une odeur fleurant bon le soufre, façon Bonnie Parker et Clyde Barrow. La Guigne, lui, fort de multiples séjours en prison et d'encore plus de gardes à vue, possédait un avis différent. Il avait fréquenté dans sa jeunesse des dealers à la petite semaine et des demi-sel de banlieue qui se prenaient pour des affranchis. Il connaissait donc la musique et touchait sa bille, en matière de calibres. Pourtant, il n'avait rien dit. Le pistolet de Flingot, c'était gros comme un nez au milieu de la figure, n'était en fait qu'un pistolet d'alarme. Et il comprenait la raison de cette artillerie portée à la ceinture. Lorsque l'on chargeait des clients, surtout à une heure avancée de la nuit, il fallait avoir du répondant. Mais il avait gardé ça pour lui. La bande du Gay-Lu se réjouissait de compter dans ses rangs un mafieux, un malfrat, un porte-flingue, voire un redoutable et néanmoins discret partisan d'une quelconque lutte politique armée. Pourquoi les aurait-il détrompés ?

« Fais attention, avec tes pieds.

— Qu'est-ce qu'il y a ?

— Là, sur le tapis de sol. Ils bougent dans tous les sens. On dirait que tu danses la java.

— Et alors ?

— Ça va user mon tapis. Je sais que les tapis servent à ça, mais il est neuf, celui-là. Geste commercial du concessionnaire. Alors, fais attention à pas me le saloper. »

Pour un peu, Théo se serait cru dans sa chambre maritale. N'eût-ce été le timbre de voix, le vocabulaire et le ton étaient en tout point semblables à ceux employés par Cécile lors de cette fameuse nuit du 26 décembre qui avait sonné leur séparation de corps.

Plus amène, car il n'était pas méchant homme, Flingot se reprit : « Ça te sort d'où, toute cette gigue ? T'as des fourmis dans les pattes ?

— Je n'en sais rien. J'arrive de chez le neurologue, mais tu sais ce que c'est. On n'en a guère appris plus sur son état en sortant qu'avant d'y être entré.

— Qu'est-ce qu'il t'a dit, le toubib ?

— Des choses. Mais il m'a parlé comme un neurologue. Et je n'y ai rien compris. Il m'a dit que j'avais le syndrome des jambes sans repos. Que c'était de l'akathisie ou de la tasikinésie. Bref, des mots à ne pas coucher dehors, des mots à ne même pas trouver leur place dans le dictionnaire. »

Après un long sifflement censé marquer une surprise mâtinée d'une pointe d'inquiétude, le conducteur insista : « Tu m'étonnes que t'y aies rien compris. Et c'est grave ?

— Tu connais les docteurs. Tu vas les voir pour un mal de tête et tu ressors avec un cancer du cerveau. Ils ont volontiers le discours inquiétant. Parfois, tu as même l'impression que, s'ils ne t'ont pas foutu la trouille, ils n'ont pas bien fait leur boulot.

— Mais toi ? Tu risques quoi ?

— À l'entendre, la totale. Je ne me souviens plus de tout, mais c'est un programme de première, tu peux me croire. D'après lui, si je ne prends rien, c'est l'insomnie qui me guette. Puis, la dépression, la perte de l'appétit, des envies suicidaires, de l'hypertension, du diabète, l'obésité. Peut-être aussi la maladie de Parkinson, mais il n'était pas bien sûr. Et si je prends des médicaments, c'est encore pire.

— Mon pauvre gars…

— On a tous notre croix, bougonna Théo. Mais ça va aller.

— T'es sûr ?

— Mais oui. J'ai deux pieds qui bougent tout seuls, et alors ? Il n'y a pas de quoi en faire un fromage. D'ailleurs, tu vas me laisser là, au feu rouge.

— Pas question ! Je vais te ramener devant chez toi. Ta femme va s'occuper de ton cas.

— Surtout pas ! C'est l'heure où la Mère Tapedur monte la garde et je ne tiens pas à la croiser. Ça m'achèverait. »

Dans le silence feutré de son moteur électrique, le SUV s'immobilisa sur la droite, en double file. Pendant que, derrière eux, les premiers coups de klaxon se mettaient à retentir, Flingot s'inquiéta à nouveau : « T'es sûr de toi, hein ? Tu veux vraiment rentrer à pattes ? Y en a pour au moins cinq ou six kilomètres, et ça me gêne pas de te…

— C'est bon. Puisque mes jambes veulent faire de l'exercice et que je n'ai pas mon mot à dire, autant marcher. En plus, ça calme mes pieds. Il faut un moment, bien sûr. Mais, après, tout rentre à peu près dans l'ordre. Enfin, pour un moment, mais c'est déjà ça de gagné.

— Alors il te reste plus qu'à trouver comment tu peux utiliser ton machinésie, comme tu dis. Si j'étais toi et que j'avais plus de travail, j'y réfléchirais.

— Et tu ferais quoi ? »

Ignorant avec superbe les gueulardises des klaxons qui, maintenant, s'égosillaient sans fin dans leur dos, Flingot énuméra : « Ma foi, je me ferais livreur. Ou distributeur de prospectus. Ou serveur dans un restaurant. Tu pourrais aussi faire le guide pour les touristes ou trouver une place à la mairie, pour balayer les rues. Les boulots où il faut marcher, c'est pas ce qui manque. Si t'avais été plus jeune, t'aurais pu aussi te mettre au cinquante kilomètres marche. Pour les Olympiques de Paris, t'aurais comme qui dirait joué à domicile. »

Pendant que le conducteur gratifiait avec calme les voitures bloquées derrière lui d'un doigt d'honneur magistral, Théo répliqua : « J'y penserai, merci. Pour l'instant, je vais retourner à l'Estrapade. Et par le chemin des écoliers, encore. Mais je vais y penser.

— Tu peux.

— On se voit ce soir, au Gay-Lu.

— Pas de souci. Et embrasse bien Cécile pour moi… »

Était-ce un hasard, ou bien Théo avait-il mal entendu ? Toujours était-il qu'il lui sembla que cette dernière phrase de Flingot avait été prononcée avec une étrange douceur, de la tendresse presque. Il devait *embrasser bien Cécile.* Alors qu'il allait se pencher à la fenêtre du SUV pour interroger le conducteur – l'air de rien –, celui-ci repartit se mêler au trafic anarchique des automobiles. Alors, Théo haussa les épaules. Mains dans les poches, il s'engagea dans la rue de Langeac. Au-dessus des immeubles aux toits de zinc et d'ardoise, le soleil avait maintenant marqué des points. Il baignait les grands boulevards d'une lumière inhabituelle, un badigeon fait de vanille et d'une larme d'indigo. Montant de l'est, un bataillon de gros nuages noirs ne tarderait pas à assombrir le tableau, à gommer les angles vifs des bâtiments d'une ouate chargée de suie et de boue. En attendant, la clarté claquait, limpide. Quelques passereaux oubliés lors du grand départ pour l'Afrique ou les Caraïbes lançaient des trilles, encore timides, dans la fureur urbaine. Et Théo se sentait le cœur en fête. Il descendrait tout le Boul'Mich' en sifflotant le thème du *Parrain*. Il rejoindrait la Seine en promeneur. Juste pour s'offrir le plaisir de passer sur le Pont-Neuf. Au cas où.

8

Théophraste Sentiero, ce jour-là, n'atteignit jamais la Seine. De trottoirs en passages cloutés, de bousculades au sortir des grands magasins en bobos casqués qui filaient droit devant eux sur leurs trottinettes électriques, méprisant les piétons, il suivit pourtant son plan à la lettre. Il enfila la rue de Vaugirard avant d'obliquer sur celle du Cherche-Midi. Par le boulevard Raspail, il attrapa ensuite la rue de Sèvres, puis la rue du Four jusqu'à longer le boulevard Saint-Germain. Ses jambes et ses pieds, ravis par une telle marche, répondaient à merveille. Le nez en l'air, Théo avançait d'un pas léger. Il n'était tenu par aucune obligation, aucun horaire. Il marchait, et cela seul suffisait à son bonheur. À l'angle de la rue Saint-Jacques, il se décida pour la rue Dante, une travée cossue, élégante, où des caryatides soutenaient sans effort des balcons ornés de fausses fleurs en pots. Cela faisait longtemps qu'il n'avait pas emprunté le Petit-Pont donnant sur la rue de la Cité. Comme son nom l'indiquait, ça n'était pas un grand pont, l'un de ces ouvrages d'art devant lesquels, impressionné, l'on se découvrait. C'était juste une passerelle de pierres claires, un trait d'union qui ne pouvait servir, de toute évidence, qu'à aider les amoureux à se rejoindre.

Alors qu'il parvenait en vue de l'église Saint-Julien-le-Pauvre, les nuages venus de l'est crevèrent d'un seul coup au-dessus de sa tête. Portés par un vent fainéant, ils s'étaient amoncelés au-dessus de Paris et avaient tenu bon jusqu'au premier coup de tonnerre. Dans cette détonation profonde – un borborygme dont on n'aurait su dire s'il descendait du ciel ou bien montait, au contraire, des entrailles de la terre –, tous les oiseaux s'étaient tus. Durant quelques secondes, les passants toujours pressés avaient stoppé leur marche, se regardant les uns les autres dans les yeux, la mine inquiète. L'inéluctable ne tarderait pas. De fait, larges et grasses, les premières gouttes s'étaient abattues en taches noires sur le bitume. Une volée d'adolescents, giclant sans doute de la bouche du métro Maubert-Mutualité, s'était aussitôt égayée en hurlant. Les parapluies avaient fleuri, les touristes avaient déplié en toute hâte leurs capuches de plastique transparent qui leur donnaient de faux airs de préservatifs. Et même Théo, qui ne détestait pas marcher sous la pluie, avait pressé le pas. En moins d'une minute, l'orage avait tourné à la tempête. La tempête s'était vite muée en déluge. Des grêlons s'en étaient mêlés, larmes de neige dure qui ne tarderaient pas à fondre mais qui, en attendant, criblaient le sol avec des bruits de mitraillette.

Trempé jusqu'à la moelle, maltraité par les bourrasques d'un vent qui s'était mis à souffler en rafales, Théo avisa la vitrine d'un bouquiniste dans un coude que formait la rue Galande. Elle était étroite et sale, véritable survivance d'un temps passé qui faisait la part belle à la poussière et aux toiles d'araignées. Sur les présentoirs, il n'entrevit que de gros volumes à la couverture de cuir et à la tranche dorée, sans indication de prix. Ça n'était pas là qu'il pourrait appareiller pour la place du Rossio de Lisbonne, le marché du Ver-o-Peso de Belém ou le port jadis négrier de Luanda. On était bien loin des horizons paradisiaques de Chandeigne. Mais la porte de ce bouclard, même si elle donnait sur un trou noir peu engageant, était ouverte et il entra.

Dans le tintement du carillon annonçant sa venue, une voix agacée monta : « La boutique est fermée, m'sieurs-dames. Si vous cherchez des livres, allez plus loin. Ce n'est pas ce qui manque, dans le quartier… »

Surpris par la pénombre, Théo plissa les paupières. La pièce dans laquelle il venait de pénétrer était sans nul doute l'antre d'un bouquiniste bien que cela ne sentît pas l'encaustique ni l'huile d'amande douce, ces produits dont on use afin de rafraîchir les couvertures des volumes rescapés de l'histoire. À tout dire, sous des plafonds si hauts qu'il ne parvenait pas à les distinguer avec netteté, tout le réduit exhalait une odeur de papier humide, en cours de moisissure.

À nouveau, la voix tonna, polie mais inflexible : « Passez votre chemin, vous dis-je. Vous perdez votre temps. »

Tout dégouttant de pluie, Théo expliqua : « Bonjour, monsieur. Ce n'est pas pour acheter des livres.

— C'est pour quoi ?

— C'est à cause de la pluie. Dehors, il tombe des hallebardes. Alors, si ça ne vous dérange pas…

— Eh bien ?

— Je me suis dit que je pourrais m'abriter quelques minutes, le temps que ça se calme un peu. »

Le silence se fit, seulement déchiré par les grêlons et la pluie qui, maintenant, redoublaient de violence et s'abattaient en gifles aveugles sur la ville. Tout en essuyant l'eau qui maculait son visage, Théo jeta sur les lieux un coup d'œil circulaire. Bardés d'étagères, les murs vétustes présentaient des milliers de volumes, romans ou essais, pièces de théâtre ou recueils de poèmes, précis d'anatomie ou dictionnaires, encyclopédies, ouvrages juridiques, vagues collections de mensuels. Tout au bout de ce corridor décrépi, qui devait bien mesurer ses douze mètres de long pour trois de largeur, se tenait un vaste bureau où, là encore, des livres semblaient vouloir coloniser le moindre espace disponible. Le seul point de lumière, avare et faible, venait d'une lampe de banquier, petit abat-jour de verre émeraude posé sur un pied de cuivre ou de laiton.

Afin de ne pas passer pour un rustre, Théo lança à nouveau : « Dès que ça s'arrête, je file. Je reste près de la porte. Comme ça, je ne vous gênerai pas. Et je ne mouillerai rien !

— Ah… C'est vous ? Tout de même, je vous

attendais bien plus tôt. Et je n'aime pas attendre, n'est-ce pas ? Mais puisque vous êtes là, tout est bien.

— Pardon ?

— J'ai l'oreille musicale et j'ai reconnu votre voix. Ce n'est pas la peine de nier. »

Comme Théo ne répondait pas, interloqué, il vit bouger derrière le bureau une forme qui, selon toute vraisemblance, se leva mais ne gagna pas pour autant un seul centimètre de taille. Puis, dans la musique de petits coups de canne secs et répétés, donnés de droite et de gauche, il distingua enfin la silhouette trapue et racrapotée d'un vieil homme au crâne recouvert par une toque frisottée d'astrakan. Un sourire crispé sur les lèvres, commençant à frissonner à cause de la pluie qui avait finalement transpercé sa parka de mauvaise facture et mouillait son pull, Théophraste Sentiero demanda : « Vous êtes l'aveugle du jardin du Luxembourg, c'est ça ?

— Aveugle ? Moi, je vous aurais dit que je suis aveugle ?

— Vous n'avez pas vraiment dit ça, c'est vrai. Mais enfin... votre canne ?

— Je vous ai déjà dit de vous méfier des apparences, non ? Mes yeux voient. Et ils ne voient pas. Ils font un peu ce qu'ils veulent. Ils ont acquis leur droit à l'indépendance. Et ça se respecte, après tout. »

Lorsque la canne blanche tâta avec un bruit mou le bas du pantalon de Théo, le vieil homme s'immobilisa. Noyé dans le même paletot informe et incolore, il marmonna entre ses joues mal rasées quelques mots que le visiteur ne comprit pas. Puis, après avoir haussé les épaules et froncé le nez à plusieurs reprises, il se félicita : « Je vous avais bien dit qu'on se reverrait, non ?

— C'est vrai, vous l'avez dit. Mais je suis entré ici complètement par hasard. C'est à cause de la pluie et je...

— La pluie n'a rien à voir avec ça. Je vous ai dit qu'on se reverrait et on se revoit. *Fatalitas*, comme disait Chéri-Bibi. Et tenez pour sûr que l'on ne va pas contre son destin. Jamais ! Tout est donc au mieux dans le meilleur des mondes possibles. Et ne venez pas m'emmerder avec Voltaire. C'est de Leibniz, cette phrase. Leibniz ! »

Dans les flashes des éclairs qui, dehors, donnaient leurs coups de langue jaune et râpeuse sur la ville, le propriétaire des lieux enchaîna : « Mais vous ne connaissez pas plus Voltaire que Leibniz, bien sûr. Voyez-vous, moi, je sais ce que vous êtes venu chercher, ici. Mais vous ? Que me voulez-vous, ou plutôt que pensez-vous me vouloir ?

— Rien. J'ai juste été surpris par l'orage et je... »

Sans attendre la fin de la phrase, la voix du vieillard cacochyme et bourru s'imposa derechef : « Si vous êtes entré ici, cela ne doit rien au hasard, nom de Zeus ! Vous êtes sourd, ou quoi ? Il faut regarder au-delà des apparences ! Toujours ! Sinon, on passe à côté de l'essentiel. C'est ça que vous voulez ?

— Non, mais je...

— Alors, arrêtez vos billevesées. Enfin, vos conneries. C'est égal. »

Saisi par un frisson, le bout du nez luisant d'une goutte de mucus translucide, le bouquiniste enfonça un peu plus sa toque noire sur ses cheveux blancs. Tout en tournant le dos à son visiteur, il maugréa : « Suivez-moi. Je dois bien reconnaître que je n'attendais pas quelqu'un comme vous. Je vous imaginais différent, pour tout dire. Mais, puisque vous êtes là, il doit bien y avoir des raisons. Et de bonnes, encore. Je crois même les connaître, mais notez bien que je n'en suis pas sûr. Quoi qu'il en soit, suivez-moi. Il doit me rester de quoi faire du café. Enfin, du café… de la poussière de sac avec de l'eau chaude serait plus juste. Mais par les temps qui courent, ça ne pourra pas nous faire de mal. »

Sans se soucier que Théo ne bougeait toujours pas, il continua à cahoter, accroché à sa canne comme un noyé à sa bouée de sauvetage. D'une voix à peine audible, l'étrange bonhomme ajouta enfin, en grommelant de malice : « Ce sont vos pieds qui vous ont amené ici. Pas la pluie. Et il faut toujours écouter ses pieds. Ils sont plus intelligents et savent mille fois plus de choses que les hommes. Souvenez-vous de Prévert. Si tant est que vous connaissiez Prévert. Vous verrez. Ou vous ne verrez pas, d'ailleurs. Après tout, quelle importance ? »

*

Au final, le café que l'aveugle avait préparé à tâtons n'était pas si mauvais que ça. C'était même une lavure acceptable, pourvu que l'on ne fût pas trop exigeant. Frigorifié, Théo avala son mug en trois lampées impatientes, sans se soucier le moins du monde du liquide brûlant qui descendait dans sa gorge. C'était chaud. C'était bon. Il en sourit de plaisir. Dehors, la rue s'était vidée. La pluie poursuivait son pilonnage massif et les deux hommes, bien à l'abri dans leur carapace de livres, se sentaient seuls au monde. Délicieusement seuls. Assis dans un fauteuil club en piteux état, le libraire alluma une pipe qu'il suçota un moment sans rien faire d'autre que d'écouter les chuintements aigus produits par le tuyau. Théo, de son côté, n'osa pas tirer de sa poche son paquet de blondes, craignant déjà d'abuser de l'hospitalité de ce vieillard irascible. S'il avait commencé à fumer une cigarette, celui-ci n'aurait certainement pas manqué de lui envoyer quelques reproches, de ces admonestations dont Théo n'arrivait pas encore à cerner si elles étaient sérieuses ou de simples piques amicales. Le bout des fesses posé sur l'arête d'une chaise en formica bancale, il se borna donc, dans un premier temps, à dévisager le propriétaire de cet antre bien singulier. Son hôte, éclairé en contre-jour par la lampe de banquier qui produisait en sourdine un grésillement électrique, s'était figé et semblait ressentir un réel plaisir à goûter le calme revenu.

Qui était-il ? Quel âge pouvait-il avoir ? Quatre-vingts ans ? Plus ? Était-il aveugle ? S'il l'était, pourquoi jouait-il de sa cécité ? S'il ne l'était pas, pourquoi cette canne blanche ? Était-il seulement un vieil emmerdeur chronique, une toupie rassie qui virait à l'aigre ? Ou bien faisait-il semblant de l'être ? Et pourquoi cette boutique était-elle dans un état de délabrement aussi avancé ? Bien sûr, à voir l'usure de ses vêtements, le propriétaire tirait le diable par la queue plus qu'à son tour. Mais quoi ? Un coup de blanc ne coûtait rien, ou presque. Alors ?

Après s'être rassasié de la fumée de sa pipe, chargée jusqu'à la gueule d'un tabac ambré rappelant l'Amsterdamer, le vieil homme brisa enfin la glace. Sur un ton qu'il tenta de rendre aimable, il plaisanta : « Vous vous demandez ce que vous faites là, n'est-ce pas ? Et vous me prenez sans doute pour un illuminé, voire un débris tombé en parfaite sénescence. Vous vous dites que j'ai les fils qui touchent, entre mes deux oreilles. Ou peut-être que je n'ai plus qu'un petit bol de sauce blanche pour me servir de cerveau. Et vous n'avez certainement pas tout à fait tort, notez-le bien. Tout dépend de la façon dont on considère la chose. Mais c'est bien ce que vous pensez de moi, non ?

— Je ne me permettrais pas.

— Vous devriez pourtant. Quand on a votre âge, il faut tout se permettre. Vous n'êtes pas un perdreau de l'année, mais vous n'êtes pas non plus à jeter à la casse. Du moins, pas tout de suite.

— Trop aimable.

— Je ne suis pas là pour être aimable.

— Vous êtes là pour quoi ? »

Avec un petit rire moqueur, l'homme à la toque d'astrakan fourailla avec une allumette dans le culot de sa pipe. Puis, il répliqua : « Sait-on jamais pourquoi nous sommes ici et pas ailleurs ? En ce qui vous concerne, cependant, j'ai ma petite idée.

— Je peux savoir laquelle ?

— Pour ce qui est de la véritable raison de votre présence entre ces murs – je veux dire la raison profonde et essentielle, oublions la pluie pour l'instant –, nous y viendrons plus tard. Pour ce qui est de l'immédiat, je parierais ma chemise que vous cherchez du travail.

— Qu'est-ce que vous en savez ?

— Simple logique. Si vous exerciez un métier, vous ne marcheriez pas dans les rues de Paris ni dans les allées du jardin du Luxembourg aux heures où nous nous sommes croisés. Ce serait possible, je vous l'accorde. Possible, mais peu probable.

— Je pourrais être veilleur de nuit.

— Vous cherchez du travail. Et moi, je cherche de l'aide. Vous voyez que le monde est bien fait, non ? Je vous propose donc la place.

— La place de quoi ? »

Après une brève grimace marquant son agacement de devoir tout expliquer à son visiteur, l'aveugle rétorqua : « Je vous offre du travail. Ce n'est pas Byzance, je vous l'accorde. Mais vous pourriez tout de même me montrer un peu de gratitude, non ?

— Je ne cherche pas de travail. Et même si j'en cherchais, ce n'est certainement pas dans une librairie que je pourrais gagner ma vie. Je ne connais rien aux livres.

— Qui vous parle de connaître les livres ? J'ai besoin de vos yeux et de vos bras. De vos jambes, aussi. À ce propos, comment vont-elles ? Je les ai entendues trépigner sous votre chaise au Luxembourg, savez-vous ? Êtes-vous toujours agité par ce tic nerveux qui ne vous laisse pas en paix ? »

Sans attendre la réponse de Théo, il embraya aussitôt : « Bien sûr qu'elles vous taquinent encore. D'ailleurs, j'entends vos pieds qui battent la mesure, en ce moment même… »

Pris sur le fait, le nouveau venu fit de son mieux pour dompter ses tremblements. Puis, alors qu'il allait bredouiller une excuse quelconque qui lui permettrait de quitter les lieux, l'aveugle le prit de vitesse : « C'est votre nature, que voulez-vous ? Vous êtes nerveux. Nerveux et impatient. Sans doute craignez-vous de ne pas trouver votre chemin. Je mettrais ma main à couper que vous êtes allé consulter un docteur ou un neurologue pour qu'il fasse cesser votre danse de Saint-Guy. Je n'ai pas raison ? »

Pour éviter de répondre à la question, Théo interrogea à son tour : « Si j'accepte ce travail – et je dis bien : si j'accepte –, que faudra-t-il que je fasse ? Du rangement ? Du ménage ?

— En quelque sorte… »

Tout en rallumant sa pipe, l'aveugle répéta, sur un ton pensif : « Faire du ménage, oui. On peut appeler ça comme ça… »

Subitement mis en joie par sa phrase, il lança : « Mais je m'aperçois que je ne me suis même pas présenté ! Je suis Anselme. Anselme Guilledoux. Dernier du nom, grâce à Dieu. Et je préside aux destinées des Bonheurs d'Antioche, où nous nous trouvons, depuis soixante-treize ans. Ne cherchez pas mon âge, mon jeune ami. J'ai dépassé les quatre-vingt-dix ans et, comme mon modeste commerce, j'ai déjà un pied et trois quarts dans la tombe. Le dernier quart ne tardera plus, rassurez-vous. Et ça ne sera pas trop tôt lorsque cette triste et décevante plaisanterie qu'est l'existence en général – et la mienne, en particulier – tirera sa révérence. Bref. Vous l'aurez compris, je vais fermer les Bonheurs d'Antioche et j'ai besoin pour cela d'un homme solide, un gaillard qui ne compte pas sa sueur et qui ne craint pas de se salir les mains.

— Je vous répète que je ne connais rien aux livres, protesta faiblement Théo.

— La seule lecture que je vous demanderai est à la portée d'un enfant de six ans. Vous n'aurez qu'à lire les titres sur les couvertures ou sur les dos, et je vous dirai dans quel carton déposer le volume. Ça n'est pas sorcier, vous verrez.

— Vous me paierez combien pour ça ?

— Toujours trop. Le temps où travailler dans une librairie était un honneur et faisait de vous, sur l'instant, un honnête homme est, hélas, révolu. On rétribuait alors les aides et les commis, les saute-ruisseau comme les lettrés, en invendus ou en exemplaires libraires. Un bouquet de vers de Lautréamont, une pièce de Camus ou une poignée de chapitres de

Rabelais contre quelques heures de transpiration. Le marché était équitable, ma foi. Mais ce modus vivendi n'a plus cours depuis longtemps. Donc, oui. Je vous paierai. Le moins possible, cela va de soi. Mais je vous paierai. D'autant que vous avez sans doute une famille à faire vivre, je suppose ?

— Vous supposez bien.

— Alors, nous sommes d'accord. »

Jugeant que l'entretien était terminé, Anselme Guilledoux, le dernier du nom, se leva avec une grimace. Sur un ton de nouveau sec, il aboya : « Je vous attends demain matin. Neuf heures pile.

— Mais je n'ai pas dit que…

— L'exactitude est, dit-on, la politesse des rois. Foutaise. Je soutiens, moi, que l'exactitude est juste l'une des formes de la politesse. Et que celle-ci n'est pas l'apanage des rois. Je vous attends donc à neuf heures. »

Se remettant à son tour sur pied, Théo se dandina un instant sur place avant de trouver le moyen de glisser : « Et si je ne viens pas ? »

Surpris par la question, l'aveugle jabota pour lui-même entre ses joues flasques. Puis, il rétorqua, d'évidence : « Vous viendrez. Il n'y a que vous qui doutiez que vous viendrez.

— Qu'en savez-vous ?

— Vos pieds. Je les ai écoutés, tout au long de notre discussion. Et vos pieds vous conduiront ici, demain, à neuf heures précises. Ou je ne m'appelle plus Anselme Guilledoux… »

*

« Il est frappé, ce vieux... Pas l'eau à tous les étages. Pas l'électricité, non plus... Pas étanche. C'est ça. Pas étanche et pas net. Demain, il pourra m'attendre longtemps... »

En remontant le Boul'Mich', tout à ses interrogations, Théophraste Sentiero vilipendait en son for intérieur Anselme Guilledoux : « En plus, il me parle comme à un gosse, cet emplumé. C'est un vieux con, oui ! Un vieux con et un emmerdeur de première... Mais qu'est-ce qu'il croit ? Que je suis à ses ordres ? Je ne suis pas un mendiant, moi. Pas plus qu'une broque ou un clochard. Je suis un homme, moi ! Et je n'ai pas attendu après lui pour trouver du boulot. Tête d'enclume, oui. Une vraie tête d'enclume. Et il n'y a rien à redire à ça... »

Peu à peu, à la façon des escargots qui, au premier rayon de soleil qui succède à l'orage, ressortent le bout de leurs cornes, les Parisiennes et les Parisiens reprenaient désormais possession des trottoirs. La pluie avait lavé et lessivé la capitale. Les rues brillaient comme des sous neufs passés à la brosse de chiendent. Les parapluies avaient réintégré leurs fourreaux de nylon. La course contre le temps des piétons pouvait reprendre, implacable. Parvenu devant le Gay-Lu, Théo entra, à la recherche de compagnie. En ce milieu d'après-midi, la brasserie était déserte, si l'on exceptait un couple de touristes américains installés en terrasse. Avec des mines béates et ravies, ils avalaient une assiette de charcuterie et de fromage tout droit sortis des rayons réfrigérés de la boucherie des Huissiers, rue Saint-Jacques. Ils étaient heureux de vivre et leur bonheur, bien visible, porta Théo à la nausée. Dans un soupir de lassitude, il s'assit à une table située dans le fond de l'établissement et attendit que madame Jouve, plongée dans des papiers, daignât venir noter sa commande.

« Mais il se prend pour qui, ce vieux croûton ? Du boulot, j'en trouve quand je veux, moi. Je l'ai déjà prouvé. Et plus qu'à mon tour. Je ne suis pas manchot. Pas manchot, et pas plus bête qu'un autre… »

Pendant que les deux touristes, en terrasse, s'enthousiasmaient maintenant sur le chardonnay maison que leurs gosiers sans éducation avalaient sans même le goûter, Théo s'efforça de recouvrer son calme. On lui offrait un travail sans qu'il eût rien demandé. Un travail de manœuvre. Et certainement très mal payé. Mais un travail, c'était un travail. Il avait donc tout pour se féliciter de cette belle aubaine et, pourtant, il ne pouvait empêcher une sourde colère de monter en lui. Si l'on désirait être tout à fait exact, il fallait préciser que Théophraste Sentiero n'avait jamais lu de roman. Si l'on exceptait les pensums scolaires, il était pour ainsi dire vierge de toute lecture. Bien entendu, il consultait chaque jour les gros titres des journaux qui s'étalaient sur les présentoirs du Calabrais qui tenait le kiosque tout proche. Il lui arrivait même de parcourir des articles entiers dans *L'Équipe* ou *Le Parisien*. Mais des livres ? Jamais. De façon confuse, il sentait bien qu'il passait sans doute à côté d'un univers formidable, d'un univers de fantasmes empli de bruits, de fureur et d'amour. Peu importait. Aujourd'hui, il lui semblait évident qu'il avait passé l'âge de l'émerveillement. Pour lui, le livre ne pouvait être que synonyme d'un profond ennui, voire de temps perdu. Et il éprouvait une appréhension instinctive face à la chose écrite, même lorsqu'il faisait le pied de grue devant la vitrine de la librairie Chandeigne. D'ailleurs, il n'en avait jamais poussé la porte. Les couvertures, c'était suffisant pour rêver. Il les admirait comme il le faisait avec les élégantes Parisiennes qui, nez en l'air, passaient parfois devant lui. Certaines étaient d'une beauté à tenter les plus fidèles des hommes, les intégristes du mariage et de la monogamie. Mais celles-ci ne jouaient pas dans le même bac à sable que lui.

« Je m'en fous, de son boulot. Je m'en fous complètement. Et je n'irai pas. Voilà, c'est dit. Je n'irai pas.

— Alors, monsieur Théo ? Qu'est-ce que je vous sers ? »

Plantée devant lui, mains sur les hanches et torchon à l'épaule, madame Jouve s'amusa du regard hébété que son client lui adressait. Avec un sourire amical, elle reprit : « Dites-moi, vous parlez tout seul, à cette heure ? Vous n'avez personne avec qui faire la conversation ?

— Excusez-moi. Je réfléchissais tout haut.

— Y a pas de mal. Mais comptez pas sur moi aujourd'hui pour vous tenir le crachoir. Les déménageurs vont débarquer d'une minute à l'autre.

— Les quoi ?

— Les déménageurs. C'est aujourd'hui qu'on enlève le flipper, le jukebox et le baby-foot. Sans parler de toutes les cochonneries à la cave, que je sais même pas ce que je vais en faire.

— Les déménageurs ? Déjà ? »

Un instant, la matrone promena sur le nouveau venu un regard désolé. De sa voix la plus compatissante, elle expliqua : « Que voulez-vous ? Quand c'est l'heure, c'est l'heure. Les propriétaires ont été formels. Ils veulent que les quatre murs et le comptoir. Et encore, pour le comptoir, c'est même pas sûr qu'ils le gardent. Ils ont pas pris leur décision. »

— Et tout ça va partir aujourd'hui ?

— Comme je vous le dis. Ça va faire un vide, c'est vrai. Mais vous, je vous ai jamais vu jouer au flipper ni au baby. Et encore moins écouter de la musique. Ça vous manquera pas trop, allez.

— Si vous le dites…

— Alors ? Qu'est-ce que je vous mets ? Un petit crème ?

— Si vous voulez… »

Pendant que madame Jouve ramenait ses fesses monumentales derrière le comptoir et son fronton, chaque jour un peu plus édenté, Théo soupira. C'était vrai qu'il n'avait jamais claqué les oreilles du flipper, contrairement à Gégène qui le secouait comme s'il voulait se venger de son cocufiage magnifique. Il n'avait pas non plus glissé la moindre piécette dans la fente du Bonzini balles dures, pas plus que dans le jukebox. Mais en les faisant disparaître du Gay-Lu, c'était quelques pans supplémentaires de son monde qu'on lui ôtait, son monde qui se ramassait sur lui-même pour devenir de plus en plus étriqué. Il ne resterait bientôt plus que les traces des pieds sur le carrelage, des cicatrices de crasse qu'aucune eau de Javel ne parviendrait jamais à effacer. La maîtresse des lieux, elle, ne semblait pas souffrir outre mesure de ce démembrement programmé. Sans doute volait-elle déjà avec les cigognes, direction le Grand Est, en route pour une petite mort dans laquelle Paris ne serait plus qu'un souvenir que le temps se chargerait d'embellir. À cet instant précis, Théo la détesta.

Lorsque la tasse de café, accompagnée de son spéculoos auquel personne ne touchait jamais, atterrit devant lui, il éprouva l'envie de relancer la discussion avec la patronne de la brasserie. Histoire d'évoquer le passé, de se raccrocher aux grandes heures du Gay-Lu. Mais il n'en eut pas l'occasion. À la seconde où il allait parler, trois forts des halles, trois gros bras des Déménagements Vermorel & Cie poussèrent la porte vitrée, saluant d'un index porté à la tempe. Après un rapide conciliabule avec madame Jouve, ils se mirent à barder en silence les trois meubles de papier bulle, de sangles et de cartons, les transformant en momies anonymes. Dehors, la gueule béante du camion les attendait. Le hayon élévateur électrique les soulèverait un à un, légers comme des plumes. Et le tout s'évanouirait dans les crachotements pestilentiels du diesel.

S'apercevant que la néo-Alsacienne se mettait à minauder et à glousser, à promener son décolleté sous les yeux égrillards du chef d'équipe, Théo ne put s'empêcher de murmurer : « Salope... »

Ce fut à ce moment-là, juste avant que le flipper, le jukebox et le Bonzini ne disparussent dans le bahut, qu'il la vit. Qu'il la revit. Beaucoup plus nettement que sur le Pont-Neuf, cette fois. Il ne se trompait pas. C'était bien elle. Fébrile, il s'approcha de la vitre. Dans la lumière nue, de longs cheveux châtains scintillant jusqu'au milieu du dos, elle flottait sur le trottoir. Avant de s'attarder sur le chargement en cours, le regard de l'inconnue croisa le sien. Ce fut rapide, fugace. À peine une poignée de secondes. Mais il eut la sensation qu'elle le vit, lui, tout comme il la vit, elle. Puis, elle s'évanouit.

Elle ne se retourna pas. À bien y réfléchir, elle l'avait sûrement regardé comme les reliques empaquetées du Gay-Lu ou le camion de déménagement. Un meuble qui se trouvait là. S'il avait été un chien, même le dernier bâtard venu tout infesté de puces, elle l'aurait sans doute considéré autrement. Elle s'en serait peut-être émue. Un chien des rues, cela tirait toujours la larme, même aux cœurs les plus endurcis. Et Théo, ce jour-là, aurait donné toute sa fortune pour être ce chien. Moins qu'un chien, si cela s'était révélé nécessaire. Mais peu importait. Elle l'avait vu. Peut-être même avait-elle souri. Pas un sourire à la madame Jouve. Ceux de la bistrotière étaient toujours démesurés, vulgaires à force d'être donnés sans attendre qu'on les ait demandés, dégoulinants de rouge, immanquablement mouillés de salive. Si l'inconnue lui avait adressé un sourire, il ne pouvait être que pudique, distingué. Et ses lèvres ! Dans un visage triangulaire, au menton à peine relevé, au nez droit et bien posé, aux joues creuses et aux sourcils d'un noir profond, sa bouche en cerise se détachait avec une pointe de provocation. Quant aux yeux, ils possédaient ce mystère qui n'est propre qu'à certaines Orientales. Ils étaient sombres et en amande, certes. N'importe qui les aurait décrits comme ceux d'une biche ou d'un faon. Cependant, ils possédaient un l'on-ne-savait-quoi de plus. Théo n'avait pu les entrevoir qu'un bref instant. Mais suffisant pour qu'il notât que ces yeux étaient baignés de nostalgie, d'un ennui aristocratique. Ils étaient rêveurs et lointains, vibrants de langueur, d'une inexplicable langueur. Quel âge avait-elle ? Peu importait. Elle était plus jeune que lui, cela était acquis. Et alors ? La belle affaire ! Tout ce qui importait, c'était qu'elle existait réellement, puisque cela faisait deux fois en trois semaines qu'il la voyait passer. Elle n'était pas le fruit de son imagination. Et elle l'avait regardé, lui ! Lui, Théophraste Sentiero, médiocre parmi les médiocres ! Trop vieux pour refaire sa vie et trop jeune pour mourir ! Lui, l'ancien pêcheur de vélos, de trottinettes et de cadavres ! Lui, qui ne rêvait plus depuis une éternité, sinon d'occire la Mère Tapedur et tous les pigeons de la création ! Lui qui n'aimait plus d'amour qui que ce fût et qui, toute sa vie durant, s'était bien gardé de se demander à lui-même s'il avait déjà aimé qui que ce fût ! Ses enfants, peut-être ? Sans doute.

Malgré tout cela, elle l'avait regardé, lui ! Et il avait eu le temps de graver son visage dans sa mémoire. Ce visage qui deviendrait pour la nuit à venir et pour toutes celles qui suivraient son meilleur compagnon de songes, son fétiche, son porte-bonheur.

L'espace d'une fraction de seconde, les tempes bouillantes et les pieds agités de tremblements qu'il ne parvenait pas à maîtriser, Théo fut à deux doigts de se lever et de courir vers elle. La rattraper. Trouver les mots. La faire sourire et même rire. C'était ce qu'il devait faire. La rattraper pour que jamais, jamais plus, cette apparition ne se dissolût dans l'immensité de Paris, la ville de tous les rêves et de tous les cauchemars.

9

« Vous l'avez réellement laissée filer ? Vous avez fait ça ?

— Oui.

— Alors, je vous plains.

— Pourquoi ?

— Ne m'en veuillez pas pour ce que je vais vous dire. Mais vous êtes la crème des imbéciles, la quintessence du *nonsense*. Vous êtes une aberration à deux pattes, mon cher monsieur. Si je ne peux pas voir vos sourcils se hérisser de colère et d'incompréhension en ce moment même, je les imagine aisément. Mais froncez ce que vous voulez, cela n'y changera rien : lorsque l'on a la chance de croiser l'amour dans sa vie et que…

— Je ne vous ai jamais dit que j'étais amoureux !

— … et que l'on s'abstient de lui courir après, c'est que l'on est frappé de débilité profonde. Lorsque cela se produit une deuxième fois et que l'on réitère la même erreur, alors on est vraiment un meurtrier. »

Anselme Guilledoux avait prononcé ces phrases sans colère, sans chercher à piquer Théophraste

Sentiero dans sa fierté. Et c'était sûrement ce manque de malignité qui avait fait le plus mal à Théo. La journée avait pourtant bien débuté. Après avoir aperçu l'inconnue dans la rue, il était resté encore une bonne heure au Gay-Lu et avait assisté sans les voir vraiment aux départs du flipper, du jukebox et du Bonzini balles dures. Dans un brouillard, il avait aussi suivi le travail de récurage des sols par madame Jouve. Comme il l'avait prévu, les trois meubles avaient tatoué les sols d'auréoles qu'aucune huile de coude ne parviendrait jamais à rattraper. L'esprit ailleurs, il avait fini par rejoindre son appartement, rue de l'Estrapade. À cette heure entre chien et loup, les enfants étaient absents, faisant leur vie quelque part, dans le quartier ou plus loin. Il s'en moquait. Ils étaient grands, maintenant. Si Joël prenait encore, parfois, un malin plaisir à jouer au petit garçon, Bénédicte dépensait toute son énergie à traverser l'adolescence avec le plus de fracas possible. À ses yeux, aucun adulte ne trouvait grâce – et surtout pas ses parents. C'était ainsi, c'était la vie. La jeune femme qu'elle serait trois ou quatre ans plus tard commençait déjà à poindre et à s'intéresser à l'amour. C'était touchant de naïveté. Violent aussi, selon les périodes. Théo avait dû s'y faire. Jusqu'à il y avait peu encore, il avait accueilli les atermoiements amoureux de sa fille avec des soupirs navrés et des œillades signifiant qu'il fallait bien que jeunesse se passe. L'adolescence était douloureuse et il l'avait toujours considérée comme un mal nécessaire. Pourtant, tous ces pleurs, ces cris et ces rires s'étaient mis à résonner de façon différente à ses oreilles depuis l'épisode du Pont-Neuf. Que ce fût vrai ou pas, elle aimait. Elle souffrait. Et lui, Théo, se sentait désormais étrangement proche de Bénédicte. Pendant que celle-ci bataillait contre les pulsions amoureuses qui l'assaillaient, il ressentait, lui, que son univers se fissurait, se débarrassait de son superflu. Tandis que sa fille échafaudait mille scénarios sur des garçons croisés dans la cour du lycée, Théo ne pensait qu'à l'inconnue. Elle l'avait vu, même si c'était par accident. Elle l'avait regardé. Et il connaissait son visage. Cela seul suffisait à le faire sourire. Entre deux brouilles, le père et la fille éprouvaient ainsi de concert mille morts. Ils étaient les seuls à savoir leurs doutes. Et leur souffrance les rapprochait sans qu'ils pussent rien s'en dire.

Quant à Cécile, toujours lointaine, elle avait accueilli la décision de son mari d'aller travailler pour un temps aux Bonheurs d'Antioche sans poser de question. Les mains dans les entrailles d'un poulet qu'elle s'appliquait à vider avec un soin tout chirurgical, elle l'avait même félicité du bout des lèvres. Officiellement, c'était pour sa capacité à rebondir. Un travail de perdu, un travail de trouvé. Ça n'avait pas traîné. Son mari n'était pas un fainéant. C'était une qualité cardinale qui, dans son esprit cartésien, faisait de Théophraste Sentiero un homme aimable, au premier sens du terme. Plus égoïstement, le fait de savoir, et surtout de pouvoir se vanter, que son époux allait travailler dans une librairie la comblait d'aise.

D'abord, il ne serait pas à la maison, à traîner dans ses pattes. Elle organisait sa journée selon des rituels immuables et la présence de son mari menaçait d'enrayer cette mécanique bien réglée. Ensuite, gagner sa vie en ayant les mains dans des livres, cela vous posait un homme. Pour peu qu'il acceptât ce joug toute une année durant, elle pourrait enfin pérorer auprès de son frère et de sa pimbêche de femme, lors du prochain repas de Noël. Toucher à la culture, même si ça n'était que pour remplir des cartons, c'était sans conteste autre chose que de draguer les fonds noirs et mystérieux de la Seine. En un tournemain, Théo passait ainsi de col bleu obscur à col blanc éclatant. Certes, elle non plus n'avait jamais mis les pieds dans une librairie. Des livres, des tas de pages sans photo en couleurs ? Cela dépassait son entendement. Une fois la semaine, le Calabrais lui refourguait son content de magazines, de ragots, de faits divers et de catastrophes ou de scandales passés, présents ou à venir. Et elle était comblée. Chausser ses loupes de lecture à monture d'écaille pour se repaître du malheur des uns et du bonheur des autres, voilà qui lui semblait naturel. C'était un réflexe humain contre l'ennui et contre la monotonie de son existence qui s'écoulait, sans aucun heurt notable, entre les murs de l'appartement.

« Eh bien ? Y allons-nous ? »

Toujours en paletot informe, pantalons de velours à grosses côtes marron et toque d'astrakan vissée sur le crâne, le libraire s'impatienta à nouveau : « L'avenir n'appartient pas à ceux qui se lèvent tôt. Ce sont là des bêtises des calendriers des Postes ou de l'*Almanach Vermot*. L'avenir appartient au futur. Et le présent est le lot des vivants. Alors, vivons. Ne laissons pas notre part aux chiens, que diantre ! »

Lorsque Théo était arrivé aux Bonheurs d'Antioche, le nez gelé par une bise coupante qui soufflait sans discontinuer depuis la première heure du jour, il avait trouvé le vieil homme qui l'attendait devant la porte de sa boutique. Après s'être tous deux entendus sur un Smic qu'il lui réglerait de la main à la main, chaque vendredi soir, ils avaient pris le temps d'avaler un ersatz de café. L'ancêtre, toujours aussi bougon, lui avait demandé des nouvelles du monde. Entre le déménagement du Gay-Lu, quelques mots sur sa visite chez le neurologue et l'apparente satisfaction de Cécile quant à son emploi, Théo n'avait pu s'empêcher de glisser une phrase qu'il avait voulue parfaitement anodine sur l'inconnue. Mais Anselme Guilledoux n'avait pas été dupe. La vie l'avait touché. Il avait aimé, lui aussi. Et il avait aussitôt compris ce que cette femme mystérieuse représentait pour son nouvel aide. Celui-ci, d'ailleurs, ne s'était même pas rebiffé lorsque le vieux lui avait reproché de l'avoir laissée filer. Il était demeuré silencieux et ce mutisme avait pris valeur d'acquiescement.

Dans ses vêtements alourdis par trop de poussière et d'humidité mêlées, Anselme râla à nouveau : « Allons, reprenez-vous ! Je vous attends, moi. La gare de Lyon n'est pas à l'autre bout de Paris, mais ça fait tout de même une petite trotte. »

Interloqué, Théo s'étonna: «Gare de Lyon? Vous avez un train à prendre?

— Ça ne vous regarde pas.

— Tout de même! Je croyais que vous m'aviez embauché pour trier des livres.

— On en triera, ne vous inquiétez pas pour ça. Il y a toute la boutique à vider, et je ne vous parle pas du reste. Mais on les triera plus tard. En attendant, il y a plus urgent. Donnez-moi votre bras, et direction gare de Lyon.»

D'autorité, Anselme saisit le poignet de Théo, et ce fut donc ainsi, clopin-clopant, que les deux hommes empruntèrent la rue Lagrange puis les quais de Montebello et de la Tournelle. Dans les cliquetis de la canne blanche, et sous les regards étonnés des passants qui croisaient la route de ce drôle d'équipage, ils traversèrent le pont de Sully à petits pas. À chaque mètre parcouru dans le soleil, Théo mesurait un peu plus sa chance. Même s'ils ne pouvaient marcher à leur rythme, ses jambes et ses pieds, eux aussi, semblaient heureux de fouler les rues de Paris. L'énergie qui, la nuit précédente, les avait fait trembler et tressauter passait maintenant dans cette déambulation lente. Sur le quai Henry-IV, cette sensation de bien-être s'intensifia encore. Tel un touriste, Théo se surprit à admirer un paysage qu'il connaissait pourtant sur le bout des doigts, mais qu'il n'avait jamais pris le temps de goûter. Son regard s'arrêtait sur de petits riens, des bricoles sans importance. Une branche arrachée par le vent qui descendait sur le dos rond de la Seine argentée. Les coups de bronze répétés des cloches graves, dans le lointain, de l'église Saint-Louis-en-l'Île. Un chat chinois en plastique orange qui abaissait mécaniquement la patte pour leur dire bonjour, derrière la vitre d'un restaurant indien. Le drapeau d'un pays qu'il ne connaissait pas et qui claquait de nostalgie à la fenêtre d'une chambre de bonne. Un trou entre deux pavés où une herbe un peu folle avait réussi à germer, contre toute attente raisonnable.

Près de lui, la voix chevrotante d'Anselme s'imposa : « Eh bien ? Que voyez-vous ?

— Où ça ?

— Mais autour de vous, voyons ! Dites-moi un peu ce que vous voyez. Est-ce que c'est beau, au moins ?

— Je ne sais pas. C'est Paris, quoi… »

Après un haussement d'épaules agacé, l'aveugle reprit : « Vous ignorez la chance que vous avez, jeune homme.

— Je ne suis pas si jeune que ça.

— Vous pourriez être mon petit-fils, si je ne me trompe pas. Mais la question n'est pas là.

— Où est-elle, alors ? »

S'immobilisant sur le trottoir, Anselme rétorqua : « Devant vos yeux, tout simplement. Car vous, vous avez des yeux. Mais je crains fort que vous ne sachiez pas, hélas, vous en servir.

— Je ne sais peut-être pas me servir de mes yeux, comme vous dites. Mais moi, au moins, je vois clair.

— La belle affaire ! Parce que vos yeux sont capables d'imprimer des images, vous croyez que vous savez voir ! Mais appréhender la réalité des choses n'est pas donné à tout le monde. Voir, cela doit s'apprendre. Cela devrait, en tout cas. Et je plains les gens qui se contentent de cligner des paupières sans rien comprendre de ce qui les entoure. Vous, par exemple…

— Quoi, moi ?

— Vous ! Vous gâchez votre vue, à force de ne rien voir. Quelque jour, je vous mettrai un bandeau sur les yeux. Ainsi, vous mesurerez mieux la chance que vous avez. Alors, bien entendu, il y a cette femme que vous avez su distinguer dans la multitude. L'inconnue, comme vous la nommez fort joliment. Mais si c'était pour la laisser filer… »

Alors que Théo, boudeur, ne répondait pas, il poursuivit : « Elle, vous l'avez vue. Je veux dire : vous l'avez vraiment vue puisque vous m'en avez parlé, puisqu'elle compte de toute évidence à vos yeux. Pourtant, dans votre vie d'aveugle, elle n'est qu'un accident. Un accident heureux, je vous le concède bien volontiers. Mais un accident, malgré tout. Si seulement les hommes pouvaient regarder le monde comme ils regardent les femmes dont ils tombent amoureux… Si cela arrivait, il n'y aurait certainement pas assez d'encre ni de papier pour relater toute la beauté de ce petit caillou bleu que nous piétinons du lever au coucher, en armées imbéciles et sans but. »

*

Au bas du parvis de la gare de Lyon, Théo ne put s'empêcher de s'amuser en silence de la sculpture en bronze qui représentait un paysan chinois. Haut de plus de deux mètres, le sujet figurait un homme voûté, au sourire énigmatique, qui trimballait Dieu seul savait quoi dans un sac pendu sur son dos. Peut-être, mais qui aurait pu le jurer, y trimballait-il les interrogations des soldats asiatiques venus se faire trouer la peau pour aider une France dont ils ignoraient tout ? Cela ou autre chose. Ce pékin portait aussi une toque sur le crâne et Théo trouva aussitôt d'étranges similitudes entre ce croquant oriental et le libraire qui ne lui lâchait pas le bras. Bien entendu, il n'en dit rien, devinant par avance que le vieil homme renauderait encore, grincerait des dents et des épaules, pesterait et, en définitive, répandrait sa rouscaillerie coutumière.

À la place, il se contenta d'un laconique : « On est arrivés. Où devons-nous aller, maintenant ?

— Mais sur les quais, jeune homme. On a rendez-vous avec le 9 h 51.

— C'est un train qui va où ?

— Nulle part. C'est un train qui arrive.

— Et on va attendre qui ?

— Pas qui. Mais bien quoi. »

Théo était loin d'être un amoureux des gares, que celles-ci fussent de Lyon, de Montparnasse, du Nord ou même du Diable-Vauvert. Lorsqu'il s'y rendait, ce n'était que pour accueillir de la lointaine parentèle en goguette à Paris ou pour amener les enfants surexcités par la perspective d'un voyage scolaire – que celui-ci prît le nom de « classe de neige » ou de « classe verte ». Ces hangars immenses, jusqu'à ce jour, n'avaient rimé pour lui qu'avec bousculades, angoisses de manquer le départ ou d'avoir oublié un sac, voire des papiers, dans la hâte. Il n'y voyait qu'un flot ininterrompu de voyageurs, souvent de méchante humeur, qui donnaient la sensation de se prosterner face aux écrans gigantesques chargés d'annoncer les sorties ou les entrées en gare. C'était aussi le summum de l'escroquerie, pour le Français moyen qu'il était. Et pour cause, les prix pratiqués par les kiosques à sandwiches atteignaient des dimensions homériques. Comment une simple bouteille d'eau pouvait-elle voir sa valeur quadrupler ou quintupler par le seul fait d'être commercialisée dans un hall de gare ? Pires encore, les tarifs prohibitifs des sanitaires dépassaient son entendement. En toute bonne conscience, il aurait préféré crever de soif ou risquer un blocage des reins plutôt que de se faire flouer de la sorte.

Devant la brasserie du Train Bleu, après avoir fouillé du regard les lignes du plus grand des panneaux à messages variables, Théo souffla : « Le 9 h 51 est à l'heure. C'est un début. Il arrive de Marseille. Hall 2.

— Conduisez-moi jusqu'au quai, je vous prie. C'est un rendez-vous important pour moi, mais aussi pour vous. Vous comprendrez plus tard.

— C'est comme vous voulez. »

Pour rejoindre le hall 2, Théo délaissa la promenade couverte où pullulaient les voyageurs et préféra longer la voie A afin de pouvoir s'aboucher à sa cigarette électronique. Pendant qu'il tirait les premières bouffées, Anselme Guilledoux s'éclaira soudain d'un sourire d'enfant et s'émerveilla : « C'est beau, n'est-ce pas ? C'est beau et bon.

— Quoi donc ?

— Tout ! La vie palpite, dans les gares ! Elle y palpite bien plus et bien plus fort qu'ailleurs. Vous ne le sentez pas ? »

Après avoir évité une petite femme sèche qui traînait derrière elle trois gamins apeurés, dont l'un pleurait à chaudes larmes et hurlait son désespoir à bouche que veux-tu, Théo répondit d'une voix molle : « Ça, pour palpiter, elle palpite...

— Vous faites encore du mauvais esprit, jeune homme. Il sommeille en vous la graine d'un dangereux orchidoclaste, ne vous en déplaise.

— Pas du tout. Ou peut-être. Je ne sais pas ce que veut dire ce mot. Mais, quoi qu'il en soit, je ne vois pas le plaisir que l'on peut trouver à marcher dans une gare.

— Vous n'êtes qu'un indécrottable Parisien. Vous êtes même la caricature parfaite du Parisien, sans le moindre doute. »

Interrompant sa marche, il braqua sur Théo ses paupières closes et expliqua : « Une gare, monsieur, cela tient tout à la fois de la cour des Miracles, des comptoirs commerciaux et des factoreries des siècles passés. Ça arrive de tous les coins de France, ça rappelle à Paris que la vie existe, même à l'extérieur des boulevards périphériques. Dans une gare, l'existence bouillonne. Des couples s'y séparent ou s'y retrouvent. Des amants y vont pour attraper le train qui les jettera dans les bras de leurs amours interdites. Des parents y serrent leur famille dans leurs bras sans savoir parfois quand ils se reverront. On y fait aussi des affaires, car on commence toujours par les gares pour conquérir Paris. Les trains arrivent des quatre horizons et repartent tout aussitôt. C'est une symphonie d'espoirs, de déceptions, de larmes, de rires. Tout se concentre ici avant de se diluer dans le centre de la grande ville, je vous dis ! Et ce cadre, surtout ! Au sol, les humains se battent et se débattent. Dans les poutrelles, les moineaux nichent et s'aiment et se reproduisent sans même que nous y prenions garde. Venez, allons les écouter : je suis sûr qu'ils vont nous donner l'aubade… »

Serrant un peu plus le poignet de Théo, il poursuivit : « Notre train arrive de Marseille. Il sera plein d'odeurs qu'il aura transportées avec lui depuis la Méditerranée. Pour peu que l'on possède un nez digne de ce nom, l'on peut reconnaître, dès l'ouverture des portes, des parfums qui n'existent pas à Paris. Il faut réapprendre à voir, mais aussi à sentir les choses, mon jeune ami. Il vous suffit d'oublier les relents d'urine des voyageurs qui, contre des pylônes, se soulagent à la hâte. Ceux des œufs durs, aussi, qui accompagnent bon nombre de repas des voyageurs. Et je ne dis rien des odeurs corporelles des Français. Ou des déodorants censés cacher que la dernière douche remonte à trois jours. Mais, malgré tous ces petits désagréments terriblement humains, les gares sont merveilleuses. Vous êtes dans le creuset du monde en mouvement, là où se retrouvent toutes les couches de la société, de la plus aristocratique à la plus crapuleuse. C'est très exactement tout cela qui fait la beauté des gares. Blaise Cendrars l'avait bien compris, lui. »

Incapable de partager cet émoi, Théo se contenta d'un laconique : « On est devant le quai. On fait quoi, maintenant ? »

Du tac au tac et sur un ton d'évidence, Anselme répliqua : « On attend. Que voulez-vous faire d'autre, dans une gare ? »

Une demi-heure plus tard, les deux hommes se retrouvèrent de nouveau sous le plein soleil de l'hiver. Dans le flot des voyageurs qui débarquaient du 9 h 51, et dont beaucoup allumaient des cigarettes, incapables d'attendre l'instant où ils se retrouveraient à l'air libre, un petit homme replet s'était détaché et avait marché droit sur eux. Après un simple hochement de tête en guise de bonjour, il avait remis à Anselme un paquet protégé de papier kraft et était reparti aussi sec se fondre dans la nuée piaillante. Le nez en l'air et les paupières toujours closes, le libraire avait palpé le paquet. Puis, avec une mine réjouie, il l'avait confié à Théo : « Ce sont des livres d'exception. Pas des livres rares au sens matériel du terme, non. Mais ils sont rares par leur contenu. Et il y en a un pour vous.

— Pour moi ?

— J'ai passé commande le lundi qui a suivi notre rencontre au jardin du Luxembourg. Et ce garçon a dû se lever à l'aube pour me les apporter.

— C'est gentil à lui. Mais je vous ai prévenu : les livres et moi, on n'est pas très copains.

— Vous le deviendrez. Surtout que, celui-là, il raconte une formidable histoire d'amour… Et ne grimacez pas, je vous prie !

— Je ne grimace pas !

— Si. Je l'ai senti. Et vous avez grimacé parce que vous avez eu peur.

— Moi ? Peur d'un livre ?

— Oui. Vous n'avez pas peur de ce livre que je tiens entre les mains. En revanche, vous avez peur de ce que représente le livre en général. Rassurez-vous, cela vous passera. »

Tout en s'engageant sur la rue de Lyon, où des taxis ulcérés et des VTC tout aussi furibards s'enguirlandaient devant la terrasse de L'Européen, le vieil homme insista : « Pour lire, il faut des clés. Parfois, certains les reçoivent lorsqu'ils sont enfants, à la maison. Pour d'autres, c'est à l'école. Vous, vous ne les avez pas encore reçues. Mais j'ai ce qu'il faut pour y remédier, n'ayez crainte. »

Après avoir décliné de sa main restée libre les avances d'une prostituée hagarde, qui faisait du racolage sauvage au niveau du petit Monoprix, Théo répliqua, sur un ton d'affranchi : « Je vous remercie pour votre attention et, cette fois, je vous jure que je ne grimace pas. Mais je vous promets qu'on peut très bien vivre sans ouvrir un bouquin.

— C'est exact. On peut vivre sans. Du moins, on le peut car on ne sait pas encore qu'il nous manque quelque chose de fondamental, d'essentiel. Et je devine déjà ce que vous allez m'opposer, avec votre mauvaise foi d'homme de Cro-Magnon.

— Tiens donc ?

— Oui, monsieur. Vous allez me soutenir que vous ne ressentez pas le besoin de lire.

— C'est possible.

— C'est tout aussi possible que cette proposition puisse être fausse. Tenez, prenez le poulet, par exemple. Vous aimez le poulet ? »

Déglutissant avec difficulté en songeant au couteau de Cécile qui, deux heures plus tôt, détaillait les viscères d'un gallinacé sur la table de la cuisine, Théo consentit : « Oui, j'aime bien le poulet, surtout le poulet grillé. Mais je ne vois pas le rapport.

— Il est pourtant évident. Si, du jour au lendemain, l'on vous privait de poulet, vous pourriez vivre tout de même. Mais devant une rôtisserie, vous ressentiriez l'envie irrépressible de croquer dans un haut de cuisse, un pilon, dans quelque partie que ce soit de ce lagopède, pourvu que celle-ci fût juteuse, croquante, parfumée. C'est pareil pour les livres. Ils ne pourront jamais vous manquer si vous n'y goûtez pas un jour. »

Le vieux s'arrêta pour tirer une blague à tabac en cuir de l'une de ses poches, puis enchaîna, avec la même gourmandise : « La lecture, c'est exactement comme le poulet, jeune homme. Ou comme l'amour. Comme l'opium. Comme l'alcool ou le jeu. Quand on y goûte, on prend des risques.

— Lesquels ?

— D'abord, celui de l'aimer et de ne plus pouvoir s'en passer. Ensuite, celui de vous détester vous-même – pour ce qui n'est que de votre cas, cela va de soi.

— Pourquoi est-ce que je me détesterais ? Je ne comprends pas.

— Avouer que l'on n'entend pas une chose est l'une des preuves les plus formelles de l'intelligence. Pour revenir à nos moutons, si vous lisiez ce livre que j'ai tout spécialement choisi à votre intention, il se pourrait alors que vous vous détestiez de n'avoir jamais poussé la porte d'une librairie. Car les univers qui grouillent dans les livres sont autrement plus haletants que ceux que l'on croise dans la vie dite réelle. Vous vous détesteriez de ne pas avoir commencé à lire plus tôt. »

Anselme Guilledoux, qui reprit sa marche avec entrain, serra un peu plus fort le poignet de Théophraste Sentiero. Puis, il conclut : « Comme pour l'amour. Il suffit d'une clé. Prenez-la, utilisez-la. Et tout ce que vous aurez pris pour du bonheur tranquille jusqu'à ce jour volera en éclats. Pour la littérature, il suffit d'un livre. Pour l'amour, il suffit d'une inconnue… »

*

Sous les pieds de Théophraste Sentiero, les petits graviers de la grande allée du Jardin des Plantes crissaient à la façon des lentilles lorsqu'on les roule entre ses doigts. À travers les semelles souples de ses baskets, il en sentait chaque rotondité, chaque aspérité aussi, de sorte que la sensation éprouvée le poussait au sourire. Des femmes et des hommes qui faisaient leur jogging croisaient régulièrement leur route. Ceux-ci, le plus souvent, semblaient au bord de l'agonie, les yeux rivés sur leur montre connectée. Trempés de sueur, le visage rubicond, ils rebondissaient d'un pied sur l'autre, sans la moindre élégance, et se donnaient toutes les peines du monde afin de persuader la terre entière qu'ils prenaient du plaisir à cette torture. Sans doute était-ce vrai, pour une petite partie d'entre eux. Les autres sacrifiaient à cette pratique imposée par les modes médicales, les tutos lénifiants, les diktats sur papier glacé des magazines.

Théo, lui, préférait se délecter en silence et de manière égoïste du massage qui faisait frissonner ses voûtes plantaires. Après la gare de Lyon, ils avaient repris la rive gauche par le pont d'Austerlitz et cheminaient maintenant en bons pères tranquilles. Anselme ne lui avait plus adressé la parole depuis longtemps, économisant ses quatre souffles d'air pour pouvoir continuer d'avancer. Trahissant dans l'effort son âge véritable, il exhalait une épaisse buée et, dans le silence qui n'existe pas à Paris, sa gorge émettait à chaque mètre accompli un petit râle, désagréable à l'oreille. Théo, pour sa part, se sentait dans une forme olympique. Entre les plantes grasses ou vivaces, les essences venues des quatre coins du globe, les mille variétés d'arbres et d'arbustes qui bordaient les allées – sans compter quelques retraités qui, sous l'égide d'un Japonais mutique, effectuaient d'étranges mouvements de tai-chi –, il lui semblait revivre. Ses jambes ne tremblaient plus. Ses pieds lui obéissaient sans renâcler. Et, n'eût été la présence du libraire à son côté, il aurait volontiers accéléré la cadence et traversé Paris de part en part, sans s'arrêter.

Comme il fallait s'y attendre, Anselme demanda à faire une pause. Déviant soudain sur sa droite, il dirigea par le poignet son accompagnateur jusqu'à un petit banc sur lequel il s'écroula, bien plus qu'il ne s'assit. Durant de longues secondes, il ahana, une main posée sur sa poitrine. Lorsqu'une bande de collégiens hurlants passèrent devant eux, surexcités par leur liberté de ne pas avoir à être assis en classe, il se fendit tout juste d'une grimace d'impatience. Incapable de leur adresser la moindre admonestation, il demeura muré dans son halètement.

Lorsque le souffle lui revint en quantité suffisante, il trouva la force d'interroger : « Alors, jeune homme ? Comment se portent vos pieds et vos jambes ?

— Très bien, merci.

— Mais encore ?

— Ils vont.

— J'ai dit : mais encore ? Faites un effort, je vous prie.

— Je ne sais pas quoi vous dire, moi... Ils vont

comme des pieds et des jambes peuvent aller, quoi. Un pied chasse l'autre, comme on dit. Et c'est comme ça qu'on avance. »

Visiblement déçu par la réponse, le libraire réfléchit un bref instant. Puis, il reprit : « Vous vous sentez plein d'énergie, n'est-ce pas ?

— Plutôt, oui.

— Si vous n'aviez pas une vieille bête comme moi à traîner après vous, vous seriez encore en train de marcher, je me trompe ?

— C'est un peu brutal, mais j'avoue que c'est vrai.

— Et quand je dis "marcher", le mot est faible. En fait, je suis sûr que vous brûlez de vous lever, d'avancer droit devant vous et de ne plus jamais vous interrompre. Vous aimeriez marcher, même sans but précis, juste pour le plaisir d'avancer enfin. Sentir que vos muscles répondent à la perfection, qu'ils pourraient vous emmener au bout du monde, même si vous vous foutez certainement de ce qu'il peut y avoir, justement, de l'autre côté du monde. C'est bien cela, n'est-ce pas ? »

Le vieux décrivait à la perfection ce que Théo ressentait et qu'il ne parvenait pas lui-même à exprimer avec clarté. Aussi, il demeura comme deux ronds de flan et attendit, bouche entrouverte, que le libraire continuât son discours – chose qu'Anselme s'empressa de faire : « Jusqu'à aujourd'hui, vous avez toujours utilisé vos jambes et vos pieds pour aller d'un point à un autre, sans la moindre fantaisie. Vous les avez utilisés à la façon d'outils à votre service, ce qui est le lot commun de toute l'humanité. Sauf que, pour vous, et depuis presque un mois, la donne a changé.

— Qu'est-ce que vous voulez dire ?

— Moi ? Rien. Mais eux, qui sait ? Tenez, tendez l'oreille. Écoutez-les…

— Quoi ? Vous voulez que j'écoute mes pieds ? Sérieusement ? »

Après son sempiternel haussement d'épaules qui trahissait son impatience, l'aveugle grommela : « Vos pieds pas plus que vos jambes ne vous parleront, triple buse. C'est l'évidence même. Mais, moi, je les écoute. Et il n'y a pas cinq minutes que nous sommes assis, et les voilà qui protestent déjà.

— Mes pieds protestent ? Et vous les entendez ?

— Ils disent leur ennui, leur accablement d'être déjà au repos. L'immobilité ? Ils trouvent ça fastidieux, inutile, d'une fadeur sans pareille. Bien sûr, si vous vous en remettez aux neurologues, aux généralistes, à vos amis, votre femme et, peut-être aussi, vos enfants, vous n'y verrez là qu'un syndrome. Mais faites donc un effort, jeune homme. Tenez, faites comme moi… »

Ce disant, Anselme Guilledoux se pencha en avant, cassa progressivement son buste vers le sol, imité de façon hésitante par un Théo incrédule. Avec une mimique comblée sur ses lèvres sèches, le géronte expliqua : « Écoutez-les… Ils ne se contentent pas de monter et de descendre sur place. Vos jambes, elles non plus, ne s'arrêtent pas à des contractions cliniques. Tout cela bouge, s'impatiente, frémit, trémule et pantèle. Écoutez, vous dis-je. Écoutez… »

En passant devant eux, un cadre en costume et mocassins se fendit d'une moue où la pitié le disputait au sarcasme. Mais les deux hommes, penchés sur les pieds de Théo, ne le virent même pas.

Maintenant à voix très basse, Anselme souffla : « C'est un secret que peu de monde connaît et partage. Mais les pieds nous disent des choses, monsieur Sentiero. Ils s'expriment. Sauf que, nous, nous ne savons pas les comprendre. Mais je vous jure que je n'invente rien et qu'ils possèdent leur propre langage et une intelligence qui nous échappe. Tendez l'oreille... »

En effet, dans les petits graviers de l'allée, les baskets de Théo montaient et descendaient sans qu'il pût rien y faire. Par ce mouvement quasi imperceptible, ils produisaient une musique et non pas une mélodie. Cela relevait tout à la fois du murmure, du friselis velouté, de la confidence et du chuchotement. Encouragé par le sourire de l'aveugle, il se pencha encore un peu plus et, cette fois, il dut se rendre à l'évidence. Ses pieds s'exprimaient. Cette volonté de bouger émanait bien d'eux et d'eux seuls, puisque, sauf à produire un effort musculaire raisonné et violent, Théo ne s'en sentait plus le maître.

À mi-voix, lui aussi, il finit par articuler : « C'est vrai que j'ai l'impression que... Je ne dirais pas qu'ils parlent, non. Mais il me semble pourtant qu'ils veulent me dire quelque chose. Mais quoi ?

— Ça, c'est à vous de trouver la réponse.

— Et vous ? Vous n'avez pas une idée ?

— Qui sait ?

— Vos pieds à vous, ils vous ont déjà parlé ?

— Peut-être…

— Vous ne pouvez pas m'aider ? »

Après quelques secondes supplémentaires passées à écouter cette gigue à peine esquissée sur la mer de graviers blancs, Anselme se redressa soudain. Son sourire se brisa net. Le masque de son visage se fit subitement plus dur. Retrouvant son ton de voix bourru et caustique, il questionna à son tour : « Que faites-vous ?

— Pardon ?

— Je vous ai demandé ce que vous faites, penché ainsi, à vous donner en spectacle. »

Désarmé par ce brusque changement d'attitude, Théo bredouilla : « Mais c'est vous qui m'avez dit que…

— Halte-là ! Je n'ai rien dit du tout. Ou vous m'aurez mal compris. Si ça vous amuse de parler à vos pieds ou de les écouter, grand bien vous fasse. En revanche, faites donc ça chez vous et pas en public. Sans quoi, vous terminerez bientôt à Sainte-Anne ! »

Vexé, Théo se cabra aussitôt et, dans l'élan, se retrouva debout. Alors, d'une voix furieuse, il cracha : « Je n'aime pas qu'on se foute de moi, monsieur Guilledoux. Si ça vous fait plaisir de prendre les gens pour des imbéciles, ne vous gênez pas. Mais ne vous étonnez pas qu'un jour quelqu'un vous envoie un coup de poing dans la gueule !

— Voyons, je ne voulais pas vous…

— Et ne comptez plus sur moi pour venir trier vos

livres ou pour vous servir de chien d'aveugle. J'ai ma dignité ! »

Alors qu'il s'éloignait d'un pas furibard, Anselme leva la main comme pour le retenir et lança, d'une voix faible : « Ne vous fâchez pas, mon jeune ami. Ne le prenez pas en mal. »

Sans se retourner, soulevant sous ses pieds de petites fumerolles de poussière qui, aussitôt, se dissolvaient dans l'air, Théo répliqua : « Je le prends comme je le prends !

— C'était une plaisanterie, voyons. Un malentendu ! Soyez raisonnable et oubliez ça. Je vous attends demain. Demain à neuf heures, monsieur Sentiero !

— Vous attendrez pour rien !

— L'on n'attend jamais pour rien, mon ami.

— Je ne suis pas votre ami. Et je ne viendrai pas, demain. Espèce de vieux fou ! »

Théo était désormais trop loin, déjà en vue de la butte Mangin qui mène au pied d'un majestueux cèdre du Liban. Alors, Anselme Guilledoux laissa retomber doucement sa main sur ses genoux. Puis, se penchant à nouveau, mais sur ses propres croquenots cette fois, il chuchota : « Ce garçon ne possède décidément pas un grand sens de la dérision. Ce qui n'est pas pour me déplaire. Il a du caractère. Nous pourrons peut-être en faire quelque chose… »

Après s'être remis debout au prix d'efforts qu'il ne se donna pas la peine de masquer, il recommença à balayer le sol devant lui avec sa canne. Au bout d'une dizaine de mètres parcourus, il s'interrompit et ajouta : « Oui, nous en ferons quelque chose. C'est un bon garçon. Vraiment, un bon garçon. Un peu soupe au lait, un peu naïf. Et il n'a pas une grande confiance en lui. Mais quoi ? Je ne peux pas laisser un homme patauger dans tant d'ignorance sans lui venir en aide. Ça manquerait… Ça manquerait d'élégance. »

Laissant derrière lui la façade de la Grande Galerie de l'Évolution, éclaboussée par le soleil de janvier, il se dirigea vers la sortie gardée par l'imperturbable et régulièrement conchiée statue de Lamarck. Il souffla alors dans l'air quelques vers libres de Prévert, pour le seul plaisir de les entendre prendre leur envol au milieu des risées qui faisaient frissonner les feuilles des grands arbres :

> « Et puis je jouais avec mes pieds
> C'est très intelligent les pieds
> Ils vous emmènent très loin
> Quand vous voulez aller très loin
> Et puis quand vous ne voulez pas sortir
> Ils restent là ils vous tiennent compagnie
> Et quand il y a de la musique ils dansent
> On ne peut pas danser sans eux[1]… »

1. In *Paroles*, Éditions du Point du Jour, Paris, 1946.

10

En sortant du Jardin des Plantes, Théophraste Sentiero prit à main droite et, en quelque sorte, délégua à ses pieds le soin de le conduire où ils le désireraient. Ravis par l'aubaine, ces derniers l'emmenèrent par la rue Jussieu jusqu'à celle du Cardinal-Lemoine. De là, ils attrapèrent le quai de la Tournelle puis, toujours alertes et sémillants, ils franchirent le pont du même nom. Quai de Béthune, ses jambes semblèrent hésiter un instant. Le temps était au grand beau, et le ciel aussi clair et pur que l'humeur de Théo était noire. Dire qu'il s'en voulait était un doux euphémisme. Ce vieux jobard pas même aveugle, avec ses histoires de pieds qui parlent, s'était moqué de lui. Il l'avait pris pour le benêt qu'il était. Et Théophraste Sentiero n'avait pas été sot de commencer à croire à ces fariboles, non. Il avait été le roi des idiots. Il s'était laissé entortiller. Parce que l'histoire était belle, certes, et le propriétaire des Bonheurs d'Antioche s'y entendait pour rendre crédible ce qui, de toute évidence, ne pouvait pas l'être. Mais comment avait-il pu gober autant d'âneries ?

« Non, mais quel crétin…, fulmina-t-il, les maxillaires serrés. Des pieds qui parlent. Et puis quoi, encore ? Des bourrins qui donnent le résultat du quinté ? Je suis le roi des emmanchés. L'empereur des abrutis, oui… »

À l'heure qu'il était, et pendant qu'autour de lui des centaines de touristes s'extasiaient sur l'île Saint-Louis, la petite sœur de l'île de la Cité, Anselme Guilledoux devait se tenir les côtes de rire. D'un coup de basket rageur, Théo envoya valser à quelques mètres un quignon de pain rassis, provoquant les battements d'ailes indignés de pigeons qui, gras comme des moines, s'en faisaient un festin.

« Tu n'es qu'un con, Théophraste Sentiero. Pas même un con majuscule. Rien qu'un con. Un con mineur. Tout juste bon à repêcher des bordilles dans la Seine. D'ailleurs, tu ferais mieux de t'y jeter tout de suite… »

Plutôt que de poursuivre sur le quai de Béthune, les jambes du marcheur optèrent alors pour le quai d'Orléans. En moins de cent cinquante mètres, il croisa ainsi des Chinois, des Brésiliens, des Australiens, une flopée de Japonais, un couple d'amoureux autrichiens, sans parler des Anglais ni des Américains, des Polonais et des Italiens qui caquetaient à bouche que veux-tu, les sourcils en accents circonflexes, affichant avec superbe la certitude d'être partout chez eux. Le monde entier, par ces belles journées de soleil, se retrouvait à Paris. Pourtant Théo, lui, baignait dans une solitude qui poissait à sa peau. La solitude de l'homme moyen, du sans-grade, du lambda qui n'a jamais rien fait de sa vie et qui, sans le moindre doute, n'en ferait jamais rien. De nouveau, l'envie de se jeter à l'eau le traversa. Il promena sur la Seine métallique un regard assombri par la mélancolie. Mettre fin à ses jours ? À quoi bon ? À bien y songer, son suicide ne ferait même pas un entrefilet dans la presse. Puis, il nageait comme un poisson. Il ne gagnerait, dans cette entreprise, qu'un rhume, une gastro-entérite et, selon toute vraisemblance, une garde à vue. À Paris, comme dans toutes les grandes villes, les forces de l'ordre ne pardonnaient les suicides que lorsqu'ils étaient réussis, avec un cadavre en bonne et due forme à la clé. Pour les autres, ceux qui avaient échoué dans leur tentative d'avaler le bouillon de onze heures, c'était la cellule, capitonnée ou pas, l'entretien avec un psychologue ou un psychiatre, au petit bonheur la chance...

Après les rues Budé et Le Regrattier, il croisa celle de Boutarel. Ne lui trouvant aucun intérêt notable, il poursuivit en direction du petit pont Saint-Louis. Midi ne tarderait plus à sonner et, même si l'épisode du Jardin des Plantes lui avait coupé l'appétit, il lui faudrait bien rejoindre le domicile conjugal. Comme à son habitude, Cécile l'attendrait au salon en regardant des jeux télévisés. Les enfants seraient à l'école. Ils déjeuneraient donc en vieux couple, sans s'adresser la parole sinon pour énoncer avec ennui quelques banalités. Avant cela, il devrait traverser la cour intérieure de l'immeuble, sous le regard suspicieux et inquisiteur de la Mère Tapedur. Cette grosse morue lui décocherait comme à son habitude un sourire gluant et fielleux, une pleine bassine emplie de bave d'escargots. En retour, il contracterait ses lèvres en forme de sourire, histoire de respecter les règles élémentaires de la politesse. Il monterait alors au deuxième et, dans l'escalier, prendrait le temps d'assassiner la bignole par la pensée, à au moins trois reprises. Puis il…

« Et pour le monsieur ? Qu'est-ce que ce sera ?

— Pardon ?

— Les tables vont être dressées. Alors pas de café avec un verre d'eau, si vous voyez ce que je veux dire. »

Tout à coup tiré de ses réflexions, Théo releva la tête en direction de la voix qui, rugueuse, venait de l'apostropher. Comme au sortir d'un songe, il prit conscience qu'il s'était attablé en terrasse. Le garçon, plateau à la main et bacchantes lustrées à la gomina, l'œil sévère, la moue soupçonneuse, répéta avec agacement : « Alors, ce sera quoi ? Plat du jour ? »

Prenant la carte que le loufiat lui tendait d'autorité, il y lut : *Bar Flore en l'Île.* En dessous, également en pleins et en déliés dorés, s'inscrivaient les mots : *Glaces et Sorbets de la Maison Berthillon.* C'était du sérieux. Dans l'une de ses multiples vies, et notamment aux temps de sa jeunesse, Théo avait été serveur, lui aussi. Il connaissait Le Flore en l'Île comme le loup blanc. C'était, sans conteste, l'un des meilleurs glaciers de tout Paris. Mais c'était aussi l'un des plus gros attrape-touristes qui fût. Les prix y dépassaient l'imagination et les gogos pullulaient, ravis et comblés, du moins jusqu'à ce qu'on leur apportât l'addition.

Pour les serveurs, la place était bonne. Mais il fallait faire du chiffre, à tout prix. Même aux dépens de la plus élémentaire des courtoisies. Ces matamores qui roulaient des gros yeux, il les connaissait pour les avoir fréquentés. Ils se prenaient volontiers pour la fine fleur, pour l'aristocratie de la petite bière et du croque-monsieur réunis. Comme pour une certaine frange des chauffeurs de taxi, ils en imposaient et ne se laissaient pas facilement impressionner. Mais c'étaient, dans leur grande majorité, de bons papas qui crânaient. Il fallait bien perpétuer le mythe du bistrotier déplaisant *so Parisian.*

Comme le garçon, cauteleux et sournois, penchait un peu plus sa tête de piaf mal dégrossie sur lui, Théo répliqua : « Je regarde la carte et je vous dis.

— Vous me dites ?

— Je vous dis. »

Vexé comme un chasseur qui vient de manquer un coup de fusil facile, le serveur hésita un instant avant d'aller se venger sur une table de Russes qui le hélaient, un peu plus loin, dans un mauvais français.

Si Théo voulait s'en sortir sans se faire essorer, il savait qu'il devait déguerpir sur-le-champ. Après avoir vérifié que l'homme de bar lui tournait bien le dos et commençait à tapoter la commande sur son terminal, il décolla ses fesses de la chaise en plastique imitation rotin qui l'avait accueilli. Une trouée dans la terrasse se dessina. Fuir en évitant les remontrances allait être un jeu d'enfant. D'ailleurs, une famille de Chinois, épuisée d'avoir trop marché, était déjà dans les starting-blocks, prête à sauter sur sa place. Le loufiat n'y verrait que du feu.

Pourtant, contre toute attente, Théophraste Sentiero n'enclencha pas le départ. Et la peur de devoir rendre des comptes au serveur n'avait rien à voir dans ce revirement. Il venait d'aviser, à deux tables de là où il était, la silhouette d'un rêve. Un songe qui venait de commencer, à petits coups de cuillère gourmande, une glace pantagruélique. Si elle ne l'abandonnait pas en chemin, elle ne quitterait pas la terrasse avant un bon quart d'heure. Il aurait donc largement le temps de réfléchir à la meilleure façon d'entrer en contact avec elle, avec cette inconnue qui venait toutes les nuits s'inviter « sur l'écran noir de ses nuits blanches[1] ».

*

De toute évidence, Théophraste Sentiero pouvait se ranger dans la catégorie des trouillards courageux. En effet, depuis son enfance, il avait peur de tout. De la Mère Tapedur comme du garçon de café, des récriminations de Cécile comme des réflexions que ses supérieurs ne s'étaient jamais privés de lui adresser. Chaque fois qu'il se sentait attaqué, son premier réflexe était de baisser la tête, de faire le dos rond. Pour avoir un peu de l'assurance de Flingot ou même de madame Jouve, il aurait donné sa chemise. Mais la nature l'avait ainsi fait. Hausser la voix n'était pas

1. *Le Cinéma*, Claude Nougaro, 1962.

son fort. De plus, il tenait la violence, même verbale, comme l'apanage des faibles d'esprit et des crétins congénitaux. Sa couardise, cependant, avait des limites. Ainsi, dans l'éventualité où une situation extrême, désespérée, se présentait à lui, s'il ne pouvait pas faire comme s'il n'avait rien vu ni rien entendu, alors Théophraste Sentiero ne se tenait plus. Brusquement hissé dans une dimension différente, le petit ramasse-miettes qu'il était au quotidien se métamorphosait. Comme empli par une puissance qui ne lui appartenait pas, il était capable de se jeter dans un appartement en flammes pour en sauver la veuve, l'orphelin et, si besoin, le chat et les poissons rouges. Qu'une bagarre entre ivrognes ou camés éclatât, que ses enfants fussent mis en danger par cette rixe, et il pouvait se précipiter dans la mêlée, asséner des crochets des deux poings et des reprises de volée des deux pieds, assommer avec le crâne des zigotos tatoués jusqu'aux yeux qui le dépassaient de trente centimètres et auxquels il rendait un demi-quintal. Dans ces moments-là, une rage aveugle balayait sa raison. Armé d'une lame ou d'un revolver, il devenait capable de…

« Vous avez choisi ? »

Rappelé à la réalité, loin de ses envolées homériques, Théophraste Sentiero dut cligner des paupières à plusieurs reprises. Au-dessus de lui, le loufiat revenait à la charge, l'œil noir cette fois, les moustaches vibratiles. Comme le seul danger qu'il courait était celui de se faire estourbir la carte bleue, Théo baissa donc la tête, piteux. Sans même un regard sur l'ardoise, il bredouilla, penaud : « Oui. Un plat du jour, s'il vous plaît.

— C'est parti pour la bavette-échalotes qui marche. Bien cuit ? À point ? Bleu ? Saignant ?

— Saignant.

— Frites ? Salade ? Les deux ?

— Ce que vous voulez.

— Désolé, monsieur. Mais, ici, c'est le client qui choisit.

— Alors, les deux. »

Avec une mine supérieure, le garçon aux bacchantes lustrées rengaina dans sa poche ventrale son boîtier informatique, comme un chasseur l'aurait fait d'un garenne dans son carnier. Puis, le sourire vainqueur, il disparut du paysage. Demeuré seul, Théophraste Sentiero ne perdit pas de temps à se morigéner de ne pas même avoir osé soutenir le regard du garçon. D'ordinaire, cette petite lâcheté l'aurait poursuivi l'après-midi entier, et jusqu'au moment du coucher. Mais pas ce jour-là. Pas avec la présence de cette inconnue que l'existence avait eu la générosité extrême de bien vouloir mettre sur son chemin, une fois de plus.

Du coin de l'œil, il l'observa. Elle était bien telle qu'il l'avait aperçue, la veille encore, lorsqu'elle était passée devant le Gay-Lu. Plutôt petite, menue. Le visage naturellement hâlé dans le soleil froid de l'hiver. Cheveux longs, légèrement ondulés. Et fauves. Avec des reflets tirant sur l'amadou. Son âge ? Trente ans. Pour encore de nombreuses années. Une petite trentaine, à peine esquissée. Le tout, dans un grand pull, un jeans délavé et des baskets. Un enfant blond, ayant échappé à la surveillance de ses parents, vint s'immobiliser devant la table de l'inconnue. Aussitôt, elle lui sourit. Et Théo se sentit écartelé entre deux sentiments contradictoires. L'admiration, d'abord, face à cette spontanéité. Ce sourire ne possédait rien de surfait. Elle souriait à l'enfant parce que c'était lui, tout simplement. De façon presque simultanée, cette admiration se parasita, brouillée par un autre élan, celui-ci bien moins poétique. La jalousie. Il était jaloux de ne pas être cet enfant que l'inconnue couvait des yeux. Théo aimait les enfants, là n'était pas la question. Mais ce mouflet piétinait ses plates-bandes, son territoire, son rêve. S'il l'avait pu, il l'aurait renvoyé à ses parents, et à grands coups de pied dans les fesses, si nécessaire. Pourtant, la jeune femme, cherchant sûrement d'où venait cette charmante tête blonde, tourna alors son visage vers Théo. Et son sourire ne s'évanouit pas en le découvrant. Bien au contraire. Ses lèvres charnues, toutes brillantes du sucre et du fruit de la glace, s'entrouvrirent un peu plus pour laisser scintiller des dents parfaites, d'un blanc de neige. Aussitôt, il se sentit emporté par ce sourire et, surtout, par son regard. Il n'en avait jamais vu de pareil. C'était une eau sombre et profonde, mélancolique. Le sourire était lumineux, certes. Mais le regard, où il crut déceler l'espace d'un instant une très légère asymétrie, lui sembla alourdi de tristesse.

Pas de cet abattement qui résulte d'une quelconque désillusion passagère, non. Cette nostalgie venait de bien plus loin. Elle était peut-être même l'aboutissement de générations et de générations de femmes qui, avant elle, avaient aimé et souffert – et dont les yeux de cette inconnue s'étaient faits le creuset.

Cet échange entre eux dura deux secondes. Peut-être plus. Mais certainement pas moins. Assez, en tout cas, pour qu'une lame de fond impérieuse emportât Théo à mille lieues de son quotidien. Assez pour déclencher un frisson qui l'électrisa, de la tête aux pieds. Assez pour lui faire sentir que son front et ses tempes s'étaient mis à brûler. Assez pour lui faire toucher du doigt que l'amour existait, qu'il était assis à deux tables de lui, au milieu de mangeurs qui se prenaient pour Gringoire et Esmeralda, Phœbus et Fleur-de-Lys. Dans la silhouette de Notre-Dame amputée par le feu, il eut soudain le cœur en fête et dut retenir ses pieds et ses jambes de toute la force de son âme afin de ne pas sautiller comme un beau diable, de ne pas bousculer les tables pour venir auprès de cette jeune femme. Il s'en sentait capable. De cela, et même de beaucoup plus. Mais la réalité revint s'insinuer en lui. Théophraste Sentiero n'était que lui-même. Et, s'il avait dû se choisir un personnage parmi la galerie de portraits dressés par Victor Hugo, c'était dans la peau mal foutue de Quasimodo qu'il se serait senti le mieux à sa place. Il se contenta, en retour, de grimacer un sourire. Un pauvre sourire. Un sourire de pauvre de lui. Malgré cela, l'inconnue sembla sur le point de lui adresser la parole quand, impérieuse, une voix claqua au-dessus de sa tête : « Et une bavette ! Une bavette sans tête pour le monsieur tout seul ! »

Satisfait à la façon d'un chien qui ramènerait une balle et attendrait qu'on le félicitât, le loufiat déposa sur le guéridon en faux marbre une assiette fumante. Bouchant l'espace qui permettait à Théo de voir l'inconnue, il demeura ainsi, le temps de confirmer sur son terminal que le plat commandé avait bien été servi. Hélas, les doigts du serveur s'emmêlèrent. Ou bien l'informatique n'en fit qu'à sa tête. Quoi qu'il en fût, le buste du garçon, quoique maigre et efflanqué, priva Théo du regard de la jeune femme durant d'interminables secondes. Après avoir grommelé et soufflé à plusieurs reprises, le serveur finit par trouver la solution. D'un index vainqueur, il appuya sur la touche Entrée. Rengaina sa tablette. Prit un malin plaisir à redonner un peu de tenue à ses bacchantes en les lissant vers l'arrière. Puis il se fendit d'un sonore « Bon appétit ! » avant de retourner à ses tables.

L'inconnue, entre-temps, avait terminé sa glace. Et l'enfant qui leur servait de trait d'union s'était évaporé. Déjà, elle se levait et finissait de positionner les courroies de son sac à dos de cuir sur ses épaules. Au moment de quitter la terrasse, elle s'interrompit. Avec lenteur, elle sembla sur le point de se retourner vers Théo. Le ventre de celui-ci, alors, explosa. Elle allait lui sourire en complice ou, mieux encore, lui parler. Il ne pouvait pas en être autrement. Pourtant, elle se ravisa. L'immense tristesse de ses yeux se perdit dans la Seine. Ne faisant qu'effleurer les pavés, elle s'éloigna. Théo, foulant aux pieds toute sa peur, se sentit la force d'articuler un son pour la retenir, mais ce fut elle qui, à nouveau, se retourna vers lui. Elle le scruta intensément. Et ce regard le foudroya sur place. Il pouvait signifier mille choses. Toutes aussi indéchiffrables. Il voulut lui rendre une marque de connivence, un sourire, un regard, mais, alors qu'il… « Le sel, le poivre et la moutarde, pour le monsieur ! claironna le serveur, d'une voix de stentor. Bon appétit ! »

Trente-sept ans, trois mois et dix-sept jours plus tard, après quelques années d'un indicible ennui passé en solitaire dans un Ehpad de la banlieue de Pantin, ce serveur du Flore en l'Île rendit son dernier soupir. Il s'éteignit sans même savoir que, trente-sept ans et des poussières plus tôt, il s'en était fallu de peu qu'il ne décédât sur l'instant, sauvagement assassiné par un client qui n'avait pas encore touché à sa bavette saignante, accompagnement frites et salade.

*

Celui qui n'a jamais aimé ne pourra jamais entrevoir la douleur que seule crée la déception amoureuse. Pour Théophraste Sentiero, l'expérience était nouvelle. Le lent départ de l'inconnue, au milieu du moutonnement des touristes et des badauds, l'ancra sur sa chaise, le souffle coupé, le cœur battant la chamade. Lui courir après ? Ses jambes, pour une fois, ne le portaient plus. La bavette ? Il n'y toucha même pas. D'ordinaire gros mangeur, ne rechignant jamais à s'emplir la bedaine au-delà même de la satiété, il ne vit alors dans son assiette qu'une tranche de viande morte. S'il picora une frite, ce ne fut que pour se prouver à lui-même qu'il était bien vivant. Bien vivant et malheureux. L'apparition, engloutie désormais par la multitude, n'y était pour rien. Elle lui avait donné sa chance ; il n'avait pas su la saisir. Il était resté mortifié à sa table, plus imbécile encore que lorsqu'il n'était qu'un adolescent rêvant de sylphides. Maintenant, le rêve était brisé. Le destin, sans doute écœuré par la lâcheté dont il venait de faire preuve, ne lui offrirait plus une telle occasion d'aimer. Et – qui sait ? – d'être aimé en retour. Il la réserverait pour un autre homme, moins bête que lui.

Sans même s'offusquer du montant de l'addition, Théo régla en liquide et, à la façon d'un fantôme, reprit le cours de son existence.

Les mains serrées au fond des poches, la tête basse, il avança où ses pieds voulurent bien le conduire. Quelques notes entêtantes du *Blues* de *La Dolce Vita*[1] lui revinrent en mémoire. Comme lui, comme les yeux de l'inconnue, ces mesures n'étaient ni tristes ni désespérées. Elles venaient de bien plus loin que cela. Indifférent à ce qui l'entourait, il enchaîna les quais : Montebello, Grands-Augustins, Conti, Malaquais et ainsi de suite, jusqu'à Branly. Parvenu sur

1. Federico Fellini, 1960.

le Champ-de-Mars, il tourna à peine le cou pour embrasser d'un regard la tour Eiffel. Celle-ci, dévorée par les touristes, ajouta encore à sa morosité. Elle aussi était seule, enchevêtrement inutile de poutrelles d'acier, monument dérisoire érigé à la gloire d'un temps révolu. Dans un petit supermarché de la rue Dupleix, il acheta une bouteille d'eau gazeuse et consulta machinalement l'écran de son portable. Malgré son absence injustifiée, Cécile ne semblait pas s'être inquiétée. Aucune notification de message ne s'affichait en surimpression sur les frimousses de leurs enfants. La messe était dite. Tout le monde se foutait de ce qui pouvait advenir de lui.

À force d'errer dans le quinzième et le quatorzième arrondissement, Théophraste Sentiero se retrouva vers seize heures trente devant l'entrée du jardin du Luxembourg, rue Guynemer. Du même pas lent et taciturne, il emprunta l'allée encadrée de marronniers et n'accorda pas un regard aux joueuses de tennis qui, sur sa gauche, frappaient en jupettes de petites balles jaunes avec des « Han ! » terrifiants de bûcherons. Le *Blues* de Nino Rota ne le lâchait pas, nasse invisible dont il ne pouvait dire si chaque note lui maintenait la tête hors de l'eau ou si, au contraire, elle l'entraînait encore un peu plus dans les abysses du spleen. Il se dit qu'il avait l'âme en peine. Ou de la peine à son âme. Dans un sens comme dans l'autre, la proposition lui parut frappée de crétinisme, vide de sens. Théophraste Sentiero n'était pas un pleurnichard. Un trouillard courageux, oui. Un homme effacé, éteint, ou encore sans intérêt notable ? C'était indéniable. Mais pleurnichard ? Non.

À mi-voix, au risque de passer pour un original aux yeux des grands-mères aux cheveux mauves promenant leur caniche, il faisait de son mieux afin de ne pas sombrer dans ce mal-être qui l'étreignait de toutes parts : « En plus, je ne sais même pas qui c'est, cette fille… Si ça se trouve, elle est bête à pleurer. Va-t'en savoir… Puis, ce n'est pas de mon âge. J'aurais cinq ou dix ans de moins, je ne dis pas. Mais là, ces histoires à la guimauve… Qu'est-ce qu'il me prend, nom de Dieu ? Je suis un homme responsable ! Et il faut laisser les jeunes aux jeunes. Ça va me passer. C'est comme un rhume, en fait. Une chiennerie de rhume. Ça va partir comme c'est arrivé, puis ce sera marre. En plus, elle est peut-être vilaine. Pas du visage, c'est vrai. Du visage, elle est vraiment… Mais le reste ? À cause de ses vêtements, je n'ai même pas pu m'en faire une idée. Mais je suis sûr qu'elle a des fesses plates. Au moins… »

Durant quelques secondes, la méthode fonctionnait. Théo, un peu ragaillardi, sentait que les sables amers dans lesquels il pataugeait lui laissaient de nouveau l'énergie de respirer et de voir le monde sous un jour plus clément. Pas idyllique, non. Mais simple, carré. Pourtant, bien vite, la langueur reprenait le dessus. Et il devait alors s'avouer, en pleine conscience, qu'il se moquait par-dessus tout que l'inconnue ait des fesses magistrales, bombées, creuses, plates ou grasses. C'était même le dernier de ses soucis. Au fur et à mesure qu'il s'enfonçait dans le jardin du Luxembourg, c'était une autre vérité qui s'imposait à lui, bien plus puissante que toutes les raisons raisonnables qu'il appelait au secours de sa détresse : l'inconnue était différente. Différente de Cécile, cela ne se discutait pas. Mais aussi différente de son quotidien, différente de ses mille métiers passés ou à venir, différente de ses amis de comptoir. Elle était toute neuve et toute propre. Elle était à l'opposé de ce qu'il avait connu jusqu'alors, de tout ce à quoi il avait cru sans jamais se poser de question. Elle était un chemin, l'amorce d'un sentier qui pouvait l'emporter vers ailleurs et transformer son existence, du tout au tout.

Après avoir contourné le bassin principal par la gauche, Théo ne s'engagea pas vers la sortie qui s'ouvrait à pleines grilles sur le Boul'Mich'. Plutôt que de rentrer directement rue de l'Estrapade, il s'offrit une pause près de sa fontaine Médicis. Ses jambes, peu habituées à avaler autant de kilomètres, lui faisaient maintenant sentir leur fatigue, et il trouva une chaise libre. À peine s'était-il posé qu'il avisa, dans son renfoncement drapé de lierre, l'Anglaise qui, comme à l'accoutumée, travaillait à une nouvelle toile. Plutôt que de se contenter des traditionnels sourire ou hochement de tête polis, il se dirigea vers elle sans trop savoir pourquoi. Il ne l'avait jamais vue de près. Pour lui, elle n'était qu'une ombre diffuse, une barbouilleuse, avec ou sans talent, qui faisait partie intégrante du paysage. Seule certitude : c'était une femme de taille moyenne, avec une légère tendance à l'embonpoint. Cet après-midi-là, elle portait un ensemble veste-pantalon ample, d'un vert braillard, et un chemisier à jabot jaune poussin. Au fur et à mesure qu'il approchait, il commençait à distinguer ses traits. Sa coiffure était toujours aussi blanche et blonde, agencée de façon stricte, avec deux ailes de pigeon asymétriques. Sa peau diaphane, ridée, lui donnait de faux airs de pomme oubliée. Par coquetterie, deux taches de fard à paupières, tirant tout à la fois sur le bleu pervenche et le myosotis azuré, complétaient le masque.

En le voyant venir vers elle, la vieille dame s'interrompit dans sa besogne. S'ouvrant d'un sourire plein et sans calcul, qui fit luire dans l'ombre son dentier trop parfait et surtout trop grand pour ses gencives minces, elle gazouilla : « Bonjour.

— Bonjour, madame. Je me demandais juste…

— Oui ?

— Je ne sais pas… Ça fait bien longtemps qu'on se croise ici, sous les arbres.

— Eh bien ?

— Je vois que vous peignez, bien sûr. Et… comment dire ? »

Comprenant que Théo ne trouvait pas ses mots et baissait maintenant les yeux, la vieille dame agrandit encore son sourire. Puis, abrégeant la torture, elle compléta la phrase : « Et ça vous chagrine de ne pas savoir ce que je peins, n'est-ce pas ?

— En quelque sorte, oui… »

Aussitôt, il se reprit : « Mais c'est juste de la curiosité ! Si vous ne voulez pas que je…

— Au contraire. Vous pouvez approcher. Ça ne me pose aucun problème. »

Encouragé par le ton amical de l'artiste, Théo obéit à l'invite. La peintre, à en juger par son accent, n'avait rien d'un sujet britannique. Ses inflexions trahissaient plutôt les faubourgs de Paris, un brin canailles, avec une pointe de blanc limé avalé debout, un coude sur le zinc. Lorsqu'il s'immobilisa, à deux pas d'elle, il se crut obligé de se justifier à nouveau : « C'est juste une question de curiosité, quoi…

— La curiosité n'est pas un vilain défaut, rassurez-vous. Enfin, pas pour moi, en tout cas. Et je vous comprends.

— C'est vrai ? »

Écarquillant ses hublots lilas, elle répliqua, avec un rire de gorge léger qui lui donna une touche enfantine : « Et pourquoi pas ? Ce qui me surprend, en revanche, c'est que vous ayez mis tout ce temps avant de venir me parler.

— Je suis plutôt du genre timide. Enfin, pas causeur.

— Par les temps qui courent, ce n'est même plus une qualité : c'est une exception. Pour être honnête, moi aussi, je vous observe, depuis toutes ces années. Et je sais bien ce que vous devez vous dire, assis sur votre chaise…

— Oui ?

— Vous devez vous demander ce que je peins, bien

sûr. Mais, surtout, qui je suis. Je sais que je fais comme une tache, dans le paysage.

— Je n'ai jamais pensé ça ! »

Dans un nouvel éclat de rire, la peintre enchaîna : « Vous mentez, mais je vais faire semblant de vous croire. Quoi qu'il en soit, vous ne m'enlèverez pas de l'idée que vous devez me prendre pour une illuminée, je me trompe ?

— Illuminée, non. Quand même pas. En fait, je croyais que vous étiez anglaise... »

Accusant la surprise, la vieille dame fronça ses sourcils rehaussés d'un trait épais de crayon noir. Puis, retrouvant son humeur joyeuse, elle pépia : « J'aurais pu. Mais non. Un jour, peut-être, je vous raconterai ma vie. Elle vaut son pesant de cacahuètes, je vous le garantis sur facture. Mais non, je ne suis pas anglaise. Je suis française. Pur jus parigot façon Ménilmuche, pour être exacte. »

Elle tendit alors avec énergie sa main veinée de bleu, tout en précisant : « Françoise Chassepot. Mais vous pouvez m'appeler l'Anglaise, si vous voulez. Ça ne me dérange pas. Ça fait même chic, je trouve.

— Théophraste Sentiero. Théo, si vous préférez. »

La poigne de l'artiste était vigoureuse et son sourire, dans l'ombre qui s'épaississait autour de la fontaine, n'en devint que plus éclatant. Sa voix flûta encore dans le bourdonnement continu du Boul'Mich' : « Puisque vous êtes venu pour voir ma toile, ne vous gênez pas. C'est gratuit ! »

Après s'être reculée d'un pas afin de laisser le

passage libre à son spectateur, elle posa les mains sur ses hanches. Et, d'un mouvement du menton qui désignait le tableau posé sur le chevalet, elle gloussa : « Alors ? Vous en pensez quoi ? »

Théo, dans toute sa naïveté, s'attendait à une vue quelconque de la fontaine Médicis. Voire à des perspectives esquissant le périmètre autour de ce plan d'eau de guingois. Peut-être à des détails piqués sur Polyphème, Acis ou Galatée. Au pire, à des à-plats de couleur non figuratifs, de ceux auxquels il n'entendait rien et qui, dans les vitrines des galeries du Quartier latin, ne déclenchaient pas chez lui la moindre amorce d'une émotion.

Les yeux écarquillés par la surprise, il demeura silencieux de longues secondes face au tableau. Près de lui, l'Anglaise, satisfaite, s'esclaffa : « Vous vous attendiez à tout, sauf à ça. Je me trompe ? »

11

Sous ses airs de vieille adolescente roublarde, Françoise Chassepot était parvenue à sortir Théo de sa mélancolie. Jusqu'alors, il ne savait rien de la vieillesse. Rien sinon l'expression sinistre de sa belle-mère, Léonide, qui, midi et soir, affichait sa déchéance, l'œil toujours droit et accroché dans le vide, s'entêtant à exister pour des raisons qu'elle seule connaissait. Mais l'Anglaise – car Théo trouvait que, décidément, ce qualificatif lui allait comme un gant –, elle, semblait la joie de vivre incarnée. Malgré son dentier trop parfait et trop volumineux pour sa bouche parcheminée, elle pétillait. Longtemps, elle l'avait observé en silence pendant qu'il découvrait sa toile, mais son sourire, à ce moment-là, n'avait rien eu de goguenard. Bien au contraire. Elle avait aimé sa surprise sincère et, le mot n'est pas trop fort, son émerveillement. Ce qu'elle dessinait, dans ce havre de paix qu'offrait la fontaine Médicis, n'était destiné à personne. Elle foudroyait d'ailleurs du regard quiconque tentait de s'approcher, des compliments plein la bouche ou, au contraire, la critique déjà armée et prête à jaillir. Pour Théo, cela avait été différent. Il ne dissimulait pas sa maladresse. Il n'avait rien à voir avec les promeneurs de linge qui s'exhibaient dans les allées. C'était un solitaire. Il ne payait pas de mine. Et elle aimait cela.

Face au tableau, Théo, lui, demeura en premier lieu perplexe. Les coups de pinceau, comme Anselme l'avait prédit, étaient légers, aériens. Maladroits, parfois. La vieille avait découvert la peinture sur le tard. Et cette fraîcheur se ressentait dans le rendu final. Quant au sujet, Théo ne le comprit pas mais, d'instinct, il le trouva extraordinaire. À mille lieues de ce qu'il aurait pu imaginer. Il s'en voulut d'ailleurs, a posteriori, de ne pas avoir osé déranger l'Anglaise plus tôt. Sous les frondaisons, dans son repli d'ombres violines, Acis, Galatée et Polyphème n'avaient en rien inspiré l'artiste. Pas plus que le bassin incliné, les vasques échevelées de lierre, les arbres ou les chaises. Rien de tout cela n'éclatait sur le rectangle tendu de blanc de la toile. Le motif n'était ni une vue d'ensemble, ni même la représentation d'un seul détail de cette réalité bucolique. Le sujet était autre. Le motif était singulier. Il disait tout et rien à la fois de l'existence de Françoise Chassepot. Et Théophraste Sentiero n'y comprit pas grand-chose, mais il tomba sous le charme.

Lorsqu'il passa devant le Gay-Lu, après cette halte inattendue, le promeneur fit de son mieux pour éviter un nouvel accès de grisaille. Le camion des Déménagements Vermorel & Cie, tout de bleu et de blanc paré, était revenu. En double file, gueule ouverte sur la chaussée, le hayon électrique en action dans les clignotements orangés des feux de détresse, il avalait un à un tout ce qui avait fait les grandes et les petites heures de la brasserie du quartier. Avec répugnance, Théo risqua un œil à l'intérieur. Derrière son comptoir, madame Jouve gloussait toujours aux compliments, peut-être salaces, du chef d'équipe. Dans les casiers, les bouteilles avaient presque toutes disparu. Les hauts tabourets du fond n'étaient plus qu'un souvenir. Quant aux rares cadres contenant des photos et des publicités – des fac-similés du Paris de la Belle Époque, pour la plupart –, ils avaient trouvé refuge dans des cartons. Ou bien ils s'abîmaient dans les grands sacs-poubelle qui montaient la garde devant le comptoir de zinc et de bois verni. Relégués près de la verrière, Gégène, Cothurne et Séfanaze tétaient en silence ce qu'il restait à consommer. Selon toute vraisemblance, ils attendaient la Guigne ou Petit Pois. Le premier arrivé ferait le quatrième pour la contrée. À moins que les cartes, les jetons et le tapis râpé ne fussent déjà, eux aussi, remisés dans une quelconque caisse Vermorel, direction l'Alsace.

Malgré lui, Théo ne put s'empêcher de murmurer : « Pauvres vieux… »

Comme au sortir d'un rêve, il frissonna soudain. Le soleil commençait à s'assoupir et les lampadaires ne tarderaient plus à répandre à leur pied leur mare de lumière artificielle. Il sentait qu'un cycle s'achevait. Pour le Gay-Lu, bien sûr. Pour ses compères de comptoir, aussi. Mais pour lui, également. Tout en rajustant sa parka d'un mouvement d'épaules agacé, il fit demi-tour et remonta sur sa gauche le Boul'Mich'. À quelques minutes à peine, le kiosque à journaux du Calabrais lui offrirait une dernière halte avant le retour à l'appartement. Après le rendez-vous manqué avec l'inconnue, son errance dans Paris, l'Anglaise et son tableau incompréhensible, quoique figuratif, après le Gay-Lu qui sentait déjà le sapin, après ses trois poivrots d'amis qui ne savaient même plus quel breuvage ils s'envoyaient derrière la cravate, Théo ne se sentait pas de rentrer sous le toit conjugal. Il devrait parler, expliquer. Il aurait à justifier son absence pour le déjeuner. Il n'en avait pas la force. À chaque pas sur le Boul'Mich', qui trimballait sa sortie des bureaux et se coagulait dans des tempêtes de klaxons irascibles, il marcha droit devant lui, tête basse. Un cycle s'achevait, oui. Un autre s'annonçait. Et il devrait en être. Ou disparaître, lui aussi, à la manière d'une flamme qui ne trouve plus rien à dévorer et qui, de façon insensible, baisse en intensité et s'éteint peu à peu.

« Bonsoir. Vous allez bien ?

— Pas à se plaindre. »

Ces quatre mots représentaient le summum de ce que le Calabrais pouvait prononcer lors d'une discussion. Dire qu'il était un taiseux était en dessous de la vérité. Mutique, imperturbable, il trônait derrière son comptoir, cerné par les couvertures gueulardes des magazines qui balançaient à la face des chalands les nouvelles venues du monde entier. Et dont il se foutait royalement. D'une trentaine d'années, beau gosse par nature et presque malgré lui, il aurait fait le bonheur des photographes de chez Harcourt avec son visage aux traits réguliers, ses yeux en agate bleu perçant, ses cheveux blonds coupés très court, ses épaules de boxeur. Plus jeune, il avait tâté des gants et brillé sur les rings, disait-on. Comme Rocky, il n'avait jamais eu le nez cassé. C'était sa rosette, sa Légion d'honneur. Entre l'ours mal léché et le loup solitaire, le Calabrais promenait sur le monde un œil désabusé, sans haine ni bienveillance inutiles. Il entendait sans les écouter – ou l'inverse, parfois – les jérémiades des habitués, les caprices des vieilles badernes, les récriminations des emmerdeurs de tout crin, les accès de joie ou de désespoir des gratteurs frénétiques de Morpion. Il connaissait les rituels des uns, les petites manies des autres. C'était un affranchi qui n'avait pas besoin de hausser la voix, et encore moins d'un calibre, pour décourager les loqueteux, les mendiants, les cloches, les inconsolés, les solitaires en quête d'un bout de conversation. Un regard suffisait. Un regard à la Lino Ventura, à la Gabin.

Un à un, Théo choisit les magazines féminins dont il savait Cécile friande. Le Calabrais le laissa faire son marché, sans lui poser la moindre question. Les deux hommes ne se connaissaient pas plus que ça. Une seule fois, le propriétaire du kiosque lui avait fait quelques confidences. Après sept ans de visites régulières, la digue pouvait bien lâcher un peu. Il avait tiré, une dizaine d'années auparavant, dans la catégorie des poids moyens, puis des mi-lourds. Il avait fait quelques étincelles, oui. Mais il n'avait pas eu de chance. Ou pas le bon manager. Ou il n'avait tout simplement pas voulu aller plus loin. Sur ce point, le Calabrais n'avait donné aucune précision. Il avait seulement ajouté qu'il ne regrettait rien. Pour l'instant, en tout cas. Alors que Théo allait quitter le kiosque, le jeune homme lui avait fait une autre confession. Il lisait. Pas les journaux ni les magazines, non. Mais il lisait tous les soirs. Toujours le même livre. Les *Essais* de Montaigne. L'un des trois tomes. Tous les soirs avant de se coucher, il déchiffrait une page. Jamais plus. Pour le prouver, il s'était même fendu d'une citation, à voix basse : « Il n'y a rien d'allègre : il y a seulement une vigueur pleine et ferme. Je dure bien à la peine ; mais j'y dure, si je m'y porte moi-même, et autant que mon plaisir m'y conduit[1]. »

Puis, il avait conclu : « Un euro trente, pour *Le Parisien.* »

Théo avait réglé. Puis, poussé par la curiosité, il lui avait demandé pourquoi cet ouvrage-là et pas un autre. Le gaillard avait répondu, sur un ton qui ne souffrait aucun commentaire : « Parce que c'est beau. »

*

Les bras alourdis par une dizaine de magazines, auxquels il fallait encore ajouter deux douzaines de mini-beignets fourrés au chocolat achetés à la Bou-

1. *Essais*, livre II, chapitre XVII.

langerie Moderne, rue des Fossés-Saint-Jacques, Théo parvint devant son immeuble, le cœur plus léger. Quelques revues pour Cécile, des pâtisseries pour les enfants. Ça n'était pas le paradis, mais ça pouvait peut-être entrouvrir la porte de son antichambre. Au final, sa vie n'était pas si moche que cela. Pour le Gay-Lu et sa fermeture, c'était même un bien. Ça lui permettrait de changer d'abreuvoir sans blesser quiconque. Puis, il n'aurait plus à supporter les logorrhées des uns et des autres. Depuis toujours, tous se répandaient en théories fumeuses et intarissables sur des sujets aussi variés que les petits arrangements entre amis de la politique politicienne, le réchauffement climatique, les dessous du football ou les véritables raisons de l'apparition de ces virus qui, de façon de plus en plus rapprochée, empoisonnaient l'existence de la bonne populace. Complotisme, vérités dissimulées, services secrets internationaux, révisionnisme bêlant entre deux verres de rouge ou de pastis : tout était bon, tout y passait. Mais eux, derniers remparts de la France libre, de la France française, de la France aux Français, ils veillaient, aux aguets, refusant de se laisser monter le bourrichon par les médias, quels qu'ils fussent – des pédés et des francs-maçons noyautés par les Sémites et Al-Qaida, il va sans dire –, coupables tout désignés d'une civilisation en pleine déliquescence. Quant à Cothurne, lorsqu'il ne marmottait pas dans son triple menton que la réécriture de sa Bible avançait du feu de Dieu et qu'il ferait bientôt fortune, il se perdait en conjectures sur les motifs expliquant pourquoi les Chinois possédaient tous les bureaux de tabac de Paris. Il tenait pour sûr que le MSS[1] était dans le coup. Lui, mais aussi le fabricant de téléphones Huawei. L'épicentre du complot se situait, selon toute vraisemblance, dans le treizième. Les buralistes, disséminés aux quatre coins de la capitale, en étaient les postes avancés, les éclaireurs de l'ombre, les mouchards, les cafards, les balances.

Tout cela appartiendrait bientôt au passé. Théo allait tourner une nouvelle page. Il ne retournerait pas chez Anselme. Il trouverait bien de quoi cachetonner ailleurs. Puis quoi ? Il avait une femme, deux enfants, un appartement – même avec Léonide dedans – et la Sécurité sociale qui lui offrait une coloscopie gratuite. Tout le monde ne pouvait pas en dire autant. Quant à l'inconnue, cela finirait par lui passer. Sans doute un coup de ce sagouin de démon de midi. Autant dire trois fois rien.

Rasséréné, Théo composa le code et pesa de tout son poids contre le vantail de la porte. Derrière ses carreaux, la Mère Tapedur pouvait bien surgir. Il se sentait d'humeur à lui balancer au visage ses quatre vérités. Mais la bignole, certainement trop occupée à surveiller sa soupe aux vermicelles arrosée de Viandox, ne surgit pas. À sa place, ce fut la silhouette massive de Flingot qui se présenta devant lui. Un instant interdits, les deux hommes se dévisagèrent.

---

1. Chinese Ministry of State Security – les services secrets chinois.

Dans la nuit qu'éclairait avec difficulté la minuterie du porche, ce fut le conducteur de VTC qui prit la discussion à son compte. D'un air faussement enjoué, il lança : « Théo… Comment tu vas ?

— Bien. Et toi ?

— On fait aller, comme tu vois… Tu rentres chez toi ?

— Il faut bien. »

Pendant des secondes qui leur parurent interminables, les deux compagnons de comptoir ne trouvèrent rien à se dire. De nouveau, ce fut Flingot qui rompit le silence :

« J'étais chez toi, figure-toi.

— Je vois ça… »

Comme Théo ne faisait pas le moindre effort de conversation, se contentant de se balancer d'un pied sur l'autre, le visiteur se crut obligé d'ajouter : « J'apportais un truc à Cécile. Une babiole qu'elle m'avait demandé de passer prendre à la poste. Comme je devais y aller pour moi, j'en ai profité pour lui rendre le service. Enfin… tu vois le genre, quoi ! »

Puis, il conclut : « Allez, je file. Une course dans le neuvième. Tu sais ce que c'est. Quand on est son propre patron, faut bien boulonner si on veut pas crever ! »

Satisfait de ces explications qui n'en étaient pas, il contourna Théo et se crut même autorisé à le gratifier d'une petite tape amicale dans le dos. Ce faisant, sa gabardine s'entrouvrit, laissant apercevoir la bosse que formait, au niveau de sa ceinture, le pistolet d'alarme. Alors, dans le claquement sombre de la porte qui, déjà, se refermait, Théo se sentit soudain vidé. Comme si tout son bel enthousiasme l'abandonnait et se ramassait alors à ses pieds en une flaque qui disparaissait entre les pavés disjoints de la cour intérieure. Dans ses bras, les magazines et les pâtisseries lui semblèrent peser une tonne chacun.

« Où étais-tu ? Je me suis fait un sang d'encre. Quand on ne rentre pas pour le déjeuner, on prévient ! C'est ton travail à la librairie, c'est ça ?

— Non. Enfin, si. Mais je…

— Tu as dit à ton patron de faire passer ça en RTT, j'espère ! Non, je suis sûre que tu ne lui as rien dit. C'est tout toi ! Si tu commences à lui laisser prendre de mauvaises habitudes, il va te manger la laine sur le dos. Tu le sais, ça ?

— Je viens de…

— Bien sûr que tu le sais ! Mais tu n'as rien dit. Après, il ne faudra pas t'étonner s'il te fait rester dix minutes de plus par-ci, un quart d'heure de plus par-là. Je n'ai pas beaucoup travaillé, mais je connais les patrons. Quand ils tirent la couverture, c'est toujours pour eux, jamais pour les employés. Ils ont ça dans le sang. Tu ne vas pas te laisser faire, tu m'entends ? Toute peine mérite salaire. C'est vrai qu'on ne te changera pas. Tu es trop bonne pâte. Mais que veux-tu ? Si tu ne dis jamais un mot plus haut que l'autre et que tu… »

Le reste du discours de Cécile se dilua dans la

cuisine, rythmé par les cliquetis des assiettes et des couverts qu'elle dressait pour le dîner. Les bras toujours chargés, Théo se laissa tomber dans le canapé du salon. L'air ahuri, l'esprit cotonneux, il ne put articuler un mot de plus. Cécile. Cécile et Flingot. Ces deux noms tournaient dans sa tête et le saoulaient comme du mauvais vin. Ça n'était pas possible, voyons. Pas elle. Pas Cécile, la mère de ses enfants. C'était absurde. Cécile. Cécile et Flingot. Ils seraient donc…

Montant par bouffées électriques de la cuisine, la voix trop pressée de la ménagère continuait à s'emballer : « Et tes congés ? Tu en as parlé à ton patron, de tes congés ? C'est vrai que tu viens juste d'embaucher. Mais quand même. Pour Pâques, on a dit qu'on irait chez mon frère, dans sa maison du Perche. À Bellême, tu t'en souviens ? Ce n'est pas que ça m'enchante, remarque bien. Mais on a promis. Puis, ça fera du bien aux enfants et il paraît que l'air, là-bas, c'est tout ce qu'il y a de… »

Cécile. Cécile et Flingot. Même en déployant des trésors d'imagination, Théo ne parvenait pas à imaginer la chose. Un instant, il tenta de les visualiser, tous les deux, en train de s'embrasser. Ou pire encore. Mais il n'arrivait qu'à distinguer des ombres, fuyantes et tordues.

« D'accord. Le Perche, ce n'est pas Saint-Tropez. Mais c'est gratuit. Et la nourriture y est excellente. C'est en tout cas ce que m'a dit madame… »

Cécile. Cécile et Flingot. C'était donc vrai. Les cocus étaient toujours les derniers au courant. Ce devait être une règle d'or, immuable, écrite au fronton d'un édifice quelconque. Mais Théo s'imaginait que cela ne concernait que les autres. Pas lui. Lui, c'était impossible. Il l'aurait senti.

Comme son mari ne répondait pas, Cécile se tut un instant. Puis, d'une voix qu'elle voulut étale, mais dont chaque syllabe prononcée sonnait faux, elle lança : « Au fait… J'ai vu ton ami Antoine, tu sais ? Celui que vous appelez Flingot, ou je ne sais pas. Bref, je l'ai croisé dans la rue, ce matin.

— Ah oui ?

— J'étais place de la Contrescarpe. Comme il m'a dit qu'il devait aller à la poste pour retirer un colis, je lui ai dit que, moi aussi, j'en avais un qui était arrivé. Et il m'a proposé de prendre le mien en même temps. Bien sûr, j'ai refusé. Tu penses bien ! Mais il a tellement insisté… Tu sais comment il est, pas vrai ?

— Je crois…

— Tu l'as peut-être croisé en montant ? Il vient juste de partir. Tu l'as croisé ou pas ? »

Cécile et Flingot… Théo, dans l'obscurité seulement troublée par une petite lumière d'appoint, écarquilla les yeux. Entre les meubles du salon briqué et parfaitement rangé, il lui sembla soudain être un étranger. Un étranger sous son propre toit. Alors, face à lui, une ombre bougea dans le fauteuil. Ce fut très bref et très lent tout à la fois. Les mains encore pleines de beignets fourrés et de magazines, il se pencha en avant et tendit le cou. À la faveur de la minuterie de la cour intérieure qu'un voisin ou la Mère Tapedur venait d'actionner, il sursauta en reconnaissant Léonide. Les cheveux en queues de rat, le masque figé et tailladé de rides profondes, le menton en dedans, elle ne le lâchait pas des yeux. Était-ce un effet de l'imagination de Théo ? Toujours était-il qu'il crut voir la momie lui sourire avec une cruauté sans mélange. Elle le haïssait pour ce qu'il était et, plus encore, pour ce qu'il ne serait jamais. Et elle était heureuse de contempler, devant elle et prostré, le cocu, le cornard, le déshonoré.

*

Le dîner ce soir-là fut, sans conteste, l'un des plus silencieux qui se tint dans l'appartement. Dès leurs coquillettes-jambon blanc avalés, Bénédicte et Joël prirent la poudre d'escampette et se réfugièrent dans leur chambre respective. À la façon des petits animaux qui pressentent l'orage, ils filèrent retrouver leurs réseaux sociaux, sans oublier d'emporter au passage quelques mini-beignets fourrés au chocolat. Dans la cuisine, l'on n'entendit plus alors que l'antienne, toujours recommencée, des informations télévisées. Face à Théo, pendant que Cécile débarrassait, la vieille Léonide demeurait dans son état de prostration habituel. Sa fille lui avait donné la becquée mais avait oublié de lui essuyer la bouche. Sous la suspension du lustre, il ne voyait maintenant plus que cela : ces lèvres privées de parole, grasses de beurre, avec deux petits débris de pâtes collés aux commissures. Malgré les apparences, et en dépit de ce que prétendait Cécile, Théo restait persuadé que la vieille avait encore toute sa tête. Comme les carpes moussues qui finissaient par se confondre avec les algues et les boues des mares et des étangs, on pouvait la croire morte. Cependant, parfois, un éclat de vie arrivé l'on ne savait d'où venait vous rappeler qu'il n'en était rien. Elle attendait. Pétrifiée dans son fauteuil roulant. Réduite à l'état d'objet inutile et encombrant. Jusqu'à ce que son regard, son terrible regard, croisât le vôtre. En une fraction de seconde, vous vous sentiez alors percé à jour, fragile comme un enfant. Cela se jouait sur un rien et Théo, lui, n'était pas dupe. L'ancêtre avait, à sa décharge, traversé une existence chaotique. Il y avait des périodes de sa vie dont on ne parlait jamais, chez les Sentiero, même à mots couverts. Au pire, l'on avouait – mais du bout des lèvres, seulement – que, pendant l'Occupation, elle s'était peut-être débrouillée. Puis, l'on changeait vite de sujet. Le passé de la matriarche était tabou.

Ce soir-là, dans l'enchevêtrement des rides et des flétrissures, les deux yeux de la vieille, d'un bleu délavé, brillaient avec une intensité inhabituelle. L'ancêtre savait le secret de sa fille. Si elle savait, c'était parce qu'elle avait vu. Pas l'acte de chair en lui-même, non. Cécile avait de l'éducation et de la religion. Mais peut-être pas assez, toutefois, pour avoir dissimulé des gestes, des mots, des attitudes. Et Léonide, tout atone et légume qu'elle pût être, avait été aux premières loges. Son gendre, son bon à rien et mauvais à tout de gendre – comme elle avait pris l'habitude de le grommeler sans discontinuer, avant d'être fauchée par un AVC – était cocu. Cet incapable dénué de la moindre ambition, ce traîne-patins qui avait détourné sa fille d'un mariage plus avantageux, ce clopinard, ce fils de rien ni de personne n'avait donc, à cette heure, que ce qu'il méritait. Il y avait un bon Dieu pour les honnêtes gens.

Sous la table, encore humide de l'éponge passée, les pieds de Théo se remirent à s'agiter. À chaque mouvement, ses genoux venaient frotter contre la toile cirée, provoquant un murmure suffisamment audible pour agacer l'oreille. Le chiffon à la main, Cécile se retourna soudain, délaissant son évier. Elle regarda son mari avec insistance. Celui-ci comprit sur-le-champ qu'elle allait percer l'abcès.

Dans un soupir, elle vint s'asseoir sur sa chaise. Après un certain temps durant lequel elle garda les yeux au sol, elle lâcha, d'une voix molle : « Tu sais… Ça fait près de vingt ans qu'on est mariés…

— C'est vrai.

— Et on n'est pas malheureux, il me semble. Enfin, je crois. On a de beaux enfants. Ils grandissent vite. Bientôt, ils n'auront plus besoin de nous. Et on arrive à boucler les fins de mois. Parfois, c'est plus dur que d'autres. Mais on y arrive. Surtout grâce au loyer de ma mère, note-le bien.

— Et ? »

Derrière son masque qu'on eût dit figé de cire jaune, la vieille Léonide ne perdait pas un mot du préambule. Sous la table, les battements des pieds de Théo avaient accéléré la cadence. Il pressentait avec angoisse que des paroles définitives allaient être prononcées. Déjà, il se voyait dans l'obligation de jouer la grande scène du mari trompé. Malgré les fadaises catastrophistes que débitait en sourdine l'écran de la télévision, il s'interrogeait sur la bonne attitude à tenir lorsque Cécile avouerait son forfait. L'accablement ? La colère ? La dérision et le sarcasme ? Devrait-il se lever et partir en claquant la porte ? Ou, au contraire, se mettre à sangloter en silence ? Ce serait pathétique, à n'en pas douter.

Tout en triturant entre ses doigts le torchon à vaisselle, la maîtresse de maison poursuivit : « Et je me disais que… Enfin, ce serait bien que…

— Que quoi ?

— Qu'on… Enfin… Ça serait peut-être mieux, pour tous les deux, je veux dire… »

À cet instant, comme cela pouvait arriver à la fin des repas, un râle sortit de la gorge morte de Léonide, rappelant un borborygme ou le grincement d'une porte de cave. Dans toute sa fixité, la vieille jubilait.

Avec un sourire gêné, Cécile se lança : « Voilà. J'ai bien réfléchi. Il faut qu'on achète un canapé-lit.

— Quoi ?

— Oui. À cause de tes pieds, c'est devenu impossible de dormir ensemble. Et je te remercie de m'avoir laissé la chambre. D'un autre côté, comme c'est toi qui te lèves le premier et qu'on habite quand même chez maman, c'était normal.

— Tu veux qu'on achète un canapé-lit ? C'est bien ce que tu as dit ?

— C'est le mieux qu'on ait à faire, crois-moi ! Du moins, tant que tu ne seras pas guéri. Si jamais tu guéris un jour, bien sûr. Mais en attendant, si on a un canapé-lit, ça résout tous nos problèmes.

— Quels problèmes ? »

Avec une mimique d'évidence, Cécile se fendit d'un sourire. Puis, elle enchaîna, sûre de son fait : « Le petit est venu me voir. Il s'inquiète pour toi. Il m'a dit que, à force de dormir sur le canapé, tu allais avoir mal au dos. Et il a raison. Avec un canapé convertible, tu dormiras mieux. Et moi, je n'aurai plus qu'à le replier, le matin. D'ailleurs, j'ai commencé à regarder, sur Internet. Ils en font des très bien, aujourd'hui. D'accord, c'est un budget. Mais quoi ? La santé passe avant tout, non ? »

Profitant de ce que Théo, hébété, ne trouvait rien à redire, elle se leva. Avec des mouvements précis et énergiques, parfaitement installée dans sa démonstration, elle se remit à essuyer la vaisselle. Sa voix haut perchée, qui s'échappait parfois dans les aigus, continuait : « On n'aura qu'à prendre un crédit à la consommation. Pas un gros, rassure-toi. Puis, tu me connais : j'ai fait les comptes, avant de t'en parler. Tous les mois, ça fera une petite somme à sortir, mais je pourrai me rattraper un peu sur les courses. Tu ne verras même pas la différence. C'est vrai que j'aurais préféré qu'on investisse dans un lave-vaisselle. Mais que veux-tu ? Ce sera pour plus tard.

— Et c'est tout ce que tu as à me dire ? Tu veux qu'on achète un canapé-lit ? C'est vraiment tout ?

— Oui. Pourquoi ? »

Deux heures plus tard, dans le silence du salon, Théo tenta de s'endormir. Au creux de son crâne, mille choses se percutaient et tintaient à toute volée. Cécile et Flingot. L'inconnue. Le Gay-Lu. Le Luxembourg et son Anglaise en couleurs. L'aveu de la tromperie qui n'avait pas été formulé. La vieille Léonide dans son fauteuil roulant. Les questions déferlaient en rafales. Était-il cocu ou Flingot n'avait-il fait que rendre service à Cécile ? Auquel cas, pourquoi avait-il eu l'air gêné lorsqu'ils s'étaient croisés, sous le porche de l'immeuble ? Et, si Théo était cocu, depuis combien de temps le jeu de dupes durait-il ? Rythmant ces interrogations sans réponse, ses jambes et ses pieds s'étaient remis à battre une tarentelle qu'il ne cherchait même plus à maîtriser. Un canapé-lit ? C'était tout ce qu'elle avait trouvé pour l'éloigner de la chambre conjugale ? Car c'était bien de cela qu'il s'agissait. Remplacer le temporaire par le définitif. Ne plus partager la même couche. Mais pourquoi ? Parce qu'elle en aimait un autre ? Ou bien parce qu'elle ne le supportait plus, lui ? Un canapé-lit…

Essuyant la sueur désagréable qui collait à son front, il tenta de recouvrer son calme. Cela faisait des années que le couple ne se touchait plus. Depuis la naissance de Joël, en fait. Comme si, après avoir enfanté pour la seconde fois, le corps de Cécile avait perdu tout désir. Il avait accompli sa fonction de procréation. Il avait amplement mérité de la patrie et pouvait tirer le rideau. Théo n'avait rien vu venir. Leurs étreintes s'étaient espacées de façon insensible, peut-être même que ni l'un ni l'autre ne s'en étaient rendu compte. Ils n'avaient pas eu besoin de mauvaises excuses pour ne plus faire l'amour, pas de maux de tête providentiels ni de règles douloureuses. Plus simplement, leurs corps avaient cessé de se désirer. La table avait été desservie. Point final.

Une fois seulement, ils avaient abordé le sujet. Et sur le ton de la badinerie. Cécile avait aussitôt éludé la question. Son ventre avait payé le prix fort, avec une césarienne délicate. Ses lèvres et ses seins étaient désormais pour ses enfants. En guise de boutade, elle l'avait même renvoyé dans ses cases en lui donnant l'autorisation de la tromper. Les hommes, et surtout leurs chairs, étaient si faibles ! De l'ouvrier au cadre supérieur, c'était ainsi dans toutes les familles, même les meilleures. L'infidélité, pourvu qu'elle fût masquée et cachée, à la façon d'une maladie honteuse ou d'une tare, ne connaissait pas de classes. Quant à la morale, Cécile ne s'en embarrassait pas. Mais attention ! Si, d'aventure, il passait à l'acte, elle n'en voudrait rien savoir ! Pas de scandale ! Il pourrait faire ses petites affaires, du moment qu'il se protégeait. Hors de question qu'il ramenât dans le lit conjugal des souvenirs de ses coucheries illégitimes. Et personne, absolument personne, ne devrait être au courant de ces coups de canif dans le contrat. Une infidélité dissimulée à tous,

Cécile pouvait l'accepter. Mais se voir déshonorée aux yeux des autres et, ainsi, devenir la cible de railleries sous cape ? Cela, pour madame Sentiero, était hors de question.

Théo avait cru à son discours. De bonne foi. Elle lui avait donné un blanc-seing, à condition qu'il respectât la règle du pas vu, pas pris. D'abord perplexe, il avait fini par envisager la chose. Par curiosité. Certes, il n'était pas un apollon, mais il n'était pas vilain non plus. Des femmes lui tournaient autour. Sans penser à mal, il s'était amusé à en aguicher certaines. Même à pousser le bouchon un peu plus loin que ce que l'honnêteté chrétienne ou républicaine n'autorisait. Mais, assez vite, il avait dû se rendre à l'évidence. Il n'était pas fait pour la tromperie en catimini, façon cinq à sept. Cela nécessitait une propension à mentir qu'il ne possédait pas. Et il ne pouvait s'imaginer, le soir venu, retrouver la table familiale après avoir vérifié qu'aucun cheveu étranger ne traînait sur ses épaules. Quant à vivre en parallèle une histoire d'amour, entretenir une liaison faite de serments, de projets, d'émerveillements, d'exaltations ? Cela lui semblait également impossible. Pour lui, une histoire d'amour ne pouvait pas s'épanouir dans l'obscurité d'une chambre d'hôtel, pas plus que dans le mensonge. Elle devait pouvoir éclater au grand soleil, telle une cascade d'eau fraîche. Aimer, c'était se promener sur les bords de Seine ou dans les ruelles de Montmartre ou de Montparnasse, main dans la main, sans éprouver la crainte de se faire prendre à chaque pas. L'amour, pour son esprit simple, ne faisait bon ménage ni avec la peur ni avec la culpabilité, sans parler de son plus fidèle lieutenant : la honte.

Ce ne fut que vers quatre heures du matin, après avoir longuement marché en rond autour de la table pour soulager ses jambes et ses pieds, que Théo finit par sombrer dans un sommeil de brute.

Les deux rêves qui, cette nuit-là, traversèrent les pensées du dormeur le trouvèrent à l'aube épuisé, le front bouillant, la nuque trempée d'une sueur mauvaise. Jusqu'alors, il était rare qu'il se rappelât ses songes. Il s'endormait et se réveillait de façon identique, se satisfaisant sans même se poser de question de cette parenthèse où il prenait congé de lui-même. Le sommeil était une nécessité qu'il acceptait comme telle, puisqu'il était impossible de faire autrement.

Le premier de ses deux songes le ramena au jardin du Luxembourg. Près de la fontaine Médicis, il se vit en compagnie de l'Anglaise. Du bout de son index, chargé d'une bague de pacotille qui lançait mille feux, elle lui désignait les éléments de son tableau. Sur un ton où la fatalité l'emportait, elle se confiait à lui, ni triste ni gaie. Les choses étaient ainsi et elle n'y pouvait rien. Depuis qu'elle barbouillait, elle n'avait eu qu'un seul modèle, et elle lui avoua n'avoir jamais ressenti l'envie ni le besoin d'en changer. Loin des trois statues de pierre polie, du bassin ou des frondaisons, le motif se limitait à un caillou aux arêtes acérées, d'un jaune tirant sur le rose tendre.

Comme pour s'excuser de ne vouloir peindre que cela, elle expliqua, dans un gloussement de gorge : « C'est une rose des sables. J'en ai vu, dans le désert tunisien, un jour où je devais aller de Tozeur à Tataouine. Je vous expliquerai pourquoi une prochaine fois. Mais c'est beau, n'est-ce pas ? C'est fait de sable, uniquement de sable. C'est peut-être le même que celui que l'on met dans les sabliers. Je ne sais pas. Tout ce que je sais, c'est qu'il faut que je peigne cette rose des sables, toujours la même, toujours recommencée. Si je ne le fais pas, la Terre ne s'arrêtera pas de tourner, bien entendu. Mais c'est moi qui ne tournerai plus rond. Alors, je la peins. C'est une façon comme une autre d'arrêter ou de passer le temps, je suppose. Puis, si je ne la peins pas, qui me dit que cette rose ne va pas se transformer en simple sable, du sable qui coule entre les doigts et que l'on ne retient jamais ? »

Après avoir soupiré pour signifier un peu plus encore qu'elle ne faisait qu'obéir à la fatalité, elle reprit : « Si je reste dans mon coin, c'est pour qu'on ne m'envoie pas à Sainte-Anne. Je ne fais rien de mal, vous me direz. Mais une vieille illuminée comme moi qui gribouille ce genre de choses, du bout de son pinceau, ça échappe à l'entendement de beaucoup. Si ça se savait, on me croirait folle. Mais je ne suis pas folle. Enfin, je ne crois pas. »

Le second rêve de Théo était d'un autre tonneau. Et il y avait fort à parier que c'était à cause de lui que l'aube le trouva frissonnant. Comme dans *Le Cri* de Munch – un tableau qu'il ne connaissait que par les publicités pour les bonbons Ricola et un épisode des *Simpson* –, il se voyait marcher sous un ciel torturé. Ses pieds avançaient sans hâte, à la façon de ceux d'un promeneur qui a du temps à perdre et qui le sait, sur un chemin aux graviers de tailles inégales. De part et d'autre de cette route unique, formant des buttes pour la plupart à peine visibles, des tumuli affleuraient. Personne ne se présenta pour lui expliquer la raison de leur présence. Il comprit qu'il s'agissait de cadavres d'amours qui renflaient cette terre noire. Ce cimetière de la taille de mille océans était criblé d'histoires mort-nées, de ces relations qui n'avaient été qu'ébauchées, parfois à peine murmurées du bout des lèvres ou fantasmées pour quelques regards échangés. Par manque de courage, à cause d'interdits, par paresse ou par fainéantise, on les avait déposées là, sans fleur ni couronne. À gauche et à droite, à perte de vue sous un ciel plombé, elles pourrissaient d'ennui, ne nourrissant plus aucun espoir d'être, un jour, rendues à la vie. Les amantes et les amants déçus, responsables de cette désolation, les avaient abandonnées là en se disant que, peut-être, un cœur sec et solitaire les réveillerait et en ferait de l'usage. Ils les avaient même oubliées pour certains, et avaient repris le cours de leurs vies, tout propres et tout légers, prêts à de nouvelles conquêtes, bien décidés à trouver enfin l'amour, le grand amour, l'amour éternel. Théo, d'ailleurs, voyait dans le lointain, au bout de la route, ces femmes et ces hommes insouciants qui avançaient en troupeau. Ils se désintéressaient maintenant de ces petits tas d'amours contrariées, de ces reliquats d'aventures avortées, mal formées, amputées. Ils ne se retournaient jamais sur celles-ci, sinon avec un sourire narquois et méprisant. La vie leur appartenait. Plus de temps à perdre avec ces bluettes. Plus tard, peut-être, les années passant, ils comprendraient. Ils toucheraient du doigt ce gâchis dont ils s'étaient rendus coupables. Et ils continueraient à marcher, bien entendu. Mais ils le feraient avec le dos plus voûté, les jambes plus lourdes, le cœur plus gros. Et nombreux seraient celles et ceux qui pleureraient ces occasions d'aimer et d'être aimés que, dans toute l'insolence de leur jeunesse, ils n'avaient pas voulu ni su retenir.

12

« Donc, vous voilà cocu. Cocu et fier de l'être.

— Pas du tout ! D'abord, je n'ai jamais dit que j'étais sûr de l'être. Et, si je le suis, je n'en suis certainement pas fier.

— C'est égal. Puisque vous craignez de l'être, c'est que vous l'êtes sûrement. Et, si vous ne l'êtes pas, vous souffrez visiblement comme quelqu'un qui l'est. Tout cela ne change donc rien à l'affaire. Est-ce que vous êtes jaloux ?

— Jaloux ? Je… Je ne sais pas. Peut-être, oui.

— Donc, si vous hésitez à répondre, c'est que vous ne l'êtes pas. *Les Souffrances du jeune Werther*, je garde.

— Pardon ?

— J'ai dit : *Les Souffrances du jeune Werther*, le chef-d'œuvre de Goethe, je le garde ! Vous êtes sourd ou cocu ? Il faudrait trancher, tout de même ! »

Derrière son bureau, assis en monarque décati sur son fauteuil crevé et décousu, Anselme Guilledoux se remit à gronder de façon inintelligible. Face à lui, des piles de vieux ouvrages se dressaient en monticules instables. Armé d'une loupe lumineuse à grossissement maximal, éclairé par la lampe de banquier qui, cernée par ces tours de Pise, faisait son possible pour crever la pénombre, le libraire scrutait avec une minutie d'horloger la couverture de chaque volume. Après examen, il marmonnait d'abord en sourdine quelques imprécations. Puis, d'un ton péremptoire, il décidait de leur destinée. Pour le vieil homme, chaque choix constituait un véritable crève-cœur. La majorité de ces publications finiraient chez les brocs des halles Brassens, dans le quinzième. Chez les bouquinistes des quais de Seine ou au marché de Saint-Ouen. Leurs nouveaux propriétaires les refourgueraient dix fois leur prix à des gogos, ravis d'emporter des survivances du siècle passé, voire du précédent. D'autres ouvrages, beaucoup plus rares, ceux que le libraire souhaitait conserver car chers à son cœur, s'entasseraient sur les étagères qui caparaçonnaient les murs de son appartement, situé au-dessus de sa boutique. En orpailleur averti, il séparait le bon grain de l'ivraie, soucieux de ne laisser s'échapper aucune pépite. Dans la travée centrale, les manches relevées, baignant dans un océan de cartons, Théo répartissait les publications en fonction de leurs prochains voyages. Contre la paroi du fond, enfin, formant un monticule résigné et pourri d'humidité, des collections de revues dépareillées achèveraient leur course dans des bennes à ordures, promises à un ultime et sacrilège feu de joie.

En quittant la rue de l'Estrapade, le matin même, Théo s'était heurté à une évidence. Il ne savait pas où aller. Rester à l'appartement régenté par Cécile, assister au petit déjeuner bruyant des enfants ou aux mastications muettes de Léonide, tout cela dépassait ses forces. Il avait pensé au Gay-Lu, bien sûr. Mais les camions Vermorel & Cie ne chômaient pas. À force d'enlèvements de tables et de chaises, la brasserie se dissoudrait tout à fait et une autre réalité s'imposerait, faite de néons prétentieux, de serveurs étrangers au quartier et de prix interdisant à l'ancienne clientèle une fréquentation quotidienne. L'esprit embrouillé par ses deux rêves de la nuit, Théo avait donc de nouveau laissé ses jambes et ses pieds diriger sa marche. Sans hésiter, ceux-ci l'avaient conduit jusqu'au coude de la rue Galande. Anselme Guilledoux, coincé derrière son bureau des Bonheurs d'Antioche, semblait l'attendre. Il ne lui posa aucune question, ne se fendit d'aucun sourire narquois. Il ne fit pas non plus la moindre allusion à leur brouille du Jardin des Plantes. Comme si de rien n'était, il lui avait offert le café. Puis, le travail avait commencé. En tout, plus de trente mille volumes attendaient d'être fixés sur leur sort – sans parler des malles qui dormaient, pour certaines depuis un demi-siècle, dans les caves de l'immeuble. La journée aurait pu s'écouler ainsi, calme et studieuse, si Théo avait pu s'empêcher de toucher un mot de sa déconvenue de la veille au libraire renâcleur.

Tout en bourrant sa pipe, celui-ci reprit : « Être cocu, on en fait toujours toute une histoire. Les hommes comme les femmes. Et ensuite ? C'est tout de même moins grave que d'attraper la diphtérie, le tétanos, ou d'être amputé d'un bras, vous ne pensez pas ?

— Vu comme ça…

— Mais dites-moi, ce dénommé Flingot, comme vous l'appelez, c'est quel genre d'olibrius ? Un bas du front ? Un jocrisse ? Un ilote, peut-être ? »

S'apercevant que son commis écarquillait les yeux pour marquer son incompréhension, Anselme précisa aussitôt : « En d'autres termes : est-ce que c'est un abruti ? Un anchois sans envergure ? Ou un matamore ? J'entends, l'un de ces fiers-à-bras, de ces tranche-montagnes qui se vantent de tout ce qu'ils ont accompli pour mieux taire ce qu'ils n'ont jamais eu le courage d'entreprendre ?

— Non. C'est plutôt un bon gars. Bien sûr, il n'a pas fait les grandes écoles. Mais c'est le genre toujours prêt à rendre service.

— C'est un ami à vous ?

— Ami, c'est beaucoup dire. Mais un copain, oui. On partage des verres, on refait le monde. Il est plutôt gentil, quoi. Et serviable, aussi. En fait, on se ressemble un peu.

— Alors, de quoi vous plaignez-vous ?

— Pardon ? »

Dans un premier panache de fumée qui alla caresser un lambeau de toile d'araignée pendu au verre de la lampe, le vieux poursuivit : « Si c'est un familier et qu'il soit d'un bois honnête, comme vous le dites, de quoi vous plaignez-vous ? Votre femme sera bien plus heureuse avec lui qu'avec vous, non ?

— Ça, je n'en sais rien. C'est possible, remarquez. Mais c'est ma femme, tout de même !

— Pourquoi ? Vous l'avez achetée ? Vous avez un certificat de garantie ?

— Non. Mais j'ai un contrat. Un contrat de mariage.

— Encore une foutaise du code napoléonien ! C'est à se demander à quoi a bien pu servir Mai 68. Votre femme en désire un autre que vous ? Soit. Ça vous défrise et ça vous met le cœur en charpie. Je veux bien le comprendre. Mais c'est vieux comme le monde, votre histoire ! Et laissez-moi vous dire que ce qui vous fait mal, en réalité, ça n'est pas qu'elle puisse en aimer un autre. C'est surtout qu'elle ne vous aime plus, vous. Je me trompe ? »

Profitant du silence embarrassé qui fut la seule réponse que Théo put apporter à cette question, le libraire enchaîna avec, toujours, la même gourmandise ostensible qu'il mettait dans le choix de chacun de ses mots : « C'est d'une blessure d'orgueil que vous souffrez, mon jeune ami. Votre amour-propre vous empeste et vous empêche d'y voir clair. Votre femme ne vous aime plus ? Elle ne vous désire plus ? La belle affaire !

— Ça se voit que vous n'avez jamais aimé. Ou qu'on ne vous a jamais aimé. Sans quoi, vous ne diriez pas des choses comme ça. »

Aussitôt sa phrase prononcée, Théo se mordit la lèvre. Alors qu'il réfléchissait au meilleur moyen de rattraper le trait qu'il venait de lancer, Anselme sourit. Puis, il répliqua, avec une douceur qui sembla le surprendre lui-même : « Détrompez-vous, jeune homme. J'ai aimé. Et j'ai été aimé en retour, aussi. C'était il y a bien longtemps, c'est vrai. Mais j'ai aimé, d'une façon qui vous surprendrait sans doute. Un jour, peut-être, je vous raconterai.

— Ce n'est pas ce que je voulais dire. C'est sorti tout seul. Je suis désolé, monsieur Guilledoux.

— Ne le soyez pas. J'ai aimé, vous dis-je. Elle m'a quitté. Et j'ai souffert. Mais qui a dit que l'amour devait être un chemin de roses éternel ? L'amour est ce qu'il est. Et l'on en fait surtout ce que l'on peut. Je plains bien plus l'homme qui n'a jamais aimé que l'amoureux. L'amoureux s'est bercé d'illusions. Il a touché les étoiles. Il a cru. Il a eu la foi, le courage ou l'inconscience de s'ouvrir à l'autre. Il a saisi ces lucioles célestes à pleines mains, à s'en brûler le cœur. Celui qui n'a jamais connu l'amour, lui, n'a fait que les observer avec crainte, de loin, sans jamais ouvrir sa poitrine à la passion. Le premier a pris des risques. Le second… Le second ne mérite même pas que l'on parle de lui. C'est trop triste. Pour lui, bien entendu. Et celles et ceux qui n'ont jamais aimé sont hélas plus nombreux que ce que l'on voudrait bien dire. Croyez-en ma vieille expérience, qu'elle serve au moins à cela. »

Se reprenant soudain, le boutiquier se fit plus léger : « Être cocu n'est pas un état enviable, je vous l'accorde. Hélas, c'est le vôtre. Et nous n'y pouvons rien. Quoi qu'il en soit, je vous promets que votre blessure d'orgueil va bien vite se refermer. Être cocu, cela fait rire les imbéciles, les rêve-petit, les pousseurs de mégots de seconde zone. Mais ça n'est pas la mort du petit cheval. En revanche…

— Oui ?

— Où en êtes-vous avec votre fameuse inconnue ? L'avez-vous recroisée ? Lui avez-vous enfin parlé ? Votre cœur a-t-il bondi dans votre poitrine comme un pur-sang arabe à l'approche d'un obstacle ? Ça, c'est intéressant ! Ça, ça vaut la peine que l'on en parle ! Une histoire d'amour, toute neuve et pas encore froissée par les désillusions… Vous êtes un homme heureux et vous ne savez rien de votre bonheur, mon ami ! Mais racontez-moi, je vous en prie. Et n'omettez aucun détail, surtout !

— Vous voulez vraiment ?

— Dame ! Surtout que votre intonation me pousse à croire que le destin vous a remis sur la route de cette sylphide. Je me trompe ? »

À cette invite, Théophraste Sentiero, pour la première fois, trouva le courage de mettre en mots les sentiments qui l'animaient. Il le fit le plus naturellement du monde. Avec des termes simples et des phrases courtes, il dressa un état de sa situation comme un économe l'aurait fait d'un stock de marchandises, tâchant d'être exact en tout et de ne rien oublier. Il lui dit Le Flore en l'Île, le fruit et le sucre sur les dents de neige. Il peignit aussi le regard mélancolique, le sourire dont elle l'avait enveloppé. Il raconta de son mieux, n'omettant ni le petit enfant blond ni le loufiat désagréable. De façon maladroite, qui ajouta encore à l'émotion de son récit, il confia sa détresse d'avoir laissé partir l'inconnue, de l'avoir vue se dissoudre dans la foule des badauds et des gens pressés. Puis, il revint par le menu sur son errance le long des quais de la Seine, il emmena son interlocuteur dans le jardin du Luxembourg afin de lui présenter une Anglaise qui n'en était pas une.

Le vieux savait parler, mais, chose rare, il savait aussi écouter. Pas une fois il ne l'interrompit dans sa confession, et les phrases de Théo, sous les plafonds hauts et crasseux des Bonheurs d'Antioche, frissonnèrent de plaisir d'être enfin prononcées. Lorsqu'il se tut, le silence reprit ses droits, et certains mots restèrent alors suspendus, tristement seuls, comme autant de guirlandes et de lampions éteints, le lendemain d'une fête du 14 Juillet.

Après un temps de réflexion, durant lequel l'on n'entendit plus que le bombinement obstiné des voitures s'impatientant de la rue Saint-Jacques à la rue Monge, Anselme Guilledoux finit par murmurer: « Mon pauvre garçon, vous voilà bien plus atteint que je ne le supposais. Comparés à vous, Werther et Charlotte ne sont que des amateurs, des bricoleurs en contrebande de la passion amoureuse. »

Il farfouilla dans un carton que Théo avait disposé devant lui et, à tâtons, reconnut l'ouvrage qu'il cherchait. Il s'agissait d'une honnête édition du chef-d'œuvre de Goethe, en reliure demi-cuir couleur sang-de-bœuf, avec titre et décors dorés. Lui tendant le roman par-dessus le plateau, il expliqua: « C'est signé par l'imprimerie Crapelet, une maison sérieuse. Sa valeur vénale n'intéresse que les bibliophiles et elle n'a d'ailleurs strictement aucune importance au regard de ce que vous avez eu la gentillesse de me raconter. Tenez. Prenez. Il est à vous.

— Je ne peux pas…

— Prenez, c'est un ordre. Un ordre gentil et compatissant, certes. Mais prenez tout de même. Sinon, vous me vexeriez. »

N'osant pas le saisir, pas même du bout des doigts, Théo baissa les yeux et répliqua, borné : « Je ne peux pas. Ce genre de livres, ce n'est pas pour moi.

— Et pourquoi donc ?

— Parce que ce serait du gâchis. Je ne lis pas les livres, monsieur Guilledoux. Vous le savez.

— Oui. Mais je sais aussi que vous auriez tort de refuser ce modeste présent. Ce serait une offense que vous me feriez à moi, mais aussi et surtout au grand Goethe. Car c'est bien pour vous qu'il l'a écrit. »

Comme Théo fronçait les sourcils, sceptique, Anselme énonça, cette fois sur un ton plus ferme : « Je ne plaisante pas. Jamais avec la littérature, en tout cas. Johann Wolfgang von Goethe a rédigé ces lignes, si ma mémoire est bonne, en 1774 ou 1775, voilà près de deux cent cinquante ans. Il ne vous connaissait pas personnellement, j'en conviens volontiers. Pourtant, je maintiens qu'il l'a écrit pour vous. Prenez-le. Il vous revient de droit.

— Vous êtes sûr ?

— Monsieur Sentiero, vous m'emmerdez à faire votre péronnelle. Si je vous assure que ce livre a été écrit pour vous, c'est parce que c'est la vérité, qu'elle vous plaise ou non. Alors, prenez-le et lisez-le.

— Et si je n'y arrive pas ? Je ne lis que les journaux, moi. Et encore, que les journaux de sport, de temps en temps. »

D'un revers de main définitif, le vieux balaya l'argument. Puis, il gronda : « Ce livre vous appartient. Et ceux qui ne lisent pas, ceux qui n'ont jamais lu, c'est simplement parce qu'ils n'ont jamais eu entre les mains l'ouvrage qui leur convenait. C'est l'histoire de la clé. Je vous l'ai déjà racontée. Et c'est une formidable responsabilité, pour un libraire, que d'ouvrir les portes de la littérature à des gens qui, comme vous, sont encore vierges du frisson romanesque. Alors, embarquez-moi ce foutu bouquin et ne venez plus me casser mes vieilles roubignoles. »

Anselme Guilledoux se rencogna un instant au fond de son trône râpé et décousu avant de se redresser tout à coup. Il farfouilla dans le tiroir du bureau et finit par en tirer un petit paquet recouvert de papier kraft qu'il ajouta aux *Souffrances du jeune Werther.* Dans un nouveau grommellement, il lâcha : « Et débarrassez-moi aussi de ça. Vous l'avez oublié, l'autre jour. Pourtant, il est venu par le train à votre seule intention.

— Qu'est-ce que c'est ?

— *Gioconda.* C'est un auteur grec[1] qui a ciselé ce petit bijou, voilà déjà plus de quarante ans. Si Goethe

1. Nìkos Kokàntzis, Éditions de l'Aube, 1998.

vous emmerde – et c'est votre droit –, ce Grec vous touchera à l'âme. Ou pas. De toute façon, ça ne sera plus mon problème, mais bien le vôtre. »

Le reste de la journée s'écoula sans grande discussion, le libraire finissant d'user ses pauvres yeux sur les couvertures des livres, Théo soulevant des cartons et les entassant le long de l'allée menant vers la sortie de la boutique. Était-ce d'avoir confié ses secrets à ce vieil atrabilaire ? Étaient-ce ses muscles qui, prenant le pas sur son cerveau, l'empêchèrent de penser à Flingot, à Cécile et même à l'inconnue ? Toujours était-il que, lorsqu'il enfila sa parka pour retourner chez lui, il se sentit plus en paix. Mieux encore, il fut surpris de constater qu'il commençait à apprécier cette tanière fuligineuse et tout engorgée de livres.

Sur le pas de la porte, sa canne blanche posée contre l'embrasure, Anselme lui serra la main pour lui dire au revoir, mais il la retint longtemps entre ses doigts grêles et déformés par les années. Son regard privé de lumière flottant quelque part devant lui, il demanda : « Et vos jambes ? Vous m'avez parlé de vos émois amoureux et de votre déconvenue conjugale, certes. Mais vos jambes ? Comment se portent-elles ?

— Elles bougent toujours. Et même de plus en plus, surtout la nuit. Mais je fais avec.

— Bien. Et leur faites-vous confiance ?

— Ma foi, oui.

— Alors, tout est bien. Tout est pour le mieux.

— Pourquoi dites-vous ça ? »

Humant avec une joie visible l'air glacé qui engourdissait Paris, le libraire hésita un peu. Puis, il finit par souffler : « Parce que j'ai bien réfléchi à ce problème, durant ces dernières semaines. Et il me semble que j'ai trouvé une solution.

— C'est vrai ?

— Je crois. Mais je préfère vous prévenir tout de suite. Il y a des risques qu'elle ne vous plaise pas. Si ce n'est pas déjà fait, vous allez me prendre pour un dément, un sénile irresponsable. Mais sachez bien, par avance, que je me fous de votre opinion et que vous pourrez vous la carrer, de fait, dans le lieu qui vous semblera le plus idoine.

— Ça a le mérite d'être clair. »

Sans desserrer son étreinte sur la main de Théo, le vieux expliqua alors : « Si j'en crois tout ce que vous m'avez dit, vous êtes perdu. Au sens d'être égaré, j'entends. Complètement et totalement perdu. Corps et âme.

— Vous y allez un peu fort, non ?

— Pas même. Vous êtes comme un rat au milieu d'un labyrinthe. Vous êtes tout ce qu'il y a de plus perdu. Et cocu avec ça, même si ça n'est pas de votre faute. Et notez bien que je ne vous le reproche pas.

— Vous êtes trop bon…

— Bref. Afin de résoudre votre problème de jambes et de pieds, vous vous êtes adressé à tout un tas de gens. Des donneurs de leçons, des détaillants de l'inutile et autres pourvoyeurs d'âneries et de tuyaux crevés en tous genres.

— Vous parlez de qui ?

— Mais de tous ceux dont, vous, vous m'avez parlé. Votre généraliste, votre neurologue. Il y a aussi ce pauvre curé de Saint-Sulpice, votre copain Flingot, votre épouse Cécile et j'en oublie certainement. »

Comme Théo, déjà, s'apprêtait à le contredire, le libraire accentua encore la pression sur sa main. Dans la nuit qui naissait à peine, il poursuivit : « Vous êtes perdu. Ou, du moins, vous avez perdu votre chemin, c'est égal. Et aucun de tous ces conseilleurs à bon compte n'a pu vous indiquer la route à suivre. Il ne vous reste donc plus qu'une voie. Une seule et unique voie. Elle va vous sembler absurde, je le sais. D'ailleurs, j'ai bien tenté de vous en parler un peu, sur le banc du Jardin des Plantes. Mais vous n'avez rien voulu entendre.

— Vous voulez dire…

— Oui. C'est très exactement ce que je veux dire. Si votre cervelle est incapable de vous indiquer la direction à prendre, alors changez de point de vue. Faites donc un peu confiance à vos pieds. Puisqu'ils bougent tout seuls, ils vous conduiront bien quelque part, non ? Et si votre bonheur implique votre inconnue, vos pieds vous conduiront jusqu'à elle. Peut-être pas dans l'immédiat, c'est une possibilité qu'il ne faut pas écarter. Mais ils sauront la retrouver.

— Vous plaisantez ?

— Pas le moins du monde. D'ailleurs, par trois fois déjà, ils vous ont fait croiser sa route. Sur le Pont-Neuf, devant la terrasse du Gay-Lussac et sur l'île de la Cité. Alors, suivez-les. Suivez-les, jeune homme. Et faites-le aveuglément ! Cela paraît absurde, je sais. Mais suivez-les… »

Avant de replonger dans l'étroit goulot de sa tanière, Anselme Guilledoux ajouta, en adressant un sourire au vent mauvais qui s'était levé : « Un jour, je vous dirai Socrate. C'était un vieux fou de Grec, un philosophe. Encore un que des imbéciles ont condamné pour avoir raisonné par trop différemment des autres. En substance, ce grand penseur, qui n'a d'ailleurs jamais rien écrit, disait que le chemin qui va de soi à soi fait le tour de la terre. Suivez vos pieds, mon jeune ami. Suivez-les, car ils en savent certainement sur le sujet de la destinée bien plus que vous et moi réunis. Ne tardez plus à prendre la route… »

*

De toute évidence, ce soir-là, les jambes et les pieds de Théo éprouvèrent un malin plaisir à n'en faire qu'à leur tête. Comme libérés par le conseil d'Anselme Guilledoux, ils empruntèrent la rue Dante puis la rue Saint-Jacques, et poursuivirent à un bon train par celle de la Parcheminerie. Après être redescendus vers la Seine, ils décidèrent de s'accorder une halte face au mur pignon de la fontaine Saint-Michel. L'esprit ailleurs, Théo y grilla une cigarette. Lorsqu'il fut fatigué d'entendre les exclamations des badauds qui se pâmaient devant les quatre statues de bronze symbolisant les quatre vertus cardinales, il s'éloigna.

En premier lieu parce qu'il ignorait quelles pouvaient bien être ces quatre mystérieuses vertus. Ensuite, parce que la posture de saint Michel qui, depuis plus d'un siècle et demi, s'acharnait comme un beau diable à terrasser le dragon le portait à la nausée. Rue Saint-André-des-Arts, enfin, la foule se fit moins dense. Et il s'en fallut d'un rien qu'il ne prît un verre, sur le pouce, à La Table des Arts – un troquet qu'il avait connu dans le temps et qu'un certain Virgile maintenait à flot, en capitaine courage. Mais le bistro avait fini par sombrer corps et biens, remplacé lui aussi par une boutique sans âme où l'on pouvait toujours s'abreuver, certes, mais où le café, désormais, possédait le goût neutre de la modernité clinquante. Théo haussa donc les épaules et continua son errance pensive.

Écouter ses pieds ? Se laisser entraîner là où bon leur semblait ? Cela ne résoudrait certainement pas son problème avec Cécile. Mais si son 44 fillette pouvait l'emmener jusqu'à l'inconnue, alors...

À force d'enfiler les rues et les ruelles, les traverses et les venelles, Théophraste Sentiero finit par se retrouver, sans même savoir comment, sur le parvis de l'église Saint-Sulpice. Dans la vasque surmontée par des statues sévères, un voile d'eau s'écoulait, fouetté par le vent qui avait forci. Parfois, une mèche liquide s'envolait et venait tatouer les sols pavés d'une flaque qui, dans la nuit, gèlerait sûrement. Les oreilles encore bourdonnantes du discours du vieux libraire, Théo s'octroya une autre pause sur l'une des margelles de pierre. De loin en loin, quelques passants croisaient en solitaire, le pas rapide, le visage enfoui dans des écharpes ou des capuches. Le froid de gueux qui étreignait Paris les rendait maussades et ils ne faisaient que filer, furtifs, en ombres fugaces et pressées.

À l'instant où il sortait une nouvelle cigarette, un briquet surgi de nulle part présenta sa flamme orangée. Dans le même mouvement, il entendit une voix familière, parigote et canaille, qui lui lança : « Toujours pas envie de rentrer au bercail, m'sieur Théo ? »

Après avoir aspiré une longue bouffée, il répondit : « Et vous, madame Gisèle ? Vous vous préparez à aller dîner peut-être ?

— Je vais d'abord pleurer le mort, petit mécréant. C'est seulement après que je pense à becqueter. Mais c'est pas l'heure encore. Ça va pas tarder, mais c'est pas l'heure. Tu permets que je passe un moment avec toi ? »

Dans son immense manteau en fausse fourrure anthracite, sa croix dorée bien visible sur sa poitrine et juchée sur ses talons hauts sans lesquels elle ne sortait jamais, Gisèle en imposait. Elle tenait tout à la fois de la Grande Faucheuse et de la Camarde, version rive gauche, de la bourgeoise déchue et de la comtesse égarée dans un monde qui n'était plus le sien. Après un sourire qui fit luire de manière inquiétante ses fausses dents et ses derniers vieux chicots déchaussés, elle alluma sa propre cigarette. Elle demeura silencieuse quelques instants. Dans leur dos, le flot ininterrompu de la fontaine jouait sa partition entêtante, rythmée par les bourrasques. Rues Bonaparte et Saint-Sulpice, dans leurs voitures surchauffées, les Parisiens rentraient chez eux, roulant au pas, résignés à perdre leur vie dans les embouteillages. Ils n'accordaient même pas la charité d'un regard à ces deux silhouettes qui se fondaient dans la nuit électrique, trop occupés à accomplir, jour après jour, le même chemin dénué de surprises.

Par petites phrases, pour le simple plaisir de parler, Théo et la grande Gisèle évoquèrent le froid, les jours qui finiraient par rallonger, le printemps qui pointerait son nez, un de ces quatre. Ils se dirent des nouvelles du Gay-Lu, des piliers du comptoir qui devraient bientôt changer de crémerie. De madame Jouve, aussi, qui devait fricoter avec le chef d'équipe des déménageurs. Mais quoi ? Il n'y avait pas de mal à se faire du bien.

Sans savoir comment, ni pourquoi, Théo lui parla de l'Anglaise. Madame Gisèle, qui avait en horreur tout ce qui de près ou de loin pouvait ressembler à la nature, jardins publics compris, ne la connaissait pas. Du moins, pas sous ce nom. Lorsqu'il évoqua sa tignasse blanc et blond, ses tenues colorées, la peinture et le patronyme de la vieille barbouilleuse, la grande bringue se mit soudain à rayonner dans l'obscurité. Si elle savait de qui il parlait ? Mais évidemment ! Et pas qu'un peu, encore !

Ravie de pouvoir prendre la discussion à son compte, elle expliqua : « La Chassepot ? Je la connais comme si je l'avais faite ! Tu parles ! C'est une guenon comme on n'en fait plus, tu peux me croire. Ça m'étonne qu'à moitié qu'elle peinturlure du côté du Luxembourg. Elle a toujours eu un petit côté snob, du genre à se nipper comme un carnaval et à parler comme un livre. Aujourd'hui, elle doit être un peu tapée, c'est vrai. Mais si tu l'avais connue, dans ses grandes heures…

— Elle était belle ?

— Belle ? Non. Mais elle avait du chien. De la gueule. Avec un dargeot de première, une véritable médaille d'or pour concours agricole. Et toujours de bonne humeur, avec ça. Jamais un pet de travers, toujours partante pour faire la noce. En plus, c'était une gagneuse de première, tu peux pas imaginer. J'ai même vu des barbeaux se la disputer, aux cartes ou aux dés. Mais rien à faire, elle supportait pas l'autorité. Elle avait reçu de l'éducation chez les sœurs, ceci doit expliquer cela. En tout cas, on peut dire qu'elle a fait de la route et qu'elle en a déroulé, du câble. »

Comme rien, ni l'un ni l'autre, ne les pressait, Gisèle raconta. Par sa voix, grasse de nicotine, elle le fit voyager plus de soixante ans en arrière, mais il n'y eut, dans ses propos, pas une once de nostalgie. Elle lui apprit que celle qu'il appelait l'Anglaise avait fait le tour du monde en faisant le tour des hommes. La vie les avait toutes deux réunies, au hasard de leurs errances, et séparées au gré de leurs amants. Elles avaient même vécu ensemble quelques semaines, pas plus.

« C'était en Guyane, dans un trou qu'on appelait Maripasoula. C'était en pleine forêt vierge et il y avait juste le fleuve Maroni à traverser pour aller turbiner de l'autre côté, au Surinam, dans un campement connu sous le nom de New Albina ou quelque chose du genre. C'était un repaire de Chinois pas francs du collier, de chercheurs d'or brésiliens chargés comme des porte-avions. Et d'Indiens, aussi, qui ne foutaient rien, la plupart du temps. Rien, à part boire et regarder le fleuve passer. Nous, on faisait la nuit et on rentrait. On était les reines. Quand j'y pense, je me dis qu'on a peut-être été bêtes de partir. C'était à la fois le paradis et l'enfer, remarque. Mais, à la fin, t'avais du mal à faire la différence entre le diable et le bon Dieu. Le premier était souvent blond, l'autre avait la peau chocolat et des yeux verts de serpent à la pleine lune. »

La grande Gisèle avait quitté Maripasoula pour Cayenne. De là, direction l'Afrique noire, puis le Vietnam. Pour l'Anglaise, ç'avait été le désert tunisien. D'une voix rendue encore plus grave par le plaisir d'évoquer des temps qui avaient été heureux, l'ancienne putain expliqua : « C'est là que ça l'a prise, la Chassepot. On m'a raconté que quelque chose s'était cassé en elle. Je sais pas vraiment pourquoi. Avant, il fallait pas lui en promettre. Elle te descendait son quart de gnôle, tous les matins. Avec ça, elle avait les niveaux jusqu'au soir. Fumée comme un saumon, mais digne comme la reine d'Angleterre. Puis, un beau matin, il paraît que c'est la folie du désert qui l'a prise. Elle a abandonné le tapin. Comme ça, du jour au lendemain. Et j'ai jamais plus eu de nouvelle. Sauf une fois, au métro Blanche. C'était comme si c'était hier et, pourtant, ça doit bien faire dans les trente ans, cette histoire. Moi, je connaissais pas encore la dèche, mais je sentais bien que ça allait venir. La carrosserie suivait plus. On peut pas être et avoir été pute, comme dit le proverbe. Bref. On s'est à peine parlé. On s'est fait une fine à l'eau, quand même. Elle a posé sur la table ses déserts, ses oasis, ses chameaux. Et sa rose des sables, aussi. Elle en avait plein la bouche de cette rose des sables. Et moi, pauvre de moi, je savais pas ce que c'était. Le sable, oui. Les roses, aussi. Mais les roses des sables, c'est pas des fleurs qui poussent du côté de Clichy. Et elle, elle parlait que de ça, la pauvre frappée. Elle avait viré timbrée, quoi.

— Vous la croyez dingue ? »

Avec élégance, la grande Gisèle écrasa sous la semelle de l'un de ses escarpins son mégot, tété jusqu'au filtre. Puis, tout en s'aspergeant le cou et la poitrine avec son parfum déclassé, elle s'excusa, en bonne fille : « J'aurais pas dû dire ça. D'ailleurs, on devrait toujours y réfléchir à deux fois avant de traiter les gens de folingues. À chacun ses rêves. Si les siens, c'est les roses des sables, grand bien lui fasse… »

D'un geste las, elle ouvrit son sac et en tira un bâton de rouge qu'elle décalotta et fit miroiter dans la lueur d'un lampadaire. Avec application, elle rectifia son maquillage et fit coulisser à plusieurs reprises ses lèvres l'une sur l'autre. Avant de se relever, elle marmonna encore : « Cinglé ou pas, le tout, c'est de réussir sa vie. Ou disons plutôt, de pas trop la foutre en l'air. Elle et moi, on a fait ce qu'on a pu. Mais je crois qu'on l'a ni manquée ni réussie. On l'a vécue, et c'est déjà pas mal. Puis, dans ce genre de situations, y a pas d'obligation de résultat. Sauf un, peut-être. Oui. Si on veut être honnête, on n'a en fait qu'une obligation, dans cette chienne de vie.

— Laquelle ?

— Celle de pas trop emmerder les autres. Ça a l'air de rien sur le papier. Mais c'est plus facile à dire qu'à faire. Tous ces bobos, ces demi-sels à la gomme qui veulent faire le bonheur de l'humanité, ils me font grincer le châssis. Qu'ils commencent déjà par foutre la paix au pauvre monde, et ce sera un bon début.

— Et l'Anglaise ? Enfin, Françoise Chassepot ? Vous allez la revoir, maintenant que vous savez où la trouver ? »

Mains sur les hanches, la grande Gisèle se fendit d'un nouveau sourire sans entrain. Puis, elle laissa tomber : « Au Luxembourg ? Et pour y faire quoi ?

— Je ne sais pas. Parler ?

— Parler de quoi ? Du passé qu'est parti et qui reviendra pas ? T'es pas étanche, m'sieur Théo ? Tu nous vois, toutes les deux ? À trois jours de glisser dans le trou, tu nous imagines à radoter, elle avec ses roses des sables et moi avec mon train-train de vieille racoleuse de la place Blanche ? On aurait l'air fin ! Vieillir, on y peut rien. Mais, si on peut éviter le pathétique, c'est pas plus mal.

— Et parler de vos voyages ?

— Surtout pas, malheureux ! Chacune de son côté, on a beaucoup baroudé, c'est vrai. Mais on a jamais les mêmes souvenirs des choses, même si on les a vécues ensemble.

— Pourquoi ?

— Un souvenir, ça tient pas au temps. Ça se transforme, avec les années. Ça raconte pas toujours la réalité. Mes souvenirs à moi, je les ai faits à ma main. C'est tout ce qu'il me reste. Et c'est pour ça que je vais éviter comme la peste d'aller traîner mes os du côté du Luxembourg. Pour que la Chassepot vienne pas me dire que je me trompe sur le passé. Elle a le sien. J'ai le mien. Et le monde tourne rond. »

Après avoir relevé son col de fourrure et enfoui ses mains dans ses poches, elle ajouta : « Pour l'instant, je vais aller au plus pressé. J'ai faim et il y a un buffet qui m'attend, du côté de la rue Madame. Une fois rendus mes hommages les plus sincères au macchabée, je compte bien m'en fourrer plein la lampe. »

Dans la nuit grelottante, la grande Gisèle commença à s'éloigner. Sans se retourner, elle conclut : « À bientôt, m'sieur Théo. Et n'oublie pas l'essentiel. L'essentiel, c'est d'aimer. Aimer et voyager. Y a que ça pour se faire des souvenirs. Le reste... »

13

Deux mois s'étaient écoulés lorsque le printemps, tel un jeune chien trop longtemps tenu en laisse, déboula sans prévenir. Pour Théophraste Sentiero, ce fut comme si une main divine sonnait le départ de sa nouvelle existence. Un coup de sabre trancha, bien net et bien précis, dans les amarres qui le retenaient au port. Cette année-là, le regain fut en avance sur toutes les prévisions. Il apparut, un beau matin, chargé de vert et de jaune, fleurant fort l'herbe fraîche coupée. Sous les rubans d'asphalte noir, la terre se mit à grésiller et à se tordre, à gémir de plaisir et d'impatience. Au-dessus des toits, les nuées glacées se disloquèrent enfin. La pluie cessa, le sang remonta sur les visages pâles et engrisonnés par l'hiver. Les premiers passereaux, par petites troupes espiègles, prirent le chemin du retour. Ils ne fondirent pas sur Paris, ne surgirent pas en nuages de murmuration comme au temps des grandes migrations. Au contraire. Par touches discrètes et sifflotantes, ils reprirent possession des arbres, des gouttières, des rebords de fenêtre et des statues trop longtemps colonisées par les pigeons pataugs. Dans les rues, les gens ne se mirent pas à échanger des sourires. Il y avait des limites aux miracles. Mais ils grimacèrent avec moins d'amertume dans le coin des lèvres et les femmes, ravies, redécouvrirent qu'elles possédaient un corps. Le printemps était de retour et, dans la tête de Théo, la musique des *Manine*[1] virevolta de nouveau, légère, épicée et fraîche comme un vin blanc tiré à même la cuve.

Appliquant à la lettre le conseil d'Anselme Guilledoux, Théophraste Sentiero avait laissé la plus grande liberté à ses pieds. Dès le matin, avec les premiers rayons, ses jambes l'emmenaient d'un pas alerte jusqu'aux Bonheurs d'Antioche. Là, après un café et le temps d'une cigarette pour l'un et d'une pipe pour l'autre, les deux hommes se mettaient au travail. Avec toujours autant de méthode et d'application, le libraire poursuivait le tri de ses ouvrages et Théo assurait le remplissage et la manutention des cartons. Les jours passant, hélas, les yeux d'Anselme poursuivirent leur plongée inexorable dans l'obscurité. Bientôt, la loupe lumineuse ne lui fut plus d'un grand secours et ce fut son commis qui dut lire pour le vieil homme les pages de couverture ainsi que les indications de dates de parution, sans oublier celles ayant trait aux maisons d'édition. Par coquetterie, ou peut-être seulement pour dissimuler aux autres ces yeux devenus inutiles, Anselme prit l'habitude de chausser des lunettes aux verres fumés. Rondes, cerclées de fer, elles lui conféraient, au choix, de faux airs d'un John Lennon chenu

1. Musique du film *Amarcord*, Federico Fellini, 1973.

ou d'un vieux Chinois mystérieux, à l'image de ceux qui apparaissaient, parfois, dans les aventures de Tintin. Sa mauvaise humeur, quant à elle, ne baissa pas pavillon. Sans avoir toujours besoin d'une raison précise pour éclater, celle-ci surgissait soudain, le faisait cingler, tempêter et vociférer. Puis, sans que l'on pût dire pourquoi, elle retournait s'enfouir dans le crâne du boutiquier. Sur l'instant, celui-ci redevenait alors l'être le plus délicat et bonhomme qu'il était possible d'imaginer.

Théo avait fini par s'habituer à ces coups de grisou qui frappaient sans prévenir dans le silence et faisaient trembler jusqu'aux poutres noircies au brou de noix des plafonds. Ainsi, ce jour où, bien malgré lui, il avait ânonné le dernier mot d'un titre d'ouvrage traitant de religion et de spiritualité. Sous les taches de moisissure noires et violettes, il avait déchiffré de son mieux : « *Vie de saint Antoine le Grand, patri... patria...*

— Patriarche.

— C'est ça : *Vie de saint Antoine le Grand, patriarche des céno...* des cénobites ? »

Le rire, à son corps défendant, était monté dans sa gorge, et le libraire, subitement ulcéré, s'était exclamé : « Qu'est-ce qui vous prend ? Pourquoi riez-vous ?

— Je ne ris pas !

— Si. Je vous ai déjà dit que j'étais aveugle et pas sourd, non ? Alors ? »

Luttant de son mieux contre cette hilarité qui lui saisissait le ventre, Théo articula de son mieux : « C'est vrai que c'est un mot qui n'est pas banal : "cénobite". Et son auteur, en plus...

— Quoi, son auteur ?

— Il s'appelle Verge ! »

Aussitôt, la main d'un Anselme exaspéré s'abattit sur le plateau du bureau, faisant tanguer sur leur base les tours de Pise qui y étaient disposées. Les lèvres secouées par de petits tics d'indignation, il s'emporta : « Verger, pas Verge ! Triple buse ! Espèce de sybarite de l'ignorance ! Imbécile heureux ! C'est *La Vie de saint Antoine le Grand, patriarche des cénobites* ! Par l'abbé Verger ! 1890 ! Vous êtes un pornocrate doublé d'un érotomane aux petits pieds, laissez-moi vous le dire ! »

Tout en s'esclaffant, Théo tenta de s'excuser : « Ne vous fâchez pas, allez ! Avec les moisissures, votre abbé a perdu son "r". Je fais ce que je peux, moi !

— Et vous ne pouvez que peu, comme d'habitude ! Savez-vous seulement ce que c'est qu'un cénobite ?

— Je n'en ai pas la moindre idée.

— Le contraire m'aurait étonné.

— Et laissez-moi vous dire aussi que je m'en fous.

— C'est faux.

— Comment ça, c'est faux ? Je sais quand même ce qui m'intéresse et ce qui ne m'intéresse pas ! Votre cénobite, ça peut bien être ce que ça veut. J'ai vécu jusqu'ici sans savoir ce que c'était et je crois que je vais pouvoir continuer.

— Vous ne savez rien et vous parlez à tort et à travers, comme toujours. Mais je vais vous expliquer ce qu'est un cénobite, petit aliboron infatué. C'est un moine qui s'est retiré du monde. Un peu comme moi, à la différence près que je ne place pas tous mes espoirs de salut dans un dieu, mais bien dans le Verbe et ses secrets inépuisables. »

D'une voix plus feutrée, Anselme Guilledoux raconta alors non pas toute son existence – car celle-ci avait été tumultueuse et se perdait dans des tours et des détours infinis –, mais bien les raisons pour lesquelles, un jour, il avait décidé d'ouvrir les Bonheurs d'Antioche.

« Je l'ai fait, expliqua-t-il, pour vivre avec les mots. Les mots, et non les histoires. Qu'importe que cela vous semble bizarre, pour ne pas dire douteux. Tel fut mon choix, et je le fis en pleine conscience.

— Les histoires ne vous intéressent pas ?

— Après une existence passée à les parcourir, je peux affirmer qu'elles se ressemblent toutes. Prenez *Roméo et Juliette* de Shakespeare d'un côté, *Titanic*[1] de l'autre. Les histoires sont identiques. À quelques détails et un naufrage près, je vous l'accorde. Mais ce sont les mêmes ressorts, et personne de sensé ne devrait se lancer dans l'écriture d'un roman sans être conscient de cela : toutes les histoires ont déjà été racontées. Elles n'ont donc qu'un intérêt mineur et se résument le plus souvent à des prétextes. Les mots, en revanche… »

Comme Théo s'asseyait sur un carton pour l'écouter, le vieux libraire, en alchimiste s'apprêtant à révéler le secret de la pierre philosophale, confia : « Les mots, mon jeune ami, c'est là que réside le pouvoir véritable.

1. Film de James Cameron, 1997.

D'ailleurs, Dieu lui-même ne s'y est pas trompé. La première phrase de la Bible dit, en effet, ceci : “Au commencement était le Verbe.” Est-ce que vous percevez bien tout le poids de cette assertion ? “Au commencement était le Verbe”...

— Peut-être. Oui... Je crois que je comprends.

— Non. Vous répondez cela pour me faire plaisir. Cela signifie que le mot, le Verbe, est préexistant à toute chose. Il est l'alpha et l'oméga. Sans lui, rien ne se crée. Et celui qui le maîtrise détient la puissance absolue, une force auprès de laquelle mille armées ne sont rien. »

À la façon dont Théo se tortilla sur son carton, Anselme comprit qu'il lui faudrait avancer d'autres arguments. Aussi, il insista : « Vous me dites que vous vous moquez de ce que peut être ou ne pas être un cénobite. Je vous crois aisément. Mais sachez que vous faites avec ce cénobite ce que vous faites avec des kyrielles d'autres mots. Vous ne les possédez pas. Ou alors, lorsque vous les croyez en votre pouvoir, ça n'est hélas que de façon approximative. Et vous ne cherchez pas même à savoir ce qu'ils recouvrent. Vous vous satisfaites de l'à-peu-près. Tant que votre langage vous permet d'acheter le pain ou de commander à vos enfants, vous vous estimez quitte vis-à-vis de lui. Vous n'approfondissez jamais la chose. Et c'est une erreur. Une erreur que je qualifierais même de funeste.

— Ma foi... Je ne m'en suis pas si mal sorti, jusqu'ici. Pourquoi j'approfondirais ?

— Mais pour être plus fort, que diantre ! Si le

dictionnaire dispose de tant de mots, de tant de nuances, c'est parce que c'est dans le détail que se cache le diable. Il s'y niche et s'y repaît avec extase ! Savoir désigner une chose ou exprimer un sentiment, c'est tenir le monde entier entre ses mains. Maîtrisez le langage et vous maîtriserez le monde ! Pataugez dans l'à-peu-près, et vous n'avancerez pas d'un pouce. Regardez votre généraliste ou votre neurologue.

— Quel rapport ?

— Lorsque vous êtes allé les voir, ils vous ont submergé, enseveli sous un jargon dont vous n'avez pas compris la première lettre. Et c'est parce que vous étiez ignorant que vous avez accepté leurs discours sans rechigner ni réclamer. Vous êtes allé les consulter avec la même innocence qu'un veau se rendant à l'abattoir. Il en va de même avec la majorité des politiciens qui, eux, ont saisi depuis longtemps l'impérieuse nécessité de savoir parler afin de mieux mentir. Laissez-vous déposséder des mots et vous ne serez, au final, qu'un ignare à qui l'on pourra faire prendre des vessies pour des lanternes. Si vous en doutez, imaginez-vous au fin fond de la Russie ou de la Thaïlande. Si vous ne parlez ni le russe ni le thaï, vous ne ferez qu'admirer l'écume sans jamais connaître les secrets qui pullulent au fond des fosses marines. »

Ne sachant que dire, Théo baissa la tête et observa ses pieds qui, dans la poussière, se tenaient étonnamment sages. Fine mouche, le vieux questionna : « Vous ne voulez pas maîtriser le monde ?

— J'en ferais quoi ?

— C'est vrai… Et oser parler à votre inconnue ? »

Anselme tendit alors devant lui ses longues mains déformées par les nodosités. Puis, avec une grimace semblable à celle du Faust incarné par Michel Simon[1], il martela, saisi par une fièvre renouvelée : « Si vous savez trouver les mots, les mots justes, ceux qui peuvent toucher au cœur, vous séduirez votre inconnue lorsque le moment sera venu de lui parler. Choisissez avec intelligence les bons vocables, traduisez en termes bien sentis toutes les finesses de vos sentiments, et vous verrez. Votre inconnue ne vous considérera plus comme un prétendant semblable à tous les autres, à tous ceux qui vous ont précédé. Pour elle, et par l'unique magie de vos mots, vous deviendrez une possibilité d'amour, une porte d'entrée conduisant vers une grande histoire.

— Vous croyez ?

— Non. J'en suis certain. Car, voyez-vous, mon jeune ami, c'est bien là tout le grand drame de notre siècle. Nous ne savons plus parler. Et, si nous n'en sommes plus capables, c'est parce que nous abandonnons notre langage pour nous contenter de la facilité. En bons moutons de Panurge gros et gras, bêlants et soumis, nous acceptons notre sort et disons oui à tout. Nous parlons en acronymes, en anglais de basse extraction, en phrases toutes faites qui, à force d'avoir été utilisées à tort et à travers, ne signifient plus rien. Ce faisant, hélas, nous ne savons plus parler d'amour.

1. *La Beauté du diable*, film de René Clair, 1950.

— Donc, si je parle mieux, vous dites que mon inconnue sera…

— Évidemment ! Cela ne fait aucun doute ! »

Tout en tapant dans ses mains à plusieurs reprises, Anselme jubila : « Elle ne pourra pas vous résister. Songez à Cyrano ! Si Roxane tombe amoureuse de Christian, c'est parce qu'elle croit que c'est lui qui, sous sa fenêtre, lui parle. Mais l'auteur de ces déclarations enflammées est bien Cyrano. C'est lui qui trousse les phrases et les fait fleurir à la façon de bouquets d'oiseaux de paradis ! C'est sa musique, à lui, qui embrase son cœur, à elle, tout assoiffé d'amour !

— Si vous le dites… Mais comment je dois m'y prendre ? Je ne vais pas pouvoir lire tous vos livres avant de lui parler.

— Vous êtes indécrottable, monsieur Sentiero !

— Je fais ce que je peux pourtant…

— Si vous voulez acheter une femme, ce n'est pas moi qu'il faut venir voir. Faites plutôt fortune et allez la trouver avec, pour tout discours, une carte bancaire et des liasses de billets. Si c'est une Ninon, une péronnelle, une pécore ou une simple mijaurée que vous entendez séduire, alors oui, cela fera l'affaire !

— Mais je…

— En revanche, si vous désirez être aimé, si votre inconnue relève tout à la fois d'une Antigone, d'une Carmen, d'une Emma Bovary ou d'une angélique Eugénie Grandet, votre musique devra être bien différente et passer par les mots. Vous devrez progresser dans l'acquisition de ces locutions, de ces petits farfadets, ces gobelins lubriques, ces lutins multicolores et, bien souvent, imprévisibles. »

Pendant que le libraire pouffait à l'énoncé de ses propres images, Théo le questionna à son tour : « Mais vous ? Puisque vous connaissez tant de mots, vous n'avez jamais eu envie d'écrire tout ça, dans des livres ? »

Coupé net dans sa jubilation, Anselme se figea sur son fauteuil et réfléchit un instant, avant de répliquer : « Écrire ? Certes. Mais pourquoi ? Ou pour qui ? Peut-être que je n'ai jamais eu d'inconnue à séduire, moi.

— Et celle dont vous m'avez parlé ?

— Elle ? Oui, j'y ai cru. Au début tout du moins. Elle possédait, de prime abord, toutes les qualités et tous les attributs pour être mon inconnue. Nous avons même fait un bout de chemin ensemble. C'était une jeune femme étonnante, différente de toutes les autres. Figurez-vous que, une nuit, elle m'a montré comment l'on pouvait passer d'un gratte-ciel à un autre, en marchant sur un fil.

— C'était où ? À New York ?

— À Maubeuge. Dans la salle de bains d'un hôtel assez miteux, je dois l'avouer. Sur le rebord de la baignoire. Mais ça n'est pas le sujet de notre conversation. Où en étions-nous ?

— Je vous demandais si vous aviez écrit.

— Ah oui… »

Le vieil homme, alors, se rencogna dans son assise. Pour la première fois, une pointe de nostalgie affleura sur son visage. Sa voix se fit murmure et il finit par confier : « J'ai écrit pour elle. Mal, sans doute. Mais j'ai écrit.

— Et ça n'a pas marché ?

— C'est plus compliqué que cela. Disons que j'ai écrit, mais qu'elle n'a pas su, ou qu'elle n'a pas voulu me lire. Avec les femmes, allez comprendre. Comme disait en substance Jules Muraire[1], le plus grand acteur de tous les temps[2], les femmes sont des animaux très compliqués. Elles sont pires que les montres suisses. Et la mienne, il faut croire qu'elle était valaisanne. »

Avant de reprendre leurs tâches respectives, les deux hommes s'accordèrent la douceur d'un café. Tandis que Théo le préparait dans le réduit qui faisait office de cabinet de toilette et de cuisine, il entendit le libraire qui renouait le fil de la conversation, d'une voix tout à la fois empreinte de fatalisme et de bonne humeur : « S'il faut être tout à fait honnête avec vous, j'ai même ressenti l'orgueil insensé de vouloir faire publier tout ce fatras. J'ai voulu emprisonner mes rêves d'amour dans des pages et encore des pages, jusqu'à l'écœurement. Mais j'ai dû mal rêver ou rêver à côté. Personne n'en a voulu. C'est là que j'ai compris que je serais plus utile en ouvrant les Bonheurs d'Antioche. Vendre les rêves des autres, ça, je sais le faire. »

Depuis son cagibi, Théo lança : « Et pour parler comme vous parlez ? Vous avez dû lire tous ces livres ? »

---

1. Raimu (1883-1946).
2. Orson Welles.

Anselme ne répondit pas. Quant à Théo, il se garda bien de reposer la question. Le vieux l'aurait sans doute enseveli sous de nouvelles couches de sybarite, d'aliboron, de cénobite, de roussin d'Arcadie ou de Dieu seul pouvait encore savoir quoi. En réalité, celui-ci ne jugea pas nécessaire d'expliquer à son commis que les livres, lus ou non, transmettaient tout de même leur énergie pour peu qu'ils fussent, jour après jour, présents à vos côtés.

*

Ainsi se déroulait la nouvelle existence de Théophraste Sentiero. Le matin, il rejoignait Anselme Guilledoux et l'aidait à classer les milliers d'ouvrages qui constituaient le fonds de la librairie. Au début, il s'était imaginé qu'il ne serait question que de deux ou trois semaines, tout au plus. Au fil des jours, les étagères se vidaient et laissaient apparaître un plâtre scrofuleux, cloqué d'humidité et de salpêtre. Les cartons, eux, étaient refermés avec de larges bandes de ruban adhésif, puis disparaissaient dans l'escalier, où ils s'entassaient jusqu'au soir. Alors, dans l'heure creuse du début de la nuit, les brocs des marchés, ouverts ou fermés, venaient faire leur choix. Taiseux, la prunelle toujours soupçonneuse, ils s'exprimaient d'un geste et possédaient le droit de vie ou de mort sur chacun de ces lots.

Un matin, après avoir avancé d'un bon pas pour se rendre à la librairie, Théo commença à nourrir des doutes sur le temps que prendrait tout ce chambardement. La veille encore, il ne restait plus que quelques rayonnages à débarrasser. Sa mission touchait à sa fin et, déjà, il pensait à l'emploi qu'il occuperait par la suite. Non que cela l'inquiétât outre mesure. Mais il devait aujourd'hui s'avouer qu'il se sentait bien, aux Bonheurs d'Antioche. Il y était chez lui. Et il s'y sentait utile. Lorsqu'il poussa la porte vitrée, il marqua un temps d'arrêt. Sur le carrelage de la boutique, d'autres cartons liés par des ficelles – mais aussi des malles et des cantines de fer – occupaient l'espace vidé la veille. Avec des explications confuses, Anselme lui révéla que la plus grande partie de ses livres dormait toujours dans ses caves et que, moyennant quelques billets, il les ferait désormais remonter au rez-de-chaussée, dès potron-minet, grâce à l'intervention d'un gaillard qui habitait au troisième. Il débita encore quelques phrases qui parlaient d'un satané rocher de Sisyphe et de foutus tonneaux des Danaïdes, autant de radotages auxquels Théo n'entendit rien. Tout ce qui avait été fait ne serait plus à faire, certes. Mais le chantier, chaque jour réalimenté, semblait ne jamais devoir connaître de fin. Au lieu de l'angoisser, cette perspective ravit le commis. Tant qu'il trouverait de la besogne à accomplir, il échapperait aux doutes et à l'ennui dans lesquels il se confisait, rue de l'Estrapade. Aux côtés du vieil aveugle, il respirait. Puis, celui-ci était la seule personne avec qui il partageait le secret de son inconnue.

À midi ou à treize heures, selon le bon vouloir du libraire, les deux hommes avalaient un morceau sur le pouce. Une fois les estomacs rassasiés dans le silence, ils allumaient pipe et cigarette. Alors, avec des mots choisis, le propriétaire des lieux lui parlait des livres, de ses livres. Non pas de ceux qu'il avait écrits – car ceux-ci n'avaient jamais existé que dans son esprit. En revanche, il était intarissable sur les romans dont il affirmait, de l'air le plus sérieux du monde, qu'ils avaient tatoué son âme. Il discourait à leur sujet comme il l'aurait fait d'une personne chère. Emporté par sa passion, il lui arrivait même de s'adresser à leurs auteurs de la même façon que s'ils avaient été là, dans cette pièce oblongue qui sentait fort le tabac et la poussière humide : « Mon jeune ami, maintenant que vous savez que les histoires ne sont, sauf à de rares exceptions, que secondaires, pouvez-vous me dire pourquoi, même des siècles après qu'ils ont été imaginés et écrits, nous continuons à lire, à dévorer, à nous gorger de ces romans, de ces poèmes ou de ces pièces de théâtre ? Ne répondez pas. Ne répondez pas, car vous n'en savez rien. Mais moi, je vais vous le dire. Si nous lisons, aujourd'hui encore, ce cher *Candide*, ça n'est pas pour savoir s'il va trouver le bonheur entre les bras de Cunégonde, fille du baron de Thunder-ten-tronckh. Nous nous en moquons comme d'une guigne. Et nous avons bien raison. En revanche, si nous suivons, trois siècles plus tard, les pérégrinations de maître Pangloss, de la vieille à qui il manque la moitié d'un cul ou de Cacambo, c'est tout simplement parce que la musique de ce conte nous séduit et que nous entrons en résonance avec elle. Elle nous parle à l'âme. C'est cela que nous recherchons, dans les grands livres. Ça n'est ni l'intelligence ni le savoir tout encyclopédique de Voltaire qui nous importe. C'est sa petite musique à lui, celle qui ne ressemble à aucune autre. En lisant ce livre, d'une certaine manière, nous nous sentons moins seuls. Et, partant, moins inutiles à nous-mêmes comme au reste de l'humanité. Voilà pourquoi la lecture est un délice irremplaçable. C'est parce que la mélodie de l'écrivain – que celle-ci soit teintée d'humour, de désespoir, de révolte ou d'amour, peu importe en vérité – nous emporte. Elle nous murmure à l'oreille que d'autres ont, avant nous, joui et souffert. Qu'ils ont déjà éprouvé les doutes qui nous saisissent ou nous transcendent. Et il est donc naturel, pour moi, de dialoguer ici même avec Jean Giono ou Boris Vian, Virginia Woolf, Richard Brautigan ou Chester Himes… »

Les premiers temps, les envolées d'Anselme avaient eu pour effet d'inquiéter Théo. Puis, il s'était fait au bonhomme, tout comme les pieds se font aux chaussures de cuir d'abord trop étroites. Ainsi, après chaque déjeuner, il en était venu à attendre avec impatience les identités de celles et ceux avec qui il allait partager sa digestion. Jour après jour, aux vieilles lèvres d'Anselme, fleurissaient en colliers des patronymes qui lui étaient inconnus mais dont il découvrait les existences, souvent échevelées et baroques, avec enthousiasme : Diderot, t'Serstevens, Olympe de Gouges, Rabelais, Machado de Assis, Marie de France, Kessel, Moravia, George Sand ou Buzzati, pour ne citer qu'eux. Anselme parlait, racontait, mettait en scène et jouait tout à la fois ces vies de femmes et d'hommes illustres, qu'ils fussent Lazarillo[1] ou Don Juan désargentés. Loin du Panthéon, il leur rendait leur humanité, et lui, simple ignorant de toutes ces merveilles, il écoutait, béat.

Lorsque quatorze ou quinze heures sonnaient au clocher de l'église de Saint-Julien-le-Pauvre, Théo se levait et allait s'acquitter d'une course que lui commandait son maître et complice. Chaque fois, il s'agissait de quelques ouvrages à porter chez un bouquiniste de ses amis ou chez un particulier avec qui il avait fait affaire. Zélé, Théo s'exécutait. Au début, ces marches se limitaient au cinquième, voire au sixième arrondissement. Bientôt, elles l'emportèrent jusqu'au septième ou quinzième, parfois dans le huit ou neuvième. La règle était simple, immuable : Théo ne devait jamais se presser. Il avait pour obligation, en quelque sorte, de faire confiance à ses pieds et de ne surtout pas prendre les transports en commun. Pour le vieux, métro et autobus constituaient l'une des plaies majeures de la société dite moderne. Il appelait cela des boîtes de conserve, des cercueils dans lesquels il fallait accepter de s'enfermer et qui s'apparentaient à de petites morts. C'était rapide et sûr. Mais c'était aussi dénué d'humanité. À son retour, le

1. *La Vida de Lazarillo de Tormes y de sus fortunas y adversidades*, récit anonyme de langue espagnole publié en 1554, considéré comme le premier roman picaresque.

commis était tenu de rendre des comptes à Anselme qui, assis derrière son bureau, lui posait toujours la même question : « Eh bien, comment se porte le monde, aujourd'hui ? »

Alors, Théo devait répondre ce qui lui venait à l'esprit. Il racontait des petits riens, les drôles de gueules ou les frimousses qu'il avait pu croiser. Il ramenait aux Bonheurs d'Antioche les échos d'une rixe ayant opposé deux automobilistes, un couple d'amoureux qui se séparait dans un torrent de larmes, l'image d'une famille se rendant à la gare de Lyon, chacun de ses membres tirant derrière lui une valise à sa taille. Il évoquait le plaisir sournois qu'il avait pris à fumer une cigarette à l'entrée du jardin du Luxembourg, à l'heure où les sportifs de l'asphalte venaient s'exhiber. Ce pouvait aussi être les cris d'orfraie d'un clochard en manque de vin, une poignée de bonnes sœurs emboîtant le pas à leur mère supérieure comme autant de canetons derrière une maman cane. Le vieil homme écoutait ces récits avec la même délectation que s'il dégustait le meilleur vin du monde. Parfois, il demandait une précision, un détail. Il fournissait le mot juste qui faisait défaut au récit de Théo. La plupart du temps, cependant, il demeurait coi, les bras croisés sur la poitrine, parfaitement satisfait.

Lorsque le printemps prit ses aises et que Théo abandonna sa vieille parka pour des pulls plus légers, le libraire décida, un après-midi, de l'envoyer jusqu'à la porte de la Chapelle. La trotte, sous le soleil doux, promettait d'être longue et belle. Avant de quitter la boutique, Théo lui proposa de faire un petit bout de trajet ensemble.

Avec une moue de regret, Anselme déclina la proposition : « J'aimerais bien vous accompagner, mon jeune ami. Tout comme j'aimerais encore avoir mes yeux pour observer, à la dérobée, les jolies filles ou me délecter du spectacle des façades de Paris. Hélas, mes jambes ne me portent plus qu'avec difficulté.

— On ira à votre rythme, le rassura Théo.

— Ça, jamais de la vie !

— Pourquoi ?

— Pour la plus simple des raisons qui soit. Chacun, sur cette terre, a un chemin à accomplir. Et il doit l'accomplir à son rythme propre. J'ai presque fini mon temps. Pour moi, l'heure est à l'immobilité. Pour vous, elle est à l'aventure et à la découverte. Vous dévorez, vous engloutissez le monde. Moi, je ne fais plus que le picorer. Et encore, pas tous les jours. Je ne ferais que vous ralentir. Le temps passe beaucoup plus vite que vous ne le saurez jamais.

— Mais je…

— Filez ! Moi, je resterai là. J'ai de l'ouvrage. Je vous attendrai. Vous me raconterez le monde tel qu'il est. Vous serez à la fois mes yeux et mes jambes. Alors, montrez-vous à la hauteur. Et, si vous croisez le chemin de votre inconnue, ayez un peu de cran et d'audace, que diable ! Engagez au moins la conversation. Puis, sans faute, revenez ici. Je veux tout savoir de cette histoire ! »

*

Plusieurs fois, au cours de cette période, Théo crut apercevoir son inconnue. Au coin d'une rue, derrière une fenêtre entrebâillée, dans le reflet fuyant de la vitre d'un taxi ou d'un autobus lancé à tombeau ouvert sur les Grands Boulevards. Chaque fois, il hâta le pas, les tempes en feu, l'haleine courte. Chaque fois, il finit par s'immobiliser sur son bout de trottoir. Ça n'était pas elle. La couleur et la masse de ses cheveux, la silhouette, le nez volontaire, tout y était. Mais l'inconnue n'habitait aucun de ces corps de passage, et Théo, alors, n'avait plus qu'à reprendre son cheminement. Cela faisait près de deux mois qu'il ne l'avait pas revue. Ça n'était pourtant pas faute de mettre toutes les chances de son côté. Lorsqu'il quittait la librairie, il ne manquait jamais d'emprunter les quais Saint-Michel et des Grands-Augustins, simple histoire d'aller traîner ses guêtres jusqu'au Pont-Neuf. Là, il s'adossait quelques instants au piédestal qui supportait la statue équestre d'Henri IV. Pendant que l'inventeur de la poule au pot paradait, couronné de lauriers et brandissant un sceptre à fleurs de lys, Théo, pauvre de lui, remâchait ses souvenirs de l'inconnue. Lorsqu'il en avait assez, il poursuivait son chemin, cherchant toujours dans la foule des badauds les lignes fluides de son rêve fait femme.

Avant de s'engager dans les petites rues qui le conduisaient à celle de l'Estrapade, Théo avait aussi pris l'habitude d'effectuer un crochet par le parvis de

Saint-Sulpice. Là, avec toute la discrétion dont il était capable, il s'arrêtait pour observer le vieux mendiant qui, amputé de ses deux jambes, continuait à demander l'aumône avec des yeux mouillants de désespoir. Cette moitié d'homme, sans qu'il pût s'expliquer pourquoi, le fascinait. Assez vite, l'estropié avait repéré le marcheur. Un jeu de chat et de souris s'était instauré, chacun guettant l'autre, aucun des deux ne voulant accomplir le premier geste. Au fil des jours, pourtant, les regards des deux individus finirent par se croiser. Théo ou le cul-de-jatte, difficile de dire lequel, osa un bonjour, du bout des lèvres. L'autre lui répondit sur le même mode. La glace était brisée. Mais l'on en resta là pour une bonne semaine. Puis, insensiblement, la trajectoire du promeneur se rapprocha de l'escalier, l'air de rien. À chaque passage, il gagnait quelques dizaines de centimètres et le mendiant, sur sa marche, ne hâtait rien non plus, se contentant de vagues sourires ou de hochements de tête. Un soir enfin, surmontant sa timidité naturelle – mais aussi sa répulsion, car le clopinard accompagnait son triste état par une odeur de crasse insoutenable –, Théo déposa une pièce de deux euros dans la sébile.

Après avoir considéré l'obole d'un œil circonspect, l'homme lui lança, avec l'accent traînant caractéristique des Caraïbes : « Merci, monsieur… »

Comme Théo allait repartir, le clochard reprit : « Je commence à vous connaître, vous savez ? Et vous marchez bien, y a pas à dire.

— Pardon ?

— Je dis que vous marchez bien. C'est pas donné à tout le monde.

— Merci.

— Il y a marcher et marcher, remarquez. Tous les gens le font pas de la même manière. Et la vôtre, elle est pas banale.

— Pourquoi vous dites ça ?

— Parce que. »

De sa main brûlée de taches blanches, il indiqua alors son bassin tronqué. Puis, il expliqua avec un grognement : « Tous ceux qui tiennent sur leurs deux pieds marchent, mais tous ne savent pas marcher. Faut pas croire. Moi, je juge personne. Mais vous, ça se voit que vous marchez pour de bonnes raisons.

— À quoi le voyez-vous ?

— Je le vois, c'est tout. Et je me trompe jamais. Vous auriez pas une cigarette, des fois ? »

Alors que Théo allait s'exécuter, il aperçut, quelques degrés plus haut, l'ombre rondouillarde du prêtre ou du curé des lieux qui lui adressait un salut amical de la main. Après lui avoir souri en retour, Théo se pencha sur la forme ramassée à ses pieds et lui tendit la cigarette demandée. Pendant que le mendiant l'allumait avec un plaisir avide, Théo lui dit : « Vous savez, ce n'est pas parce qu'on marche qu'on sait où on va.

— Pas faux. Mais vous, vous avez pas tellement l'air perdu… »

Après avoir recraché ses premières volutes de fumée, le clochard s'ouvrit d'une grimace qui dévoila aussitôt un trou noir, en lieu et place des dents. Avec un mépris ostensible, il grommela : « Qu'on sache ou pas où on va, ça a pas d'importance. L'essentiel, c'est de marcher. Voilà ce que je dis, moi.

— Bien sûr, mais…

— Si vous savez pas où vous allez, c'est sûrement triste pour vous, mais c'est votre affaire. C'est des problèmes de riches que vous avez là. Regardez, moi, j'ai eu des guiboles jusqu'à mes dix-neuf ans. Puis, une saloperie de voiture m'a renversé, ma bécane a cramé. Ils auraient pu me rafistoler, à l'hôpital. Mais, à mon avis, ils ont pas voulu s'emmerder la vie avec un Nègre. Ou c'était pas réparable. On a jamais bien su, remarquez. Alors, ils ont coupé. Et voilà le résultat. »

Avant que Théo ne pût se fendre du moindre mot de compassion, le clodo redressa ses épaules et plaisanta : « Je suis plus qu'une moitié d'homme. Mais heureusement qu'ils ont gardé la bonne, non ?

— Sans doute…

— L'autre moitié, je sais pas ce qu'ils en ont foutu. Ils l'ont peut-être jetée à la Seine. En tout cas, c'est plus moi qui l'ai. Au début, ça m'a manqué. Puis, on se fait à tout. Même à ça. Alors, j'ai fait avec. Ou sans. Ça dépend comment vous voyez la chose.

— C'est bien triste, mais je… »

Emporté par ses réflexions, le mendiant continua, le regard posé sur le voile d'eau de la fontaine : « La vie est bizarre, quand on y pense. Vous, vous avez vos deux jambes et vous me dites que vous savez pas bien où vous allez. Moi, j'en ai plus du tout. Mais je sais bien où j'en suis. Ma vie, elle vaut pas un pet de lapin.

Et je sais bien aussi où j'irai. Quand le moment sera venu, on me foutra à la fosse commune. Et je peux vous dire que j'attends ce jour comme le billet gagnant du loto !

— Il ne faut pas dire ça. La vie est…

— Le billet gagnant, je vous dis ! Ma vie à moi, elle aura été qu'une vache de saloperie. Alors, le plus tôt ça viendra, le mieux ça sera. Mais je reviendrai…

— Pardon ? »

Un sourire inquiétant fleurit sur le visage brûlé et édenté du clochard. Dans un parfum d'encens qui s'échappa de Saint-Sulpice, le cul-de-jatte expliqua : « Bien sûr que je reviendrai. J'avais des choses à faire sur terre, moi. Et comme je les ai pas faites, il faudra bien que je revienne pour les faire. Et ça va envoyer du bois, vous pouvez me croire…

— Je vous crois, mais je dois…

— Quand je reviendrai, je sais pas trop encore ce que je serai. Sprinteur jamaïcain, ça me plairait bien. Ou danseur. Ou nageur. Et *serial killer* aussi, parce que j'ai des comptes à régler. En fait, j'en sais rien. Je m'imagine des choses comme ça, pour passer le temps. Qu'est-ce que vous voulez foutre d'autre quand il vous manque vos deux jambes ? Remarquez… Si je les avais, je ferais peut-être pas mieux que vous. Je les avancerais, l'une après l'autre, pour marcher. Et ça voudrait pas dire que je sais où je vais. Vous me comprenez ? »

14

Au numéro 12 de la rue de l'Estrapade, rien ne changea vraiment après que Théo eut croisé Flingot dans la cour intérieure. Cécile continua à tenir à la perfection son rôle de maîtresse de maison et de mère de famille honorable. Bénédicte et Joël ne s'aperçurent de rien, ou du moins firent-ils semblant, se plongeant plus que jamais dans les écrans de leurs portables. Léonide, pour sa part, demeura la même vieille chose glacée, sèche et sévère. Arrimée à son fauteuil roulant, elle portait toujours sur le monde son regard aigre, dénué de la plus petite lueur d'humanité. Quant à Théo, il se laissa couler dans cette existence sans provoquer le moindre remous. Il avait, bien entendu, éprouvé quelque temps le désir rageur d'attraper sa femme et de la questionner sans relâche afin qu'elle avouât sa liaison avec Flingot. Le temps passant, pourtant, sa jalousie s'évapora. Ses longues marches dans Paris, mais aussi les réflexions souvent frappées du coin du bon sens d'Anselme, émoussèrent son ressentiment. Avec pragmatisme, il se dit qu'il n'aurait rien à gagner à faire éclater l'éventuelle vérité au grand jour.

De plus, il n'était sûr de rien. Soit Cécile ne le trompait pas et, auquel cas, il devrait payer jusqu'à la fin de sa vie ce manque de confiance, soit elle le trompait, et l'affaire se compliquerait alors d'une façon funeste. Il faudrait passer par la séparation de corps et de biens. Prévenir les enfants. Entamer la procédure de divorce. Et, vu que l'appartement était au nom de la vieille toupie cassée, Théo se retrouverait comme la grande Gisèle, l'Anglaise ou la majorité des suce-glaçons du Gay-Lu, obligé d'habiter un taudis minuscule qui lui serait facturé au prix d'un palace. Sans parler de Flingot. Il n'échapperait pas à une explication en règle avec lui, et Théo ne se sentait pas transporté de joie à l'idée de recevoir trois coups de pistolet sur l'autel de l'honneur cocufié, fût-ce par un pistolet d'alarme.

Usant de son mieux de son emploi du temps, Théo quittait donc l'appartement dès l'aube et il n'y remettait les pieds que le soir, à l'heure du repas. Pour des raisons obscures, et d'ailleurs chaque fois différentes, Cécile ne s'attardait plus dans le salon où, de fait, un confortable canapé-lit avait fini par être livré et installé. Sitôt la vaisselle terminée, elle poussait devant elle le fantôme de sa mère et s'enfermait dans la chambre. Enfin seul, Théo bâillait deux ou trois heures devant l'écran de la télévision puis, aux alentours de minuit, il repassait en songe les différentes étapes de sa journée. Ses jambes, employées à parcourir Paris dans tous les sens, se tenaient désormais plus tranquilles. Bien calées dans le convertible, elles frétillaient encore parfois, mais elles recouvraient leur immobilité dès qu'il en émettait le souhait. Il n'aurait su dire pourquoi – était-ce le résultat de ces courses ? son nouvel emploi ? les histoires rocambolesques que lui racontait Anselme ? le fait de redécouvrir sa ville pour en rapporter de petits morceaux au libraire ? celui de ne plus culpabiliser en pensant à l'inconnue puisqu'il se supposait cocu et possédait, de fait, une espèce de crédit sur la malhonnêteté éventuelle de Cécile ? ou bien étaient-ce toutes ces raisons à la fois ? –, mais Théo goûtait à une paix qu'il prenait grand soin de savourer à chaque seconde. Il se sentait un homme neuf. Ses jambes, justement, s'étaient affinées et musclées. Son ventre avait maigri et ne s'échappait plus de ses pantalons cargo ni de ses jeans. Son visage, sans être hâve ni creusé, s'était émacié et les rayons du soleil avaient fini par lui donner une patine brune que n'auraient pas renié les stars des films de pirates et de flibustiers, dans le début des années 1950. Lorsqu'il passait devant le Gay-Lu, dont les vitrines avaient été barbouillées de l'intérieur avec de la peinture blanche afin de masquer l'avancée des travaux, il ressentait toujours un pincement au cœur. Mais il n'était plus saisi de tristesse ni de mélancolie en songeant à madame Jouve et ses décolletés, à Gégène ou à la Guigne, à Petit Pois, à Séfanaze ou à Cothurne. Ces bois-sans-soif devaient désormais traîner dans d'autres troquets, à supposer qu'il en existât encore quelques-uns dans Paris. Ou bien, hypothèse plus vraisemblable, ils devaient finir d'engraisser leurs cirrhoses en solitaire, plantés devant les jeux télévisés, en maudissant ce monde qui s'y entendait pour créer des désirs et des besoins, mais qui ne concédait aucune solution quant aux moyens de se les offrir.

À bien y réfléchir, le seul véritable point noir dans cette parenthèse de paix, c'était la Mère Tapedur. Elle vivait encore. Il n'avait pas trouvé le moyen, pas plus que le courage, de lui faire avaler son extrait de naissance. Il en rêvait toujours, la nuit. Dans son esprit, il la faisait passer sous un rouleau compresseur, lui arrachait les ongles un à un ou, délice suprême, il parvenait à l'étouffer en lui faisant gober un pigeon vivant. Et par la queue. Au matin, pourtant, il devait se rendre à l'évidence. Cette matrone, à elle seule une insulte à l'ensemble de l'humanité, était encore de ce monde. Mais le temps viendrait. Dieu, à un moment donné, serait bien forcé de se rendre compte de son erreur. Dans son infinie bonté, il trouverait certainement un biais pour effacer de la surface de la terre cette motte de margarine pétrie de médiocrité, tout empestée de fiel. Il la rayerait de ses cartes et l'on n'en parlerait plus.

Un soir, Théo faillit devancer l'action divine. Il fut à deux doigts de crucifier la rombière sur la porte d'entrée de l'immeuble – tout comme le faisaient les sorcières avec des corbeaux noirs pour répandre des maléfices, en ces temps que l'on se complaît aujourd'hui à qualifier d'obscurs. Plus tôt dans la journée, Anselme avait entretenu Théo des aventures ineffables et croquignolettes de Gulliver[1], signées d'un certain Jonathan Swift. Le pied léger, l'esprit à Lilliput, Laputa ou Brobdingnag, il avait marché de longues heures, de Chaillot à Auteuil, puis de Javel à Petit-Montrouge. Son âme baignait dans une légèreté délicieuse et il se sentait suffisamment fort pour aborder son inconnue qui pouvait, à tout moment, surgir devant lui. Après un crochet par le kiosque du Calabrais, ses pieds avaient fini par le ramener chez lui. Dès la porte d'entrée de l'immeuble poussée, la Mère Tapedur lui était tombée dessus. Un pied sur le trottoir et l'autre à l'intérieur, il s'était figé. Bouchant le passage, poings serrés dans les poches de son tablier, sourcils en bataille, elle s'était épanchée sans la moindre pudeur. L'affaire était de taille. Patte Rouge, son pigeon préféré, était venu mourir sur son pas de porte. Pour elle, le doute n'était pas permis. Il avait été empoisonné par une personne malfaisante.

Alors que Théo allait lui demander pourquoi elle s'adressait à lui sur ce ton inquisiteur, elle le coupa aussitôt : « Il est pas mort tout seul, ce petit ange ! »

Comme Théo ne pouvait s'empêcher de sourire en imaginant ce que pouvait être le paradis de la Mère Tapedur, au vu de ces sacs à plumes qu'elle prenait pour des chérubins, la bignole monta sur ses grands chevaux : « Ça vous fait rire, le malheur des autres ?

---

1. *Les Voyages extraordinaires de Gulliver*, roman satirique, 1721.

Grand bien vous fasse ! Mais rira bien qui rira le dernier. Et c'est pas vous, monsieur Sentiero, qui me ferez taire. Je vais trouver des preuves ! Et je connais du monde, moi ! Je porterai l'affaire en haut lieu !

— Qu'est-ce que je peux y faire, si votre pigeon est mort ? Les pigeons ont bien le droit de mourir eux aussi, non ?

— Peut-être. Mais on parle pas de n'importe quel pigeon, on parle de Patte Rouge !

— Et alors ?

Approchant sa trogne de viande grise du visage de Théo, elle souffla : « Je sais que vous aimez pas les pigeons, monsieur Sentiero. Vous, c'est les piafs, les moineaux. Je sais aussi que vous leur donnez à manger, par la fenêtre qui donne sur la rue et aussi par celle qui s'ouvre sur la cour, alors que le règlement l'interdit. Et ne me dites pas le contraire : mon neveu travaille à la Ville et il m'a bien précisé que c'était interdit par le Code de la santé publique.

— Si c'est interdit pour les moineaux, ça l'est aussi pour les pigeons, non ?

— Peut-être. Mais Patte Rouge, c'est différent. Même que c'était "Patte" au singulier, parce qu'il lui en manquait une. Il marchait pas, il sautillait que c'en était à vous tirer les larmes. C'était un compagnon, vous comprenez ?

— Madame Chevillard, je suis désolé pour vous, mais…

— Ça remplace pas un mari, je sais bien. Mais quand même. Et Patte Rouge, c'était pas un pigeon comme les autres, je vous dis. Il était fidèle. Plus fidèle que bien des hommes, vous pouvez me croire sur parole… Figurez-vous qu'y a qu'à moi qu'il venait s'adresser, quand il avait faim. Il avait un regard… Un regard d'enfant, sans mentir. »

Les yeux globuleux de la Mère Tapedur s'étaient voilés de larmes sincères. Ayant trouvé en Théo une oreille qu'elle s'imaginait compatissante, elle se déversa sur le même ton geignard qu'elle poussait au pathétique : « Parfois, il venait cogner à ma fenêtre. Vous pouvez imaginer ça, monsieur Sentiero ? Tac-tac ! Tac-tac-tac ! Il me reconnaissait comme si j'étais sa mère… Mais pourquoi on lui a fait ça ?

— Il est sûrement mort de vieillesse. Vous en trouverez un autre, j'en suis sûr. »

Toujours plaintive, la pipelette posa un instant l'une de ses mains boudinées sur l'épaule de son locataire et se lamenta : « Jamais de la vie. Patte Rouge, c'était un peu comme mon enfant, je vous dis. C'était une bête, bien sûr, mais il valait bien des humains et…

— Madame Chevillard, s'impatienta alors Théo, je dois rentrer. Ma femme m'attend. »

À ces mots, la Mère Tapedur abandonna sur-le-champ son masque de douleur pour son regard de mégère. D'un air chafouin, elle remâcha entre ses dents mal soignées sa réponse. Puis, elle finit par cracher : « C'est ça, monsieur Sentiero. La compassion et vous, ça fait deux. Et votre femme vous attend ? Vous êtes sûr ? C'est aussi bien que vous soyez pas revenu chez vous dix minutes plus tôt, dans ce cas. Les chiens font pas des chats, vous allez me dire, et votre belle-mère a bien tracé la route…

— Qu'est-ce que vous sous-entendez par là ?

— Rien. Mais je me comprends.

— Pas moi. Alors ? Répondez ! »

Comme la bignole tentait de se défiler, ce fut lui qui la saisit au poignet et la foudroya du regard. Interloquée par la force de la prise et le visage mauvais de Théo, elle bredouilla : « Laissez-moi partir. J'ai dit ça, mais j'ai rien dit. C'était juste pour parler.

— Pourquoi vous parlez de la mère de ma femme, maintenant ? Et quel rapport avec votre pigeon ?

— Y en a sans doute plus qu'on le pense. Et qui vole un œuf… Mais lâchez-moi ! Vous me faites mal, je vous dis !

— La mère de ma femme est dans un fauteuil roulant. Comment voulez-vous qu'elle s'en prenne à votre foutu pigeon ?

— Quand on veut, on peut ! Puis, ça se voit que vous l'avez pas connue d'avant ! Et confondez pas tout. Ce que j'ai dit, ça a rien à voir avec mon pauvre Patte Rouge. C'était rapport à l'éducation que je disais ça. Quand le pli est pris, il faut pas s'étonner.

— Quel pli ?

— Celui de votre dame. Mais vous allez me lâcher, oui ? »

Alors que Théo allait répliquer, il sentit soudain une présence dans son dos. D'instinct, il regarda par-dessus son épaule, dans la rue de l'Estrapade. La nuit était tombée et les lampadaires n'étaient pas encore allumés, mais il la reconnut. Au premier coup d'œil. Vêtue d'une robe sans doute trop légère pour la saison, d'un orangé tirant sur le safran. Ses cheveux dénoués flottaient sur ses épaules et disparaissaient, coincés par un sac à dos de cuir trop volumineux pour elle. Elle portait un casque audio sur les oreilles et, lorsqu'elle passa près de lui, à le frôler, Théo saisit quelques notes de musique qui ressemblaient à celles d'un violoncelle ou d'une contrebasse. C'était de la musique classique, profonde comme le ventre de Saint-Sulpice. Elle n'eut pas un regard pour lui. Et, toujours aérienne, elle traça son chemin, comme si elle n'appartenait pas à ce monde, à cet univers composé de Mère Tapedur, de Patte Rouge, de Léonide et de fauteuils roulants. Théo desserra enfin son étreinte du poignet enflé de la commère et voulut emboîter le pas à cette inconnue. Il avait tant de choses à lui dire, des secrets qu'il n'avait encore avoués à personne, pas même à Anselme, et qui lui déchiraient le ventre. S'il parvenait n'était-ce qu'à lui parler, il lui semblait que tout, dans son existence, prendrait une couleur différente et changerait enfin.

Hélas, à l'instant où il s'apprêtait à franchir le pas de la porte pour la rattraper, il sentit le battoir de la Mère Tapedur qui, à son tour, le retenait par la manche de son pull. Et sa voix, son brame plutôt, son rognonnement de bouledogue hargneux, tout cela monta dans la pénombre : « Oubliez pas que, si vous avez votre appartement, vous le devez en rien au Saint-Esprit, monsieur Sentiero !

— Laissez-moi tranquille, nom de Dieu !

— Parce que ça se sait comment elle l'a eu son appartement, votre belle-mère. Et si vous, vous le savez pas, je vais vous le dire.

— Mais…

— Elle a fricoté plus qu'à son tour, pendant la guerre. Et ça, c'est ma mère qui me l'a dit. Ça y allait, les parties de jambes en l'air, et elle était pas regardante sur la carte d'identité. Il suffisait de monter et de payer. Et c'est miracle si on l'a pas tondue, à la Libération. Vous le saviez, ça ?

— Foutez-moi la paix…

— Pas si vite ! Elle a su retourner sa culotte comme d'autres ont retourné leurs vestes. Et, à la Libération, par ici le bel appartement ! Qu'est-ce que vous dites de ça ?

— Ta gueule !

— Oh ! »

Théo mit un temps infini à gravir l'escalier qui le conduisit au deuxième étage de l'immeuble. Il y monta avec autant d'enthousiasme qu'un condamné à mort se rendant à la guillotine. L'inconnue était apparue. Elle était passée. Elle avait disparu dans la nuit. Il n'avait pu garder d'elle que quatre notes de musique. Et un parfum d'orange amère, aussi. Il flotta dans son sillage telle une écume vive sous l'étrave d'un bateau. L'espace d'un instant, il avait eu un pied dans la rue et l'autre dans la cour de l'immeuble. L'un au paradis et l'autre…

Avec cette insulte, il avait finalement réussi à crucifier la Mère Tapedur. Pendant les secondes qui avaient suivi, une éternité pour Théo, elle avait gardé sa main crispée sur sa manche et, s'il avait pu s'en libérer, cela n'avait été que doigt après doigt, au prix de toute sa force. Lorsqu'il avait enfin jailli dans la rue, l'inconnue s'était évaporée. Il avait couru dans l'obscurité. Place Levinas, rues Blainville, Tournefort, Thouin, Laromiguière. Puis rues Clothilde, d'Ulm, Lhomond. Et celle des Irlandais, aussi. Au désespoir, il avait fini par rentrer à pas lents au bercail.

Ce soir-là, pendant que Bénédicte et Joël se disputaient au sujet d'une quelconque application Internet, Théo demeura silencieux. De tout le dîner, il ne put détacher ses yeux du masque mortuaire de la vieille Léonide qui lui faisait face, à l'autre bout de la table. Bien sûr qu'il connaissait son histoire. Qui, dans l'immeuble, ne la connaissait pas ? Elle avait couché avec des Allemands. Puis, avec des partisans, des FFI et sans doute aussi des soldats de la deuxième DB. À l'époque, elle avait su s'adapter. Beaucoup de Français aussi, d'ailleurs. Collabos un jour, résistants de la vingt-cinquième heure le lendemain. Et libérateurs de pacotille, pour finir. S'il avait fallu coffrer tous les salauds de France, à cette époque troublée, il y aurait eu plus de prisons que de mairies, d'écoles et d'églises réunies.

En attendant, la vieille, comme la Mère Tapedur, refusait de crever. Et l'inconnue, elle, était déjà loin.

*

Ce fut vers la fin du mois d'avril qu'eut lieu une tentative d'explication entre Cécile et Théo. Ce dernier ne s'y attendait pas le moins du monde lorsque, aux alentours de trois heures du matin, son épouse était apparue dans le salon. Depuis des jours, rien de notable ne s'était passé. Lors du dîner, l'ambiance avait même été plus légère qu'à l'accoutumée. Joël avait rapporté des notes moins mauvaises que de coutume et son professeur principal, de sa plus belle écriture, s'était même fendu d'une appréciation encourageante. Bénédicte, pour sa part, traversait une nouvelle phase. Elle se voyait désormais intégrer une ONG quelconque, bien décidée qu'elle était à sauver le monde, même sans l'accord de celui-ci.

Les pieds nus, vêtue d'une robe de chambre en éponge, Cécile était venue s'asseoir sur le bord du canapé-lit. Pour se justifier, elle avait murmuré, avec une lassitude qui le disputait à une anxiété non feinte: «Je t'ai entendu marcher autour de la table. Ça faisait longtemps que ça ne t'était pas arrivé. Alors, je suis venue voir.»

Comme il ne répondait pas, elle ajouta: «Tu as des problèmes au travail? Si tu veux démissionner, tu peux. On a un peu d'argent de côté. Et pour le lave-vaisselle, j'attendrai.

— Non. De ce côté-là, tout va bien. D'ailleurs, monsieur Guilledoux m'a réglé ma semaine en liquide, comme d'habitude. J'ai mis l'argent dans le tiroir de l'entrée. Pour mes jambes, c'est juste mon syndrome qui se réveille de temps en temps, rien de grave.

— Et le neurologue ? Quand est-ce que tu dois le revoir ?

— C'est lui qui doit m'appeler.

— Bien. Je ne te dérange pas plus. »

Un moment encore, ils demeurèrent ainsi, muets dans la nuit qu'éclairait faiblement le lampadaire posté au coin de la rue. Ils ne se haïssaient pas. Ils ne s'aimaient tout simplement plus. Elle, elle aurait pourtant eu tant de choses à lui dire. Pas sur Flingot, bien entendu. Une chape de plomb s'était posée sur cette histoire. Puis, c'était du passé. Ça ne comptait pas. Ça n'avait même jamais compté. Cela n'avait été qu'un coup de sang. Un frisson de la chair. Raté, qui plus était. Flingot portait beau. Mais il n'entendait rien aux femmes. Et encore moins à leurs corps. En revanche, et tout en entortillant autour de son index la ceinture de son peignoir, elle aurait aimé avouer à Théo la mauvaise action dont elle s'était rendue responsable, une dizaine de jours plus tôt. Pas de quoi ameuter les populations, mais suffisamment pour la tracasser. Pendant qu'il prenait sa douche, elle était allée chercher des informations dans son téléphone portable. Quitte à y être, elle avait tout passé en revue. Assez vite, d'ailleurs, puisqu'il n'y avait, dans l'historique des appels comme des textos, pas la moindre preuve d'une infidélité de son mari. Au moment de remettre le téléphone en place, elle avait toutefois eu l'idée de consulter le podomètre, qui affichait une notification.

Elle l'avait ouverte. Elle n'en avait pas cru ses yeux. En deux mois et demi, Théo avait parcouru, à pied, près de mille kilomètres. Elle en était restée saisie. À la fois par la surprise et par l'incompréhension. Mille kilomètres. Cela faisait un aller-retour Paris-Concarneau. Ou six fois la distance pour rejoindre Bellême et la maison secondaire de son frère et de sa bêcheuse de femme. Mentalement, elle aligna les chiffres. Ça faisait une moyenne de treize kilomètres par jour. Son patron, Théo le lui avait dit, l'envoyait en courses à travers Paris. Mais tout de même, treize kilomètres ? D'autant que, dans ce calcul, elle avait compté les week-ends, alors qu'il ne bougeait pas de la maison, ou presque, ces jours-là.

Dans la tête de Cécile, l'évidence s'était imposée, incontournable et glacée. Son mari avait une liaison. Il n'y avait que pour une femme qu'un homme pouvait arpenter les rues de cette façon. Elle, en tout cas, n'en voyait pas d'autres. C'était une amante, une maîtresse. Peut-être, même, une amoureuse. Sinon, comment expliquer tous ces kilomètres ? Il ne lui avait pas échappé que Théo avait changé. Sur le plan du physique, il s'était même transformé. Pas du tout au tout, certes. On métamorphosait difficilement un âne en cheval de course. Mais il avait l'air plus jeune. Plus heureux, aussi. Et c'était bien ce qui la gênait avant tout. Il en voyait une autre. Il en aimait certainement une autre. Une étrangère qui, par sa seule présence, mettait en danger l'équilibre, voire la survie du couple. Afin de ne pas avoir à croiser son mari au sortir de sa douche, Cécile s'était enfermée dans la chambre de sa mère. Là, elle avait pleuré en silence, sous l'œil de la vieille Léonide. Une heure plus tard, elle était ressortie, le visage chaviré. Puis, elle s'était assise à la table de la cuisine et elle avait réfléchi. En fait, elle ne parvenait pas à savoir si cette liaison l'arrangeait ou la rendait malheureuse. Tout ce dont elle était sûre, c'était que son époux pouvait s'épanouir sans elle. Toute la journée, elle avait ruminé mille idées, échafaudé autant de scénarios, certains plausibles, d'autres parfaitement incongrus et dictés par la seule terreur de se retrouver, un jour, seule. Afin de sauver ce qui pouvait l'être encore, elle imagina lui faire une scène. Ou le traiter par le mépris. Lui envoyer ses avocats, même si elle n'en connaissait aucun. Elle se vit aussi le supplier, tomber à genoux. Puis, le gifler à toute volée. Jouer la psychologie inversée, comme elle l'avait lu dans ses magazines de chevet. Lui dire, en faisant bien semblant de retenir ses larmes, qu'elle préférait le voir heureux avec une autre que malheureux avec elle. Selon la journaliste experte en psychologie, il aurait alors protesté de son innocence. Avant de finir par avouer. Elle aurait pleuré, sans un cri. Une détresse muette. Et, s'il l'avait tout de même quittée, cela n'aurait été que pour revenir au bercail, un peu plus tard. Là, elle l'aurait pris contre son cœur, magnanime. Ou elle aurait profité de la situation pour le mettre à la porte de façon définitive, drapée dans sa dignité. Sur ce point-là, elle était encore partagée.

« Tu ne vas pas dormir ? demanda Théo, d'une voix douce.

— Si, j'y vais. Maintenant que je sais que tu vas bien. »

Dans toutes ces pensées, une autre hypothèse s'était aussi dégagée. Elle aurait pu aller le trouver pour tenter de le ramener à la raison. Mais elle ne lui aurait pas parlé des enfants, pas plus que de son devoir de père. Il les aimait, c'était indéniable. Elle l'espérait, en tout cas. Hélas, que pouvaient des enfants face à une maîtresse qui offrait à un homme en pleine force de l'âge ce que son épouse ne lui donnait plus depuis longtemps ? Pas les enfants, donc. Pas un mot sur la maîtresse, non plus. Pas si folle. Mais elle aurait su le prendre, lui remettre les idées en place. Elle avait même préparé tout un discours qui en appelait à son intelligence plutôt qu'à ses sentiments ou à sa pitié. Elle aurait dit à ce pauvre Théo qu'il rêvait trop haut et que le charme de la nouveauté ne durait qu'un temps. Que leur mariage, lui, avait déjà su faire front pendant dix-sept ans. Parce qu'ils se ressemblaient. Parce qu'ils n'avaient peut-être pas tiré les bonnes cartes, ou qu'ils n'avaient pas su les jouer au bon moment, mais les années avaient prouvé qu'ils avaient su s'habituer l'un à l'autre. Ils étaient faits pour rester dans le rang. Ils étaient programmés pour les petits bonheurs et les petits malheurs. Ils n'avaient pas de grand destin qui les attendait. Leurs enfants avaient encore une chance. Mais pour eux, c'était trop tard. Puis, ils ne se débrouillaient pas si mal que cela, au bout du compte. Joël et Bénédicte grandissaient bien. Leur loyer de 1948 leur permettait de vivre honnêtement. Et le canapé-lit, à la teinte parfaitement coordonnée avec le reste du mobilier, était une bonne idée, en attendant une guérison toujours possible.

« Parce que tu vas bien ? répéta Cécile. C'est sûr ?

— Oui. »

Quant aux mille kilomètres, soit elle n'en aurait pas parlé, soit Théo aurait su inventer une raison plausible à laquelle elle aurait fait semblant de croire. Des courses pour le libraire. Ou un emballement du podomètre dû à un problème informatique. Elle en aurait même rajouté sur tous ces téléphones chargés de nous espionner et qui ne fonctionnaient qu'à moitié. En revanche, s'il s'était aventuré à défendre Anselme Guilledoux, elle aurait joué sa partition sur un mode bien différent. Celui-là, elle ne l'aimait pas. Même sans l'avoir vu. Aperçu, une fois. Mais de loin, alors qu'il était en compagnie de Théo. Les aveugles, pour commencer, cela ne fonctionnait pas comme nous. Ils cachaient tous quelque chose. Ils n'étaient pas pareils, quoi. Surtout celui-là, avec sa calotte noire et sa canne blanche. Il prenait certainement Théo pour son esclave, et lui, pauvre de lui, il se laissait manger la laine sur le dos, sans protester. Depuis qu'il avait été embauché dans cette librairie, elle ne le reconnaissait plus. Elle avait même trouvé des livres, posés sur la table basse du salon faisant office de chevet, la nuit. Le plus ancien des deux parlait des souffrances d'un nommé Werther. La tranche était moisie, et elle ne l'avait pas ouvert. Le second, lui, racontait une histoire d'amour qui se déroulait en Grèce. C'était le texte d'avertissement, à l'arrière du roman, qui le lui avait appris. Théo lisait donc des romans d'amour ? Ça lui avait coupé le souffle ! Ça n'était pas des lectures d'homme, ça ! C'était sans doute du travail qu'il rapportait à la maison. Il n'y avait pas d'autre explication. Et qu'il ne se faisait bien sûr pas payer…

Après avoir vérifié d'un regard machinal que les coussins du convertible avaient bien été empilés et rangés sur le fauteuil, Cécile finit par se lever. Puis, la voix molle de sommeil, elle soupira : « Cette fois, j'y vais. Demain, j'ai du repassage. »

Toujours allongé, Théo sentit que ses jambes se remettaient à trembler. Lui aussi, il aurait eu des choses à dire à sa femme. Pas toutes agréables. Mais comment annoncer à son épouse, tout à trac ou après mille précautions oratoires, qu'il ne l'aimait plus ? Qu'il ne l'avait peut-être même jamais aimée ? Qu'il avait plus appris en quelques semaines auprès d'un vieux fou aveugle, tenant une librairie moribonde, qu'en dix-sept années de mariage ? Qu'il était tombé amoureux d'une femme qu'il ne connaissait pas, dont il ignorait tout, jusqu'au prénom ? Comment expliquer, sans passer aussitôt pour le dernier des margoulins, qu'il se foutait d'être cocu ? Mais alors, il s'en foutait à un point qu'elle ne saurait imaginer ! À ce jour, il souhaitait d'ailleurs à ce couple adultère tout le bonheur du monde. Lui, Théophraste Sentiero, voulait juste avoir la paix. Le droit de rêver à autre chose.

Celui de marcher, aussi, sans être immédiatement la cible de phrases toutes faites, de critiques ou de jugements à l'emporte-pièce. Il ne voulait pas marcher pour aller quelque part. Les courses qu'Anselme lui commandait n'étaient que des prétextes, il n'était pas dupe. En voyant que, chaque jour, les distances augmentaient, il avait renâclé. Pour la forme. Mais il avait chaque fois obéi, et il n'y avait pas, dans tout Paris, un seul marcheur qui pouvait s'aligner. Des plus rapides, des plus malins qui connaissaient les raccourcis, des plus lents ou des plus pressés, l'on pouvait en trouver des brassées. Mais des gens qui ne marchaient que pour suivre leurs pieds, en espérant que ceux-ci les mèneraient quelque part ? Certainement pas.

« C'est vrai, on est déjà mardi… », murmura en réponse Théo.

Allongé sur le convertible, les arguments et les questions se percutaient dans son crâne comme des billes de flipper. Ainsi, comment dire à sa femme qu'il se sentait plus heureux avec un bonhomme râleur, fagoté comme l'as de pique, coléreux, gueulard et de mauvaise foi, qu'avec elle, son épouse légitime ? Qu'il éprouvait plus de plaisir et de sens à parler des bordels chinois de la Guyane avec la grande Gisèle que de planifier des vacances de Pâques, qui plus était dans le trou du cul du monde, avec une belle-famille qui le méprisait ? Qu'il pouvait tomber en admiration devant une rose des sables peinte par une Anglaise qui n'en était pas une ? Qu'il pouvait voyager, sans même bouger d'un pouce, juste en regardant des couvertures de chez Chandeigne ? Qu'il échangeait plus avec le Calabrais mutique qu'avec ses propres enfants ? Qu'il rêvait d'occire, chaque nuit, la Mère Tapedur, de toutes les façons les plus ignobles qui fussent ? Qu'il n'aimait pas la dinde de Noël – qu'il la détestait, même ! – et qu'il trouvait injuste que son anniversaire tombât justement le jour de la naissance du Christ ? Qu'il se retenait, depuis dix-sept ans, de pousser dans l'escalier la vieille Léonide et son maudit fauteuil roulant ? Qu'il aurait adoré ne plus voir, tous les soirs, en face de lui, sa sale gueule de collabo rescapée ?

« Alors, bonne nuit… », dit Cécile.

Et, bien au-delà de tout cela, comment lui dire – sans passer cette fois illico presto pour un inconséquent, voire un faible d'esprit –, comment lui dire qu'il s'ennuyait à mourir ? Que, loin d'ici, avec un peu de chance, il trouverait des terres à parcourir, des mers sur lesquelles voguer, des fleuves à remonter entre cent murs de jungle impénétrable, des déserts où ne survivaient que les rêves, mais que ces rêves-là, justement, il fallait les vivre lorsqu'ils passaient à votre portée ? Quant à l'inconnue, il se moquait finalement de qui elle pouvait bien être. Un Prix Nobel ou une cruche, vide et fêlée, cela n'avait aucune importance. Tout ce qu'il savait, c'était qu'elle était autre que cette existence morne. Et cela suffisait à son bonheur. À son idée du bonheur, en tout cas.

« Bonne nuit », finit par répondre Théo.

15

La vie de Théophraste Sentiero se poursuivit donc ainsi – non pas heureuse et tranquille, certes, mais à flot. De toute façon, s'il avait toujours peu ou prou caressé l'espoir de toucher à la tranquillité, il n'avait jamais eu la prétention d'être heureux. Ce mot, d'ailleurs, ne signifiait pour lui rien de concret. La seule chose à laquelle il aspirait vraiment était que le monde lui foute la paix. En retour, il lui garantissait sur l'honneur de ne rien bousculer dans ce fragile équilibre qui l'entourait. Il continua à se rendre rue Galande et à marcher dans Paris. Comme à son habitude, Anselme Guilledoux donnait la destination, le paquet de livres ou l'exemplaire qu'il devait acheminer. Puis, toujours grommelant, il le congédiait. Dès que Théo s'était acquitté de sa tâche, il se fiait alors à ses pieds et ne se concentrait plus que sur deux choses : la rencontre possible avec son inconnue et les histoires formidables dont le libraire le nourrissait et l'abreuvait après le déjeuner. C'était son pain et son vin. Son souffle d'air. À chaque personnage dévoilé, historique ou de pure fiction – cela ne fit bientôt plus une grande différence dans l'esprit de Théo –, celui-ci sentait son horizon s'élargir. Il avait dévoré le *Werther* de Goethe. Il avait terminé *Gioconda* au cœur de la nuit, pendant ces heures rares qui n'appartenaient ni au jour qui venait de mourir ni à celui qui allait se lever. Dans cette parenthèse bénie, il avait pu pleurer sans rougir, goûtant jusqu'à l'ultime page la déchirure mettant aux prises la jeune héroïne et Nikos. Il avait adoré *Gulliver*, qui l'avait sauvé un jour que ses pieds s'étaient soudain immobilisés sur le parvis de Notre-Dame. Impossible de les faire avancer ni reculer. Dans le couchant, il avait fini par lever les yeux. Face à la masse ensorcelante et trop dense du monument, il s'était tout à coup senti écrasé, anéanti. Il se serait même évanoui si, dans un réflexe, il ne s'était transporté à Lilliput. Aussitôt, l'édifice s'était contracté, recroquevillé sur lui-même. Bientôt, il ne lui sembla pas plus grand qu'un dé à jouer. Alors, avec une infinie délicatesse, Théo avait cueilli du bout des doigts cette fleur de pierre et l'avait accrochée à sa boutonnière.

« Le monde n'est pas définitif, clôturé, balisé, triple couenne ! le sermonnait souvent Anselme Guilledoux. Le monde n'est jamais fini. Il n'est, somme toute, que ce que nous en faisons. Lisez donc Kafka, petit phacochère nouveau-né ! Lisez-le vite avant de vous retrouver transformé en un monstrueux insecte et de rejoindre le lit grouillant des cloportes qui nous entourent ! »

Obéissant, Théo l'avait lu. Et il n'avait jamais plus réussi à regarder du même œil les cafards, les cancrelats, ni même le plus inoffensif des scarabées. Quant à *Tristram Shandy*[1], ce roman l'avait dérouté mais ravi. Certes, il n'avait pas su saisir toutes les finesses du récit. Il avait buté sur des mots, des tournures qui n'étaient plus de mise de nos jours. Pourtant, il était ressorti de cette lecture avec le sentiment d'avoir grandi. En ce sens, il avait fait sienne la philosophie du Calabrais. Il était parvenu au bout de toutes ces centaines de pages pour la seule raison que c'était beau. L'émotion primait tout. Et le reste n'était donc, en définitive, que littérature. Lorsqu'il avait confié au libraire sa peur de passer pour un sot, car il était incapable de saisir toutes les subtilités distillées par Laurence Sterne, le vieil homme n'avait pas ri. Au contraire, il l'avait encouragé à persévérer, à s'écorcher les yeux sur cette montagne de phrases. Afin de le convaincre, il avait mis un point final aux hésitations de son commis avec une nouvelle saillie de son cru, faite de bougonnerie, d'indignation et de bienveillance mêlées : « Il ne sert à rien de lire en s'imaginant que l'on peut ainsi devenir plus intelligent ou plus instruit. Il faut lire pour voir le monde qui nous entoure à travers les yeux des autres. Après, que ces chimères nous conviennent ou pas, ça n'est pas l'important. Pour vous comme pour moi, jeune homme, le livre est notre seul espace de liberté. Il est urgent d'en user et d'en abuser. Suivez cette piste, dévorez toutes

---

1. *Vie et opinions de Tristram Shandy, gentilhomme*, Laurence Sterne, 1759.

les littératures, et vous verrez alors votre univers s'enfler à la façon d'un ballon de baudruche multicolore. Les romans ne possèdent pas toujours le pouvoir de transformer les Aldonza Lorenzo en Dulcinea, c'est exact. Mais cela reste dans le domaine du possible, pourvu que vous y mettiez du vôtre… »

Là encore, Théo avait fait confiance au géronte. Sans jamais renâcler, il lisait tous les ouvrages que le vieil aveugle choisissait pour lui. Toutefois, il ne s'infligeait aucune torture. Si, au bout de vingt pages, il ne trouvait qu'un intérêt limité à suivre l'auteur dans son univers – et si, a fortiori, sa petite musique grinçait à ses oreilles avec l'acidité d'une scie égoïne sur une plaque d'ardoise –, il refermait alors le livre et passait à un autre. Le libraire le lui avait suffisamment répété, comme une antienne : « Tous les romans ne sont pas faits pour tout le monde et ils s'apprécient différemment selon la période de votre existence que vous traversez ! Mais il suffit d'un seul ! Un seul roman qui dit le monde tel que vous, vous auriez aimé le dire, et c'est alors l'extase. C'est le petit Jésus en culottes de velours… »

Un soir que rien ne semblait distinguer des autres, Théo assista à une scène qui resta à jamais gravée dans sa mémoire. Le crâne encore plein de bruit et de fureur à force d'avoir trop lu de Shakespeare, il rentrait à son domicile lorsqu'il s'aperçut que ses pieds l'avaient conduit sur les souvenirs encore tièdes et palpitants du Gay-Lu. La semaine précédente, les nouveaux propriétaires des lieux avaient fini par ouvrir. L'établissement, désormais, étincelait de mille feux dans le crépuscule. En lieu et place du zinc centenaire et de sa barre de cuivre, des guéridons de marbre et des chaises de bois, s'étalait maintenant sans pudeur une large vitrine, d'un seul tenant. À l'intérieur, tout n'était plus que plastique et aluminium, bois contreplaqué, fausses menuiseries et stucs criards, écrans hypnotiques, cartes et menus en anglais, en chinois et en japonais. Des serveuses officiaient en uniformes stricts, un sourire commercial figé sur les lèvres. Le café y était servi dans des gobelets en carton recyclable et l'alcool, lui, avait été banni. L'inauguration avait eu lieu en grande pompe. Aucune des figures historiques du Gay-Lu n'y avait assisté. Les uns, pour protester. D'autres, car ils ne se voyaient pas troquer leurs paradis alcoolisés d'antan contre ce qu'ils appelaient, avec un infini mépris, un distributeur à pisse d'âne, un bousin à jus de chaussettes, à bistouille ou lavasse. Certains, enfin, s'étaient abstenus au motif qu'ils ne voulaient pas être les premiers à piétiner les mottes de terre encore fraîche qui avaient enseveli leur passé.

En arrivant au coin des rues Le Goff et Gay-Lussac, Théo demeura saisi par le spectacle qu'il découvrit. En rang d'oignons, les bras ballants ou les mains au fond des poches, sans même un banc pour s'asseoir, ses anciens copains s'étaient retrouvés, réunis par la force de l'habitude. Face à la devanture de ce nouvel établissement qui, pour eux, ne signifiait rien, ils semblaient attendre. Quoi ? Sans doute qu'eux-mêmes l'ignoraient. La Guigne et Petit Pois, Séfanaze et sa kippa en cheveux, mais aussi Gégène ou Babouche faisaient songer à des lapins pris dans la lumière aveuglante des phares. Un peu à l'écart, la grande Gisèle en imposait, comme toujours. Raide et noire, silencieuse, cigarette au bec, elle faisait songer à ces anges de la mort dénués de pitié dont Doré et Daumier possédaient le secret, toute d'os et de robe de percale ébène. Son rouge à lèvres semblait défier les clients de pénétrer dans le lieu. Lesquels n'accordaient à cette brochette, naguère grande gueule et vantarde, qu'un regard distrait. Parfois, moqueur. Jamais bienveillant, quoi qu'il en fût.

Dissimulé à la vue de ses anciens compères par un encadrement de porte, Théo demeura là de longues minutes, incapable de dire ce qu'il ressentait vraiment. D'un côté, il était peiné de voir ses fidèles compagnons de cartes et de discussions interminables éjectés sans égard de leur propre existence. D'un autre côté, il ne pouvait se mentir à lui-même. Il savourait à sa juste mesure le fait de savoir et de voir qu'il n'appartenait plus à cette tribu de braillards et d'aboyeurs de vent, à ces vestiges d'un art de vivre que la prétendue modernité en marche avait écrasés et abandonnés sur le bas-côté, inutiles et grotesques. Alors, bien sûr, ils s'étaient tenu les coudes, avaient trinqué, ri, gueulé, maudit la terre entière. Ils avaient refait le monde plus qu'à leur tour, avaient ébauché des projets, grandioses ou plus mesquins. Ils s'étaient érigés en place forte de l'intelligence populaire et du bon goût qui ne se discutait pas. Ils avaient résolu en deux coups de cuillère à pot des énigmes aussi épineuses que la faim dans le monde, la primauté de la poule sur l'œuf, la sélection de l'équipe de France de football. Ils s'étaient même fabriqué, au petit pied mais avec une constance qui frisait le sublime, leurs propres thèses complotistes. Or, il fallait bien l'avouer, durant toutes ces années, ils n'avaient pas avancé d'un centimètre.

Alors qu'il allait revenir sur ses pas et récupérer la rue Malebranche, Théo vit soudain le SUV de Flingot qui, en bon Parisien, se garait en double file devant l'aire de livraison du petit supermarché. Après avoir fermé sa voiture rutilante d'un bip autoritaire, le conducteur alla saluer les uns et les autres de brefs serrements de mains. Au moment où il embrassait la grande Gisèle, son regard croisa celui de Théo. Ce fut rapide. Pas plus d'une seconde ou deux. Aussitôt, celui-ci détourna la tête et se rencogna dans son encadrement. Flingot, lui, resta la joue en l'air, tout entouré par la fumée de tabac et le parfum capiteux de l'ancienne gagneuse. Lorsqu'il plissa les paupières pour vérifier qu'il n'avait pas rêvé, il ne vit plus qu'un trottoir que piétinaient des badauds pressés de rentrer chez eux. Cela n'avait pu être qu'une illusion.

Une dizaine de minutes plus tard, lorsque Théo déboucha dans la rue de l'Estrapade, il avait encore en tête la silhouette de Flingot. Le Patient avait grossi. Son ventre débordait de son pantalon. Et son teint jaune avouait, à n'en pas douter, une maladie quelconque. Il devait être en train de se faire grignoter par ces crabes minuscules qui pouvaient fouiller vos entrailles des années durant avant de, tout à trac, vous asséner le coup de grâce. En songeant à cette bedaine de moine et à ce visage cireux, Théo n'éprouva pas la moindre pitié. Il abandonna Flingot à sa propre errance, là, sur son bout de trottoir, avec tous les autres. Cette fois, il en était sûr. Il n'en voulait pas à ce matamore d'opérette de l'avoir fait cocu. En revanche, il ne pouvait s'empêcher de ressentir, au creux du ventre, une sensation désagréable. Flingot, malgré sa grosse voiture et son pistolet – même d'alarme –, n'était pas un homme. S'il l'avait été, il aurait traversé la rue Le Goff et serait venu à lui. Tous deux se seraient regardés dans les yeux. Puis, ils se seraient serré la main. D'un œil froid, Théo lui aurait souhaité d'être heureux avec Cécile. S'ils parvenaient à se désennuyer l'un l'autre, leur liaison aurait eu une raison d'être. En retour, Flingot aurait pu lui souhaiter, d'un sourire, un bon voyage.

Hélas, rien ne s'était déroulé ainsi. Le chauffeur de SUV n'avait pas bougé. Il était resté à mariner sur son bout de trottoir, incapable d'assumer sa trahison. Théo, lui, était reparti vers son appartement. Décidément, non. Ce fiérot ne méritait pas son estime. Oui, il possédait une belle voiture. Mais cela ne rimait vraiment à rien si l'on n'utilisait ce carrosse que pour aller là où les clients vous demandaient de les conduire. C'était même idiot. Et peut-être, aussi, malhonnête.

L'espace d'une minute, Théo se sentit plus fort et

plus riche que Flingot. Et beaucoup plus chanceux, aussi.

*

Le lendemain matin, à sept heures trente, il sembla à Théo qu'il était le premier à franchir les lourdes grilles du jardin du Luxembourg. Toute la nuit, ses jambes et ses pieds, comme torturés par des charbons ardents, avaient tressauté dans les draps trempés de sueur. Avant même que le soleil ne se levât, il fut debout, la tête bourdonnante de rêves et de cauchemars dont il ne parvenait pas à se souvenir. La douche, plutôt qu'une libération, se révéla être un calvaire. Dans l'eau savonneuse, ses pieds glissaient et ses muscles, durs comme du bois sec à force de contractions, semblaient vouloir partir dans tous les sens à la fois. Il ne prit pas même un café. Sans un regard pour la loge de la gorgone, il s'échappa de l'immeuble et frissonna tout le long du chemin. Cette fois, il le sentait. Paris était beau, Paris était immense. Mais Paris était devenu trop petit pour tous ces flots de sève qui circulaient dans ses jambes. Il avait faim. Faim et soif d'espace. Entre le cinquième et le sixième arrondissement, il tournait en rond. Il perdait son temps.

La bouche amère, Théo alluma une cigarette. Il lui fallait partir. Tout quitter. N'emporter que le nécessaire. Et marcher. Ne plus faire que cela. Marcher, droit devant lui. Il allait devoir abandonner le centre historique, le périphérique, les banlieues. Il ne pouvait plus se contenter de filer d'une avenue à une rue, d'un boulevard à une allée. C'était le lot des cités, bien entendu, que d'être bâties avec des angles et des lignes plus ou moins droites. Mais les immeubles avalaient tout l'espace, dévoraient les lignes d'horizon. Jamais de vastes perspectives ne s'ouvraient devant vous. Alors, vous pouviez marcher, certes. Mais vous ne pouviez le faire qu'à l'économie. Au bout de chaque rue, il y avait un mur. Il fallait choisir d'aller à droite ou à gauche. Ou revenir sur ses pas, en cas d'impasse. En fin de compte, il ne progressait pas et ses pieds, bridés par l'architecture urbaine, ne parvenaient pas à donner libre cours à leur fantaisie. Théo, malgré ses courses de plus en plus longues, se retrouvait, chaque soir, chez lui. C'était réglé. Du papier à musique. Et dans ses pénates, rien, absolument rien, n'avait changé ni ne changerait jamais. Alors, il s'endormait. Rêvait. Croisait parfois son inconnue à l'occasion de ses songes. Se réveillait. Et une nouvelle journée débutait. Il suivait ses pieds dans tout Paris mais, au fond de son âme, il savait dès le premier pas qu'il n'aurait pas d'autre issue, dans sa course, que de revenir couler l'ancre chez lui. Une histoire sans fin.

« Bonjour, monsieur Théo. »

Alors qu'il venait de poser son sac près d'une chaise disposée autour de la fontaine Médicis pour s'y asseoir, Théo cligna des yeux dans le vermeil du matin. À quelques mètres de lui, son barda de peinture dépassant du Caddie, l'Anglaise lui souriait, essoufflée par sa marche plus matinale qu'à l'ordinaire. Écarquillant ses carreaux d'un bleu d'azur qui juraient avec le pistache et le fraise écrasée de sa robe à volants, elle demanda : « Je peux me poser un instant avec vous ?

— Je vous en prie. »

Aussitôt, la Chassepot se laissa aller sur l'assise. Dans le mouvement, un parfum de muguet s'échappa de sa tenue. Ravie, elle contempla avec délice le plan d'eau incliné que le vent friselait. Dans les arbres, les passereaux s'en donnaient à cœur joie. Ils sifflaient à tue-tête pour annoncer l'arrivée imminente des grosses vagues de chaleur. Parfois, ils s'indignaient aussi en longs trilles irrités lorsque les piaillements irréguliers des quelques perruches à collier en goguette se faisaient entendre. Ces dernières s'étaient, selon les sources, échappées du Jardin des Plantes, de la cage d'un particulier ou des soutes d'un avion, nul n'aurait pu le dire avec certitude. Quoi qu'il en soit, elles avaient élu domicile là, libres d'aller et venir. Elles régnaient sur Paris tout en se cachant avec soin, dans les anfractuosités des troncs d'arbres, des regards des curieux.

Sans se tourner vers son voisin, l'Anglaise murmura, un sourire aux lèvres : « Ça va être un beau jour de peinture. Je le sens. »

Théo, les yeux également fixés sur le bassin, demanda : « Vous allez encore peindre votre rose des sables ?

— Et pourquoi pas ?

— Je ne sais pas. Vous n'avez jamais essayé autre chose ?

— Non.

— Vous n'en avez pas envie ?

— Non. Je n'ai jamais été fidèle de ma vie. À rien ni personne. Sauf à moi-même. Et à cette rose des sables… »

Ce disant, elle tira de son sac à rabats frangés une boîte de fer qui, jadis, avait dû contenir des biscuits ou des sucreries. Les quelques mots inscrits en arabe qui figuraient sur le couvercle n'en apprirent pas plus à Théo. En revanche, les éraflures, les creux et les bosses, les parties griffées, écaillées, malmenées par le temps affirmaient que cet écrin avait vu du pays. D'une main appliquée, la Chassepot ouvrit la boîte et en tira un objet enveloppé dans de la laine et du papier de soie. Un à un, elle déplia les bords jusqu'à ce que, enfin, la rose des sables apparût dans la lumière.

D'une voix émerveillée, elle chuchota : « C'est beau, n'est-ce pas ?

— Oui. Mais ça doit être fragile, aussi. Pourquoi vous ne la laissez pas chez vous puisque vous peignez de mémoire ? »

Après un sourire moqueur, la vieille plaisanta : « Et pourquoi pas dans un coffre-fort, tant que nous y sommes ?

— Peut-être pas jusque-là. Mais je me disais que…

— Je sais. Vous vous disiez que ce serait dommage si, tout à coup, à cause d'un mauvais geste, je la lâchais. C'est bien ça ?

— Oui. »

Après avoir haussé ses épaules maigres, comme

Anselme le faisait lorsqu'il avait à répondre à une question qui lui paraissait saugrenue, la Chassepot laissa s'écouler de ses lèvres maquillées d'orange un rire nerveux. Puis, sur le ton de la fatalité, elle expliqua : « Si cette rose doit se casser, elle se cassera. Elle sera de nouveau du sable, et rien de plus.

— Ce serait dommage, non ?

— Pour vous, peut-être. Mais pas pour moi. Il faut prendre des risques dans la vie, mon cher jeune homme. Sinon, ça ne sert à rien. Qu'est-ce que vous voudriez que je fasse ? Que je la pose sous un globe de verre incassable et que je la regarde sans jamais la toucher ? Ce serait absurde. Criminel, même. »

À cet instant, l'Anglaise se tourna avec lenteur vers Théo et poursuivit, sur le même ton, calme et posé : « J'ai beaucoup de défauts. La vanité, je le crains, en fait partie. Et c'est peut-être pour ça que je me flatte de prendre, chaque jour, le risque de casser cette rose des sables. Exister, c'est risquer. Sans quoi, on creuse sa tombe, pelletée après pelletée, les yeux fixés sur la terre. Quand on s'arrête enfin, satisfait par le travail accompli, on s'aperçoit qu'on n'a pas bougé d'un mètre. Comme on est fatigué et qu'on a fait un joli trou, là, devant soi, on finit par s'y coucher. Et par mourir. Mais on n'a rien touché de la vie. Et elle ne nous a pas touché non plus. » Comme elle se levait, satisfaite de ses paroles, et prête à aller installer son chevalet, il lui lança : « Et l'Afrique ? Elle ne vous manque pas ?

— Si, bien sûr. Pas tous les jours, quand même. Mais presque.

— Vous n'avez jamais eu envie d'y retourner ?

— Non. Je n'ai pas le goût du pèlerinage. Ça sent les larmes et les regrets. La naphtaline, quoi. Mon Afrique, je veux la garder comme je m'en souviens. »

Avisant le sac à dos en toile légère qui se ramassait aux pieds de Théo, elle s'amusa : « Et vous ? Vous partez en voyage ?

— Avec ce petit barda ? Non. C'est pour porter des livres chez un bouquiniste du quai Voltaire.

— Ce n'est pas la taille du sac qui fait le voyage. Ce n'est même pas le sac, en fait. Puis, de toute façon, l'essentiel est ailleurs. L'essentiel, c'est d'avoir le courage de partir. Ou l'inconscience. Ça dépend des cas. »

Avant de tirer le chevalet de son Caddie, elle ajouta : « Quand on est malheureux, ça ne sert à rien de se plaindre.

— C'est pour moi que vous dites ça ?

— Qui sait ? N'oubliez jamais une chose, jeune homme. Quoi qu'on dise, on ne sera jamais que le résultat de toutes les décisions qu'on a prises, qu'on prend. Ou qu'on va prendre. Se plaindre de l'existence qu'on mène, c'est aussi idiot que de râler parce qu'on n'a pas gagné au loto. Si vous voulez gagner, il faut commencer par jouer… »

*

« Vous faites la grève, monsieur Guilledoux ?

— Non. Pourquoi ?

— Les livres, ils sont où ?

— Les livres ? Mais vous le savez aussi bien que moi, voyons ! Cela fait des semaines que nous les classons, que nous les rangeons dans des cartons. Il fallait bien que tout cela s'arrêtât un jour. Il y a un temps pour tout, mon jeune ami. Et je suis fatigué de jouer au fils de Danaos. J'ai quand même d'autres choses à faire…

— Alors, vraiment ? Il n'y a plus de livres ? Même dans la cave ? Vous auriez pu me le dire, non ?

— Pourquoi vous énoncer l'évidence ? Vous avez deux yeux, il me semble…

— Oui, mais je…

— Alors, vous auriez dû vous en servir. Aujourd'hui, c'est le dernier jour des Bonheurs d'Antioche. Le rideau va enfin pouvoir se baisser sur une vie entière de labeur. »

Avec une outrance toute théâtrale, Anselme Guilledoux ouvrit ses deux bras. L'espace d'un instant, il fit songer, dans la lumière avare, à un vieil albatros déplumé, un prince des océans blanchi sous le harnais, au moment de son dernier tour de piste. La pièce qui s'allongeait devant lui à la façon d'un couloir étalait désormais, sans la moindre pudeur, sa nudité humide. Aux murs ne demeuraient plus que des étagères vidées, ponctuées çà et là de panonceaux écrits à la main, avec des pleins et des déliés qu'on eût dits tracés à la plume Sergent-Major. *Littérature. Philosophie. Géographie. Histoire. Théâtre.* Dans la rue Galande, ce soir, l'on compterait une librairie de moins. Le grand orchestre de Paris ne se déplacerait pas pour l'occasion. Il n'y aurait aucune oraison. La grille de fer tomberait. Définitive. Pendant quelques semaines ou quelques mois, des courriers et des prospectus seraient encore glissés sous la porte. Puis, une franchise quelconque ou un Chinois récupérerait les lieux. Le souvenir de Voltaire serait enseveli sous les gobelets en carton recyclable, suintant leur pissat prétentieux. Celui de Diderot s'éteindrait dans des avalanches ininterrompues de jeux de hasard, mais aussi de cibiches, de tiges, de sèches, de sucettes à crevards.

Encore sous le choc, Théo s'avança dans le vide de la pièce et vint se poster devant le secrétaire. Derrière le plateau, comme un gamin ravi d'avoir réussi une mauvaise farce, le libraire souriait en coin. Excédé, Théo grinça : « Ça vous fait marrer ?

— Et pourquoi pas ? Puis, c'est votre étonnement qui m'amuse.

— Grand bien vous fasse.

— Que se passe-t-il, mon jeune ami ? Même si vous ne vous êtes pas aperçu, ces derniers temps, que les cartons se faisaient de plus en plus rares et de moins en moins lourds, vous saviez que cet emploi n'était que provisoire, non ?

— Oui, finit par bougonner Théo, les yeux baissés. Je savais. Je m'étais fait à l'idée, quoi. Mais je croyais qu'il y en avait encore pour quelques jours. »

Durant de longues secondes, l'on n'entendit plus, alors, dans la poitrine des Bonheurs d'Antioche, que le souffle court et sifflant d'Anselme. Bien calé dans son fauteuil, la pipe au coin de la bouche, il ne disait rien, semblant s'accommoder au mieux de la situation. Les jambes encore chaudes d'avoir marché vite, Théo le regardait du coin de l'œil. Sans qu'il pût s'expliquer pourquoi, avec des raisons et des termes simples, il se sentait le dindon de la farce.

Tout en tirant une cigarette de son paquet, il grommela : « Et vous ? Qu'est-ce que vous allez faire ?

— Comment ça ?

— De votre vie ? Vous allez faire quoi ?

— Si je le pouvais, jeune homme, absolument rien.

— Vous n'auriez pas peur de vous ennuyer ?

— Certainement pas. Tout d'abord, je vous rappelle que l'oisiveté prend un temps fou. Pour peu qu'on la pratique de façon sérieuse et assidue, s'entend. Ne rien faire, c'est une occupation à plein temps. Si j'en avais les moyens, soyez bien certain que je m'offrirais ce luxe. Hélas, je ne les ai pas. Et ça n'est pas qu'une vulgaire question d'argent, vous pouvez me croire.

— C'est une question de quoi, alors ? »

Après une grimace gênée, qui relevait davantage de la minauderie d'enfant gâté, le géronte expliqua : « Parce que l'oisiveté est chronophage, comme je viens de vous le dire. Et, justement, je n'ai plus beaucoup de temps devant moi. *Vulnerant omnes, ultima necat*[1]. Encore une histoire de montres suisses que monsieur Muraire aurait adorée, si vous préférez. Je manque de

1. « Toutes blessent, la dernière tue. » Phrase que l'on trouve en général sur les horloges ou les cadrans solaires.

temps, donc. Puis, j'ai des affaires sérieuses à mettre en ordre, de celles qui ne peuvent pas attendre.

— Pour l'héritage ?

— Diantre ! Vous m'enterrez déjà ? Le temps me fuit, mais vous allez vite en besogne !

— Ce n'est pas ce que j'ai voulu dire, mais je...

— Remarquez bien que c'est naturel de penser à ça. Mais non. De ce côté-là, tout est en ordre. C'est d'ailleurs d'une simplicité absolue puisque je n'ai pas d'héritier. Les notaires feront leur métier. Ils retrouveront peut-être des ayants droit qui verront tomber dans leurs escarcelles de l'argent dont ils ignoraient l'existence. Et je dois vous avouer que l'idée de jouer au Père Noël, depuis l'au-delà, ne me déplaît pas. »

Avisant l'incompréhension sur le visage de son commis, le vieil homme prit le temps de toussoter, avant de reprendre le fil : « Je vous aurais volontiers légué les Bonheurs d'Antioche, remarquez. C'était une possibilité séduisante, et j'avoue que j'y ai pensé.

— Je ne vous ai pas dit ça pour ça ! se défendit Théo.

— Je le sais. Je vous connais. Mais je connais aussi les hommes. Et vous me surprendriez au-delà du dicible si vous m'affirmiez, là, maintenant, que vous n'avez jamais songé à cette éventualité funèbre. »

Comme Théo se taisait, l'aveugle développa : « L'argent, croyez-moi, ne vaut pas grand-chose. Que feriez-vous, avec ces quatre murs ? Rien de bon. Mettons que vous gagneriez peut-être de l'argent en revendant des mochetés pour les touristes ou en débitant de la pizza surgelée au kilomètre. Mais à quoi utiliseriez-vous votre richesse, d'ailleurs toute relative ? Vous flamberiez ? Vous rouleriez carrosse comme tous ces imbéciles qui confondent les priorités et qui mélangent allègrement le verbe “avoir” avec le verbe “être” ? L'argent n'achète que des illusions. Illusion d'amour, illusion d'amitié, illusion de famille soudée autour du sac d'os en attendant qu'il crève.

— Vous exagérez !

— Même pas. D'ailleurs, vous en êtes l'exemple parfait. Si votre belle-mère à roulettes n'était pas la seule garante de votre loyer de 1948, comme vous me l'avez expliqué, n'y a-t-il pas beau temps déjà que vous ou votre épouse l'auriez mise au rancart ?

— Oh !

— Et ne venez pas jouer les pucelles effarouchées. L'argent est un faux ami. Lorsque l'on en brasse, l'on en veut toujours plus. C'est comme une maladie qui vous brûle le cœur. Quand on en manque, l'on devient incapable de réfléchir, l'on crève de trouille à la seule idée que les huissiers débarquent chez soi. Les Bonheurs d'Antioche feront donc le malheur d'un autre que vous. Et je ne vous demande pas de me remercier. Je le fais de très bon cœur. »

Préférant ne pas répondre, Théo fila dans le coin cuisine afin de préparer le café. Pendant que, dans des hoquets geignards et de brusques souffles de vapeur bouillante, la cafetière semblait sur le point de rendre l'âme, Anselme Guilledoux chevrota, haussant un peu la voix pour se faire entendre : « Vous ne serez pas le malheureux propriétaire des Bonheurs d'Antioche, c'est une affaire classée. En revanche, cela ne signifie pas que j'ai résolu de me passer de vos services. Si vous êtes toujours disponible et si vous en éprouviez le désir, cela va de soi… »

À ces mots, Théo s'immobilisa face à l'évier crasseux et tendit l'oreille.

« Vous êtes encore jeune. Vous avez vos deux yeux, vos deux jambes, vos deux pieds. Et une intelligence qui se hausse de plus en plus au niveau de la moyenne, je vous en fais mon compliment. Enfin, vous êtes là et je crois que nous avons fini par nous apprivoiser. De toute façon, je dois faire avec ce que j'ai sous la main.

— C'est trop gentil !

— Je vous en prie. Puis, j'aime votre histoire d'inconnue. Et je ne veux pas aller grignoter les pissenlits par la racine avant de connaître le dénouement de cette romance sans parole. Ce serait comme quitter un banquet avant le digestif qui clôt les festivités. Cela peut se faire, mais ça manque cruellement d'élégance. Vous me suivez ?

— J'essaie…

— Bien. Je vais donc continuer à vous rémunérer. Chaque semaine, je vous paierai afin que vous poursuiviez vos courses dans Paris. Dans Paris, et ailleurs. Le monde est vaste. Et ne vous inquiétez de rien : tous vos frais seront à ma charge. »

La main de Théo se crispa sur le paquet de sucre. Incapable de se faire une opinion sur les intentions de l'aveugle – s'agissait-il d'une nouvelle lubie ? Était-ce, au contraire, une proposition sérieuse ? –, il passa la tête par l'entrebâillement du réduit. Anselme, toujours derrière son secrétaire débarrassé de ses livres, affichait la mine la plus sereine du monde. Sur le même ton appliqué, celui-ci enchaîna : « Vous irez où bon vous semblera. Au petit bonheur la chance, comme l'on disait autrefois. Et sans livre à porter, je vous en fais la promesse. Comme à votre habitude, vous n'aurez qu'à suivre vos pieds. De mon côté, j'établirai un virement hebdomadaire sur le compte que vous aurez la gentillesse de m'indiquer.

— On ne donne pas de l'argent pour rien, comme ça, monsieur Guilledoux.

— Comment ça, pour rien ? Vous ne m'avez donc pas écouté ?

— Qu'est-ce que j'aurai à faire ? Je veux dire : vraiment ?

— Mais rien, vous dis-je. Rien d'autre que marcher. Et, si nos discussions vous manquent, vous passerez chez moi, au-dessus. Alors, autour d'un café qui n'aura aucune difficulté à être meilleur que celui que vous nous préparez, vous me raconterez le monde tel qu'il est.

— Gagner de l'argent sans travailler, juste en me promenant ? Je ne sais pas trop. Il faut que j'y réfléchisse. En fait, j'aurais l'impression de vous voler. Je n'ai jamais demandé la charité à qui que ce soit. »

En écho à la tempête de klaxons qui se déchaîna soudain dans la rue, le vieux renâcleur s'emporta : « Vous êtes fatigant, avec votre manie d'inverser les rôles ! S'il y a un mendiant dans cette proposition, c'est bien moi ! Je vous supplie presque de parcourir le monde à ma place et de m'en rapporter des fragments. D'être le spectateur privilégié de votre histoire d'amour ! Ce que je vous demande n'est donc ni un travail ni une peine. C'est un service que j'aimerais que vous me rendiez.

— Et pourquoi vous feriez ça ? »

Dans la rue Galande, le vacarme cessa soudain, remplacé par les crachotements de la cafetière qui rendait son dernier jus. Au milieu d'un nuage de fumée que venait de lâcher sa pipe, Anselme Guilledoux se contenta d'un : « Ça, c'est mon problème. Et c'est même ma solution. » In petto, il murmura ainsi : « Mais je lui dirai. Un jour, je lui dirai. Si je trouve les mots… »

16

Nul ne sut jamais avec exactitude ce que devint Théophraste Sentiero après qu'il eut refermé derrière lui la porte vitrée des Bonheurs d'Antioche. Des bruits circulèrent. L'on émit des hypothèses, pour certaines crédibles, pour d'autres absolument absurdes.

Les derniers qui l'aperçurent jurèrent l'avoir vu sur le Pont-Neuf, où il prit le temps de fumer une cigarette et d'emmerder voluptueusement tous les touristes et les badauds qui le regardèrent d'un œil brillant de réprobation. Lui, à cet instant précis, était sans doute déjà ailleurs. Peut-être même que dans son crâne résonnaient les derniers mots prononcés à son endroit par Anselme Guilledoux : « J'ai eu une inconnue, moi aussi. Elle n'était peut-être pas aussi parfaite ni aussi belle que la vôtre. Cela, je ne le saurai jamais et vous non plus. Mais elle m'a fait marcher, tout comme vous. Et, tout comme vous, je n'ai jamais eu le courage de lui parler. La peur, sans doute. Pas d'elle, non. Mais de la différence cruelle qui pouvait exister entre ce que j'imaginais de cette jeune sylphide et ce qu'elle était réellement. Que voulez-vous ? Certaines femmes ne se hissent jamais à la hauteur de l'amour qu'elles ont su inspirer. Elles n'en sont tout simplement pas capables. Et c'est très exactement en cela que ce sont des meurtrières.

— Pourquoi ne lui avez-vous pas parlé ? s'était étonné Théo.

— La peur, jeune homme. La peur que nous éprouvons, vous et moi, nous qui aimons sans savoir même si nous serons aimés en retour. Si l'on ne veut pas souffrir, croyez-moi, il ne faut ni aimer ni désirer. Mais à quoi rimerait l'existence si nous n'aimions pas ? Pour ce qui n'est que de moi, je ne saurai jamais si mon inconnue était ma femme idéale, ma parfaite moitié. Elle est passée. J'en ai rêvé. J'en rêve encore, parfois. Mais j'ignorerai, jusqu'à mon dernier souffle, ce que cachait cette sylphide. Elle aurait peut-être fait mon malheur. Et quoi ? Puisque toutes les autres n'avaient pas réussi à faire mon bonheur, je me serais peut-être contenté du malheur que m'offrait celle-là. Aujourd'hui, j'ignore ce qu'elle est devenue. Elle s'est sans doute mariée avec un avocat, un dentiste, un commissaire aux comptes. Elle m'a sans doute oublié. Quoique…

— C'est une histoire triste.

— Foutaises de foutaises ! C'est le passé et rien de plus. Avec cet amour qui me bloquait la poitrine, j'étais aussi déchirant que pathétique, j'en suis conscient. Mais que voulez-vous ? Il faut parfois accepter de s'asseoir sur le respect que l'on se porte à soi-même si l'on veut aimer aussi fort. Vous, en revanche, vous n'en êtes pas encore là. Et vous tenez toujours votre destin entre vos mains. C'est pour cela que vous devez marcher, sans jamais vous arrêter. « Quand tu aimes, il faut partir[1] ! » Et dites-vous bien, comme le balançait Audiard, qu'un intellectuel assis va toujours moins loin qu'un con qui marche.

— Trop aimable…

— Je vous en prie. Il y a des millions de personnes dans Paris, et des milliards de femmes et d'hommes de par le monde. Alors, qu'attendez-vous, foutredieu ? Avancez vers votre fortune, votre fatum, votre fatalité. Votre futur ne sera que ce que vous en aurez fait. Mais attention, tout de même. Cette quête ne vous garantit rien. Ni que vous croiserez de nouveau votre inconnue, ni que vous oserez lui adresser la parole, ni que cet objet de votre désir répondra à vos espérances. Peut-être que vous ne serrerez jamais contre vous sa gorge chaude et parfumée. Si tel est le cas, vous n'aurez pas le droit de vous lamenter. Votre seule consolation sera de vous dire que, tout bien considéré, cela n'aura été qu'un mal pour un bien. Parce que, en lieu et place de caresses et de serments, il vous restera le rêve de cette insaisissable créature. Et ce rêve, croyez-en ma vieille expérience, se révèle souvent plus beau que la réalité. Mon inconnue ressemblait, au gré des jours, à une Tzigane d'opérette, à une Tunisienne danseuse du ventre entourée de falbalas improbables, à une bourgeoise stricte et triste. Elle venait d'Europe de l'Est, de Kairouan ou de Bizerte. De Maubeuge,

1. « Tu es plus belle que le ciel et la mer », *Feuilles de route*, Blaise Cendrars, 1924.

peut-être. La vôtre écoute du violoncelle, flotte plus qu'elle ne marche, et chacun de ses yeux voit le monde à sa façon. La mienne demeurera telle que je viens de vous la décrire. La vôtre, qui sait ? Lorsque vous en aurez assez des caprices de ces rues qui se coupent à angles droits, ne désespérez pas. Attrapez, dès que vous le pourrez, une ligne d'horizon. Marchez vers elle. Lorsque vous l'aurez atteinte, et si votre quête est encore infructueuse, choisissez-en une autre. Et n'ayez de cesse de recommencer. Quant à moi, je vous attendrai. Et vous me direz le monde, non pas tel qu'il est, mais tel que vous, vous le voyez. Voilà qui sera propre à alimenter mes rêves. »

Oui, c'est certainement ces mots que Théophraste Sentiero se répétait, accoudé à l'une des rambardes du Pont-Neuf.

Quant à ce qu'il advint des autres, leur vie se déroula sans encombre. Le non-retour de Théo rue de l'Estrapade ne fit pas plus de bruit que la fermeture des Bonheurs d'Antioche, rue Galande. Au numéro 12, l'immeuble bruissa bien de cancans, de racontars, de clabaudages. Puis, comme les journaux n'annoncèrent ni suicide ni mort suspecte, l'on oublia l'affaire. Théophraste Sentiero avait quitté le domicile conjugal. Cécile endossa donc avec dignité le costume amer de la femme abandonnée. Elle veilla sur l'éducation de ses enfants avec une vigilance redoublée. Dans l'escalier, chacun se mit à la saluer avec déférence, ajoutant au besoin une pointe d'admiration non feinte pour le courage dont elle faisait preuve pour affronter le départ inexpliqué de son mari. Elle était la victime. Il était le coupable.

Madame Chevillard, à dater de ce jour, ne fut plus jamais appelée la Mère Tapedur. Après avoir pleuré la perte de Patte Rouge, elle jeta son dévolu sur d'autres pigeons – tous munis de leurs deux pattes – et continua à mettre les poubelles au garde-à-vous, dans la cour intérieure de l'immeuble. Jusqu'à la fin de son existence, elle s'entêta à martyriser les moineaux et les étourneaux à l'aide de son balai. Son univers se résumant aux quatorze mètres carrés de la courette, elle y régna en despote absolue jusqu'à ce qu'elle dût en sortir, les pieds devant et la trogne violacée, plus congestionnée que jamais. Rupture d'anévrisme. Ou sage décision du Tout-Puissant. Chacun put s'arranger à son idée.

Les orphelins du Gay-Lu, eux, poursuivirent leur lente descente, sans se presser le moins du monde. La Guigne continua à vivre des minima sociaux et à insulter, en bouquets fleuris, tous les gouvernements qui se succédèrent à la tête de l'État. Petit Pois, lui, se mit à l'espagnol dans le but de renouer avec son perroquet. Il ne dépassa hélas jamais la leçon numéro deux, se révélant incapable de prononcer correctement la traîtresse fricative vélaire que constituait la jota. Il essaya, pourtant. Mais à chaque tentative, sa gorge le brûlait comme après avoir tiré trop fort sur une Boyard papier maïs sans filtre. Cothurne, ainsi qu'il fallait s'y attendre, ne coucha jamais sur le papier le premier mot de sa nouvelle version de la Bible.

Officiellement, il justifia son renoncement par le fait que les droits de l'ouvrage original devaient être protégés et qu'il ne se sentait pas de force, à son âge, pour entamer un procès avec l'Église. Saoul, il changeait de version. Le Vatican, ulcéré par son projet, lui avait envoyé de mystérieux émissaires. S'il persistait dans son entreprise, il finirait au bout de l'une des hallebardes des gardes suisses, et son meurtre serait maquillé afin que l'on crût à un accident. Lorsque l'on se hasardait à l'interroger sur la nature de cet accident, il posait un index tremblant sur ses lèvres et déviait le sujet de conversation. Pour Gégène, aucune évolution ne fut, là encore, à porter à son compte. Huit fois père sans qu'un seul de ses enfants ne fût de son sang, il biberonna du soir au matin, sans discontinuer, et ce, sans créer le moindre trouble à l'ordre public. À l'inverse, son foie finit par prendre des rotondités et un volume dignes de ceux d'un ballon de rugby. Au seuil de la mort, il eut juste le temps de se dire qu'il n'avait rien entendu au monde, pas plus qu'à sa propre existence. Mais il avait accompli le plus dur et il pouvait donc, sans rougir, tirer sa révérence. Séfanaze, toujours ashkénaze par sa mère et séfarade par son père, refusa avec l'obstination des désespérés de choisir entre l'une ou l'autre de ces deux communautés. Il continua à porter sa kippa en cheveux et à maudire, avec la même fureur, les antisémites comme les sémites ultrareligieux.

Madame Jouve, elle, ne put faire autrement que de s'installer en Alsace, dans une petite bourgade portant le nom de Barr. Elle y demeura un mois. Pressée par ses amours avec le portefaix de la maison Vermorel & Cie, tenaillée par le manque de Paris, fatiguée par trop de cigognes et de flammekueches, elle revint poser ses seins énormes et sa grande gueule de bistrotière en retraite, rue Poliveau. Son céladon déménageur lui trouva un deux-pièces sur le même palier que lui – et ne s'inquiéta pas que son épouse légitime et leurs enfants croisassent son amante dans l'escalier. Les deux femmes, comme il se doit, se détestèrent au premier coup d'œil. Elles finirent néanmoins par s'apprivoiser l'une l'autre. Trouvant dans le même homme un amant pour l'une, un mari pour l'autre, elles prirent leur parti de cette aubaine et se moquèrent comme de leurs premières chemises de tous les ragots qui se mirent à fleurir aux bouches des voisins outrés.

Concernant la grande Gisèle, les choses ne furent pas moins cocasses. Peu après la disparition de Théo, elle se sentit prise de vertiges qui, dès lors, et sous forme de poussées imprévisibles, ne la laissèrent plus en paix. Un soir où elle se recueillait avec dévotion dans un appartement cossu abritant la dépouille d'un parfait inconnu, ces vertiges se firent plus violents qu'à l'ordinaire. Elle flageola sur ses jambes grêles. Elle vacilla, s'accrocha au linceul et finit par s'écrouler sur le mort, à même le cercueil, s'emboîtant parfaitement avec le macchabée qui, toute sa vie durant, avait milité dans les rangs de la Fraternité sacerdotale saint Pie V. Les ongles de la grande bringue s'étant profondément incrustés dans la chair froide du défunt, les assistants de la veillée funèbre eurent toutes les peines du monde à séparer le vice de la vertu.

Le mendiant cul-de-jatte du parvis de Saint-Sulpice mit, pour sa part, un temps infini à mourir. Ce ne fut pas faute d'y mettre du sien, mais il dut se rendre à l'évidence : la mort ne voulait pas de lui. Il hanta donc les marches de l'église, ne s'interrompant dans ses lamentations que pour voir si, sur le coup de six ou sept heures du soir, il n'apercevait pas Théo. Il l'attendit, et ne perdit jamais espoir de le recroiser. Il avait en effet trouvé en quoi il se métamorphoserait lors de sa vie suivante. Mais il n'eut pas l'occasion de le lui dire, emporté qu'il fut par une mauvaise grippe.

L'Anglaise, enfin, peignit encore des centaines et des centaines de roses des sables. Toutes identiques. Toutes différentes.

Quant à Théophraste Sentiero, il marcha. Sans jamais cesser de fredonner des mélodies de Nino Rota. Certaines et certains, parmi les personnalités précédemment citées, jurèrent que le bonhomme avait mis le cap au sud, vers le soleil. On l'envoya sur le chemin de Compostelle, dans le désert du Sinaï, sur l'argentine place de Mai, mais aussi dans la région indienne d'Ahmedabad[1]. On fit de lui un chercheur d'or, du côté de Maripasoula et de Papaïchton. On

1. Point de départ de la Marche du sel de Gandhi, le 12 mars 1930. Ce parcours s'étendit sur trois cent quatre-vingt-six kilomètres et trouva son terme, le 6 avril, au bord de l'océan Indien.

lui prêta le titre de seigneur du désert, qualité qu'il aurait acquise dans le canyon de Midès. À chaque retour de vacances, c'était à qui rapporterait sur le compte de Théo l'histoire la plus rocambolesque. On l'aurait ainsi aperçu à Lisbonne, à la terrasse du café A Brasileirinha, en train de faire la manche. Ou au Cap-Vert. En Angola. Des esprits plus raisonnables finirent par faire courir le bruit qu'il se cachait en fait chez Anselme Guilledoux et qu'il ne quittait l'appartement qu'à la nuit tombée. Ayant repris du service sous les ordres du vétilleux Gustave Vermillon, il n'aurait cependant plus supporté de repêcher des vélos et des trottinettes électriques dans les flots tourmentés de la Seine et aurait trouvé à s'engager comme piqueur de canaux souterrains, dans les sous-sols parisiens.

Bref.

Chacun se fit son idée et l'on oublia, au fil du temps, jusqu'à l'existence de Théophraste Sentiero. Seul Anselme Guilledoux sut la vie que Théo finit par se choisir. Il fut aussi le seul à savoir s'il rencontra, enfin, son inconnue. S'il osa lui parler. S'ils s'aimèrent ou si la belle se révéla bête, bête à manger du foin. Mais le vieux libraire emporta ce secret dans sa tombe. Lorsque ses voisins découvrirent son corps inerte, ce dernier était dans son fauteuil. Un sourire malicieux éclairait encore son visage. Sur son cœur, il serrait une carte postale envoyée par Théo.

Au dos de celle-ci, deux mots étaient inscrits : « Je marche. »

Du même auteur :

aux éditions Héloïse d'Ormesson

Guyanes, 2023.
L'Homme qui marche, 2021.
Assassins !, 2019. Le Livre de Poche, 2021.

aux éditions Le Passage

Les Voyages de sable, 2018.
Bossa nova, la grande aventure du Brésil, 2017.
Les Pêcheurs d'étoiles, 2016.
12, rue Carioca, 2015.
Couleurs Brasil. Petites et grandes histoires de la musique brésilienne, 2014.
Saudade, 2014.
Brasil, 2013.
Pour l'amour de Rio, 2012.
Pour tout l'or du Brésil, 2011.

aux éditions Buchet-Chastel

Zumbi, 2009.

AUX ÉDITIONS MÉTAILIÉ

Samba triste, 2007.
Dans l'ombre du Condor, 2006.
Corcovado, 2005.
Embrouilles au Vélodrome, 2002.
De l'eau dans le grisou, 2001.
Chair de lune, 2001.
Tu touches pas à Marseille, 2000.
L'Île aux femmes, 1999.

PAPIER À BASE DE FIBRES CERTIFIÉES

Le Livre de Poche s'engage pour l'environnement en réduisant l'empreinte carbone de ses livres. Celle de cet exemplaire est de :
250 g éq. CO_2
Rendez-vous sur www.livredepoche-durable.fr

Composition réalisée par MAURY-IMPRIMEUR

Achevé d'imprimer en France par
CPI BRODARD & TAUPIN (72200 La Flèche)
en novembre 2023
N° d'impression : 3054723
Dépôt légal 1re publication : décembre 2023
LIBRAIRIE GÉNÉRALE FRANÇAISE
21, rue du Montparnasse – 75298 Paris Cedex 06

15/8624/9